达达与超现实主义

Dada & Surrealism

Matthew Gale

[英]马修·盖尔 著

张微伟 译

扉页图
覆盖毛皮的茶杯、碟子、汤匙
梅列特·奥本海姆
1936 年
高 7.5cm
现代艺术博物馆,美国纽约

4	引　言	在自由的门前
9	第一章	他马的
		达达主义在先锋派中的源头
35	第二章	达达的阳台
		1915—1920 年 苏黎世的达达主义
83	第三章	在另一边
		1915—1921 年 其他中立城市的达达主义
117	第四章	时代精神
		1917—1922 年 中欧的达达主义
171	第五章	达达主义将一切搅浑
		1919—1924 年 巴黎的达达主义
213	第六章	梦的波浪
		1924—1929 年 超现实主义的开端
263	第七章	欲望的和解
		1929—1933 年 超现实主义内部的分裂
301	第八章	黑夜的召唤
		1933—1939 年 超现实主义国际
349	第九章	传说中的死亡跑道
		1939—1946 年 流亡
395	第十章	破裂
		1946—1966 年 战后岁月中的超现实主义

415	结　语
421	附　录
	术语表
	人物小传
	大事年表
	延伸阅读
	索引
	致谢

引言　在自由的门前

达达主义者和超现实主义者的活跃，最早可以追溯到70多年以前。时至今日，如果还说他们仍然有什么激进意义的话，可能会让人觉得奇怪。他们所属的那个年代，现在已经浸泡在黑白照片、胶片的福尔马林里，成为标本，成为人们用以招摇过市、炫耀不停的对象。那是一个被困在几大帝国与数次革命之间的危机年代，因禁在露骨而自负的父权社会与西格蒙德·弗洛伊德（Sigmund Freud）精神分析理论阐述的无意识的暗涌欲望之间。然而，包括德国达达主义者乔治·格罗兹（George Grosz）在内的一小部分艺术家却愿意站出来，对西方文明中令人厌倦的拜物主义大声说："不！"哲学家已经以另外的方式批评这种存在上的不平等，而无政府主义者也曾尝试用炸弹将旧秩序炸个粉碎。然而，突如其来的第一次世界大战（1914—1918年）中惨绝人寰的屠杀却将两者都掩盖了，并让各行各业的人们都开始怀疑，如果进步的最终结果不过如此，那么进步的意义究竟是什么？

达达主义者以及之后团结在超现实主义旗帜下的艺术家们，不仅仅为战争而感到痛惜，而且还选择了一种意识形态立场——他们不光要做社会的镜子，还要求自己也得到关注。他们用前所未有的猛烈程度与智慧暴露了这个社会中的道德沦丧。他们的立场既是要攻击观众们的骄傲自满，又是要在开战各国已经对彼此精心定下残杀条件时，将混乱带入这样的生活中。他们的立场源于战前先锋派的文化激进主义（我们会在第一章中追溯其源头）。不过，他们与上一代的不同之处在于：他们在面对举国一致的态度并处在民族主义的压力下时，仍然保持了进攻势头。

时间证明，达达主义的勇敢抗议结出了累累硕果，而且这种大无畏让关于它的研究工作变得令人振奋。在苏黎世、纽约、柏林、巴黎这些迥异的城市中，达达主义者们开始重新对艺术的根基进行全面的思考，并以最适合于其目标与个人企图的方式欣然接受了新事物。达达主义最关键的特质在于，它强调每个人自由地去寻找属于自己的表达方式。也正因如此，不管通过任何其他方式，都不太适合将这群人归为一类。尽管某些诗人和艺术家都曾企图领导这场运动——比如苏黎世的雨果·巴尔（Hugo Ball）和特里斯唐·查拉（Tristan Tzara）、柏林的理查德·胡森贝克（Richard Huelsenbeck）和拉乌尔·豪斯曼（Raoul Hausmann）以及巴黎的弗朗西斯·毕卡比亚（Francis Picabia）和安德烈·布勒东

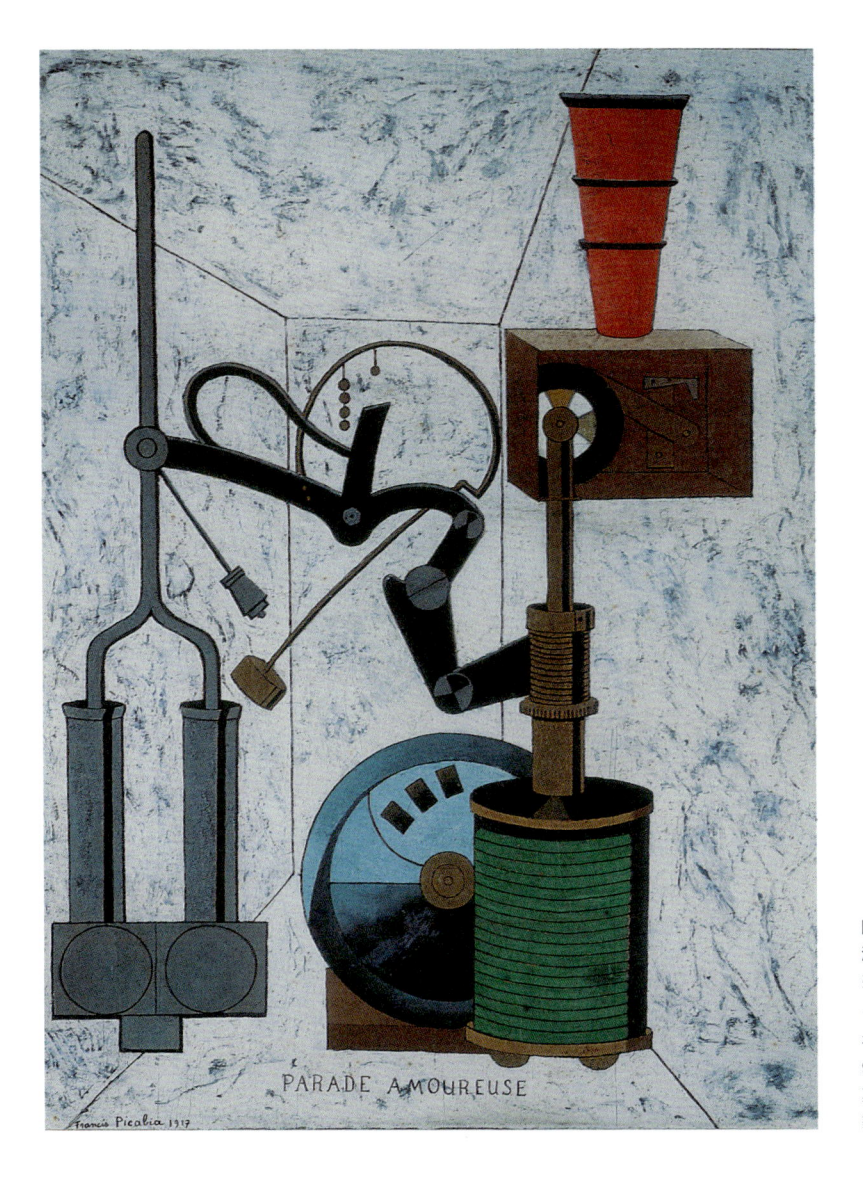

图1
浪漫的游行
弗朗西斯·毕卡比亚
1917年
布面油彩
96.5cm×73.7cm
莫顿·纽曼藏集，出借给国家美术馆，美国华盛顿

（André Breton）等，但从一般意义上来看，他们之间并没有连贯的风格。艺术家和诗人们自然地进行创作，也不遵循某种既定公式，就像让·阿尔普（Jean Arp）所说的"树上长果子"一样。任何对于他们彼此之间毫不相干的创作活动的概括总结，都必然会打折扣，就像试图记录一场烟火表演一样。但是，对于其中所蕴含的、今天能被视为达达主义的重要特质，我们还是能够掌握的。

从20世纪20年代中期起，超现实主义所追求的则是另一种策略。尽管超现实主义者仍然攻击政治、社会、艺术上所有长期固守的传统与惯例，但他们发起的是一场组织结构明确的运动，并有一位知名且有魄力的领导者——安德烈·布勒东。相对来说，他们的纲领是精心规划的，有着比达达主义更加明确一致的方向性。布勒东发起的这场运动，致力于调和事物存在本身理性与非理性的两个对立面。对于个人来说，这表现在思维的意识层面与无意识层面上。因此，超现实主义者探索的是梦的意象、恍惚的状态以及自动主义（automatism），而这些也将他们带到了——［用勒内·马格利特（René Magritte）的一幅作品标题来说］"自由的门前"（图2）。以布勒东为中心的巴黎小组占有最主要的位置，而布鲁塞尔、布拉格等其他地区的组织也纷纷涌现，并保持了一定独立性，这也让这场运动在后期更加多姿多彩。随着20世纪30年代民族主义的日益盛行，国际层面上的合作与配合也愈发重要。在法西斯主义抬头的趋势下，超现实主义坚守的是激进左派的政治立场。如果事实证明政治对于这场运动具有内在的破坏性，那么它的政治追求则令其在之后的20多年中得以保持完整性与多产性。

一些达达主义者也与超现实主义存在着关联性，这便让人们倾向于认为这两场运动根本就是连为一体的，但事实上，仅有一小部分超现实主义者是由达达主义者转型而来的。不过，查拉和布勒东，保尔·艾吕雅（Paul Éluard）和路易·阿拉贡（Louis Aragon），以及马克斯·恩斯特（Max Ernst）和曼·雷（Man Ray）等几组运动核心人物所呈现出的连续性，还是在一定程度上佐证了关于两者之间相似性的论断。鉴于本书探索的这种多样性，我们对于从达达主义到超现实主义的这段漫长历史，还是能够给出一些非常不同的评价。无论如何，在这些波及范围更

图2
在自由的门前
勒内·马格利特
1930年
布面油彩
115cm×146cm
博伊曼斯·范伯宁恩美术馆，荷兰鹿特丹

广的运动中，每个组织都各不相同、互相对立，正如每一名成员之间的差别一样。他们接连尝试了自动主义、现代科技、无政府主义、东方哲学、宗教仪式、弗洛伊德式精神分析、运气、荣格式精神分析、情色、马克思辩证法等种种手法。因此，我们在这些单点之间选择的发展路径，也不能说是绝对不可更改，而应被看作我们在其中寻找连续性的一种尝试，并试图证明，在这个由个体艺术家组成的网络中，这种连续性起着核心作用。

如果说达达主义今天具有的吸引力在于其无政府主义的幽默与反传统性，那么对于超现实主义来说，我们已经无法将它的影响与西方文化区分开来看待，甚至在等公交的时候，你都能听见"换一个灯泡得要几个超现实主义者？"（答案是："只要一条鱼就可以了。"）这样的笑话。这种通过结合毫无关联的物品而产生的、彻底的怪诞性，已经成为广告中的日常语言，而"超现实"这个词也被用于形容所有出乎意料，甚至常常是滑稽的事情。我们可以不太夸张地断言，我们（至少是在"西方"）正生活在一种后超现实主义的文化中，其形式上的视觉语汇已经变得太过平常，以至于被我们视而不见。这种日常文化的丰富性，或许可以被认为是一种正面的艺术遗产。不过，怀疑论者或许会说，这只不过是广告骗人的把戏而已。无论如何，超现实主义在日常生活中的存在，已经足以让我们有理由研究其丰富而复杂的历史。超现实主义已经融入主流文化，因此后来的艺术家可以将其视为一种资源——既承认受它的影响，又无须全身心地接受它。超现实主义的追求，就是希望让所有人探索其解放天性的历程，正如依西多尔·杜卡斯（Isidore Ducasse）所说："所有人都应该创作诗歌。"

第一章 他妈的

达达主义在先锋派中的源头

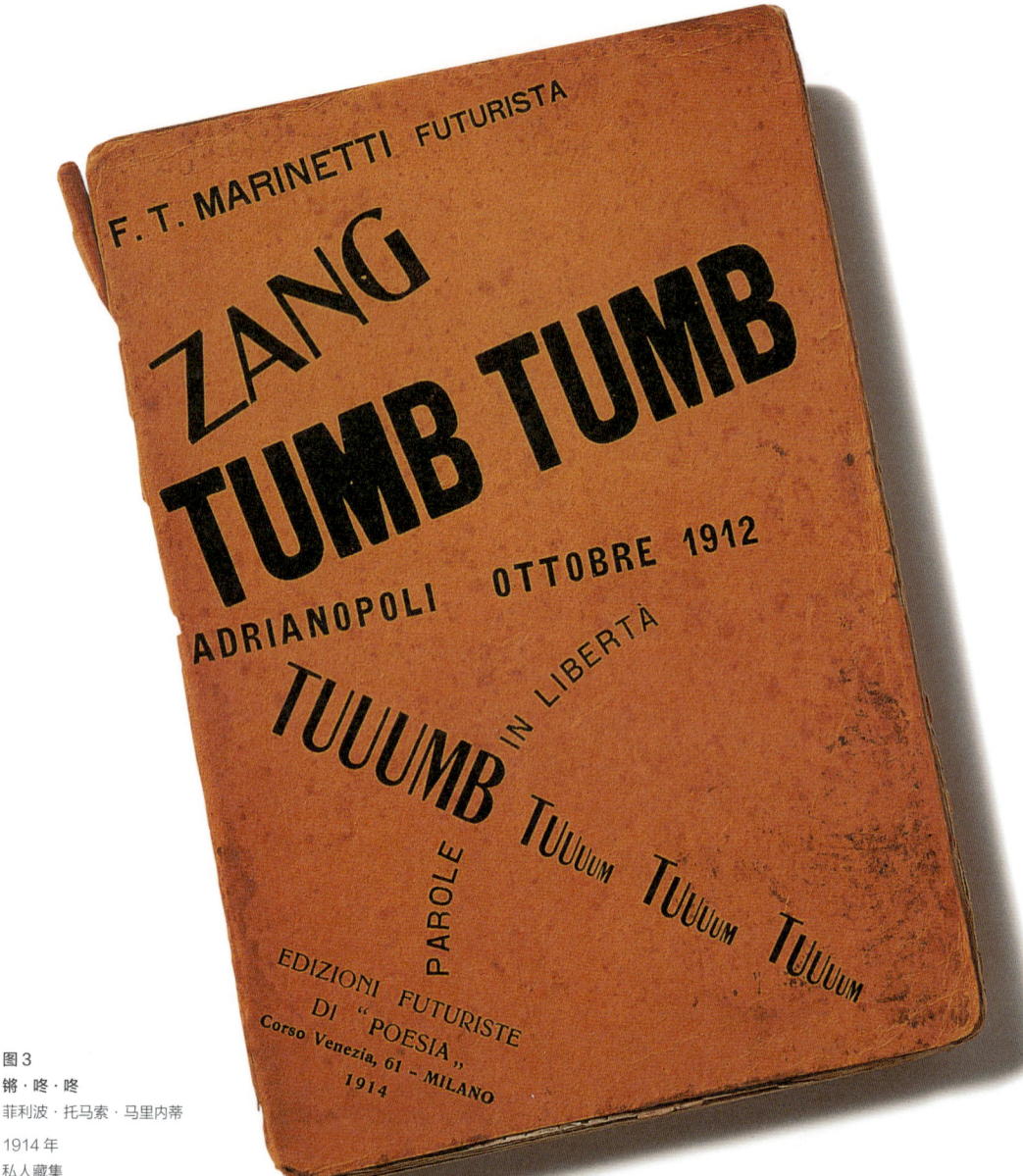

图 3
锵·咚·咚
菲利波·托马索·马里内蒂
1914 年
私人藏集

达达主义，以一种既充满能量又秉持无政府主义的姿态，诞生在第一次世界大战时期，这场运动的参与者所组成的各种团体，公然对抗导致当权派进行大屠杀的种种价值观念。然而，达达主义文化抗议的起源，就根植于那些后来被视为"现代主义者"的艺术家们在一战前的活动中。他们引进了新的材料和技巧，而描绘的主题则折射出现代生活中日新月异的状况。他们中最激进的一群人后来被称为"先锋派"，这些人的实验方法反映出他们对艺术中隐含的政治和哲学假设彻底的质疑。简要地纵览战前先锋派活动中的重要议题，我们便能了解达达主义出现的历史背景。这不仅能让我们关注先锋派艺术的实验法与达达主义在国际主义中的根源，还会触及曾影响过它的哲学、心理学和神秘主义中的重要观念。

在一战前，这些活动可以见于从莫斯科到慕尼黑、米兰等各大城市，但其中最重要的还是在巴黎。1870年，印象主义在此诞生。从19世纪八九十年代的象征主义，到一战爆发前10年间的野兽主义与立体主义，这一系列打破旧俗、引发热议的运动让艺术先锋派应运而生。不过，先锋派并未形成一个同质的整体——事实上，尽管每一代艺术家都承续且拓展了上一代的成就，但先锋派的成员们在风格、哲学和政治上有很大分歧。绝大多数先锋派艺术家的创作都是个人化、实验性的。他们相信，各种艺术都需要响应时代的要求，并借此来进行自我更新。

当时的法国官方文化，在政治上偏向保守派已经有一段时间了。19世纪末先后统治法国的多个政权都将文化——特别是视觉艺术——视为一种维持海外影响力的手段。他们积极宣传巴黎的各大艺术学院，这些院校坚守自文艺复兴延续而来的古典学院派传统，而雕塑家奥古斯特·罗丹（Auguste Rodin）则被视为他们的主要代表之一（图4）。先锋派则诞生于一群致力于倡导新观念并批判这个体制的艺术家之中。他们不仅在创作上独立于在文化与政治上较为保守的官方机构，也从城市里蓬勃发展的各种艺术形式中汲取精华。一方面，诸如印象主义画家的许多艺术家主要在艺术层面上反叛陈规旧俗，追求并探索新主题、新技巧的自由；另一方面，其他一些艺术家则将激进的政治理念与实践当作其艺术激进主义的延伸。他们循序渐进地将揭露权力机构虚伪面目的过

图 4
青铜时代
奥古斯特·罗丹
1875—1876 年
青铜
高 175cm
维多利亚与阿尔伯特博物馆，英国伦敦

程，与艺术实验的创意融合在一起。

德雷福斯事件（Dreyfus Affair）强化了两者之间的关联。1894 年，法国军队的一位上尉阿尔弗雷德·德雷福斯（Alfred Dreyfus），被以向敌方出售机密的罪名，流放到热带岛屿魔鬼岛（Devil's Island）上的殖民地监狱。小说家埃米尔·左拉（Émile Zola）发表了著名的《我控诉》（"J'accuse"，1898 年）一文，从而掀起一场呼吁释放德雷福斯的运动，声称他只不过因其犹太人的身份而被当作了替罪羊。这个上诉虽然让德雷福斯得以被免除罪名，但也同时证实了法国权力机构核心业已体制化的反犹主义。德雷福斯事件让整整一代法国人分成了"挺德雷福斯"与"反德雷福斯"的两大阵营。

尽管并非所有先锋派艺术家都支持德雷福斯，但事件的结果却强化了艺术家与知识分子捍卫理想与道德立场而不愿受传统惯例摆布的共识。从社会层面来说，艺术家与知识分子已没有什么东西可以失去，因为他们已经置身于权力机构之外，并常流连于娱乐业的花花世界中，正如贾科莫·普契尼（Giacomo Puccini）的浪漫主义歌剧《波希米亚人》（*La Bohème*，1890年）中描绘的艺术家一样。

一方面，先锋派艺术展览与整个官方机构，尤其与中产阶级产生了冲突；另一方面，对于一心信奉莎拉·伯恩哈特（Sarah Bernhardt）这种"神圣的"女演员，或者崇拜恩里科·卡鲁索（Enrico Caruso）这种崭露头角的歌剧男高音的观众来说，先锋派的戏剧和音乐演出则激起了尤为尖锐的敌意。在阿尔弗雷德·雅里（Alfred Jarry）的讽刺剧《愚比王》（*Ubu Roi*，1896年）中，刚一开场，演员便长吼一声"他马的"（剧本中特地写错，并特地念错，以躲避审查）[1]，随即引发了一场传奇性的激烈骚乱。谢尔盖·狄亚格烈夫（Serge Diaghilev）在其经营的俄罗斯芭蕾舞团（Ballets Russes）的表演中引入了俄国与法国的新型音乐后，同样引发了类似的反响。伊戈尔·斯特拉文斯基（Igor Stravinsky）的《春之祭》（*Rite of Spring*，1913年）中的粗糙力量，以及克劳德·德彪西（Claude Debussy）创作的《牧神午后前奏曲》（*Prélude à l'après-midi d'un faune*，1894年；芭蕾舞剧作于1912年）中尼金斯基（Nijinsky）朦胧的性征，都在首演之夜激起了喧哗的抗议。

在许多情况下，是专业批评家们打开了大众嘲讽的闸门。路易·沃克塞尔（Louis Vauxcelles）将亨利·马蒂斯（Henri Matisse，图6）、安德烈·德兰（André Derain）、拉乌尔·杜飞（Raoul Dufy）及其同道们于1905年一起展出的作品贬损为"野兽"（fauve）之作。他反感他们不加调色，却充满激情地直接使用从颜料管挤出的颜料，以传达一种强烈的感官体验的技法。大约4年之后，还是这位批评家（其实是受马蒂斯启发）将乔治·布拉克（Georges Braque）的作品贬损为"方块主义"（cubisme），揶揄他在画布上试图用简化的平面来重新构造现实的手法

14

1 在法语原文中，"merde"（直译为"屎"，法国的国骂）被故意错误地读写成"merdre"。——译注

（图5）。然而，这些画家却接纳了"立体主义"[2]这个术语，并将之视作对自身激进主义的光荣认可。另外，诗人菲利波·托马索·马里内蒂（Filippo Tommaso Marinetti）带领的意大利未来主义者（Futurist），则迎头对抗这种嘲讽与不解。他们的展览中包含了带有好斗意味的公开表演，有意地煽动并激怒了置身于这种所谓的"晚会"（soirée）的观众，直至发生骚乱的地步。在某些艺术家圈子中，力求"震惊中产阶级"（épater la bourgeoisie）本身已经成为目的。随着观众们越来越难以被震惊，他们也越来越需要制造更富有争议性的效果。

在一战爆发前的几年中，随着先锋派批评家也渗透到专业体系中，他们不仅获得了一种对这种新艺术更完善的理解，而且也在震惊与品鉴之间找到了更好的平衡。诸如纪尧姆·阿波利奈尔（Guillaume Apollinaire）、安德烈·萨尔蒙（André Salmon）和马克斯·雅各布（Max Jacob）等能言善辩的年轻诗人，与新一代的画家、音乐家走得很近。阿波利奈尔（图7）则是他们当中一位尤为关键的人物。

图5
曼陀拉琴
乔治·布拉克
1909—1910年
布面油彩
71.1cm×55.9cm
泰特美术馆，英国伦敦

[2] 法语中方块与立体都是"cube"，翻译成中文时，割舍了最初的嘲讽之意。——译注

图 6
科利乌尔风景
亨利·马蒂斯
1905 年
布面油彩
46cm×55cm
国立美术馆，丹麦哥本哈根

他颇有天才与魄力，拥护立体主义，并将布拉克、巴勃罗·毕加索（Pablo Picasso）、胡安·格里斯（Juan Gris）、费尔南·莱热（Fernand Léger）都视为自己的朋友。他还支持野兽主义，以及罗伯特·德劳内（Robert Delaunay）、亚历山大·阿契本科（Alexander Archipenko）、乔治·德·基里科（Giorgio de Chirico）、马塞尔·杜尚（Marcel Duchamp）和弗朗西斯·毕卡比亚等年轻艺术家。这些艺术家的名单读起来，就像战前现代主义的一本花名册，而它的多样性则显示出，阿波利奈尔更远大的追求是要激励所有门类的艺术创新。阿波利奈尔在文化方面的阅历兼容并蓄的程度令人惊叹——他有波兰和意大利的混合血统，还创作出法语文学史上一些最杰出的诗歌，并在法国国家图书馆（Bibliothèque Nationale）从事过色情文学藏品的编目工作。当列奥纳多·达·芬奇（Leonardo da Vinci）的《蒙娜丽莎》（*Mona Lisa*）于 1911 年在卢浮宫被盗之后，他是唯一被逮捕的人。他遭到怀疑这一点就能说明，对于这种传统的象征来说，先锋派的宣传是多么强大的反对力量。

　　实验艺术家们所聚集的类似阵地，遍布于欧洲各地，甚至更远的地方。这张国际人脉网络构建起一条让思想得以充分交流的渠道：阿波利奈尔在布拉格有联络人；诗人布莱兹·桑德拉尔（Blaise Cendrars）曾旅居纽约与里约热内卢；马里内蒂带着未来主义在欧洲巡回了一圈。通过阿波利奈尔的《巴黎之夜》（*Les Soirées de Paris*）、赫尔瓦特·瓦尔登（Herwarth Walden）以柏林为据点的《狂飙》（*Der Sturm*）以及阿尔弗雷德·施蒂格利茨（Alfred Stieglitz）以纽约为据点的《摄影技术》（*Camera Work*）等刊物，艺术活动的最新资讯得以快速传播。

正如举办独立展的组织让艺术家们无须屈从官方沙龙的规则就能展示自己的作品一样，这些刊物为新生作家提供了发表平台。在巴黎举办的春季独立者沙龙（Salon des Indépendants）和秋季沙龙（Salon d'Automne）的评选委员会成员都是现代主义者，而推行自由表达的行为也在欧洲各地得到了响应。1892年，德国人爱德华·蒙克（Edvard Munch）的作品因被判定带有色情意味而被禁止展览，这让艺术家们决心要和学院派机构决裂，并组成柏林分离派（Berlin Secession）。奥地利的古斯塔夫·克里姆特（Gustav Klimt）、卡尔·莫尔（Carl Moll）等人同样拒斥官方机构的保守态度，而偏好更现代的实验路线，他们则组成了维也纳分离派（Vienna Secession）。1905年，恩斯特·路德维希·基希纳（Ernst Ludwig Kirchner）等艺术家在德累斯顿（Dresden）结成了桥社（Die Brücke），他们将自己色彩鲜艳、充满活力的艺术视作通往未来的桥梁——这些作品后来被称为表现主义（Expressionist）艺术。然而，即便是这些进步性的组织，也出现了分裂。1912年，瓦西里·康定斯基（Wassily Kandinsky）由于周围的艺术家伙伴试图限制他展出抽象画，而开始认为必须退出这个由自己于1909年在慕尼黑一手创办的新艺术联盟（Neue Künstler Vereinigung）。于是，他借用自己一幅画的名字，创办了一个名为蓝骑士（Der Blaue Reiter）的新组织。他与弗朗茨·马尔克（Franz Marc）一起主编了一份名为《蓝骑士年鉴》（*Der Blaue Reiter Almanach*，1912年）的刊物，以推广先锋派及其近乎抽象的作品。

伴随着国际先锋派实验的涌现，快速城市化和科技发展也带来了政治、哲学思想上的革命与社会层面上的改变。共产主义者卡尔·马克思（Karl Marx）和弗里德里希·恩格斯（Friedrich Engels），以及无政府主义者米哈伊尔·巴枯宁（Mikhail Bakunin）和彼得·克鲁泡特金（Petr Kropotkin）的论述，对工业资本主义所鼓吹的进步观点提出质疑。诸

图7（对页）
纪尧姆·阿波利奈尔肖像
路易·马尔库西（Louis Marcoussis）
1912年
干刻
49cm×27cm
费城艺术博物馆，美国

GUILLAUME APOLLINAIRE

如奥斯卡·王尔德（Oscar Wilde）、亨里克·易卜生（Henrik Ibsen）、列夫·托尔斯泰（Leo Tolstoy）和费奥多尔·陀思妥耶夫斯基（Fyodor Dostoyevsky）等作家与剧作家的激进作品，揭露出关于拜物主义的社会困境和道德困境。包括斯特凡·马拉美（Stéphane Mallarmé）和阿蒂尔·兰波（Arthur Rimbaud）在内的法国的象征主义（Symbolist）诗人，则更加关注"艺术中的创意"而否定现实主义，并塑造出一种将想象世界作为精神重生之源头的典范。

弗里德里希·尼采（Friedrich Nietzsche）在著名作品《查拉图斯特拉如是说》（*Thus Spake Zarathustra*，1883—1885年）中，宣告未来将会出现一种超人，其心智和身体上的进化程度都超出人们当时的想象。对于这种观点带来的后果，我们在20世纪30年代德国纳粹时期尼采思想变质的表现中可见一斑，而尼采也从未在纳粹的滔天罪行面前退缩。特别是在艺术家中，尼采最广为流传的著作是其哲学性的自传《瞧！这个人》（*Ecce Homo*，1888年，出版于1908年），而其原因就在于，这本书以一种易于理解的形式归纳了他的思维过程。尼采最初依赖于阿图尔·叔本华（Arthur Schopenhauer）关于"事物的真正本质隐藏在其表面现实背后"这一观点。这种形而上学的思想，与"进步源于观察"的实证主义观念大相径庭。此外，尼采很快发展出自己的世界观——"权力意志"（Will to Power），并在论述中宣称，意志在每一次表达、显现的过程中，都会力图增强自己的力量。

理查德·瓦格纳（Richard Wagner）用强烈的音乐来搭配戏剧性的舞台布景，其近乎宗教性的效果俘获了众多观众的心。他的另一个意义重大的发明，则是"全面艺术作品"（Gesamtkunstwerk）。瓦格纳认为，艺术应该追求一种无所不包的体验，应当将音乐、服装、布景、灯光甚至剧院本身的设计整合在一起。一些音乐家试图十分直接地将不同类型的艺术联系起来，最有名的例子就是亚历山大·斯克里亚宾（Alexander Scriabin）的作品。他于1910年在圣彼得堡建造了一座"光钢琴"，当他在键盘上弹奏音乐时，琴便会根据每个音符对应的颜色，投射出相应的光线来。康定斯基及其蓝骑士同道们也很关注绘画在全面艺术作品中能扮演什么样的角色。他们用书法形状的笔触与高饱和度的强烈色彩填满了画布，比如在康定斯基的《有黑色拱形的画》（*Painting with Black Arch*，图 8）中，就仅保留了主题对象残留的一点痕迹。这些艺术家们追寻的是一种能与音乐的力量相对等的视觉形式，并在此过程中构建起抽象图像的正当性。这常常需要运用音乐上的类比来实现，比如马尔克的《作品·三》（*Composition III*，图 9）就是如此。

在巴黎，哲学家亨利·伯格森（Henri Bergson）的想法特别有影响力。他提出，体验的本质处于一种持续流动的过程中，而对于个人感受而言，体验并非由理智有意识地选取的一系列理性片段，而是认知与记忆的多重叠加。20 世纪头 10 年，他在索邦大学（Sorbonne Université）发表"体验的共时性"的相关讲座时，有几名立体主义画家在场；同时，他所著的《形而上学导论》（*Introduction to Metaphysics*，1903 年）也被广泛传阅。这个理论似乎确认了一种新的都市现实，而这种现实对人的感官来说，是尖锐而复杂的。它符合我们在城市街头体验到的技术进步成果，并推广了"生命城市"（living city）这个概念，声称城市应当有自己的韵律和生命。

对于许多艺术家来说，这种伯格森式的不稳定性是一种刺激，而这也向他们提出新的挑战。它可以成为艺术主题这一点，就已经表明艺术家们已经多么疏远于传统的形式和对现实的认识了。对于"当下存在"的碎片化认知，已经在德劳内的作品中得到例证，而他将埃菲尔铁塔（图 10）视为现代技术成就的象征。[埃菲尔铁塔为 1889 年的世界博览会（Universal Exposition）而建，一直到 1910 年为止，它都是世界上最高的建筑。] 在一系列油画中，它以扭曲翻滚的棱角形状出现，并被配以万花筒一般的颜色。

对于米兰的未来主义者来说，共时性与现代都市生活是不可分割的，而对于为游客保留不朽面目的意大利城市来说，机械化也被视为一种美妙的介入物。在一篇从圣马可钟楼（Campanile of San Marco）向全威尼斯播报的宣言中，他们提议将城市的河道全部填满。这既是对河道不温不火的衰落提出的不同意见，也是对新的汽车文化表现出的一种信心。翁贝托·薄邱尼（Umberto Boccioni）在若干关于米兰火车站的油画中，如《心境二：离开的人》（*States of Mind II: Those Who Go*，图 11），

图 8
有黑色拱形的画
瓦西里·康定斯基

1912 年
布面油彩
188cm×196cm
国立现代艺术博物馆，
乔治·蓬皮杜中心，法国巴黎

图 9
作品·三
弗朗茨·马尔克

1914 年
布面油彩
45.5cm×56.5cm
卡尔·恩斯特·奥斯特
豪博物馆，德国哈根

图 10（对页）
埃菲尔铁塔
罗伯特·德劳内

1910—1911 年
布面油彩
130cm×97cm
弗柯望博物馆，德国埃森

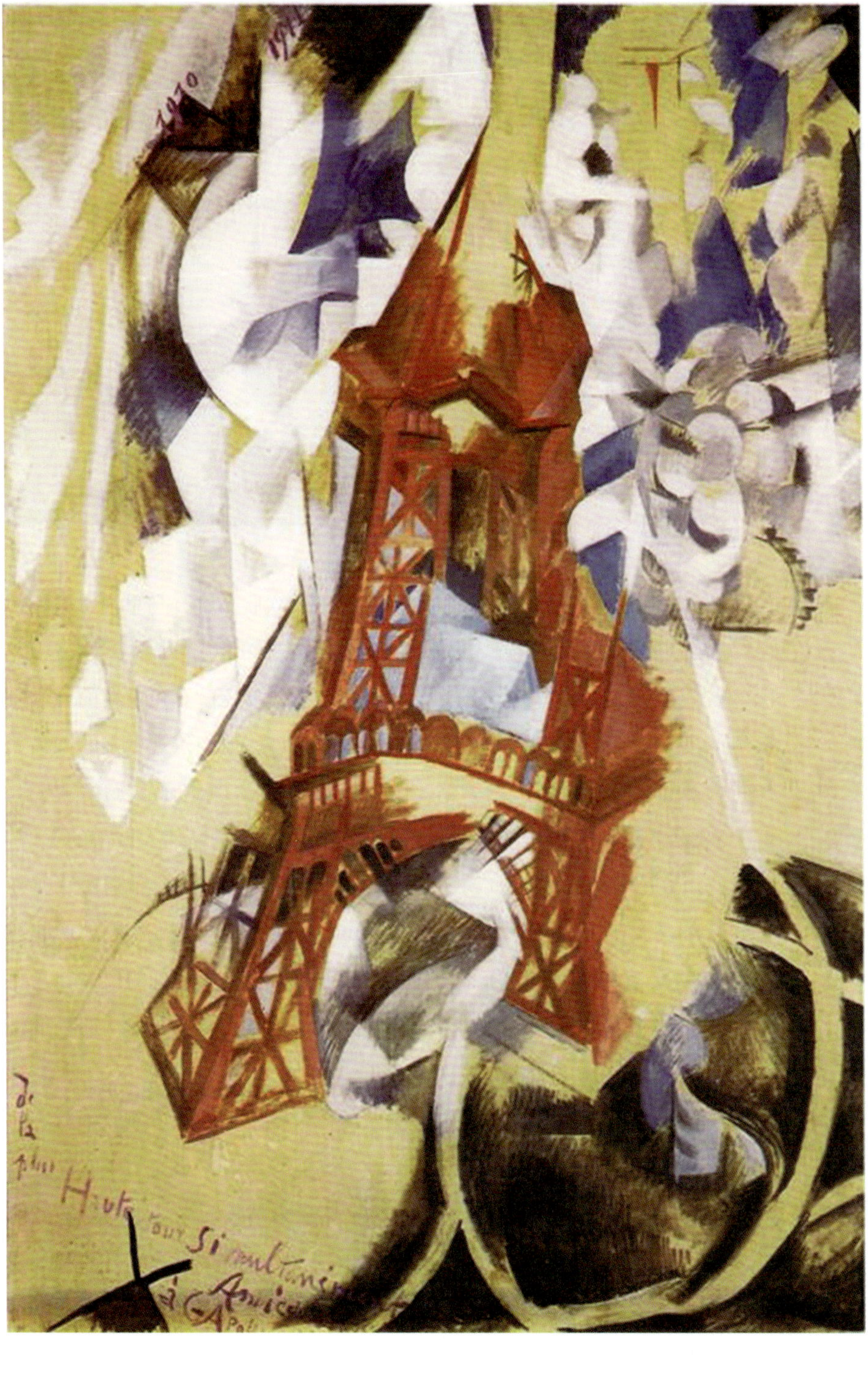

图11
心境二：离开的人
翁贝托·薄邱尼
1911年
布面油彩
70.8cm×95.9cm
现代艺术博物馆，美国纽约

为一个新的、工业化的、高科技的意大利而欢欣鼓舞。马里内蒂也相似地在《未来主义宣言》(*Manifesto of Futurism*，1909年) 中对卢浮宫中一座古希腊雕像发表了著名的观点，他称汽车"要比萨莫色雷斯的胜利女神（Victory of Samothrace）更加美丽"。或许，他们乐观主义的终极表达，便体现在路易吉·鲁索洛（Luigi Russolo）在其宣言《噪声的艺术》(*Art of Noises,* 1913年) 中对音乐的转化上。在《一座伟大城市的觉醒》(*The Awakening of a Great City*, 1913年) 等交响乐作品中，他通过一种专门打造的、被称为"噪声发生器"（intonarumori）的机械装置来制造汽笛声、蒸汽轰鸣声和警报声，从而表现出一个活灵活现的机械化乌托邦。这些作品在欧洲各地的音乐会中上演过，尽管它们的受欢迎程度各有高低。

共时性的概念，也给阿波利奈尔的诗歌带来了两个惊人的创新。他十分痴迷于德劳内的作品（德劳内的《埃菲尔铁塔》系列之一就是献给他的；图10），以及毕加索和布拉克一些更为细致的立体主义作品。他在诗作《克里斯汀路礼拜一》(*Lundi rue Christine*，1913年) 中，仅仅通过一些无心听到的对话片段，便抓住了体验的共时性，如此也避免了扮演打油诗人的角色，而成为一位报道街头诗歌的记者。这种效果，可以与立体主义拼贴画中采用的商业材料相提并论，后者创造了出人意料的共时性——从报纸到墙纸的各种现实切片在画中被并置呈现，从而表现出具有多样性的体验（图12）。阿波利奈尔则通过发明"图画诗"（Calligramme）进一步发展了这个创意。无疑，图画诗的灵感源于马里内蒂的"自由语言"（parole in libertà，1912年），后者通过运用不规则的排版结构来进行创新，从而提高了文字的冲击力，而前者则将文字排成图画的形态。其中，最简单的体现就是通过形状来表现文字的字面意思，比如在《下雨了》（Il pleut，1914年）一诗中，字母呈现出雨点翻滚的样子。然而，在《字母海》（Lettre-Océan，1914年）中，阿波利奈尔却把诗伪装成一封信——写给身在墨西哥的兄弟——通过字词旋转的结构，表达出与电报、旅行以及旧世界、新世界相关的复杂概念。

中欧的艺术家们似乎对科技进步抱有一种更加深刻的不信任感。他

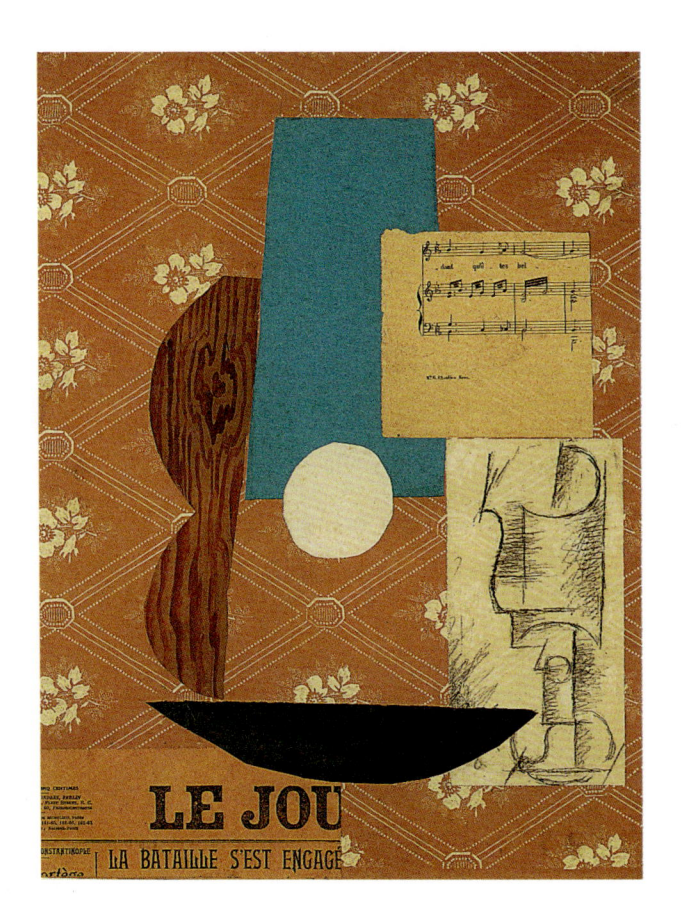

图12
吉他、乐谱和玻璃杯
巴勃罗·毕加索
1913年
贴纸、水粉和炭笔
121.9cm×91.4cm
麦克内伊艺术学会，美国圣安东尼奥

们养成了一种关注自然与情感之间联系的精神。在德累斯顿，包括基希纳（图13）在内的桥社表现主义艺术家们不时回到乡村，在当地充满活力地进行创作，而他们五彩缤纷的作品也带有一种回归野性的意味。在慕尼黑，马尔克对动物的反复描绘，则是出于对精神和自然力量之间联系的关注。这种对与自然断绝关系的焦虑，折射出更广泛的问题，也激起对于非理性的兴趣。在维也纳剧院（Viennese Theatre），阿图尔·施尼茨勒（Arthur Schnitzler）在富有争议的剧作《轮舞》（*Reigen*，1896年）中，通过让若干情侣排成一根人际链条来表达：是性将社会的各个阶层联结到一起。瑞典剧作家奥古斯特·斯特林堡（August Strindberg）在《朱莉小姐》（*Miss Julie*，1888年）等剧作中，揭露出一种压制人类精神的力量。这种对于想象与性驱力中非理性力量的研究，在表现主义艺术家中产生了巨大的效力。无疑，在奥地利画家奥斯卡·考考斯卡（Oskar Kokoschka）的舞台剧《谋杀者，女性的希望》（*Murderer, Hope of Women*，图14）中，残忍的强奸与谋杀也被处理得如梦似幻，而这正是多少被压抑的狂怒与暴力的缩影。

这些作品在科学议题中寻求支持，其中最有说服力的研究是西格蒙德·弗洛伊德的《梦的解析》（*The Interpretation of Dreams*，1900年）。弗洛伊德提出，所有不能被接受的欲望都被压抑、储存在心灵的潜意识层

图13
扔茅草的浴者
恩斯特·路德维希·基希纳
1910年
套色木刻
40.2cm × 54.1cm
史普格尔博物馆，德国汉诺威

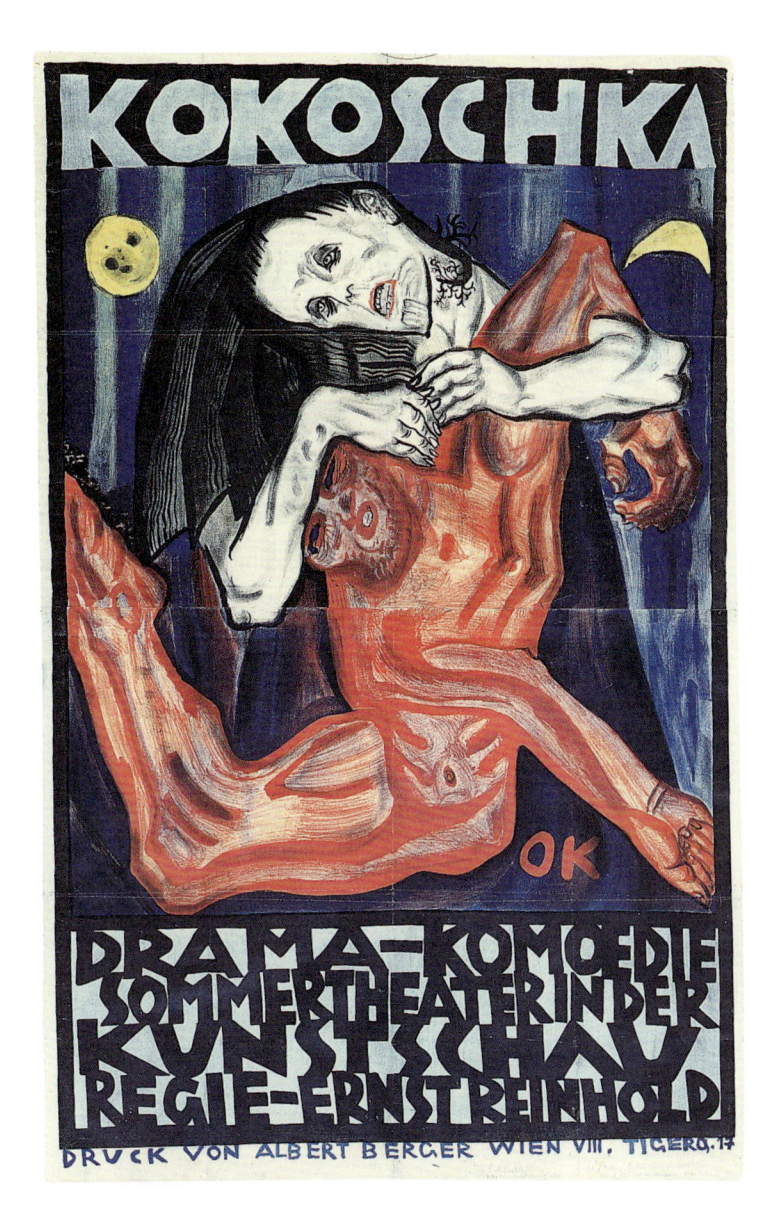

图14
谋杀者，女性的希望
奥斯卡·考考斯卡
1909 年
石印海报
118.1cm × 76.2cm
现代艺术博物馆，美国纽约

面。对于一小部分人来说，这些欲望通过非理性行为得到了宣泄，但总体来说，它们都是通过梦来表达的。这部理论教科书改变了人们对人类行为的惯常理解，它提出：在所有理性行为的外衣里面，总潜伏着被压抑的不安与欲望，它们会对人的每一个反应行为起决定性作用。这也揭示出，19世纪的彬彬有礼不过是一种虚伪的假象。权力机构用怀疑的态度来看待上述想法，而尤为重要的原因是，正如施尼茨勒的戏剧所表达的，在这些理论中，欲望是没有阶级界限的。一直到1911年，弗洛伊德的理论才开始在德国识字的公众中流行起来。1913年，《梦的解析》被翻译成英文，10年后它被翻译成法文，随后便产生了意义深远的影响。

27　　在这个时期，这些理念开始广泛地传播开来，艺术中的情感表达已经大致上升到比写实主义更具优势的地位。无论如何，艺术表现的手法已经被机械复制代替，电力的发明推动和促进了摄影、电影、留声机唱片以及古列尔莫·马可尼（Guglielmo Marconi）发明的无线电的发展。为了弥补绘画与戏剧失去的实用性功能，表现主义艺术家们实验了一些更具幻觉效果的手法，这在慕尼黑艺术家保罗·克利（Paul Klee）和阿尔弗雷德·库宾（Alfred Kubin）的绘画（图15）技艺中

图15
割麦者之死
阿尔弗雷德·库宾
1918年
纸上墨水
28cm×21cm
伦巴赫之家博物馆，德国慕尼黑

可见一斑。他们尝试将神话和梦混合起来，其效果接近于弗朗茨·卡夫卡（Franz Kafka）直面黑暗的写作，以及克里斯蒂安·莫根施特恩（Christian Morgenstern）更为幽默与令人困惑的诗歌，后者的《绞刑台之歌》（*Galgenlieder*，1905年）中就有一幅由若干点与短线组成的绘画。

这些手法为不同艺术家所用，为同时期不同艺术中心的抽象绘画发展做出了贡献，比如慕尼黑的俄国人康定斯基和莫斯科的卡济米尔·马列维奇（Kasimir Malevich），巴黎的捷克人弗朗齐歇克·库普卡（František Kupka），以及荷兰人皮特·蒙德里安（Piet Mondrian）。威廉·沃林格（Wilhelm Worringer）在其文化研究著作《抽象与移情》（*Abstraction and Empathy*，1907年）中，探讨了抽象事物与具有移情作用的事物之间的对立关系。然而，画家们的灵感源于别处。康定斯基和蒙德里安等人为神智学协会（Theosophical Society）和安妮·贝赞特（Annie Besant）宣扬的神秘主义教旨，以及C. W. 利德贝特（C. W. Leadbetter）的著作《思想形式》（*Thought Forms*，1905年）所吸引。在这些理论认知中，有一种由两极平衡（男与女、横与竖等）构成的世界框架。还有一种理念认为，刚入门的人能够感受到彩色光环或"思想形式"——它能折射出人的心理状态。这种观点站在了与欧洲实证主义相对立的反唯物主义立场上。

与这种神秘主义观念混杂在一起的，是人们对于所谓的"第四维度"的兴趣。"第四维度"的概念源于一些严肃的研究，包括亨利·庞加莱（Henri Poincaré）的《科学与假设》（*Science and Hypothesis*，1902年）和埃利·茹弗雷（Elie Jouffret）的《四维几何的初等论述》（*Elementary Treatise on Fourth Dimensional Geometry*，1903年）。加斯东·德·波洛夫斯基（Gaston de Pawloski）的《第四维国度之旅》（*Journey to the Land of the Fourth Dimension*，1912年）让这种兴趣开始风靡一时。法国艺术家、理论家马塞尔·杜尚曾推断，既然三维物体投下的影子是二维的，那么这个物体本身，则可能是某种四维物体的三维"投影"。这些论点与阿尔伯特·爱因斯坦（Albert Einstein）当时的《相对论》（*Theory of Relativity*，1905年，其中将时间视为第四维）并没有关联。不过，它们还是激起了公众对于神秘主义广泛的猜测和推断，相关刊物包括从德国的鲁道夫·施泰纳（Rudolf Steiner）的著作，到俄国彼得格勒[3]（Petrograd）的彼得·邬斯宾斯基（Petr Uspensky）出版的《第三种推论法：解开世界之谜的钥匙》（*Tertium Organum: A Key to the Enigmas of the World*，1911年）等等。当时，X射线已让人类看到本来看不见的东西。这些思想与这样的科技发展共同发挥作用，也对先锋派的图像实验造成了巨大影响。

神智学的神秘主义及其相关的理论系统，都激励艺术家立志创作出担负道德与社会责任的艺术。先锋派理论家在14世纪所谓的"意大利原始主义"艺术中寻求先例，比如，乔托（Giotto）的作品就响应了其

图16
加蓬（Gabon）的芳族人
（Fang people）所制作的面具
木头
高48cm
国立现代艺术博物馆，乔治·蓬皮杜中心，法国巴黎

3 今俄罗斯圣彼得堡市。——译注

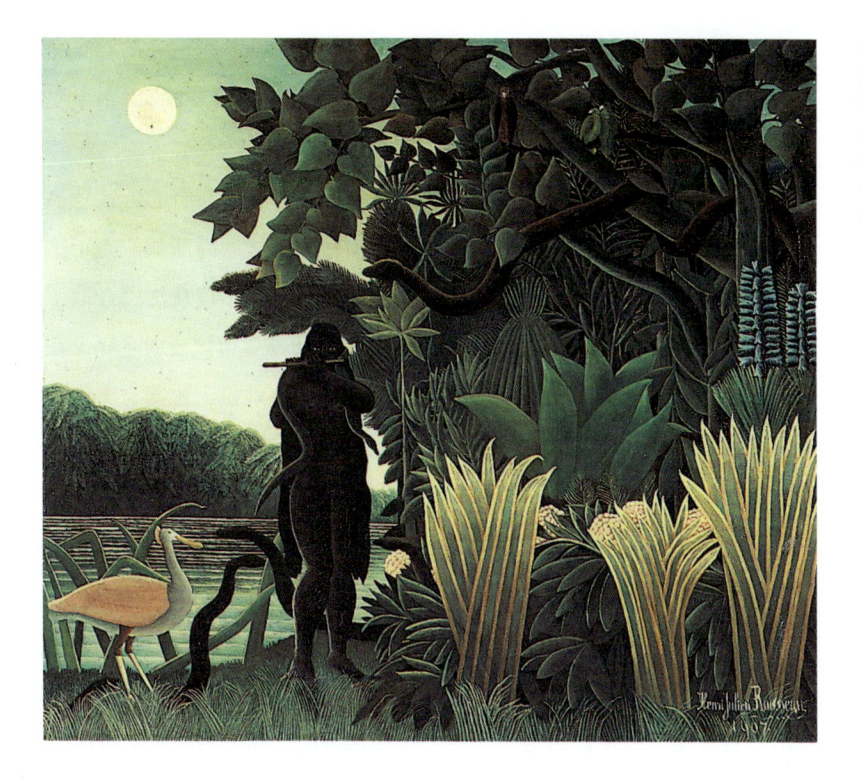

图17
弄蛇师
亨利·卢梭
1907 年
布面油彩
169cm×190cm
奥赛美术馆，法国巴黎

观众的情感需求。从某种角度来说，这竟然和 20 世纪的民间艺术或者未接受过专业训练的画家之作（图 17）不谋而合，比如"海关税务官"亨利·卢梭（"Douanier" Henri Rousseau）的作品。这些作品画面简单、色彩生动，对未经高雅文化沾染的主题给出了直接的情感反馈。在欧洲传统艺术之外的其他艺术中，也能找到类似的诚挚感，比如被归类为"黑人艺术"（L'Art Nègre）的非洲面具（图 16）与大洋洲的雕塑，以及埃及和希腊基克拉泽斯（Cycladic）群岛上的古代艺术。研究这些文化变成一种从传统中寻求解放的方式，并明确地表明：先锋派就类似于被当代文明利用的对象。

这种倾向鼓励一些人——比如表现主义者——去追随画家保罗·高更（Paul Gauguin）的脚步，从文明世界中退隐，为一种拒绝陈规旧俗且不愿被金钱与权力污染的艺术去寻找道德基础。独立的艺术家聚居地常与激进政治联系在一起，而当时打造这种聚居地已成为一个切实可行的议题。比如说，在瑞士阿斯科纳（Ascona）附近的威利塔山（Monte

Verità）上，来自欧洲大陆各地的艺术家们创建出一个知识分子的无政府聚居地。为攻击时下的价值观而重新积蓄力量，苏黎世的达达主义（Zurich Dada）的成员们也曾隐居于此。

在1900年至1914年间，德国日益增长的工业实力与野心，让欧洲笼罩在严重的政治危机之下，而艺术世界中革命激情的高涨却掩盖了这一点。1871年，德国在普法战争结束时统一为帝国，不仅从法国夺取了阿尔萨斯和洛林地区（Alsace-Lorraine），还趁着奥斯曼帝国衰弱之际，在北非以及近东地区扩展"影响范围"。为了巩固这一地位，德国与奥匈帝国、意大利结成同盟国，与之对立的则是法国、英国和俄国，后者希望保护自己与其他小国的共同利益，比如比利时和塞尔维亚。

这些军事联盟的建立，都是基于一个错误的信念，即：所有战争都只局限在一定的地域范围之内，而且比较短暂。回过头来看，1911年的阿加迪尔危机（Agadir Crisis）可以被视为一根导致一场更大规模冲突的导火索。德国人反对法国兼并西班牙殖民地摩洛哥，并向阿加迪尔港派出一艘炮艇，以保护当地唯一的一位德国侨民。在英国宣布支持法国后，一场军备竞赛便开始了。与此同时，意大利趁人不备，入侵了利比亚——它当时在名义上还是奥斯曼帝国的一部分，并在次年（1912年）对土耳其本土发动了一场声东击西的突袭。巴尔干半岛上的国家发现，是时候去解放他们被土耳其统治的邻国了。于是，希腊、黑山、塞尔维亚和保加利亚联合起来，伴随着空前的大屠杀，一路扫荡到离君士坦丁堡只有咫尺之遥的范围之内。随着这些联盟的解散，以及保加利亚在1913年试图要求获得更多领土的背景下，塞尔维亚、希腊与罗马尼亚又联合起来，实施了一次短暂且带有制裁性质的军事行动。

先锋派世界明显处于高度的封闭状态之中，他们以一种恐惧与惊异的目光，对巴尔干战争与入侵利比亚等极为残酷的事件隔岸观火。略为怪异的是，马里内蒂应聘成为巴黎《强硬报》（*L'Intransigeant*，阿波利奈尔是这份报纸的艺术批评家）的记者，并参加了对利比亚军事行动的报道，以求获得终极的现代性体验。1912年，他见证了保加利亚在阿德里安堡（Adrianople）对土耳其人的围攻，随后创作了非同寻常的拟声诗《锵·咚·咚》（*Zang Tumb Tuum*，图3），这首诗用革命性的排版方式，表现出枪炮轰鸣的军事冲突场面。现在看来，虽然他对战争的欢庆态度属于十分低劣的品位，但是他将理论付诸实践的勇气还是不容置疑的。毕加索则做出一种十分不同的回应——他用巴尔干战争报道的报纸碎片来创作拼贴画（见图12）。这些作品不约而同地表现出人类在战争中付出的代价，并对战争的非人性进行了公开的批判。

这些事件都是欧洲更为广泛的军事冲突的前奏。巴尔干各国形成的更加强大的政权让奥匈帝国十分紧张——这也是可以理解的，因为后者有许多源自这些国家的少数民族。1914年6月，奥匈帝国的王位继承人弗朗茨·斐迪南大公（Archduke Franz Ferdinand）在萨拉热窝进行友好访问时，被塞尔维亚的一位无政府主义者刺杀。奥匈帝国拒绝接受塞尔维亚王国抚慰性的外交努力，并开始进行军事动员。这随即导致了塞尔维亚一直以来的保护国俄国的军事动作，德国的军事动员紧随其后，英国和法国也在数日之内跟进。1914年8月，在主要的强国之中，只有意大利保持中立。由于艰险的地形以及奥匈帝国与俄国军队大规模的低效率运作，几场重要的战役都发生在远离引发军事冲突的地方。在8月和9月间，德国军队扫荡了整个比利时，包抄了法国的边防军队，并进入巴黎的抵抗炮火范围内。随着士兵们开始挖壕固守，那种认为军事行动会速战速决的预判便再也站不住脚。战壕开挖的这个冬天只不过是第一个，在之后的整整4个冬天里，系统性杀戮的悲惨程度令人无法想象（见图20）。

法国的政治宣传，将这场战争描绘成法国文化乃至欧洲文化对"野蛮残暴行为"的一场自卫战（图18）。保守分子抓住机会对国际先锋派进行攻击，并将立体主义与德国文化联系在一起，称现代主义的各个方面实际上都是在"通敌"。在爱国主义的压力下，这些花招奏效了。45岁的马蒂斯和患有结核病的阿梅代奥·莫迪利亚尼（Amedeo Modigliani）都有意参军。此外，还有一些曾经在巴黎的咖啡馆同桌吃饭、交流过的法德两国的艺术家们，也为爱国主义所召唤。他们之中的许多人，为曾经内心所抗拒的权力体系拿起了武器。尽管个中的问题和动机都要更为复杂，但是在接下来的几年中，这种决心还是造成了一种明显的分裂局面。来自各方、奔赴战壕的艺术家们，在面对人类生命的恣意消耗以及军队摧毁幸存者精神的破坏性力量后，大多数人都迅速体会到一种幻灭感。其中的一些人便转向达达主义，他们在这种风格中找到了一种对文化层面上的民族主义表达厌恶的方式，以及一种力图改变所有陈规旧俗的激进企图。

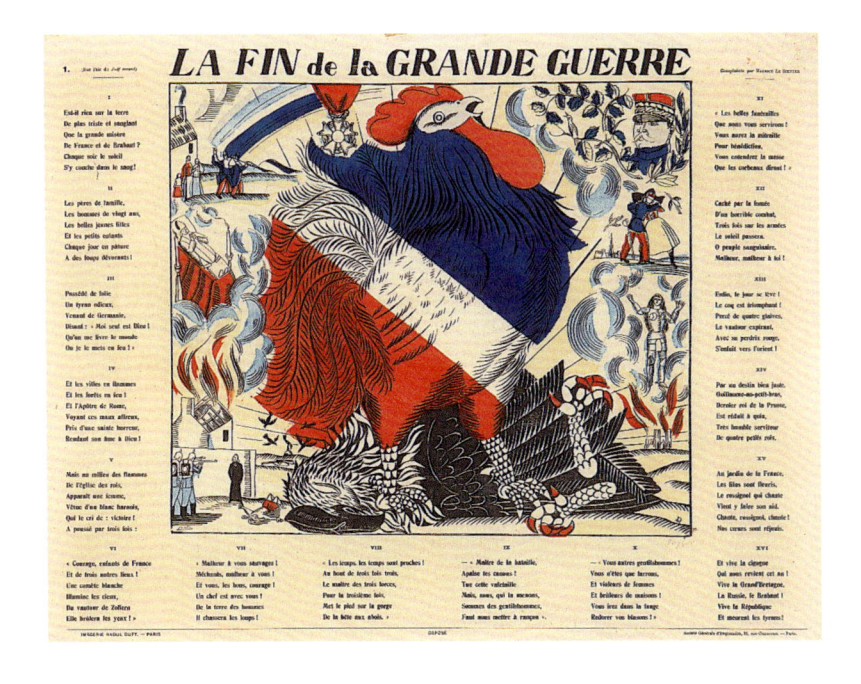

图 18
世界大战的结束
拉乌尔·杜飞

1915 年
纸上墨水和水粉
43.3cm × 55cm
荣誉军人院当代历史博物馆，
法国巴黎

第二章 达达的阳台

1915—1920年 苏黎世的达达主义

MOUVEMENT DADA

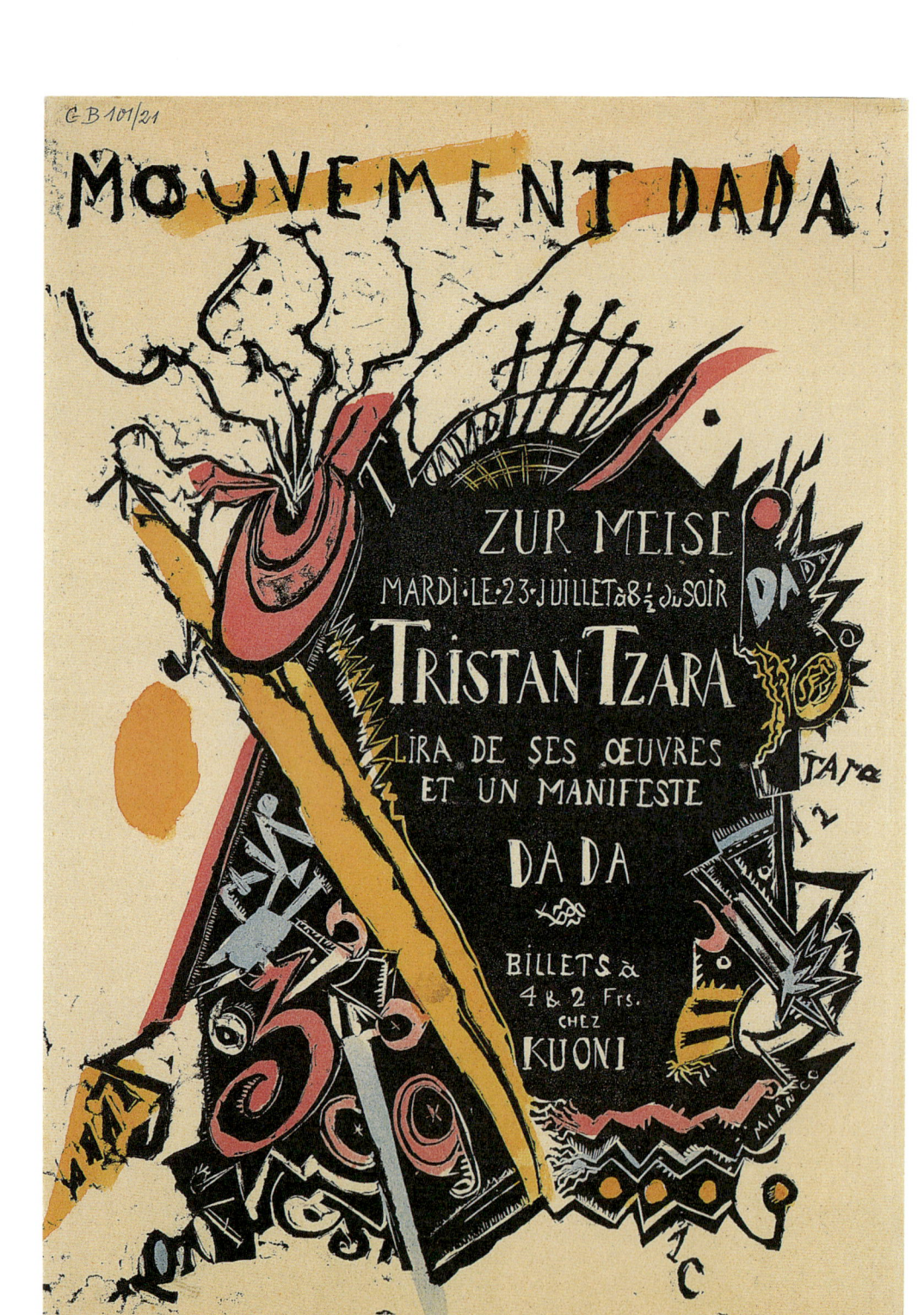

ZUR MEISE
MARDI·LE·23·JUILLET à 8½ DU SOIR
TRISTAN TZARA
LIRA DE SES ŒUVRES
ET UN MANIFESTE

DADA

BILLETS à
4 & 2 Frs.
CHEZ
KUONI

苏黎世是达达主义的诞生之处。虽然它地处先锋派发展区域的外围，但却位于欧洲被战争撕裂部分的正中央。不过，由几个不同民族组成的瑞士联邦依然完好，是一个政治中立的繁荣国家，环绕它的群山将呼啸的暴风骤雨隔绝在其境外。这场战争赋予了瑞士一个高度国际化的新角色：瑞士的城市既充斥着外交官和试图赢过敌人的间谍，又同时成为知识分子逃避战争的避难所。1915年与1917年的社会主义和平大会（Socialist Peace Congress）就在这里举办，而该会议的消息在别国被封锁了。瑞士的结核疗养院——托马斯·曼（Thomas Mann）在《魔山》（The Magic Mountain，1924年）中对它的描写令人记忆深刻——中住满了作家与知识分子，而咖啡馆中则全是革命者。他们之中不乏与众不同的人物，比如小说家赫尔曼·黑塞（Herman Hesse）和詹姆斯·乔伊斯（James Joyce）、诗人莱纳·玛利亚·里尔克（Rainer Maria Rilke）以及精神分析学家卡尔·荣格（Carl Jung）。弗拉基米尔·伊里奇·乌里扬诺夫（Vladimir Ilyich Ulyanov，即列宁）曾在苏黎世的艺术家聚集区居住过一段时间，他住在镜子大街（Spiegelgasse）21号，而达达主义者的酒馆就在同一条街的1号。他肯定曾经听到过他们在晚会上的喧哗声，不过并没有记录表明他做出了何种反应。

1916年2月，伏尔泰酒馆（Cabaret Voltaire）的创立是苏黎世达达主义的一个关键时间点。正是在这里，在雨果·巴尔与埃米·亨宁斯（Emmy Hennings）的引导与影响下，阿尔普、特里斯唐·查拉、马塞尔·扬科（Marcel Janco）和理查德·胡森贝克等人组成了一个团体。在这个令人难以置信的地方，他们的个人经验汇聚起来，生成了出人意料的思想结晶。这个地理位置也决定了达达主义会特色鲜明地让德法两国文化交融在一起，而在其他地方，这两种文化是为民族主义所隔离的。

阿尔普是阿尔萨斯人，他的籍贯暗示为什么他会有两个名字：让和汉斯（Hans）。他曾用法语和德语写出了离经叛道、充满幽默感的诗歌，而他的绘画作品以及他交往的艺术家熟人则反映出他对艺术的精神潜能所抱有的信念。1911年，他与瓦尔特·黑尔比希（Walter Helbig）和奥斯卡·吕蒂（Oscar Lüthy）两位表现主义画家，在卢塞恩（Luzern）附近的韦吉斯（Weggis）创建了现代联盟（Moderne Bund）。一年后，阿

图19（对页）
达达主义运动
马塞尔·扬科
1918年
木刻海报
23cm×14.7cm
苏黎世美术馆，瑞士

图20（含对页）
帕斯尚尔（Passchendaeale）战场，法国
1917 年
帝国战争博物馆，英国伦敦

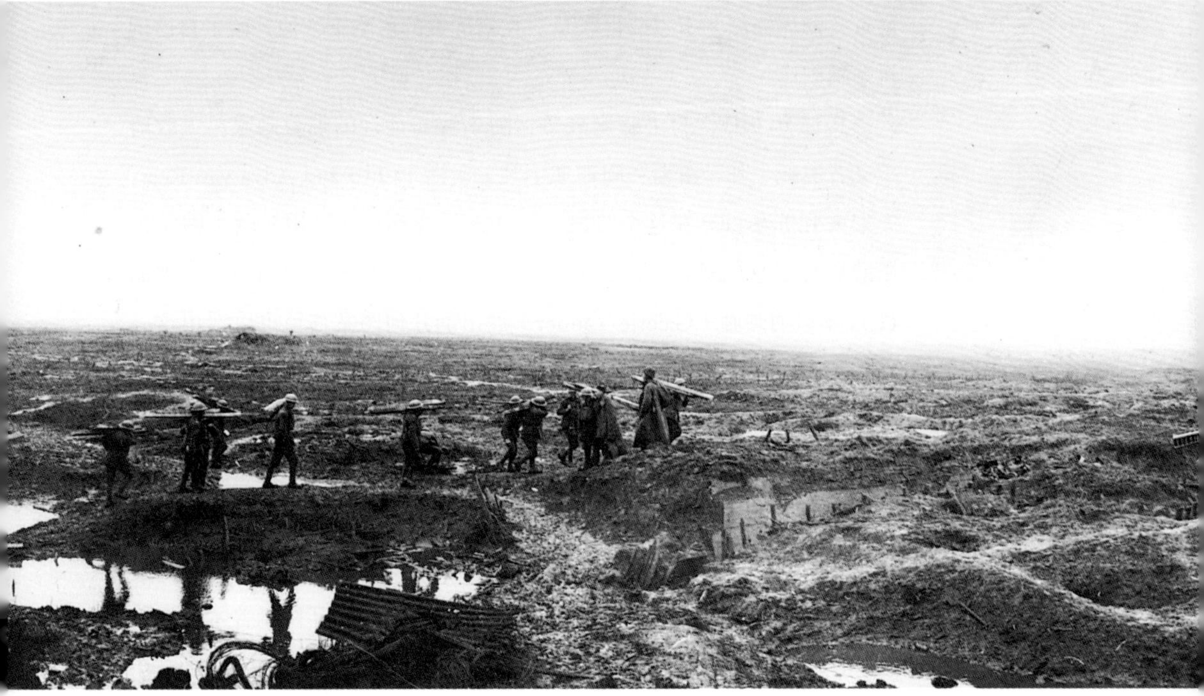

尔普来到慕尼黑，为康定斯基和马尔克主编的《蓝骑士年鉴》撰稿。康定斯基不久之前的著作《关于艺术中的精神性》(*Concerning the Spiritual in Art*，1911 年）让阿尔普相信抽象形态所蕴含的表现潜力，于是当时的他就已经开始尝试创作抽象作品。1914 年，他抵达巴黎，并和毕加索等最重要的先锋派艺术家取得联系。在毕加索的影响下，他开始了自己的拼贴画创作。

1915 年 9 月，为了躲避战争，阿尔普与荷兰的抽象画家、无政府主义者奥托·凡·雷斯和阿迪亚·凡·雷斯（Otto and Adya van Rees）夫妇来到苏黎世。在这个阶段，这 3 人尽管都还在沿用蓝骑士圈子采用的那种丰富色彩，但已经有了一种偏向几何形式感的趋势。从他们 11 月在坦纳画廊（Galerie Tanner）展出的几何图案挂毯可以看出这一点，上面的主要图形是正方形与长方形（图 21）。之后，查拉将这次展览视为苏黎世达达主义活动兴起的标志，而这无疑造成了两个直接后果。其一，这让阿尔普在画廊中与舞蹈家、画家索菲·托伊伯（Sophie Taeuber）相识。在十分强烈的直觉驱使下，他和她在艺术与感情上建立了关系——阿尔普的抽象创意（图 22）体现在托伊伯的油画与涂绘物件上（图 23 和图 25），而托伊伯的舞蹈动作也似乎受了阿尔普木浮雕中韵律的启发（图 24）。其二，这次展览让艺术商汉·科雷（Han Corray）向他女儿在苏黎世的学校推荐了阿尔普和奥托·凡·雷斯，建议委托他

图 21
坦纳画廊展览的海报设计
奥托·凡·雷斯
1915 年
拼贴
中央博物馆，荷兰乌德勒支

40　达达与超现实主义

图 22
几何形态拼贴
汉斯·阿尔普

1916 年
色纸与卡纸
89cm×69cm
汉斯·阿尔普与索菲·托伊伯·阿尔普基金会，
德国罗兰塞克

图 23
达达主义脑袋（汉斯·阿尔普肖像）
索菲·托伊伯

1918 年
彩绘木头
高 34cm
国立现代艺术博物馆，乔治·蓬皮杜中心，法国巴黎

图 24
森林,地面的形状
汉斯·阿尔普
1916 年
彩绘木浮雕
32.5cm × 19.5cm
阿尔普基金会,克拉马尔

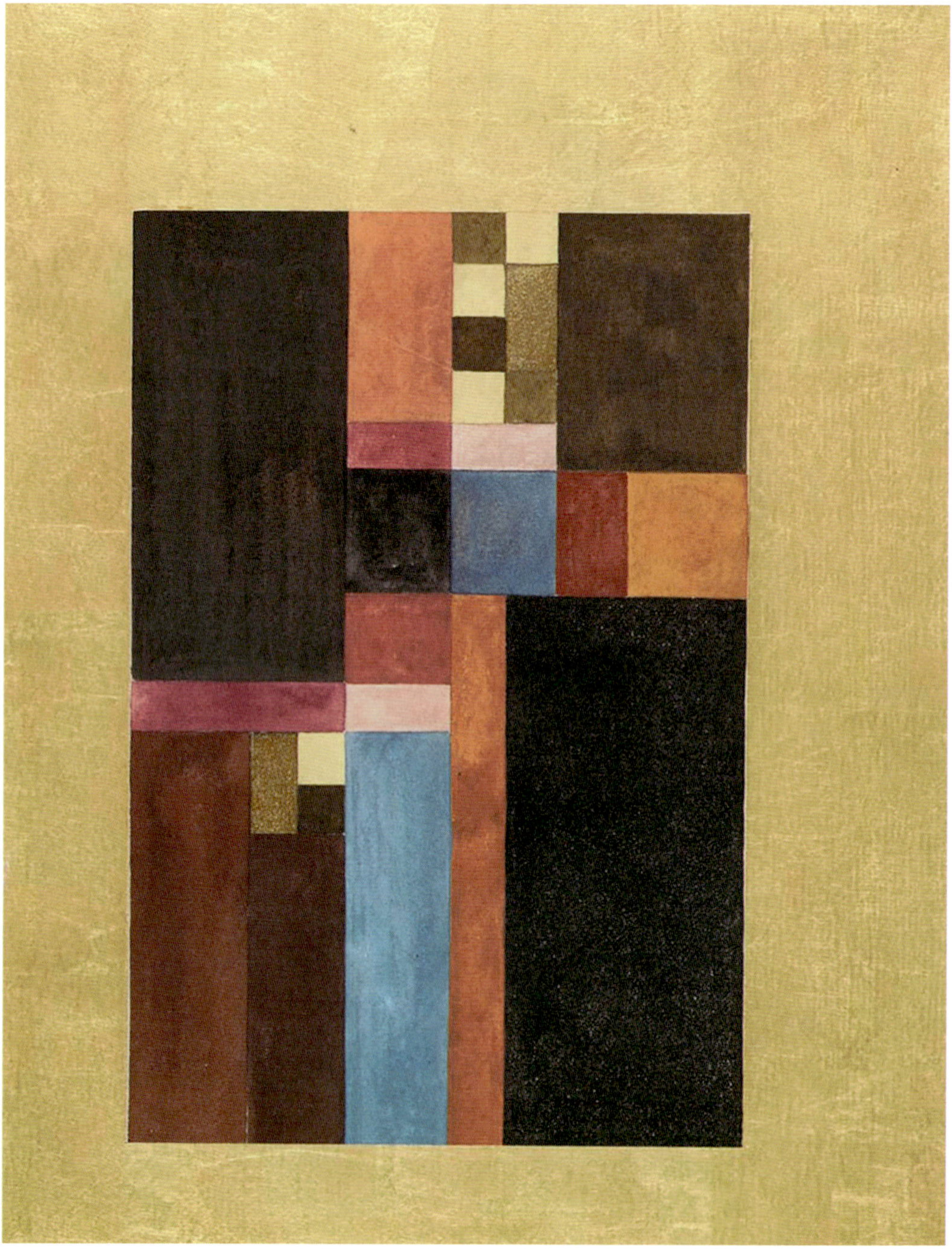

们来为学校进行室内装饰设计。因此，他们便创作出瑞士最早的抽象壁画。由于一些将抽象视为腐朽堕落的家长表示反对，这些壁画于1919年被涂抹掉了。

这4位艺术家，可能也是通过坦纳画廊才遇见巴尔和亨宁斯（图26）的。他俩在从德国来苏黎世之前曾在柏林和慕尼黑的表现主义实验剧场工作，巴尔还曾经于1912年担任过慕尼黑室内剧场（Kammerspiele Theatre）的总监。巴尔发现，康定斯基对全面艺术作品的兴趣与自己对剧场实验的兴趣不谋而合。除了帮忙在主打表现主义的狂飙画廊组织了一场先锋派绘画展览，巴尔还联合创办了一份在政治上十分激进的刊物《革命》（*Die Revolution*，1913—1914年）。

亨宁斯是一位诗人、舞蹈演员和歌手，尤其以诗歌朗诵（diseuse）而闻名。她与巴尔在慕尼黑相识后，成为他的搭档和妻子。战争爆发时，她为那些希望摆脱德国征兵的人伪造护照，因而短暂入狱。主动参军的巴尔却因健康原因被拒绝入伍。之后，为了亲眼见证战争，他于1914年11月前往比利时。然而，他厌恶自己看到的景象，并回到柏林。当他读到无政府主义者巴枯宁和克鲁泡特金的书后，深受启发，随即开始参与反战活动。在这些活动中，一位有文学抱负的医学生一直跟随他左右——这就是胡森贝克。1915年5月12日，巴尔与胡森贝克举办了一场"表现主义晚会"（Expressionistenabend），其中融入了意大利未来主义挑衅观众的技巧。回过头来看，这一行为十分危险，因为就在10天之后，意大利向德国的同盟国奥匈帝国宣战，并成为德国的国家公敌。由于害怕巴尔被征兵入伍，这对夫妻便使用亨宁斯伪造的护照逃往瑞士。在这里，得益于亨宁斯的演艺经历，他俩跟着马克西姆联合

图25（对页）
竖直，水平，方形，长方形
索菲·托伊伯
1917年
纸上水粉
23cm×15.5cm
苏黎世美术馆，瑞士

图26
埃米·亨宁斯与雨果·巴尔的肖像画，《伏尔泰酒馆》（1916年6月）的木刻插图
马塞尔·扬科

第二章 达达的阳台

流动歌舞团（Maxim-Ensemble Travelling Cabaret）勉强维生。1916年2月，他们对苏黎世一条小巷里一家酒馆的老板扬·埃弗拉伊姆（Jan Ephraim）提议：如果他将店改作伏尔泰酒馆，就能再多卖出一些啤酒。

涌入瑞士的德国流亡者带来了附带歌舞表演的酒馆，这在当时的苏黎世城里是一个新鲜事物。这些流亡者中包括胡戈·克斯滕（Hugo Kersten）、埃米尔·斯兹提亚（Emil Szittya）、康拉德·米洛（Conrad Milo）和瓦尔特·塞纳（Walter Serner），他们一起组建了巨人酒馆（Cabaret Pantagruel），并创办了两份反战刊物，《西北风》(*Der Mistral*)和《天狼星》(*Sirius*)。伏尔泰酒馆采用的就是这种形式，尽管这两家酒馆之间存在一定的竞争关系，但还是有一些人同时参加了两边的组织。

举个例子，艺术家马塞尔·斯洛德基（Marcel Slodki）就曾为《天狼星》绘制插图，并定期向伏尔泰酒馆提供作品。他用表现主义的核心创作媒介——木刻版画——来制作海报，其中强烈的黑白对比效果很好地捕捉到幽闭恐惧的心境（图27）。斯洛德基是伏尔泰酒馆中为数不多的几位来自奥匈帝国的艺术家之一，而阿图尔·塞加尔（Arthur Segal）（图28）与马克斯·奥本海姆（Max Oppenheimer）也是他的老乡，但他们的绘画手法更接近立体主义。奥本海姆在声援社会主义者的反战示威后，从维也纳逃至此地，他也是最早向巴尔与亨宁斯提议开酒馆的人

图27
《伏尔泰酒馆》（1916年6月）的木刻画插图
马塞尔·斯洛德基

46　达达与超现实主义

图28
红房子·二
阿图尔·塞加尔
1918 年
布面油彩
51cm×61.5cm
公立现代艺术博物馆，瑞士阿斯科纳

之一。

1916 年 2 月 2 日，巴尔发布的关于伏尔泰酒馆的新闻，引来了"苏黎世年轻艺术家"的投稿。3 天以后，在开张当天，巴尔在日记《飞出时间的航行》(*Flight Out of Time*，1927 年) 中这样写道：

> 当我们还在忙着钉钉子、张贴未来主义海报时，来了一个由 4 个东方面孔的小个子组成的代表团，有人胳膊底下还夹着作品集和图片……他们做了自我介绍——画家马塞尔·扬科、特里斯唐·查拉、乔治·扬科 (Georges Janco)，还有一位先生的名字，我没太听清。阿尔普刚好也在，我们只说了寥寥几句就心领神会了。

这些罗马尼亚学生的作品马上就被采纳了，查拉甚至在当晚进行了表演。他前一年秋天来到苏黎世学习文学和哲学，他青春洋溢的气息足以让人卸下防备。他早已将自己的真名萨米·罗森施托克 (Sami Rosenstock) 改为笔名特里斯唐·查拉，这个名字含有"国家中的忧伤"

的意思，是对罗马尼亚国内歧视犹太人的隐匿抗议。1912 年，当他还在布加勒斯特（Bucharest）时，就与诗人扬·维内亚（Ion Vinea）创办了刊物《象征》（*Simbolul*），其中折射出源自法国象征主义诗人的影响。他们下定决心，追随雕塑家康斯坦丁·布朗库西（Constantin Brancusi）等罗马尼亚同胞，投身国际先锋派。讽刺的是，查拉的父母将他送到苏黎世，原本是为了让他远离这些不良影响，然而他与马塞尔·扬科的相遇却让这个决定适得其反。扬科当时正在学习建筑学，也曾经为《象征》供稿，查拉曾经私下对他正在创作的画作表示鼓励。在向巴尔做自我介绍时，他们已经是一对搭档了。

强势的胡森贝克，是酒馆创始人中最后一个加入的。虽然他因为正在攻读医学，而免于被征入德国现役军队，但他仍被要求服兵役。这让胡森贝克相信，这场军事争端是虚无而荒谬的，并与巴尔一起在柏林对此进行抗议示威。在听说伏尔泰酒馆之后，他便以要在瑞士完成医学学业为托词，加入了这个组织，并立刻成为一位高调的成员，同时也是巴尔最热情的支持者，以及查拉愤怒的伙伴和对手。

他们为酒馆选取的名字，来自法国启蒙运动时期的哲学家、讽刺小说《老实人》（*Candide*，1759 年）的作者伏尔泰，而在瑞士的德语地区，这个选择具有十分重大的意义。这个名字表现出酒馆所包含的跨文化特质。在 1916 年 6 月出版的杂志《伏尔泰酒馆》中，巴尔写道："为了避免民族主义式的解读，这篇评论的主编宣称，本刊与'德国意识'撇清一切关系。"他列出了撰稿人的名单，其中有阿波利奈尔、康定斯基、马里内蒂等等，而这一举动便确认了这项事业在本质上具有的多语言属性。从第一个达达主义者开始，他们就比流亡者中任何其他组织都更加公开而批判地表明其关于祖国行为的道德立场。他们拒绝成为自己民族的代表，他们是独具一格的国际主义者，并在战争的残垣碎瓦中挑拣出时下先锋派作品中的宝石。同时，他们对瑞士的自满自大（撰稿人中并无瑞士人）也进行了攻击。这些都标志着，达达主义在苏黎世的身份，更像是一位叛逆的寄宿者，而非充满感激的来客。

"达达"这个名字，是于 4 月 18 日发明的，介于 2 月酒馆成立与 6 月刊物发行之间，并被所有参与其中的人视为一面旗帜。巴尔在刊物的前言末尾还承诺:"这篇评论将会出现在苏黎世,它名叫'达达''达达''达达''达达''达达'。"

关于这个单词来源的两种解释,也反映出查拉与胡森贝克之间后来的竞争关系。虽然查拉声称是他发明了这个词,但他当时写下的东西却并不支持这一说法,反而是他寄希望于其他人将意义注入到这个名字当中。在《达达主义宣言1918》(*Dada Manifesto 1918*)中,他宣称:

> 达达并没有意义……我们从论文中读到,克鲁人种(Kroo race)的黑人将神牛的尾巴称作:达达。在意大利的某些地方,一个方块,一位母亲,都可称为:达达。在俄语和罗马尼亚语中,竹马,儿科护士,还有一个双重肯定词,都同样可以称为:达达。

相反,胡森贝克在《达达向前:达达主义史》(*En Avant Dada: A History of Dadaism*, 1920年)中的记录则称,这个名字是他与巴尔一起为某位名叫勒罗伊(Le Roy)的夫人取艺名时,简单地将匕首随意插入字典再看这一页上有什么词而得来的。这种简单的方法中蕴含着对逻辑的进攻,也代表着达达主义的典型态度。然而,胡森贝克与查拉的相同之处就在于,他们都强调这个词在用于不同语言时所具有的不同意思。一个在各种语言之间不能互通的词,实际上正是疏离于这些语言之外的,这正像达达主义者对于当时发生的事件所抱有的置身事外之感。随着《伏尔泰酒馆》的出版,"达达"这个词被正式定为这个组织的名字——它的目的是要激怒人们,并且还成功了。

酒馆的第一场演出,就让国际先锋派在苏黎世闪亮登场(图29)。1916年2月5日开业当晚,巴尔和亨宁斯、勒孔特夫人(Mme Leconte)、扬科和查拉、奥本海姆、斯洛德基和阿尔普都参加了。墙上挂有奥本海姆、斯洛德基和阿尔普的画作,与它们并置的还有奥托·凡·雷斯和塞加尔的作品、毕加索的一幅版画以及雕刻家埃利·纳德尔曼(Eli Nadelmann)的一幅素描画。巴尔朗读了伏尔泰的、自己的以及好友——剧作家弗兰克·韦德金德(Frank Wedekind)的作品,而查拉则朗诵了自己的罗马尼亚语诗歌。亨宁斯进行了歌唱表演,而这个

图29
苏黎世舞会
马塞尔·扬科
1917年
布面油彩
99cm×101.5cm
以色列博物馆,耶路撒冷

节目的音乐部分则演奏了拉赫玛尼诺夫（Rachmaninov）与卡米尔·圣-桑（Camille Saint-Saëns）的篇章，现场还有一个俄罗斯巴拉莱卡琴（balalaika）乐团。这样，达达主义者本身既是艺术家，又是呈现他人作品的一种媒介。他们对艺术与语言的混合，也激起了未曾预料的共鸣。

达达主义者自身的作品风格，我们可以从阿尔普的诗歌《卡什帕死了》（*Kaspar is dead*，1912年）中一窥而知。全诗是这样开头的：

哎呀，我们亲爱的卡什帕死了

他现在会把烧着的横幅藏在云朵的辫子里，又愤怒地跷起大拇指，挖他每天的鼻子了

他现在会在原始的大桶里使用咖啡磨了

他会将田园鹿从石化变硬的袋子里引诱出来了

他会擤那些轮船雨伞养蜂人臭氧纺锤骨头金字塔的鼻子了

哎呀哎呀哎呀，我们亲爱的卡什帕死了，上天保佑我卡什帕已经死了

50　达达与超现实主义

这首诗的语调戏仿了葬礼上的演说（卡什帕是一种德国的提线木偶，相当于潘趣先生[4]），但又保有一种真实的失落感。这种对人们标准反应方式的改动，成为达达主义的一大标志。

在初步将自己的罗马尼亚文诗篇匆忙翻译成法语之后，查拉想出一个更加大胆且具有协作性的计划。1916 年 3 月 31 日，在"有酒馆节目的舞蹈晚会"（Dance Soirée with Cabaret Programme）中，"共时诗歌"（simultaneous poems）进行了第一次公开演出。其中，有几段诗句是被同时朗读出来的。查拉不仅将法国诗人亨利-马丁·巴赞（Henri-Martin Barzun）和斐迪南·迪瓦尔（Ferdinand Divoire）的作品放在其中，还包括了自己的作品《海军上将想租一幢豪宅》（L'admiral cherche une manson à louer）。这首诗不相关的三部分，分别由胡森贝克用德语、扬科用英语、查拉用法语同时诵读，还配有古典乐、口哨和嘈杂声。表演故意制造出粗腔横调的不和谐效果。这是对诗歌特有本质的进攻，也是对沟通方式的抨击，它超越了战前的一些实验，如巴赞的《共时的声音、韵律和歌曲》（Voix, Rhythms and Songs，1913 年）、阿波利奈尔的谈话诗以及马里内蒂的"自由语言"。这些语言——都发出了声音，但表达的内容却各不相同——是对各个国家之间战时宣传博弈的一种戏仿。

由于扬科的油画《伏尔泰酒馆》（Cabaret Voltaire）已遗失，阿尔普在《达达国度》（Dadaland，1948 年）中的描述，让我们多少了解到这些表演引起了何种反应：

> 在一间花哨杂色、过分拥挤的酒馆中，有几个怪异、独特的人像，描画的是查拉、扬科、波尔、胡森贝克、亨宁斯夫人以及对你毕恭毕敬的服务员。这完全是一场群魔乱舞。身边的人全都在大呼小叫，大笑，比画。我们仿佛是一群中世纪的流言散播者，做出的回应是爱的叹息、打嗝的连发、诗歌朗诵、牛叫、喵喵地叫，等等，我们获得了虚无主义者的荣誉称号。

观众们接下来于 3 月 31 日欣赏的首次公演，也令人困惑不解。根据藏于图书馆中真正的非洲诗歌，查拉和胡森贝克编造了许多首不同

---

4 《潘趣先生》（Mr. Punch）是英国一部传统的木偶剧，也是一部悲喜剧，距今已有 400 年历史。——译注

图 30
黑人歌的草图
马塞尔·扬科
1916 年
纸上炭笔
73cm×55cm
苏黎世美术馆，瑞士

的"黑人歌"（*Chants Nègres*，图 30），并伴着胡森贝克击打大鼓的节奏，用原文进行朗诵。在这种完全原始的状态下，"黑人歌"就像共时诗歌一样，对于观众来说没有传递出任何含义，但却带有一种纯粹的挑逗性。他们更加严肃认真地提出，要通过引入未被污染的纯净事物——一种看待非洲的激进观点——来重振陈腐的欧洲传统，尽管这种观点或许仍然带有殖民性。

在接下来的几个月中，还诞生了"黑人舞蹈"（Dances Nègres），其主要特征是四肢的强烈舞动和身体的扭曲变形。黑人舞蹈中的服装使用了原色和几何形状，并配有令人震惊的面具。虽然真正的非洲面具在先锋派圈子里已经为人熟知（见图 16）——在 1906 年至 1907 年间，这些面具在巴黎影响了马蒂斯、德兰（Derain）和毕加索的绘画（见图 105）——但达达主义者的面具则是被扬科以现代主义的方式重塑过的。他们用简单形状与强烈色彩（图 31）的强大感染力将最为粗陋的材料——纸板、纸、线、油漆——融合起来，与节奏的即时性相对应。借用这些面具，扬科将非洲艺术视为一种与欧洲传统决裂的手法，并暗示艺术完全可以用最简陋的材料创作出来。

1916 年 5 月底，达达主义者们又举办了一场同样重要的"伏尔泰艺术联盟盛大晚会"（Grand Evening of the Voltaire Art Association），其

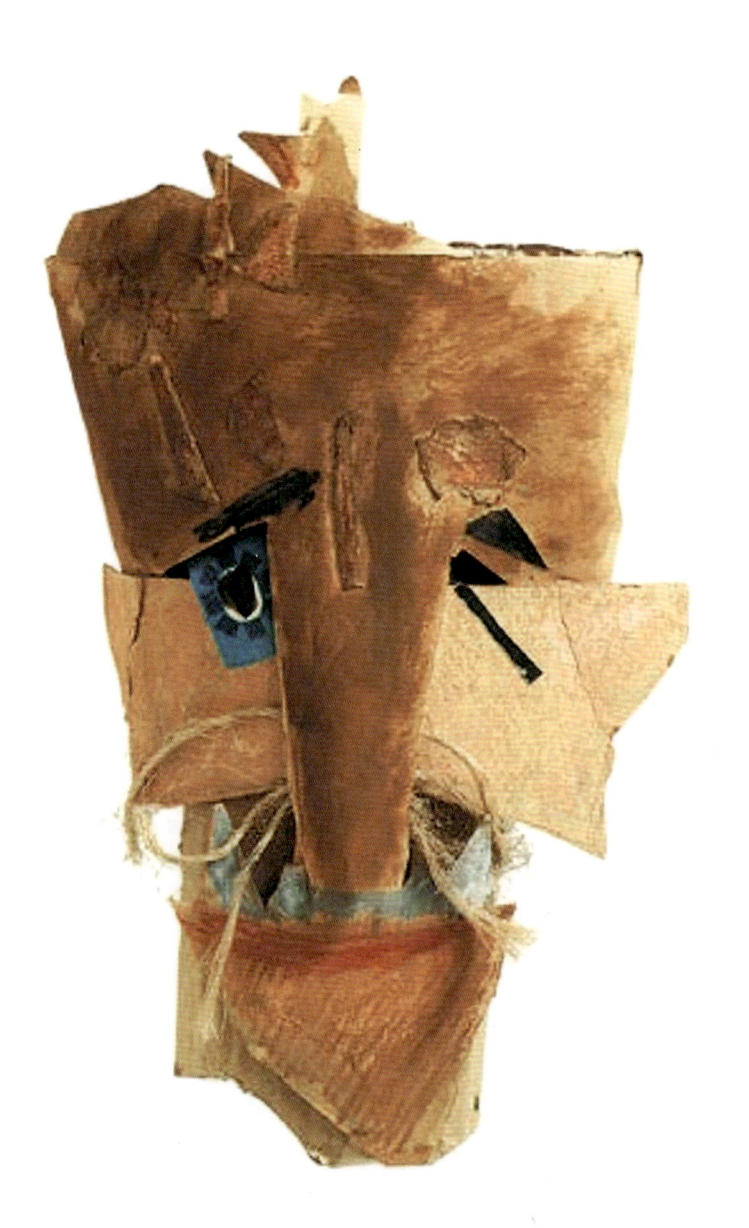

图31
面具
马塞尔·扬科
1919年
水粉、粉笔、纸、卡纸和麻绳
高45cm
国立现代艺术博物馆,乔治·蓬皮杜中心,法国巴黎

中包括巴尔的一场名为《耶稣诞生剧》(*Eine Krippenspiel*)的"喧哗音乐会"(concert bruitiste)。这个灵感或许是受未来主义者路易吉·鲁索洛的《噪声的艺术》的启发。不过,巴尔运用语言的方式有些不同。他相信,新闻和政治已经不可救药地贬低了字词的意义,而这昭示着西方文明在更广泛意义上的腐坏衰落。作为解决方案,他提出要通过将字词变为声音来解构语言。巴尔将这些结果称为"声音诗"(Lautgedichte)。7月23日晚,他朗读《大象大篷车》(*Elefantenkarawane*)时,一个一个音节地诵读,并通过音节的韵律、发音和音量,来传达一种在情感层面上能够让全世界都理解并进行解读的意义元素。他在《飞出时间的航行》中对首次演出的记述,在今天读来还近在眼前。尽管巴尔的意图十分严肃,但他却有意在外观上呈现出滑稽的一面(图32):

> 我为此特地给自己做了一套特别的戏服。我的双腿套在用闪耀的蓝色纸板做成的圆筒里,一直到我的臀部,因此我整个人就像一座方尖碑一样。在上面我又套了一件用纸板剪出来的巨大罩衣,里面是鲜红色,外面是金色。罩衣在脖子处拴上,令我可以通过抬肘与放肘给人一种挥动翅膀的感觉。我还戴了一顶高高的、蓝白条纹的巫医帽……我穿着圆筒时走不动路,因此他们在黑暗中把我抬上

图32
表演中的雨果·巴尔
1916年5月

台，然后我慢慢地、肃穆地开始念道：

加德吉·贝里·比姆巴

格兰德里迪·拉乌里·隆尼·卡多利

加德贾玛·比姆·贝里·格拉萨拉

格兰德里迪·格拉萨拉·吐弗姆·伊·金布拉比姆

布拉萨·格拉萨拉·吐弗姆·伊·金布拉比姆……

重音念得越来越重，而随着辅音的声音变得越来越尖锐，语气也逐渐加强。很快，我发现，要是想继续保持严肃（而我想要尽一切努力保持严肃），我表达的方式可能与我舞台上的浮夸造型并不相称……沉重的元音序列和（《大象大篷车》中）大象重步缓走的节奏，赋予了我最后一次渐强的效果。但我要如何结尾呢？这时我发现，我的声音已经别无选择，只能运用如古代教士哀叹一般的抑扬顿挫……最后，我像一位有魔力的主教一般，被抬下了场。

这是唯一留存至今的记述。尽管巴尔在其中添加了回忆的修饰性"花边"，但是当时的吟诵本身肯定是独特而非凡的。其中明显的无意义性所造成的深远影响，远远盖过了它所引发的争议，也令它成为对抗陈规的一件武器，并开启了对既有价值观进行全面修正的可能性。阿尔普、查拉和胡森贝克很快就都开始创作并表演自己的声音诗，而胡森贝克《幻想祷文》(*Phantastische Gebete*，1916 年) 也于当年夏天发表。据说他的母亲在收到这本书后，泪水夺眶而出，觉得他恐怕已经疯了。

在 1916 年夏天最后的几场演出中，这一群人开始朗读最初源自马里内蒂的达达主义宣言。查拉善于将理论、直接的冒犯和假意的道歉三者不动声色地结合起来，而他在这一点上尤其得心应手就已经预示，他在该组织中将拥有越来越中心的地位。1916 年 7 月 14 日，"沃格"会馆餐厅 (Zunfthaus zur "Waag") 举办了达达晚会。这是该活动第一次在比伏尔泰酒馆能容纳更多人的场地举办。巴尔与查拉两人所朗读的宣言，虽然看似要解释达达主义，但实际上又特地回避给出任何答案。这些都是令观众感到丧气或迷惑的经典桥段。巴尔在宣言中还介绍了更多声音诗，并且宣言本身也沾染上一些声音诗的味道，而摒弃了传统意义上的语言。他解释道：

> 文字浮现了，文字的肩膀、双腿、双臂、双手。嗷、喂、呃。人不能让文字跑出来太多。一行诗就是一次机会，把被诅咒的语言上沾染的污秽完全清除，仿佛这些污秽是由股票经纪人之手抹上去的一样，而他们的手已经被硬币磨平。在诗结束和开始的地方，我都要合适的字词。达达主义就是文字的心脏。

查拉的《安替比林先生的宣言》(*Monsieur Antipyrine's Manifesto*，1916年)更加直接而富有好斗性。它开头宣布了数条显然无关紧要的说法，仔细想想的话，这些句子很明显都是在挑战所有的陈规旧俗：

> 达达主义就是没有卧室拖鞋或者类似东西的生活；它既反对又支持统一性，并明确地反对未来；我们都足够聪明，都知道自己的脑袋就要变成松软的垫子了，知道我们的反教条主义就像公务员一样排外，知道我们都呼喊着自由，但却毫无自由……达达主义存在于欧洲脆弱的框架下，它还是大便。但从现在起，我们想要各种颜色的大便了，用来打扮挂满了各国领馆旗帜的艺术动物园……这就是达达主义的阳台，我跟你们保证。在阳台上你可以听到所有行军的声音，然后走下来，一路劈开空气，就像六翼天使降落在公共浴池中，撒尿，然后懂得了寓言的意义。

查拉抨击的强烈冲击力在外界引起了恐慌的情绪，而这是极其合理的，因为在酒馆存在期间，埃里希·冯·法金汉上将（General Erich von Falkenhayn）在凡尔登（Verdun）持续执行着其"让法国军队流尽最后一滴血而亡"的战略。

这两份宣言表现出两位作者之间越来越大的鸿沟。巴尔的声音诗演出重新唤醒了人们处于休眠状态的精神需求，而他也将此视作一次告别。他和亨宁斯退居到瑞士的阿斯科纳，度过了这一年余下的时间。《安替比林先生的宣言》昭示着达达主义的领导权已移交给查拉，而他也越来越享受"达达马戏团"中驯兽师的角色。

然而，1916年6月，随着达达主义活动的参与者退居乡间避暑，伏尔泰酒馆永久地歇业了。在接下来的几个月里，他们仅有的公开活动迹象，是完成了三册装的《达达主义全集》(*Collections Dada*)，其中包括查拉的《安替比林先生的第一次天际冒险》(*La Première Aventure céleste de*

图33
《幻想祷文》的封面
汉斯·阿尔普

1916年
木刻
23cm×14.7cm
苏黎世美术馆，瑞士

第二章 达达的阳台　57

M. Antipyrine）、胡森贝克的《夏拉本·夏拉白·夏拉梅佐迈》（Schalaben schalabai schalamezomai）和《幻想裤文》，前一本配有扬科的木版画插图，后两本的插图都是由阿尔普创作的（图33）。木版画的好处是便宜、耐用（使用的是和印刷一样的技术，因此可以印在许多本刊物中）。木版画作为一种创作媒介，尤其与表现主义饱含恐惧与忧虑的意象相关。阿尔普和扬科两人都刻意避免这一点，而是倾向于个人化的抽象形态。他们创造的形象，就像他们为其搭配的诗句一样，在外部世界中都没有可比之物，但却通过粗糙的木纹假象保留了自然的意味。

这些出版物起到的作用，是为达达主义塑造了一个可定义的公共身份。在查拉的指引之下，达达主义终究是要成为一场有自己刊物的先锋派运动，尽管它并没有事先定好其内容规划——因此便成为一场反艺术的反运动。达达主义已经聚集了一系列独立艺术家，并形成一个松散的联盟。他们无法达成任何共识，除了都一致认为要反对既存的价值观。巴尔相信，伏尔泰酒馆已经让他们与当代文化对艺术家的预期决裂。查拉将此视为一项长处，然而，他在推动更加激进的打破偶像运动的同时，也愿意退回到文化思潮中来挑战它。因此，当胡森贝克看穿他露骨的野心后，也对他进行了毫不留情的批判。像巴尔一样，胡森贝克对于组织一场运动的看法抱有怀疑，并准备回到柏林，尽管他一直到1916年末才离开。

达达主义者对所有陈规旧俗的攻击，以及他们对战时爱国主义号角的拒绝，都不是容易坚守的立场。他们被斥责为虚无主义和非政府主义，并因立场中立——这个词此时已成为一个尖锐的贬义词——而受到批判。由于文化权力机构企图抵挡来自达达主义的进攻，达达主义在国外的合作者也受到巨大的压力——他们不愿意与这种拿捏不准的国际主义牵扯到一起。尤其是在巴黎，阿波利奈尔和艺术商保罗·纪尧姆（Paul Guillaume）都觉得，他们只能协助支持协约国的苏黎世小组举办的活动。

1916年夏天，苏黎世达达主义的结构发生了改变，原先的小组已经分裂。8月28日，罗马尼亚加入战争，与英国、法国、俄国站在一边，也马上让查拉和扬科成为潜在征兵对象。11月，查拉被一个专家组叫去体检，以确定其身体是否健康以及能否入伍。他成功地假装精神紊乱，还拿到了一份证明。（阿尔普面对德国专家组的检查时，也以相似的办法蒙混过关——他回答每一道问题时，都以纵行的形式写下自己的生日，最后再把这些数字加起来，得到一个巨大的总和。）到了冬天，一场德奥联合的军事行动横扫了罗马尼亚。国与国之间的关系越来越紧张，但这肯定也是查拉为达达主义注入新活力的源泉。

到了1916年中期，其他的达达主义成员们也开始对这场运动产生影响。9月底，托伊伯举办了一个"文人节"（Fête Littéraire），证实了达达主义者与拉邦学校（Laban school）的舞者们之间日益靠近的关系，后者是开创性舞蹈家鲁道夫·冯·拉邦（Rudolf von Laban）的一群追随者。从前线赶来的新合作者有年轻的德国表现主义画家汉斯·里希特（Hans Richter）、他的作家朋友阿尔伯特·埃伦施泰因（Albert Ehrenstein）和斐迪南·哈德科普夫（Ferdinand Hardekopf）。尽管有兵役在身，但里希特还是于那年夏天在慕尼黑举办了一场回顾展，而他于1916年9月的加入，让达达主义改为举办艺术展览的转型得到了强化。无疑，这其中也反映出阿尔普、扬科和其他一些人的要求。1917年1月，一场由查拉组织的达达主义艺术展在科雷画廊（Galerie Corray）开幕，这标志着这些努力结出了硕果。该展览展出了阿尔普、扬科、斯洛德基、奥本海姆、吕蒂、奥托·凡·雷斯、阿迪亚·凡·雷斯，以及新人里希特和约翰·W.冯·恰尔纳（Johann W. von Tscharner）的作品。展览期间，查拉做了3场关于当代艺术的讲座，而巴尔——有几分是由于其中的教育意味——被说服后也回来了。汉·科雷为达达主义者们提供了常驻展览空间，并且在查拉与巴尔的共同领导下，该画廊于1917年3月成为新成立的达达画廊（Galerie Dada）。这家画廊在其短暂的运营期间，一共举办过3次展览，前两次展出的是来自柏林狂飙画廊的作品，主打康定斯基和克利，而4月举办的第三次展览则包括了弗里茨·鲍曼（Fritz Baumann）、马克斯·恩斯特、考考斯卡和库宾的作品。这时整个达达主义事业看上去已经远离了随性的酒馆时代。不过，巴尔那些热衷于政治的朋友们，也曾经就晚会的精英主义和高昂的入场费表示过抱怨。

图 34（对页）
想象的自画像
汉斯·里希特
1917 年
布面油彩
53.5cm×38cm
国立现代艺术博物馆，乔治·蓬皮杜中心，法国巴黎

达达画廊的演出被限制在 6 场以内，他们提前进行的准备，也令结果更加专业化。拉邦学校的舞者们在伏尔泰酒馆观看了黑人舞蹈后，为之深深惊叹，随即加入进来，这便提升了这个团队的丰富性。舞蹈转瞬即逝的特性，意味着达达主义在这个新领域中的延展已经处于视线之外。然而，我们也可以清楚地看到，这些舞者成功地从体育性和非对称性的运动中，构建出一种新的优雅与魅力。托伊伯和苏珊·佩罗蒂提（Suzanne Perrottet）从达达小组成员话语的韵律或者即兴创作的音乐中，衍生出达达主义舞蹈的各种形式。瑞士作曲家汉斯·霍伊泽尔（Hans Heuser）的参与，也为其音乐增添了一丝新的严肃性。霍伊泽尔在 1917 年中期参与活动的时间较长，并在一场专门演奏其作品的晚会（1917 年 5 月 26 日）上让这个演出季达到高潮。这种将舞蹈和音乐融合进来的做法，在允许完整表达的领域内扩展了达达主义活动，使其在不经意间接近了一战前 "全面艺术作品" 的概念。

1917 年 3 月，达达画廊开张当天的标志性活动是一场晚会，这些新成员和其他人都参与其中。第二场晚会则更加雄心勃勃，除了黑人舞蹈，还包括由考考斯卡创作、巴尔与亨宁斯主演、扬科进行服装设计的《斯芬克斯与稻草人》（*Sphinx and Strawman*，1909 年）。这个复杂的戏剧节目使之后的晚会都相形见绌，包括 5 月举办的 "新老艺术晚会"（*Old and New Art Soirée*），它着重表现了中世纪与当代两种幻想故事之间的连续性。这场晚会与第三次展览同时开幕，其中，达达主义者用自己的作品代替了表现主义者的位置。参展的有扬科、阿尔普及其朋友黑尔比希、吕蒂以及奥托·凡·雷斯和阿迪亚·凡·雷斯，与他们一同展出的除了斯洛德基与塞加尔，还有新人恰尔纳和里希特（图 34）。鲍曼同克利和奥古斯特·马克（Auguste Macke）也接到了邀请，而查拉将基里科（Chirico，图 41）、莫迪利亚尼和恩里科·普兰波利尼（Enrico Prampolini）也包含在内的举动，反映出他在国外新建立的人脉关系。

预料之中的是，查拉对同道们的艺术发表了怪异另类的评论，但他在《艺术笔记 18》（*Note 18 on Art*）中，表达出对抽象形式的支持［《达达·第一期》（*Dada I*），1917 年 7 月］：

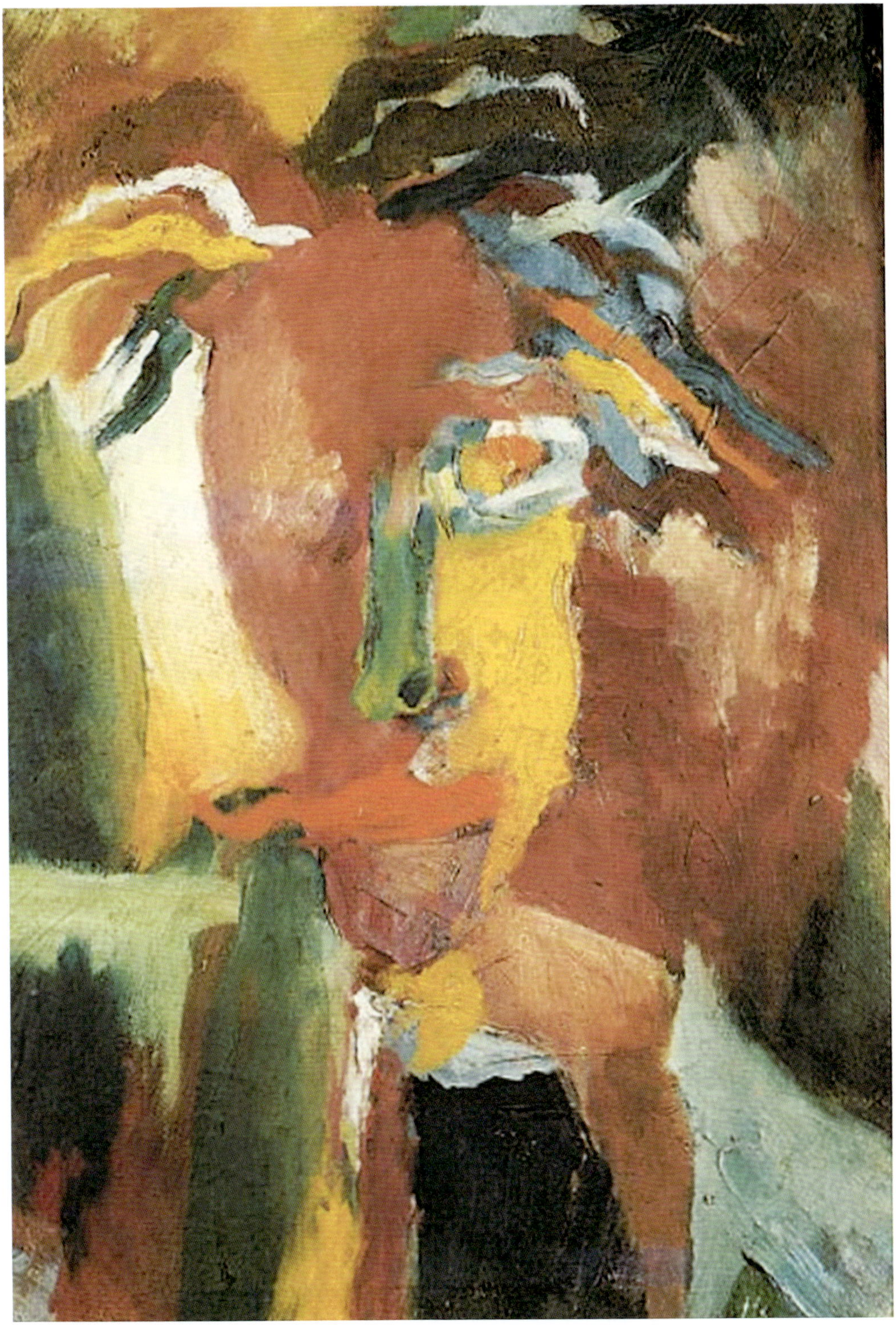

艺术是目前唯一被构造出的、自成完整体系而又不可多发一言的东西，这便是艺术的丰富、活力、意义、智慧——去弄懂去看……许多艺术家都不再在物体中和外部世界里寻求答案了。他们要么关心宇宙构成，要么早已决定要简单、明智、严肃。今天艺术家的多样性，是包在一种巨大的、晶体状的自由中受挤压的喷射水流。他们的努力，在世界的纯净中，以及在正在形成的简单意象之隐藏构造的透明性与物质性中，创造出清澈的新器官。他们正在发扬之前的传统，而他们的进化，也像一条蛇一样，慢慢地想要越过表面与现实，直奔他们内心中刚刚好的结果。

查拉提到传统，是一个有趣的花招，目的是表示对历史的接受，但可以确定的是，他所说的"历史"基本上指的是过去5年里的抽象"传统"。正如康定斯基在《关于艺术中的精神性》中所写的那样，查拉也将抽象艺术视为内心必然需求的一种表达，而无关乎外部的世界或物质性的传统。在这一点上，他很显然是受了阿尔普的影响，后者对展览的作用也很大。阿尔普关于这一主题的想法，已经在一年前被巴尔记录在《飞出时间的航行》中：

> 阿尔普大声说出对于绘画大神们（表现主义者们）夸夸其谈的不满……他想要把万事万物看得更加有规律，少一些恣意妄为，不那么充满色彩与诗意。他更推荐平面的几何形状，而不喜欢绘画版的创世神话或天启景象。当他提倡原始性时，他说的是第一幅抽象的素描略图——明明知晓所有的复杂性，却又有意避开。情感必须被清除，分析也是，只有抽象本身应该出现在画面上。他对圆形和方形以及锐角相交的线段怀有一种喜爱。他更喜欢使用清楚明白的（如果是印刷出来的话，会更好）颜色（明亮的纸张和布料）。他也特别喜欢引入机械性的精确度……如果我没有理解错的话，他并不太关注丰富性，而是关注简单性。

对于理论家巴尔来说，这种秩序与德国式的理性是联系在一起的，因此他也批评了自己的祖国。对于艺术家阿尔普来说，这意味着剥除掉表现主义所带有的情感，而去追求一种比人类建立的秩序更高级的秩序。阿尔普在 1916 年的作品中延续了他早期的简化风格，使用了很多出人意料的几何形状和材质，使得构图中的各种形状能够互相呼应（见图 22）。这些几何形态也表现在阿尔普对类正方形纸片的运用上（见 1917 年 12 月《达达·第二期》中的一张拼贴画图片）。画中，这些纸片边靠边排列在一起，因此整个构图就可以基于这种轻微的不规则性，生长构成一种形式上的演化过程。对商业纸张的采用，也让艺术家可以不用刻意选择颜色和色调。

在含有这张拼贴画的关于阿尔普的评论文章中，查拉将重点放在作者排列出的神奇生长元素上："但这名画家是一位创造者——他懂得如何制造出一种有机生命的形态。他做出选择。他能让人类变得更好。他精心打理意图的花园，并进行掌控。"

在阿尔普的拼贴画中，最具革命性的是那些"根据运气的法则"创作出的作品（图 35 和图 36）。在这两幅作品中，纸片飘落在哪里，他就把它粘在哪里。里希特回忆道，这种后来被视为达达主义创作核心的技巧源自艺术家用相对正统的方法来构图时所遭受的挫败感。阿尔普只是把作品撕碎，再往地上一丢，但之后却发现，这种散乱的排布是一种更自由、更具暗示性的手法，它无须艺术家精准眼光的熟练度和判断力。如果将达达主义视作一种"反艺术"，那么这种方法便是其中一种最纯粹、最具挑衅性的姿态，其成果在形式和美学上也具有巨大价值。通过让运气如此直接地干涉创作过程，艺术家的角色也缩小到令人震惊的程度，这也默默暗合了世界当下的状态——命运已经压倒了人类为计划和安排所做的决定。西方社会的理性主义已经被证明毫无价值，而阿尔普也开始对东方哲学中的不同思想萌生兴趣。他的方法与道教的占卜书《易经》之间，有明显的相似之处。书中记载着，投下几根蓍草秆就能预知未来。这也暗示着，运气的随机排列也可能反映出宇宙的秩序。

运气在这些拼贴画中的用法，也可以被应用到诗歌的范畴中，如阿尔普在《路标》（*Wegweiser*，1953 年）中这样回忆道：

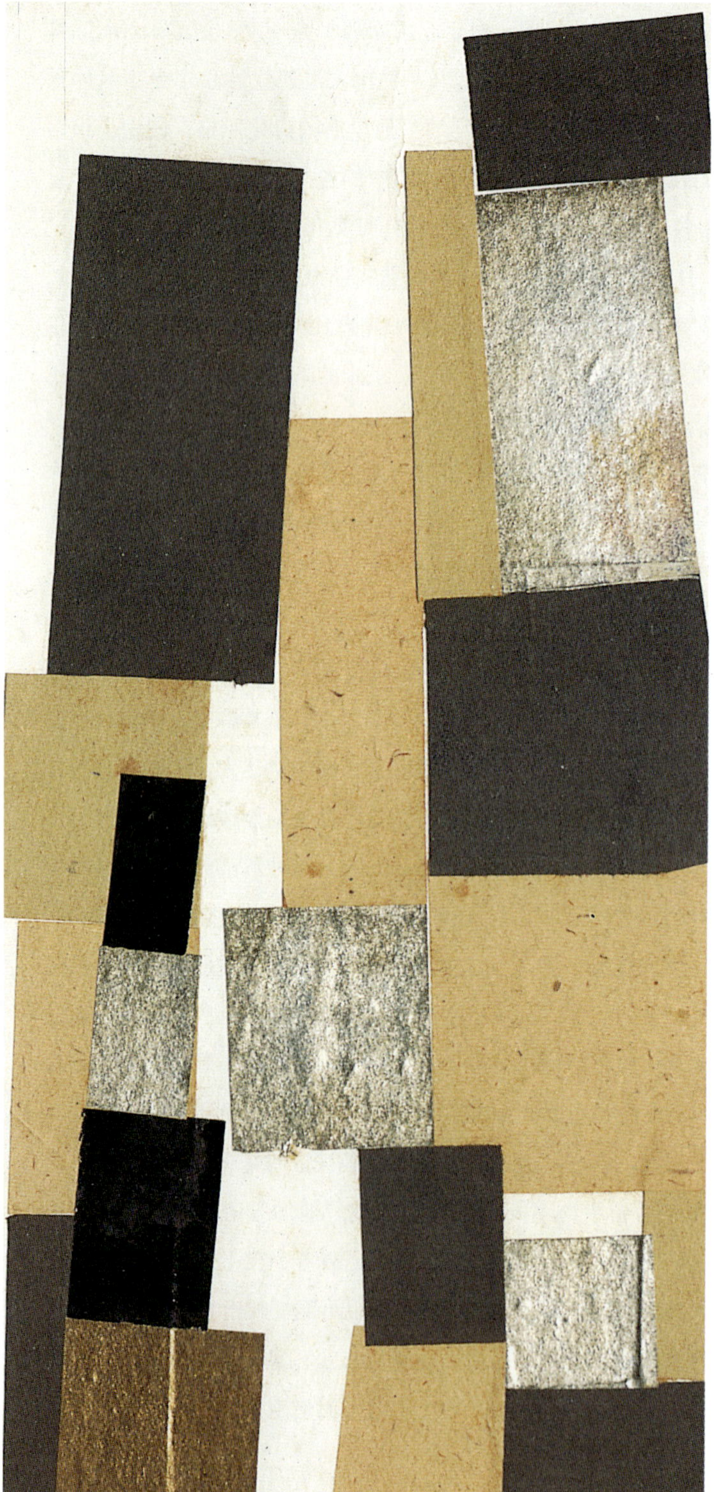

我常常闭着眼睛，用铅笔在报纸上画线，以选出一些单词和句子。我把这些诗作称为"阿尔普的玩意"（Arpaden）……我们想要穿透事物，到达生命的本质。因此，报纸上的一句话，也能像翘楚诗人所写的诗句那样抓住我的心。

图35（对页）
根据运气的法则所作的拼贴画
汉斯·阿尔普
1916 年
25.3cm × 12.5cm
巴塞尔美术馆，瑞士

这种"阿尔普的玩意"，和查拉之后在 1920 年 12 月写下的《脆弱之爱与苦涩之爱的宣言》（*Manifesto of Feeble Love and Bitter Love*）中提供的配方相似：

"写一首达达主义诗歌"
找一张报纸。
找几把剪刀。
你想让你的诗有多长，就从报纸里选一篇多长的文章。
把文章剪下来。
然后，小心地将文章里的每个单词都剪下来，再放到一个袋子里。
轻轻摇一摇。
然后，一片一片地，把每块纸片拿出来。
认真仔细地，把每个词按照拿出来的先后顺序写下来。
这首诗会和你长得很像。
然后，你看——这是一位具有无限创造力的作者，具有如此迷人的感受力，尽管俗众是无力欣赏的。

并不奇怪的是，阿尔普对自然中隐藏的排列规律感兴趣，而这种规律存在于理性系统之外。他已经开始通过用木版画刻下类似微生物的形状，来探索植物生长的几何形态。这些都呈现出一种象形文字的质感，并将最基本的生物形体符号进行提纯——瓶形、叶子、肚脐——直到它们在本质上都达到一种高度的简洁性为止。

扬科的木版画也同样越来越有机化。这些作品复杂的形式，也跟与他同时代的石膏浮雕有所关联，那些浮雕体现出对非正统的廉价材料的

图 36（左图）
根据运气的法则所作的拼贴画
汉斯·阿尔普
1916 年
40.4cm×32.2cm
巴塞尔美术馆，瑞士

图 37（右图）
祷告，夜里的光芒
马塞尔·扬科
1918 年
彩绘石膏
47.7cm×37.5cm
苏黎世美术馆，瑞士

进一步利用（图 37）。1917 年初，阿尔普就已经创作过一些浮雕作品。尽管他的创作规则与扬科十分不同，但他对较浅层次和强烈色彩的运用则和扬科是相似的。对于版画，阿尔普是将木板切割成生物形态，其中层层堆叠的各层是由清晰可见的螺丝钉固定起来的，并以明亮的色彩进行区分。因此，达到的效果便是，一堆不相干的物品之间具有一种出人意料而又有机的关系（见图 24 和图 38）。阿尔普忠实于他认为运气很重要的信念，因而让一位木匠来切割和拼接木片。这也给了他一定的阐释自由度。

里希特创作的素描画、木版画与扬科相似，不过他的绘画一度被认为具有明显的表现主义特征：浓重的颜色、充满活力的笔触以及人物形象在情感上的扭曲。他在"幻想肖像"（见图 34 和图 39）系列中，表现出削减艺术家控制之后的效果——这些画绘制于黄昏时，因而其色彩和形状更多是由运气决定的。值得注意的是，他在遇到瑞典隐士画家维金·埃格林（Viking Eggeling，图 40）后，转向一种更为克制的抽象形式。确切地说，他们与阿尔普、扬科一起将达达主义推向抽象化，并获得了诸如奥古斯托·贾科梅蒂（Augusto Giacometti，图 44）与鲍曼——他们对抽象艺术在瑞士的推广发挥了重要作用——等其他画家的支持。

1917 年 5 月底，达达画廊歇业，这类机会大大减少。巴尔与亨宁

图 38
飞鸟与蝴蝶的埋葬（查拉的脑袋）
汉斯·阿尔普
1916—1917 年
彩绘木浮雕
40cm×32.5cm
苏黎世美术馆，瑞士

斯毅然离开，而巴尔回归政治，并向伯尔尼的左翼报纸《自由报》（*Die Freie Zeitung*）供稿。在 1916 年夏天的几个月里，达达主义的活动又开始依赖于出版物。《达达·第一期》于 1917 年 7 月出版，而《达达·第二期》于同年 12 月出版。作为佐证，这份刊物支持了查拉曾经宣称"达达主义运动已经开始了"的言论，并且凸显出他想要在国际舞台上留下身影的决心。这份刊物的出版时间恰逢美国对战争进行干涉，这可能也表示，查拉已经在等待战后时代的到来。

从此以后，查拉增强了与法国及意大利的联系，而削弱了与德国的关系。他在巴黎的联络人包括作家皮埃尔·阿尔贝-比罗（Pierre Albert-Birot）和皮埃尔·勒韦迪（Pierre Reverdy）。后来的《达达·第三期》（1918 年 12 月）刊载了他俩的作品，而他们也分别在自己的刊物《声·想·色》（*SIC*[5]）与《南北》（*Nord-Sud*）中宣传了达达主义的活动。《达达》这本刊物的发行如此不规律（由于经费不足），因此也意味着查拉不得不一直保持定期与他们通信，才能留住这些联络人。

达达主义与意大利的关联也很多样化，从为《达达》前两期撰稿的意大利作者的高占比就可见一斑。这些联络人中并没有那些曾经在伏尔泰酒馆露面的正统未来主义者，但是包括了后来被称为形而上艺

[5] 刊名全称为《声音·想法·色彩·形式》（*Sons, Idées, Couleurs, Formes*）。——译注

第二章 达达的阳台

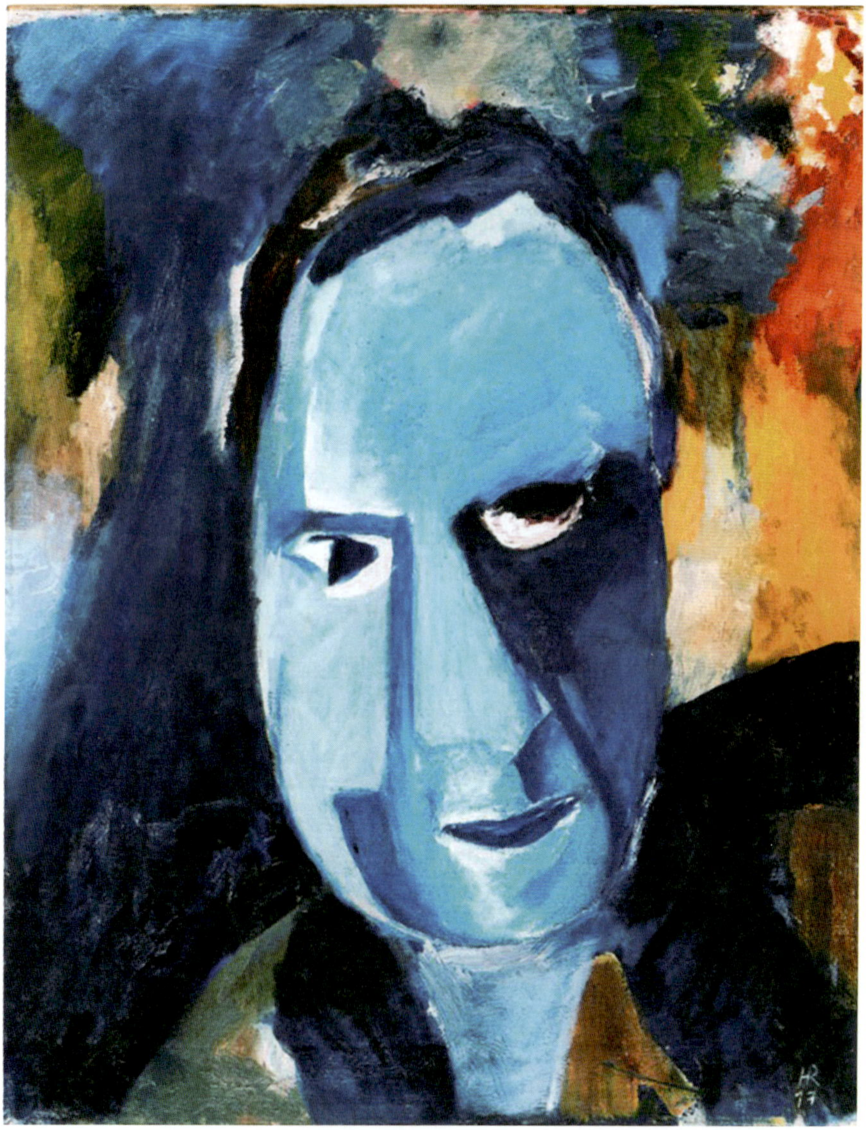

术（Arte Metafisica）小组的画家们，比如音乐家、作家阿尔贝托·萨维尼奥（Alberto Savinio）和他的哥哥乔治·德·基里科，以及前未来主义者卡洛·卡拉（Carlo Carrà）等等。他们的作品都根植于德·基里科关于破败城市空间（广场与柱廊）的忧郁而神秘的意象以及出人意料的并置手法。在《达达·第二期》中，有一幅插图就是他关于巴黎的油画《国王的邪恶天才》（*The Evil Genius of a King*，图41）。他在这些空间中添加的充满神秘意味的人体模型，后来成为他最引人共鸣，也最常被模仿的发明。这个发明本身就是一种象征战争非人性化体验的隐喻。

萨维尼奥除了向查拉供稿，也充当了与弗朗切斯科·梅里亚诺（Francesco Meriano）和比诺·比纳齐（Bino Binazzi）的博洛尼亚语刊物《旅》（*La Brigata*）的联络人。1917年5月，有人在苏黎世的晚会上朗读了梅里亚诺的诗，而一个月后，查拉就邀请他在意大利共同发起达达主义运动。他们试图在意大利创建一个苏黎世达达主义小组分部，这样的首次尝试却被几次阴谋事件所阻挠。财政问题逼得《旅》不得不停

图39（对页）
蓝人
汉斯·里希特
1917年
布面油彩
61cm×48.5cm
苏黎世美术馆，瑞士

图40
构图
维金·埃格林
约1916年
布面油彩
50cm×35.5cm
巴塞尔美术馆，瑞士

图 41
国王的邪恶天才
乔治·德·基里科
1914—1915 年
布面油彩
61cm × 50.2cm
现代艺术博物馆，美国纽约

图 42
M 字的构图
克里斯蒂安·谢德

1920 年
彩绘木头和金属浮雕
高 70cm
苏黎世美术馆,瑞士

刊，而梅里亚诺很快也被征召入伍。然而，在临行之前，他还是花了些时间，向达达主义的组织者推荐了在罗马新创刊的、普兰波利尼担任主编的刊物《我们》(*Noi*)。普兰波利尼曾因发表宣言《我们去炸学院吧》(*Let's Bomb the Academies*，1913年)而被赶出罗马学院(Rome Academy)，并恶名远扬，但他当时却受到未来主义者的欢迎。之后，他们进行了激情洋溢的探讨和交流，普兰波利尼的版画登上了《达达》前三期，而查拉的《冷黄色》(*Froid Jaune*)与扬科、阿尔普的木版画也被收入《我们·第一期》(1917年6月)。然而，这些举动引起了意大利民族主义者的注意，他们对中立立场怀有戒心，这促使批评家玛格丽塔·萨尔法蒂(Margheritta Sarfatti)这样写道：

> 为何要刊发空无一物、没有任何结构的内容……比如说，从……苏黎世来的H.阿尔普所写的《木头一号》(*Bois n.1*)？阿尔普先生在政治上是中立的。在艺术上，他看起来就和那些德寇(Boche)一样，对此我只能说：首先，人们应该对此抱以怀疑态度；其次，人们应该保护好自己不被他们渗透。

普兰波利尼并不愿公开为达达主义辩护，而来自未来主义者的明显敌意，也令查拉断定继续培育与意大利的关系只会造成更多麻烦，不太值得。当年秋天，意大利军队在卡波雷托(Caporetto)的溃败，让奥匈帝国夺走了北方若干大片长条形土地，随之高涨的爱国主义让双方的合作变得愈发艰难。1918年，达达小组与意大利的交流遭到抑制，变得极其缄默。

在瑞士境内，新的合作关系即将缔结。1917年末，《天狼星》的前主编瓦尔特·塞纳与查拉取得联系。他之前在日内瓦待了很长一段时间，而克里斯蒂安·谢德(Christian Schad)当时也在那里工作和举办展览。通过塞纳，谢德临时加入了达达小组。和阿尔普一样，谢德也在进行涂绘浮雕实验，不过他的作品是用各种不相关的材料制成的(图42)。他的作品灵感源于机械人形，和亚历山大·阿契本科仍属写实主义的"绘画雕塑"(peinto-sculpture)有相似之处，他们曾经于1919年

12 月在日内瓦共同展出过。

或许,谢德的摄影实验作品"谢德摄影"(Schadograph,图43)要更有意义一些。他将物体置于一张光敏相纸上,再将其暴露在光线下,这样就可以制造出一张未采用相机拍摄的照片。被光照射过的纸面会发白,因而物体的显影就会呈现出负像,它们的形状也没入黑暗中。这种构图和效果在很大程度上是由运气决定的,因此它们的形态也在抽象和出人意料的幻觉效果之间游移。谢德摄影的效果与 X 光类似,它似乎是要确认并呈现一个不可见的世界。基于达达主义的目的,对摄影机制的缩减是一次针对理性世界的胜利,但是后来真正在这方面进行彻底探索的是其他地方——法国与德国——的达达主义者。谢德本人一直离群索居,仅仅参加过日内瓦为数不多的达达主义活动。

1917 年末的《达达·第二期》的插图明确地反映出,苏黎世达达主义艺术家们已全身心地投入创作抽象形式的作品,其中的艺术家包括德劳内、康定斯基和普兰波利尼,以及当地艺术家奥托·凡·雷斯、阿尔普和扬科。这个潮流,让在瑞士工作的抽象画家们于 1918 年 4 月结成一个新的组织。这个被称为"新生活"(Das Neue Leben)的组织,可以

图43
无题
克里斯蒂安·谢德
1918 年
谢德摄影
16.4cm × 12.7cm
苏黎世美术馆,瑞士

图44（对页）
五月早晨
奥古斯托·贾科梅蒂
1910年
布面油彩
133cm×133cm
巴塞尔美术馆，瑞士

被视为一个与达达主义小组同时存在的相似团体。阿尔普、托伊伯、扬科和吕蒂通过它也加入到鲍曼、贾科梅蒂（图44）等人的行列中，并共同在苏黎世与巴塞尔（Basle）进行展出。尽管这些作品包含的是相同的信息，但是新生活小组是以推广和展出抽象艺术为目标，而这还是属于传统的商业操作手段，达达主义则一般会对此回避。

他们不得不为达达主义另寻出口。这一点也反映出，由于缺少资金以及查拉的神经病症，达达主义活动又一次几乎消失。此时，达达主义活动的中心已经转移到德国，胡森贝克于1918年4月开始组建"柏林达达主义"（Berlin Dada）。然而，同年夏天，查拉为了挽回失地而做出两点努力：他出版了《二十五首诗》（*Vingt-cinq poèmes*，1918年），其中附有阿尔普的木版画，还于7月23日在梅森基尔特会馆（Zunfthaus zur Meise）举办了第七届晚会，并挑衅性地将它称为"特里斯唐·查拉晚会"（Soirées Tristan Tzara）；他在之后的《达达·第三期》中发表了《达达主义宣言1918》。这是一篇富有爆炸性和攻击力的长篇大作，其中称："达达的诞生，是出于对独立的需求，是出于对社群的不信任。"他十分机智地为这一进攻论点提供了支撑。文章开头，他就抖出一个机灵的讽刺包袱：

> 我正在写一篇宣言，而我什么也不想要，但我还是想特地说点什么。在原则上我是反对宣言的，就像我反对原则一样（量化每一个阶段道德价值的措施——这太容易了，近似法就是由抽象主义画家发明的）。
>
> 这篇我正在写的宣言，是为了证明在呼吸新鲜空气的动作中，你可以同时进行两种相互矛盾的动作。我是反对行动的。至于持续不断的否认和肯定，我对它们既不支持，也不反对，而且我也不会进行解释，因为我讨厌常识。

他先用这种机智将观众哄进一种虚假的安全感中，然后便加快进攻的步伐，提高进攻的锋利度。在艺术讨论的掩护下，他质疑了所有被欣然确立的原则，并在暗中吐露出它们如何在战争局面中被暴露出来：

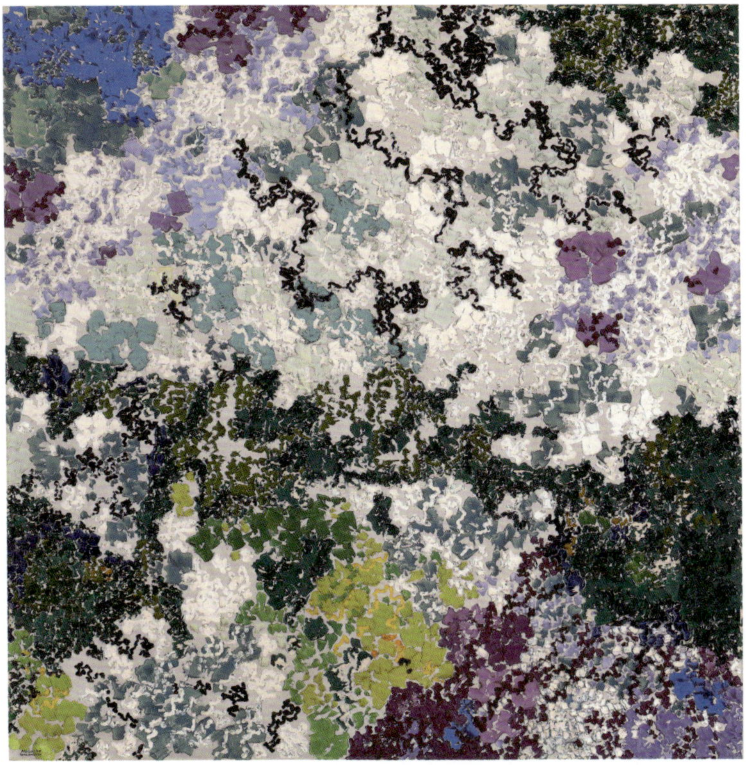

"爱你的邻人"这一原则是伪善的，而"认识你自己"虽然也是乌托邦性质的，但却更易于被接受，因为它没有隐藏其中的恶意。再也没有怜悯了。在屠杀之后，我们只剩下对纯净人性的希望……

绘画这种艺术，就是画下两条线。在几何上，我们观测到这两条线是平行的，但它们却在我们眼前的画布上相交，而它们所在的这个世界的现实，已经根据新的条件和可能性颠倒了秩序。这个世界既没有在画作中被详述，也没有被定义，它有着无数的变化形态，都归属于观者。对于这个世界的创造者来说，它既没有缘由，也没有理论。秩序＝无秩序，自我＝无我，确认＝否认——这是绝对艺术的至高辐射作用。这种绝对性存在于受约束的宇宙混沌所具有的纯洁性中，并且在无长度、无呼吸、无光、无控制的、仿佛只有一秒钟的小球中永恒延续下去。

查拉用一个题为"达达主义恶心"（Dada Disgust）的章节，结束了这个激烈的长篇演说。他通过运用一系列有韵律的短语，给出了关于积极破坏陈规的若干定义，并在最后将达达主义定义为："扭曲的痛苦所带来的咆哮，以及所有对立、矛盾、怪诞和无关事物的交织，即是生活。"与巴尔礼拜仪式般的声音诗相反，查拉开发出一种赞美诗形式：将短语堆叠在令人眼花缭乱的图像大集锦中，以其否定性的强大沉重感，令观众完全被震撼、折服。在这篇文章出现之后，其他所有一切都靠边站了。

这篇宣言中的能量并不是突如其来的。1918年夏天，战争已经进入最后阶段。尽管杀戮还没有终结，但战争尾声的曙光已经出现在人们的眼前。随着1917年俄国革命的成功，以及德国市民暴乱的迹象，广泛的社会革命仿佛已经近在咫尺。整个社会的方方面面，似乎都与达达主义处在同一步调上，置身于一种对业已确立的正统观念感到"恶心"的状态中。

当查拉被毕卡比亚联系上时，他已经将达达主义扩张的下一个目标定在巴黎。毕卡比亚尽管在苏黎世并无名气，但似乎已经完全是达达主义的最佳代表了。他的实验、讽刺性以及性方面的俏皮双关语，似乎都是一种反艺术的缩影。为此，他不仅运用了对恼人的毁谤性出版物的娴熟控制，而且最重要的是还进行了带有诽谤性质的挑衅。作为抽象画家和阿波利奈尔及杜尚的合作搭档，他与战前巴黎先锋派的关系引人瞩目，而他在战争期间的活动则令人震惊——他在纽约和巴塞罗那两地组织展览，并出版了他的流动刊物《391》。这些活动（我们会在第三章中讨论）与达达主义具有相同的精神，不过这是两个组织之间进行的首次直接联系。

1918年春天，毕卡比亚及其夫人加布丽埃勒·比费（Gabrielle Buffet）抵达瑞士，这也令他得以从洛桑（Lausanne）附近的贝城勒班小镇（Bex-les-Bains）中一段令人精疲力尽的紧张经历中恢复过来。同年夏天，他偶然阅读了查拉的《二十五首诗》。他俩在一番激情洋溢的通信后发现，纽约、巴塞罗那的小组与苏黎世达达主义之间具有相似之处。尽管毕卡比亚还处于康复期间，但他已经是无政府主义与打破陈规运动的重要活力来源。当他为新艺术展（New Art Show，1918年9月）创作的若干机械人形绘画——其中用孤立的机械零件来戏仿人类的相互关系——被送到苏黎世时，沃尔夫斯堡画廊（Galerie Wolfsberg）老板却将这些作品拒之门外。作为展览者的阿尔普、扬科和查拉（他为展览写了前言）见到它们后，被其中的虚无主义打动了。《达达·第三期》中刊载了一幅毕卡比亚的素描画，阿尔普也邀请他为新生活小组当时在巴塞尔与苏黎世举办的展览提交作品。在《达达主义：艺术与反艺术》（*Dada: Art and Anti-Art*，1965年）一书中，里希特后来回忆道，毕卡比亚的作品中有一种厌世主义与绝望带来的、令人困扰的冲击感，它们"让我们直面一种不愿相信的激进信念，而这是对艺术的彻底蔑视"。

1919年2月，毕卡比亚和比费终于拜访了苏黎世，并待了两个礼拜。这次逗留具有重大意义，因为它在达达主义的不同分支之间建立起坚实的联系（图45）。毕卡比亚和查拉立即让彼此作品的大胆程度提升到新的高度。他们为《391》第八期（1919年2月）联合写下了一篇文字，这篇被称为是"自动"（没有修改）写下的文章，让达达主义对艺术与语言的攻击又重新注满了活力。他们在《达达·第四、五期》

图45（对页）
达达主义运动
弗朗西斯·毕卡比亚
1919年
纸上铅笔和墨水
51.4cm×36.2cm
现代艺术博物馆，美国纽约

[*Dada 4-5*,《达达选集》(*Anthologie Dada*)，1919年5月]中添加了色彩，毕卡比亚还进行了复杂的排版，并用一座散了架的闹钟印出一幅版画封面。这期刊物第一次汇集了来自苏黎世、纽约、巴塞罗那、柏林的各个小组以及身在巴黎的撰稿人的作品（或者至少在文中提到）。在战后的早期岁月里，《达达·第四、五期》似乎恰如其分地打开了一扇通向世界的窗户。

1918年11月战争结束时，毕卡比亚已经开始计划与他的情人热尔梅娜·埃弗林（Germaine Everling）搬回巴黎。他十分希望苏黎世的朋友们能前往巴黎与他碰头，但这批人在战争中的中立态度却在法国官员那里惹上了麻烦。还是德国公民身份的阿尔普没能拿到5年的签证，而查拉和扬科的动身时间也都延迟到1919年底至1920年初。这就让苏黎世当时的达达主义圈子处于一种等待中的不稳定状态。然而，与此同时，柏林的小组却正在紧锣密鼓地进行活动，其他地方的达达主义也有了进一步的发展。

当查拉意识到达达主义的国际影响力以及他需要胜过毕卡比亚的虚无主义时，他的"恶心哲学"便更加尖锐了。在商人大厅（Saal zur Kaufleuten）举办的第八届无拘无束的达达主义晚会上（1919年4月9日），这一点尤为清楚。阿尔普和里希特以及艾丽斯·贝利（Alice Bailly）和贾科梅蒂在沃尔夫斯堡画廊观摩了埃格林交响乐般的抽象画后，获得灵感联袂创作出两幅15米长的油画——这场晚会就是用它们来充当背景的。在这个背景前，他们还表演了查拉创作的、含有多达20种声音的共时诗歌《男人烧》(*Le Fièvre du mâle*)，并引起观众的强烈不快。阿尔普的《云泵》(*Wolkenpumpe*)不仅丝毫未将他们的情绪安抚下来，而且当塞纳对观众背过身去朗读他的虚无主义宣言《最终解体》(*Letzte Lockerung*)时，观众终于愤怒了。他们攻击了舞台，把塞纳从楼中赶了出来。里希特回忆道："在塞纳的挑拨和被挑拨者的愤怒中，存在着某种非人性的东西。"在认识到这一点后，"大众也多了一些对于自我的认识"。当他们回来观看节目的最后一部分时，查拉发表了他的《毫不做作的宣言》(*Proclamation without Pretension*)，还朗读了《达达·第四、五期》中的一句："我们所寻找的力量，是直接的、纯粹的、清醒

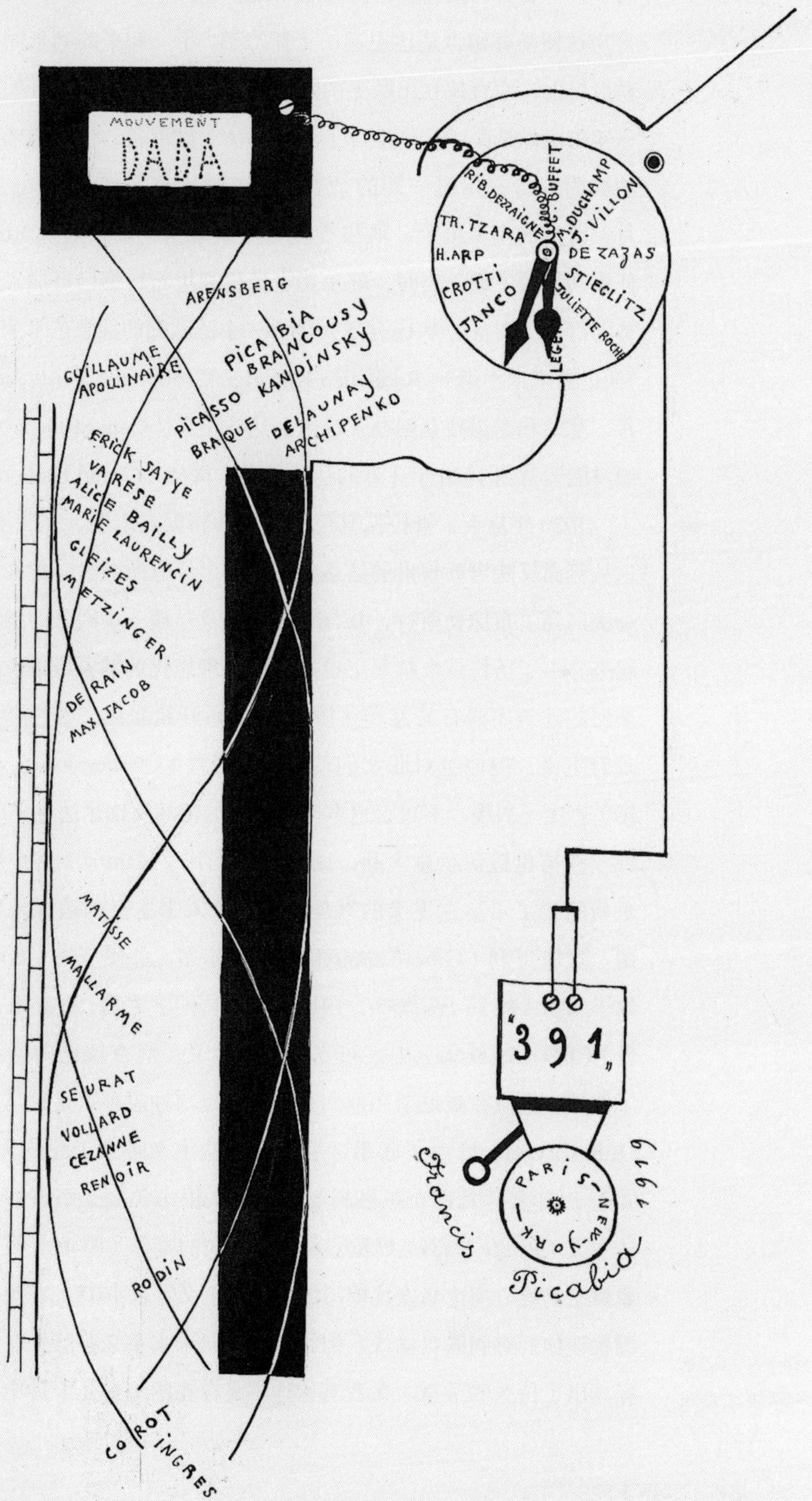

MOUVEMENT
DADA
ARENSBERG
GUILLAUME APOLLINAIRE
PICABIA
BRANCOUSY
KANDINSKY
PICASSO
BRAQUE
DELAUNAY
ARCHIPENKO
ERICK SATYE
VARESE
ALICE BAILLY
MARIE LAURENCIN
GLEIZES
METZINGER
DERAIN
MAX JACOB
MATISSE
MALLARME
SEURAT
VOLLARD
CEZANNE
RENOIR
RODIN
COROT
INGRES
RIB. DEZRAIGNE
TR. TZARA
H. ARP
CROTTI
JANCO
G. BUFFET
M. DUCHAMP
J. VILLON
DE ZAZAS
STIEGLITZ
JULIETTE ROCHE
LEGER
"391"
PARIS — NEW-YORK —
Francis Picabia 1919

的、独特的——我们所寻找的是虚无。"

这便是苏黎世达达主义的天鹅之歌[6]了。和平的到来赋予了艺术运动以自由，而查拉在出版上的野心也开始跨越国界。他开始为即将在下一年出版的选集《达达地球》(*Dadaglobe*)做准备，但最终未能出版。塞纳成为一份只出过一期的杂志《策尔特韦格》(*Der Zeltweg*，1919年11月)背后的主要推手，他与查拉和作家奥托·弗拉克（Otto Flake）担任该刊物的主编。当时，阿尔普、扬科和里希特都已经加入鲍曼和埃格林的行列，准备于1919年5月创办一个泛欧洲的抽象艺术家新团体——"激进艺术家小组"（Radikalen Künstler/Groupe des artists radicaux）。12月，塞纳和谢德独立创办了日内瓦达达主义（Geneva Dada），但这个组织没能运营到1920年3月的达达主义大舞会（Grand Dada Ball）。

1920年夏天，查拉从其位于巴黎的新据点出发，完成了几次旅行。这从侧面反映出苏黎世的达达主义活动已经有所减少。他在5年之后第一次回到了布加勒斯特，并与维内亚以及早他一步回来的扬科重新联合起来。由于扬科越来越坚定地推崇一种理想化的抽象形式（这也与他后来回归建筑实践有关），他们的合作关系开始恶化。尽管查拉偏向于无政府主义，但他也对朋友们的刊物《当代》(*Contimporanul*，1920—1930年)产生了兴趣。不过，这本杂志囊括的范畴要比达达主义广泛得多。

查拉也造访了意大利，而他在曼托瓦（Mantua）这个冷门的地方重新萌生了对达达主义的兴趣。在这个未来主义的边缘地带，画家吉诺·坎塔雷利（Gino Cantarelli）与阿尔多·菲奥齐（Aldo Fiozzi）主编了刊物《鹱》(*Procellaria*，1917与1919年)。之后，他们在新刊物《蓝色》(*Bleu*，1920年)中宣布支持达达主义，而查拉也向这本杂志贡献了作品。查拉在威尼斯和他们相见时，也与抽象画家尤利乌斯·埃沃拉（Julius Evola）取得了联系，后者为达达主义带来了无拘无束的激情，并于1921年4月在布拉格利亚画廊（Galleria Bragaglia）举办了罗马达达主义（Rome Dada）展览。尽管埃沃拉的画作（图46）及其关于其抽象概念的唯心理论与查拉撰写的《达达主义宣言1918》在观众中引发的困扰让他们感到满足愉悦，但是埃沃拉对未来主义业已死亡的宣告还是释放出了持久的敌意。在罗马达达主义存在的短短几个月中，埃沃拉虽

---

[6] 指天鹅在垂死之前的歌声，即最后的表演。——译注

图46
10:30 的室内景观
尤利乌斯·埃沃拉
1919—1920 年
布面油彩
70cm×54cm
国立现代艺术美术馆,意大利罗马

然完成了《抽象艺术》（*Arte Astratta*）一书，但是却陷入了个人危机。之后，他便抛弃达达主义，转而潜心研究哲学思辨。

1920 年，查拉心中似乎滋长了要让达达主义全球化的野心，但是却也维持着一种平衡。他感觉到，一旦战争的限制条件被取消后，他们就应该走出苏黎世。这个想法开启了通向柏林与巴黎两大艺术中心的道路。通过与毕卡比亚的接触，他突然发现，苏黎世达达主义从来就不是一场孤立的抵抗运动，其他中立城市的其他组织同时也在孵化一个规模更大的进攻行动，而苏黎世达达主义只是其中一部分。因此，查拉的这个想法也是对这一事实的回应。

# 第三章 在另一边

1915—1921年 其他中立城市的达达主义

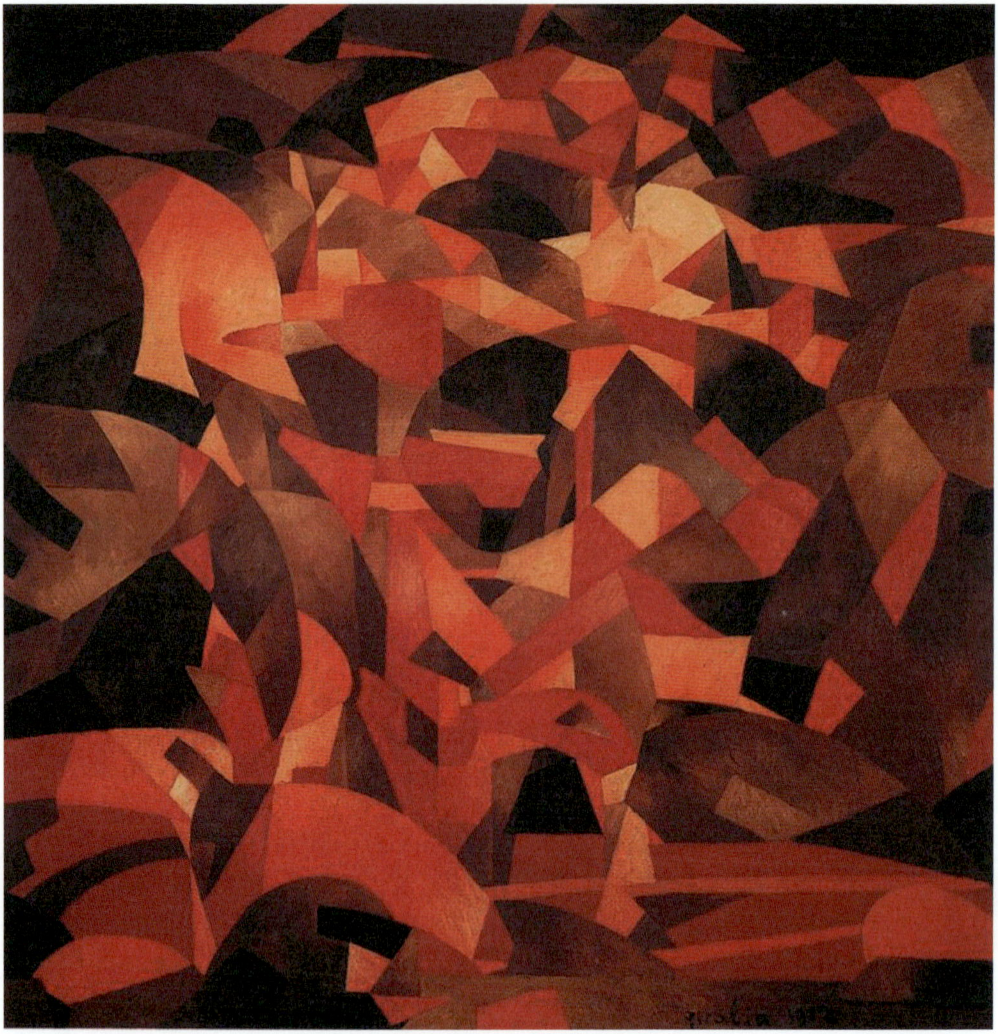

尽管达达主义与苏黎世有着紧密的联系，但并不是所有先锋派艺术家在战争时期都在瑞士避难。其他流亡的艺术家群体——或许在同时——也对不同的先锋派新实践与新理论进行了尝试。其中尤为重要的是，巴黎与巴塞罗那及纽约这两地的联系，而这层关系可以追溯到战前创作多产的那10年（见第一章）。在苏黎世达达主义这一正轨之外，尤其有3位人物——毕卡比亚、杜尚和阿波利奈尔——为达达主义的其他分支做出了重要贡献。1918年之后，这些分支也并入了苏黎世达达主义。

和许多流亡者一样，毕卡比亚和杜尚是在免除兵役之后离开巴黎的，他们选择去探索遥远新大陆（New World）上的潜在可能性。他们于1917年在纽约参与的活动，虽然在精神上无疑与达达主义是相通的——查拉也即将认识到这一点，但也有区别。毕卡比亚当时的妻子、合作伙伴加布丽埃勒·比费强调"从最琐碎的情境与最细微的姿态中自发产生出的……'展示行为'完美的无目的性"。这种随意性与苏黎世达达主义十万火急的态度形成了鲜明对比，也折射出纽约和战争之间的遥远距离——不仅是地理上的距离，也是心理层面上的距离。

比费将毕卡比亚、杜尚和阿波利奈尔在战前的合作阶段称为"前达达主义"时期，这突出了他们在1912至1914年间持相同态度的根源。反映这一点的第一个征兆是，阿波利奈尔在他的《美学思考：1912年的立体主义画家们》（*Aesthetic Meditations: The Cubist Painters of 1912*）一书中，将杜尚与毕卡比亚单独列出来论述。他从他们选择的绘画对象上辨识出一种心理驱动力，这让他们与更加注重形式的立体主义同道们区别开来。比如在杜尚的《火车上忧伤的年轻人》（*Sad Young Man on a Train*，1911年）或毕卡比亚的《春之舞·二》（*Dances at the Spring II*，图47）中，他们利用立体主义的碎片化处理激发出不同环境中的心理状态。阿波利奈尔用希腊神话中的俄耳甫斯（Orpheus）的名字，将这种更加抒情的立体主义手法称为"奥费主义"（*Orphism*），作为对伯格森的"流动"理念的一种富有诗意的回应。他们在关于情色与机械化的主题上，还摆出一种试图保持讽刺性距离的姿态。这已经可以被视为达达主义的前兆了。

这两位画家和钢琴家比费，都与阿波利奈尔结下了硕果累累的友谊。1912年，他们在雷蒙·鲁塞尔（Raymond Roussel）的怪异戏剧《非

图47（对页）
春之舞·二
弗朗西斯·毕卡比亚
1912年
布面油彩
251.8cm × 248.9cm
费城艺术博物馆，美国

第三章　在另一边

洲印象》(*Impressions of Africa*)中深受启发。剧中的主人公们在遭遇海难后发明了一些复杂精妙得不太真实的机器——杜尚将这些发明物形容为"意外之物的疯狂"。鲁塞尔玩的一语双关的文字游戏，被画家们借来用在自己作品的标题上。这种语言上的丰富可能性，似乎也与阿波利奈尔同时发表的诗作《地带》的手法相近——他在诗中将巴黎的意象、流行文化以及对宗教的讽刺性观点叠加在一起：

> 在这里甚至连汽车都显得古老
> 只有宗教还仍然是全新的宗教
> 仍然简单得像飞机场的吊架一般
> 呵 基督教在欧洲只有你并非古迹
> 最现代的欧洲人就是你教皇派厄斯十世
> 那些窗户惋惜地看着你并阻止你
> 在今天早晨走进一座教堂忏悔
> 你阅读宣传册目录和海报它们大声喊叫
> 这就是今天早上的诗歌要散文请见报纸
> 一些25个生丁[7]的印刷品上写满了侦探故事
> 名人肖像以及一千个各式各样的头衔

阿波利奈尔非同寻常地将抒情性与破坏传统的理念混合起来，而这一手法也渗入了其友人们的作品。毕卡比亚将早前在后印象主义时期的丰富色彩，运用到自己愈发抽象的绘画中，最终在《春之舞·二》中达到了顶点。在大片的色块之中，指代人物的形状几乎已经看不出来，反倒是其碎片化与平衡感传递出记忆中舞蹈形象的精髓。这也恰当地反映出当时音乐中的综合主义（Synthetist）理论——比费曾向毕卡比亚介绍过这个关于在记忆中把握作品印象碎片的理念。

在画家雅克·维永（Jacques Villon）和雕塑家雷蒙·杜尚-维永（Raymond Duchamp-Villon）两位兄长的影响下，杜尚与立体主义的联系更加紧密了。他们经常在位于皮托（Puteaux）的工作室里举办讨论会，而参加这些会议的还有重要理论著作《论立体主义》(*Du Cubisme*,

[7] 一种以前的法国辅币，100生丁合1法郎。

1912年）的两位作者——画家阿尔伯特·格列兹（Albert Gleizes）与让·梅青格尔（Jean Metzinger）。然而，杜尚却于1912年与正统的立体主义决裂了。在《下楼梯的裸女（二号）》[*Nude Descending a Staircase (No. 2)*，图48]中，他试图通过将各个立体主义的平面叠加起来，以求传达出一种渐变的运动效果，而这与当时运动摄影研究中提到的模糊效果有一定关系。当这幅画被提交到独立者沙龙时，立体主义成员们却认为这幅绘画太接近于未来主义，令人不太舒服，并试图说服杜尚将其标题改掉。然而，杜尚不仅收回了画作，而且还决意要与立体主义分道扬镳，转而关注一种心理上的转变。他用圆筒形状和对角线来传达这些想法，直到人体内部浮现出一种类似于机械的形态。这是对现代人类的一种反思，它通过对含有性意味的氛围进行讽刺性处理，从而开启了若干种可

图48
下楼梯的裸女（二号）
马塞尔·杜尚

1912年
布面油彩
146cm×89cm
费城艺术博物馆，美国

能性。

杜尚对艺术的重新定义，是通过"否定对艺术进行定义的可能性"这一方式来完成的。他坚信，艺术必须是动脑筋的结果，而非仅仅用来愉悦眼球。他很快就发现油画太有局限性了，并通过其他方式创建出画作《新娘》(The Bride)中的性意象。在画了一系列图解草图后，他构想出一系列想象中的机械装置，它们带有几分鲁塞尔风格——他用金属和油漆在玻璃上创作，因此作品背景是可以变换的。杜尚在巴黎所做的工作，只不过是他于1915年在纽约启动大作前的准备而已。这部总共花费了10年的作品被称为《新娘甚至被光棍们剥光了衣裳》(The Bride Stripped Bare by Her Bachelors, Even)，也称《大片玻璃》(The Large Glass，图49)。这部作品的中心主题表达的是，9个身穿制服的光棍在追求被剥光的新娘时没能实现的激情。外形看起来机械化的光棍们及其"光棍机器"一起被限制在画面下方的区域中，而新娘则飘浮在上方，引诱着他们。这件作品的制作技巧之精细，与其概念上的复杂程度相当——杜尚在机械人形中试图表现人类激情的徒劳无功。在准备时写下的笔记中，他将新娘构想为：

> 处女性——无知欲望——的一种神格化。空白的欲望。(带着一丝恶意)如果其(在图像上)不需要满足承重平衡的法则，那么无论如何一台闪亮的金属绞架便可以模拟少女对其女性朋友和亲戚的依恋……她羞怯的力量……是一种自动装置，一种爱情汽油，一旦被加到这些十分虚弱的圆柱体上，并处于她永恒之爱的火花范围之内，就能在这位处女达到其欲求的目的时，被用于其处女性的绽放。

虽然这种概念性手法迥异于苏黎世达达主义最典型的自发性，但杜尚还是采用了"运气"这个要素。他从1米的高处投下一根1米长的线，然后用形成的曲线充当一把定制尺子，拿来构建《大片玻璃》的部分区域，并通过重复这个过程创作出《三次标准罢工》(Three Standard Stoppages, 1913—1914年)。

图 49
新娘甚至被光棍们剥光了衣裳
马塞尔·杜尚
1915—1923 年
玻璃上的油彩与铅丝
227.5cm × 175.6cm
费城艺术博物馆，美国

  毕卡比亚和杜尚对纽约的占领行动，从一战前就开始了，准确说来，始于 1913 年的军械库展览（Armory Show）。这是一场大型的国际性展览，涵盖了重要的欧洲先锋派人物，如毕加索、布拉克、马蒂斯和布朗库西等。彼时，美国的当代艺术界还被两大流派所主导：一是温斯洛·霍默（Winslow Homer）与莫里斯·普伦德加斯特（Maurice Prendergast）的印象主义；二是由罗伯特·亨利（Robert Henri）与乔治·贝洛斯（George Bellows）组成的灰罐画派（Ash Can School）——一种活灵活现的现实主义。亨利和贝洛斯在纽约倡导无政府主义的费勒中心（Ferrer Center）执教，学生包括了马克斯·韦伯（Max Weber）、曼·雷和阿道夫·沃尔夫（Adolf Wolff）等。在1913年的美国，还没有多少人知道立体主义。因此，军械库展览在公众中引起了轰动。从纽约巡回到芝加哥，再到波士顿，大约有75,000人参观了这场展览。展览中最受嘲讽的作品，便是杜尚的《下楼梯的裸女（二号）》。这幅作品让他在一夜之间臭名远扬，也让旧金山的艺术商弗雷德里克·托里（Frederick Torrey）还"未曾过目"就买下了它。

毕卡比亚与比费的到来以及之后长达5个月的逗留，更令这些流言蜚语甚嚣尘上。公众为他们轮番的挑拨性声明所说服和煽动。这次旅行也让他们有机会在世界上最伟大的都市进行采风，一览它的摩天大楼和霓虹招牌——在欧洲没有可与之相媲美的场景。毕卡比亚在一篇报纸文章《我眼中的纽约》(*How New York Looks to Me*)中宣称：

> 你们的纽约，是立体主义的城市，是未来主义的城市。它的建筑，它的生活，它的精神，都表达出现代思想……因为你们具有登峰造极的现代性，所以你们应该能很快理解我来到这里以后所画的习作……这些作品表现了我感受到的那种纽约精神，我感受到的你们这个城市熙熙攘攘的街道，街道上的汹涌，街道上的骚乱，街道上的商业主义，以及这种氛围中的魅力。

这些诸如《纽约》(*New York*，图50）的绘画，通过互相推挤的抽象形状表现出这种激动情绪。阿尔弗雷德·施蒂格利茨的摄影分离画廊（Photo Secession Gallery）展出了它们——他是最早将艺术摄影与欧洲先锋派引入美国的几人之一。尽管他对艺术应具有社会目的性的理念与军械库展览的商业主义相悖，但他还是欢迎毕卡比亚及其同道融入他的朋友圈子。这个圈子中有爱德华·史泰钦（Edward Steichen）和查尔斯·席勒（Charles Sheeler）等摄影师、阿瑟·达夫（Arthur Dove）和（后来加入的）乔治亚·欧姬芙（Georgia O'Keeffe）等画家，以及墨西哥裔的讽刺漫画家马里乌斯·德·萨亚斯（Marius De Zayas）。

毕卡比亚在纽约收获灵感后，便回到巴黎，并开始着手绘制巨幅油画《我又一次在记忆中见到了亲爱的乌德尼》(*I See Again in Memory*

图 50
纽约
弗朗西斯·毕卡比亚
1913 年
纸上水彩
54.7cm×74.7cm
国立现代艺术博物馆,乔治·蓬皮杜中心,法国巴黎

My Dear Udnie，图 51）。这个标题暗示出毕卡比亚与美国舞蹈家伊莎多拉·邓肯（Isadora Duncan）之间的关系［他将她的姓名首字母缩写"I.D."与"裸体"（nue）一词穿插结合起来，就成了"Udnie"］，但画中所有人物都被分解成抽象的气囊形状。德·萨亚斯造访法国预示着大西洋的两岸将建立起一种更加持久的联系。他分别与保罗·纪尧姆画廊和施蒂格利茨的画廊都建立起合作关系，并为阿波利奈尔的刊物《巴黎的晚会》（*Les Soirée de Paris*）绘制了抽象讽刺漫画。1915 年，在返回纽约的途中，德·萨亚斯说服施蒂格利茨赌一把，也创办了一份同样激进的刊物。他们用摄影分离画廊的地址将这份刊物命名为《291》，并将其用作展示最近跨大西洋互动沟通成果的平台。该杂志不仅在排版风格上得益于阿波利奈尔的图画诗，而且还刊发了他自己以及毕加索和萨维尼奥的作品。

所有这些因素，都让纽约成为一处理想的流亡之地。一年之后，1915 年 6 月，借为法国政府采购古巴蔗糖的机会（通过家庭关系取得的），毕卡比亚以军队司机的身份抵达纽约。他一到达马上就逃匿了，一直等秋天比费来到后，才终于去了古巴。同月，身体不适合服兵役的杜尚也到达纽约。之后，既拥护现代音乐又支持美国黑人流行音乐的法国作曲家埃德加·瓦雷兹（Edgar Varèse）也加入他们的队伍。他本来就十分喜爱拉格泰姆（ragtime）音乐的钢琴切分音调子，现在又目睹爵士乐席卷了战时的纽约——而爵士乐传到欧洲，则要等到 20 世纪 20 年代。

从 1915 年到 1916 年，这些流亡者一边享受重获的自由，一边与那些志趣相投的艺术家建立起联系。毕卡比亚与施蒂格利茨的朋友们重新走到一起，而杜尚也通过介绍进入了围绕沃尔特·阿伦斯伯格（Walter Arensberg）与妻子路易丝（Louise）的社交圈。前者是一位富裕的、受象征主义影响的诗歌作家，而后者将在之后 40 年建立起无人可及的杜尚作品藏集。在阿伦斯伯格的朋友圈里，有诗人威廉·卡洛斯（William Carlos）、文学刊物《小评论》（*The Little Review*）的主编玛格丽特·安德森（Margaret Anderson）以及艾尔弗雷德·克瑞姆伯格（Alfred Kreymborg）。他们三人抱有十分时髦的左翼政治观点，并且一起组建起一个名为"他人"（Others）的先锋派小组。不过，罗

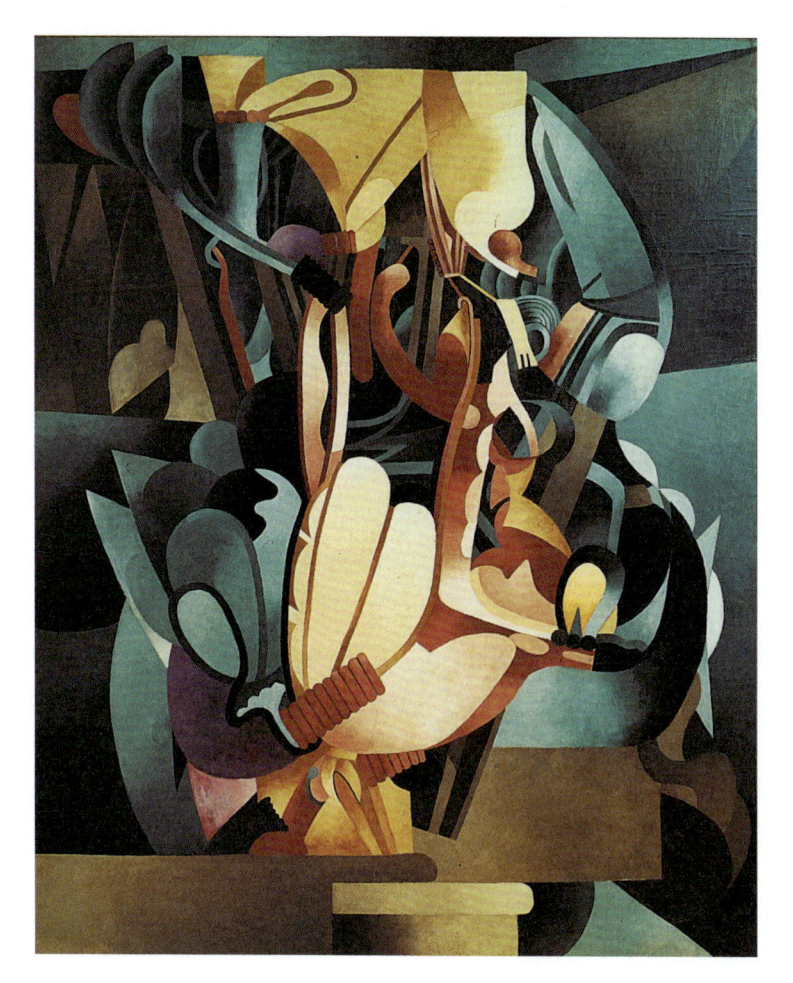

图 51
我又一次在记忆中见到了亲
爱的乌德尼
弗朗西斯·毕卡比亚

1914 年
布面油彩
250.2cm×198.8cm
现代艺术博物馆,美国纽约

伯特·寇迪（Robert Coady）的华盛顿广场画廊（Washington Square Gallery，1914—1921年）和刊物《土壤》（*The Soil*），都为新的美国作品提供了激进氛围更浓厚的竞技场。在参与其中的画家中，约瑟夫·斯特拉（Joseph Stella）描绘布鲁克林大桥（Brooklyn Bridge）的油画作品（图52），反映出他对未来主义动态性的了解，而其他人更多响应的是法籍的寇迪所创造的讽刺性世界愿景。这些人中包括莫顿·尚贝格（Morton Schamberg）、离经叛道的德国女爵埃尔莎·冯·弗赖塔格-洛林霍温（Elsa von Freytag-Loringhoven）以及曼·雷。杜尚和毕卡比亚设法成为这些艺术团体的中心人物，尤其是在施蒂格利茨与德·萨亚斯于1915年10月创建的现代画廊（Modern Gallery）圈子中。然而，这些圈子在本质上都保持着非正式性，他们从未有发起一场"运动"的野心，即使有过，也会因为毕卡比亚的经常缺席和他对鸦片的毒瘾以及杜尚在创作《大片玻璃》时基本上漠不关心的态度，而难成正果。

之后抵达纽约的其他艺术家，也协助重建起流亡中的巴黎先锋派圈子。立体主义者阿尔伯特·格列兹在被军队遣散时转向了和平主义，并与妻子朱丽叶·罗什（Juliette Roche）于1915年末抵达纽约。次年，他们在巴塞罗那加入了一个类似的圈子。几个月后，他们又于1917年回到纽约。从某种角度来看，格列兹能被拿来与斯特拉相提并论的作品是《在港口》（*In the Port*，图53），它将巴塞罗那与纽约的特征融合在一起，欢欣鼓舞地颂扬了大都会与令人激动的现代生活。不过，格列兹的立体主义是一种乌托邦式的立体主义。在其志在打破陈规旧俗的朋友们——毕卡比亚与杜尚——看来，它和保守艺术一样是攻击的靶子。另外，对于瑞士画家让·克罗蒂（Jean Crotti）来说，在逗留纽约期间，他将杜尚的机械比喻纳入自己更为精神化的图景中（图54），从而令他的风格发生了意义深远的转变。

从机械化意象与题材的突然流行中，可以看出这群流亡者对美国朋友们的影响。作为对杜尚《大片玻璃》习作的回应，毕卡比亚将自己的一系列具有机械人形的作品（其中的机器零件取代了人的肢体）称为《没有母亲而生出来的女儿》（*Daughter Born Without a Mother*），并带有讽刺意味地强调：虽然人类发明了机器，但机器却又含有半人性（特别

图 52
布鲁克林大桥
约瑟夫·斯特拉
1918—1920 年
布面油彩
214.5cm×194cm
耶鲁大学美术馆，美国纽黑文

图 53
在港口
阿尔伯特·格列兹

1917 年
布面油彩
153.3cm × 120.6cm
提森-博内米萨基金会收藏,
西班牙马德里

图 54
小丑
让·克罗蒂

玻璃上彩铅、玻璃眼球和贴纸
36.8cm × 25.4cm
现代艺术博物馆,法国巴黎

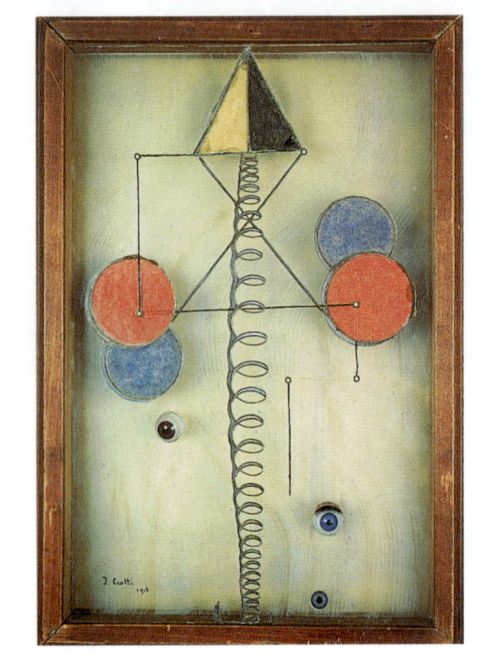

是女性）的特质。他从技术性插图中提取意象，并恰当地将一架照相机的示意图修改成一幅"肖像画"——《在这，就在这，施蒂格利茨》（*Ici, c'est ici Stieglitz*，图 55）。这一手法对毕卡比亚的油画也产生了非同寻常的影响，他的笔触在示意图般的格式中，被赋予了一种"机械"的完成效果。在诸如《浪漫的游行》（见图 1）等之后的作品中，即便画中描绘的机械装置看起来面无表情，但其标题和画中文字都在暗示机器运转的性意味。或许这既是对人类状况的点评，又反映出毕卡比亚所经历的感情难题。

1916 年，尚贝格与曼·雷继承了这种机械人形的手法。毕卡比亚用机器表现的是下流的性比喻，而尚贝格则更关心一种新的构图秩序。虽然像《绘画·四》（*Painting IX*，图 56）这样的抽象画源自尚贝格家族公司生产的简易缝纫机，但它们却十分明确地在新技术和新艺术之间

图 55
在这，就在这，施蒂格利茨
弗朗西斯·毕卡比亚
1915 年
墨水和拼贴
76cm × 51cm
大都会艺术博物馆，美国纽约

画上等号。曼·雷的手法反映了他与杜尚的深厚友情。他们相识之初，曼·雷刚刚制作完只有一期的刊物《里奇菲尔德的怪家伙》(*The Ridgefield Gazook*，1915年)，这册书通过戏仿他在文学圈和无政府主义圈中的好友，为之后与纽约达达主义小组有关的出版物树立了机智诙谐的风格标杆。为了复制自己的画作，曼·雷熟练掌握了摄影技巧，但这两种过程很快便交织在一起。摄影的步骤，正好适合于表现新的机械性侧重点，而曼·雷与毕卡比亚一样，也在作品表面添加了如同机械一般的顺滑光泽。这一点在《用影子陪伴自己的走钢索者》(*The Rope Dancer Accompanies Herself with Her Shadow*，图57)中特别明显，这幅作品的抽象形式及其暗示性标题，都有受杜尚的《大片玻璃》影响的痕迹。

这些作品的很多方面，既与苏黎世先锋派的发展明显相关，但又并非直接联系在一起。从这个角度来说，它们挑战的不仅是材料与技术上的陈规旧俗，还有艺术的社会地位与美学地位。用机器——"没有母亲而生出来的女儿"——代替人类和这个概念所带来的不同程度的讽刺性评论，都特别有助于逐渐破坏关于物质进步的既有观念。这些精妙而一语双关的画中文字和性意象，增添了一丝对资产阶级礼节略带掩饰的抨击色彩。

1916年，纽约进一步迎来了对于艺术品这个概念更加激进的挑战——杜尚发明了"成品艺术"(readymade)。"成品"这个词本来就诞生于美国(它源自与定制服装相对的批量成衣这个概念)。然而，实际上，杜尚3年前在巴黎就已迈出这革命性的一步——他把自行车的轮子倒过来安装在高脚凳上创作出《自行车轮》(*Bicycle Wheel*，图58)。这背后是一种破坏性的创意：即使是批量生产的商业产品，只要"通过艺术家的挑拣"，也能被看作是艺术品。这将立体主义拼贴画运用报纸碎片的逻辑推展到极致。杜尚还将一种在法国常见的、用来晾干水瓶的架子稍作修改——仅在上面附上说明性文字与作者签名——便创作出《瓶架》(*Bottlerack*，1914年)。这个做法确认了杜尚是在挑战艺术的根基，他的行为打破了"技巧和独特性是艺术必要特征"的假设前提，也让一件"艺术品"被摆放在画廊或美术馆中后，其隐含的文化意义上的转变暴露无遗。

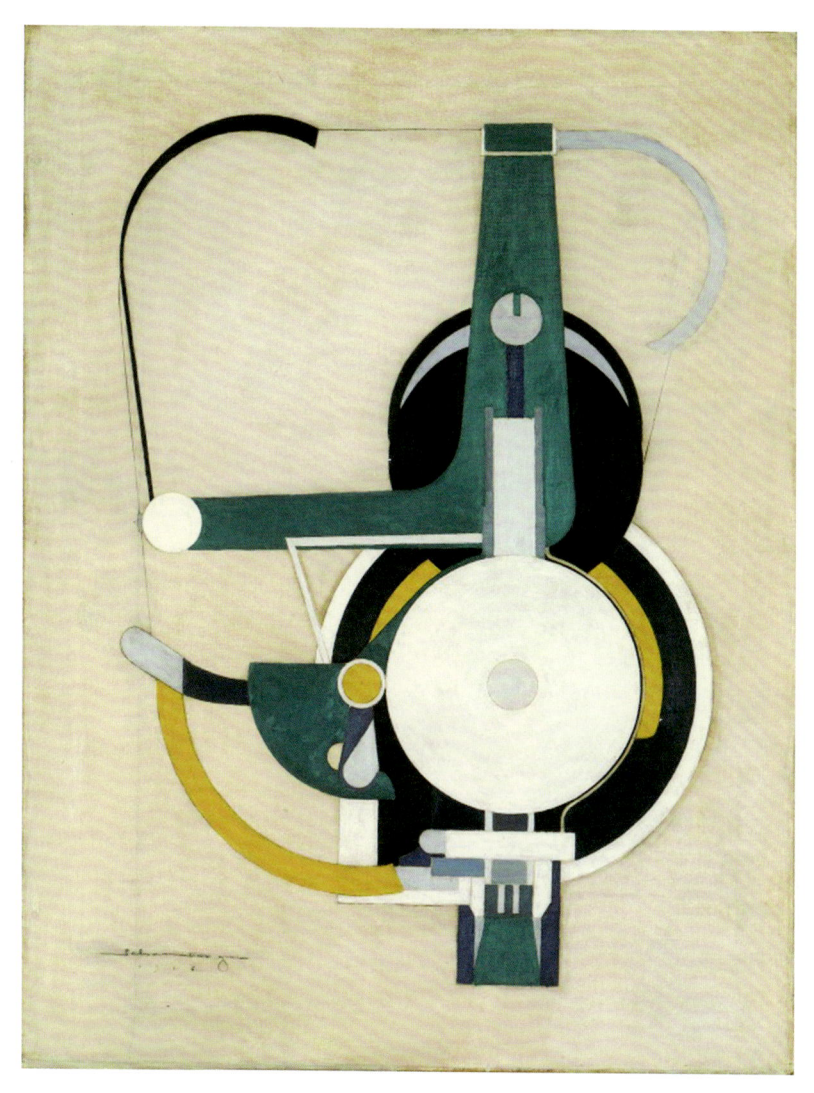

图 56

绘画·四，又名机器

莫顿·尚贝格

1916 年

布面油彩

76.5cm × 57.9cm

耶鲁大学美术馆，美国纽黑文

The Rope Dancer Acc

图 57（含对页）
用影子陪伴自己的走钢索者
曼·雷

1916 年
布面油彩
131.1cm × 186.4cm
现代艺术博物馆，美国纽约

图58
自行车轮
马塞尔·杜尚
1913 年
复制品
1951 年
自行车轮与高脚凳
高 126.5cm
现代艺术博物馆，美国纽约

在一定程度上，也许由于这些意义重大的后果，甚至连杜尚自己也需要时间来消化和接受，因而一直到抵达美国为止，他都没有公开展示过其成品艺术作品。他相信，美国是一个比欧洲更容易抛弃过去传统的地方。杜尚在思想上十分严格地为选择成品艺术设置了指导规则，其中首要原则便是"非美感"，即选择那些不被潜在美学价值所束缚的物品，从而对抗美的传统观念。这些作品于 1916 年 4 月第一次展出，而展出地点也十分应景地被命名为布尔乔亚[8]画廊（Bourgeois Gallery）。尽管这场展览基本上是默默无闻，但是它却为纽约达达主义小组定下基调，让他们对艺术的定义和既有价值观持更加激进的立场。这些富有讽刺性或带有批判性标题的工业物品很快就被其他人模仿。克罗蒂就制作了《马塞尔·杜尚的肖像》（Portrait of Marcel Duchamp，1915—1916 年，原作现已遗失，但在另一幅画中有所记录），画中他用弯曲的铁丝做出轮廓，再用石膏做出额头——这展示了对非正统材料的相关用法。最为重要的

---

8 市民阶级、资产阶级之意。——译注

是一件被称为《上帝》(God，图 59)的作品，它是通过将马桶的存水弯插入木匠的斜锯架而做成的。尚贝格对它进行了拍摄，而这个创意很可能是他与冯·弗赖塔格-洛林霍温共同构想出来的。虽然当时有许多这样用艺术来进行不同程度干涉的物品，但是它们都只是昙花一现。最值得称道的是另一件由冯·弗赖塔格-洛林霍温制作、现已遗失的《马塞尔·杜尚肖像》(约 1921 年)，该作品是用羽毛、铁丝和其他元素在一只酒杯中装配起来的。曼·雷也制造出一些极为有意思的物品，其中就有他无与伦比的悬挂作品《灯罩》(Lampshade，1919 年)，他以其作为艺术品的功能与地位戏弄了观众。

据比费回忆，这些各式各样的隐秘艺术实验通过饱含争议、无目的性的"展示行为"于 1917 年在公众中开花结果。同年 4 月，在独立艺术家协会(Society of Independent Artists)的展览中，杜尚惹了一个真正的麻烦。该进步组织本应展出提交上来的所有作品，而杜尚所在的委员会仅仅会决定作品的悬挂方式。于是他企图通过提交一件成品艺术作品来试探该组织的决心。为了这个目的，他选择了一个尿池，将其背面着地摆放，在上面写下标题《泉》(Fountain，图 60)，并题上笔名"R.

图 59
上帝
埃尔莎·冯·弗赖塔格-洛林霍温
与莫顿·尚贝格

1918 年
斜锯架与铸铁存水弯
高 26.7cm
费城艺术博物馆，美国

图60（对页）
泉
马塞尔·杜尚
1917年
复制品
1963年
陶瓷
高 33.5cm
印第安纳大学艺术博物馆，
美国布卢明顿

穆特"（R. Mutt）。可想而知，委员会对这一挑拨姿态感到惊惶失措。由于他们没法拒收作品，因此他们决定将它放在窗帘背后。杜尚后来将评审委员会的这个花招公之于众，并获得了"丑闻性成功"（succès de scandale），沃尔特·阿伦斯伯格还买下了这件作品。报道该欺诈事件的是一份特意编撰的、名字耸人听闻的刊物《盲人》（The Blind Man，1917年4月），它的共同主编是杜尚与亨利·皮埃尔·罗谢（Henri Pierre Roché）、比阿特丽斯·伍德（Beatrice Wood）两位作家。在其第一和第二期之间的间隔期中，有一份名为《措措错》（Rongwrong，1917年4月）的刊物出版问世。《盲人》第二期刊载了一张施蒂格利茨拍摄的《泉》的照片，以及杜尚为这件作品所作的辩护词：

不论穆特先生是不是自己亲手制作了这口"泉"，那都不重要，重要的是他"选中"了这件作品。他将生活中的一件平庸物品挑选出来，让它的实用性意义消失在新的名字下和新的视角中——他为这件物品创造了一种新的概念。

这次展览是杜尚与毕卡比亚计划发动下一轮攻击的目标。毕卡比亚在巴塞罗那住了6个月后回到纽约，并恰好赶上展览开幕。他们建议来自巴黎的作家、批评家阿蒂尔·克拉万（Arthur Cravan）针对现代艺术的状况举办一次演讲。克拉万自称是奥斯卡·王尔德的侄子〔他的真名叫法比安·弗洛伊德（Fabian Floyd）〕，并宣称自己是"世界上头发剪得最短的诗人"。他在巴黎的最初名声源于创办了一份带有挑衅色彩的刊物《当下》（Maintenant，1912—1914年），并在其中无情地曝光了先锋派圈内装腔作势的行为。他来纽约之前居住在巴塞罗那，他的作品在那时就已经表现出达达主义的倾向。他在演讲之前喝得酩酊大醉，而且还不记得自己为何来到讲堂中，并开始脱衣服——人们叫来了警察。尽管克拉万获得了阿伦斯伯格的保释，但他还是在新新监狱（Singsing Prison）被迫待了几天。总体来说，穆特先生针对艺术作品的定义提出的挑衅性问题（阿波利奈尔在法国媒体上对此进行过报道）、《盲人》的出版以及克拉万令人震惊的行为，都被认为是对传统习俗与中产阶级

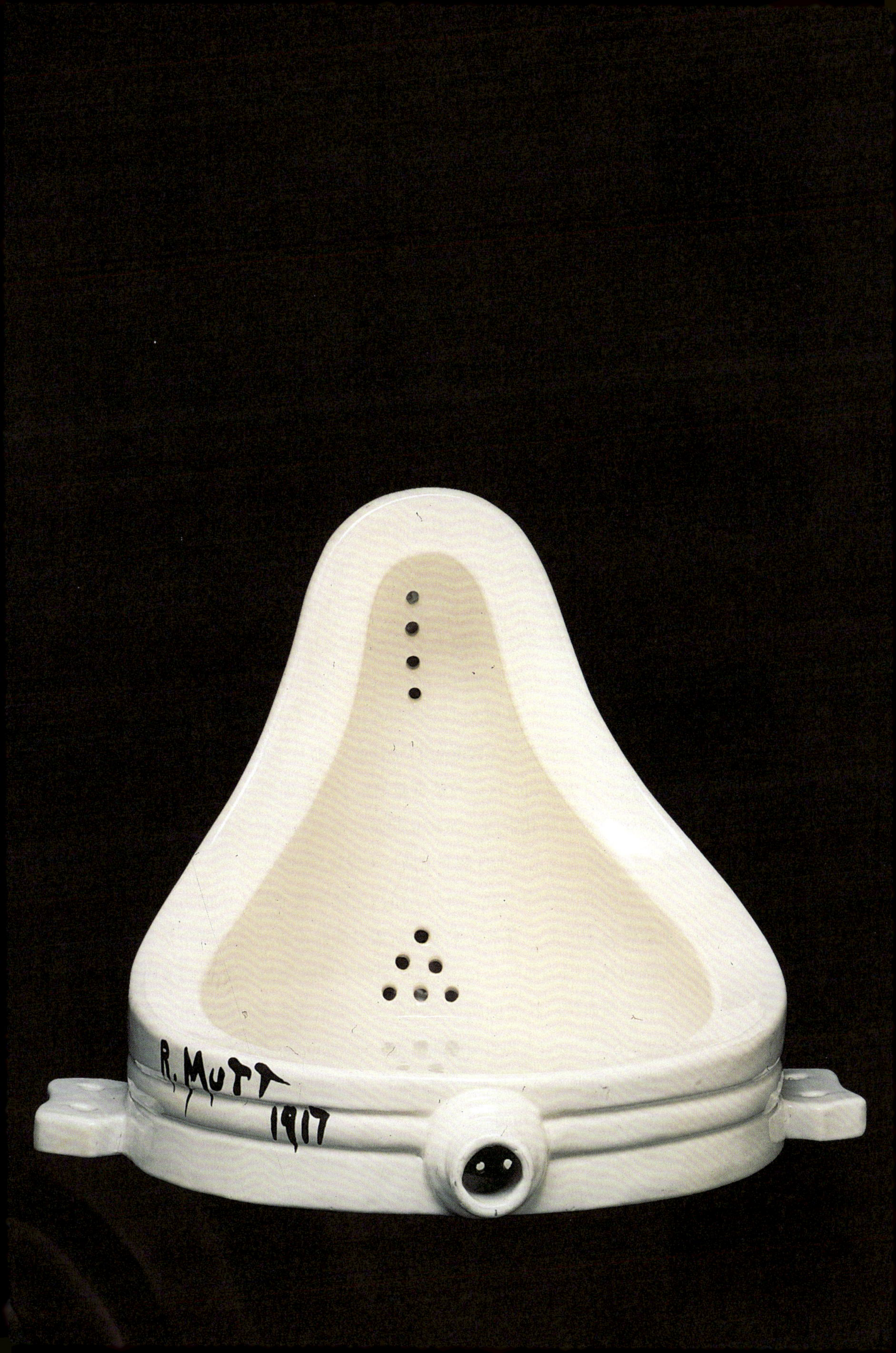
R. MUTT
1917

品位成功实施的抨击行为。这几点都在 1917 年 5 月的盲人舞会（Blind Man's Ball）上得到了赞颂。

毕卡比亚为这一阶段达达主义活动贡献的是他自己的刊物《391》，其标题是在向未取得成功的《291》致敬。当年早些时候，毕卡比亚还身在巴塞罗那时，就已经开始构思这份刊物。根据《措措错》的记载，毕卡比亚因在国际象棋上战胜了罗谢，从而取代《盲人》而"赢"得了在纽约的出版权。在毕卡比亚的封面设计中，有一张灯泡的照片，上面写着"调情"与"离婚"这两个词，他将其称为一幅美国女孩的肖像（6 号，1917 年 7 月），其中延续了性与机械意象的主题。

1917 年初，这些活动进行的同时，美国政府决定干涉欧洲的战争。在此之前，由于长期的孤立主义政策以及因新移民忠诚度发生分化而造成的国内困境，美国的中立立场似乎很难被打破。然而，最终一系列因素共同导致外交政策的转向，这些因素包括从美国政治圈中主张与英国建立友好关系的一方占据主导地位到德国 U 型潜艇运输所带来的危险，等等。美国军队虽然规模较小，但是却装备精良，已经足以确立美国在战争中作为一支主要力量的地位。美国总统伍德罗·威尔逊（Woodrow Wilson）决定，军事介入必须同时对旧大陆（Old World）进行改造，并构想出威尔逊主义（Wilson Doctrine），即基于共通语言或宗教而形成的民族自决权利。这个政策重新划定了中欧地图，切割了德国东部、奥匈帝国和土耳其帝国，而建立起爱沙尼亚、拉脱维亚、立陶宛、波兰、捷克斯洛伐克、匈牙利和南斯拉夫等新兴国家。

美国成为协约国后，增加了纽约先锋派被征兵入伍的可能性，也重新燃起了之前一直被艺术考量所盖过的政治忠诚感和战争热情。施蒂格利茨、冯·弗赖塔格-洛林霍温和（1918 年英年早逝的）尚贝格都有德国血统。杜尚的新近崇拜者——画家兼收藏家凯瑟琳·德赖尔（Katherine Dreier）和史提海默姐妹（Stettheimer sisters）——也是如此。即便他们在政治上与官方政策保持了一致，但整体的敌视氛围与中立时期相比，已经大不相同。

大部分流亡者都没有选择站边，而是选择离开。1917 年 9 月，毕卡比亚带着他的《391》回到巴塞罗那。克罗蒂则在瑞士公民身份的保护下，回到法国。克拉万在年底找到了前往墨西哥的路子，并与当地诗人米娜·洛依（Mina Loy）结婚，但不久之后，他就在墨西哥湾附近消失了——或许是淹死的。格列兹与罗什留在了纽约，而杜尚也在这里为法国战时公使馆（French Mission for the War）工作了一段时间。然而，1918年8月，杜尚启程前往布宜诺斯艾利斯，德赖尔紧随其后。他用旅途期间使用的橡胶浴帽，制作了一件《供旅行之用的雕塑》（*Sculpture for Travelling*）。虽然他欲在阿根廷开办一场立体主义展览的计划落空，但他完成了第三个玻璃作品，并讽刺性地取名为《供一只眼睛，仔细地（从玻璃的另一边）观看，将近一个小时》[*À regarder (L'autre côté du verre) d'un œil, de près, pendant presque une heure*，图61]。

1919年3月，曼·雷与沃尔夫·阿顿·拉克洛瓦（Adon Lacroix）共同主编的刊物《黄色炸药》（*TNT*）重新激活了战后的先锋派艺术活动。《达达·第四、五期》宣告了这本刊物的问世，沃尔夫的现代主义雕塑登上了封面，而他的无政府主义立场也是这个"爆炸性"刊名的灵感来源。沃尔特·阿伦斯伯格与菲利普·苏波（Philippe Soupault）也为

图61
供一只眼睛，仔细地（从玻璃的另一边）观看，将近一个小时
马塞尔·杜尚
1918年
玻璃上多种材料
高55.8cm
现代艺术博物馆，美国纽约

这份刊物提供了作品。另外，它还登载了曼·雷创作的一幅"喷气画"（aerograph），即气枪喷射绘画，他将其讽刺地称为《我的初次出生》（*My First Born*，1919年），而这幅作品也证实了他对于机械人形的持久兴趣。他在重要作品《机械簧风琴对电影放映机的爱慕》（*Admiration of the Orchestrelle for the Cinematograph*，图62）中也采用了这项技术，从而打造出犹如照片的表面处理效果。不过，直到1920年至1921年，人们才会更普遍地认识到苏黎世、巴塞罗那和纽约三地的达达主义之间的相似性。

杜尚回到法国后，1919年整个下半年都居住在巴黎。他和毕卡比亚在一起，亲自见证巴黎达达主义（Paris Dada）的筹备工作。他再次前往纽约之前，制作了一件经过"矫正"的成品艺术作品——他在一张列奥纳多的《蒙娜丽莎》的复制品上加了点胡须。这幅备受爱戴的

图62
机械簧风琴对电影放映机的爱慕
曼·雷

1919年
喷气油彩（由气枪喷绘的油画）
66cm×54.6cm
现代艺术博物馆，美国纽约

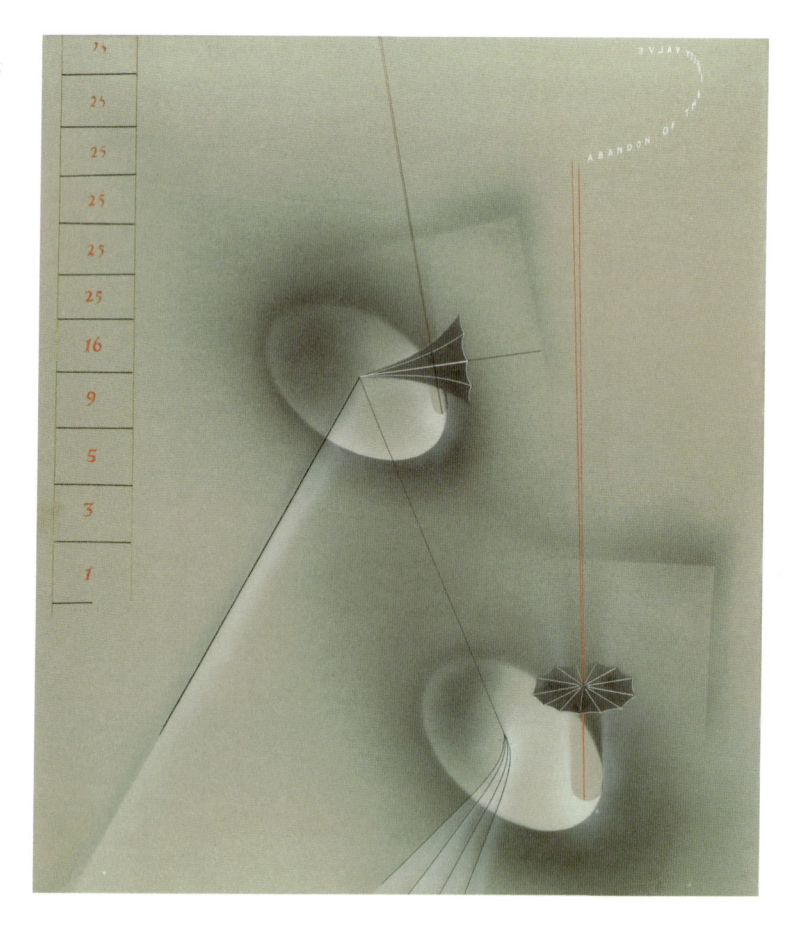

杰作曾在8年前被盗，还让阿波利奈尔蹲过监狱。杜尚将该作品题名为《LHOOQ》（图63），如果将这5个字母在法语中单独读出来，就会变成一个下流的笑话："她有火辣的屁股"（elle a chaud au cul）。关于原作画家、他所选择的模特以及对待这件作品的普遍态度，这几笔增改都在性、破坏传统和幽默等几个层面上抛出了多重意义。极少有如此简洁的处理手法能够得到如此广泛的赞誉。

回到美国后，杜尚继续与曼·雷进行合作。他们于1920年建造了一件名为《旋转的玻璃盘（精确度光学）》[Rotary Glass Plates (Precision Optics)]、由马达驱动的装置作品——它转动起来时，会产生同心圆一般的视错觉。他们还帮助德赖尔建立起国际现代艺术的第一个公共藏集。这个"匿名社藏集"[Société Anonyme Collection，后来被捐赠给了耶鲁大学（Yale University）]折射出杜尚与德赖尔在法国与德国的人脉关系网，并在纽约的现代艺术博物馆建立之前，为现代主义在美国的推广发挥了重要作用。或许因为这个活动，杜尚与曼·雷一直到1921年4月才发行《纽约达达主义》（New York Dada）的创刊号，其中有查拉和冯·弗赖塔格-洛林霍温的文章，但其重要之处在于引进了"达达主义"这个概念。之后不久，两位主编都启程去了巴黎。

在新大陆上，也有其他与达达主义相关的活动，特别是拉丁美洲，那里人们对欧洲先锋派思想的体验与一股正在发展中的、对文化进行重新评估的潮流相契合。墨西哥刚刚从一场血腥的革命中走出来，因而当时的社会状况变化不定，同时又生机盎然，广大群众都认为有在文化上进行一场革命的需要。墨西哥城的诗人曼努埃尔·马普莱斯·阿尔塞（Manuel Maples Arce）进行了一些与达达主义相类似的活动。与德·萨亚斯保持联系的他，在1921年12月发起了尖声主义（Estridentismo）运动。在宣言《实在》（Actual）中，他将立体主义、未来主义和达达主义开发的各种手法兼收并蓄，从而采取了一种"典型的综合手法"：

> 人并非一种能保持系统平衡的发条机械装置。真挚的情感，是一种无上的随心所欲以及特定的紊乱状态的化身。整个世界的运转方式就像是指挥一个业余乐队。

图 63
LHOOQ
马塞尔·杜尚

1919 年
艺术家本人复制品
1964 年
校正过的成品艺术
30.1cm × 23cm
私人藏集

诗人赫尔曼·利斯特·阿苏维德（Germán List Arzubide）与路易斯·金塔尼利亚（Luis Quintanilla），以及曾在美国接受教育的作曲家西尔韦斯特雷·雷韦尔塔斯（Silvestre Revueltas）都加入了尖声主义。从何塞·瓜达卢佩·波萨达（José Guadalupe Posada）的讽刺版画，到何塞·胡安·布拉达（José Juan Tablada）的图画诗，他们都十分关注本土的范例。让·夏洛特（Jean Charlot）的《马普莱斯·阿尔塞的精神肖像》(*Mental Portrait of Maples Arce*，图64）则表现出现代主义的碎片化手法是如何与尖声主义力求改变的热烈欲望相契合的。画家拉蒙·阿尔瓦·德·拉·卡纳尔（Ramon Alva de la Canal）与费尔明·雷韦尔塔斯（Fermín Revueltas）也对立体主义做出了回应，而赫尔曼·奎托（Germán Cueto）制作的面具，则摇摆在讽刺画与表现头部结构的抽象画之间。尖声主义拥有与欧洲先锋派一样的反传统、反资产阶级的理想。相较于达达主义而言，它能在提供一个更为乐观的视角的同时，还糅入投身政治的强烈元素。在通过重组欧洲各大运动的不同侧面来贴合本土境况的众多组织中，尖声主义可以被视作一个典型的例子。

尽管尖声主义必须被当作达达主义改良式的回应，但不久之后，巴塞罗那就被认定为继苏黎世与纽约之后第三大达达主义中心。这个城市

图64
马普莱斯·阿尔塞的精神肖像
让·夏洛特
1922年
木刻
夏威夷大学，美国火奴鲁鲁

文化积淀丰富，与马德里同是重要的艺术中心，并且由于它在地理位置上是西班牙通往巴黎与欧洲其他地方的大门，它还具有无可比拟的重要性。19世纪末，加泰罗尼亚地区的民族自豪感重获肯定，由此引发了一大波城市扩张活动，并且让表达民族身份的艺术活动势头高涨。从路易·多蒙内克（Lluis Domènech）设计的、建筑正面有当地作曲家半身像列队的音乐宫（Palau de la Musica，1908年），到安东尼·高迪（Antoni Gaudí）惊艳而充满生机但未完成的圣家族大教堂（Sagrada Familia，1901年动工），公共建筑成为这个城市民族自信心的象征。在绘画中，同样有一种喷涌而出的创造性。并且，与巴黎便捷的沟通渠道也促进了本地先锋派的成长。我们从华金·苏涅尔（Joaquim Sunyer）与其他艺术家的作品中就可以看出，他们倾向的是一种带有地中海特色的古典主义，称之为"新世纪主义"（Noucentisme）[9]。这些艺术上的进展基本上都得到了何塞普·达尔茂（Josep Dalmau）旗下画廊的支持。1912年，他从当年的独立者沙龙中搜集了若干画作，举办了巴黎之外的第一场立体主义展览，其中就包括杜尚的《下楼梯的裸女（二号）》。这幅作品在加泰罗尼亚观众当中并未引起太多争论，这也反映出当地观众的世故与通达。

他们对于意大利的未来主义也很熟悉。画家拉斐尔·萨拉（Rafael Sala）与恩里克·克里斯托弗·里卡特（Enric Cristòfor Ricart）就在自己的刊物《忒弥斯》（Themis，1915年）中刊载了未来主义作品，而来自乌拉圭的拉斐尔·佩雷·巴拉达斯（Rafael Pérez Barradas）在1916年定居巴塞罗那之前，就已在米兰见过了马里内蒂。他曾与乌拉圭同胞华金·托雷斯·加西亚（Joaquín Torres García），一同向霍安·萨尔瓦特·帕帕赛特（Joan Salvat Papasseit）的刊物《人民公敌》（Un enemic del poble，1917—1919年）投稿，而这份刊物得名于易卜生的政治话剧《人民公敌》（An Enemy of the People，1882年），并号称是一份"在精神上具有颠覆性的报纸"。这两位乌拉圭艺术家的独特手法在于，将机械与都市的细节分隔成一种由板块组成的几何结构（图65）。托雷斯·加西亚在其宣言《艺术与进化》（Art-Evolution，1917年）中，以一种与查拉类似的情绪结束了整篇宣言："我们的格言必须是：个人主义、此时此地和多民族主义。"在托雷斯·加西亚为萨尔瓦特·帕帕赛特的诗集《赫

---

[9] Noucentisme 的意思既为"19世纪主义"，又为"新世纪主义"，这个双关语体现了加泰罗尼亚地区希望创造出一种保有地方传统特色的新文化。——译注

兹之波的诗》(*Poems in Hertzian Waves*,1919 年)所作的插图中,就可以看到其手法的范例,他们将其称为"思想的振动主义"(vibrationism of ideas)。

为了躲避仇视情绪,欧洲其他地区的画家也在 1915 年末和 1916 年迁至巴塞罗那。玛丽·罗兰珊(Marie Laurencin)之前与阿波利奈尔的恋情曾引起过一阵骚动,但后来由于嫁给了德国人奥托·凡·魏杰恩(Otto van Watjen),战争一爆发她就离开巴黎,早早来到这里。从纽约来访的格列兹和罗什一起,在立体主义的外围建立起一个松散的组织,而达尔茂也鼓励他们继续在巴黎进行艺术实验。1916 年 12 月,格列兹在达尔茂的画廊举办的展览,后来被证明对当地的先锋派(包括巴拉达斯与托雷斯·加西亚)产生了巨大影响。罗伯特·德劳内与索尼娅·德劳内(Sonia Delaunay)在去往葡萄牙的途中在这里稍作停留。1916 年 4 月,他们在达尔茂的画廊合办了一场展览,之后又举办了赛尔日·沙尔舒恩(Serge Charchoune)及其雕塑家妻子埃莱娜·格伦霍夫(Hélène Grunhof)的抽象作品展。这个小组将成为巴塞罗那达达主义(Barcelona Dada)腾飞的载体。

图 65
振动主义构图(*Composición Vibracionista*)
华金·托雷斯·加西亚
1918 年
布面油彩
50cm×35cm
私人藏集

第三章 在另一边 113

他们之间也有过不和与冲突，而这并不仅仅是因为喜欢挑事的克拉万在去纽约前也曾在这个圈子待过。他们都还清楚地记得，在巴黎战前的《当下》中，克拉万曾针对罗兰珊与索尼娅·德劳内发表过一篇尖刻的评论文章。阿波利奈尔曾因此要与他进行对决，而克拉万也因诽谤阿波利奈尔而入狱一周。他的聪明伶俐中透露着达达主义所具有的那种尖锐的诚实，但又带着一种悲剧性的苦涩。1916 年 1 月，他给安德烈·勒韦尔（André Level）写信时，就曾追忆过巴黎的那些往事：

艺术，仅仅能通过偷窃、欺骗和诡计而存在。在这里，热情是经过计算的；在这里，温柔被句法代替，真心被理智代替；在这里，一个活着的、高贵的艺术家都没有；在这里，一百个人仅凭着新奇的玩意来谋生。

在同一封信中，他也承认了去巴西看蝴蝶的"非理性激情"。克拉万的捉摸不定与冒险精神都是传奇性的，据说在战争期间，他在没有护照的情况下横跨了欧洲——而他的拳击手生涯也让他迎来人生中最伟大的壮举之一：他于 1916 年 4 月 23 日登上拳击台与世界拳击冠军、美国人杰克·约翰逊（Jack Johnson）同台对阵。尽管他这样做是为了让现金装满钱包——这为他横跨大西洋的航程筹到了经费，但这场较量中徒劳无功的反叛与挑衅，似乎也正是达达主义的核心姿态。

巴塞罗那达达主义小组缺乏凝聚力的状况，却在毕卡比亚与比费于 1916 年 8 月从纽约到来时发生转变。毕卡比亚马上又开始扮演煽动分子与花花公子（他与罗兰珊开始了一段绯闻关系）的二合一角色。尽管他有西班牙血统，却无意与当地的联络人拉近距离。当达尔茂帮他在 1917 年 1 月发行《391》时，他把目标读者瞄准了纽约和巴黎——我们已经读到，纽约曾在夏天接纳过它（图 66）。《391》创刊的 4 期刊物，构成了巴塞罗那达达主义活动的焦点。其中，毕卡比亚表现了其美国时期作品构建的——常常是隐晦而下流的——机械与情色相结合的意象。他的文字富有好斗性，并对艺术界的陈规旧俗进行嘲讽，特别是巴黎先锋派同道们在战时迫于政治压力而刚刚接纳的那些套路。然而，比费、罗

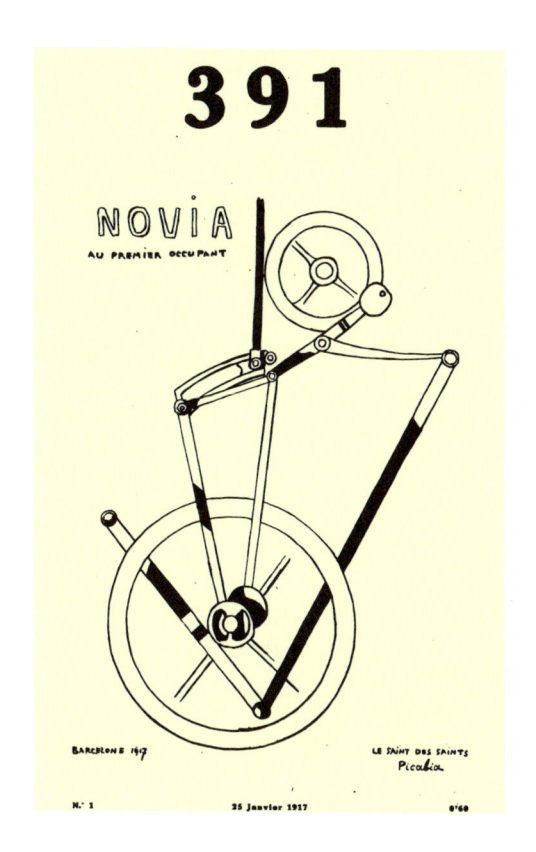

**图 66
新娘**
弗朗西斯·毕卡比亚
(《391》第一期封面，
1917 年)

兰珊、作家马克斯·哥斯（Max Goth）以及巴塞罗那的大多数流亡者的供稿，都没有那么晦涩和尖刻。在纽约，阿波利奈尔的影响还是很强大的，尽管人们嘲讽他的尚武精神。他的图画诗《明日之钟》(*L'Horloge de Demain*) 是由毕卡比亚手工涂色的，并刊登在《391》第四期（1917 年 3 月）中。当时毕卡比亚沉迷于写诗，他在同一期刊物中发表了《驼背人》(*Bossus*)，这首诗有几分苏黎世达达主义层叠手法的意味：

> 如果自命不凡的人看管着旧世界老鼠的宝藏，但采取的又是一种与拿破仑将所有状况综合起来相反的方式，那么我们就会失去许多胜利的果实。因为正如那些从受制于天主教会败类的诚实子民，因失望而随时准备好问候当权者一样，腐烂的胜利果实也促使革命者发动战争……

1917年3月，毕卡比亚返回纽约之后，巴塞罗那同年夏天发生了两个重要的文化事件。第一个是大型的法国艺术展（Exhibition of French Art，4月23日—7月5日），该展与1913年的纽约军械库展览类似，全面展示了从印象主义到野兽主义等巴黎先锋派的面貌。第二个是狄亚格烈夫的俄罗斯芭蕾舞团在不久之后抵达巴塞罗那，并开始排练新芭蕾舞剧《露天预演》（Parade）。这部舞剧由让·谷克多（Jean Cocteau）构思，埃里克·萨蒂（Erik Satie）作曲，毕加索进行舞台设计，之后分别在马德里（10月）与巴塞罗那（11月）进行了公演。毕加索对芭蕾舞演员奥尔加·霍赫洛娃（Olga Koklova）的爱慕，让他以胜利的姿态在美人的陪伴下回到西班牙。他的设计，将塔状的立体主义服装与古典化的长袍结合起来。在萨蒂古怪而断断续续的音乐声中——甚至包含了打字机和警报等器械的声音，所有这一切都制造出一种幽默的效果，与达达主义有异曲同工之妙，只是没有其尖锐的意味。

　　10月，毕卡比亚又途经了巴塞罗那，似乎是要刻意避免和毕加索在那里碰面，因为他曾经在《391》中嘲讽过毕加索的新古典主义。一个月左右的逗留时间，让毕卡比亚得以将其幻想诗歌收入《52面镜子》（Cinquante-deux Miroirs），之后他便在精神崩溃的状态中匆忙赶往瑞士。随着他的离开，在日益增加的政治压力下，流亡艺术家之间的合作也日趋减少，因为加泰罗尼亚民族主义已经被广泛认为是一种亲法情绪，而亲德情绪则与中间派的西班牙政治联系在一起。然而，这些流亡艺术家的例子，无论多么短暂，都对加泰罗尼亚年轻一代的艺术家造成了巨大影响。比如，萨拉、里卡特和胡安·米罗（Joan Miró）就在1918至1919年成立了库尔贝小组（Agrupació Courbet）。

第四章 时代精神

1917—1922年 中欧的达达主义

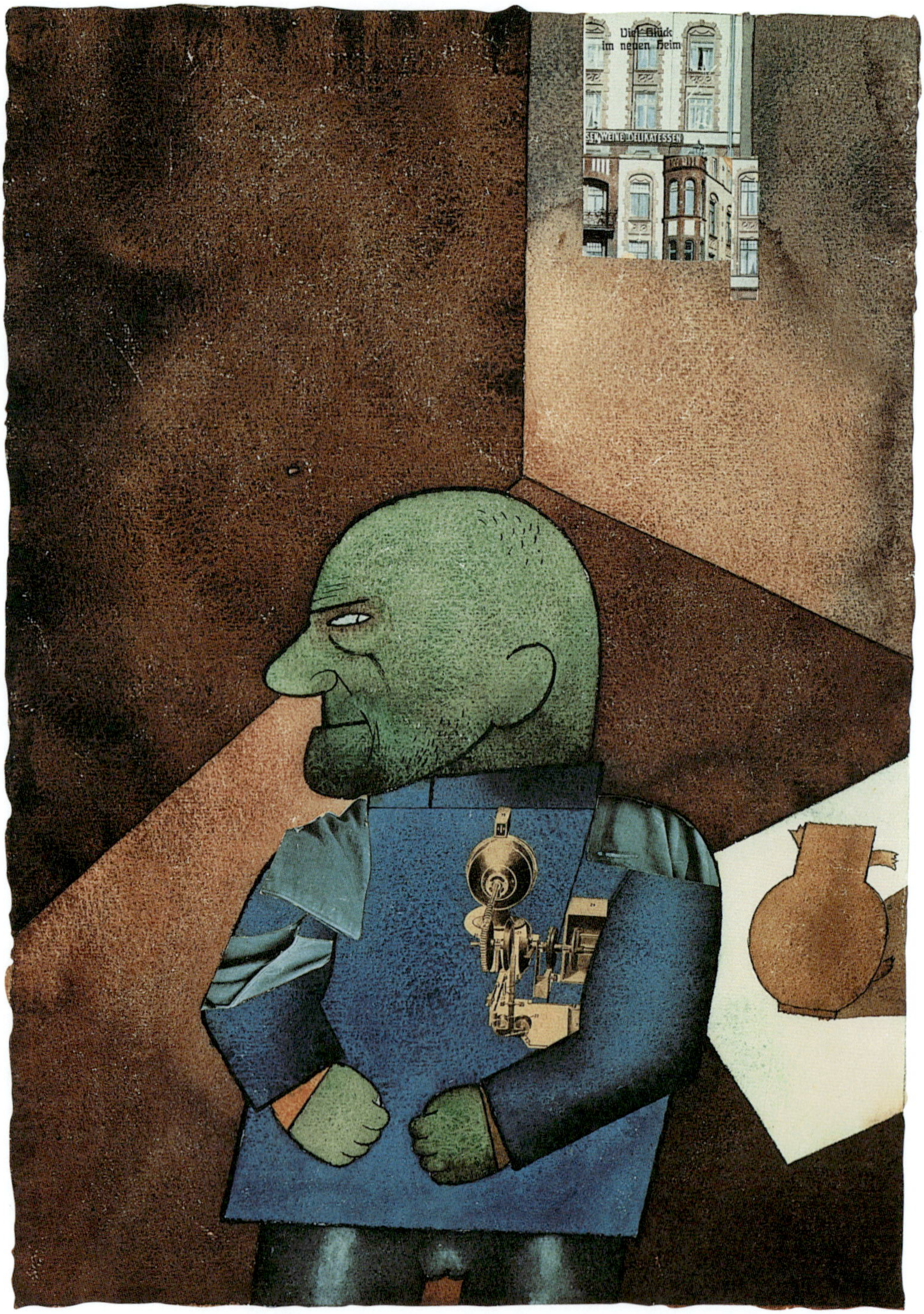
Viel Glück
im neuen Heim
SEN WEINE DELIKATESSEN

在一战期间，达达主义旗下的艺术反抗势力，在苏黎世相对安全的环境中发展壮大起来，同时也在中立的纽约与巴塞罗那激起回响。先锋派艺术家们发现，在那里他们也能继续发展他们的创作事业。然而，对于中欧的达达主义者来说，他们并没有在物理上与心理上感到相距甚远。在战争刚结束的时期，军事冲突带来的精神创伤与混乱局面仍然持续存在，特别是在柏林，残酷的社会现实让达达主义浸染上那个时代的颜色。德国与东欧两地的达达主义也发展出愈加紧密的联系。战前，东欧就已有一个活跃的先锋派艺术团体。此外，1917年俄国革命之后出现的苏维埃政权，也至少在初期阶段颁布了兼容并蓄的进步文艺政策。

对于德国与奥匈帝国来说，在两条前线同时作战已被证明会大幅消减其军事实力，而他们在战前唯恐被围攻的担心也竟然一语成谶。威廉·莱姆布鲁克（Wilhelm Lehmbruck）的《倒下的人》（*The Fallen Man*，图68）就是这种消沉意志的具体表现。奥匈帝国有众多民族，光官方语言就有18种，这大大降低了政府系统的运作效率。捷克作家雅罗斯拉夫·哈谢克（Jaroslav Hašek）在《好兵帅克》（*The Good Soldier Sweijk*，1921—1923年）中就对这种荒诞性进行了讽刺。同时，德国军队尽管遭受了可怕的人员伤亡，但仍保持了普鲁士的纪律性，而大众对死伤状况也毫不知情。对于这种战争状态，德国许多知识分子将其视为对上个世纪理想的背叛。赫尔曼·黑塞就在《如果战争再持续两年》（*If the War Goes On Another Two Years*，1917年）中，将德国的战争困境按时间顺序记录下来。在书中，他预见到一场永不会结束的战争，战争中的一切——物质、德行和凡人——都为军事目的所用。到了1917年，这几乎已经成为现实。随着状况变得愈发严酷，德国社会普遍地响起一种从根本上对立的声音。

在《一位达达主义鼓手的回忆录》（*Memoirs of a Dada Drummer*）中，胡森贝克讲述了他于1917年初从苏黎世返回柏林时的状况：

在我1916年离开这座城市时，情况就不是很好，而现在只能用悲惨来形容。战争的效果都已显露，我的许多朋友都在军事行动中牺牲了。缺乏食物，这个绝望的问题困扰着每一个人，从理论上

图67（对页）
工程师哈特菲尔德
乔治·格罗兹
1920年
纸上水彩和集成照相
41.9cm×30.5cm
现代艺术博物馆，美国纽约

第四章 时代精神　119

讲和在现实中都是这样。德国将会变成什么样？我还问自己：人类将会变成什么样？这确凿无疑地反映出一种消极主义情绪和对我们自己文明的憎恶感，但这又是如此地让人惊愕……这就好像是有人在说："这就是你们这些人所言的证明。"

在左翼刊物《新青年》（*Neue Jugend*）刊登的文章《新人类》（"The New Man"）中，胡森贝克表达出一种对战后状况的期待，希望能将之前的权力机构都一扫而光。标题中的"新人类"一词，意味着阶级权力和民族主义的分化问题即将得到调和："他认为，一切都应该生存下去，唯一需要终结的是市民阶级，这群被喂得过饱的庸人们，被喂得过饱的猪，有思想的猪，所有苦难的包庇者。"这种对一切残存社会阶层结构的攻击，让胡森贝克以一位文化活跃分子的身份重新在柏林亮相，也预示着他次年春天即将创办柏林达达主义。

与此同时，德国内外所发生的事件，都让对待战争的态度亟须转向。1917年春天，美国对战争的介入，意味着战线极有可能被拉长，而俄国布尔什维克革命的胜利，也为把无产阶级统治输出到工业化的西方

图68（含对页）
倒下的人
威廉·莱姆布鲁克
1915—1916 年
青铜
高 78cm
巴伐利亚国家绘画收藏馆，
国立现代艺术陈列馆，德国
慕尼黑

开辟了可能性。面对这种局势，国际上的反应无疑是各持己见的。一方面，西方联军中有权有势的人对这种未来提心吊胆，并在之后俄国内战中积极支持"白军"一方的保守派力量；另一方面，对于工人与左翼知识分子来说，国际上的革命为重塑战后的社会指引了一条道路。列宁于1918 年初让苏俄撤出战争，这一点似乎表明各个国家的工人阶级反对其奴役者的军事野心。俄国革命的带头作用也的确引发了德国陆军、海军中的叛变以及柏林的罢工，而这一切都加速了战争的终结。

绝望与希望混合在一起，为柏林达达主义充当了燃料。在 1918 年初的几个月里，它是作为表达憎恶与进行反抗的行动而出现的。国家的处境，决定了柏林达达主义最主要的关注点是政治，这就让其与苏黎世达达主义区别开来。胡森贝克追忆道："在瑞士静静地坐着与枕着火山口睡觉，这两者之间的区别还是很大的，当时在柏林的我们，就是后者。"

达达主义在这场动乱中茁壮成长。它不仅从革命现实的预期愿景中汲取能量，而且还让被各种事件打击得茫然不知所措的人们成为它的观众。在苏联以外，柏林比其他任何地方都能在政治改革与艺术激进主义之间画上等号。尽管达达主义的某些活动看似荒谬，但他们对诗歌语言与艺术形式的重新创造，却可以视为改革整个腐朽社会制度的前奏。

局势发展果真犹如火山爆发般猛烈。1918 年 11 月，德国战败，德意志皇帝被废黜之后，法国与比利时提出赔款形式的报复性制裁，这让德国国内政治的严峻形势日益恶化。实业家与将领们利用普通士兵来中饱私囊的情况甚为普遍。在战争中幸存的人，还要继续承受金融危机之苦，而这场横扫全国的危机令通货膨胀率上升到在今天看来不可思议的高度。被国家抛弃的残疾老兵，为了谋生而在街头乞讨。1918 年末，大众对政权的普遍不满，终于在柏林斯巴达克同盟革命（Spartacist Revolution）和慕尼黑工人公社的起义中爆发。尽管这些组织得到了大众的支持，但是它们由于太过理想主义且组织混乱而难以为继，最终于 1919 年被官方残酷镇压。柏林革命的领导者罗莎·卢森堡（Rosa Luxemburg）与卡尔·李卜克内西（Karl Liebknecht）遭到杀害。从一战停战到 20 世纪 20 年代中期，奉行自由主义但无能的魏玛共和国（Weimar Republic）统治下的德国，在各种政治危机之间蹒跚前行，游荡在崩溃的边缘。

柏林达达主义者与左翼革命者有许多共识，他们都向同样的虚伪与不公发出愤怒的斥责，尽管政客们对他们异乎寻常的行为报以嘲笑（最好的情况）或怀疑（最坏的情况）。这些活动反映出达达主义立场的纯洁性——他们选择认同个人权利而非体制和政客的权宜之计。这一点让它更接近于无政府主义。因此，达达主义者虽然在政治上发出了自己的声音，但却被边缘化；虽然起到了搅局的作用，但却没明确地提出任何政策。他们赋予自己的角色任务是对当前危机做出反应，抓住当下时机，通过挑拨性的意象和语言让人民开悟。这些行动或许还真的影响了当时更广泛社会领域中的决定。

如果说政客们很难认真地对待达达主义的主张，那么由表现主义主导的艺术先锋派对这些主张也持有自己的保留意见。1918 年 2 月，胡森贝克在纽曼画廊（Galerie Neumann）的一场艺术晚会上发起了柏林达达主义运动。晚会上，他从其声音诗集《幻想裤文》中挑选了一部分来进行朗读，并发表了一篇抨击表现主义的即兴演讲，批评他们既具有自我放纵的完美理想，却又在当权者面前屈膝妥协。被这一攻击言论所震惊的其他发言人对于晚会被这个故意挑事的家伙所挟持，表达了强烈的抗议。正如之前时常发生的那样，负面新闻总是具有强大的宣传效应，这场晚会的后果就是在 4 月促成了达达俱乐部（Club Dada）的成立。在当时写下的《达达主义宣言》（*Dadaist Manifesto*，1918 年）中，胡森贝克重新阐述了他攻击表现主义的观点，这次他强调的是在街头直接体验现实，而反对表现主义者深刻自我反省所产生的痛苦，并呼唤一种这样的艺术：

> 艺术在其带有意图的内容里所呈现的问题是那天的上千倍，而上周的爆炸性事件在视觉上粉碎了这种艺术。在昨日的撞击之后，这种艺术将会一直试图去收捡自己的断肢，直到永远。最好最非凡的艺术家，在每个时刻，都会将自己的身体碎片从生命癫狂的大瀑布中拉扯出来，用他们流血的手和心灵，紧紧地抓住时间的智慧。

达达俱乐部是一个比较松散的组织，其最重要的成员包括作家瓦尔特·梅林（Walter Mehring）、弗朗茨·容（Franz Jung）和格哈德·普赖斯（Gerhard Preiss），威兰·赫茨菲尔德（Wieland Herzefelde）与约翰·哈特菲尔德（John Heartfield）两兄弟（后者将名字英语化，以抗议战争中的民族主义），以及其他的艺术家，包括乔治·格罗兹、约翰内斯·巴德尔（Johannes Baader）、汉娜·霍克（Hannah Höch）和拉乌尔·豪斯曼。还有一些人在转向其他关注点之前只是暂时地加入了俱乐部，但也做出了显著贡献，比如格罗兹的连襟奥托·施马尔豪森（Otto Schmalhausen）和批评家、作家卡尔·爱因斯坦（Carl Einstein）。成员们都为自己挑选了幽默的笔名，以表明他们在俱乐部中扮演的角色。工程师兼艺术家哈特菲尔德（图 67）的假名是"达达装配工"（Monteur Dada），其弟弟的是"进步达达"（Progress-Dada），格罗兹被称为"元帅"（Marshall），具有哲学气质的豪斯曼叫作"达达学家"（Dadasoph），而偏执狂巴德尔则被冠以"超级达达"（Oberdada）。

其中的作家们已经在早期针砭时弊的刊物上有过合作，比如容于

图 69（对页）
向奥斯卡·帕尼扎致敬
乔治·格罗兹
1917—1918 年
布面油彩
140cm × 110cm
州立绘画馆，德国斯图加特

1916 年 5 月创办的《自由大道》(*Die freie Strasse*) 和《新青年》。哈特菲尔德也为这些刊物和马利克出版社 (Malik Verlag) 绘制了插图，后者是赫茨菲尔德旗下的一家共产主义出版社。他们（与容、格罗兹一起）也是仅有的几名在 1918 年 12 月德国共产党创立时入党的达达主义成员。在之后纳粹主义的镇压下，他们仍然坚守自己的立场，一直到亲眼见到东德共产党政府成立的那一天。

在绘画与插图创作上，格罗兹的关键优势是能让它们既打动人心又敏锐深刻，并且符合同伴们的革命理想。他的强项在于，其创作的图像既在技术上和绘画层面上有很大挑战性，但又能保证观者一眼就能看懂。这些图像传递出有说服力的信息，饱含着讽刺与辛烈的攻击力量。格罗兹作品中最容易见到的例子，便是被大量印刷和广为传播的讽刺性绘画。

不过，最令人震惊的还是他欢腾热烈的作品《向奥斯卡·帕尼扎致敬》(*Homage to Oskar Panizza*，图 69)。画中倾斜的视角，以及对城市生活破碎片段的捕捉，刻意重新加工了卡洛·卡拉的未来主义绘画《无政府主义者加利的葬礼》(*The Funeral of the Anarchist Galli*，图 70)，后者在色彩上也几乎全部是红黑两色。一方面，这指代了无政府主义旗帜的颜色；另一方面，格罗兹也采用发荧光的红色来暴露街道的昏暗场景。当咖啡馆和酒店里的酒客与妓女以及嗜杀的将军与神父拥入前景时，他们的面部特征也变得愈加狰狞。整条街看上去就好像被 X 光照射过一样，其内部的邪恶暴露无遗。此外，格罗兹还通过努力转移观者对于画面中心、骑在飘浮棺材上骷髅的注意力，从而让它的冲击力更加强烈。就像在许多中世纪的图画中一样，死亡，常常从人类徒劳的行为中间穿过，毫不起眼，默默无闻。画中传递的信息十分明白——整个社会已经崩塌在那些扬言要保护它的人手上，崩塌变成了杀戮欲、堕落和腐败。

格罗兹运用的是油画这种"高雅艺术"的技法，这一点本身就具有重要意义。油画的买家一般是中上层阶级，虽然它们暗含传统价值观，但格罗兹将这种观念与旨在推翻阶级制度的进攻性结合起来，就说明他一定很享受这种悖论。尽管其他达达主义者基本上都对油画有所回避，但还是有一些其他画家［其中最有名的是奥托·迪克斯 (Otto Dix)］

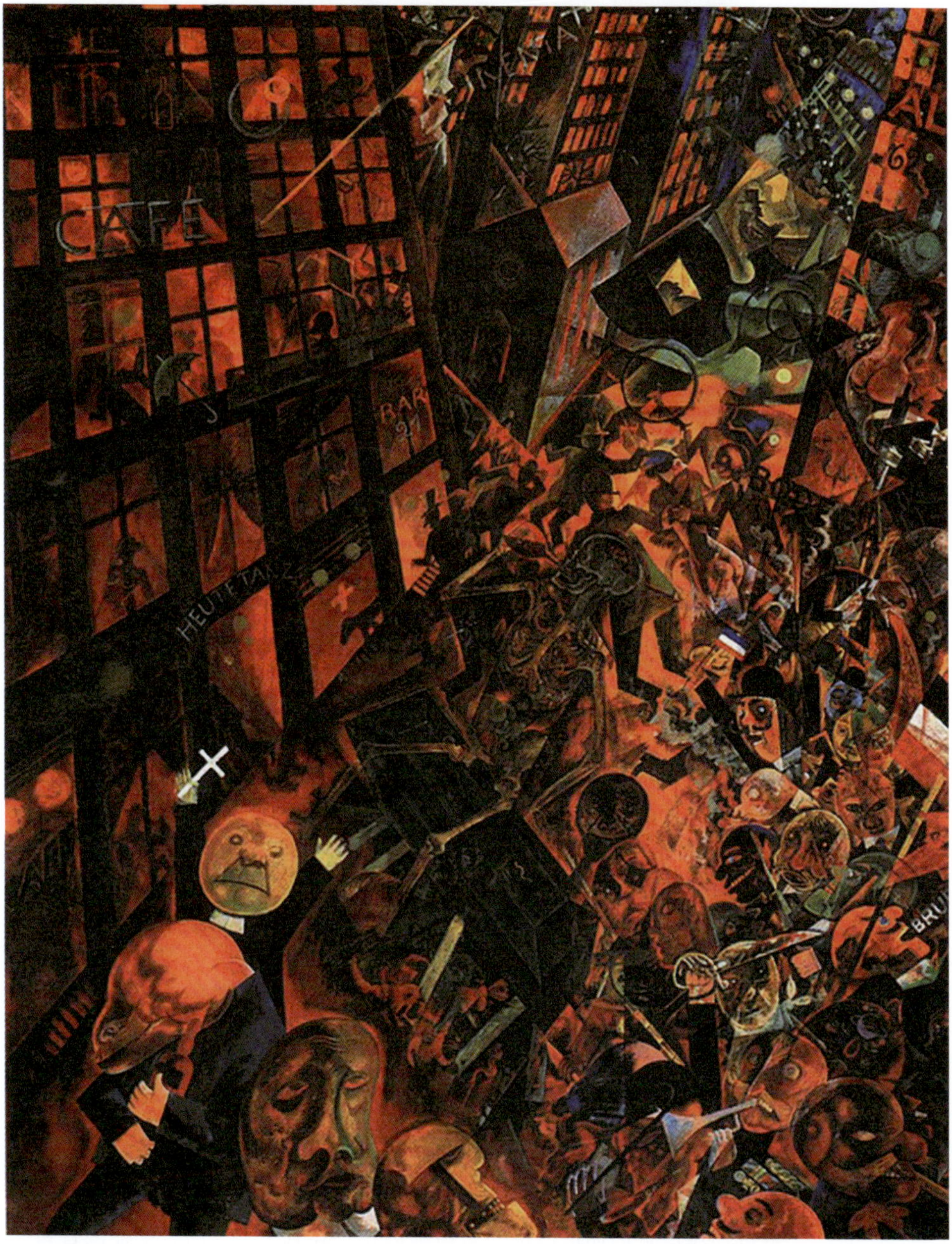
CAFÉ
BAR
HEUTE TANZ

图 70
无政府主义者加利的葬礼
卡洛·卡拉
1911—1912 年
布面油彩
198cm×266cm
现代艺术博物馆，美国纽约

愿意运用这种对比效果。

　　一方面，围绕在赫茨菲尔德和哈特菲尔德身边的成员们，组成了达达组织中更具政治性的一翼；另一方面，其他同样激进的成员却更关心美学问题。组织中最有活力的成员是豪斯曼，他的影响力仅次于胡森贝克。豪斯曼是画家与雕塑家出身，但在加入达达俱乐部之后，他很快就开始撰写宣言并创作文字图像作品了（图 78）。他还开始佩戴达达主义风格的单片眼镜，像花花公子一样打扮时髦。作为一位创造工作永无停歇的艺术家，他在语音诗（phonetic poem）与集成照相（photomontage）的发明过程中起到了举足轻重的作用，而这两者是柏林达达主义中最具影响力与原创性的两大艺术形式。

　　胡森贝克在纽曼画廊首次演出的当晚，朗读了他的声音诗集选段。在之后的 6 个月中，豪斯曼极大地扩展了这种达达主义典型艺术形式的范畴。创作于苏黎世的声音诗，依靠的是对想象字词的搭建。当这些字词在表演中被朗诵出来时，它们传递出一种情感上的负荷，而卸下正统意义与习惯用法的包袱。豪斯曼赞扬了这种"无意义"作品的价值，不过却相信它们还可以进一步被纯粹化。在其《关于语音定律的宣言》（*Manifesto on the Laws of Phenotic Sound*，1918 年）中，他扬言要抛弃创造字

126　达达与超现实主义

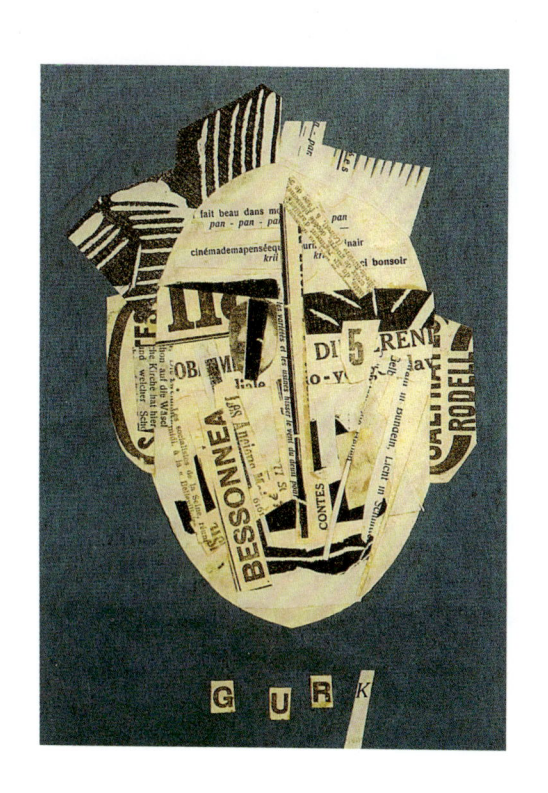

图 71
古尔克
拉乌尔·豪斯曼
1919 年
拼贴
27cm×21.5cm
阿恩茨艺术档案馆,荷兰海牙

图 72
达达俱乐部
拉乌尔·豪斯曼
封面的版式设计
1918 年
26.5cm×19cm

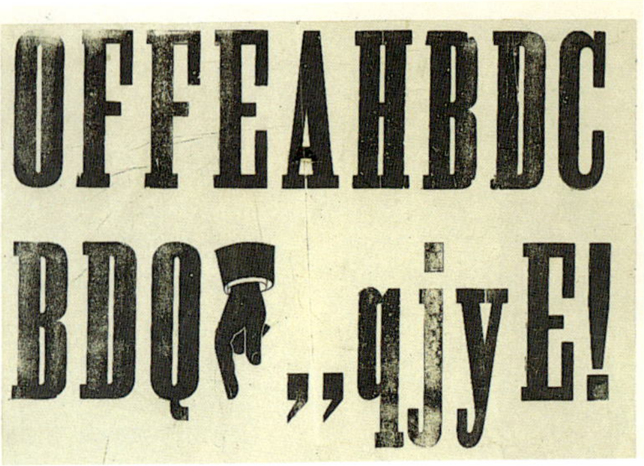

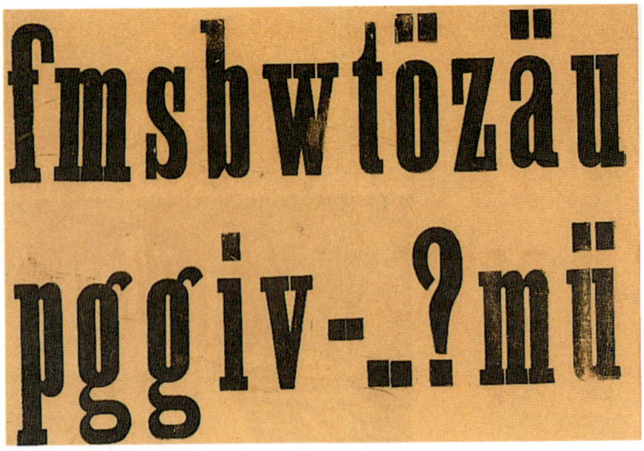

图73
语音诗歌的海报
拉乌尔·豪斯曼

1918年
32.5cm×47.5cm
国立现代艺术博物馆，乔治·蓬皮杜中心，法国巴黎

左
《走开》（*OFF*）
右
《*fmsbw*》

词这一手法，而依赖语言不可分解的基本单位——字母。因此，他在1918年6月6日的一场午后演出中表演《自动灵魂》（*Seelen-automobil*）时，每一个字母都是按照读音单独发音的。在苏黎世，那些作品则是依靠表演中的韵律与戏剧性来达到震撼效果的。然而，当这些文本被系统化地打印成"乐谱"时，每个字符的大小便可以指代每个字母被分配的强度，并通过改变字符密度或字体来暗示其变化（图73）。他创造了"视觉语音诗"（optophonetic poem）这个术语来称呼这些作品，因为它们旨在传达一种与诗歌表演相对等的视觉效果。

像豪斯曼这样先后在诗歌和排版领域内进行跨界探索的画家们，是达达主义实验性特质的典型化身。在柏林，这种实验最为明显地表现在一连串的出版物中，这些刊物形成了达达小组最容易被看到的公众面貌。他们文章中的政治内容，已经注定这些刊物在首发号之后就会被官方封禁，因此撰稿人要为每一期刊物都想一个新名字。1918年初，胡森贝克、容和豪斯曼3人共同主编了《自由大道》的特别号《达达俱乐部》（*Club Dada*）。他们在封面（图72）和标题中使用了随机朝向、随机大小的字母以及各种字体的组合。在这一点上，他们是在跟随哈特菲尔德在《新青年》（1917年6月）中开创的潮流——字型和图形的混合图块曾被用来宣传格罗兹的石版画《小格罗兹作品集》（*Kleine Grosz Mappen*）。到了1919年，由卡尔·爱因斯坦主编、格罗兹绘制插图的《血淋淋的恩斯特》（*Der blutige Ernst*）引入了更加富有冒险性的排版设计——其大标题要么以成一定角度、反差强烈的字形来呈现，要么是被叠印在其他图片或文字上。尽管这是对读者期望的一种歪曲，但它也成功地反映出任何一条城市街道上杂乱信息与图像所带来的困惑（商店招牌、广告牌、招贴海报和报纸等）。

这些刊物在本质上都反映出一种都市性。在这一点上，达达主义者与其先驱表现主义者有所不同，后者将都市视作压抑与烦扰之地。即便对于那些在城市主题上做文章的表现主义画家来说，城市也要么是基希纳作品中那样的异化地带，要么是路德维希·迈德纳（Ludwig Meidner）的幻想景象中那样的末日文明毁灭之地（图74）。达达主义者则是德国艺术中最早将城市本身作为主题的艺术家，他们展示出其视觉冲击力的多样性和强烈感。

能捕捉城市速度与城市精神的手段便是摄影，而柏林达达主义者发明的带有混合性质的集成照相则是无价之宝。从本质上来说，集成照相与达达主义者的排版艺术实践相类似，两者都是将不相干的零件聚在一起，从而形成一个非传统的新整体。它尽管也与立体主义者的拼贴画实验有关，但是或许与阿尔普在苏黎世的实验还是相去甚远。集成照相与排版艺术以及拼贴画的不同之处在于其成品图像的直接性，而这源于照片与现实的直接对应关系。

图74
世界末日之城
路德维希·迈德纳
1913年
布面油彩
81.3cm × 115.5cm
威斯特伐利亚州艺术和文化历史博物馆，德国明斯特

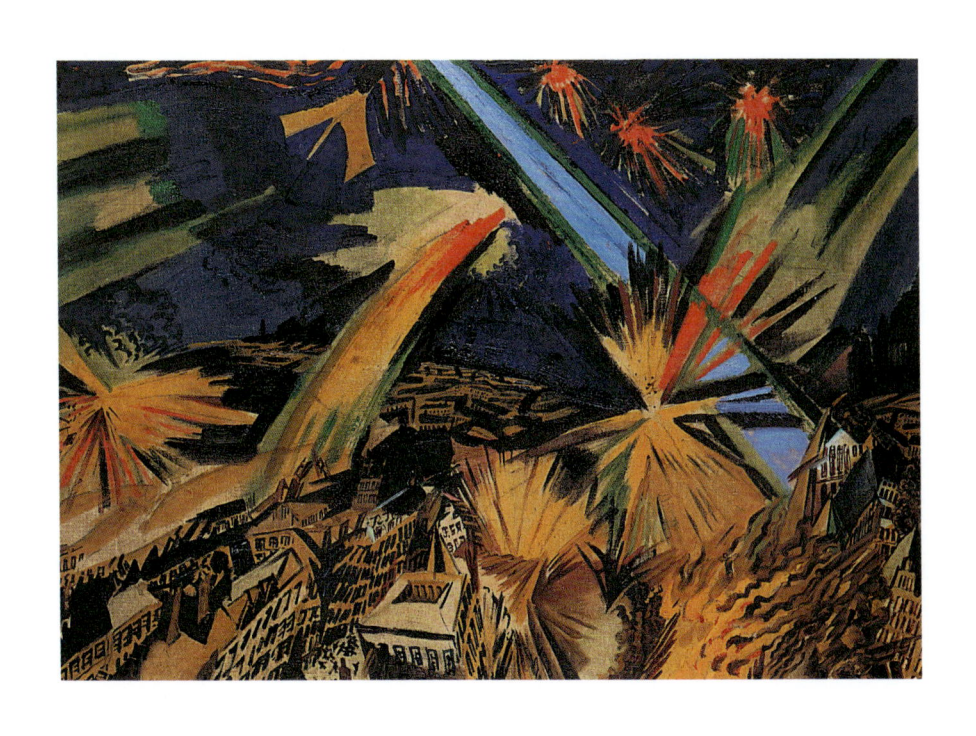

图75（对页）
《每个人都是自己的足球》创刊号的封面（1919年2月15日）
约翰·哈特菲尔德

之前，格罗兹、哈特菲尔德和豪斯曼3人已经使用过报纸上的标题、文章等同时代的材料来制作拼贴画，不过他们的应用方式违背了这些材料的原本意图。集成照相也能够实现政治性或讽刺性的目的，并可以为更广泛的社会评论服务。采用照片作为原材料是十分灵活且现实的，还同时避免了运用不能信以为真的图式实在论（pictorial realism）[10]。在实验过程中逐渐明朗的是，即使再怎么大幅度地变形或裁剪，照片始终都是能令人信以为真的现实片段，因而它会大大地夺走观者的注意力。他们曾关注过俄罗斯的机械美学，并且通过对机械过程的挪用改造在作品中也注入了这种美学元素。

通过集成照相，达达主义刊物得以让当代生活的所有内容为其所用。虽然他们采用的是官方出版机构刊发的广告和领导人照片，但是这些图像却可以被反过来用于暴露其中的虚伪与愚昧。柏林达达主义者也将自己的照片混了进去，包括一系列本人的肖像照，以向所有人宣扬鼓吹他们的创作动机，从而将未来主义者与苏黎世达达主义者的自我宣传行为提升了一个层次。

许多年后，关于是谁发明了集成照相，柏林达达主义者进行了激烈的争辩。格罗兹声称，是他和哈特菲尔德为了躲避政治审查才发明这项技术的。在不同的几种说法中，他将他们首次发明它的时间定在了1915年或1916年，他们当时原本是为了制作一些明信片——它们应该是从战争前线寄回的。这也因此引出一种推论，即认为这种技术或许是战壕中的无名士兵自己想出来的。哈特菲尔德在电影制作业中积累的经验，或许也赋予了他对于操控摄影流程的品鉴能力。

豪斯曼与霍克也声称是他们发明了集成照相技术，并且这种方法折射出他们关心的议题。根据他们的说法，这个技法是在1918年中期的假期中发明的，当时他们恰好看到德意志皇帝与其祖先的一张合成图片，而他们所住酒店的老板还把自己的脸也加了进去。这种说法表明，集成照相的发明并非出于政治动机。无论如何，达达主义者的作品也是源自一种既已存在于大众领域中的图像类型。不过，这些说法所提到的早期作品早已不复存在。

最早的集成照相作品之一，出自哈特菲尔德之手，被用作《每个

---

10 简单来说，就是不希望观者简单地相信图片内容所表现的即是真正的现实。
——译注

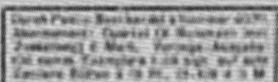

Preis 40 Pf.

"Jedermann sein eigner Fussball"

Illustrierte Halbmonatsschrift

1. Jahrgang · Der Malik-Verlag, Berlin-Leipzig · Nr. 1, 15. Februar 1919

Preisausschreiben!
Wer ist der Schönste??

Die Sozialisierung der Parteifonds
Eine Forderung zum Schutze vor allgemein üblichem Wahlbetrug

图 76（对页）
调情：来自人种学博物馆
汉娜·霍克
1926 年
集成照相
30cm × 15.5 cm
埃娃—玛丽亚·罗塞尼尔与海因里希·罗塞尼尔藏集

131

人都是自己的足球》(*Jedermann sein eigner Fussball*，图 75）的封面。这件作品表现出集成照相最简单的形式：刊头人像的躯干部分变成了标题中所说的足球，然后是一排政府首脑的头像沿着扇子形状排开，上面写着："他们中间谁最美？"这种讽刺是哈特菲尔德的典型风格，也让他成为政治性集成照相作品的主要推广者。他所制作的图片，抨击了 20 世纪 30 年代纳粹政权的残忍与欺骗，也成为 20 世纪最有名的一些图像（图 166）。这些图像通过扭曲变形来暴露真相，而这种真假之间的矛盾深深地影响了它们的创造者。通过不同比例的组合与叠加，或者将不相干的细节剪接到一起，仅凭一幅作品便可创造出爆炸性的图像，传递出深邃的含义。这种能力脱胎于哈特菲尔德的达达主义实验，并汲取了他在那个时期的实际经验教训。

相反，霍克的作品则用狡黠的幽默来回应日常生活。在她的作品中，人物的各部分虽然常常极不符合比例，但是却无疑能形成一个整体。这种在比例上出人意料的大幅转变，具有极强的效果——要么头部被巨大的眼睛占满，要么美丽的笑容出现在微小的人物上，让它们显得硕大无朋，令人难以忍受（图 76）。这种方法暴露出大部分创作素材的肤浅性，说明单纯地接受照片的引诱、相信表面现实是何等的谬误，而给观者提供了另一种新现实的可能性（如其字面意思，即新思想的组合）。在《用切蛋糕的刀来切》(*Cut with Cake Knife*，图 77）中，她就用这些方法展示出一幅令人迷惑的城市图景，那里有无限的活动种类，人们可以做出无尽的选择，各式各样的城市居民拥挤地生存于城市运转的车轮与齿轮之间。

除了霍克的作品，大多数达达主义集成照相与拼贴画的尺寸，都是令人亲近的书页大小。这既与原材料的大小有关，又是为了欲达成的效果。豪斯曼在拼贴画中一般喜欢让字词彼此碾压，以制造出一种浓缩版现实的效果。比如，在拼贴画《古尔克》(*Gurk*，图 71）中，字词就都堆积在一个人的头上。在某种程度上，浓缩也是霍克集成照相作品的典型特点。在《艺术批评家》(*The Art Critic*，图 79）之类的作品中，对现实经验的压缩显得更传神、更集中，这件作品将文字（在这里是一首视觉语音诗的一部分）与合成的人物组合起来。他讽刺的对象既有标题中

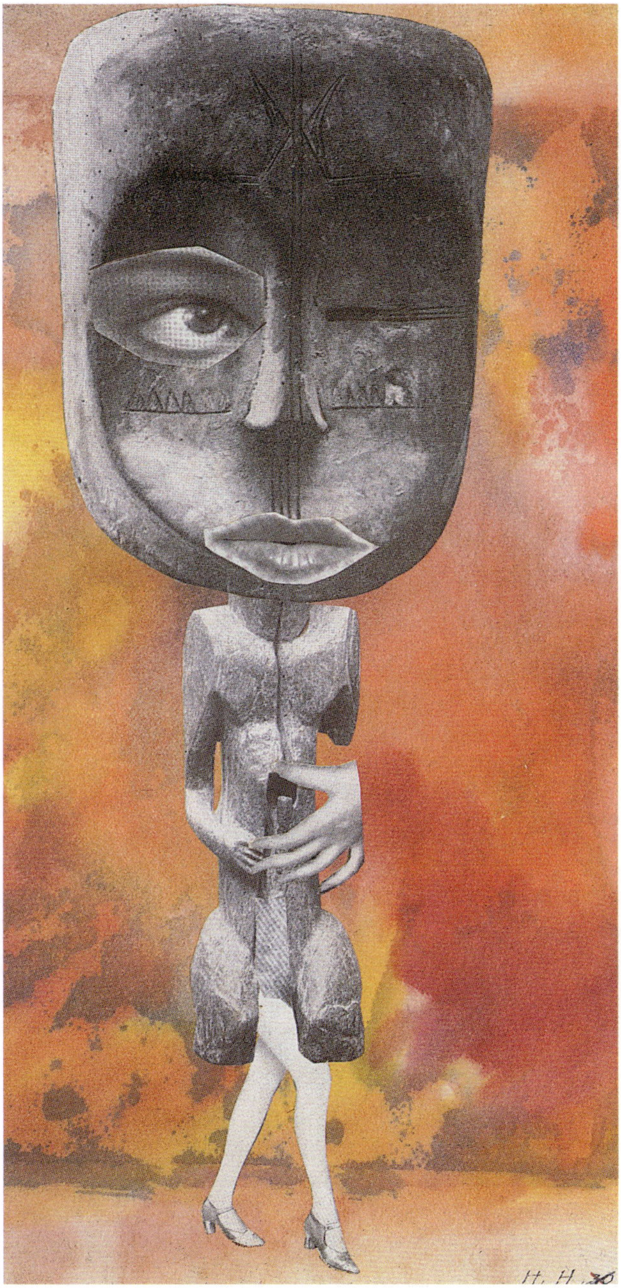
H. H. 30

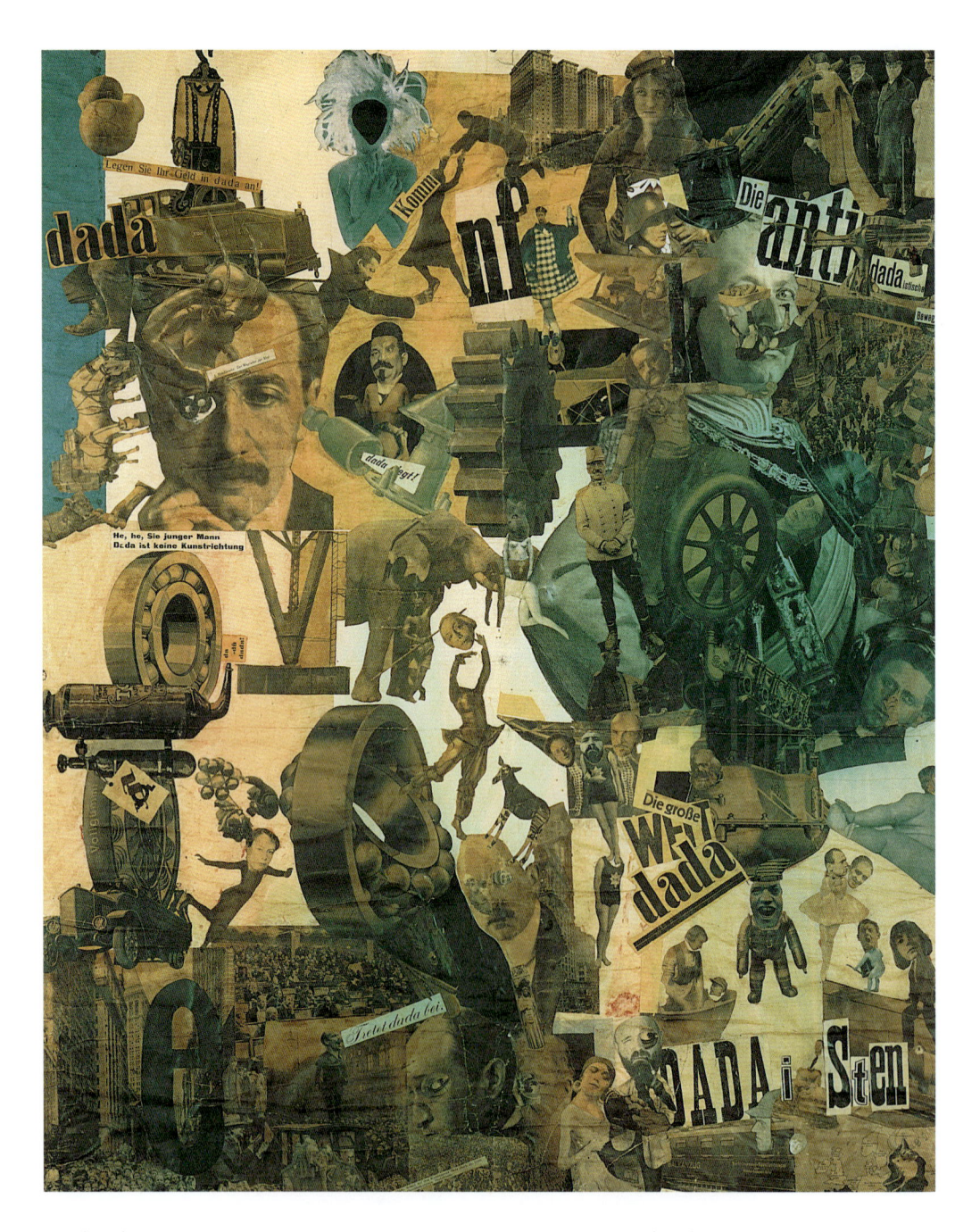

图 77（上图）
用切蛋糕的刀来切
汉娜·霍克

约 1919 年
拼贴
114cm×89.8cm
柏林国立美术馆，德国

图 78（对页）
ABCD
拉乌尔·豪斯曼

1923—1924 年
拼贴
40.7cm×28.5cm
国立现代艺术博物馆，乔治·蓬皮杜中心，法国巴黎

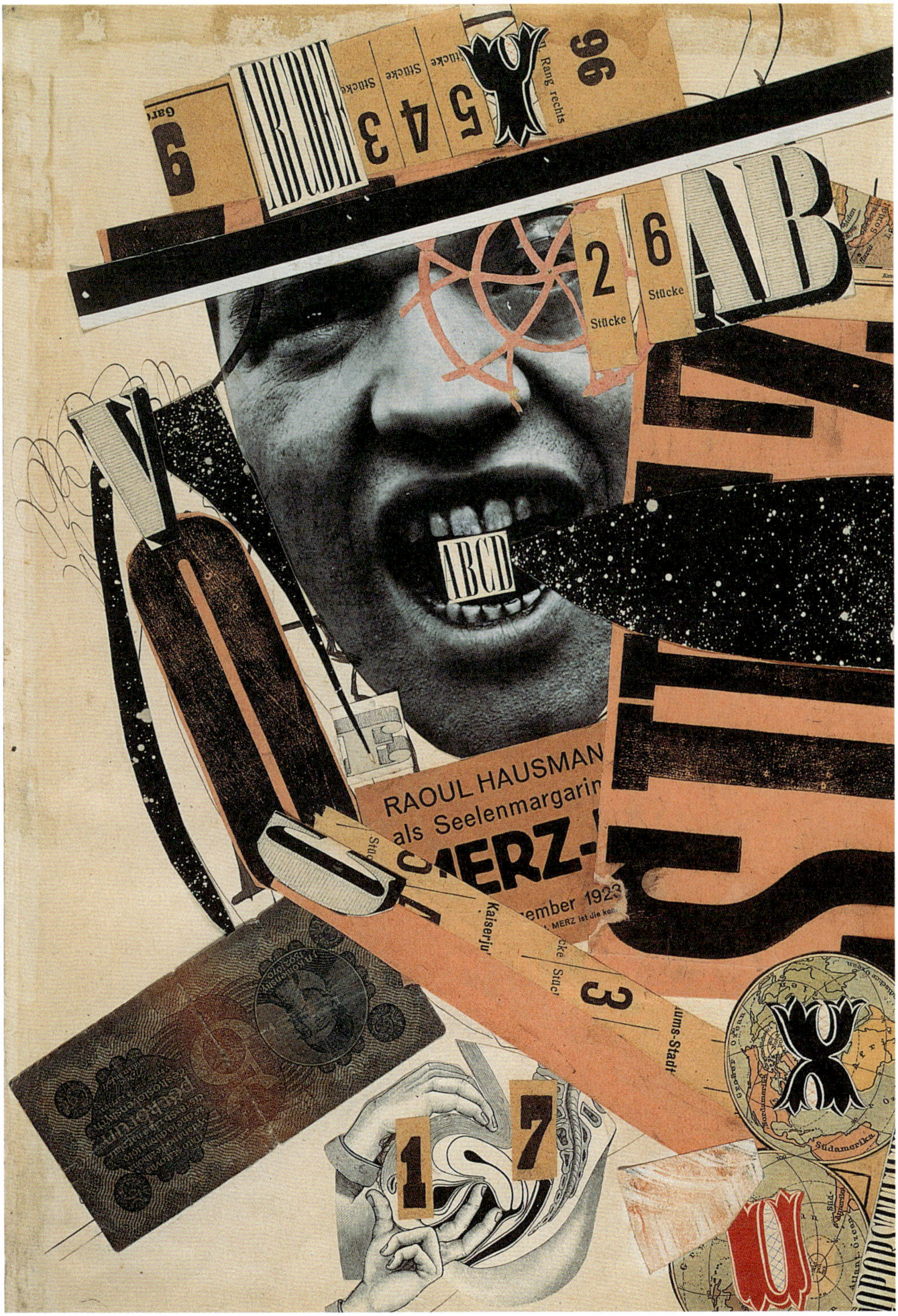
RAOUL HAUSMAN
als Seelenmargarin
MERZ-
ember 1923
AB
2 Stücke
6 Stücke
Rang rechts
96
543
Kaiserju
ums-Stadt
Südamerika
17

图 79
艺术批评家
拉乌尔·豪斯曼
1919—1920 年
集成照相
31.8cm × 25.4cm
泰特美术馆，英国伦敦

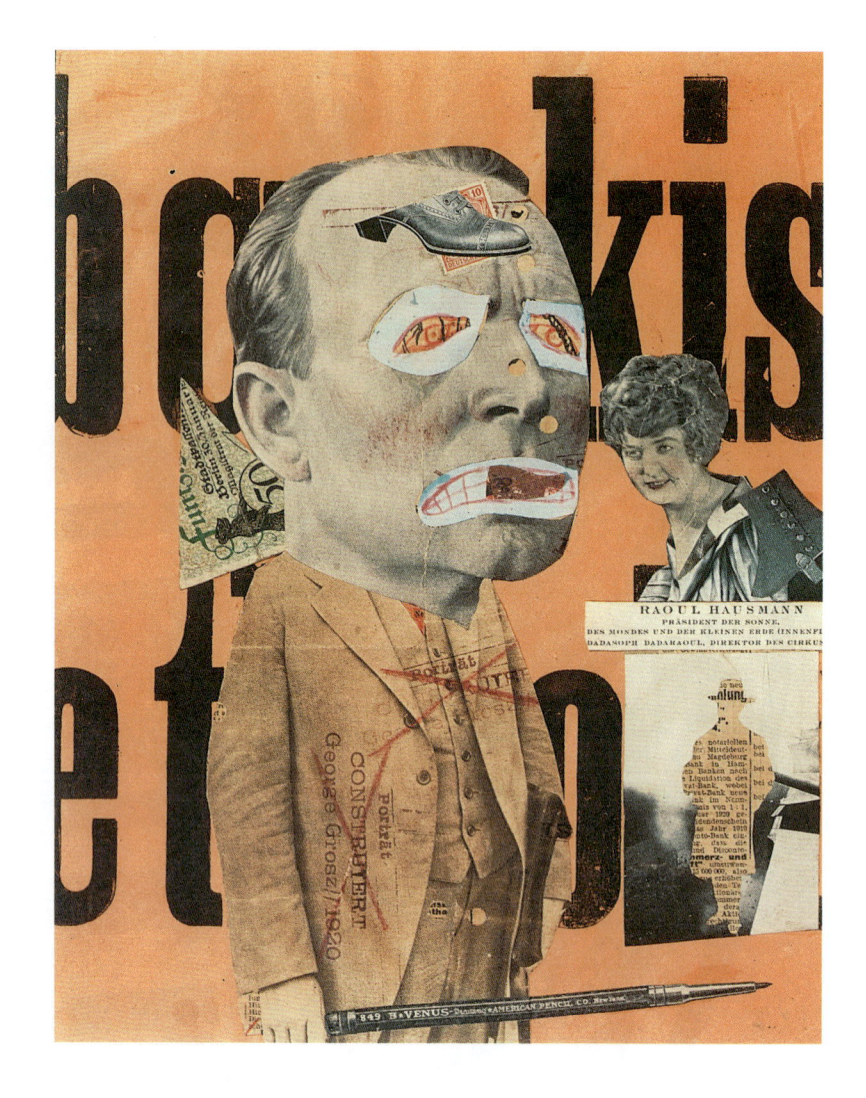

的人物，又包括格罗兹——后者可以被认出是画中的主人公。在所有的达达主义作品中，他们都在强调作品原材料及其成果转瞬即逝的本质，而集成照相的价值却应该在于其图像与信息，而非在于其作为艺术作品的技法或地位。豪斯曼等人将这一做法延伸到三维世界中，将不相干的物体拼凑起来。他将一位帽子商人的模特头部、钱夹、卷尺、折叠杯以及其他物品组合到一起，创作出了《机械脑袋（时代精神）》[*Mechanical Head (Spirit of the Age)*]，集中体现出他对于资产阶级关注物质的嘲讽立场（图 81）。

达达主义在柏林兴起，恰逢激进左派的崛起，而当左派遭受社会主义魏玛政府压迫时，达达主义也发出了积极的反对声音。1919 年 2 月，《每个人都是自己的足球》一出版，便马上被没收，原因是它重新激起了革命活动。关于对革命的镇压，其他艺术家也做出了回应的姿态，其中包括巴德尔的作品（图 80）。然而，他"精神病患者一般的表现癖与冲动性"（来自胡森贝克的回忆叙述），却令同道们纷纷惊慌失措，他们害怕他偏离达达主义在政治与艺术上更广泛的目标。这并非全无道理。他对于革命受压做出的回应体现在一部荒诞主义的小册子《达达主义者反对魏玛》（*Dadas Against Weimar*，1919 年 2 月）上，其中有主要达达主义者的签名，包括查拉和胡森贝克，并宣称巴德尔是地球的总统。这并非他首次尝试涉足政治，在此之前他已经参加过议会选举。通过某种至今仍未被知晓的办法，他还成功地混进新的魏玛共和国揭幕典礼，并四处分发提名自己当总统的小册子《绿马》（*Das Grüne Pferd*）。

1920 年是柏林达达主义的巅峰期。2 月，巴德尔陪同胡森贝克与豪斯曼，从莱比锡（Leipzig）到布拉格，开展了一场达达主义巡回演出。这些表演中有未来主义与苏黎世达达主义晚会的余韵，并取得了巨大的丑闻性成功。根据胡森贝克回忆，表演节目主要依赖表演者朗读声音诗，而其目标在很大程度上是反理性的——故意违反观众的期待。这一般是通过舞台上的挑衅来实现的：先是引起观众的愤怒，然后由于缺乏任何正统形式的娱乐，怒火中烧的观众中爆发了一场大型骚乱。我们也必须怀疑，至少其中有一部分观众是抱着期待发生这种冲突的愿望来参加活动的。

与巡回演出同时进行的是柏林达达主义的扩张活动，后者旨在与柏林以外的艺术家和其他人士进行接触，而这个活动也似乎起源于查拉与胡森贝克的竞争。查拉于 1920 年 1 月搬往巴黎，并在当地因被誉为达达主义的创始人而受到热情接待。不管这一说法真实与否，在这一年里，国内与国际之间的联系得到增强，比如说，毕卡比亚的作品就被刊登在豪斯曼的刊物《达达主义》（*Der Dada*）的第三期（1920 年 4 月）上。

这一趋势所抵达的顶点——同时也是柏林达达主义本身所能达到的巅峰——便是首届国际达达主义展会（First International Dada Fair，1920 年 6 月，图 82）。这场盛大的展会吸引了来自德国其他城市以及瑞

图 80（上图）
作家在家中
约翰内斯·巴德尔

约 1920 年
集成照相
21.6cm × 14.6cm
现代艺术博物馆，美国纽约

图 81（右图）
机械脑袋（时代精神）
拉乌尔·豪斯曼

约 1920 年
集合艺术
高 32.5cm
国立现代艺术博物馆，乔治·蓬皮杜中心，法国巴黎

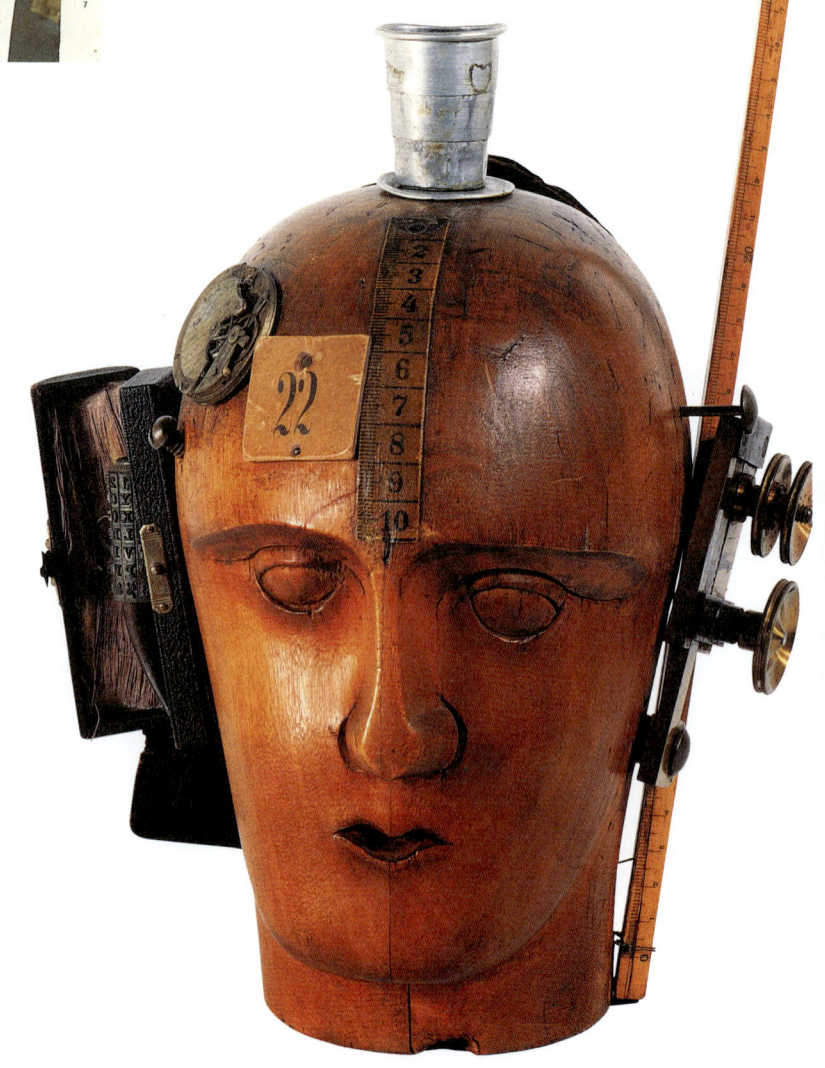

138　达达与超现实主义

图 82
第一届国际达达主义展会，柏林
1920 年
从左到右：拉乌尔·豪斯曼、汉娜·霍克（坐着的人）、奥托·布查德博士（Dr Otto Burchard）、约翰内斯·巴德尔、威兰·赫茨菲尔德、玛格丽特·赫茨菲尔德（Margarete Herzfelde）、奥托·施马尔豪森（坐着的人）、乔治·格罗兹、约翰·哈特菲尔德

士和法国的参与者。然而，其中最响亮的音符还是柏林达达主义者的声音。会上不仅展出了（格罗兹和迪克斯的）绘画作品，而且拼贴画、集成照相、集合艺术和海报也贴满了墙面——互相撞击的图像与文字攻击观众时营造出一种饱和效果。在某个房间的正中央，巴德尔建造起他的《塑料达达情景模型剧》(*Plastic-Dada-Dio-Drama*)[11]。这是一件用现成物品与达达主义刊物制成的大型集合艺术品。在另一处，一个身穿制服、戴着猪头的人体模型被悬挂在天花板上（还贴有一句告示："被革命绞杀。"），而这导致格罗兹和哈特菲尔德因诽谤军队而被罚款。媒体随即表示震怒，不过豪斯曼已经在展览附属的《达达主义年鉴》(*Dada Almanac*)中用戏仿的姿态预料到这一点，他称："这些人都把时间花在用褴褛、碎片和垃圾等东西制造出的可怜琐碎之物上。极少有像这样堕落的组织，既毫无能力，也全无正经目的，敢于挺身而出、站在公众面前，就像达达主义者们在这里做到的一样。"

胡森贝克的《达达主义年鉴》囊括了从苏黎世、巴塞罗那和巴黎各个达达主义小组征集来的作品，因此这份刊物也为达达主义运动近期

[11] diorama 一词指为了重现特定的自然或建筑景观而制成的微缩情景模型，这里与 drama（戏剧）一词结合，形成双关的文字游戏。——译注

第四章 时代精神 139

展现出的国际化风貌进行了概述。查拉的作品也被包括其中,这一点实在令人惊叹,因为胡森贝克还在同一时间的《达达向前》中,尖酸地攻击过前者的志向。《达达主义年鉴》既肯定了达达主义运动的范围之广,又同时表现出该运动分化成不同组织与个人后所具有的特征。

然而,柏林达达主义小组的主要关注点却并不在西方。这一届达达主义展会对俄罗斯构成主义者弗拉基米尔·塔特林(Vladimir Tatlin)的赞颂就证明了这一点。他们的关注点并非塔特林的作品本身〔他们对其作品的了解很可能基本上源自关于第三国际纪念塔(*Monument to the Third International*,1919—1920 年)的流言〕,而是其作品所代表的理念。格罗兹和哈特菲尔德在 1920 年的海报《"艺术已死!塔特林的机械艺术万岁!"》("*Art is dead! Long live the machine art of Tatlin!*")中就已经总结出这一点。这幅作品不仅确认了达达主义者对革命艺术的持续兴趣——这种艺术从某种角度来看是机械化的,而且它还表现出与达达主义集成照相技法的相似之处,这在豪斯曼的《塔特林在家中》(*Tatlin at Home*,图 83)中就有所体现。虽然一直到 1922 年柏林举办的第一届苏维埃艺术展(First Soviet Art Show)才传出关于俄国革命艺术的更多消息,但达达主义者明白,在新建立的苏联,艺术正在积极履行改造社会的责任,而他们也从柏林向这一成就致敬。

在达达主义展会之后不久,成员之间的冲突便导致了柏林达达主义小组的分裂。赫茨菲尔德、哈特菲尔德、格罗兹与共产党走得更近,而胡森贝克则日渐淡出,转而专注于医疗事业。然而,在 20 世纪 20 年代,成员们逐渐扩大的关系网络,却大大地扩展了德国达达主义版图。豪斯曼和霍克,与库尔特·施维特斯(Kurt Schwitters)和荷兰艺术家特奥·凡·杜斯堡(Theo van Doesburg)联袂合作,产出了累累硕果,而达达主义展会也包含了来自科隆(Cologne)达达主义小组的重要作品。

在战后的岁月里,莱茵兰的政治状况比首都一带要稳定一些,而科隆的达达主义也在一种被压抑的冷静气氛下独立发展起来。西边的协约国已经占领莱茵兰,并将其分为不同区域,而科隆则被划分在英国的统治之下(占领一直持续到 20 世纪 20 年代)。在普法战争后,法国通过割让重新获取了莱茵河西岸的阿尔萨斯与洛林两省。为了将这片土地牢

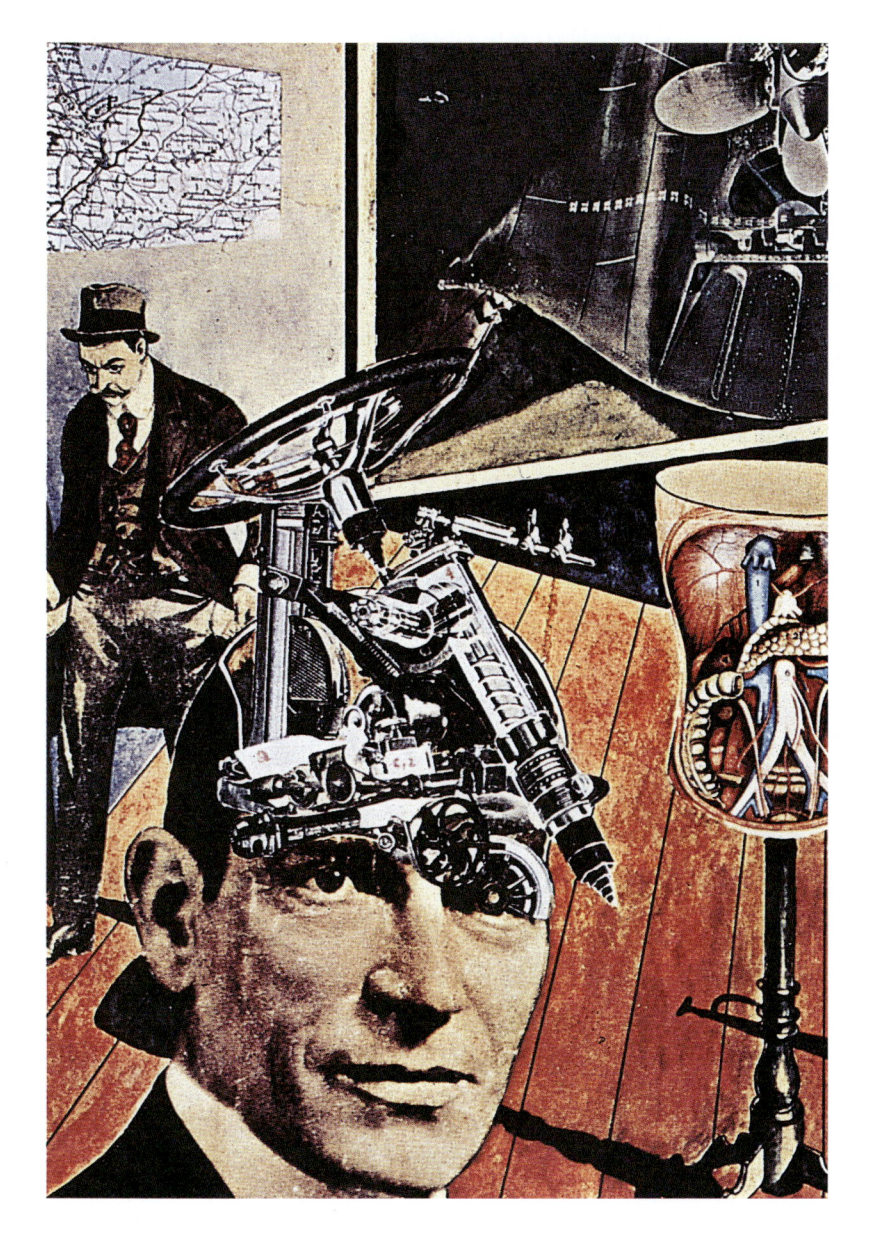

图 83
塔特林在家中
拉乌尔·豪斯曼
1920 年
集成照相
40.9cm × 27.9cm
当代美术馆,瑞典斯德哥尔摩

牢掌握在手中，法国急迫地在煤矿丰富的萨尔地区建立起独立国家，并对莱茵河东岸进行去军事化。当德国未能向法国与比利时支付战争损失赔款时，法国人便侵占了鲁尔区的工业腹地（1923年1月），从而在财富生产的基地紧紧扼住德国的财政命脉，并造成了毁灭性的经济后果。

在文化上，莱茵兰长久以来一直是位于德法之间的重要地带。1912年，纽约军械库展览的前一年，在科隆举办的独立联盟（Sonderbund）展览，就已经以前所未有的力度将东西欧的先锋艺术汇聚到一起。"年轻的莱茵兰"（Young Rhineland）这个艺术家组织的成员中包括麦克·坎彭东克与海因里希·坎彭东克（Macke and Heinrich Campendonk），他们利用这次交流的机会，成为战前巴黎与慕尼黑之间的重要桥梁。然而，随着战争与杀戮的启动，他们神秘化的表现主义看起来不再合乎时宜。从1918年到1919年，科隆达达主义的核心特征变为对表现主义的拒斥，进而偏向于一种更具政治性和批判性的艺术。尽管科隆小组的最初动力来自柏林达达主义的带领，但其成员都毅然保持了各自的独立性，并与远在苏黎世的查拉与阿尔普维系了重要的沟通渠道。因此，科隆达达主义（Cologne Dada）便打造出一种属于自己的、特色鲜明的品质。

科隆达达主义的参与者全都是画家，他们在政治上大致可以分为更倾向于在艺术上进行颠覆与让艺术融入政治行动的两派。其中，最重要的人物是马克斯·恩斯特。他毕业于波恩大学（Bonn University）的哲学与艺术史专业，并在进入战壕服兵役前，开始对弗洛伊德的精神分析理论感兴趣。1916年，在离开军队休假时，他遇见了已经开始参与激烈反战活动的格罗兹与哈特菲尔德。在这些思想的共同刺激与作用下，恩斯特的战后作品都带有刻意引经据典的特点，而这些作品颠覆了西方艺术中的标准主题与技法。在集成照相的自画像《拳击球，又名邦纳罗蒂的不朽》（*The Punching Ball/The Immortality of Buonarotti*，图84）中，他大不敬地削弱了米开朗基罗在艺术史上高高在上的地位。他的父亲是一名业余画家，不仅专横跋扈，而且还是传统价值观的倾慕者，这也为他的反叛行为增添了一条个性化的注脚。

恩斯特主要的合作者是1918年结识的阿尔弗雷德·格林瓦尔

德（Alfred Grünwald），其笔名是"约翰内斯·巴格尔德"（Johannes Baargeld，图85）。其姓氏（可以直译为"钱袋"）衍生自其当银行家的父亲，在那个通货膨胀猖獗的时代里，这也是一种揶揄式的挑衅。在尝试投身政治活动一段时间后，巴格尔德最终在达达主义中为自己的个人反抗找到出口。这种信仰的转变对其父亲来说，既是一个意外，又让他如释重负，于是他开始资助儿子的出版物。在这种反抗父辈的共同背景下，恩斯特与巴格尔德的联袂合作始于刊物《鼓风机》（Der Ventilator，1919年）。他们的作品与出版物都旨在攻击现行的政治体制，并且都带有无政府主义与荒诞主义的色彩。

在这项事业中，更多认真严肃的艺术家也加入进来，包括弗朗茨·赛韦特（Franz Seiwert）、安东·雷德沙伊特（Anton Räderscheidt）、马尔塔·黑格曼（Marta Hegemann）以及海因里希·赫勒与安格莉卡·赫勒（Heinrich and Angelika Hoerle）。这些艺术家是斯巴达克同盟起义的热忱拥护者，他们在那次起义中看到了重建社会的契机。尽管他们向《鼓风机》的投稿反映出一种反抗精神，但在协约国占领时期，他们还是不得不对当时的共产主义信仰有所遮掩。赫勒夫妇致力于捕捉时代对人性造成的外在摧残与内在创伤，并在库宾（图15）与克利更加离经叛道的作品中为自己噩梦般的图像风格寻求灵感。他们的共同志向，在1919年恩斯特到慕尼黑拜访克利时便有所反映，也是在这次行程中，他第一次发现了关于德·基里科的配图专著。基里科的绘

图84（左图）
拳击球，又名邦纳罗蒂的不朽（自我肖像）
马克斯·恩斯特
1920年
拼贴
17.5cm×11.4cm
阿诺德·H.克莱恩（Arnold H.Crane）藏集，美国芝加哥

图85（右图）
自我肖像
约翰内斯·巴格尔德
1920年
集成照相
37.1cm×31cm
苏黎世美术馆，瑞士

第四章 时代精神 143

画具有神秘而异化的氛围，对科隆达达主义的所有成员都产生了直接的影响——大家广泛采用的手法是在正统透视图被扭曲后的空间中植入面无表情的模特假人，特别是恩斯特在其图像作品集《制造时尚：让艺术腐坏吧》(Fiat Modes-Pereat ars，1919年)中。

1919年末，科隆达达主义者接到邀请，向原来基本属于表现主义阵地的艺术协会（Kunstverein）展览提交作品。他们还制作了一本附带提交的作品目录《公告板D》(Bulletin D)。尽管赫勒与赛韦特合作编辑了该刊物，但他们逐渐开始对同道们感到恼怒，并最终愤然退出了展览。他们认为该展览是在与商业主义同流合污，甚至声称："达达主义不过是在为资产阶级艺术做市场宣传。"在这一点上，他们很清楚地看到，恩斯特与巴格尔德的非政府主义路线其实在本质上是非政治的，但没能体会到其中潜藏的反叛力量。

恩斯特、巴格尔德与奥托·弗罗因德利希（Otto Freundlich）向艺术协会展览提交的作品，引起了相当大的争议。这不仅是因为他们作品中既幽默又激进的反传统性，还因为这些作品是用最华而不实、最典型的达达主义技法创作的，包括拼贴画、集成照相与成品艺术。这些作品完全站在既有艺术准则的对立面上，不过它们表面上的轻慢无礼模糊了其更加彻底的批判性。恩斯特与巴格尔德通过在展品中掺杂业余画家与精神病人的作品，进一步表达出他们对非主流艺术家的认同。

恩斯特尤为突出，他发明了各种非同寻常的达达主义技法。1920年2月的一天，他在刊物上看到《萨满的哑谜》(Die Schammade[12])后，便将打印机中丢弃的校样收集起来。这些不同来源的材料偶然组合、拼凑在同一张纸上后，让他萌生出装饰性的灵感，并赋予了这些字母独立于字面意义的生命。诸如《极小极大达达极大建造的小小机器》(Little Machine by Minimax Dadamax，图86）这样的作品，刻意将聚集手法神秘化，甚至可以与毕卡比亚在《391》中登载的机械人形相提并论。他俩都通过制造富有暗示性的混合装甲人物，颠覆了机器在战争中十分重要的主导地位。他们还用其他方法，削弱了之前借助图像传统所认识的现实。恩斯特从19世纪的百科全书、浪漫主义小说以及艺术史书籍中收集雕版画与相片，并通过裁剪与覆盖，让它们变成不可见世界中一个个

12　Schammade 是 Schamane（萨满）与 Scharade（哑谜，比画猜谜）的合成词。——译注

图 86
极小极大达达极大建造的小小机器
马克斯·恩斯特
1919 年
拼贴
49.4cm×31.5cm
佩姬·古根海姆基金会,意大利威尼斯

图 87
长了蹄毛的马,有一点不舒服
马克斯·恩斯特
约 1920 年
拼贴
14.5cm×21.5cm
公立现代美术馆,意大利都灵

奇妙的凝聚体(图 87)。这些图像的尺寸都较小,这让恩斯特得以在巴格尔德的协助下,用这些熟悉的材料创作出大量具有挑衅性的作品,他们还为这些作品取了富有诗意但却荒谬的标题。

在艺术协会展览之后,阿尔普来到科隆。6 年前,他曾与恩斯特在这里见过面,之后两位艺术家一直保持着断断续续的联系,而达达主义的历程也分别改变了他们各自的作品风格。通过阿尔普的联络人,恩斯特与巴格尔德开始寻求国际上的受众,并成立了一个核心小组,自称为

第四章 时代精神 145

图88（对页上图）
工人们
弗朗茨·赛韦特
1920 年
布面油彩
69cm × 90cm
美术馆，德国杜塞尔多夫

"愚人西路 5 号达达"（Dada West Stupidia 5），又称 W/5（来自他们的住址）。他们开始通过联合创作拼贴画来质问艺术中个体被分配的重要性，他们将这些作品命名为"图制保气"［Fatagaga，来自"图像制造要保证气体定量"（Fabrication de tableaux garantis gazo-métriques）］。这些作品煞费苦心的标题，甚至比图像本身更为有力。

这些艺术家与科隆达达主义中更具政治志向的一翼之间的关系在 1920 年破裂了。雷德沙伊特、赛韦特和安格莉卡·赫勒已经出版了一本介绍麻胶版画的对开本作品集《活着的人》（*Lebendige*，1919 年），其中刻画了近期革命中包括罗莎·卢森堡在内的政治牺牲者。这本书认真严肃的内容，以及其中对表现主义印版风格的接纳，都与恩斯特和巴格尔德的手法相反。20 世纪 20 年代中期，这一分裂局面已成定局，赫勒、赛韦特和雷德沙伊特此时成立了一个独立的"愚人"（Stupid）小组，并出版了一本介绍自己作品的目录《愚人·第一期》（*Stupid I*）。之所以取这个自嘲性的英语标题，一方面，是由于他们为愚人西路 5 号达达小组所驱逐（这个刊名也是对他们原有名字的回应）；另一方面，这也是对驻扎占领德国的英国当局的挑衅。

在赛韦特的指导下，愚人小组追求的是一种无产阶级艺术，他们从儿童艺术、史前象形文字和当地中世纪绘画（当时所有具有争议的主题）中寻找范例。以这些作品为忠实模板，他们用现代语言描绘了工厂中的工人（图88），其风格堪比费尔南·莱热，但仍然保留了德·基里科许多作品中异化与忧郁的特质。尽管他们没有再使用愚人这个名字，但是这个联盟后来发展成为"进步艺术家小组"（Gruppe Progressiver Künstler），一直坚守左翼艺术阵地，直到 20 世纪 30 年代被纳粹主义摧毁为止。

与愚人小组在当地资源中寻求意识形态重建的做法相反，恩斯特的态度更加偏向于虚无主义。在其作品中，他将文艺复兴绘画的细节印刷出来，与其他元素结合在一起，从而发起对传统观念的攻击。在集成照相作品《无辜者的屠杀》（*The Massacre of the Innocents*，图89）中，逃跑人物上方的天使，似乎与一架战时飞行器相连在一起。从下方城市［已经查明这是苏瓦松（Soissons），恩斯特当兵时曾亲眼目睹了此地的毁灭］

图89（对页下图）
无辜者的屠杀
马克斯·恩斯特
1920 年
卡纸上水粉、拼贴和集成照相
21cm × 29.2cm
芝加哥艺术博物馆，美国

LE MASSACRE DES INNOCENTS   MAX ERNST

的破败中可以看到，物理上的破坏就等于精神价值的消亡。不过，更加惹人不安的是整个画面空荡荡的中心，仿佛是要将观者放在正在进行攻击的飞行员座位上。

与愚人小组的分裂（不过并非完全的决裂）以及《萨满的哑谜》的出版，让1920年成为科隆达达主义的关键一年。现在回过头来看，这也是他们到达巅峰的一年。这本刊物包含了柏林的胡森贝克、巴黎的布勒东和阿拉贡的作品，并开始其向外扩展的历程。阿尔普及恩斯特本人的最终离开（1922年）也证实这一点。无疑，他们最成功的顶点是恩斯特与巴格尔德于1920年4月举办的展览《早春达达》（*Dada Vorfrühling*）。

当时，这两位艺术家已经被逐出科隆艺术家委员会（Cologne Artists Committee）。为了举办这场独立展览，他们租用了冬天酒窖（Winter Brewery）的一间里屋。海报上这样写道："这是受人爱戴的达达主义者巴格尔德，这是让人恐惧的达达极大者恩斯特。"挑衅的内容一拨接一拨——参观展览的观众首先得穿过一间公共厕所，而据一些人回忆，一位身穿初次恭领圣餐（First Communion）服装的少女在里面唱着淫秽的歌曲。在展出的集成照相与拼贴画旁边，有一座恩斯特的雕像，参观者可以将它砸碎。这样，他们提供的斧子也算是物尽其用。有谣言说展览中有色情内容，这差点让警方查封了展览。好在最后查明，传说中的猥亵物不过是阿尔布雷希特·丢勒（Albrecht Dürer）1504年的著名雕版画《亚当与夏娃》的一张印刷图片而已。拼贴画中大多数援引的出处都十分模糊，从而让他们避免了更多的指控。

冬天酒窖展览的负面新闻，不仅引来其他达达主义小组的关注，还让他们收到为两个月后的柏林达达主义展会提交作品的邀请。然而，柏林与科隆的达达小组几乎同时发生了分裂。阿尔普在柏林与苏黎世之间来回奔波（他仍然没能拿到法国签证），让巴格尔德与恩斯特只能自作打算，而恩斯特则倾向于创作内容更充实的绘画作品。他尽管继续延用百科全书与指导手册中的插图，但是现在仅仅是描画出它们具有逻辑相关性的部分。比如在《波涛起伏的卡塔丽娜》（*Katarina Ondulata*，图90）等作品中，他表现出一个充满奇妙创造性的再造世界，它甚至可以和儒勒·凡尔纳（Jules Verne）笔下最勇敢的探险者发现的世界相媲美。在

图 90
波涛起伏的卡塔丽娜
马克斯·恩斯特

1920 年
印色纸上水粉和铅笔
30cm×25cm
苏格兰国立现代艺术馆，英国爱丁堡

许多情况下，这些图像成为一些更大型作品的起点。恩斯特的创作手法逐渐开始转向拼贴绘画，以求用油画这种媒介将不同物体、空间和比例的并置效果统一起来。不过，这种改旗易帜并非轻而易举，在他 1922 年搬去法国之前，花了他整整两年的时间。这个过程标志着他希望自己的作品能够被严肃对待。尽管这一举动可以被视为对油画传统媒介的让步，但它同时也破坏了油画传统的连贯性。他既戏仿了古代大师的技法与主题，又探索了弗洛伊德无意识理论所假设的生活中不为人知的面向。

无双画廊（Galerie Au Sans Pareil）1921 年 5 月展出了恩斯特的小型拼贴画与拼贴油画，并在巴黎的达达主义圈子中激起无法抑制的热情。这些作品引起了人们的惊诧。正如查拉将 1915 年阿尔普的展览定为达达主义的开端一样，后来布勒东也将恩斯特 1921 年的这场展览，定义为超现实主义在视觉艺术领域的第一次亮相。恩斯特由于是德国国籍而无法前往法国，唯有等到秋天与妻子路易斯在奥地利的伊姆斯特（Imst）附近、同阿尔普与查拉一起度假时，才得以被介绍进巴黎的

第四章 时代精神 149

达达主义圈子。在那里，他们制作了一份极为简单的双语刊物《在蒂罗尔，又名在空中的达达》(*Dada Intirol/Augrandair*)。安德烈·布勒东与西蒙娜·布勒东（Simone Breton）度完蜜月回来后也加入他们，而他俩不久之前在维也纳见到了弗洛伊德（见第五章）。11月，保尔·艾吕雅与夫人加拉（Gala）到科隆拜访恩斯特，艾吕雅后来成为恩斯特在巴黎圈子里联系最密切的人——当得知他们曾分别身处同一战区壕沟两边的敌对阵营时，他们之间的友情反而更加紧密了。1922年，与查拉、阿尔普以及美国人马修·约瑟夫森（Matthew Josephson）在伊姆斯特第二次相聚之后，艾吕雅安排恩斯特用自己的护照进入法国，在成功入境之后只需通报护照遗失即可。

由于柏林与科隆的达达小组规模缩小，以及胡森贝克等主要人物的逐渐淡出，让很多人误以为德国的达达主义在1920年左右已走向了终结。恩斯特与阿尔普之后的超现实主义作品，常常让人联想起巴黎达达主义的风格元素，进而更加深了这一误解。不过，近期的学术研究已经表明，这种观点是站不住脚的，达达主义其实继续以多种形态存在于德国，并在东欧引起了更广泛的回响。一方面，德国达达主义将艺术复兴与意识形态进攻结合的做法，在许多初始成员的创作中得到了延续。至少一直到1933年希特勒上台并将先锋派当作"腐朽艺术"（Entartete Kunst）封禁为止，豪斯曼、霍克和哈特菲尔德的作品都还在继续混合这两个"易燃易爆炸"的元素。另一方面，即便格罗兹、迪克斯、谢德以及科隆的愚人小组已经转向新客观主义（Neue Sachlichkeit）——一种具有穿透力的现实主义，他们的作品仍然保持了对当时社会的批判性。

尽管其他达达主义中心的成员们并未加入达达俱乐部，但是他们将新鲜的创意带到了柏林。里希特与埃格林就是代表。里希特后来成长为最重要的先锋电影人之一，这反映出德国达达主义朝着苏黎世达达主义抽象化特征转变的总体趋势，以及埃格林产生的强大影响。埃格林一直在设计一种基于平衡几何形态、乌托邦式的理想化抽象作品。在将这些画面从画卷上迁移到电影胶片上时，他（既从字面意思又带隐喻性地）将它们随时间的演化过程动态地表现出来。埃格林的《水平竖直管弦乐团》(*Horizontal-Vertical Orchestra*，1920—1921年)、《对角线交响乐》(*Diagonal Symphony*，1922—1925年) 以及里希特的《韵律21》(*Rhythm 21*，1921年) 等影片，都透过其名称来暗示其中交响乐式的结构。一方面，这会让人想起一战前全面艺术作品在音乐与艺术层面上的关注点（见第一章），而此时的电影也为全面艺术作品提供了理想的创作媒介；另一方面，这些作品也表现出它们与胡森贝克周围达达主义圈子之间的距离。(尽管它们在技术上都相对简单，但是这些电影的制作还是在经济与健康上造成了巨大的负担与消耗，并导致埃格林于1925年英年早逝。)

埃格林与里希特也找到了潜心于类似创作项目的其他人，其中包括法兰克福的灯光投影艺术家路德维希·希施费尔德-马克 (Ludwig Hirschfeld-Mack) 和制作抽象电影系列《作品一至四》(*Opus I-IV*，1920—1924年) 的瓦尔特·鲁特曼 (Walter Ruttman)。1925年5月，柏林的先锋派团体"十一月小组"(November Group) 在一次非同寻常的放映会中展示了这4位艺术家的作品。

除了先锋派，这些电影并没有什么观众，并且还遭遇了大众的不理解。抽象电影这个概念本身就是与商业影片相对立的，而后者是在叙事与戏剧的基础上发展起来的。即使是当时在视觉呈现上十分时髦的德国商业片佳作，也是如此，比如罗伯特·维内 (Robert Wiene) 的《卡利加里博士的小屋》(*The Cabinet of Dr. Caligari*，1919年) 与弗里茨·朗 (Fritz Lang) 的《大都会》(*Metropolis*，1926年)。重要的是，即便是如布莱兹·桑德拉尔这样的进步作家，也批评了《卡利加里博士的小屋》，因为他在将表现主义布景与谋杀故事的结合中，嗅出了一丝将现代主义与"堕落"元素等同起来的隐匿意味，这也预言了之后纳粹德国官方对现代主义的偏见。不过，也有一些人表示妥协，鲁特曼饱含想象力的纪录片《柏林：一座伟大城市的交响曲》(*Berlin, Symphony of a Great City*，1927年) 中富有韵律的抽象元素就是例子。这种手法受到了苏联导演谢尔盖·爱森斯坦 (Serge Eisenstein) 的影响，他在诸如《战舰波将金号》(*Battleship Potemkin*，1925年) 等作品中，引入了各种创新手法，如蒙太奇、叠影、分屏和负片片段等。尽管不能像苏联导演一样获得官方的资

第四章　时代精神　151

金（以及宣传性的）支持，但是埃格林、里希特和鲁特曼还是成为东欧与西欧之间这场重要文化交流活动的推动者。

柏林的某些刊物开辟了其他一些与达达主义更有特殊关联的交流渠道，比如刊物《达达渡口》（*Perevoz Dada*）和《扫帚》（*Broom*）。《达达渡口》的出版人是赛尔日·沙尔舒恩，他曾与毕卡比亚一起在巴塞罗那与巴黎待过。1922年，他在柏林短暂逗留期间，以《达达渡口》为阵地，将许多重要的达达主义材料翻译成俄语。由约瑟夫森担任主编的英语刊物《扫帚》将编辑部从罗马搬到柏林，并成为将达达主义材料介绍到美国的重要通道。《扫帚》不仅让胡森贝克与阿尔普的文章首次被翻译成英文，而且还在苏联与西欧两地的新艺术之间找到有趣的相似之处，比如将曼·雷的"雷氏摄影"（Rayogram）作品和埃尔·利西茨基（El Lissitzky）的物影照相（photogram，图91）及其关于新摄影的讨论联系起来。

20世纪20年代，除了柏林达达主义者，还不得不提到一个人，他便是独立行事的拼贴画、诗歌大师库尔特·施维特斯。他在德国北部的保守城市汉诺威（Hanover）以表现主义画家和《狂飙》圈诗人的身份而闻名。1918年，他结识了豪斯曼与霍克，并和他们成为好友，之后他的兴趣开始转向拼贴画（图93）。他曾在柏林采用过集成照相，在科隆使用过打印校样，现在他又开始利用废纸。他对达达主义的响应同时体现在艺术与诗歌中，这可以在他获得意外追捧的诗作《关于安娜·布卢姆》（*On Anna Bloom*）的选段中看出来：

  蓝色是你黄色头发的颜色，
  红色是你绿色轮盘的漩涡，
  你这穿着日常服装的少女，
  你这小小的绿色动物，我爱你的！
  你、尔、尔、你的！我、你的，你、我的，我们？
  这（顺便）都属于那闪光的铜炉！

施维特斯的作品，除了将油嘴滑舌的浪漫和荒诞感奇巧地融合在一起，还有一种被严格控制的特点，而之后贯穿整个20世纪20年代的声音诗也萌芽于其中。正如其诗里的韵律及文字的意义是被精心平衡过的一样，其拼贴画中对随机获得的元素（公交车票、戏票、巧克力糖纸、其他废纸）的布置也是经过仔细考量的。他的大部分作品都是由经过打印或涂绘的空白纸张做成的，但是像恩斯特一样（施维特斯曾经在1920年拜访过他），施维特斯也曾用拼贴画来对古代大师的作品进行"现代化"处理，比如在《Mz 151（小流氓）》[*Mz 151 (Knave Child)*]中，他就对拉斐尔1513年的《西斯廷圣母》(*Sistine Madonna*)动了手脚（图92）。

关于施维特斯试图加入达达俱乐部，流传着好几个故事，但是他因其政治立场而遭到怀疑，一直被排除在外。胡森贝克好像很不喜欢他那张"资产阶级脸"，而格罗兹在与他唯一的一次会面时心情暴躁地对他撒谎说："我不是格罗兹。"他也回复道："我不是施维特斯。"这一深仇大恨始于胡森贝克对《关于安娜·布卢姆》的抵触（他认为这首诗是在拍资产阶级的马屁），而当施维特斯将"达达主义"一词放在其1919年诗选的封面上时，这份怨恨又加深了。面对这种情况，施维特斯也有自己的对策。1920年1月，他直接创立了自己的运动——"梅尔兹运动"（Merz），这个单词来自其一幅拼贴画中"商业银行"（Commerzbank）一词的可见部分。虽然他一直都是这场运动的唯一成员，但对于施维特斯来说，梅尔兹有效地起到了替代达达主义的作用。这两场运动之间最初的分歧在于政治，因为施维特斯从未允许政治性超越美学理念。后来，梅尔兹的抽象性与柏林达达主义激进的现实主义之间，也出现了日渐明显的分歧。

将施维特斯排除在达达主义小组之外，并非所有成员的选择。仍与施维特斯保持联系的查拉在《策尔特韦格》(*Der Zeltweg*, 1919年)中发表了一幅拼贴画之后，又在次年的《达达·第六期（达达公告板）》[*Dada No.6 (Bulletin Dada)*]中称他为"达达主义的总统"之一。在柏林，豪斯曼和霍克一下就看出其拼贴画中不同凡响的特质，也深深地被他"不绘画，而是把图片钉到一起"的手法打动（图95）。这种倾慕之情在他们之间催生出一段艺术成果丰硕的友谊。这3位艺术家于1921年举办了一场《反达达主义梅尔兹巡展》(*Anti-Dada Merz Tour*)，最远去到了

EL LISSITZKY

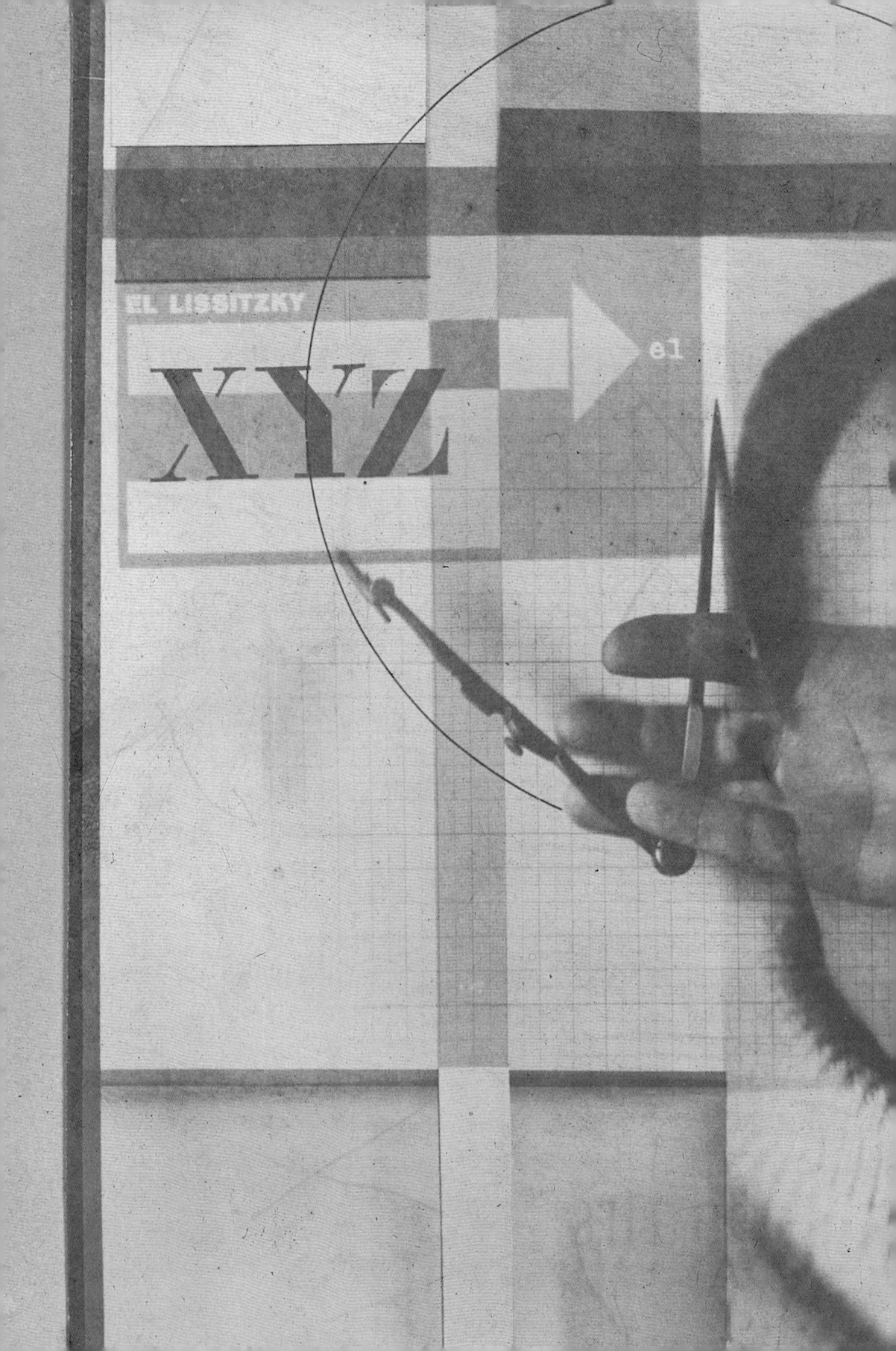

XYZ

el

图 91（含对页）
自我肖像：建造者
埃尔·利西茨基

1924 年
双重曝光照相
11.3cm × 12.5cm
凡阿贝美术馆藏集，荷兰埃因霍温

图 92
Mz 151（小流氓）
库尔特·施维特斯

1921 年
拼贴
17.1cm×12.9cm
史普格尔博物馆，德国汉诺威

图 93
素描 A2，汉斯
库尔特·施维特斯

1918 年
拼贴
18.1cm×14.6cm
现代艺术博物馆，美国纽约

图 94
拼贴画

库尔特·施维特斯

1923 年

31.4cm × 24.5cm

私人藏集

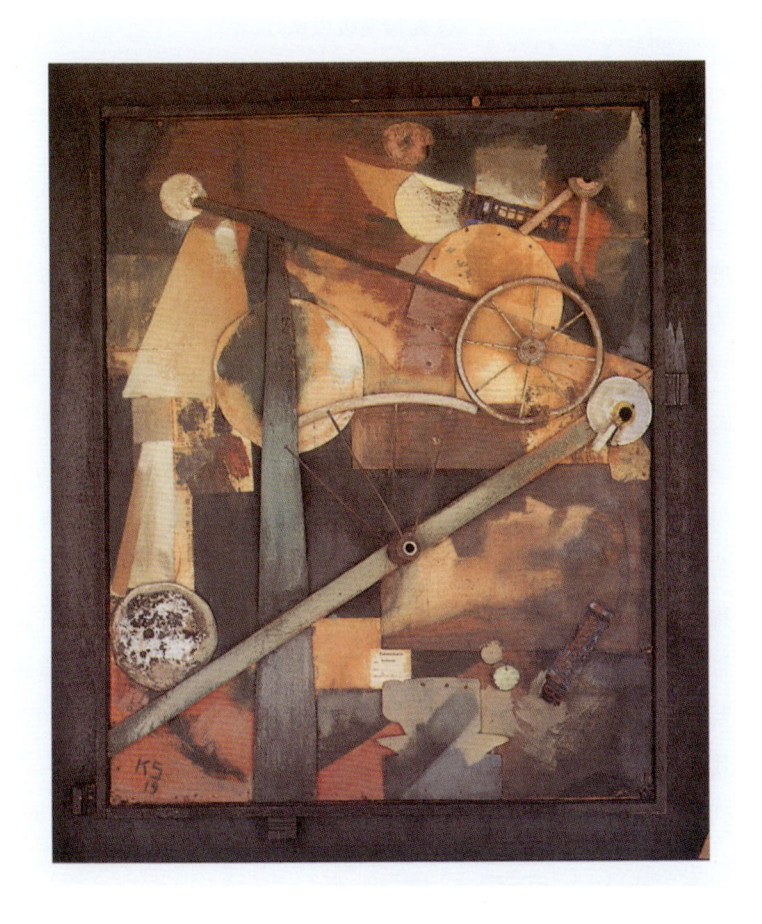

图 95
为高贵的夫人们所造之物

库尔特·施维特斯

1919 年

集合艺术

103cm × 83.3cm

洛杉矶郡立艺术博物馆，美国

布拉格。在听豪斯曼朗读其语音诗《fmsbw》（1918年）之后，深受启发的施维特斯对《乌尔奏鸣曲》（Ur Sonata）中的语音诗进行了扩展。这首交响乐式的作品，一直到1932年才在扬·奇肖尔德（Jan Tischold）的排版后发表出来（《梅尔兹·二十四期》），它的开头是这样的：

夫姆斯啵喔哒才呜——
波吉夫，
克唯——噫——
哦哦哦哦哦哦哦哦哦哦哦哦哦哦哦哦，
德勒噜噜噜噜噜哔——啵，
德勒噜噜噜噜噜哔——啵夫姆斯啵，
噜噜噜噜噜噜哔——啵夫姆斯啵喔，
哔——啵夫姆斯啵喔哒，
啵夫姆斯啵喔哒才，
夫姆斯啵喔哒才呜——

据称，施维特斯的声音诗表演，即使是对于最为保守的观众，也具有一种催眠术般的精神宣泄效果。这既得益于他坚持的严肃态度，又是通过观众们的欢笑声来达成的。他将平凡事物——无论是声音还是拼贴画的物件——重新排列的做法，都表达出一种对破碎世界的救赎（图94）。这反映出一种意识形态的立场，即：把被低估的东西放到艺术中，就能展现出它的美，就好似政治领域中普通工人贡献的价值完全得到了认可。尽管缺乏达达主义讽刺手法的尖锐性，但这种更为乐观主义的手法，与施维特斯及其同道仰慕的构成主义（Constructivism）中的理想主义在精神上是相通的。

构成主义一直被西方世界视为布尔什维克革命艺术的一部分，并被看作与工程上的功能主义相关。然而，一直到1922年柏林隆重举办首届俄罗斯展会（First Russian Exhibition）时，大众才得以详细地了解它。正如其名所示，构成主义对艺术的定位是为重新构建社会而服务的，常常起到的是教化或宣传的作用，与新电影扮演的角色相类似。一方面，诸如亚历山大·罗钦可（Alexander Rodchenko）与瓦尔瓦拉·斯捷潘诺娃（Varvara Stepanova）等艺术工作者们的创作范畴，汇集了从住房到服饰的所有主题；另一方面，这些人对"生产主义"（productivism）的追求，与另一些保留了审美考量的艺术家之间的理论差别并没有在西方世界明显地表现出来。然而，在苏联领导集团中的艺术保守派实施了越来越多的新限制后，许多构成主义艺术家在20世纪20年代移民德国。这些艺术家中有伊万·普尼（Ivan Puni）（图96）、利西茨基以及匈牙利艺术家拉兹洛·莫霍伊-纳吉（László Moholy-Nagy），他们后来都进入了包豪斯（Bauhaus）设计学院——魏玛时期的先锋性艺术学校——的发展轨道。

构成主义者与达达主义者基本上都抱有同一个政治信念：无产阶级即将战胜西方腐朽的资产阶级社会。格罗兹的讽刺性绘画在苏联得以出版，就是这种共识的例证。然而，当他在1924年访问苏联之后，这种理想彻底地幻灭了。在这场思想交流活动中比较活跃的是里希特与阿尔普，以及豪斯曼、霍克和施维特斯，他们与构成主义者在艺术形式的

图96
《形式的逃离》（*La Fuite des Formes*）（草稿）
伊万·普尼
1919年
纸上水彩
129.7cm × 130.8cm
现代艺术博物馆，美国纽约

第四章 时代精神

探索及创作方法等问题上，树立了共同的立场。这一对话过程最终在1922年开花结果，施维特斯的朋友特奥·凡·杜斯堡在其中发挥了重要作用，他创办了荷兰的构成主义小组——风格派（De Stijl）。凡·杜斯堡曾经一度积极活动于包豪斯的边缘地带，并通过在刊物《风格》（*De Stijl*）上发表绘画作品与文章来推广一种几何形态的抽象艺术。然而，让他脱颖而出的是，他同时对达达主义的非政府主义理念抱有的兴趣，这为他戴上了另一个达达主义人格面具："易·可·本赛特"（I. K. Bonset[12]）。

凡·杜斯堡与达达主义的渊源始于一系列国际艺术大会的第一次会议——1922年5月在杜塞尔多夫（Düsseldorf）举办的进步艺术大会（Congress of Progressive Art）。该会议原本的意图是要重建欧洲先锋派被战争撕裂的集体共识，但是事实证明这是不可能的。代表柏林达达主义参会的豪斯曼拒斥了这种准官方的计划，并宣称"他的国际化程度不高，并不比他食肉的天性高多少"，而凡·杜斯堡、利西茨基和里希特则抗议大会组织者在财政方面的意图，以及批评他们根本无法定义什么是"进步艺术家"。这3人另外成立了一个独立的国际构成主义派（International Faction of Constructivists），这个小组在根本上带有一种达达主义倾向。不过，利西茨基与之相关的刊物《维谢－吉根史丹特－奥卜杰》[*Viesheh-Gegenstand-Objet*[13]；1922年，与伊利亚·爱伦堡（Ilya Ehrenburg）共同编辑]无疑属于构成主义，并早在首届俄罗斯展会之前就已开始传播苏联艺术了。

1922年下半年的交流活动，成功地模糊了达达主义与构成主义之间的界限。9月，施维特斯、阿尔普、豪斯曼和里希特参加了在魏玛举办的达达主义大会，又名构成主义大会（Dada/Constructivist Congress，图98）。尽管柏林达达主义的其他成员都和他们保持了距离，但查拉却从巴黎赶来——巴黎达达主义此时正处于解体当中。尽管凡·杜斯堡在其间扮演了双重角色（不过他并未揭露自己就是本赛特本人），但以利西茨基和莫霍伊-纳吉为代表的构成主义者却在人数上处于弱势地位。因而，有人称这届大会是达达主义的一次挑衅，也并非全无道理。这也是查拉唯一一次对德国发起攻击。他在魏玛、汉诺威和耶拿（Jena）等

[12] 可能是荷兰语"我是傻瓜"（ik ben zot）的谐音。——译注
[13] 分别是俄语、德语、法语中"物体"的意思。——译注

地发表了若干场关于巴黎达达主义的讲座，其间，阿尔普还朗读了《云泵》里的诗歌。在抽象艺术的语言中，我们可以最为清楚地看到，在达达主义与构成主义之间存在一个思想共同体，它形成于达达主义的苏黎世时期，随后被里希特与阿尔普发扬光大。里希特在1923年至1924年出版的刊物《G》[德语中"形式"（Gestaltung）一词的首字母]中，已表现出一种向更严格的构成主义转变的倾向。同时，阿尔普与豪斯曼在1922年10月的《风格》中为《呼唤一种要素主义艺术》（"A Call for an Elementarist Art"）一文签名背书。这份由莫霍伊-纳吉与普尼共同署名的文件，体现出这些交流活动的抱负、志向和局限性。它呼唤的是一种"仅由自身要素组成的"艺术，而其中模糊的措辞则透露出他们在手法与观念上的分歧。

次年初，特奥·凡·杜斯堡与涅莉·凡·杜斯堡（Nelly van Doesburg）在荷兰发起具有破坏性的"达达主义宣传运动"（Dada Campaign，图97）。在他举行艺术讲座的过程中，每到某个时间点，观众席中就会有一位成员学狗叫来打断演讲——其实，这个人就是施维特斯，他在被介绍给观众后，便会开始朗诵起语音诗歌。而与风格派画家维尔莫什·胡萨尔（Vilmos Huszár）共同举办的晚会则打造出一种将机

图97
达达主义招贴画
特奥·凡·杜斯堡
1922年
红色与黑色活版印刷
30.5cm×30.5cm
中央博物馆，荷兰乌德勒支

第四章 时代精神　161

械化与运气融合的混合形式。本赛特与施维特斯也分别在刊物《机械》（*Mecano*）与《梅尔兹·第一期：荷兰达达》（*Merz I; Holland Dada*，1923年1月）中对这种形式进行了推广。

在德国，阿尔普的联络人身处达达主义与构成主义的交叉地带，并取得了有趣的艺术成果。1925年，阿尔普与利西茨基写出《艺术的主义》（*Kunstismen*）一书，对20世纪先锋派的各种派别追根溯源（尽管也带有几分讽刺意味）。前一年，阿尔普、托伊伯与凡·杜斯堡共同承接了一个委托项目，即重新装修斯特拉斯堡（Strasbourg）的黎明宫影剧院（Aubette Cinema）。阿尔普的室内设计充满了原色的有机形状，托伊伯采用了朴素的长方形图案，而凡·杜斯堡则制作了带斜对角线的网格。这是西方国家中第一处完全由先锋派画家所装饰的公共建筑室内空间。1925年，巴黎装饰与工业艺术博览会（Exposition of Decorative and Industrial Arts）几乎同时催生出装饰艺术风格（Art Deco style），因而这个装饰项目处在艺术家作品开始变得更加商业化的时代背景中。黎明宫的委托项目让阿

图98
达达主义／构成主义大会
魏玛共和国
1922年
左侧：马克斯·布克哈尔茨（Max Burchartz，带着小孩）、亚历克斯·罗尔（Alex Röhl）
后排，从左到右：露西亚·莫霍伊-纳吉（Lucia Moholy-Nagy）、阿尔弗雷德·凯梅尼（Alfred Kemeny）、拉兹洛·莫霍伊-纳吉
第三排，从左到右：哈利·沙伊贝（Harry Scheibe，抽烟的人）、洛特·布克哈尔茨（Lotte Burchartz）、埃尔·利西茨基（戴格子帽）、科内利斯·凡·伊斯特伦（Cornelis van Eesteren，挥手杖的人）、汉斯·沃格尔（Hans Vogel）、彼得·罗尔（?）、伯纳德·斯图尔兹科普夫（Bernard Sturtzkopf，挥帽子的人）
第二排：涅莉·凡·杜斯堡、特奥·凡·杜斯堡（帽中有海报的人）、特里斯唐·查拉、尼尼·斯米特（Nini Smit）、汉斯·阿尔普
前排：维尔纳·葛莱夫（Werner Gräff，持手杖的人）、汉斯·里希特（倒在地上的人）

162　达达与超现实主义

尔普与托伊伯得以在巴黎立足。虽然阿尔普后来在巴黎走上了超现实主义道路，不过他与施维特斯的合作一直延续下来，并保持了一种达达主义精神。

施维特斯所作的贡献之一，是他创作的一座被称为梅尔兹屋（Merzbau）的建筑（图99），它堪称达达主义的终极纪念碑。这是一件充满矛盾的作品，因为它的创作者当时已被达达主义小组开除，它的创作时间是在达达主义终结之后（20世纪20年代至30年代），而它的创作地点是在相对隔绝的汉诺威。它开始于施维特斯房子的一个房间，之后穿过天花板上开的洞，最终挺入楼上的房间。在这样一座不停"生长"的建筑中，梅尔兹屋通过物品的堆积延续了梅尔兹运动的悖论，即利用转瞬即逝的物件来创造艺术。施维特斯的有些作品则反映出其相对阴暗的一面，比如，在"色情苦难之大教堂"（Cathedral of Erotic Misery）中就有令人感到不舒服的、关于受虐性犯罪的改编内容。对于观者来说，它们具有影响深远的冲击力。其他部分则带有纪念性，因为其中除了现成的物品，还收集了里希特、路德维希·密斯·凡·德·罗厄（Ludwig Mies van der Rohe）、阿尔普和凡·杜斯堡赠予的毛发、烟嘴和铅笔。就像珊瑚礁的生长一样，随着梅尔兹屋的"生长"，各个隔间也相继被重新建造，而最终成型的结果有一种特异的建筑学潜能。1937年，当施维特斯被纳粹逼迫而不得不逃离德国时，他放弃了梅尔兹屋，后来协约国的空袭将它完全摧毁。另一座位于挪威的梅尔兹屋也难逃厄运，唯有当时在英国刚开始建造的第三座梅尔兹屋才得以幸存。也许对于一座献给消逝之物的纪念碑来说，其本身的消亡也是合乎情理的（尽管有人试图进行复建），因为时至今日，照片里的它们也许要显得更加风华绝代。

1922年魏玛的"达达主义-构成主义大会"的东欧参会者们，对达达主义活动是有所了解的。俄罗斯人不仅拥有沙尔舒恩翻译的相关文字材料，还继承了战前在本国独立发明语音诗歌的"立体主义-未来主义"诗人们留下的艺术遗产。诗人阿列克谢·克鲁乔内赫（Aleksei Kruchenykh）与调性作曲家米哈伊尔·马秋申（Mikhail Matyushin）于1913年在圣彼得堡的歌剧演出《战胜太阳》（*Victory over the Sun*）中的合

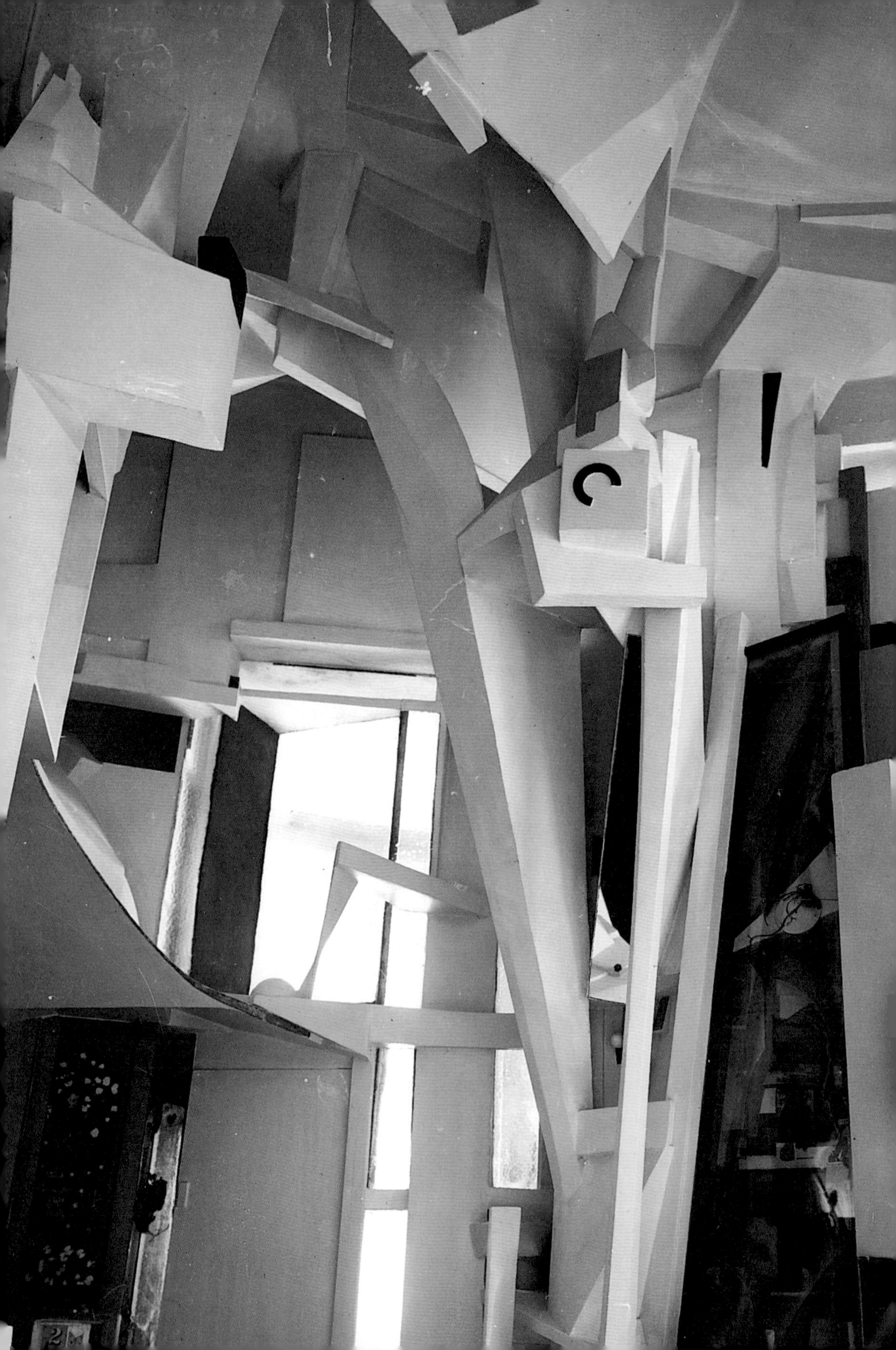

作，则集中体现出他们对语言与音乐的完全重构。该剧的中心主题是人类战胜自然的新能力，这也是一个略带掩饰的政治寓言。卡济米尔·马列维奇在舞台布景的垂幕上，涂绘了至上主义（Suprematist）肃穆的"黑色方块"（Black Square），它不可逆转地切断了艺术与模仿性写实主义之间的联系。克鲁乔内赫宣称有一个"比其意义更广阔的单词"，并且他与韦利米尔·赫列布尼克夫（Velimir Khlebnikov）的合作，让其诗歌立场得到更深远的发展。赫列布尼克夫则发明了一种"超越理性的"语言，称之为"超越语"（zaum）——它的语音决定了语言的形态，而据说该语言是国际性的。

俄罗斯艺术家的作品，与之后的达达主义作品之间存在着相当多的相似特征。尽管战争切断了他们与慕尼黑蓝骑士社团以及米兰未来主义者之间的沟通渠道，但在这之前，他们已经取得了许多最为重要的艺术进展。不过，到目前仍不清楚，有关这些新进展的消息是否传到了身在苏黎世的巴尔那里。这群俄罗斯人不仅积极地参与构成主义，而且还坚持采用马列维奇至上主义中笃定的抽象化手法，并同时关注这两种理论所带来的政治性后果。无论如何，对于达达主义的许多层面，他们还展现出一种复杂的预见性。利西茨基是马列维奇的同事，在20世纪20年代早期与达达主义相遇之前，他与莫霍伊-纳吉就已经对这些先例进行了充分了解。利西茨基在自己的文章《A与泛几何学》["A and Pangeometry"，登载于《欧罗巴年鉴》（Europa Almanach），1925年]中，将至上主义与达达主义作为对陈旧资产阶级艺术标准进行修正的两大理论根源。他认为，马列维奇那种革命性的削减手法，是阿尔普利用运气进行创作的当代版本。夷平艺术领域，是构成主义者与达达主义者（以及杜尚）的共同主张。

至少还有另外两个俄罗斯小组继承了战前"立体主义-未来主义"诗人关注的主题，并知晓了达达主义。在1919年至1921年的莫斯科，一群相对年轻的诗人开始关注达达主义，但并不接受其名称中过于自负的态度——因为"达达"在俄语中是"对、对"的意思，他们管自己叫"空无主义者"（Nichevoki）。在谢尔盖·萨季科夫（Sergei Sadikov）、苏珊娜·马尔（Suzanna Mar）和叶连娜·尼古拉耶娃（Elena Nikolaeva）的领导下，他们出版了唯一的一份刊物，之后便被顺从政治的大气候所压制。

图99（对页）
梅尔兹屋的室内
库尔特·施维特斯

汉诺威
1923年动工（1943年摧毁）

第四章 时代精神

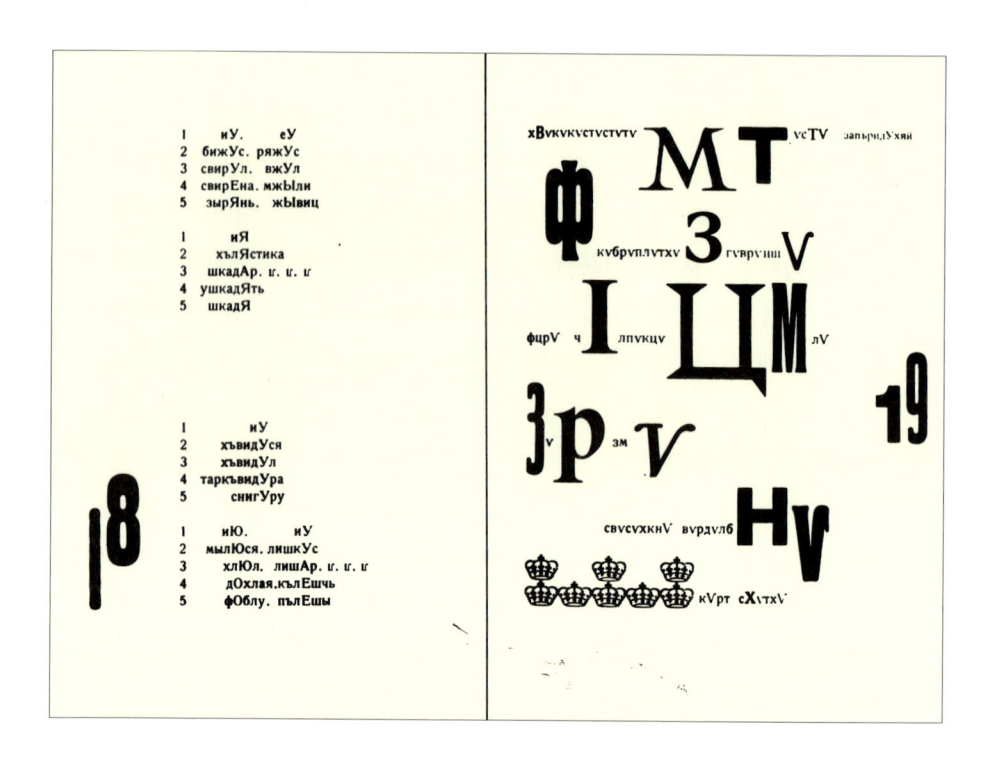

图100
灯塔勒丹秋
伊利亚·兹达涅维奇
1923 年

1917 年革命后，许多艺术家都来到格鲁吉亚的第比利斯（Tbilisi）避难。在那里，克鲁乔内赫与伊利亚·兹达涅维奇（Ilia Zdanevich）走到一起，并创办了"41°小组"。另外，兹达涅维奇同时也与西蒙·奇科瓦尼（Simon Chikovani）一道在"硫酸小组"（H$_2$SO$_4$ Group）中发挥了重要作用。他们的出版物不仅深受"超越语"的影响，而且还常常带有激进的版式设计，而这种排版风格也成为兹达涅维奇的标志性特征。到了 1923 年，他已经搬到巴黎，并以"伊利亚兹德"（Iliazd）的假名向查拉的"长胡子的心晚会"（Soirée au Coeur à Barbe）提供作品。他还出版了在版式设计上具有革命性意义的《灯塔勒丹秋》（Le-Dantyu as a Beacon，图 100）。

在前奥匈帝国的几个国际大都市里，也出现了类似的达达主义实验混合体。一战期间，画家、作家拉约什·考沙克（Lajos Kassák）于 1916 年末在布达佩斯创办的杂志《今天》（Ma）是当时先锋派艺术最积极的播种机。这份刊物与其组织的展览对当地先锋派的关注让关于立体主义与未来主义的讨论文章纷纷出炉。此外，他还与《狂飙》杂志进行了交流。他最亲密的合作者包括贝洛·乌伊茨（Béla Uitz）、尚多尔·博尔特尼克（Sándor Bortnyik）和莫霍伊-纳吉，他们一起参加反战示威游行，并对俄国的布尔什维克革命表示欢迎。然而，与施维特斯一样，考沙克也不愿为了迎合政治上的迫切需要，而放弃他所谓的艺术世界（Weltanschauung）理念。当匈牙利苏维埃政权（Hungarian Soviet）在1919年中期建立时，《今天》被当成资产阶级刊物而遭到封禁，之后反革命的保守派又发起新一轮责难，终于让考沙克将该刊物的编辑部转移到维也纳。

1920年，流亡中的《今天》开始具有一种向外展望的精神，而当年11月的俄罗斯构成主义晚会与之后的语音诗晚会就是一个缩影。查拉的作品不仅发表于此，而且还在晚会中被朗诵。《今天》的艺术家们也做出了回应。考沙克将自己的语音诗和抽象拼贴画称为"图片建筑"（*Bildarchitektur*，图 101），它们与阿尔普及施维特斯的作品有些相似。对于达达主义的自发性与构成主义的政治抱负之间的矛盾，《今天》起到了调和作用，并在中欧的许多地区造成了广泛的影响。在1922年至1923年间，莫霍伊-纳吉与德国达达主义有直接的联系，后来博尔特尼克与拉斯洛·佩里（László Péri）也加入了他的行列。尽管他们3人创作的都是调皮好玩的抽象拼贴画（图 102），但是这些作品却为更严格的抽象作品提供了一个舞台。不过，考沙克却仍然在其中找到了一种平衡。他受达达主义启发而组织的《今天》巡展，在1922年春天先后来到布拉格、科希策（Košice）、卢切内茨（Lučenec）和布拉迪斯拉发（Bratislava），还在秋天对首届俄罗斯展会发表了评论。

对于达达主义的巡展来说，布拉格是一个经常光顾的便利地点。在与豪斯曼和霍克举办了1921年的巡展之后，施维特斯又于1926年与1927年在那里开展讲座。库尔特·塞弗特（Kurt Seifert，他曾经参加过杜塞尔多夫的进步艺术大会）与卡雷尔·泰格（Karel Teige）也在那里出版了杂志《圆盘》（*Disk*），其中包括来自皮埃尔·阿尔贝-比罗与伊万·戈尔（Ivan Goll）等巴黎人的作品。他们的作品，尤其是《形象》（*Obraz*，1923年5月）这篇宣言，将达达主义语言与构成主义的政治抱负混合在一起。然而，对布拉格巡展做出最迅速回应的，却是两位旅居布拉格的南斯拉夫诗人——维尔吉尔·波连斯基（Virgil Poljanski）与

第四章 时代精神 167

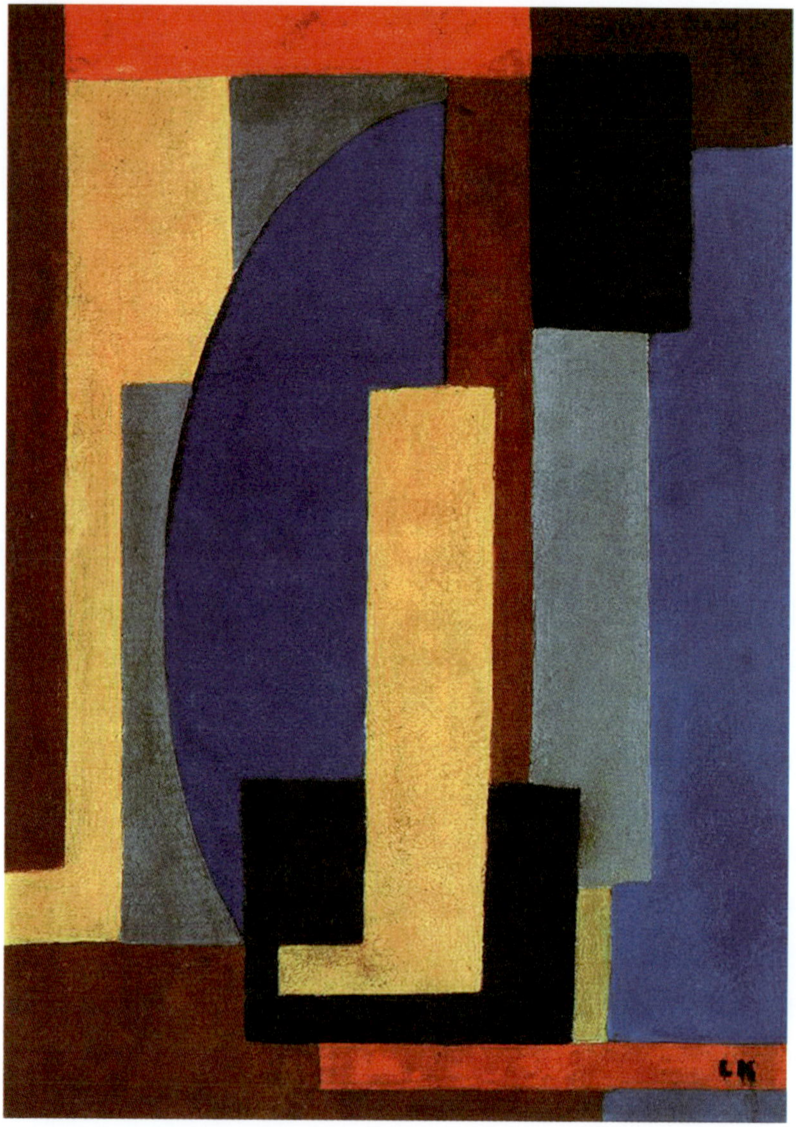
LK

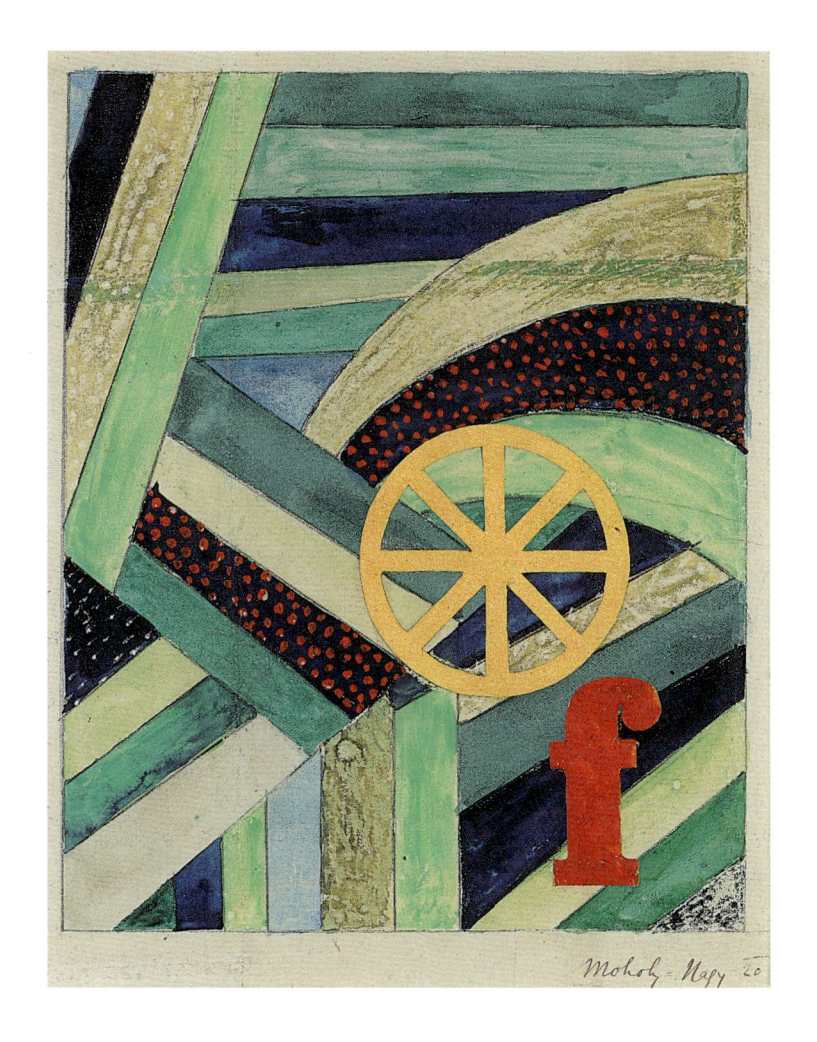

图101（对页）
图片建筑
拉约什·考沙克
1920—1922 年
卡纸油彩
28cm × 20.5cm
匈牙利国家美术馆，布达佩斯

图102
田野中的 F
拉兹洛·莫霍伊-纳吉
1920 年
纸上水粉和拼贴
22cm × 17.7cm
沃尔夫冈维尔纳美术馆，德国不来梅

德拉甘·阿列克西奇（Dragan Aleksić）。他们曾在 1921 年帮助波连斯基的哥哥柳博米尔·米齐奇（Ljubomir Micić）在萨格勒布创办刊物《顶点》（Zenit，图103）。《顶点》采用了达达主义的版式设计，米齐奇在其中提出"欧洲处于分裂割据状态"的论点。阿列克西奇与他决裂后，便与查拉及施维特斯取得了联系，并于 1922 年在奥西耶克（Osijek）与苏博蒂察（Subotica）组织了达达主义晚会。莫斯科、第比利斯及其他地方聚集的各种组织进行了与苏黎世或纽约相类似的艺术实验，这又一次凸显出达达主义五花八门的起源。在这种背景下，"时代精神"（Zeitgeist）的概念便十分合理了，因为如此独立而又形形色色的各种组

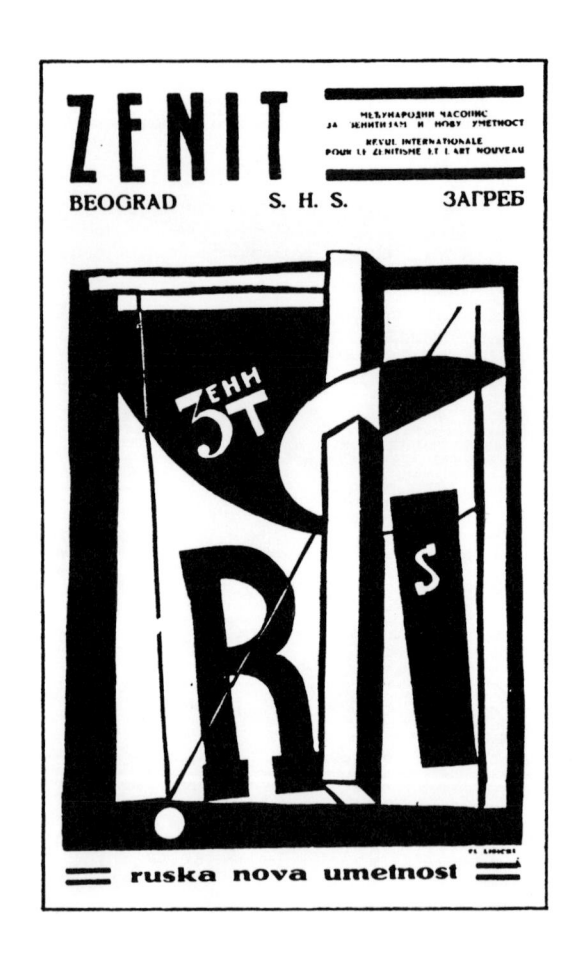

图103
《顶点》的封面（1922年）

170 织似乎都对类似的情况做出了类似的回应。如果说它们和其他组织在最广义上具有一种和达达主义大致相同的特质的话，那么这个特质便是一种推翻所有艺术、政治和生活中价值观的决心。对于这些进攻靶子，胡森贝克在《达达主义年鉴》（1920年）中已经写明：

> 达达主义是那个时代最直接、最生动的表现，它反对任何它认为过时的、标本化的、根深蒂固的东西。它坚持某种激进主义；它摇旗呐喊、恸哭哀嚎、冷嘲热讽、痛斥抨击；它既能结晶于一个小点，又能扩展为无尽的平面；它既像五月蜉蝣，又像尼罗河谷永恒的阿波罗神像。为今天而生的人，将获得永生。也就是说，尽力享用了自己时代的人，也就活过了所有的时代。

170　达达与超现实主义

第五章 达达主义将一切搅浑

1919—1924 年 巴黎的
达达主义

Paul "Z" final DERMÉE
L'ŒIL CACODYLATE
Je m'appelle DADA depuis 1892 Milhaud
Tout le monde ont signé je signe y Moreno
J'arrive de la campagne
Metzinger
Couronne de mélancolie
EN DEUIL de verre
VOUS REGARDE
MON ŒIL
G. Ribemont Dessaignes
je prête sur moi-même
Francis et Germaine
IL FAUT MAIS JE NE PEUX PAS
Parlez pour moi. J. Rigaut.
Je n'ai rien à vous dire Georges Auric
à Francis Picabia qui raconte des histoires
Gabriele Buffet de Nègre
VOILA JEAN HUGO
Suzanne Duchamp
C'est difficile d'être peintre
H. Jourdan-Morhange
Non je ne signerai pas
MON COEUR BAT
VALENTINE J. HUGO
René Blysée
VIVE AGAGA PANSAERS
PICABIA TE SOUVIENS TU DE
PHARAMOUSSE
S. CHARCHOUNE
Le petit de Massot sourit au GRAND PICABIA !
J'espère toujours me réveiller !
GERMAINE EVERLING
SOLEIL RUSSE
RENATA BORGATTI
JE N'AI RIEN FAIT ET JE SIGNE
LES CROISSANTS SONT BONS
FRANÇOIS HUGO
JE ME TROUVE TRÈS
TRISTAN TZARA
ISADORA AIME PICABIA DE TOUT SON ÂME
Marie de La Hire
J'aime la salade
FRANCIS PICABIA
1921

一战中，巴黎遭受了直接的威胁。在战争第一年秋季的军事行动中，德军进攻到了巴黎城外20英里的范围之内，城内不仅能听到炮火声，而且全城都位于重型炮火的射程之内。在文化与政治生活上，侵略分子的民族主义将自由主义的残迹一扫而空。对法国的袭击，被看作是对整个人类文明的攻击，而占主导地位的保守派也尤其考验了艺术家们的立场态度。就连让·谷克多的刊物《字》（*Le Mot*）和阿梅德·奥占芳（Amédée Ozenfant）的《冲》（*L'Élan*）等先锋派出版物，都以维护"法国传统"的姿态加入了这场斗争。然而，在艺术上公然违抗的激进主义却顽强地坚持下来，其表现之一便是，毕加索决定于1916年7月在昂当沙龙（Salon d'Antin）展出他的《亚威农少女》（*Les Demoiselles d'Avignon*，图105）。尽管这件作品已经有近10年没有展出过了，但它还是具有相当惊人的革命性，而且毕加索罔顾保守派的反应，也再次表明他对艺术实验之正当性所抱有的信念。

1917年末，通过阿波利奈尔广泛的人际关系网，达达主义开始渗透进这个硝烟弥漫的场景之中。查拉在1917年秋季给阿波利奈尔寄去了他的诗作，并由他转交发表在阿尔贝-比罗旗下博采众长的刊物

图104（对页）
二甲砷基之眼
弗朗西斯·毕卡比亚

1921年
布面油彩和拼贴
148.6cm × 117.5cm
国立现代艺术博物馆，乔治·蓬皮杜中心，法国巴黎

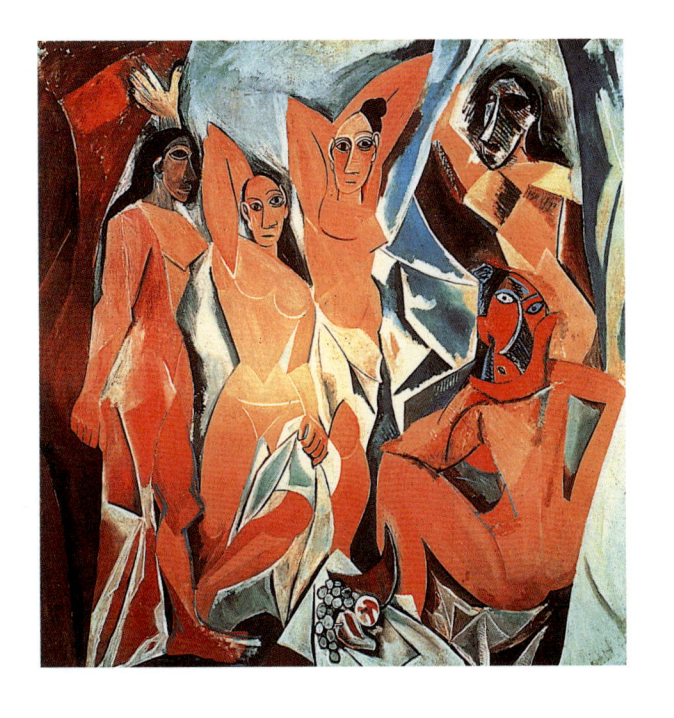

图105
亚威农少女
巴勃罗·毕加索

1907年
布面油彩
243.9cm × 233.7cm
现代艺术博物馆，美国纽约

第五章 达达主义将一切搅浑

《声·想·色》中。同时，阿波利奈尔也收到毕卡比亚从巴塞罗那寄来的《391》。他还定时参加阿德里安娜·莫尼耶（Adrienne Monnier）的书友书店（Les Amis du Livre）举办的读书会，这个活动也吸引了谷克多以及3位达达主义者——布勒东、阿拉贡和苏波。之后，这4位年轻人都与阿波利奈尔逐渐发展出友谊。

1917年，阿波利奈尔参与了两场先锋派演出，而这些演出也为更广泛的观众所知晓。5月18日，谷克多、萨蒂和毕加索为俄罗斯芭蕾舞团联袂创作的《露天预演》进行了首演。阿波利奈尔在节目简介中高度赞扬了毕加索的设计和莱奥尼德·马赛因（Léonide Massine）的编舞，认为这部剧是先锋派风格最新的集大成者，并称其为"超现实主义"（Surréalisme）。然而，芭蕾舞本身的轻佻性却并不适合战时巴黎阴郁的气氛，人们也倾向于将立体主义与德国联系在一起。演出数次被"肮脏的德国佬"（Sales boches）的高呼声打断。之后又发生了一起恶性事件，萨蒂因侮辱并激怒了一位批评家而被判入狱8天。然而，这并没有阻止《声·想·色》杂志在一个月后组织上演阿波利奈尔自己创作的《特伊西亚斯的乳房》（Les Mamelles de Tirésias）。这部"超现实主义戏剧"（drame surréaliste）的美术设计师是立体主义者赛尔日·费拉（Serge Férat）。这部剧出人意料地将古典神话与或许带有雅里式风格[15]的爱国主义结合起来，特伊西亚斯在剧中变成了女人，为的是多生孩子去保家卫国！

阿波利奈尔11月的讲座《新精神与诗人》（"The New Spirit and the Poets"）为当下的热议做出了重要贡献。他提出，将所有现代主义作品联系在一起的，是它们令人"惊诧"的特质——他认为这与"超现实"的元素有关。不过，他也强调"回归秩序"以及许多诗人、画家作品中传统价值观的正当性，这令许多年轻的观众感到十分失望。尽管如此，一些人还是坚信阿波利奈尔一定会加入巴黎达达主义小组，但他于1918年11月的去世却昭示了那个时代的完结。他倡导的"新精神"（l'esprit nouveau）概念在后世岁月中产生了深远的回响，这个概念代表了先锋派进行战后重建的抱负，而达达主义则是其中一股正面的刺激力量。

达达主义来到巴黎后，深受战后政治现实的限制。德国战败后，该国的先锋派基本上都持反对侵略战争的态度，并努力寻求一种革命性

---

15 阿尔弗雷德·雅里（Alfred Jarry），法国象征主义作家，他最著名的作品是戏剧《愚比王》（Ubu Roi）。这是一部把资产阶级描绘得庸俗不堪的古典主义作品。

的社会变革。胜利一方的法国先锋派基本上是支持（一般被认为是爱国性与防御性的）战争的，不过却要面对保守派文化重新得势的胜利局面（见图 18）。1919 年末的大选证实了这一点，在选举结果中，右翼多数取得了压倒性的胜利，他们后来被称为"蓝色海平线内阁"（chambre bleue horizon）——因退伍老兵的制服颜色而得名。虽然人民表达出进行物质重建的需求，但这些建设项目还是神似俄罗斯或德国乌托邦式的现代主义建筑类型。在绘画上，让-奥古斯特·多米尼克·安格尔（Jean-Auguste-Dominique Ingres）、乔治·修拉（George Seurat）和保罗·塞尚（Paul Cézanne）等 19 世纪艺术家的声名，都被按照法国地中海古典主义传统的标准进行了重新评估，尤其是"安格尔主义"获得了主导地位。毕加索在持续进行立体主义创作的同时，还雄心勃勃地表现出对古典主义的暧昧兴趣，相当于也认可了这种趋势。在文学中，我们也看到了相似的价值观，比如阿纳托尔·法朗士（Anatole France）与马塞尔·普鲁斯特（Marcel Proust）的作品。此外，还有一些与《法兰西新评论》（*Nouvelle Revue Française*）有联系的作家们，比如让·波扬（Jean Paulhan）和安德烈·纪德（André Gide），他们都短暂地在先锋派与传统观念之间保持了平衡。

达达主义可谓是与这种"回归秩序"的理念背道而驰。不要重建，达达主义更钟意于混乱；不要传统，达达主义高呼的是摧毁所有现存的制度；不要民族认同，达达主义提供的是共产国际的政治回声。有趣的是，达达主义在生机勃勃的大众文化中找到了支撑，而这种文化没有在法国高雅艺术传统面前妥协。这其中包括了各种不同的艺术源头，比如犯罪小说中出人意料的叙事体和美国爵士乐；在电影方面，查理·卓别林（Charlie Chaplin）、巴斯特·基顿（Buster Keaton）和启斯东警察（Keystone Cops）的闹剧电影（slap-stick films）等作品都在苏波与阿拉贡最早的评论文章中获得了热情的赞许。这些艺术体裁的直抒胸臆，暗含着对资产阶级价值观的攻击。

在已经向达达主义靠拢的艺术家中，毕卡比亚最早在巴黎打响名头。他于 1919 年 3 月 10 日来到巴黎，并从《没有语言的思想》（*Pensées sans langage*）开始，写出了一系列惊人的文学作品。此外，他还回归于一

第五章 达达主义将一切搅浑 175

种最为激进的绘画类型，因此成了其朋友圈内的焦点人物——是他让这群朋友意识到达达主义即将来临。其中，他最牢靠的战友是此前已经向《391》投过稿的诗人兼画家乔治·里伯蒙-德萨涅（Georges Ribemont-Dessaignes），其他人还包括沙尔舒恩、杜尚、杜尚的画家妹妹苏珊·杜尚（Suzanne Duchamp）以及在4月与她成婚的让·克罗蒂。身在瑞士的他们，对达达主义的认识来自阅读《达达主义·第三期》（1918年12月）与《达达主义·第四、五期》（1919年5月）、与查拉的信件交流以及聆听塞纳、扬科两人拜访巴黎时的见闻。

1919年，毕卡比亚与里伯蒙-德萨涅向战后首届秋季沙龙提交的作品，让成形于纽约、带有讽刺意味的机械人形风格（见第三章）得以亮相巴黎（图106）。毕卡比亚的《化油器儿童》（*The Child Carburettor*，图107）中如同示意图的特征，对于沙龙委员会来说太过深奥难解，于是他们将这件作品摆放在楼梯间。毫不意外的是，在《391》第九期（1919年11月）中，里伯蒙-德萨涅又对委员会成员们公开嘲弄了一番，这下子惹恼了太多展出者，以至于莫里斯·德尼（Maurice Denis）强烈要求沙龙主席弗朗茨·茹尔丹（Frantz Jourdain）惩罚里伯蒙-德萨涅。同时，保守派批评家路易·沃克塞尔（Louis Vauxcelles）对此过于介怀，以至于他要求和里伯蒙-德萨涅进行一场决斗。好不容易避免了这场流血事件，突然又爆发了另一个饱含争议的事件。1919年，毕卡比亚向冬之马戏团馆（Cirque d'Hiver）的展览提交了两件用房屋亮光油漆、而非颜料画成的参展作品，其中《浪漫的游行》（*Parade Amoureuse*，见图1）还配有淫秽的题图文字。因此，他的作品又一次被隐藏到了角落而那些粗鄙的语句也被遮住了。靠着在秋季沙龙上积攒的人气，毕卡比亚对着媒体大吐自己的苦水。这种攻击与曝光的策略很简单，但却十分奏效，令人叹为观止。就这样，达达主义强行挤进了巴黎的先锋派圈子，并抓住了大众的眼球。并且，这令先锋派不太高兴地意识到，其他地方的先锋艺术发展已经超越了自己，那些艺术家也比自己更加机智。不过，一直到次年查拉到来后，才爆发了一波有组织的达达主义造反行动。

大约在1919年3月，在毕卡比亚来到巴黎前后，一群年轻的诗

图106
大洋精神
乔治·里伯蒙-德萨涅
1918年
布面油彩
100cm×81cm
安里茱达美术馆,英国伦敦

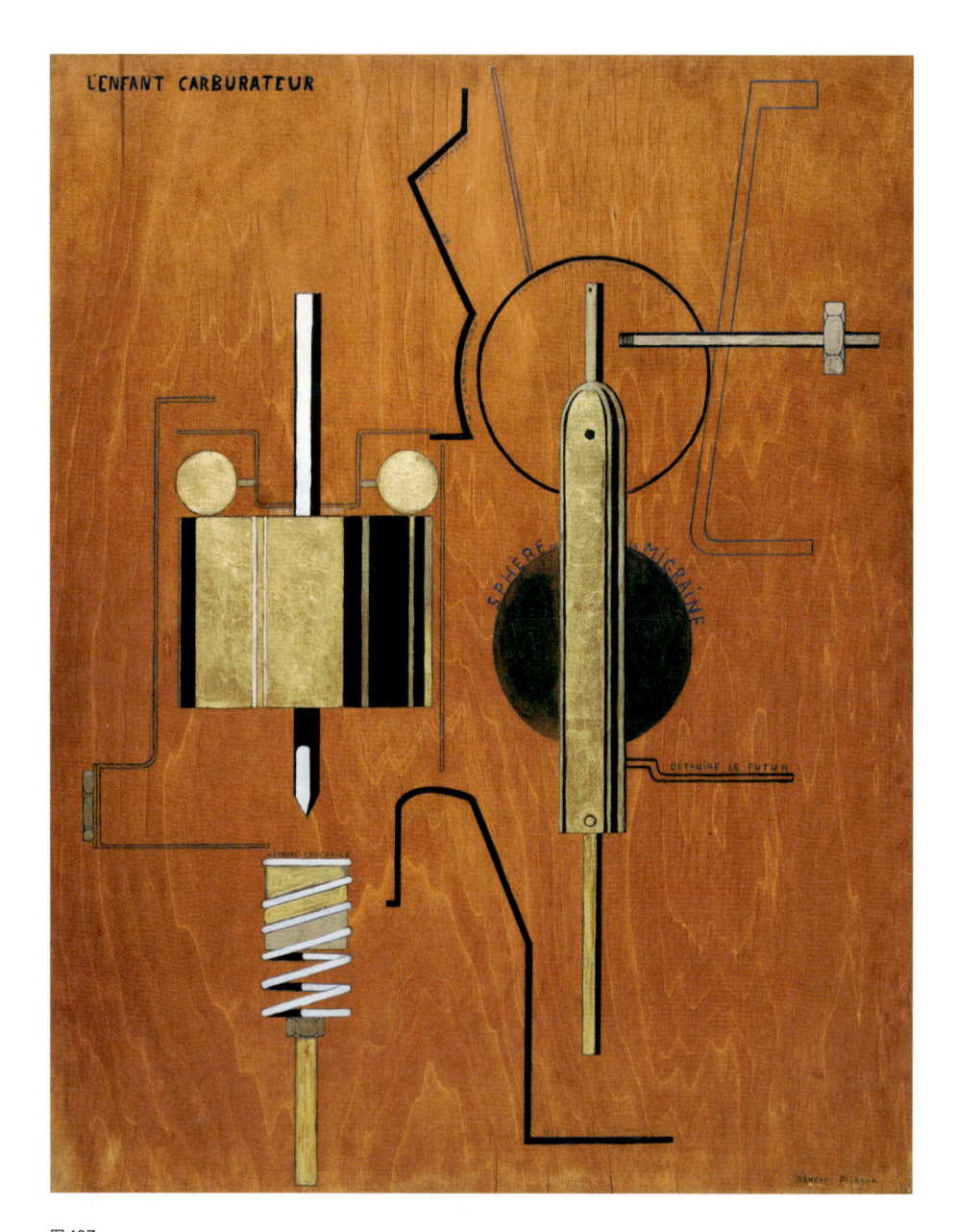

图 107
化油器儿童
弗朗西斯·毕卡比亚

1919 年
木板油彩
126.3cm×101.3cm
所罗门·R. 古根海姆美术馆，美国纽约

人走上了一条独立的发展道路。他们创办了一份刊名颇具讽刺性的杂志《文学》(Littérature)。它的主编阿拉贡、布勒东和苏波，以及十分紧密的合作者泰奥多尔·弗伦克尔（Théodore Fraenkel）和勒内·伊尔桑（René Hilsum）等人，都还是20岁出头的年纪，没有什么反战活动的经验。在阿波利奈尔的影响下，他们开始向《声·想·色》与立体主义刊物《南北》投稿，而《文学》则是以严肃文学刊物的冷静姿态问世的。对于诸如纪德与保罗·瓦莱里（Paul Valéry）等已经成名的作家来说，它给人一种新一代年轻人向前辈致敬的印象，因此，他们和立体主义诗人萨尔蒙、马克斯·雅各布、勒韦迪以及桑德拉尔，都向创刊号提供了稿件，这就让主编们很快就建立起自己的名声。这也似乎反映出他们后来的激进主义是一种蓄意的颠覆行为，但当时能够证明这一点的证据却还不甚清楚。

《文学》中一些最重要作品的作者都英年早逝，死后才被追授英雄称号。与阿波利奈尔作品一起发表的是阿蒂尔·兰波以及与之同时代的依西多尔·杜卡斯两人重见天日的手稿，后者一直以洛特雷阿蒙伯爵（Comte de Lautréamont）的笔名写作。两人都用诗歌的意象掀起了一场革命。人们一度认为，他们的风格是反传统而有创见的、骇人而具政治性的。《文学》也登载了雅克·瓦谢（Jacques Vaché）的战时信笺，而他在1919年1月6日（因吸食鸦片过量）去世之前，从未发表过任何作品。他对于当时的先锋派已经形成了一种轻蔑态度，并带有一种有距离感的雅里式幽默，他称之为"淤默"（umour）。布勒东深深地——甚至有些厚此薄彼地——被打动了，并在瓦谢死后坚定地捍卫他的名誉。

查拉在《达达主义宣言1918》中公开展现的、令人震惊的虚无主义，让《文学》的编辑们觉得他或许可以填补阿波利奈尔与瓦谢去世后的空缺。1919年一整年，布勒东都与他保持了固定联络，一边吸收他的"恶心哲学"，一边就此与他进行辩论——正如他与瓦谢曾经的交流一样。相对于寄到意大利和德国出版的、更为激进的作品而言，查拉有意向《文学》提交了更多抒情性的作品，不过，他还是很快成为《文学》中观点最为极端的供稿人。后来证明，这些作品的确具有十足的争议性。到当年末，在《法兰西新评论》中民族主义的攻击之下，《文学》

的编辑们不得不为他的文章进行辩护。

其他的年轻作者，尤其是雷蒙·拉迪盖（Raymond Radiguet）与保尔·艾吕雅［他也出版了自己的刊物《格言》（*Proverbe*）］，也为《文学》日益提升的创新性所吸引。布勒东和苏波在该杂志上连载的、影响深远的作品《磁场》（"Les Champs Magnétique"，1919年），就体现出这种创新性。他们撰写这些文字时使用了两种主要的创作技巧，而这些技巧为他们之后的作品定下了基调。这些作品都带有合作性质，削弱了个体的重要性，这也是这两位诗人首次尝试"自动主义"——毫无保留地倾泻想象力，他们希望借此创造出新的诗歌意象。通过持续写作10个小时，他们成功创作出一种自由的文字流，可以与同时代的格特鲁德·斯坦（Gertrude Stein）与詹姆斯·乔伊斯（James Joyce）的"意识流"小说相媲美。这些作品（在理论上）未经修改便拿去出版，凸显了对正统形式的挑衅。不过，《磁场》既不是最早的合作写作，也不是最早的自动主义，因为这两位作者已经很熟悉毕卡比亚与查拉为《391》第八期（1919年2月）所写的作品。然而，当作为一本书出版的时候，这部作品还是被放到一座天平上，将文学上的自命不凡与攻击文学传统这两者平衡起来。

尽管《文学》小组与查拉有联系，但他们直到1920年1月4日才与毕卡比亚取得直接联系。一方面，毕卡比亚可能认为《文学》过于传统；另一方面，诗人们也对他的一些伙伴保持着警惕，尤其是谷克多和保罗·德尔梅（Paul Dermée）被他们看成是投机分子。他们自己也不太清楚自己在视觉艺术上的品位到底如何，比如在1919年初，布勒东在喜欢安格尔和德兰的同时，又倾心于德·基里科、布拉克和格里斯。这种立场可能也促使查拉将德尔梅指定为达达主义在巴黎的官方代表。德尔梅不仅有一个宽广的先锋派圈子，还与塞利娜·阿尔诺（Céline Arnauld）、克莱芒·潘塞尔斯（Clément Pansaers）和维桑特·维多夫罗（Vicente Huidobro）一度成为巴黎达达主义写作圈子的代表。

巴黎达达主义运动初期阶段的代表作品，主要是毕卡比亚及其同道们的绘画与写作，但是在1920年1月19日查拉到来之后，后者的风头就盖过了他们。在毕卡比亚和布勒东各自小组的协力帮助下，他开启

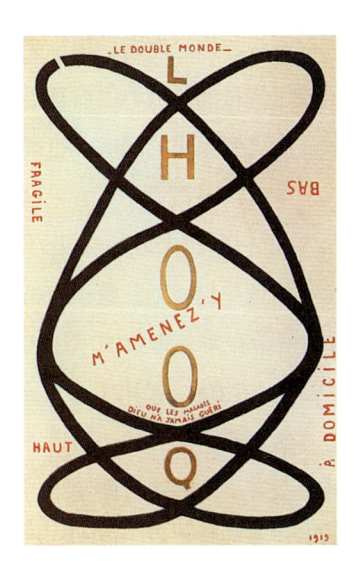

图108
双重世界
弗朗西斯·毕卡比亚
1919年
布面瓷漆和李波兰漆
132cm×85cm
私人藏集

了一个具有苏黎世达达主义风格、短暂而狂暴的的演出季，而巴黎人都还没见过这种东西。他们首个名为"《文学》首次周五公演"（Première Vendredi de Littérature，1920年1月23日）的晚会，就达到了极好的宣传效果。晚会的开头还颇能让人接受，萨尔蒙、雅各布、勒韦迪和桑德拉尔分别朗诵了诗歌，德·基里科、利普希茨（Lipchitz）、莱热和格里斯也展示了自己的作品。然而，那些唯恐天下不乱的人也没有失望，毕卡比亚的两幅作品就饱含争议。第一幅《双重世界》（*The Double World*，图108）包含了各种不同的题词，比如连环圆圈内部的"LHOOQ"。在第二幅作品中，黑板上的各种攻击性语句还没来得及让观众读懂，就马上被擦掉了，这令观众们的困扰陡增。不过，萨蒂、乔治·奥里克（Georges Auric）和达吕斯·米约（Darius Milhaud）等人创作的中场音乐，让愈发紧张的氛围稍许有所缓和。在此之后，《文学》的诗人们朗读了自己的作品。最后压轴的是查拉，他的出场早已让观众们议论纷纷，而他竟然朗读了一小段莱昂·都德（Léon Daudet）[16]的议会发言！这是《文学》小组表达对达达主义破坏传统运动的声援。萨尔蒙、格里斯和其他先锋派的老成员都对这种忘恩负义的行为感到愤懑，而现场的观众也被作品中的污言秽语以及明显的言之无物激怒。这种情绪的爆发马上就有了重要的政治意义，特别是在右翼近期赢得选举胜利的局势

16 法国作家、记者，保皇主义者。——译注

第五章 达达主义将一切搅浑 181

下。对于蓝色海平线内阁来说，达达主义的国际主义立场以及人们认为它所具有的德国渊源构成了直接的挑战。之后达达主义成员们常常出没于社会主义分子和无政府主义者聚集的场所，也确认了这种意识形态上的分歧。

对于参与者来说，这是一次烈火般的洗礼，因为巴黎成员几乎都没有任何表演经验。这种步调一旦成形，就一直持续到5月。作为独立者沙龙晚会（2月5日）的节目单，查拉的《达达·第六期（达达公告板）》[*Dada 6 (Bulletin Dada)*，图109] 采用了令人惊叹的版式设计。有传言称，查理·卓别林会在这场晚会上亮相。最后，人潮汹涌而来，却不可避免地大失所望。晚会上，一群表演者朗读了一系列宣言，而朗读者的人数依次递减——毕卡比亚的宣言有10个人读，里伯蒙-德萨涅的有9个，布勒东的有8个，以此类推……这种典型的表演形式，就是反反复复、喋喋不休地表述各种主张，其中最典型的一句是："不要画家了，也不要作家了！"（此话可能出自阿拉贡）演出结束时他们喊道："不要警察了，不要祖国了，我们受够了这些痴愚，不要了，不要了，什么都不要了，都不要了，都不要，都不要。"两天后，更多的一批人在左翼分子位于皮托的郊区俱乐部（Club du Faubourg）里集会。正是由于之前晚会中阿拉贡的挑拨行为，无政府主义者与社会主义者在这里发生了一场斗殴。

巴黎达达主义集结了越来越多的参与者，实力也愈加强大。毕卡比亚重画了杜尚随手涂画的蒙娜丽莎作品《LHOOQ》（省略了山羊胡），并发表在《391》第十二期（1920年3月）上。早在1月，克罗蒂和苏珊·杜尚与他一道，向独立者沙龙提交了一些机械人形的作品。当格列兹、格里斯和阿契本科在筹办"黄金分割的立体主义沙龙"（Cubist Salon de la Section d'Or）展览时，同样身为委员会成员的毕卡比亚提出，要让扬科、阿尔普与恩斯特也参与进来，但格列兹努力将恩斯特的拼贴画排除在外。由于当时达达主义表演季爆出的负面新闻，其他委员也有一些戒备。在丁香园咖啡馆（Closerie des Lilas cafe）举办的一场风波激荡的大会（1920年2月25日）上，占绝对多数的投票结果把毕卡比亚和达达主义者统统排挤出去——咖啡馆的店主拉掉电灯闸，从而

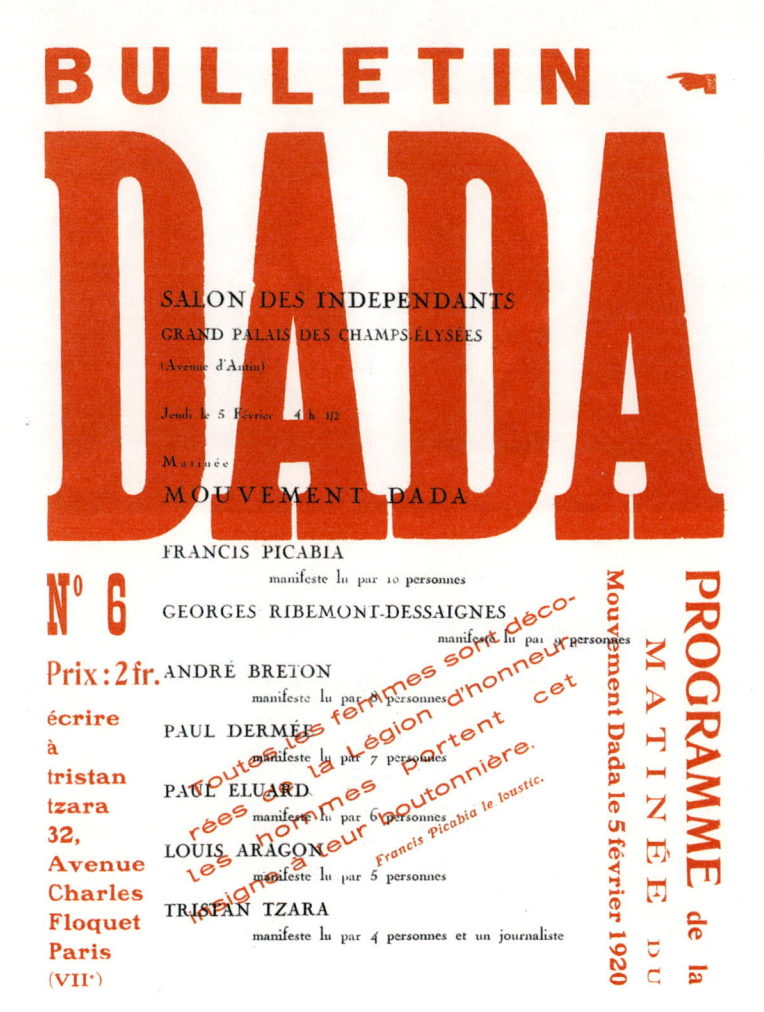

图 109
达达·第六期（达达公告板）
特里斯唐·查拉
1920 年

图110
达达小组合影
曼·雷
1921年
后排从左向右：保罗·沙杜纳（Paul Chadourne）、特里斯唐·查拉、菲利普·苏波、赛尔日·沙尔舒恩
前排在座：保尔·艾吕雅、雅克·里戈、米克·苏波（Mick Soupault）、乔治·里伯蒙-德萨涅

避免了大会末尾灾难性的暴乱。不过，这次除名事件既提高了达达主义作为极端激进派的声誉，又确认了立体主义体面的社会地位。之后，立体主义便成为达达主义的攻击对象（正如柏林的表现主义一样）。《文学》的编辑们在黄金分割的那次投票中，支持了达达主义，并在1920年3月的第十三期杂志上发表了23篇宣言，公开拥护达达主义。他们还把《达达·第七期（达达话筒）》[Dada 7 (Dadaphone)]做成了一期选集，列出了75位达达总统。3月27日，名作剧场（Théâtre de l'oeuvre）还上演了新的作品（24年前，雅里的《愚比王》也在此上演）。演出中，里伯蒙-德萨涅通过随机选取音符，创作出一首名为《苦菊花的脚步声》(Le Pas de la chicorée frisée) 的钢琴曲。在愤怒的观众面前，以令人钦佩的镇静表情而闻名的布勒东，朗读了《达达·第七期（达达话筒）》中毕卡比亚激进的《人吃人宣言》(Manifeste Cannibale)。最后，他要求观众应该"像听到国歌《马赛曲》而起立一样……在达达主义在场时起立，因为达达就是生命的意思"，然后以这一段令人激愤的朗诵作为结尾：

达达主义本身并无气味，它什么都不是，什么都不是，什么都不是。

它就像你们的希望一样——什么都不是。

就像你们的天堂一样——什么都不是。

就像你们的偶像一样——什么都不是。

就像你们的政客一样——什么都不是。

就像你们的英雄一样——什么都不是。

就像你们的艺术家一样——什么都不是。

就像你们的宗教一样——什么都不是。

来嘘我吧，朝我喊吧，粗暴地对待我吧，那又怎样？我还是会告诉你们，你们就是弱智。三个月以后，我和我的朋友们，就会把我们的照片用几法郎的价钱卖给你们。

至于毕卡比亚作品的布展方法，则十分合适地呼应了他宣言中粗暴的讽刺性——一只猴子布偶被固定在一张画布上，上面写着："塞尚的肖像、伦勃朗的肖像、雷诺阿的肖像、静物画。"它既嘲讽了已经在"回归秩序"中"死去"的现实主义，又攻击了权力机构将先锋派名人供奉起来的做法。虽然毕卡比亚的怯场症让他一般不会进行表演，但是他的这种艺术化攻击行为从不打折扣。他还把这幅画刊发在其刊物《人吃人》（*Cannibale*）第一期（1920 年 4 月）上，这是一本临时替代《391》的杂志。尽管这些作品带来了即刻的震撼，但他在伊尔桑的无双画廊同时举办的展览却未能像 1920 年的《人吃人宣言》结尾所预言的那样，用几法郎将照片卖出去。

1920 年演出季的高潮，便是在时髦的嘉禾音乐厅（Salle Gaveau）举办的达达主义节（Festival Dada，5 月 26 日）。这个持续两个月的事件与结束于 5 月的总罢工（General Strike）交织在一起，而达达主义者在表演中也暗自表达出对罢工的同情。布勒东和苏波的《你将会忘记我》（*Vous m'oublierez*，剧中的人物包括一件浴袍、一把雨伞和一台缝纫机）等作品再次营造出充满激情的氛围。在《著名幻想家》（*Le Célèbre*

Illusionniste）中，苏波将写有官员名字的气球充满气再戳破——其中有战时总理克列孟梭（Clemenceau）、诗人拉希尔德夫人（Mme Rachilde）和谷克多等，这激怒了现场的许多人。这些人中就有拉希尔德本人，当时她已经开始就民族主义的问题，与毕卡比亚在报端展开激辩。不过，她是欠考虑的。毕卡比亚在《人吃人》第一期上的回应文章中使出杀手锏，他说："威廉二世（Wilhelm II）及其朋友们都是很爱国的，就像夫人您一样。"查拉也为一场名为"反哲学家 AA 先生为我们送来了这份宣言"（Monsieur AA the Antiphilosopher Sends us this Manifesto）的晚会献上自己的作品，其中呈现出令人眼花缭乱的矛盾观点：

> 小心！已经到时候了，我该跟你坦白我一直都在撒谎。如果说在系统的缺乏中有一种系统——一个符合我比例的系统——那我也永远不会使用它。换句话说，我会说谎。我用它的时候说谎，我不用它的时候说谎。我写下我撒谎的时候，我在说谎，因为我不说谎——因为我是以我父亲为鉴而活到今天的。这是从百家乐[17]的战利品里挑拣出来的。

观众中的许多人已经对之前的骚乱有所耳闻，因此特地装备了（基本上是可食用的）"飞弹"而来。蔬菜、水果，甚至还有牛排，都如雨点一般落在舞台上。在这种奇特而又令人欣喜的情景中，观众中有一个人大喊："法兰西和炸薯条万岁！"（Vive la France et les pommes de terre frites!）这个人就是邦雅曼·佩雷（Benjamin Péret），这就是他在达达主义中的亮相。

这种扰乱表演者与公众之间传统关系的行为，与过去两年中苏黎世和德国的演出如出一辙。对于查拉、毕卡比亚和里伯蒙-德萨涅来说，这就已经足够了。他们的目的，就是要摆脱所有规划好的内容，并在预备事件与突发事件之间摇摆不定的平衡上，让晚会为所有人提供一种宣泄性的解脱体验。这也在一定程度上解释了他们为何在活动中不加区分地将各种与他们不同的人物囊括进来，比如谷克多、作曲家"六人组"（Les Six，包括奥里克和米约等人）以及身穿古罗马长袍的神秘人物雷

---

[17] 巴卡拉纸牌游戏，又称百家乐，玩牌者手持两张或三张纸牌，赌谁的点数的个位数最大。

蒙德·邓肯（Raymond Duncan，伊莎多拉·邓肯的哥哥）等等。

布勒东更关心政治的文化层面，因此也反对这种折中主义的做法，不过他自己也做出了让步。1920 年 8 月，他在《法兰西新评论》上（他曾经是该刊物的校对员）发表文章《为了达达主义》（"Pour Dada"）。这篇文章从文学的角度，为达达主义与《文学》的立场之间的关系及其激发出的诗歌意象的重要性正名——达达主义是兰波、洛特雷阿蒙和瓦谢这一条世系的非正统分支。文章的论调是理论化的，并暗示在达达主义以外，还有尚不明确的、更加广阔的可能性。《法兰西新评论》的编辑雅克·里维埃（Jacques Rivière）还撰写了一篇精心权衡过的、来自外界视角的评论文章《对达达主义的认识》（"Recognition for Dada"），其中点明了《文学》与查拉、毕卡比亚的无政府主义之间的分歧。这些文章本身就是带有分裂意味的。对于达达主义已经成为文学研究对象这一点，查拉和毕卡比亚都感到恶心。如果不是《法兰西新评论》的其他撰稿人做出了过于夸张而愤慨的反应，而让布勒东的这篇文章显得带有挑衅性质的话，那么后者的地位可能会变得岌岌可危。这些文章发表于 8 月，因此争论也趋于缓和，而乏味的原因仅仅是因为毕卡比亚和查拉此时都在度假之中。

1920 年夏天，查拉在 1915 年之后首次拜访罗马尼亚。这一举动反映出他十分希望更多的人关注达达主义的国际层面。他还在雄心勃勃地策划一本含有多种语言的著作《达达地球》，借此来进行宣传。他可能联想到胡森贝克的《达达主义年鉴》（1920 年，既作为范例，又作为对手），因此他不仅从苏黎世、纽约、柏林、科隆和巴黎征稿，而且还收集了意大利语、西班牙语和荷兰语的作品。这个计划的野心远远大过其可行性，在 1921 年已进入校对阶段的《达达地球》最终被搁置了。

到 1920 年，一些伦敦人已经听说了达达主义。到此为止，最正面的反馈声音来自艾兹拉·庞德（Ezra Pound），他曾经在《达达·第七期》上发表了一篇简洁（且双语）的概述：

《达达·第一期》：有一些困在苏黎世的年轻知识分子，渴望与地球上其他凄凉偏远角落里境况相似的可怜人进行交流。

《达达·第五期（达达公告板）》2月5日，<u>他们都跑了</u>。他们都跑到巴黎去了。<u>炸弹！！还有去他的——《至上报》</u>！！[18]

庞德的品位和他的作品一样，十分笃定而又非同寻常。他是最早推广詹姆斯·乔伊斯之作《尤利西斯》（*Ulysses*，1922年）的人之一。在20世纪20年代，他又被毕卡比亚的文章吸引。他不仅向《文学》提供稿件，而且作为《小评论》的境外编辑，他还在1921年春制作了一期关于毕卡比亚的特刊，这之后又吸引来威廉·卡洛斯·威廉斯（William Carlos Williams）与冯·弗赖塔格-洛林霍温向其投稿。比起达达主义彻底的革命性，庞德更加欣赏他们欲将"前辈的愚蠢"一扫而空的姿态。他的观点究竟个人化到何种程度，可以用他（在法西斯时期）这句惊世骇俗的断言来判定——他竟然说墨索里尼是他继毕卡比亚之后见到的最聪明的人！

巴黎达达主义活动一直到1920年末都处于暂停状态，这就让不同的思想可以往各自方向发展。10月，德尔梅开始主编《新精神》（*L'Esprit Nouveau*）杂志，并在其中推崇纯粹主义者阿梅德·奥占芳与夏尔-爱德华·让纳雷［Charles-Édouard Jeanneret，即建筑师勒·柯布西耶（Le Corbusier）］的冷酷功能主义机械美学，这就坐实了之前人们对德尔梅的猜疑。尽管《新精神》与达达主义一样具有国际视野，但是由于双方都持有谨慎的态度，这份刊物并未像德国达达主义圈子那样开辟出一条通往构成主义的道路。大约在同时，毕卡比亚及查拉的盟友们与《文学》圈子之间的裂痕愈发明显。伊尔桑将玛丽·德·拉·希尔（Marie de La Hire）的一篇关于毕卡比亚的专题论文退稿，因此毕卡比亚不得不将当年的第二场展览（1920年12月）安排在波沃洛茨基画廊（Galerie Povolozky）。虽然他在《391》第十四期（11月）中将一张地铁票作为《达达主义素描画》（*Dada Drawing*）发表出来，但在这场展览中，他故意违背众人的期待，带来了一些描绘西班牙舞女、矫揉造作的现实主义油画。尽管如此，展览开幕式还是令人惊叹地请来了众多有代表性的时髦人物，包括《文学》的诗人们和一支由谷克多指挥、包括奥里克与弗朗西斯·普朗（Francis Poulenc）在内的爵士乐队。他们一直在演奏当时

18　下划线部分原文为法语，其他部分原文为英语。——译注

的流行金曲，其间查拉穿插朗读了自己的作品——分为16个部分的《脆弱之爱与苦涩之爱的宣言》，其中还包括那份关于创作达达主义诗歌的著名菜谱（见第二章），并进一步地确认了他与毕卡比亚共同持有的虚无主义立场：

> 达达主义置于行动之前、置于一切之上的东西，便是怀疑。达达主义怀疑一切。达达主义是一只穿山甲。同样，一切都是达达主义。要小心达达主义。反达达主义是一种疾病——自我盗窃癖，而人类的自然状态便是达达主义。但是，真正的达达主义者是反达达主义的。

虽然这是在重申我们已经熟悉的立场，但还是可以从中感受到布勒东与友人们追求一种更积极的运动纲领的决心。由此，夹在1920年的达达小组活动与1921至1923年的达达小组解体之间，毕卡比亚展览的开幕式便成为一道分水岭，在此之后，巴黎达达主义的不同派别就开始互相攻击。这个日渐走向自我毁灭的过程，就体现在出版物和舞台上，主角们便是毕卡比亚、查拉和布勒东。这出戏码所反映的既有不同个性的个人争夺主导权的冲突，又有他们在意识形态上的根本分歧。对于毕卡比亚、查拉以及他们的同盟者来说，达达主义代表着无政府主义对所有约束的粉碎。这是一种可以自我永续的状态。不过，这种立场其实是有缺陷的，因为它不可能无止境地一直激怒观众。对于《文学》的诗人们来说，达达主义则是一种文学上的解放，它也因此被视作实现其他目标过程中的一个阶段。同样，他们的立场也有弱点：一方面，它的严肃性容易令其成为讽刺的靶子；另一方面，他们也没能为自己找到进一步的出路。

《文学》的诗人们聚集在塞尔达咖啡馆（Café Certa），在没有咨询查拉意见的情况下，决定了1921年展出季的许多方案。他们担心表演内容会被人猜到，便提出两种备用的讽刺性表现方法，让达达主义呈现出不同的面貌。第一种方案是一系列有向导的游览路线，将观众带到城市中"未拜访过的"地点，目的地包括停尸房和郊外的肖蒙山丘

第五章 达达主义将一切搅浑

公园（Park of Les Buttes-Chaumont）。但是，这个计划在首次出行（4月14日）之后便被放弃了——他们拜访了穷人圣于连教堂（St Julien le Pauvre），它位于巴黎左岸，从圣母院就可以看到。这次失败的活动让他们意识到，或许是由于演出活动被延伸至开放的街道，活动的冲击力便被降低了。第二种方案是对一位当权人物进行模拟审判。这个点子在《文学》5月号中已经有过先例，其中刊载了好几页对选定人物的打分结果，从负25分到正25分不等。毕加索和阿波利奈尔等人的地位被拿来与布勒东、阿拉贡和艾吕雅等人放在一起供人仔细斟酌打分，只有查拉（预料之中地）充满鄙视地对待这个过程，并胡乱地打出了若干负25分。尽管如此，布勒东和阿拉贡还是得到了若干最高分，这一点反映出同道们对他们的认可态度。

模拟审判的创意延续了这种手法，但它在实践中则显得非常不同。唯一的控诉对象是莫里斯·巴雷斯（Maurice Barrès），他年轻时曾写下许多关于革命的作品，包括标题恰如其分的《法律的敌人》(*Enemy of Laws*，1893年)，但他在一战期间却转向了狂躁的民族主义 [1914年，他担任了爱国者联盟（League of Patriots）的主席一职]。布勒东和阿拉贡曾经被巴雷斯的早期作品深深打动，所以对后来的他产生了一些个人积怨。关于这场"审判"内容的誊写抄本占满了《文学》8月号整期的版面，这一点就表现出他们认为这个事件有多么重要。

并非只有查拉一个人觉得达达主义进行司法审判并不恰当。里伯蒙-德萨涅回忆道："达达分子可以是犯罪分子、胆小鬼、破坏者或是小偷，但是当不了法官。"尽管如此，他却扮演起公诉人的角色，阿拉贡和苏波则扮演为替身假人辩护的一方，而布勒东则主持整个法庭审判过程。诉讼程序是在一群付费观看的观众和记者面前进行的，因此也有一定程度的严肃性，抵消了其中的讽刺意味。在查拉作为目击者被传唤时摆出挑衅的嘲弄态度后，现场的气氛才稍微活跃起来。佩雷扮演了一位"无名士兵"，这个穿德军军服、戴防毒面具的角色，象征着这场审判在多大程度上反映出对战争的态度，而这个态度与苏黎世时期人们所认为的残暴与荒谬截然不同。对于《文学》的诗人们来说，巴雷斯的审判延续了瓦谢作品中的精神，这是他们对战争开始抱有某种政治立场的一个阶段，而他们之前还未曾公开地与这个立场进行过正面交锋。

这群人在国际上的交流联络，得以将这些冲突和矛盾掩盖起来。1921年始于一篇名为《达达主义将一切搅浑》(*Dada Stirs up Everything*)的宣言，这个宣言既是为马里内蒂的《触觉主义》(*Tactilisme*)创刊号（1921年1月12日）所作的，又是在反对未来主义者日渐高涨的民族主义情绪。在巴雷斯的模拟审判举行之前不久，恩斯特的展览在无双画廊开幕了（1921年5月2日），但他本人仍然被禁止入境法国。他的拼贴画在细密程度和创造力上（图89和图90）都给布勒东、西蒙娜·卡恩（Simone Kahn）和其他组织者留下了深刻印象。对于诗人们来说，被誉为"绘画界的爱因斯坦"的恩斯特尤其具有吸引力，因为其画中详尽的题词为艺术上的跨界开辟了新的可能性。《文学》小组将他吸纳为成员，也标志着他与毕卡比亚渐行渐远，而后者至此为止都还是最重要的艺术家。

无论如何，毕卡比亚当时处于要退出达达主义的边缘，这个想法已经在《毕卡比亚与达达分子们分家》["Picabia Parts Company with the Dadas"，《喜剧》(*Comoedia*)，1921年5月11日]一文中讨论过。他的幻灭感日渐增强——他并不喜欢《文学》的诗人们，他们在侵吞服务员落在他们咖啡桌上的钱包后，还激烈讨论该如何进行分配。更为重要的是，谢德在拜访过几次《391》编辑部并向其供稿之后，在从那不勒斯（4月25日）写给毕卡比亚的信中倾吐了对查拉欺世盗名的谴责。他声称，是巴尔和胡森贝克在苏黎世发明了"达达"这个词，而且查拉还在法国封锁了塞纳的宣言《最终解体》，以便将其中主要思想都用在自己的《达达主义宣言1918》中。谢德表示，查拉仗着自己是苏黎世达达主义成员中唯一见证巴黎达达主义历程的人，在以上的两种行为中都滥用了这一身份。尽管谢德公然怀疑查拉的动机，但是他的谴责却来源于对塞纳一边倒的忠诚。诚然，我们完全有理由谴责查拉过分夸大了他在"达达"一词的发明中所起的作用，但没有证据表明他剽窃了塞纳的想法。对于两位在当时进行过密切合作的艺术家来说，这两篇宣言文章之间的相似之处还是合理的。塞纳对整件事缄口不言，这更让疑团显得迷雾重重。无论如何，毕卡比亚此时正苦于眼部感染久治不愈，对两边的说法都没有验证，便与查拉和达达主义断了关系。之后的一期《391》（第十五期）则颇有敌对之意，令人摸不着头脑地题为《皮拉乌-提巴乌》(*Pilhaou-Thibaou*)。其中，毕卡比亚从根本上驳斥了查拉声称自己所拥有的达达主义领导权。

194　　毕卡比亚的退出，让他不得不从蒙泰画廊（Galerie Montaigne）6 月举办的达达主义沙龙（Salon Dada，图 111）中撤回自己的作品。杜尚此时已经放弃了艺术，转而追求棋艺（他后来代表法国参加了国际赛事），因而没有参加沙龙。克罗蒂夫妇早期在毕卡比亚邀请曼·雷和约瑟夫·斯特拉时出过一份力，但此时也同样撒手不干了。查拉便从意大利邀请了埃沃拉、坎塔雷利和菲奥齐，又从科隆邀请了阿尔普、恩斯特与巴格尔德。巴黎的代表则是沙尔舒恩和里伯蒙-德萨涅。除了这 8 位艺术家，还

图 111
达达主义沙龙内景
蒙泰画廊
1921 年 6 月

有 9 位诗人：阿拉贡、艾吕雅、弗伦克尔、佩雷、雅克·里戈（Jacques Rigaut）、苏波、查拉、瓦谢和柏林达达主义者瓦尔特·梅林。布勒东碍于巴雷斯的模拟审判，因此没有参加。所有诗人都提交了普遍带有讽刺性的视觉作品，其中最可圈可点的是苏波的一面镶了边框的镜子，取名为《一个弱智的肖像》（*Portrait of an Imbecile*，图 112）。尽管这次展览在人数上声势浩大，但其影响力却不能与柏林的达达主义展会相提并论。

在展览开幕仪式上，流动的陶瓷修补师卓利斯波瓦先生（Monsieur Jolisbois）通过抑扬顿挫的街头吆喝，为表演注入了最奇异的内容创新。这是又一次把达达主义与无产阶级联系在一起的尝试。然而，尽管卓利斯波瓦深受观众喜爱，但他似乎更像一种新奇玩意，而非达达主义者表演中的同伴。查拉再也想不出能让观众震惊的办法了，这一点也预示着达达主义晚会的衰落。达达小组成员们转而将注意力放在其他的挑衅形式上——他们通过高呼"达达万岁！"来扰乱一场未来主义音乐会和谷克多的芭蕾舞剧《埃菲尔铁塔的新娘》（*Les Mariés de la Tour Eiffel*）。布勒东的缺席不仅激化了达达小组内部三足鼎立的情势，而且也表现出他对晚会的嗤之以鼻——他更加偏爱利用宣言和刊物（1922 年，布勒东最终成为《文学》新刊的唯一主编）。

1921 年中期，为了反对毕卡比亚，查拉和布勒东临时结盟。9 月，查拉在蒂罗尔（Tyrol）度假时，与阿尔普和恩斯特编辑了《在蒂罗尔的达达》（*Dada Intirol Augrandair*），而这篇著作就是他进攻的工具。10 月，艾吕雅夫妇以及刚刚结婚的布勒东和西蒙娜·卡恩也住在蒂罗尔。虽然他们的居住时间并未与查拉重合，但是他们在此期间完成了两次十分重要的会面。其一，布勒东和弗洛伊德在维也纳见了面，这被视作他个人发展中的一座里程碑。他在学习医学时，就已接触到弗洛伊德的理论，而他对精神分析的兴趣，则是他在自动主义中采用联想技巧时逐渐发展而来的。从 1921 年到 1923 年，诸如《梦的解析》（*The Interpretation of Dreams*）的弗洛伊德代表作的法译本初次出版，这也激起了他的兴趣。然而，布勒东与艾吕雅仅仅采用了他的联想方法，却无意进行精神分析，这让弗洛伊德对这两位访客并没有什么兴趣，而这又反过来导致《文学》对弗洛伊德颇有微词。这趟旅行的第二次会面，是艾吕雅于 11

第五章 达达主义将一切搅浑 193

图 112
一个弱智的肖像
菲利普·苏波

镶边镜面
1921 年 6 月（下落不明）
展出于达达主义沙龙

月初到科隆拜访了恩斯特。两人之后马上在《重复》(*Répétition*)与《永生者的不幸》(*Les Malheurs des immortels*，图 113) 中进行了合作。其中，恩斯特通过将版画进行拼贴，得到了出人意料的并置效果。

在巴黎，毕卡比亚和克罗蒂夫妇仍然是公众心目中达达主义的核心艺术家，当年的秋季沙龙也确认了这一点。让·克罗蒂与苏珊·杜尚共同创作的《达布》(*Tabu*)也在这届沙龙上亮相。据说这件灵性版的达达主义作品，是由一种神秘天启激发而来的（图 114）。毕卡比亚很精明地通过竞选加入了挂画委员会，并声称他会展出一幅"会爆炸的画"。沙龙的负责人从字面意思上把他的话信以为真，专门检查了一遍所有画作，以确认其中没有夹带可疑的装置。当然，毕卡比亚的说法其实也是准确的，这幅名为《二甲砷基之眼》(*L'Oeil cacodylate*，图 104) 的作品让观众们纷纷慕名前来观看并感到出离愤怒。该作品的标题源自他当年春天因眼部感染而接受的治疗手段，而画面中间一只脱离躯体的眼睛也表明这一点。画面的其他部分都是其友人们的签名。这幅作品在随意的表象之下，蕴含着一种对商业主义的蓄意攻击。艺术家的签名与作品的价值（与作品好坏无关）之间约定俗成的对等关系，在这幅作品中被提炼为最纯粹的形式——画布上值钱的签名将可以忽略不计的画作本身都排挤出去。这幅作品收获的批评家评论，比其他所有作品加起来都多。这起负面事件不光确认了毕卡比亚如烈火般熊熊燃烧的重要性，还表明独立于达达主义之外的其他艺术道路也有很大的潜力。在这幅作品中，他

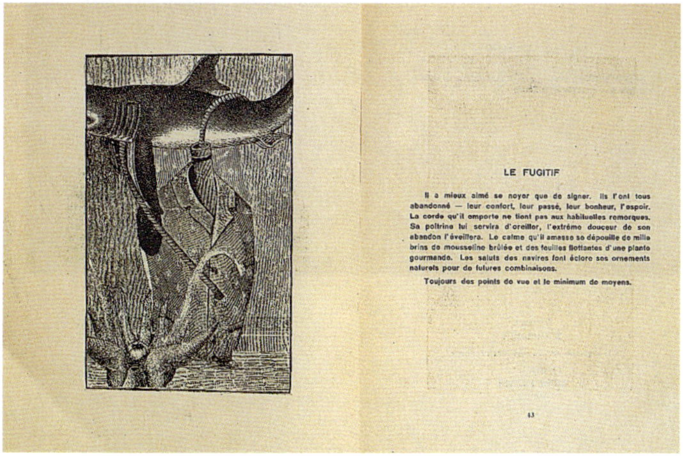

197

图 113
流亡者
选自《永生者的不幸》
马克斯·恩斯特与保尔·艾吕雅
1922 年
雕版画拼贴
24.8cm × 19cm

图 114
无拘束的谜
让·克罗蒂

1921 年
布面油彩
116.2cm×88.9cm
现代艺术博物馆,法国巴黎

似乎要回归1920年之前他与那群来来去去的朋友们所共有的立场。

在走上独立创作道路的其他人里，有一群昔日的盟友。1921年夏天，杜尚和曼·雷来到巴黎，但杜尚的国际象棋事业让他一直徘徊在组织边缘。这对布勒东来说，是一个特别诱人的机会。摄影（以及语言障碍）对曼·雷来说也起到了类似的作用，让他可以与达达小组内外同时代的人物进行交流。11月里，曼·雷在苏波开的一家名为"六号画廊"（Galerie Six）的书店举办了一场个展。他黑白分明、空灵恍惚的摄影作品，以及看上去机智而邪恶的物件，都具有一种启示性，堪比恩斯特的拼贴画。展览主办方将他的位置安排在《文学》小组当中，而他后来还为《文学》设计了新的杂志封面。在这次展览中脱颖而出、后来最为著名的作品，是一只底部布满大头针的熨斗。这件题为《礼物》（*Gift*，图116）的作品，是献给萨蒂的一份礼物。曼·雷在开发出一种无须照相机的摄影技术[1]之后，出版了一本名为《美味场》（*Les Champs délicieux*）的著作。查拉在这本书的序言中，将这种发明称作为"雷氏摄

[1] 这种摄影技术不用相机，而是将物体直接放在感光纸上一起曝光。——译注

图115
美味场
曼·雷
1922年
雷氏摄影
国立现代艺术博物馆，乔治·蓬皮杜中心，法国巴黎

影"（Rayograph），就像据说他将谢德的类似发明物命名为"谢德摄影"一样，这在一定程度上平衡了该书受《磁场》一文的影响。

1922 年，巴黎达达主义小组踽踽而行，其内部斗争的激烈态势让它面临着解体的下场。查拉与毕卡比亚之间的裂痕已经无法修复，而现在他与布勒东闹的别扭又成为主要矛盾。导火索便是布勒东于 1922 年 2 月发起的、策划不周的"巴黎大会"（Congrès de Paris）。他一直有志为达达主义开辟出一条更加积极的道路，这次大会的目的也遵循了这一理念，即探讨先锋派"捍卫"当代文化的可能性。组委会中还有其他组织的成员，包括让·波扬（来自《法兰西新评论》）、德劳内、莱热、奥占芳（来自《新精神》）、奥里克（代表"六人组"）以及罗歇·维特拉克［Roger Vitrac，来自刊物《冒险》（Aventure）］。布勒东误判了这个组织会让他承受多少来自同道的批评。查拉虽然接到与会邀请，但却声称该大会的前提是反达达主义的，而且其人员构成也十分可疑。《喜剧》一书的字里行间也折射出一场怒不可遏的争执，布勒东十分不明智地将查拉塑造为"一场源自苏黎世的'运动'的倡导者"。这种诉之于民族主义情绪的话语，激怒了支持查拉的艾吕雅、里伯蒙-德萨涅和萨蒂。之后在丁香园咖啡馆举行的辩论会（2 月 17 日）上，除了阿拉贡，布勒东被所有人孤立了。不仅大会最后没能办成，而且抨击行为仍在继续进行，直到布勒东在《文学》4 月号的《丢下一切吧》（"Leave Everything"）一文中表明他的立场：

丢下一切吧。丢下达达主义。丢下你的老婆。丢下你的情妇。丢下你的希望与恐惧吧。将你的孩子丢在树丛中。丢下物质，追逐阴影。丢下你轻松的生活吧，丢下留给你的东西，迎接明天吧。上路吧。

这些乱七八糟的公开争论，造成了一系列出乎意料的后果。这场"崩溃大会"（Congrès débâcle）牵扯进了许多外部人士，这就让巴黎达达主义最后覆灭的广泛影响板上钉钉、确凿无疑。布勒东曾一度向毕卡比亚示好［此时他正在蔚蓝海岸（Côte d'Azur）度假］，让他在出版

图 116
礼物
曼·雷
1921 年
有铁钉的熨斗
高 15cm
私人藏集

物《松果》(*La Pomme de pins*，2月)中对他反对查拉表示支持。这随即引来了查拉及其盟友们在《长胡子的心》(*La Coeur à barbe*，4月)中发起一轮反击。最终，布勒东笑到了最后。《文学》(新系列·第五期)的封面是一幅毕卡比亚创作的黑白线描画，这表现出他对布勒东的支持。作为《文学》唯一的主编，布勒东这一身份在此时具有重要意义，既可作为他表达个人立场的平台，又可以吸引希望出版作品的新成员，比如维特拉克、马克斯·莫里斯(Max Morise)、罗贝尔·德斯诺斯(Robert Desnos)以及年仅17岁的雅克·巴朗(Jacques Baron)。在《文学》群体中，查拉的支持力量也有类似的流失情况，只有苏波、艾吕雅和年轻的勒内·克勒韦尔(René Crevel)和他在一段时间内保持了亲近。

这个分裂局面终于在1922年秋天尘埃落定。查拉与艾吕雅返回了蒂罗尔，再次与阿尔普、托伊伯以及恩斯特夫妇相聚。之后，查拉和阿尔普到魏玛共和国参加了"达达主义-构成主义"大会。同时，毕卡比亚携带着两幅巨型油画，对秋季沙龙发起了每年一次的挑衅。在这两幅名为《西班牙之夜》(*La Nuit espagnole*，图118)和《无花果树叶》(*La Feuille de vigne*)的作品中，既有人物的剪影，又有浪漫情色的暗示。和之前一样，他于11月在巴塞罗那的达尔茂画廊展出的其他作品则具有相当不同的特质——布勒东也曾在那里发表过关于当代艺术的重要演讲。在这些画作中占主导位置的是几何化的标靶形状，这与当时的构成主义有关。不过，在《光声阅读器二号》(*Optophone II*，图117)中，这些几何形状的上面，还叠加了毕卡比亚作品中典型的裸女形象。

在更加广阔的艺术领域内，巴黎达达主义的解体是一次重大事件。他们曾经的攻击对象一定长舒了一口气，而诸如立体主义者与纯粹主义者等其他人则希望能从它发动的激进修正运动中受益。在当时和后来，这场派系之间的分裂都被解读为达达主义精神之死，但其实在1922年至1923年间发生的事件，从本质上来说更像是一种分裂而非湮灭。其结果便是布勒东将大部分诗人都收入到自己麾下，让他们采用自己更加宿命论的手法。这也将引领他们穿过所谓的"混沌时代"(époque floue)，直到后来超现实主义建立为止。他们在重新认真地对待一切时，必须先剔除达达主义的嘲讽。当时的时事动态也反映出这种需求。1923

图 117
光声阅读器二号
弗朗西斯·毕卡比亚
1922—1923 年
布面油彩
116cm×88.5cm
现代艺术博物馆,法国巴黎

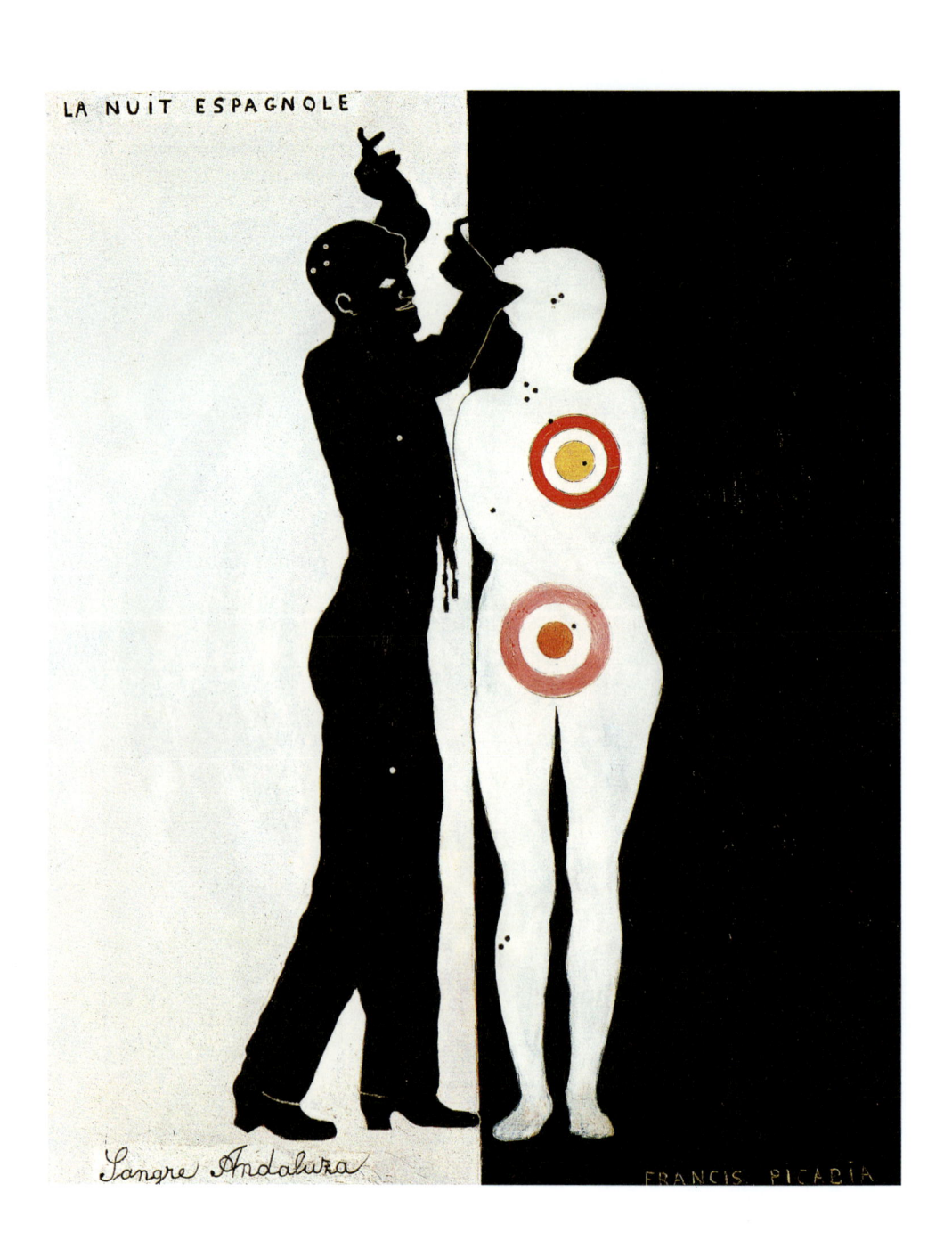

LA NUIT ESPAGNOLE

Sangre Andaluza

FRANCIS PICABIA

年初，法国国民政府（比利时在名义上支持它）下令侵入鲁尔区，以追缴德国的战争赔款。对于重新冒头的军国主义，达达主义的抗议和内斗似乎都不再是足够迫切的回应了。20 年后，查拉本人也承认，这个过程既是从主观主义到客观主义的转变，又是从达达主义独立的无政府状态到超现实主义集体活动的过渡。

正如达达主义诞生于各条互相独立的发展路径，后来再出人意料地融合一样，它在 1922 年之后又回到了最初的状态。尽管《文学》旗下的一些诗人后来都把自己的达达主义时期称为"像是生了一场短暂的小病"，但其实达达主义的影响还是十分深远的。对于毕卡比亚和查拉来说，就像对于里伯蒙-德萨涅、杜尚、克罗蒂夫妇和其他人来说一样，一个独立于布勒东之外的达达主义传承路径是必需的。当时仍未稳定的局势，从布勒东在 1923 年 5 月号《文学》上对苏波的攻击中可见一斑。杂志在苏波的署名下留了 4 页空白，这是在评论和影射作为共同撰稿人的他在《磁场》一文中毫无贡献。这反映出苏波在 1923 年 3 月担任新创刊的《欧罗巴评论》（*La Revue Européenne*）主编之后，这两位合作者之间的对抗激化到了顶点。尽管这份新刊物远称不上带有敌意［皮埃尔·德里厄·德·拉·罗谢勒（Pierre Drieu de la Rochelle）和约瑟夫·德尔泰伊（Joseph Delteil）等一些年轻的合作者都有供稿］，但是它与《文学》的早期风格相类似，对文学圈的既有派系都持开放态度。布勒东很明显无法容忍它的存在。不过，在 1924 年末，这两位诗人还是出人意料地又一次结为盟友。

1922 年 11 月，当恩斯特到达巴黎时，达达主义圈子的重心已经倒向了布勒东与《文学》一边。恩斯特通过对拉斐尔的一幅壁画进行奇妙的改编，重新定位了自己。这幅名为《在友人们的聚会上》（*Au Rendez-vous des amis*，图 119）的作品曾在 1923 年的独立者沙龙中展出过。在画中，波扬两侧的《文学》的诗人们正在介绍恩斯特及其并未到场的科隆战友阿尔普与巴格尔德。这些人可以按照两种记号进行识别：毕卡比亚和查拉、曼·雷和杜尚都缺席，而仅有的 3 位圈外人士——拉斐尔、陀思妥耶夫斯基和德·基里科——与未表明身份的里伯蒙-德萨涅（莫里斯身后一排的第一个人）则代表了来自其他人的贡献。

图 118（对页）
西班牙之夜
弗朗西斯·毕卡比亚
1922 年
布面李波兰漆
185.4cm × 127cm
路德维希博物馆，德国科隆

这幅画充满了深奥难解的符号，暗示这是神秘教派才会有的一类活动。虽然在"混沌时代"盛行的对恍惚状态与梦境的探索早已跨越了艺术家与作家之间的传统界限，但是该作品对诗人的强调还是反映出这群人一贯的文学性导向。布勒东在《媒介的进入》(《文学》第六期，1922年11月）中就描述了这些实验，它们启发兰波将创作者塑造为先知者的形象，并将引入自发性恍惚状态之可能性的功劳归于克勒韦尔。

尽管布勒东对这一实验方向充满热情，但是阿拉贡和苏波则对克勒韦尔、佩雷和德斯诺斯三位专家体验到的这类状态表示公开怀疑。尽管如此，做梦者对问题缺乏逻辑性的回答，却偶尔包含着惊人的诗意特质。绘画（特别是线描的卡通画）也致力于捕捉视觉体验，而十分重要的是，恩斯特在自己作品中采用了绘画领域中一种偏向于业余水平的自发性。这些体验后来都被布勒东归到超现实主义范畴中，尽管超现实主义这个名字当时还没被发明。无论是从其集体性，还是从其组织方式上来看，这些实验很明显都与之前达达主义活动的情况不同，而隶属于一种不同的秩序。

相比之下，巴黎达达主义最后的若干次仪式则采取了孤立演出的形式，恰好与当时电影界的实验产生了联系。1923年7月6日和7日，查拉希望通过一场"长胡子的心晚会"来找回他们的早期精神，晚会的门票通过苏波的六号画廊与伊尔桑的无双画廊等场所进行发售。从许多方面来看，这是两场引人入胜的表演。查拉的《汽之心》(*Coeur à gaz*，将1921年的版本重新搬上舞台）配上伊利亚兹德的诗歌与索尼娅·德劳内的彩色戏服，尤为值得一提。里希特的《韵律21》和曼·雷5分钟的《回到理性》(*Return to Reason*) 的放映，显然标志着电影被首次纳入达达主义晚会的体裁。曼·雷对"雷氏摄影"技巧进行了扩展，将沙子、大头针和钉子撒在未曝光的电影胶片上，因此也重新回归借用运气的创作手法。然而，这场晚会的影响却并未激起波澜。苏联人正在为革命中的难民进行募捐，而在查拉的观众中，上流贵族也越来越多。事实上，第二天晚会上让人印象最深的是结束时的一场打斗——布勒东、阿拉贡、佩雷和艾吕雅冲上舞台，用武力来对抗查拉及其两位演员同伴克勒韦尔和皮埃尔·德·马索（Pierre de Massot，他的胳膊被打骨折了）。这种公开的"放血行为"——来自警察的称呼——让巴黎达达主义走向了毁灭性的结局，而这原本是他们期待发生在当权者身上的命运。

随着合作的减少，巴黎达达主义的激进性也开始减弱，不过他们还是在某种程度上与这个拜物的社会进行了妥协，并因此为一些野心勃勃的创作计划让出了空间。20世纪20年代中期，战后的法国在物质条件上愈加丰盈，而达达主义骇人的暴行也更为人所熟知，这就让他们被富有的赞助者接纳。这两个群体之间新近的结合，最为明显地体现在对表演艺术的资金支持上，特别是剧场、芭蕾和电影等领域。谷克多与萨蒂继《露天预演》之后的诸多作品，都反映出这一点，包括前者的《埃菲尔铁塔的新娘》与《屋顶上的牛肉》(Le Boeuf sur le toit)，以及后者更加深奥的《苏格拉底》(Socrates) 等等。

罗尔夫·德·马雷（Rolf de Maré）受到俄罗斯芭蕾舞团的启发，创立了与之有竞争关系的瑞典芭蕾舞团（Ballets Suedois），并于1923年推出米约、桑德拉尔和莱热合作的舞剧《世界的创造》(La Création du Monde)。通过这些作品，先锋派越来越多地融入"社会"事件，并与诺瓦耶子爵（Vicomte de Noailles）及子爵夫人这样的赞助人愈发紧密地联系在一起。艾蒂安·德·博蒙伯爵（Comte Etienne de Beaumont）除了雇用曼·雷为他的一场聚会进行灯光设计，还将阿波利奈尔的刊物《巴黎之夜》的名字拿来用作1924年6月戏剧演出季的标题。这个演出季包括了查拉的《云之手帕》(Mouchoir des nuages)。这部作品没有任何明确的剧情，其剧本内容会突然被评论员打断，而其舞台设计也让演员和后台工作人员从头到尾都在观众视线之中。这两部剧的创新点与6个月前的《六个寻找剧作者的角色》(Six Characters in Search of an Author，1921年)中的"角色"及其演员身上对立的"现实"有关，这部舞剧是由路伊吉·皮兰德娄（Luigi Pirandello）创作、西尔万·依格丁（Sylvain Iktine）编排的。

由于需要购买设备和胶片，电影（此时仍然是默片）的成本相对较高，因此占有主导地位的电影创新者仍来自商业领域。就像德国的埃格林与里希特一样（见第四章），曼·雷也觉得自己的创作项目受到重重限制。不过，受关于电影是"第七艺术"的重要辩论的影响，阿贝

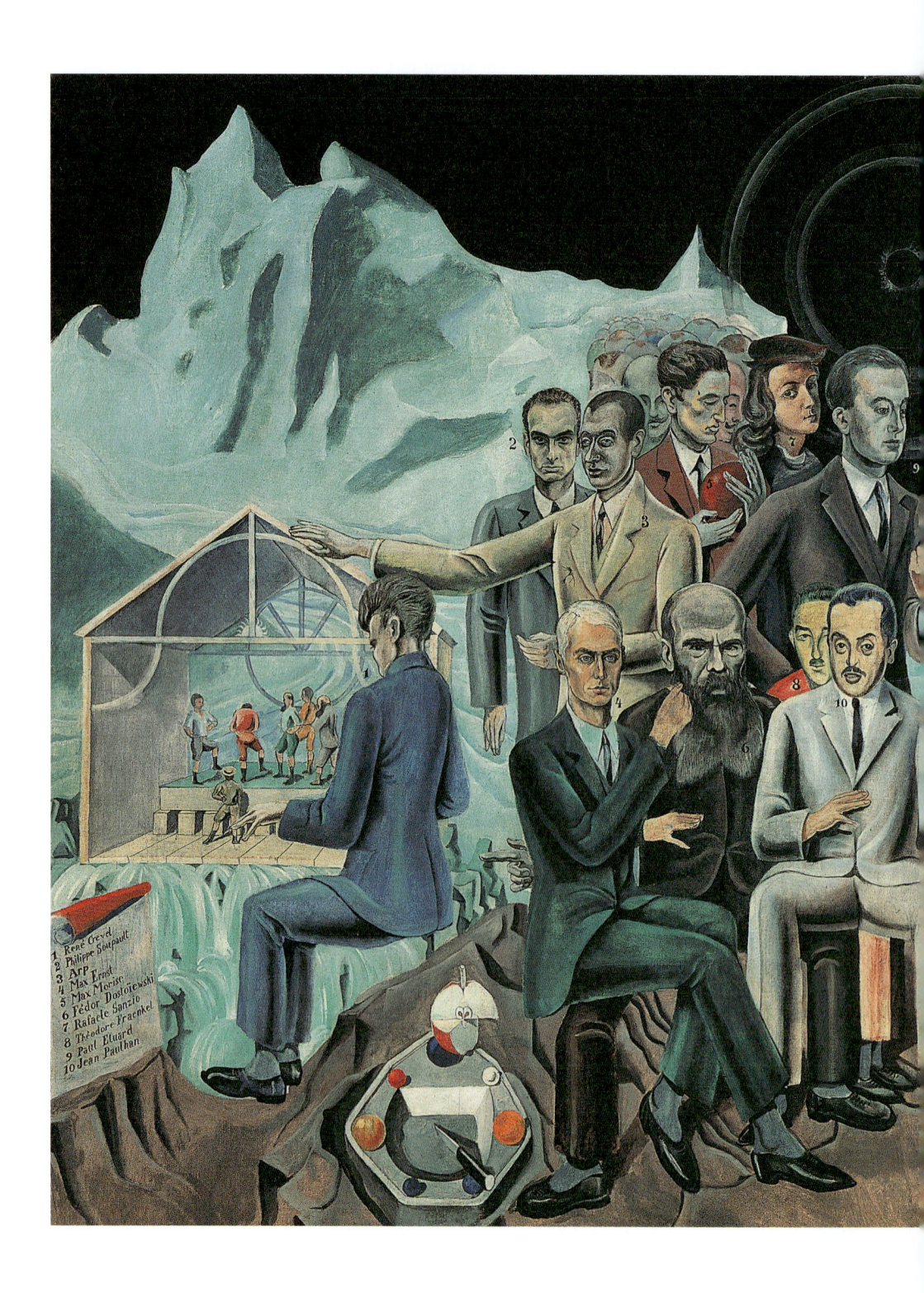

1. René Crevel
2. Philippe Soupault
3. Arp
4. Max Ernst
5. Max Morise
6. Fédor Dostoïewski
7. Rafaele Sanzio
8. Théodore Fraenkel
9. Paul Eluard
10. Jean Paulhan

图119（含对页）
在友人们的聚会上
马克斯·恩斯特

1922年
布面油彩
130cm×193cm
路德维希博物馆，德国科隆
按照号码顺序：勒内·克勒韦尔、菲利普·苏波、汉斯·阿尔普、马克斯·恩斯特、马克斯·莫里斯、费奥多尔·陀思妥耶夫斯基、拉斐尔·圣齐奥（Raphael Sanzio）、泰奥多尔·弗伦克尔、保尔·艾吕雅、让·保兰、邦雅曼·佩雷、路易·阿拉贡、安德烈·布勒东、约翰·巴格尔德、乔治·德·基里科、加拉·艾吕雅、罗贝尔·德斯诺斯

尔·冈斯（Abel Gance）和热尔梅娜·迪拉克（Germaine Dulac）等主要导演还是对新的可能性保持了开放态度。冈斯在其史诗级作品《拿破仑》(*Napoléon*，1925—1927年）中开创了引领时代的分屏技巧，而在这之前，他曾经与桑德拉尔在电影《轮子》(*La Roue*，1922年）中合作过。对于一战前绘画与诗歌中出现的、伯格森式的共时性体验，这两部作品都赋予了它新的潜力。

然而，这些电影对叙事性的关注，还是让它们与沾染了达达主义精神的作品有所区别。非逻辑性是达达主义的典型特征，其部分灵感来源是美国闹剧电影中用身体表演代替叙事的启发。有3部著名电影十分强烈地凸显了这种特征，它们将绘画、摄影实验付诸实践。这3部电影中最后完成的是曼·雷的《别管我》[*Emak Bakia*（巴斯克语），1926年]。这部片名十分神秘的作品孕育了3年，并以《回到理性》作为序幕。电影将人物表演与抽象片段结合在一起——被雅克·里戈从行李箱中取出的若干项圈载歌载舞，然后一台拍摄中的摄影机被扔到羊群上方，从而拍出了一个莫名其妙的片段！曼·雷对自己的导演角色进行评论时也无不嘲讽。他通过利用自己的倒影并将目光聚焦于镜头，在画面中叠加了一只倒置的眼睛，以暗示摄影机已经成为人类活动的终极延伸物。在完成《别管我》之际，曼·雷拒绝了与美国电影人达德利·墨菲（Dudley Murphy）的合作，后者转而去找了莱热。他俩创作了《机械芭蕾》(*Ballet mécanique*，1923—1924年），其中采用了美国作曲家乔治·安泰尔（George Antheil）的音乐。片中对机械的处理手法与纯粹主义的关注点相一致，特别是在集中表现人造物品的美感时。然而，与达达主义一样，该片对于卓别林（剧中出现了一个貌似卓别林的木偶）和都市夜晚的潜在可能，也抱有一种共通的热情。

与以往一样，最惊人的作品还是来自毕卡比亚。他接到了为瑞典芭蕾舞团1924年的冬季表演季设计芭蕾舞剧的委托项目，而故意恶作剧地将其命名为《演出中止》(*Relâche*，1924年）。伴随着萨蒂复杂而支离破碎的音乐，舞台的背景幕布上挂满了面向观众的反光板，而舞蹈演员们按照让·博林（Jean Börlin）的编舞动作在反光板前方犹如剪影一般穿行。毕卡比亚和萨蒂将电影《幕间休息》(*Entr'acte*）插进剧中，作为补白短片，也为此招募了年轻的商业片导演勒内·克莱尔（René Clair）。《幕间休息》以连续的表演片段为主，不含任何有逻辑的叙事，而是通过运用各种技术手段来打破人们的期待。比如毕卡比亚跳出银幕，或者协和广场（Place de la Concord）出现在杜尚和曼·雷的国际象棋棋盘上之类的效果。尽管由于技术粗糙而削弱了效果，但还是有一些画面让人记忆犹新。其中一个镜头，先是从下方富有挑逗意味地拍摄一位舞蹈中的芭蕾演员，而当镜头缓缓摇上来拍到她的全身时，我们却发现她竟然长了胡子，就像《LHOOQ》一样！令人印象最深刻的是片尾送葬队伍的特写长镜头（图120）。其中，骆驼拉着灵车，庄严的送葬人跟在后面，一蹦一跳的脚步十分夸张（面对这种荒诞，演员们无法抑制笑意）。灵车脱离骆驼之后，便开始加速，迅猛地奔驰起来，随后通过分屏展现出一条林荫道，用以突出追逐中向前方冲刺的视角。最后，棺材在一个弯道跌入田野，人们这时才发现，棺材里的博林原来还活着。

和毕卡比亚的达达主义作品一样，《幕间休息》中情绪高昂的嬉笑打闹都是故意为之的幽默。然而，这部片子对观众预期的挑战，具有相当强大的批判性，它让观众们嘲笑自己既有的传统观念。尽管很难下定论说毕卡比亚热衷于使用寓言，但是《幕间休息》的结构对应了他所经历的整个达达主义历程——从其碎片化的起源，到浩浩荡荡的追随者队伍，再到它在奔向自我毁灭后最终消失。就连最后博林的起死回生，也象征了达达主义无尽的潜能。

因此，让毕卡比亚来结束达达主义是合适的。对于巴黎的艺术界来说，他就是达达主义的化身。并且，他在文学圈内做出的贡献也是不可磨灭的。暂且不论他无法容忍同道们的固执以及其私生活混乱的唐璜式作风，他从充满冲突、无政府主义的角度来重塑自己作品的强烈冲动是令人惊叹的，并激发了人们深深的敬意。之后，这些特质也被视为达达主义本身不可分割的一部分。

尽管巴黎达达主义在语言学上开创了自动主义，但它们从未深入关注过词句的形式结构，而对这个问题进行探讨，却是苏黎世、柏林或汉诺威的达达主义者之中声音诗人的典型表现。查拉并没有试图在这个领域与巴尔及胡森贝克对抗，而只是将共时性诗歌留给了自己。尽管在巴

图 120
电影《幕间休息》中表现送
葬队伍的剧照
弗朗西斯·毕卡比亚与勒
内·克莱尔
1924 年

黎达达主义的创作中，声音和无意义的字词还占有一定分量［最主要的例子是阿拉贡用字母创作的《自杀》(*Suicide*)］，但这些作品的核心是在追求一种能被广泛接受的、能直接带给读者冲击力的含义。布勒东与苏波的自动主义所追求的创新性并不在于解构语言，而在于将无意识的意象流释放出来。这表现出一种想要与文学先例保持某种联系的欲望，而德国的达达小组成员们却一直想要从那些先例中解放出来。

这种对于达达主义主要发展趋势的宽泛定义，或许也在某些方面暗示了它之后的发展状况。达达主义运动的主要参与者大部分都加入了本质上属于左翼的先锋派，而后来转向超现实主义的巴黎小组成员却保持了某种连贯的语言表达形式，这表明他们与施维特斯或豪斯曼极端具象的诗歌作品之间存在着重要差异。对于巴黎的成员们来说，必须完成的任务是用之前一直被忽略的潜意识来重新构造已知的事物；对于德国的成员们来说，所有系统的完全崩溃，则令他们可以进行一次大规模的重新建构——在服从构成主义逻辑的同时，还添加了一些混乱作为佐料。将超现实主义与达达主义区别开来的一个重要因素是，当面对两次世界大战之间文化与政治上的不稳局势时，前者具有一种群体活动的连贯性。比起达达主义曾经的样子，抑或是对于其曾经立志追求的目标来说，超现实主义都要远为更像一场运动。

第六章 梦的波浪

1924—1929 年 超现实主义的开端

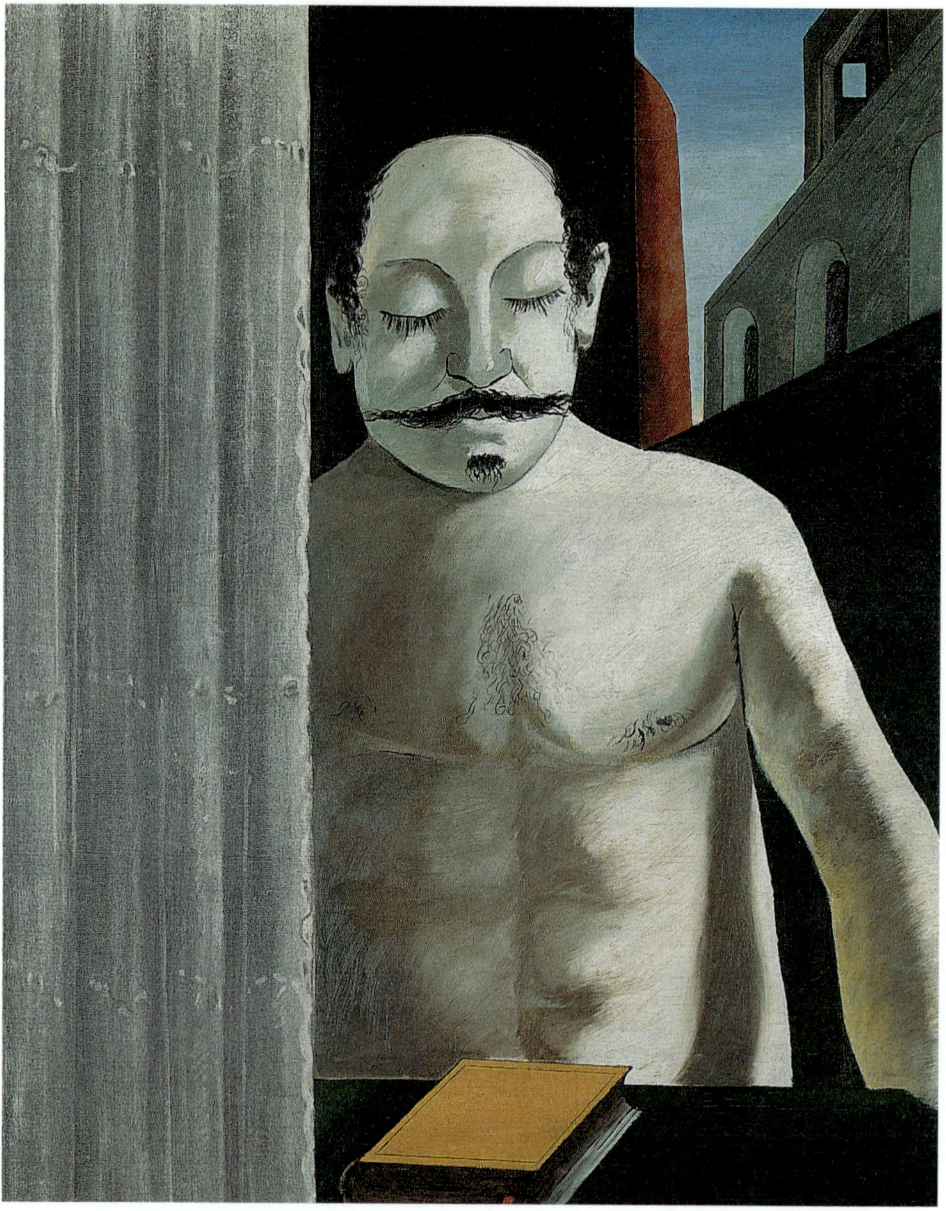

1924 年左右，达达主义向超现实主义的过渡可以被视作更广层面上的转变过程，即从一种被战争限制的心态，转变为认识战争所带来的深刻变化。特别是随着欧洲版图的重新划分，民族主义的主张在很大程度上被证明是正确的。1923 年，法国占领鲁尔区，证明了其压制德国的决心，同时也恰好突显出战后德国经济的疲软与法国经济的昌盛。在第三共产国际（Third Communist International，缩写为 Comintern）的激进精神推动之下，共产主义最初原本是致力于倡导国际主义、阶级斗争与世界革命的，但在 1922 年后，随着苏联与邻国建交，并与德国签订《拉帕罗条约》（Treaty of Rapallo），这一前景开始变得黯淡，文化创新再也不能被一概而论地等同于政治革命。在意大利，法西斯主义似乎既坚持政治上的保守立场，又带有文化上的革命性——他们在沿用古典主义具象手法的同时，还接受了未来主义与形而上艺术。与之相反的是，在柏林 1922 年的俄罗斯艺术展之后，大批来到西方的苏联艺术家证实了阿纳托利·卢那察尔斯基（Anatoly Lunacharsky）革命性艺术政策的衰落。在法国，1924 年 5 月的选举结果发生了一次大幅度的左转，"左派同盟"（Cartel des Gauches）将保守派的"蓝色海平线内阁"扫地出门。

正在萌芽的超现实主义组织对于这种正统的政治活动并不太关心，他们此时还保持着达达主义的无政府态度，而他们的立场已经通过新刊物《超现实主义革命》（La Révolution Surréaliste，1924 年 12 月）宣告于世。用路易·阿拉贡的话来说，这些文章是一种对于"人类权利的新声明"。这些权利属于人在困境中生存的非理性层面，并把超现实主义定位为一种生活方式。超现实主义于 1924 年 10 月正式创立，这其实也是对安德烈·布勒东、阿拉贡、菲利普·苏波和保尔·艾吕雅等人所处状态的一种公开通告。当这群人开始举行定期会议时，这场运动就已经开始，他们的聚会地点是布勒东位于蒙马特（Montmartre）喷泉路（rue Fontaine）的工作室或者歌剧院街巷（Passage de l'Opéra）的塞尔达咖啡馆，这两个地方都远离左岸的知识、艺术中心。

达达主义从头到尾都保持着个人化的特征，而超现实主义却在整体上算得上是一场"运动"。尽管后者并未由于只关注诗歌实验而将前者扰乱公共秩序的老招式取而代之，但却采取了一条更加统一的行动路

图 121（对页）
小孩的大脑
乔治·德·基里科
1914 年
布面油彩
80cm×65cm
当代美术馆，瑞典斯德哥尔摩

线——示威游行、发表宣言和出版刊物是整个组织的集体任务。尽管布勒东在这场新运动中扮演了决定性的角色——他是《超现实主义宣言》（*Surrealist Manifesto*）的唯一作者，但是多篇共同署名的文章却反映出运动中不同个体的一致性，比如他和阿拉贡、艾吕雅、苏波以及约瑟夫·德尔泰伊共同具名的《一具尸体》（*Un Cadavre*，1924年10月）。这篇文章针对的目标是过世不久的阿纳托尔·法朗士，他非常难得地在左翼政治与理想化的文学风格之间维持了平衡，而他们的攻击话语则引起了一场令人兴奋的骚动："让我们今天过节吧，让我们埋葬狡诈、传统主义、爱国主义、投机主义、怀疑主义、现实主义，还有没心没肺！"

尽管《一具尸体》让公众认识了超现实主义，但其理论与实验却是在1924年至1929年这个关键时期中通过另外的方式传播开的，其中最主要的便是《超现实主义宣言》与《超现实主义革命》这两篇文章。它们都为这场运动中后来爆发的关于"超现实主义艺术是否正当，以及是否需要涉足政治"等问题的激烈争论埋下了种子。因此，对于这些出版物的考量，才是理解这段时间内超现实主义运动演变的核心。

1924年，布勒东花了一整个夏天来起草《超现实主义宣言》，并于10月15日将其出版。早在1920年，他就已经开始使用"超现实主义"（surrealist）这个形容词，以表示凌驾于现实主义"之上"或"之外"的意义。在这篇宣言中，他陈述的却是另一种更加具体的含意。这篇宣言直到今天仍然是一份令人惊叹的文件——它时而明晰，时而晦涩，而且如布勒东本人所承认的那样，既"迂回曲折"，又"让人分心"。文章直到后半段才对超现实主义下了定义，不过这条著名的定义被表述得十分清楚：

【超现实主义】名词。它是精神上的自动主义，是以口头语言、写作或某种其他方式来表现真正思维功能的一种方法。这样表达出的思想不受理性的任何控制，同时也在任何道德、美学的考量之外。

【百科全书】哲学。在无所不能的梦里，在不涉己利的思想活动中，超现实主义建立在更高级现实之上的信仰之中，而这种现实关乎的是迄今为止被忽视的特定联想形式。它想要一劳永逸地摧毁所有其他心理机制，用自己代替它们，来解决生活中所有的主要问题。以下人员曾经进行过【绝对超现实主义】的表演：阿拉贡、巴朗、布瓦法尔（Boiffard）、布勒东、卡里夫（Carrive）、克勒韦尔、德尔泰伊、德斯诺斯、艾吕雅、热拉尔（Gérard）、兰堡（Limbour）、马尔金（Malkine）、莫里斯、诺尔（Noll）、佩雷、皮康（Picon）、苏波和维特拉克等各位先生。

这是一篇表明意图的宣言。文章里包含了一种致力于在口头语言上运用自动主义的核心理念，并渴望解除意识的控制。《磁场》与罗贝尔·德斯诺斯的作品号称是超现实主义最好的代表作。尽管文章宣称能"解决生活中所有的主要问题"的乌托邦式主张或许有些言过其实，但它关于超现实主义在"哲学上"的定义却强化了梦的重要性。

《超现实主义宣言》的前几个部分展开论述了超现实主义的理论背景与历史背景，以求将其与达达主义区别开来。布勒东承认阿波利奈尔之前曾用过"超现实主义"一词，但却批评他"没能力赋予其一个有效的理论概念"。诸如保罗·德尔梅和伊万·戈尔的其他竞争对手也曾染指这个概念，布勒东也针对他们在理论上同样缺乏的严谨度，对其进行了否定。这两人在同一时期出版了一份仅出过一期的刊物《超现实主义》。德尔梅与戈尔在自己的"超现实主义宣言"中，将超现实主义定义为"将现实置换到一个更高的层面"。和阿波利奈尔一样，他们也愿意在其中涵盖几种不同的方向，并刊载了皮埃尔·阿尔贝-比罗、罗伯特·德劳内和皮埃尔·勒韦迪的作品。然而，布勒东的更为严谨的定义既达到了他自己对特定理论有效性的要求，也让这个他已经在频繁使用的术语对于其对手来说，限定性太强。这一系列举动精彩绝伦地展示出他进行争辩与发表主张的实力，而这个能力也成为超现实主义最有效的武器之一。

布勒东的宣言里突出了诗歌与精神分析技巧的重要影响，其中贯彻得最透彻的便是弗洛伊德的无意识理论。布勒东接受过医学培训，对用于治疗炮弹休克症患者的联想技巧也有一定经验。然而，他却总结道：

对无意识的探索也应向诗人们敞开大门,这样他们便也可以运用关联法来追求所谓的"奇妙的东西"(marvellous)。他提出的等式强劲有力:"一言以蔽之,奇妙的东西总是美丽的,任何东西只要是奇妙的,便是美丽的——实际上,只有奇妙的东西才是美丽的。"

对于可以用来重构理性的其他方法,布勒东还提出了许多不同的例子。德斯诺斯同时期出版的《为了哀悼的哀悼》(*Deuil pour Deuil*,1924年)中积蓄的力量,则强化了他对自动主义的信念:

> 从他脚边的一座鼹鼠丘上,升起了一道泛绿的光,但他却只有一点点惊讶,就像他已经习惯了沉默、健忘和谋杀一样。关于生命,他只知道跟随太阳垂直落山的轻柔低鸣,当钟表的指针重合,并厌倦了对夜晚来临的等待时,徒劳地用一声宿命般的喊叫,来呼唤幽灵与魅影的紫色盛会。它们被隔得远远的,在一张位于爱与神秘之间的运气之床上,在自由的脚边,对着墙壁,张开双臂。

在《超现实主义宣言》诞生前的时间里,对梦的记叙手法(也是弗洛伊德研究的基础)被吸纳进了自动主义。关于精神恍惚状态的实验被削减,因为有些参与者感到很难进入状态,而另有一些人则开始有暴力行为。梦给所有人提供了一个相对没那么危险的灵感源泉,它可以被理解为对另一种完全不同世界运行模式的初步感受。因此,梦为布勒东提供了一个下辅助定义的基础。他说:"我相信,梦与现实这两种状态未来会互相调和,它们尽管看似截然相反,但将会交融成一种绝对现实,一种超现实。"这个具有辩证性的信条,确认了对矫正这两种现实之间平衡性的关注。《超现实主义革命》创刊号的开篇,就是若干条对梦不甚详尽的记录,这也成为超现实主义"证据"库存中的一种类型。

《超现实主义宣言》中也单独讨论了超现实主义特别关注的其他心理状态。比如,他们将童年无鉴别能力的幻想视为理性成年期的对立面。此外,接受程度没那么广泛的是那些所谓疯子的例子,他们"充分地享受着自己的疯狂,以至于他们可以接受自己疯狂的想法,而这种想法只有对于他们自己来说,才是有效的"。不被社会常规所接受的人,他们的写作与绘画也同样具有价值——超现实主义者不仅是最早认识到这一点的群体之一,而且还在刊物中登载了他们的作品。超现实主义者承认,这些创造者在所造物品中注入的"魔法"真实有效(图122)。同时,这一点还让超现实主义者的兴趣有别于精神分析学家所要求的心理解读。

阿蒂尔·兰波与洛特雷阿蒙伯爵带来的影响,也不逊于弗洛伊德。在兰波死后出版的信笺中有一篇他写的《先知者的信》(*Letter of the Seer*, 1871年),他在其中宣告:"在所有感官经历了一次漫长、浩大、理性的精神错乱之后,诗人便成为一名先知。"这似乎预言了超现实主义运动的来到。洛特雷阿蒙(他曾以本名依西多尔·杜卡斯发表过《诗集》)则提供了另外一种不同的启示。他在《马尔多罗之歌》(*Chants de Maldoror*, 1868—1869年)中写了一个古怪的故事,故事外面包裹了一层由意象

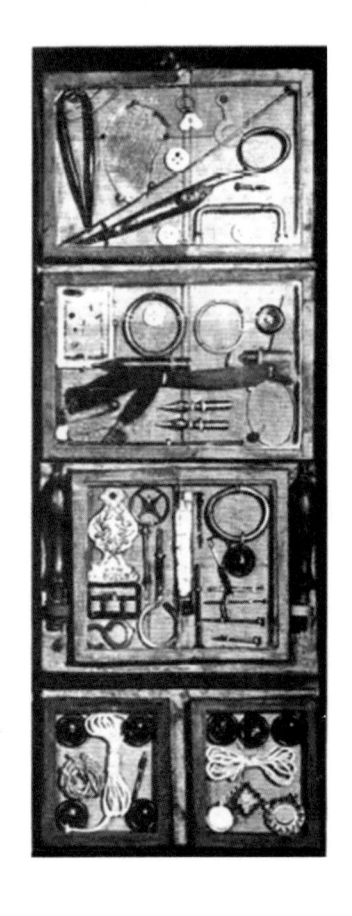

图122
无名艺术家用现成物品创作的集合艺术

42.5cm × 15.5cm
私人藏集
曾经属于安德烈·布勒东的藏集

第六章 梦的波浪 219

结成的壳，其中有这样的惊人比喻："如同缝纫机与雨伞在工作台上偶然相遇一般美丽。"对于这种关联，皮埃尔·勒韦迪认识到："并置的两种现实之间的关系越遥远、越真实，那么意象也就越强大。"（《南北》1918年3月号）布勒东后来还援引这一观察角度，将"并置"（juxtaposition）作为超现实主义寻求诗意的首要方法，而非"比较"。

《超现实主义宣言》并未配插图，但如果布勒东想的话，他在身边就能轻易找到作品。曼·雷在《依西多尔·杜卡斯的谜团》(*The Enigma of Isidore Ducasse*)中捆扎起来的物体就是一个著名比喻的具体化身，这个作品被《超现实主义革命》用作其中第一张照片。恩斯特的作品也因为将相去甚远的现实汇聚在一起而闻名，他还将自己拼贴画中出人意料的并置构图放大，做成一系列惊人的油画作品，从而折射出一种改良后的、干巴巴的现实主义。油画《西里伯斯》(*Celebes*，图123)的天空中有一条鱼和一个虚构的洞。画面中央吓人的生物（以非洲存玉米的粮仓为原型）既像生物又像机器，抢走了画中无头人像的风头。诸如这样的作品仿佛是要通过展现无意识的解放，来为整个超现实主义小组提供主要推动力。恩斯特早期曾对心理学与弗洛伊德的著作感兴趣，因此创作梦一般的情境对他来说再恰当不过，尽管他并不愿意直接照搬梦中的内容。相反，在诸如《一只夜莺威胁着两名儿童的安全》(*Two Children are Threatened by a Nightingale*，图124)这样的作品中，他制造出一种令人不安的气氛。同时，作品标题也暗示出一种关于被动目标、通常会令人紧张的景象。

布勒东将《超现实主义宣言》的讨论对象限定在文学范例上，并呈现出一种别样的传统渊源。他从"修道士"刘易斯的"哥特"小说和埃德加·爱伦·坡（Edgar Allan Poe）的恐怖故事开始追溯超现实主义源头，一直到圣波尔·鲁克斯（Saint Pol Roux）的诗歌，以及乔纳森·斯威夫特（Jonathan Swift）、阿尔弗雷德·雅里和雷蒙·鲁塞尔的讽刺小说。他对"现实主义小说是文学创作最高形式"这个说法进行了攻击，并从"浪漫主义-象征主义"的传统中为超现实主义找到了一系列"奇妙的"范例。至于将哪些祖师囊括进来的选择，则时常会发生变化——兰波和阿波利奈尔在后期都被"打入冷宫"。尽管如此，这些范例仍是整合一

图 123
西里伯斯
马克斯·恩斯特
1921 年
布面油彩
125.5cm × 108cm
泰特美术馆,英国伦敦

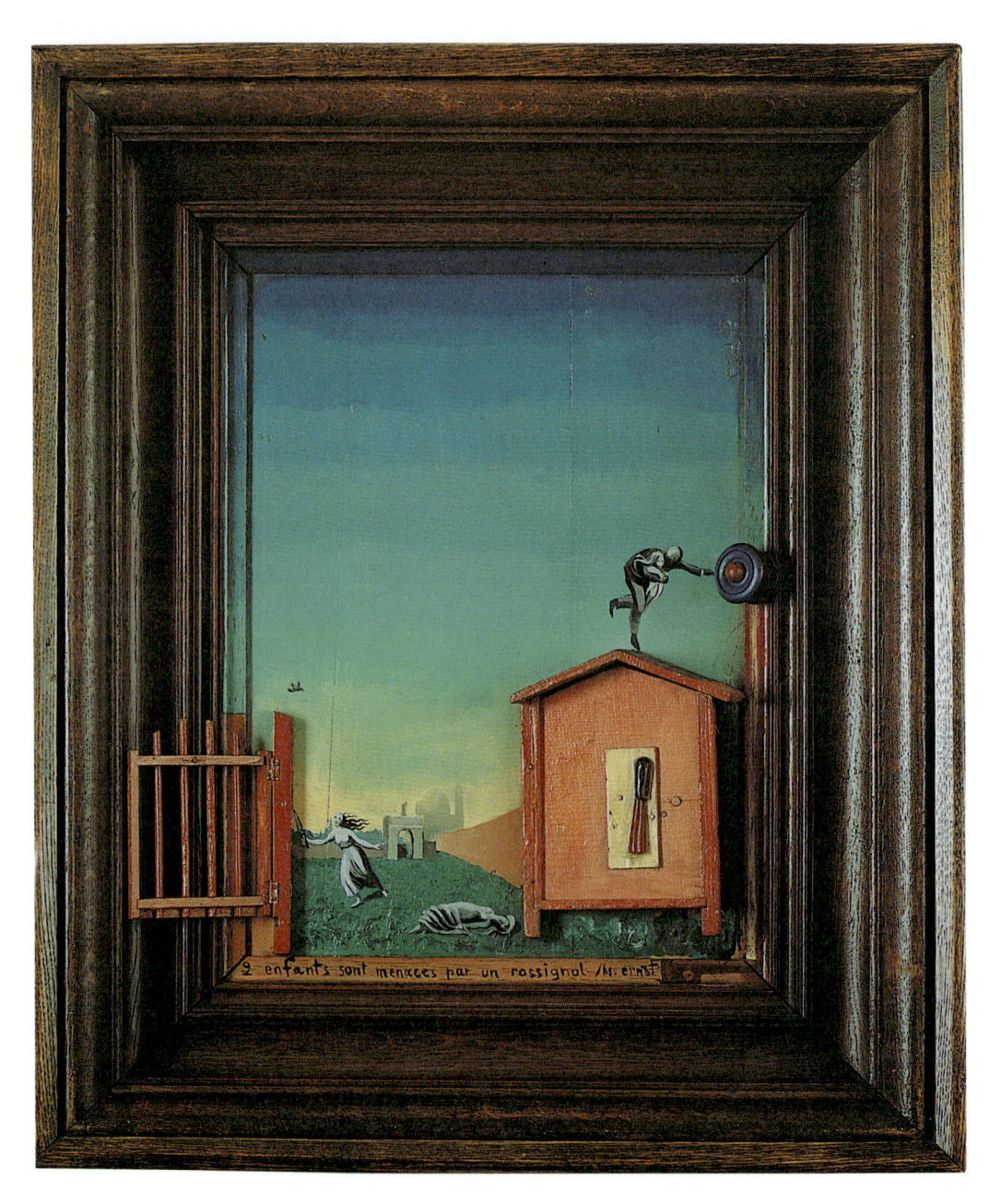

图 124
一只夜莺威胁着两名儿童的安全
马克斯・恩斯特

1924 年
木板油彩与木质添加物
69.9cm×57.1cm×11.4cm
现代艺术博物馆，美国纽约

切的要素。

《超现实主义宣言》相继公开展示了同道们的作品，但它在多大程度上代表了组织内部的共识，我们并不清楚。据阿拉贡多年后回忆，布勒东拥有一种能力——给人一种"他总是站在多数人一边……的印象"，但有证据表明，还是存在对他持有不同意见的人。就像苏波对恍惚状态存有疑问一样，阿拉贡和艾吕雅对自动主义也抱以怀疑。艾吕雅直接忽略了自动主义，而追求自己（受人景仰）的诗意灵感。阿拉贡则指出其中的问题是："如果你按照超现实主义的方法，写下枯燥无味的白痴文字，那么它就只是枯燥无味的白痴文字而已。"不过，他们3人都接受了布勒东的《超现实主义宣言》，这表现出他们之间的相互尊敬，以及在这场看似十分教条主义的运动中可能存在的灵活性，甚至对立性。

阿拉贡的文章既支持了《超现实主义宣言》，又扩展了其内容。他的文章《梦的波浪》["Une Vague de rêves"，《商业》(*Commerce*)，1924年秋]本身就是一篇宣言，并对超现实主义给出了另一种解释：

> 事物的本质与其现实之间绝无联系。除了现实，思维或能够把握的还有各种其他的联系——它们是首先需要被考虑的，比如偶然、幻觉、幻想的产物以及梦。这些不同种类的联系重新结合、相互调和，形成一个新的属类，这便是超现实。

在这个关于梦（而非自动主义）的定义里，还有另一个重要元素被视为占有一席之地——偶然性。尽管超现实主义者采用了一些达达主义发明的构图方法，但他们将"客观的偶然"(le hazard objectif)确立为最关键的元素。这一手法最典型的集中体现便是"偶然的相遇"——无论是无意间与现成物品相遇，还是与未知的人相遇。这种体验也是许多重要的超现实主义著作的核心焦点。洛特雷阿蒙通过发表一系列势不可挡的议论及报道文章，为这些作品开了一个头。比如，阿拉贡在《巴黎农民》(*Le Paysan de Paris*，1926年)中，记录了歌剧院街巷的房屋面临拆迁的危胁，并表现出理发店、拐杖店、咖啡馆和妓院魔幻的一面。在暗中，他的探索是暗含自传属性的，而他自己也提到过，他曾经：

过着一种偶然存在的生活，追求偶然。在所有神灵中，也只有偶然向我们展示出它维持自己权威性的能力。没有人喜欢控诉偶然，还有人赋予了它一种巨大的魅力，甚至于让它来做一些细枝末节的决定。因此我离开了。

后来，布勒东的小说《娜嘉》（*Nadja*，1928 年）和苏波的侦探故事《巴黎最后的夜晚》（*The Last Nights of Paris*，1928 年）让对偶然性的服从成为其中几个关键场景的决定性因素。尽管如此，在超现实主义的游戏中，很快便浮现出一种开发偶然性创造潜力的（貌似矛盾的）系统性手法。在《超现实主义宣言》出版一年之后，安德烈·布勒东、西蒙娜·布勒东、马克斯·莫里斯以及雅克·普雷韦（Jacques Prévert）改编了一个大家熟悉的"推论"游戏。他们在一起轮流添加词语造句，但每个人都看不到上一个人写的词语，于是在游戏结束时便会生成惊人的句子，比如"精致的尸体将会喝下新葡萄酒"。他们将这种游戏的绘画版命名为"优美尸骸"（cadavre exquis）——通过逐个添加内容的流程来完成画中的人物（图 125）。这种并置过程不仅打开了想象的"藏宝箱"，还将刻意与偶然性平等地结合在一起。此外，这种共享性活动还削弱了个人化的特性。因此，比起任何一位艺术家的作品来说，"优美尸骸"都更为确切地表现出超现实主义者的反美学态度。

人们对于客观偶然性持开放态度最公开的反映就是从 1924 年 10 月到 1925 年 1 月每天开放的超现实主义研究局（Bureau des Recherches Surréalistes），又称超现实主义中心（Centrale Surréaliste）。从曼·雷为《超现实主义革命》第一期（1924 年）拍摄的封面照片来看（图 126），此地同时也是该杂志的办公室，房间里装饰着德·基里科的《托比亚斯之梦》（*The Dream of Tobias*，1916 年）、一尊裸体石膏像和一本流行的侦探小说《魅影》（*Fantômas*）。戏剧家安托南·阿尔托（Antonin Artaud）将这个组织的目的定义为：运用"其所有力量，来对生活进行重新分类"。为了这个目标，超现实主义者对其对手和潜在的供稿者都持欢迎态度，比如乔治·贝西埃（Georges Bessière）和十分神秘的得得·日光（Dédé

图 125（对页）
优美尸骸
安德烈·布勒东、保尔·艾吕雅、特里斯唐·查拉、瓦伦丁·雨果（Valentine Hugo）
1929 年
纸面粉笔
40.5cm × 24.5cm
当代美术馆，瑞典斯德哥尔摩

224　达达与超现实主义

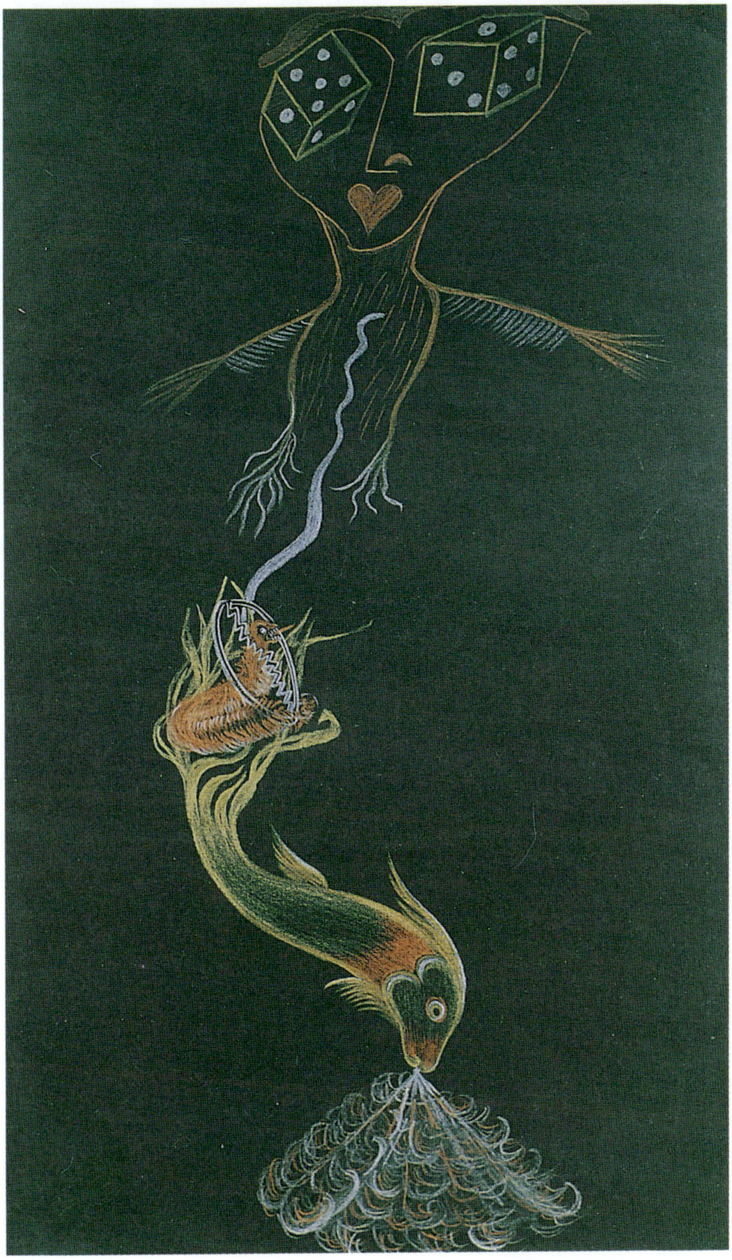

图 126
超现实主义者在超现实主义研究局
曼·雷
1924 年
路西安·特雷雅尔藏集，法国巴黎

后排从左到右：夏尔·巴朗（Charles Baron）、雷蒙·克诺、安德烈·布勒东（站在德·基里科的《托比亚斯之梦》前）、雅克-安德烈·布瓦法尔、乔治·德·基里科、罗歇·维特拉克、保尔·艾吕雅、菲利普·苏波、罗贝尔·德斯诺斯、路易·阿拉贡

前排：皮埃尔·纳维尔、西蒙娜·布勒东、马克斯·莫里斯、米克、苏波

Sunbeam），他俩探讨了与超现实主义切题的存在层面的内容。与这些内容具有相同性质的是，《超现实主义革命》中关于原因不详的自杀的报道文章，它们都是向非理性事物最终屈服的证据。由于他们不愿为研究局配备专职工作人员，它最终被迫停止向公众开放。这也部分反映出，由于超现实主义者各自担负不同工作而造成的实际局限性，最后运动内部还带有理想化色彩地对废除雇佣关系进行了通告。

在研究局关门后，其活动便交给阿尔托来掌管。他是这群成员中最富创新才能的人之一，他毫不隐晦地为超现实主义革命绘制了一张理想化的宏伟蓝图。他发表于《超现实主义革命》中的公开信延续了布勒东和阿拉贡的思辨色彩。《打开监狱，解散军队》（"Open the Prisons-Disband the Army"，第二期，1925 年 1 月 15 日）这篇文章抨击了支撑权力机构的两根支柱，而《致精神病院医学部主任的信》（"Letter to the Medical Chiefs of the Asylums"，第三期，1925 年 4 月 15 日）则要求释放精神病人，并承认他们眼中的另类现实。他的《致佛教学派的一封信》(*Letter to the Buddhist Schools*) 则将目光放到东方哲学上，将其视作西方理性主义的反面。

阿尔托未来愿景中的理想主义，反映出一批在加入超现实主义之前未经历过《文学》时代的成员的兴趣所在。从 1922 年到 1924 年，作家罗兰·蒂阿尔（Roland Tual）、乔治·兰堡（Georges Limbour）、米歇尔·莱里斯（Michel Leiris）与画家安德烈·马松（André Masson）和胡安·米罗曾在布洛美街 45 号（45 rue Blomet）聚会。让·迪比费（Jean Dubuffet）和欧内斯特·海明威（Ernest Hemingway）都曾到此拜访。他们讨论了洛特雷阿蒙伯爵与萨德侯爵（Marquis de Sade），而费奥多尔·陀思妥耶夫斯基和弗里德里希·尼采以及马克斯·雅各布和胡安·格里斯对他们也有重要影响。这些人各式各样的出身背景，以及他们在布洛美街上结下的同志情谊，让兰堡打消了让他们与《文学》小组进行联络的念头。不过，到了 1924 年，德斯诺斯与雷蒙·克诺（Raymond Queneau）却开始来布洛美街做客。到了秋天，反倒是《文学》的大半个组织都加入了超现实主义。

在运动早期重要的几年里，还有一些小型团体也为它的多样性做出了贡献。其中既有刊物《硬牛肉》(*L'Oeuf dur*, 1922—1924 年)的前主编们，包括雅克-安德烈·布瓦法尔（Jacques-André Boiffard）、皮埃尔·纳维尔（Pierre Naville）和弗朗西斯·热拉尔（Francis Gérard），还有城堡街（rue du Château）那一帮人，包括马塞尔·杜尚、雅克·普雷韦、皮埃尔·普雷韦（Pierre Prévert）和伊夫·唐吉（Yves Tanguy）。他们都在 1925 年末加入超现实主义小组，在发挥核心作用的同时，也保持了自己的个性意识。值得注意的是，布洛美街和城堡街都位于蒙帕纳斯（Montparnasse），和布勒东在蒙马特的据点相比，这里是巴黎另一个非常不同的区域。通过加入这场运动，他们认识到统一行动的重要性，并愿意至少在一段时间以内，让自己的个人抱负服从于这场由《超现实主义革命》所提出的、关于语言与思想的革命。

超现实主义的早期文件偏重于诗歌和哲学，而较少提及音乐或视觉艺术，这两方面形成了鲜明对比。《超现实主义宣言》虽然提及了作曲

第六章　梦的波浪　227

家乔治·奥里克，但却掩藏了布勒东对于音乐的不信任感——他认为音乐可以轻易操纵人类的感情。1924年6月，布勒东的朋友们大闹了莱奥尼德·马赛因、埃里克·萨蒂和毕加索3人重新结集起来创作的芭蕾舞剧《水星》(*Mercure*，《巴黎之夜》的其中一场）。重要的是，他们之后又感到后悔，并发表了一份致歉声明［《巴黎日报》(*Paris-Journal*)，6月20日］，文中虽然高度赞扬了毕加索在该剧中的设计［特别是他用"星星"(étoile)这个词替代了实际的星星］，但同时对其他二人创作的部分表达了不同意见。

毕加索的特权地位，典型地反映出超现实主义与绘画之间的尴尬关系。达达主义对艺术"风格"的不信任感后来化为一种反美学的立场，而超现实主义继承了这一点。比如说，他们更加欣赏未受过训练的艺术家的作品，而这也与其对写作风格的拒斥如出一辙。然而，这一立场并未得到严格贯彻，因为参与运动的艺术家们会被优先考虑。他们的异质性证明了个体精神的复杂多样。因此，超现实主义艺术作品并不是用风格来界定的，而是要看其是否致力于表现不受束缚的想象力。这种心态能够清除绘画中既有的类别划分，而为根植于无意识中的新意象让出空间。

在这些艺术家中，除了曼·雷与恩斯特的重要作品，只有摄影家布瓦法尔和画家乔治·马尔金（Georges Malkine）的名字出现在《超现实主义宣言》的定义里，他们和布勒东的20多位朋友一起孤立地存在于想象的超现实主义的虚构城堡中。不过，布勒东至少还是提到过其他人："弗朗西斯·毕卡比亚会来串门，而在上周的镜厅中，我们又招待了之前不认识的马塞尔·杜尚先生。毕加索会到近郊去狩猎。"不过，这几名艺术家与超现实主义核心的疏远表明，他们尽管长期受到压力，但还是不愿意听命于布勒东。在《超现实主义宣言》中，布勒东对于绘画唯一的实质性评论，仅仅出现在一处脚注中，而鉴于布勒东之前卖力游说艺术家们的行为，这是十分令人惊讶的。在文学先驱之后，该宣言列出了这些人的名字：

在过去的画家里，要数乌切洛，而在现代，有修拉、古斯塔夫·莫罗（Gustave Moreau）、马蒂斯［比如说，在《音乐》(*La*

Musique）这幅画里]、德兰、毕加索（史上最为纯粹的）、布拉克、杜尚、毕卡比亚、基里科（一直以来都如此值得欣赏）、克利、曼·雷和马克斯·恩斯特，还有一位我们身边的人——安德烈·马松。

这些人大概可以分为三组：第一组是过去在当时的画家之中被仰望崇拜的一些人，包括布拉克和德兰；第二组则包括5位艺术家——毕加索、杜尚、毕卡比亚、德·基里科和克利——他们的作品对这场运动产生了直接的影响；最后一组则是最近加入这场运动的3位艺术家。在宣言既已完成后才补上的这份重要名单，或许正体现出该宣言针对的是文学圈的读者。不过需要注意的是，在《梦的波浪》中，阿拉贡也将毕加索与德·基里科列为先驱者，并将曼·雷和恩斯特列在超现实主义者的主要名单中。在刊载于《超现实主义革命》第一期一组重要（同时也充满政治能量的）照片的集合中，我们也看到了类似的人员组合。在暗杀保皇主义政客马里于斯·普拉托（Marius Plateau）的热尔梅娜·贝尔东（Germaine Berton）的肖像照周围，超现实主义者们按照其名字的首字母顺序排列环绕着（图127）。弗洛伊德与毕加索的照片赫然在列，也可以明显看到毕卡比亚和杜尚的缺席。

他们对这5位先驱进行了引诱，希望能够将他们拉入这场运动。特别是在1924年至1926年间，考虑到超现实主义需要形成一种表明身份的视觉形象，这个需求显得更加迫切。除了克利，其他几名艺术家都受到过阿波利奈尔的支持和拥护，而也是通过阿波利奈尔，阿拉贡、布勒东和苏波才初次见到了他们的作品。毕卡比亚与杜尚的重要性在于他们表现出的讽刺性、破坏传统的意味以及对性的关注。他们对于商业与个人名誉的鄙夷也被看作典范——从杜尚放弃绘画这个举动最能看出这一点。

毕加索是超现实主义最具雄心的猎物目标。在关于达达主义的文章里，他一般都是被当作历史人物来看待的，几乎没有人将他看作达达主义的贡献者。他对于立体主义与古典形式同时进行的实验令人费解，而且还缺乏毕卡比亚在同样矛盾的风格中所表现出的讽刺性。然而，对于

La femme est l'être qui
projette la plus grande
ombre ou la plus grande
lumière dans nos rêves.
Ch. B.

布勒东来说，20世纪20年代的立体主义具有一种情感力量。他机智地忽略了毕加索的古典化作品，并从早期立体主义画作中解读出转折的意味，宣称那或许是超现实主义的前兆，而这也强化了人们心中认为"超现实主义是战前激进主义的直接继承者"的印象。毕加索为布勒东创作了一幅线描铜版肖像画，它取代了恩斯特的作品，成为其诗集《大地之光》（*Clair de Terre*，1923 年）的卷首插图，这十分重要地反映出他们之间良好的关系。这幅画作的风格，还暗示着布勒东为了将他们之间的关系公之于众，做出了什么样的妥协。对于毕加索来说，在离群索居一段时间之后，来自年轻狂热支持者的关注也令他感到振奋。毕加索在战争时期的中立态度，引来了保守派对立体主义的抨击，而他与芭蕾舞演员奥尔加·霍赫洛娃的婚姻、他在时装界的角色以及他创作的古典化人像（图 128），都让他的先锋派名头大打折扣。尽管毕加索从未正式加入过超现实主义，但超现实主义还是为他开辟了新的疆域。

　　超现实主义者与德·基里科的关系则大不相同。这主要是因为在 1924 年之前，他们都没能与这位居住在罗马的画家取得直接联系。在其形而上的艺术作品里，修正后的视角营造出独特的氛围，而他用以替代人体的假人模特则加强了这种古怪的感觉。尽管这些绘画与苏黎世达达主义偏爱的抽象风格并不匹配，但《文学》的编辑们都听说过德·基里科的《阿波利奈尔肖像》（*Portrait of Apollinaire*，1914 年）和那本在德国深深打动过恩斯特的专著。1922 年 3 月，保罗·纪尧姆举办了一场具有决定性意义的德·基里科个展。展览中，《小孩的大脑》（*The Child's Brain*，图 121）这幅作品中的神秘人像让布勒东尤为触动。后来据他回忆，他坐公交车经过画廊时，一种难以抑制的冲动让他下了车，只为仔细观摩橱窗里的这幅画。对于唐吉来说，这幅画也有类似的影响，并激励他成为一名画家。布勒东买下了这幅画，并马上刊登在《文学》上，还附上了罗歇·维特拉克的一篇鉴赏文章。从这一刻开始，德·基里科对他们的影响就已经与洛特雷阿蒙和弗洛伊德不相上下了，因为他画中的意象都被解读为是由梦所启发的。

　　德·基里科并没有以弗洛伊德的方式来思考过自己尼采式的作品——这些画作质疑的是现实的本质。其实，他很有可能根本不了解弗

图 127（对页）
热尔梅娜·贝尔东与超现实主义者
选自《超现实主义革命》第一期（1924 年 12 月 1 日）
曼·雷
后排从左到右：路易·阿拉贡、安托南、阿尔托、夏尔·巴朗、雅克·巴朗、雅克-安德烈·布瓦法尔、安德烈·布勒东、让·卡里夫（Jean Carrive）、乔治·德·基里科、勒内·克勒韦尔、约瑟夫·德尔泰伊、罗贝尔·德斯诺斯、热尔梅娜·贝尔东、保尔·艾吕雅、马克斯·恩斯特、西格蒙德·弗洛伊德、弗朗西斯·热拉尔、米歇尔·莱斯（不确定）、马蒂亚斯·吕贝克（Mathias Lübeck）、乔治·马尔金、安德烈·马松、皮埃尔·纳维尔、乔治·那沃（Georges Neveaux）、邦雅曼·佩雷、巴勒罗·毕加索、不明、菲利普·苏波、罗歇·维特拉克

232

第六章　梦的波浪　231

洛伊德的理论。不过，他无疑对来自巴黎的关注喜不自胜，并低调地处理自己在理解上的偏差，以及在风格上朝古典主义的转向——他认为这种转变只不过是在技巧上进行了完善，但追求的仍是同一目标。他于 1924 年 11 月拜访了巴黎，并为芭蕾舞剧《玻璃罐》(*La Giara*) 进行了艺术设计，与毕加索为《演出中止》的设计出现在同一出表演中。在曼·雷为《超现实主义革命》创作的封面（图 127）上，他的照片被放在中心位置。作为杂志的开篇，基里科还特地撰写了一篇关于梦的记录文章，这无疑是在表达他对超现实主义运动的支持。尽管两方都抱有默许的态度，但他们在创作理念上的差异必定已经十分明显了，但直到 1926 年，德·基里科在巴黎重新站稳脚跟后，这些区别才为公众所知。

或许由于保罗·克利一直住在法国之外，因而并未获得这样的关注，也没有遇到这些难题。尽管苏黎世与科隆的达达主义小组都承认他

图 128
两个女人奔跑在沙滩上（比赛）
巴勃罗·毕加索
1922 年
胶合板油画
32.7cm × 41.3cm
毕加索博物馆，法国巴黎

的重要性，但他从未向达达小组提交过作品。虽然阿拉贡在为《超现实主义革命》征求插图的信中提到了毕加索和德·基里科，但克利却并未特别地被超现实主义吸引。即便是他与瓦西里·康定斯基一起在包豪斯教学时，其作品也一直保持着个人化的特点（图129）。一本展现其自由流动线条的专著，得到了马松与米罗的高度赞扬。他还有一些作品被刊登在超现实主义刊物中（第三期，1925年4月15日）。虽然克利认同这场运动，但却一直是一位保持距离的同路人。

对于这场运动中的艺术家与作家来说，《超现实主义革命》是他们共同向公众发表意见的主要渠道。头几期的主编是在政治上最为机敏的成员纳维尔与邦雅曼·佩雷，而杂志的篇首语则是由布瓦法尔、艾吕雅和维特拉克撰写的，他们宣称：

> 随着知识调查研究的完毕，人们不再将智力纳入到考虑范围之内，只有梦能给予人类通向自由的所有权利。多亏了梦，死亡的含义不再模糊，而生命的意义也变得不再重要。

纳维尔与佩雷确定了这份刊物的外观，与《文学》一样，其排版风格显得十分朴素而节制。除了对梦的记述和超现实主义文章，其中还配有公开来信和文学调查问卷（比如"自杀能解决问题吗？"）以及关于电影与书的评论。这种包含大量插图的排版格式，遵循的是十分流行的科学杂志《自然》（*La Nature*）的范例。刊物中的照片与绘画占据主要篇幅，并且被仿造成科学证据，这反映出纳维尔心中对于超现实主义绘画正当性的怀疑。当布勒东在第四期接任主编后，他便用绘画的复制品来搭配长篇的理论文章。此外，刊物的出版频率也开始变得不稳定——从1924年到1926年一共出版了8期，而在1927年到1929年之间仅出版了4期。

该杂志对摄影作品的侧重，让曼·雷成为主要人物之一。他吸纳了一位已年过七旬的街头摄影家欧仁·阿特热（Eugène Atget）的作品。阿特热从战前就已经开始对巴黎进行摄影记录，他的照片既有仔细探求的特质，又带有几分怀旧的感觉，而这之前一直是被忽略的。他在创作

图 129
有一只鹰
保罗·克利

1918 年
纸面水彩
17.3cm×25.6cm
伯尔尼美术馆，瑞士伯尔尼

上一心一意的忠贞态度，也让他蒙上了一层原始派艺术家的面纱。其实，他的作品也仅仅是通过曼·雷的明智筛选以及借助超现实主义的语境，才能让人从日常事物中"读"出意料之外的趣味。阿特热拍摄的一群人望向天空的照片，被放在《超现实主义革命》第七期（1926年7月15日）的封面上。这张作品被取名为《最近的皈依》（*Les dernières conversions*），但其实照片中的人们只不过是在观看日蚀罢了。

曼·雷的摄影也依赖于实物，他将其与"奇妙"的概念糅合在一起。他十分清楚摄影这种媒介是对现实的一种碎片化处理，并通过对主题的选择和一系列转化技巧，来颠覆照片表面上的真实效果。从达主义时期开始，他就坚持为作品取讽刺性标题，《超现实主义革命》第六期（1926年3月1日）封面就是描绘挂绳上晾晒衣物的、幽灵般的静物画《移动的雕塑》（*Moving Sculpture*，1920年）。这张作品的附带标题是《法国》（*La France*），暗示当时法国在政治上优柔寡断。他继续深入地探索了关于情色的主题，并保留了超现实主义的弗洛伊德思想基础——如果将被压抑的性欲暴露出来，就等于从理性主义与陈规旧俗的限制中获得解放。在《巴黎农民》中，阿拉贡将城市建筑表面之后隐藏的性行为进行分门别类，而曼·雷在杂志中刊载的裸体摄影作品与此形成呼应。在第一期中，《回到理性》（*Return to Reason*，图130）拍摄的是一位模特的乳房与躯体及其上面投射的百叶窗阴影条纹。虽然该作品对人体的揭露方式近乎抽象，但其中还是藏有关于暴露（窗边的模特）的各种暗示，而百叶窗则不过是幻想与外部现实之间仅有的一层极薄面纱罢了。

最具新意的裸体摄影作品，则探索了图像的审美质感与鉴赏女性身体形态及其多样性之间的平衡。在这一点上，曼·雷的作品为布瓦法尔等与超现实主义运动有关的摄影师定下基调。以这种理念完成的作品此时则衍生出"物化"女性身体——将女性降级为物品——的根本性问题。面对这种指控，这些情色化的躯体图像只能默默承认。即使说这些图片可能是资产阶级女性中一个爱好艺术的特定阶层获得解放的表现——这也等于艺术家本人所要表现的解放，那么这种可能性也无法解释为何照片中的男人们不脱衣服。尽管在特定情况下，一般很难断言某一张图片是带有解放性还是贬损性，但是除了摄影，超现实主义的其他

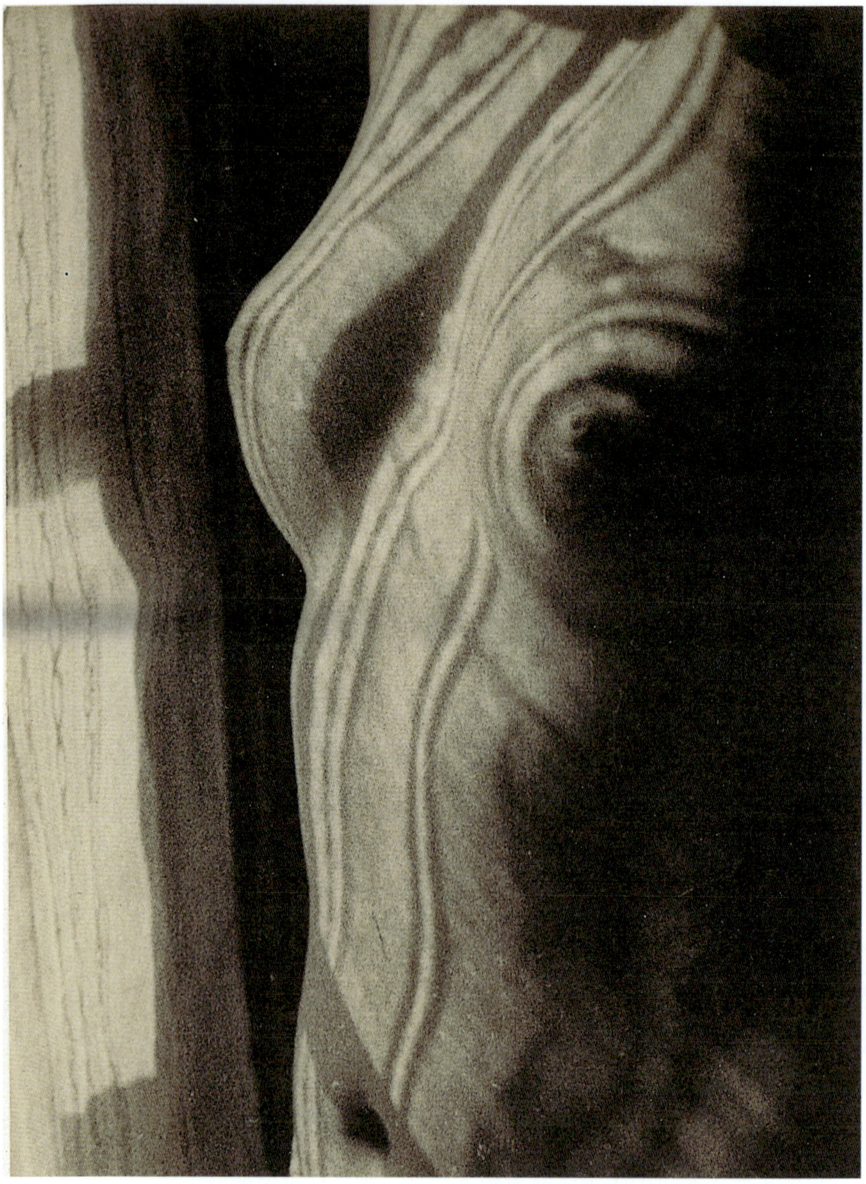

体裁也肯定同样要面对这种"男性凝视"观点的指控。

如果要为曼·雷的摄影作品说些好话，那么或许可以承认，他不甚显眼的技术操作，一直都是为改善画面内容而服务的。20世纪20年代后期，曼·雷的助手李·米勒（Lee Miller）在基于物体的雷氏摄影技法中增添了新的可能性，称之为"负感"（solarization）。如果在处理完成之前就对图版进行曝光，那么图片中的明亮部分就能留存清晰的细节，而较难辨认的黑色部分则难以定影。这就创造出一种光晕效果，它看起来有时像一层笼罩整个画面的神秘轻纱，有时又像凸出物体特征的光晕（图131）。米勒和曼·雷几乎只在人像作品中运用负感处理技巧，因而在光晕效果中注入一丝人物性格的感觉。

超现实主义反美学的悖论之一，便是其对个人视角的强调，而这让其成为20世纪在技术上最具创新性的运动之一。通过对自动主义的探索，每位艺术家都在寻找一种适合自己的方法，在通往无意识的道路上披荆斩棘。无疑，恩斯特与马松的作品也体现出创新性的意象与技术相融合的结果。

尽管精准的日期可能有误，但恩斯特还是将摩拓法（frottage）的发明时间定在了1925年8月10日。该技术本身十分简单：将纸放在粗糙的地板上，用质地较软的铅笔摹拓，直到显示出一幅带有木材纹理的绘画。恩斯特将这种技术与某段童年回忆关联起来："我在半睡半醒时看见，床对面有一面仿桃花心木板，它煽动了我的视觉官感。"人们发现，最初通过这种方法创作的作品都拥有相似的灵感源头，这就意味着这些作品在被视作完成品之前，都经过了长时间的梳理过程。恩斯特在1926年出版的作品集《自然史》（*Histoire Naturelle*）中，将木材的纹理出人意料地转化为生长的草木和名称不明的珍禽异兽。34块版画表现了一个浓缩的故事，其标题也是对科学论述的戏仿，并呈现出自然世界中一幅难以控驭的景象（图132）。画中不易被察觉的循环图案表明，在拓印的顺序和各部分的结构之间都曾进行过大量编辑工作。恩斯特通过翻拍得以掩盖其中拼贴画与蒙片的痕迹。虽然拓印有一种"自动主义式"技术的性质，但恩斯特很明显是通过对最初的"启发"进行巧妙处理，才塑造出这种效果的。

图130（对页）
回到理性
曼·雷
1923年
基于电影负片的明胶银版印相
18.7cm×13.9cm
J.利维藏集，美国芝加哥艺术博物馆

第六章 梦的波浪 237

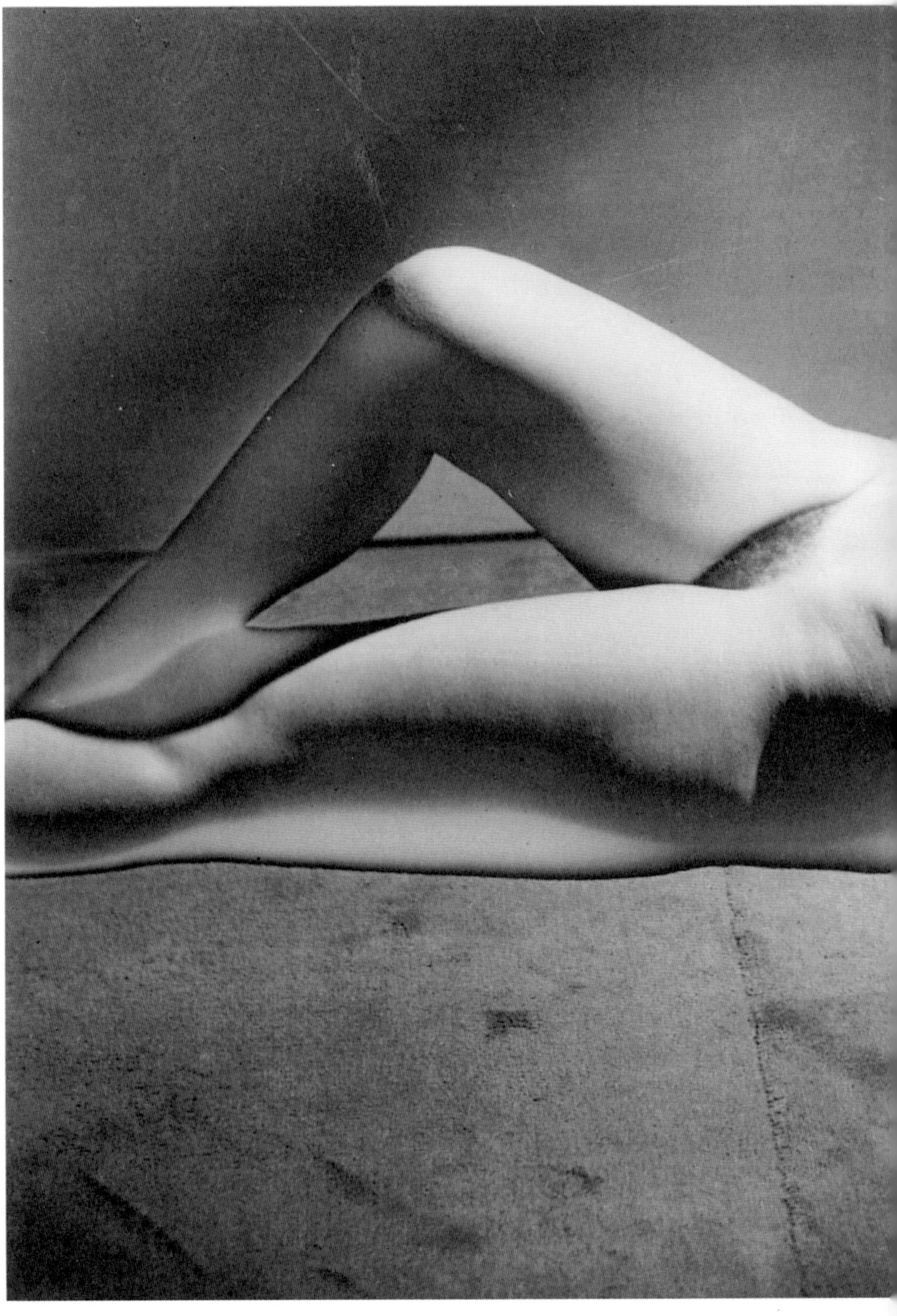

图131（含对页）
物质胜过思想
曼·雷

1929年
负感处理
乔治·达尔舍伊默藏集，美国巴尔的摩

图132
树叶的习惯
马克斯·恩斯特
1925年（选自《自然史》，
1926年）
纸面水粉及擦印
42.2cm×26cm
私人藏集

20世纪20年代，恩斯特一直在油画中试验和寻找相似的技巧。他已经开始用梳子在未干的颜料上刮擦，以使下面一层颜料显露出来形成强烈对比。诸如《北极》（The North Pole）等完成作品与《自然史》中的地质学主题有关，而《巴黎梦》（Paris Dream，1924—1925年）则召唤出这场运动的永恒主题。他通过用画刀涂抹颜料描绘出一系列贝壳与鲜花，而在这个实验中便诞生了刮擦法（grattage）。这个近似于摩拓的手法，是用未干的画布紧压在粗糙的表面上，然后不均匀地将颜料刮下来。同样的，在最初的"启发"之后，恩斯特希望用层层叠加的方法来重复这个过程，直到完成整个画面。刮擦法与《兽群》（The Horde，图133）中梦魇一般的威胁感以及其他森林主题有着特别的联系，而这两者都源自恩斯特的童年幻想。在这个幻想中，另一个名叫"洛洛"（Loplop）的自我保护了他，而这个鸟一般的形象后来成了其作品中极具力量而又暧昧不明的一种存在。

一方面，曼·雷与恩斯特都是通过达达主义而进入超现实主义的；另一方面，马松则和立体主义靠得更近。在战争中遭受重伤的马松阅读了尼采、陀思妥耶夫斯基和洛特雷阿蒙等人的作品，以求为自己饱经磨难的经历寻找一种意义。在巴黎，他与胡安·格里斯成为好友，并被立体主义画商丹尼尔-亨利·康维勒（Daniel-Henry Kahnweiler）签下，这让他在一定程度上获得了稳定的收入。《牌局伎俩》（*The Card Trick*，1923年）等作品描绘的是扑克游戏，其中的幽闭恐惧症和支配性力量所体现的普遍性宗旨，很快就在他与朋友们在布洛美街上的游戏活动中反映出来。他认为，人所面对的偶然与命运是超出个体本身控制范围的。

1924年初，马松在康维勒的西蒙画廊（Galerie Simon）举办了第一场个展，这让布勒东注意到他。布勒东买下了他的《四大元素》（*The Four Elements*，图134），画中在赫拉克利特的古典四大元素——地、水、火、气——之上覆盖了一层对女人一厢情愿的欲望以及来自海洋的原始创造力。这些关注点很可能让布勒东联想起安德烈·德兰与德·基里科，但他也在马松身上看到一位有思想的同代画家的模样，他的天才让布勒东对他的信心油然而生。这也为布洛美街小组的建立开辟了道路。他们对语言和语义进行了实验，比如米歇尔·莱里斯在《语汇》（*Glossary*，《超现实主义革命》第三期，1925年）中，就对若干短语给出了双关的解释。乔治·兰堡和莱里斯都已经听说了布勒东与苏波的自动

图133
兽群
马克斯·恩斯特
1927年
布面油彩及刮擦
114.9cm×146cm
市立博物馆，荷兰阿姆斯特丹

第六章 梦的波浪 241

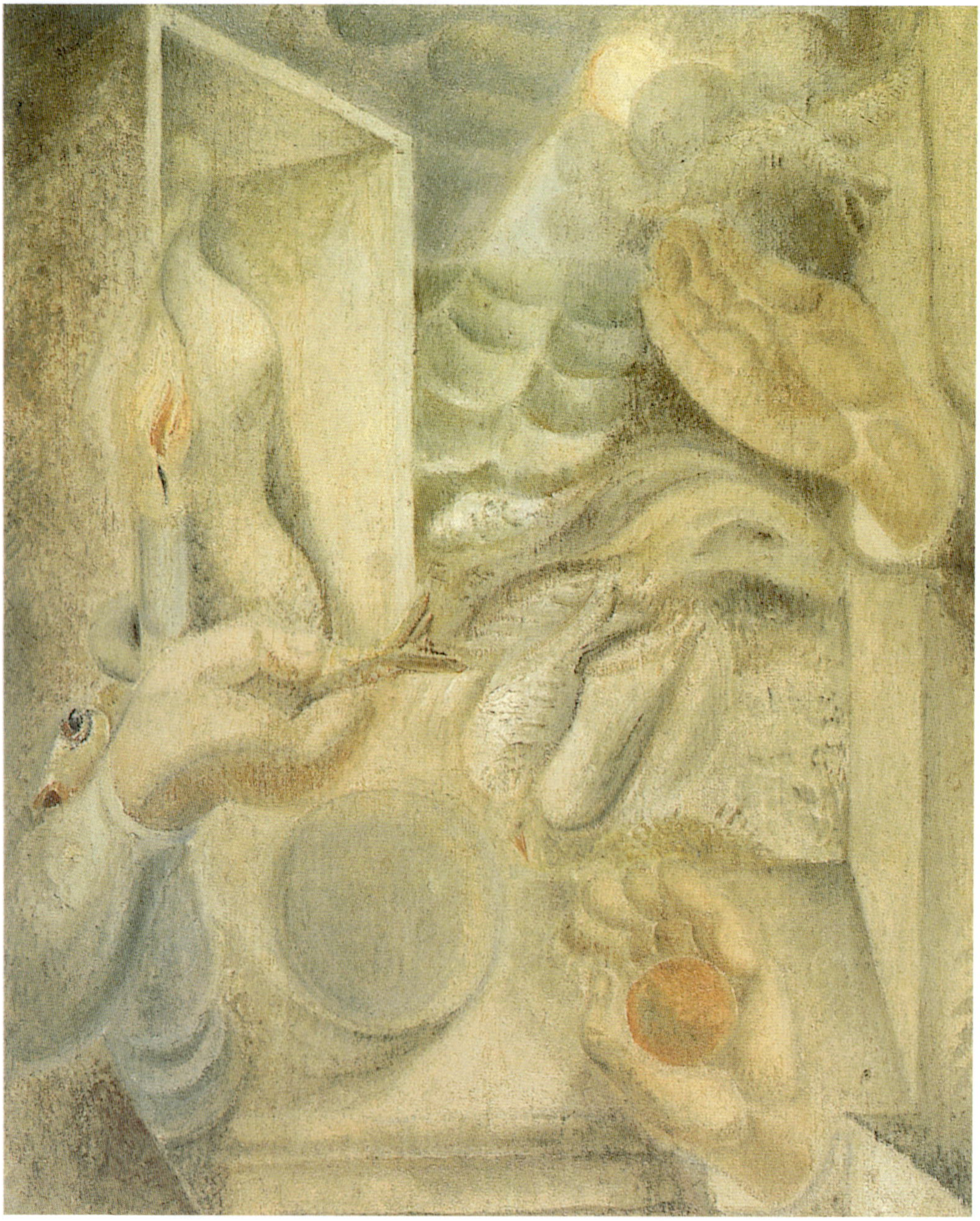

主义，而马松也很快就把握住了它的种种可能性。实际上，在艺术上发明一种自动写作的对等物似乎已成为他的任务。在克利的启发下，他的书法性墨线作品已经和诗人们的创作相去不远了。在仅让知觉在最小程度上参与决策的基础之上，大量作品都是在神志恍惚的状态下和在较短时间内快速完成的，从而避免了再次修改（图135）。他的大部分作品被刊登在《超现实主义革命》的创刊号中，这些作品中隐藏着反复出现的主题——源自其神秘油画的元素（柠檬、石榴和建筑等），被拿来与身体的碎片并置在一起。这些元素就像诗人钟爱的字词或短语一般，以同样出人意料的组合方式呈现出来。

还有两位艺术家采用了与马松近似的技巧来创作绘画，他们不过后来才开始向之后的几期杂志提供作品。其中之一是胡安·米罗，他是马松在布洛美街的邻居。他曾经在巴塞罗那先后经历过混合立体主义时期和现实主义时期，其写实主义作品中的细节具有一种怪异的能量。他在巴黎最早的联络人是毕加索，毕加索买下了他的《自画像》（*Self-portrait*，1919年）。然而，据说米罗曾经——隔着他俩工作室之间墙壁上的破洞——问过马松，他是不是应该去拜访一下毕卡比亚（他在巴塞罗那时就已听说过他的作品）或者布勒东。在反绘画与反文学这两个选项中，马松回答："布勒东……才是大势所趋。"米罗曾带有攻击性地对立体主义声称"我要砸烂他们的吉他"，但是这似乎与其《小丑的狂欢节》（*The Harlequin's Carnival*，1924—1925年）或《母性》（*Maternity*，图136）等作品中幽默而带情色意味的各色人物观感格格不入。许多符号在反复出

图134（对页）
四大元素
安德烈·马松
1923—1924年
布面油彩
73cm×60cm
国立现代艺术博物馆，乔治·蓬皮杜中心，法国巴黎

图135
愤怒的太阳
安德烈·马松
1925年
纸面墨水
42.2cm×31.7cm
现代艺术博物馆，美国纽约

第六章 梦的波浪 243

图 136
母性
胡安·米罗
1924 年
布面油彩
91cm×74cm
苏格兰国立现代艺术馆，英国爱丁堡

现后变得熟悉：星星、动物、加泰罗尼亚农民的帽子和烟斗以及管状的男性人物与杏仁状的女性人物等等。这些符号在他的素描画里都显得极为简洁，寥寥一笔便可以决定整个画面的构图。通过运用一种简单的手法——凭借素描本里前一页作品的印象来开启下一页的作品——便可以引出一连串作品。在 1925 年至 1927 年间，米罗把通过这种方式构思出的画面，重新画成大幅油画。在薄薄的一层底色上，他强行添加了如书法一般优美的极简符号。他在诸如《绘画》(*Painting*，图 137）等作品中所达到的、不稳定的平衡感，似乎是力求从最基本的法则来重新发明绘画。

米罗处理手法的开放性，对超现实主义画家中最年轻的伊夫·唐吉造成了巨大影响。唐吉并未接受过正规的训练，他在城堡街所作的早期作品带有德·基里科的空间手法的许多痕迹。布勒东起初被这些作品中的天真力量所吸引，但到了 1927 年，唐吉已经将其化作一种梦一般的意象（图 138）。在他最具个人特征的水下空间里，人物、手掌与实体结构呈现出不可思议的相关性，而将这些东西统领在一起的线条和形状，都与米罗的作品十分相像。和马松一样，米罗和唐吉两人都为超现实主

图 137
绘画
胡安·米罗
1927 年
布面油彩
97cm × 130cm
泰特美术馆，英国伦敦

图138
灭掉不用的灯
伊夫·唐吉
1927年
油画
92.1cm×65.4cm
现代艺术博物馆,美国纽约

义的自动主义所激励,这让他们得以释放出个人化的意象——有些扰人心烦,有些如梦似幻。这一点起初在他们的素描里表现得特别鲜明,后来才慢慢地落实在油画中,这两种创作方式之间的差别从1925年到1926年最为明显,还引发了一场关于超现实主义视觉艺术本质的激烈争论。

马松在自动绘画上取得的成功暗示了一种在有意识的情况下有意为之的艺术效果。如果要说这引发了一个关于"超现实主义油画究竟是否存在"的危机,那么可能就将事情过于简单化了。然而,对于想要否定这种成就的人来说,这些作品可以被用来作为主要证据。这场争论最早出现在《超现实主义革命》的头几期里,而下面掩藏的是杂志主编纳维尔与超现实主义运动创始人布勒东之间的权力斗争。催化这场辩论的是马克斯·莫里斯的一篇十分有见地的评论文章。这篇标题为《着迷的眼睛》("Les Yeux enchantés",《超现实主义革命》第一期)的文章提出了一个根本性论点:在德·基里科和恩斯特梦境一般的作品中,记忆会产生干预作用。他指出,油画创作所要求的时间及掌控度都与自动绘画的约定条件不匹配。油画不可能单凭喷涌而出的体验就得以完成。莫里斯断言,德·基里科的"意象是超现实主义的,但他的手法不是",并总结式地讨论了自动主义可能在马松(文中所配的插图)和通灵者或疯子的图画中以及曼·雷的雷氏摄影——照片与电影——中存在的可能性。

莫里斯的论点无可争辩。马松的素描画和曼·雷的摄影作品都仿佛能够抓住一个瞬间,但德·基里科与恩斯特的油画却是投入大量技巧与时间的映照。然而,要承认这种矛盾的不一致性,便不得不舍弃已经成为超现实主义代名词的那些图像,尽管它们已经成为布勒东与艾吕雅涵盖广泛的个人艺术品藏集的核心作品。如果不是纳维尔在第三期杂志的《论美术》("Beaux Arts")一文中火上浇油地扩大了这场论战,莫里斯在意象与手法之间做出的区分可能就要打折扣了。纳维尔大胆宣称:"现在所有人都知道,并没有超现实主义油画这种东西。"他的论证不仅遵循了莫里斯的论点和结论,还受到了他与共产主义日益密切的关系的影响。为了达到这个目的,他还将小组实验的视角扩展为匿名或公共调

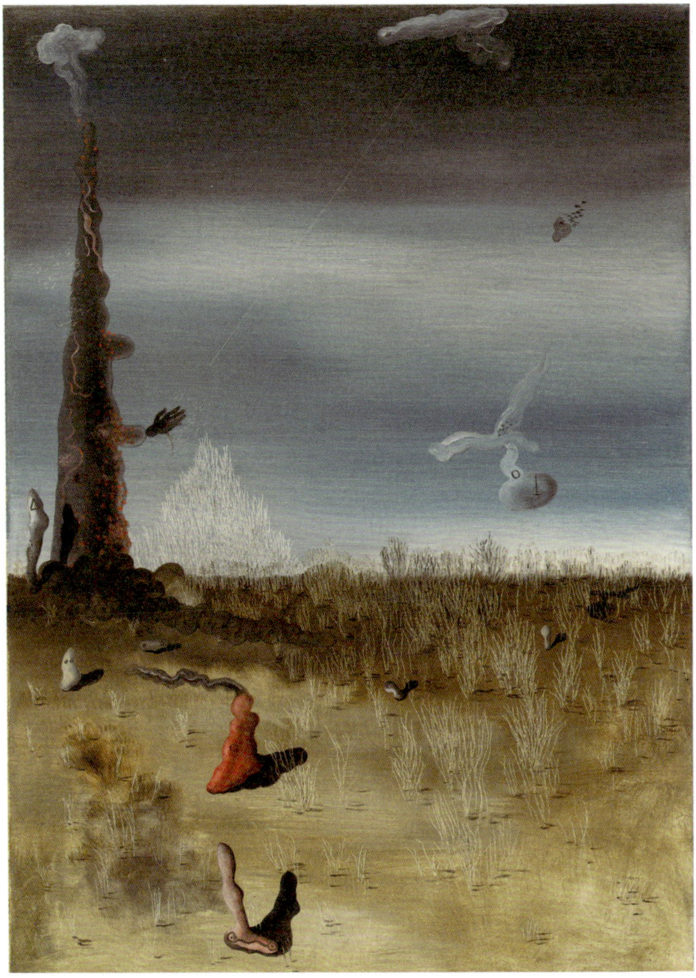

查，采用了"街道、影剧院和报纸上的照片"，这种观点就反映在纳维尔担任主编时该杂志的摄影和素描作品中。

布勒东觉得不得不介入这场争论。尽管他理解纳维尔的论点，并知道其影响力，但他还是想为超现实主义油画保留其可能性。他从第四期开始掌管《超现实主义革命》（1925 年 7 月 15 日）后，十分机灵地在社论的开头配上通灵者丰德里永夫人（Mme Fondrillon）的自动图画，这样就表现出他承认超现实主义艺术存在的可能性，并让读者准备好接下来阅读其系列文章中的第一篇《超现实主义与绘画》（"Surrealism and Painting"）。他还刊登了主要的油画作品，包括米罗的《母性》和《猎人》（*The Hunter*, 1923 年，两者都在布勒东的藏集中）、恩斯特的《一只夜莺威胁着两名儿童的安全》（图 124）和《圣殇：夜间的革命》（*Pietà: La révolution, la nuit*）、皮埃尔·鲁瓦耶（Pierre Roy）的《渔姑阿德莲娜》（*Adrienne pêcheuse*，图 139）以及毕加索的《亚威农少女》（图 105）。

这些杂志中的图片，不过是皮埃尔画廊（Galerie Pierre）两场展览的一小部分作品罢了。6 月，米罗在巴黎举办的首次展览被当作一场超现实主义活动，并宣称（现在回顾起来似乎有些缺乏说服力）他的自由风格可以被认为属于自动主义。11 月，米罗、马松、恩斯特与毕加索 4 人形成了《超现实主义绘画》展览的核心，此外还有阿尔普（近期得以重新入境法国）、德·基里科、克利、马尔金、曼·雷、得得、日光、克里斯蒂安·托尼（Kristians Tonny）和鲁瓦耶。这场展览（包括其标题）挑战了对于超现实主义绘画在理论上的异议，但仅仅是举办该展览这一点就已经意味着，这是在发起该运动一年后对于超现实主义绘画的公开确认。作为恍惚派诗人中的重要一员，罗贝尔·德斯诺斯加入这个组织的举动进一步证实了关于自动主义的说法。

为超现实主义视觉艺术辩护的重任，落到了布勒东的系列文章《超现实主义与绘画》上，这也是关于超现实主义运动油画的主要文献。从其标题中暗含的模糊关系，就可看出布勒东在写作时的困境，而他也曾因将油画称为"一种可悲的权宜之计"而闻名。然而，毕加索、德·基里科、恩斯特和马松的启发性作品中的挑衅性意象，让他对这些作品高

248　达达与超现实主义

图 139
渔姑阿德莲娜
皮埃尔·鲁瓦耶

1919 年
布面油彩
52cm×35cm
南特美术馆，法国南特

看一眼。尽管他对集体活动抱有兴趣，但是他却反对纳维尔关于集体性的观点，而急切地强调个人表达的价值。这并非只是要为局限的美学实践——为了艺术而创作艺术——做辩护，而是因为布勒东相信，这些艺术家揭露出了另一种现实。基于此，他花费了很大篇幅进行理论层面的论述，其中几乎涉及了绝大部分相关的艺术家。像《超现实主义宣言》一样，《超现实主义与绘画》有时会诘屈难懂。它开篇时强调视觉体验的第一重要性——"眼睛还处于一个未被文明化的阶段"，但之后又提出似乎自相矛盾的说法，称自动写作是这种体验直接留下的痕迹。他没有提及直接的感官知觉以及思维对它的解读作用。然而，这并不冲突，仅仅因为布勒东并不关心外界现实，而只是努力追踪个人的"内心模式"（inner model）。记忆进行干预的实例，也几乎没有被提及。相反，他只是将这些艺术家作品中的"奇妙"单独拿来就事论事，以求识别出绘画中的超现实主义元素。

在这方面，最重要的人物便是毕加索、德·基里科和马松。在布勒东看来，毕加索的立体主义已与外部现实进行了根本性的决裂，由此

第六章 梦的波浪 249

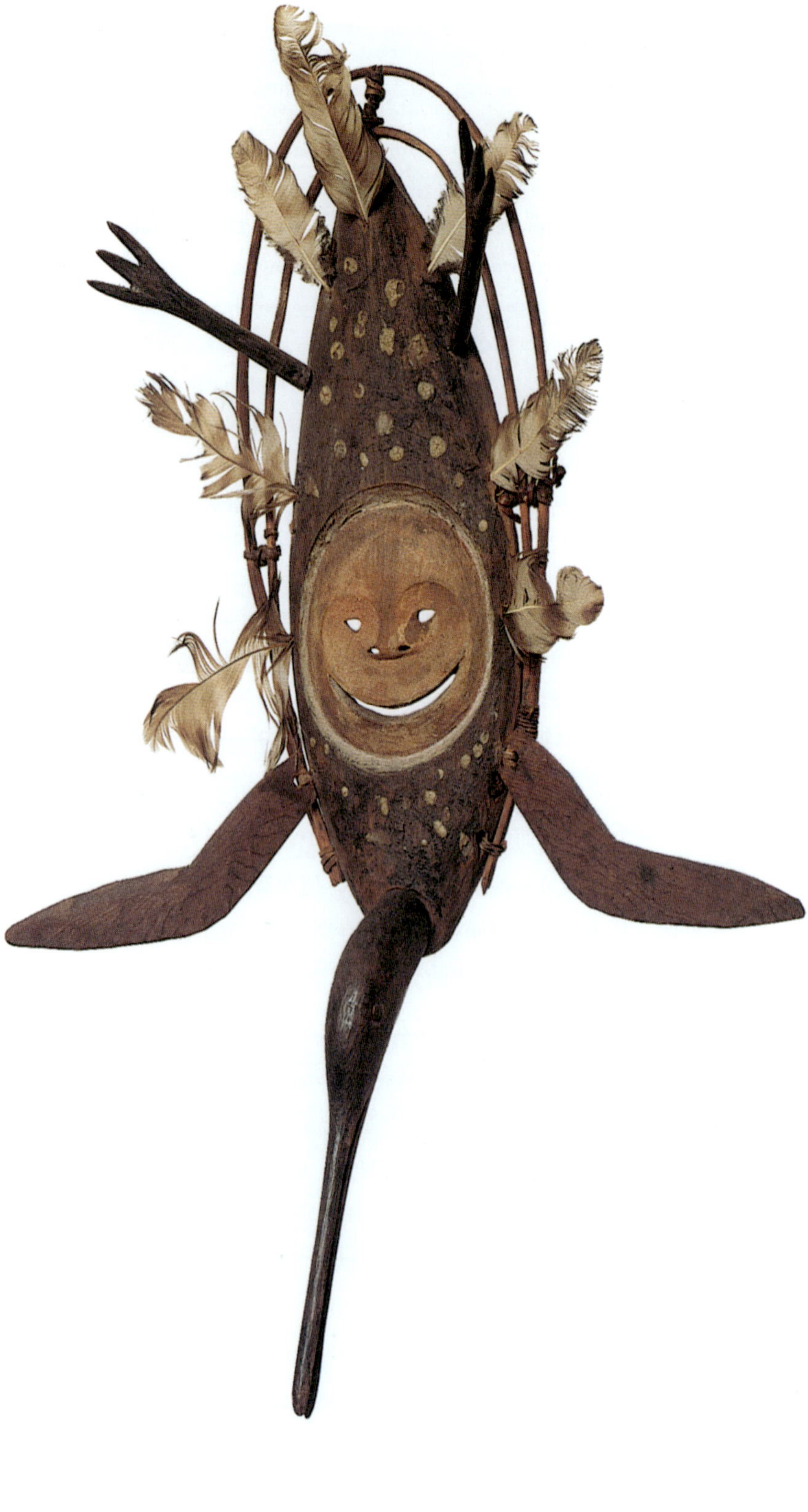

让接下来的所有探索变为可能。他们之间的友谊让两幅作品得以发表。一幅是《亚威农少女》（图105），布勒东作为艺术收藏家雅克·杜塞（Jacques Doucet）的秘书，在1924年说服他买下了这幅作品；另一幅是最新的杰作《舞蹈》（*The Dance*，图140）。然而，毕加索对古典主义的沉迷，被当作一个嘲笑资产阶级的玩笑而未被理会。德·基里科却没有得到这样的待遇。在《超现实主义革命》第七期（1926年6月15日）中，德·基里科尽管因其令人不安的早期作品而获得夸赞（图41），但同时也因近期失去灵感而遭到谴责，他被认为只是在以新的风格重画旧作。不顾莫里斯的反对，布勒东仍然坚称早期的德·基里科代表超现实主义，而这场公开的争论让观众并未关注于此。当德·基里科与超现实主义划清界限，并充满争议地与正在风头上的让·谷克多成为好友后，他本人之前的说法也随即被抛到一边。

这种对于超现实主义视觉艺术的辩护与定义，还引出了更多的支持证据。布勒东和艾吕雅的超现实主义藏集的重要性不断升高，阿拉贡的藏集也是如此，不过后者升值幅度较小。杜尚于1926年3月拍卖其毕卡比亚的藏品时，布勒东买下了15幅，其中包括《浪漫的游行》。那个

图141（对页）
因纽特人的鸟面具
木头涂绘加羽毛
53cm×27cm
J. J. 勒贝尔藏集，巴黎

图140
舞蹈
巴勃罗·毕加索
1925年
布面油彩
215cm×142cm
泰特美术馆，美国伦敦

第六章 梦的波浪

月还举办了两场重要展览。第一场是恩斯特为配合《自然史》的出版在凡·李尔画廊（Galerie van Leer）举办的一个大型展览。尽管这些实验获得了成功，但恩斯特在整场运动中的地位还是不太稳固。5月，他和米罗由于为谢尔盖·萨季科夫的《罗密欧与朱丽叶》进行了舞台设计而受到公开谴责——这种与资产阶级商业主义的同流合污是不可接受的。

1926年3月的第二场展览，是在超现实主义画廊（Galerie Surréaliste）举办的。这是举办超现实主义活动的另一个新场馆，它一直运营到1928年。画廊开幕展览呈现的是曼·雷基于物件创作的绘画，并被配以大洋洲的雕塑作品。这种把当代绘画与民族工艺品并置的手法是前所未有的，引起了公众的震惊。这也宣告该运动内部对非西方艺术日渐增长的入迷程度，正如对东方哲学或精神病人的艺术作品的兴趣一样，它们也被视作该运动与西方理性主义之外艺术源头的关联。出于多种原因，超现实主义者对大洋洲与美洲原住民的作品更加偏爱（图141），唐吉于1927年在超现实主义画廊展出了这些作品。比起已经与立体主义有密切关联的非洲艺术，这两个地方的作品相对陌生，也没那么商业化。它们更加精细，存在时间也更加短暂，这就能体现出精神世界的脆弱，因而它们也常被与精神世界联系在一起。

尽管布勒东回避了莫里斯的反对意见，并且到了1926年，继纳维尔的问题之后又冒出了其他问题，但他的《超现实主义与绘画》系列文章却仍在继续发表。出版时间不规律的《超现实主义革命》让他得以从自动绘画的开发中获益，而《超现实主义革命》第九、十期（1927年10月1日）上的文章则确凿无疑是一个转折点。这篇与恩斯特有关的文章，突出了摩拓法与刮擦法的幻觉性起源和迷幻效果，还配了一幅《兽群》的插图。这一期杂志中的另外两幅作品，则展示出另外的可能性。米罗的《向一只鸟扔石头的人》（*Person Throwing a Stone at a Bird*，图142）表现出他对神秘活动异想天开而又令人困惑的短暂感受，其绘画的风格与标题都看似随意，实则不然。就马松的素描画在这场运动中被分派的角色来看，他首次发表的一幅"沙画"或许更具重要意义，而且用它来作为德斯诺斯文章的插图也很合适。这些沙画（图143）于1926年末开

图142
向一只鸟扔石头的人
胡安·米罗
1926年
布面油彩
73.7cm×92.1cm
现代艺术博物馆，美国纽约

始创作，是开发自动绘画过程中的一次突破。马松没有依靠线条，而是将胶水与沙子倒在画布上，创造出质地十分粗糙的表面。很明显，其结果是不可预见而富有"挑衅性的"（就恩斯特所用技巧的意义而言），不过也有证据表明，画中人物的一部分是提前画好的。无论如何，倾倒沙子和颜料，对于绘画来说，是一次意义重大的解放。沙画与米罗在同一时期所做的实验，虽然都遭遇了莫里斯提出的反对意见，但是在接下来的20年中却为超现实主义者与其他人使用的流动的自动主义技巧确立了先例。

正如纳维尔对超现实主义视觉艺术的反对曾引起组织内部的辩论一样，他们的政治立场也同样激起了层层波澜。这是一个十分复杂的问题，甚至可能会长期阻碍运动的发展，但其中最基本的问题，却也与绘画引发的问题是相通的：投身于集体行动是否可能？投身的结果又会如何？由于与共产主义各种派别的关系，超现实主义者的活动也面临这样的质问，特别是对于他们的个人活动而言，而整个社会大背景是大众希望掀起一场政治与社会层面上的革命。

"超现实主义革命"的初期阶段十分地理想主义。1924年，阿拉贡终于得以将俄国革命斥责为"在观念层面上……的一次模糊不清的内阁危机"，而又声称要将"反抗的精神置于任何政治之上"。因而，也难怪共产党官方对超现实主义抱有不信任感。法国在摩洛哥进行的殖民战争，即1925年中期的"里夫战争"（guerre du Rif），也让对政治立场的

第六章 梦的波浪

图143
人像
安德烈·马松
1926—1927 年
布面油彩及沙子
46.1cm×26.9cm
现代艺术博物馆，美国纽约

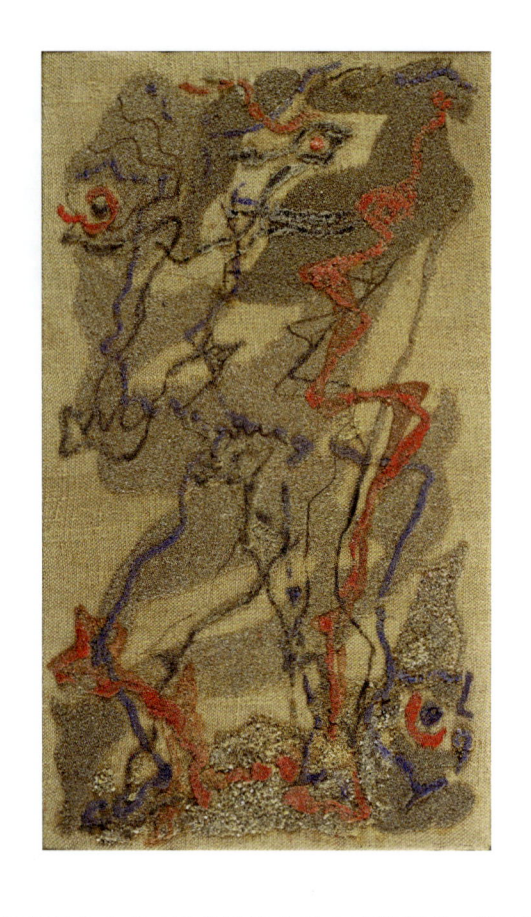

需求上升了。超现实主义者对战争的卷土重来感到反感，并被摩洛哥的革命领袖阿卜杜·克里姆（Abd el-Krim）向法国人争取平等权利的要求打动，之后他们为亨利·巴比塞（Henri Barbuse）的《向知识工作者倡议书》(*Appeal to the intellectual workers*，1925 年 7 月）共同署名，以表达团结精神以及对战争的谴责。

这件事促使超现实主义者将逐渐开始与共产主义刊物《光明报》（*Clarté*）进行合作，后者的主编是让·贝尼耶（Jean Bernier）与马塞尔·富尼耶（Marcel Fournier）。他们并未紧跟法国共产党官方的步伐，而是将目光更多地投向共产国际，并希望吸引各行各业中的激进知识分子来接受马克思与列宁的辩证唯物主义考验，并拥抱世界革命的承诺。超现实主义在思想与诗歌两方面的实验并非格格不入，它们可以被视作与政治革命、社会革命相平行的"思想革命"。1925 年的宣言《革命至上，永远革命》(*Revolution First and Always*) 的共同署名者包括所有的超现实主义者、《光明报》小组以及皮埃尔·德·马索（Pierre de Massot）、雷蒙·克诺和里伯蒙-德萨涅，还有亲超现实主义刊物《通信》(*Correspondance*) 的比利时籍主编卡米耶·戈曼（Camille Geomans）与保罗·努捷（Paul Nougé）。这预示着大家为发起共同行动而步入了一个协商阶段。这篇宣言是针对一篇题为《知识分子与祖国站在一边》(*Intellectuals at the Side of the Fatherland*, 1925 年）的保守主义宣言而进行的回应，并援引了列宁签订《布列斯特-立陶夫斯克条约》(Brest Litovsk) 并让苏俄退出战争的例子。这些署名者拒绝被战争动员，并发布了一条明确而响亮的国际主义声明："对我们来说，法国并不存在。"其结论也十分直接：

> 我们要在精神上进行反抗。你们的作品侮辱了我们的精神。我们认为，为了一次无法回避的复仇，需要进行一场鲜血淋漓的革命。我们并非乌托邦主义者，我们所构想的革命必定会通过社会形态表现出来……革命这个想法是对个人最好最有效的保护。

这样，超现实主义的活动首次被动地服从了政治理论，尽管个体行动的可能性依然存在。这两个团体之间的合作在 1925 年末达到了巅峰，双方准备成立一个联合编委会，即将发行一份名为《文明的战争》(*La Guerre Civile*)[19] 的刊物。然而，超现实主义者并不愿意为投身阶级斗争而放弃独立研究，这一分歧令合作陷入僵局，杂志也未能出版。尽管《光明报》的成员理解这个"专业化"的因素，但问题依然没有解决，而且在超现实组织内部还造成了深远的影响。1926 年，超现实主义小组当中那些专注于艺术追求的人，以及那些被认为是在沽名钓誉的人都被开除了。其中就包括阿尔弗雷德·雅里剧团（Théâtre Aflred Jarry）的两个创始人，安托南·阿尔托和罗歇·维特拉克，以及曾是《文明的战争》编委会一员的苏波。这显示出布勒东的决心——力求坚决预先杜绝被指责为过于文学化和理想主义的可能。当纳维尔呼唤一种更加有效的政治承诺时，这大概也是一种必要的牺牲。

19　此处"文明的"为形容词，指有文明的、开化的，并非文明之间的战争。——译注

图 144（对页）
夜晚的意义
勒内·马格利特
1927 年
布面油彩
138.4cm × 105.4cm
曼尼尔藏集，美国休斯敦

纳维尔在《革命与知识分子：超现实主义者能够做些什么？》（"The Revolution and the Intellectuals: What can the Surrealists do?"，1926 年）一文中指出，超现实主义者面对的是一个"鸡生蛋，还是蛋生鸡？"的问题，即应该先有心理上的革命，再有政治上的革命，还是说"只有在抛弃了资产阶级的物质条件后，才能获得心灵的解放"？他将第一种情况拒斥为造成无政府主义和个人主义的罪魁祸首，并提倡走一条进行马克思主义集体活动的道路。尽管这些结论在超现实主义运动内部得到了广泛承认，但布勒东也清楚地知道，共产党内部对超现实主义并无善意。他的《正当防卫》（*Legitimate Defence*，1926 年 9 月）就是他对他们所处的状况进行仔细盘算后下的定义。他对巴比塞和"让人变得白痴"的共产党官方报纸《人道报》（*L'Humanité*）所发动的尖锐攻击，并不是为了要赢得共产党意见的改观，而是为了暴露追随共产党的知识分子的软弱性。相比之下，超现实主义者对于无产阶级革命的忠诚，只有一个保留条件，即声称："与此同时，我们认为，同样有必要继续进行内心生活的实验。无疑，这并不需要外部的审查，甚至也不需要马克思主义的审查。"

这样的辩护词既没有说服纳维尔，也没有说服共产党——或许它本来也不是为了说服他们而做的，而纳维尔后来加入了《光明报》。它力求表达的是超现实主义在更广泛的革命活动背景中坚持独立的主张。因此，没人会预料到布勒东、阿拉贡、艾吕雅、佩雷和皮埃尔·乌尼克（Pierre Unik）会加入共产党并共同发表宣言《光天化日》（*Au Grand Jour*，1927 年）。这些人的结盟是意料之中的事，而这一步也是为缓和这种关系所招致的困境而做出的重要决定，并在运动内部获得了普遍的支持。尽管超现实主义无论如何都只给共产党造成了很小的困扰，但是后者仍然保持了怀疑态度，因为他们需要的是政治上的积极分子，而非有批判思维的知识分子。此时，纳维尔已经宣布自愿放弃超现实主义实验，而佩雷通过与巴西共产党员马里奥·佩德罗萨（Mario Pedrosa）的友谊，在里约热内卢成为一位政治积极分子。对于其他人来说，事实证明，《光天化日》只是一个暂时的解决办法。1928 年，阿拉贡发表了《风格论》（*Treatise on Style*），并在文中进行了反文学的论述，而布勒东的《娜嘉》则勾画出在持续的恍惚状态中与一位女性偶然相遇的经过。

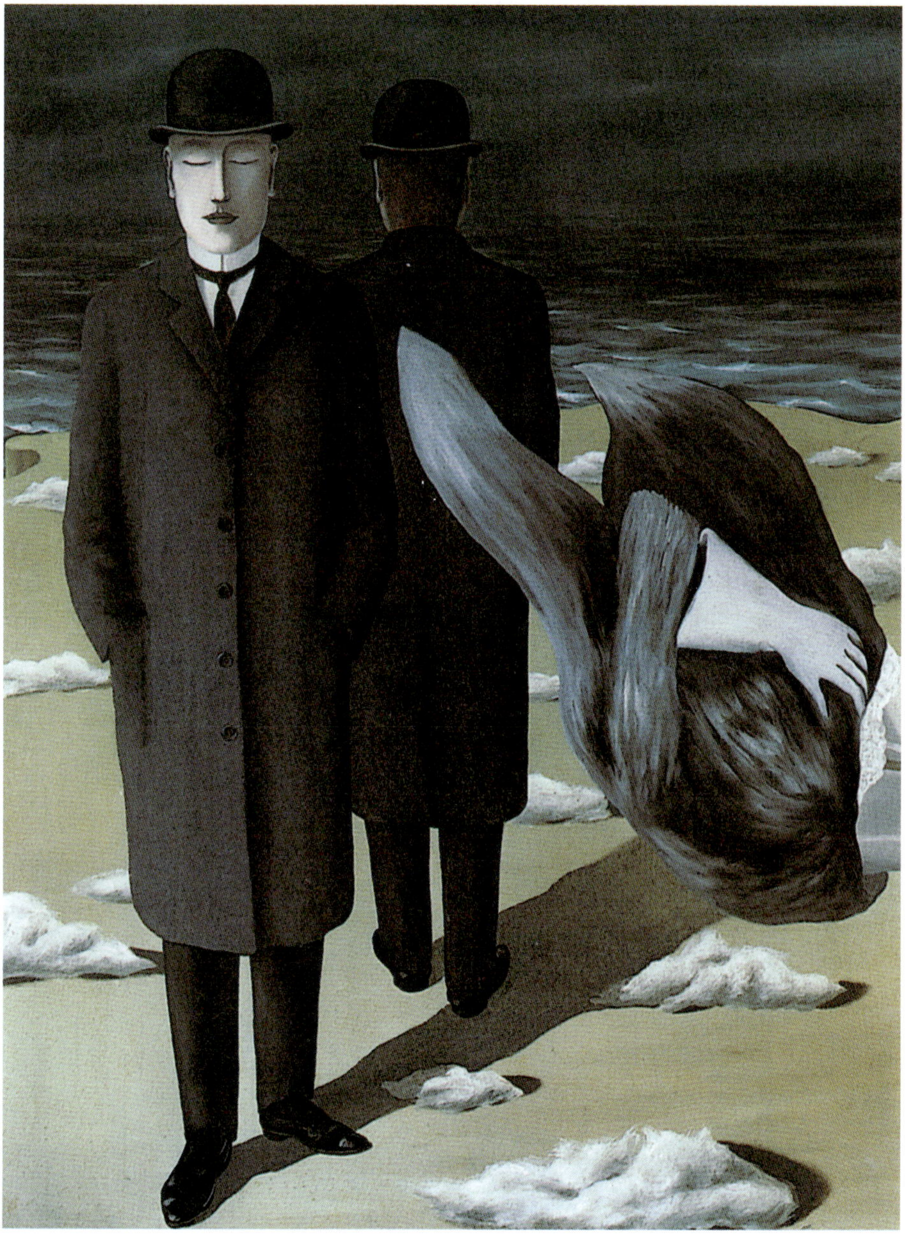

这些作品的作用则是为了确认"政治目标并不会磨灭超现实主义的独立追求"。

关于艺术与政治的辩论或许引起了分裂，但它也起到了定义超现实主义立场的作用。对自动主义和"内心模式"的信念，让画家们远离当下人们的关注点。革命理想不仅让他们与"回归秩序"并追求怀旧、神话和古典主义的艺术家分道扬镳，也成为他们与德·基里科决裂的潜在原因。此外，对理性主义的否定，也令他们与格里斯、莱热的立体主义，以及蒙德里安和凡·杜斯堡的抽象构成主义渐行渐远。虽然这些划分看上去清楚明白，但事实却并非如此，特别是在超现实主义手法进入主流之后。由帕维尔·切利乔夫（Pavel Tchelitchev）与克里斯蒂安·贝拉尔（Christian Bérard）等艺术家组成的新浪漫主义（Neo-Romanticism）会让人将其与超现实主义产生混淆，就好似米罗日渐抽象化的作品以及阿尔普有机形态的雕塑中似乎还有构成主义的影子一样。

在明确了定义之后，超现实主义也确实迎来了一些其希望结交的盟友，其中最重要的就是比利时的独立超现实主义小组。1925 年，双方首次取得联系，并以创办《革命至上，永远革命》为共同的事业。他们之中主要的辩论家保罗·努捷同时也是比利时共产党的创始人之一，因而他们投身政治也就不足为奇了。对于比利时的超现实主义者来说，诗歌与政治两种活动之间并没有多大的矛盾，而部分原因是因为他们选择长期隐匿在公众视线之外。这些诗人们基本不发表自己的作品，相反，他们通过资产阶级的工作与外貌来策划一种对现实更加隐蔽而狡黠的颠覆。他们认为自己更像是谋反者，而非社会活动家。尽管他们为喧闹的巴黎小组提供了支持，但他们还是强硬地保持了独立性。

比利时的超现实主义运动，是由两拨友人于 1926 年正式发起的。第一拨围绕在（生化学家）努捷、（公务员）戈曼和（教师）马塞尔·勒孔特（Marcel Lecomte）的周围。他们曾经为《通信》进行过合作，该刊物每期会发表一整页的批评文章，而评论对象是同时代的诗人们在 1924 年至 1926 年间每两个礼拜定期发表的作品。有趣的是，布勒东和艾吕雅也在他们的评论对象之列。另一拨人的核心是（作曲家、拼贴画家及诗人）E. L. T. 梅森（E. L. T. Mesens）与勒内·马格利特（图144 至图 146）。这两个人在自己的达达主义刊物《玛丽》（Marie）上对抽象化作品做出回应后，又吸引了毕卡比亚为他们提供作品，之后又协助组建了超现实主义小组。作曲家安德烈·苏里（André Souris）、作家路易·斯居特奈尔（Louis Scutenaire）与保罗·科利内（Paul Collinet）加入了他们。这一群人不光宣称自己的身份是超现实主义者，而且还希望在心理与社会两个层面上掀起一场超现实主义革命。对他们来说，自动主义与恍惚状态都没有什么意思，相反，他们的典型手法表现为马格利特的意象所特有的预谋性，而相关作品也是统领他们活动的核心。

马格利特创作出令人费解的复杂意象是在 1925 年。在其早期的抽象作品与商业作品中，他曾与构成主义者维克托·塞尔夫朗克（Victor Servranckx）进行合作，最终用简单的形态开发出一种带有插画风格的冷峻写实主义。在看到了德·基里科的《爱之歌》（The Song of Love，1914 年）后，其中的神秘性与唤醒感向他展示出一种意料之外的潜质。在《有危险的杀手》（The Menaced Assassin，图 145）中，可以看出他对不连续叙事理念做出的回应。这幅画或许是在努捷的建议下创作的，显得独特而又直接。在裸露的女人尸体旁边，杀手若无其事地为手摇式唱机放上一张唱片，而情节的反转是外面有一位守候的捕手，但是只有观者才能看到他。就像德·基里科的《一条街道的神秘与忧郁》（Mystery and Melancholy of a Street，1914 年）等作品中的危险氛围一样，马格利特创作时的参照物来自一般不被高雅艺术所承认的大众娱乐形式，比如漫画书、侦探小说的封面以及侦探电影。伴随着对期待的颠覆，这些叙事中的紧张气氛变得错综复杂，这一风格也成为马格利特视觉探索中最核心的部分。

对于熟悉事物的颠覆，以及比利时超现实主义者招牌式的隐晦手法，都在《克拉莉丝·如兰维尔夫人的文与画》（Writings and Drawings of Mme Clarisse Juranville，1927 年）中得到了典型体现。其中，努捷与马格利特戏仿了一本有名的 19 世纪语法教材，将自己的作品糅入毫无特色的风格之中。在视觉观感上，这与恩斯特运用百科全书图片的手法有近似之处。实际上，马格利特也深深地为恩斯特的并置手法所打动。然而，

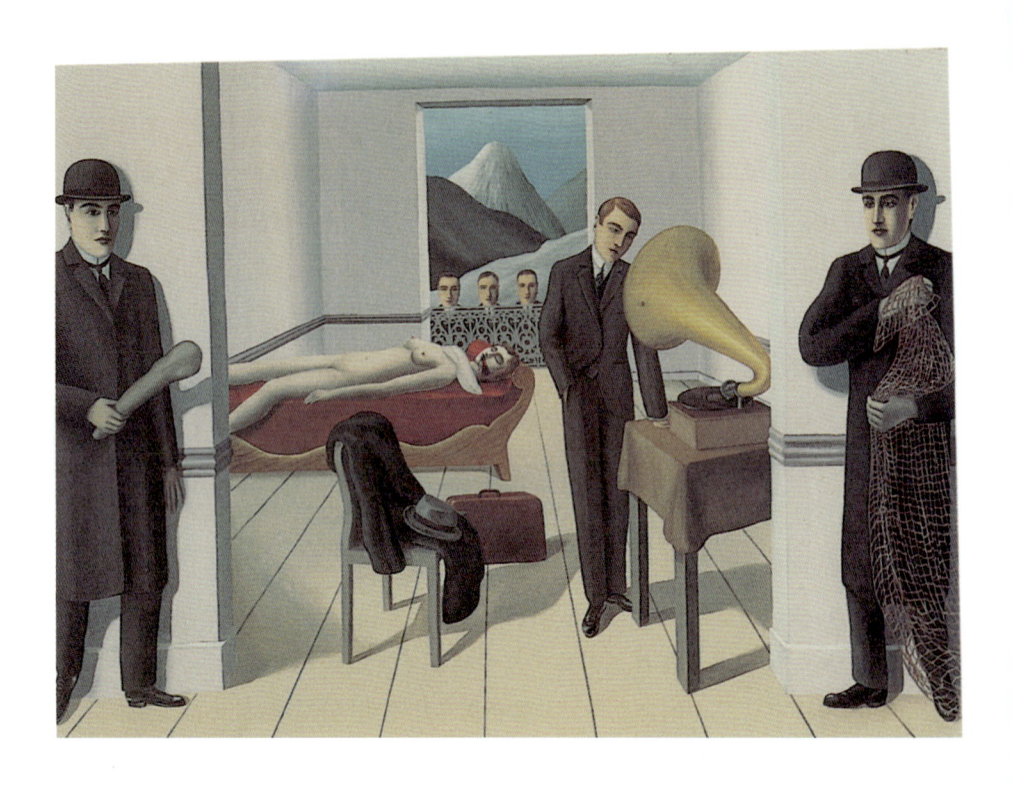

图145
有危险的杀手
勒内·马格利特
1926 年
布面油彩
150.4cm × 195.2cm
现代艺术博物馆，美国纽约

在这两位比利时人的作品中，颠覆性虽然被掩饰得非常巧妙，但却要远为强烈得多。努捷与马格利特用自己的作品来代替既已被接受的知识，以对抗其权威性。这种交换关系是马格利特的成熟作品具有的中心特点，其中简单的风格将悖论式的意象引入这个世界，破坏人们的期望，并最终提出关于存在与现实的本质这个哲学命题。

在巴黎的这段时间，马格利特察觉到，或许是由于风格毫无特色，其作品很难被人们接受，甚至对于超现实主义者来说也是一样。他于1927年来到巴黎，不巧恰好赶上偏好自动主义的潮流，而布勒东又十分慎重，直到20世纪30年代才认可其作品的力量。《超现实主义革命》第十二期（1929年12月15日）刊登了马格利特一篇配有插图的文章《词语与图像》（"Words and Images"），其中探索了图像、题词与标题之间的差别——"一件物体永远不会发挥与其名字或图像一样的功能"。这一关注点决定了马格利特的简洁风格，力求实现一种让图像互相冲突的难忘效果，并创造出与《图像的背叛》（*The Treachery of Images*，图146）中一样的"黑板"手写体。

然而，这是他发表过的唯一文章，它也暗示了他在巴黎受到的冷遇。他在这一阶段最重要的一场展览却是于1928年在布鲁塞尔举办的，在那里这个展览还成为当地超现实主义活动的一个焦点。1930年，他回到了家乡。

戈曼大约与马格利特是同时搬到巴黎的，前者更为成功。在超现实主义画廊关闭之后，他创办的画廊成为超现实主义运动的主要展示窗口。然而，比利时小组的活动，在很大程度上仍然局限在布鲁塞尔，他们在那里追求自己的独立路线。这一点突出地表现在1928年他们反对巴黎超现实主义小组而声援德·基里科的事件上，甚至这在当地刊物《多样》(*Variétés*) 1929年的超现实主义特刊中以及与巴黎小组的合作中也有所反映。当时，努捷又创作出另外一篇隐晦的文章《地理学》("Géographies")。对于超现实主义运动的这两个分支来说，这都标志着向更广泛的国际主义迈出的重要一步，在20世纪30年代两者都最终

264

图146
图像的背叛
勒内·马格利特
1928年
布面油彩
60cm × 81cm
洛杉矶郡立艺术博物馆，美国

会被纳入其麾下。

布勒东的热情十分高涨，很乐意将马格利特的一幅作品放在《超现实主义革命》（第十二期）最后一张图片的中央。画中有一位裸体女人，她被"我看不见，藏在树林中的……"（Je ne vois pas la…cachée dans la forêt）的文字包围起来。这张图片在视觉上呼应了第一期中热尔梅娜·贝尔东的肖像排列，图中巴黎与比利时的超现实主义者纷纷闭上眼睛，让自己屈从于内心愿景的力量。政治刺客与优雅裸体之间的这种对比，暗示这个时期超现实主义臣服在女性（情色化的）缪斯力量之下，正如布勒东在《娜嘉》中已经表现出来的那样。

第七章 欲望的和解

1929—1933年 超现实主义内部的分裂

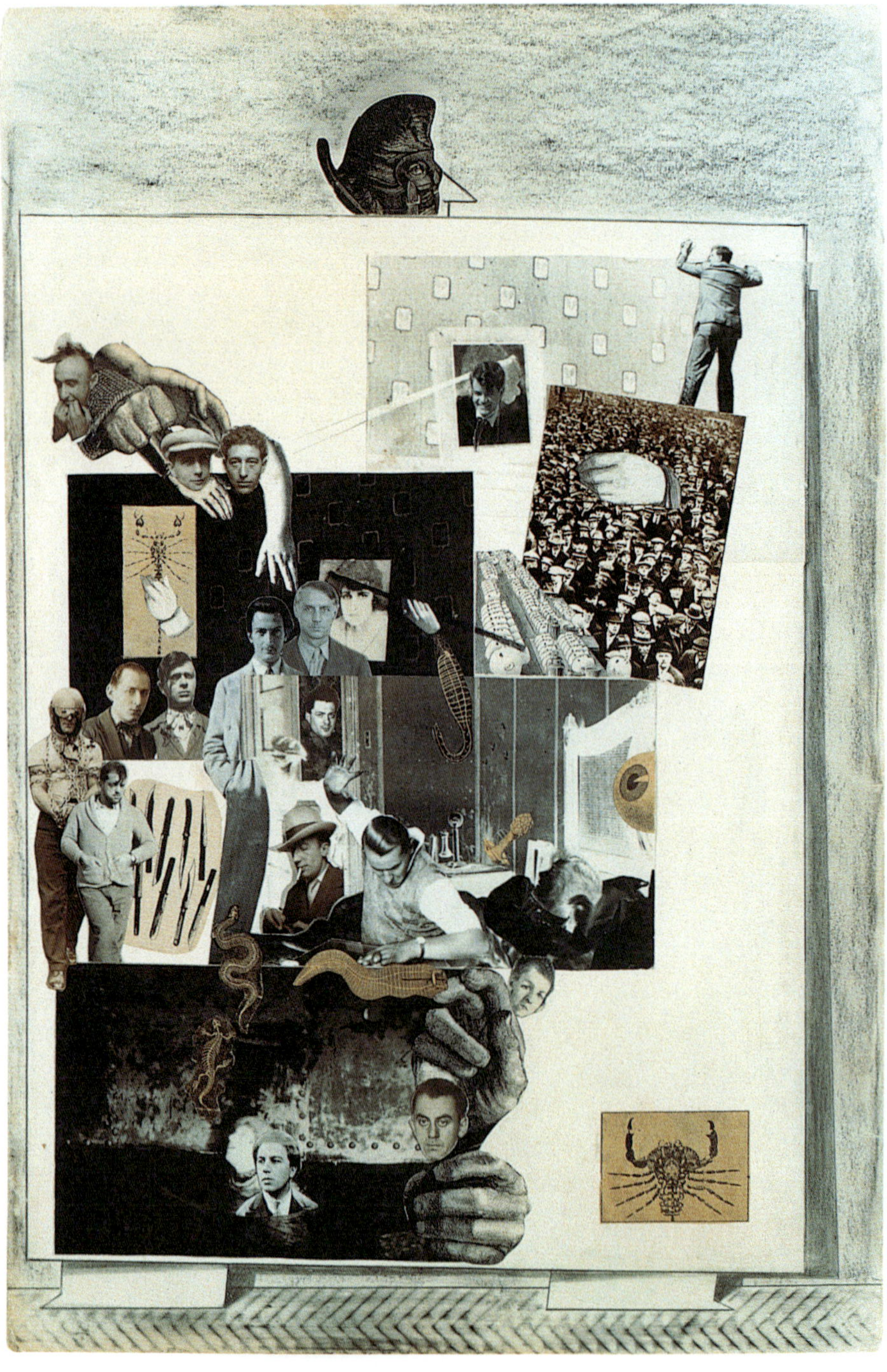

1930年左右，当超现实主义运动的艺术目标与斯大林式共产主义的官方要求之间的关系愈发紧张时，前者此时面对的最紧迫问题是：如何定义这场运动的政治立场？超现实主义面临了在1926年至1927年间爆发的政治危机之后，于1929年开除了一批成员，破坏了与旗下重要作家的关系，并在1932年的"阿拉贡事件"之后，让这一危机随着多个成员的退出而达到高潮。在同一时期招募进来的其他成员中，画家萨尔瓦多·达利（Salvador Dalí）与电影导演路易斯·布努埃尔（Luis Buñuel）弥合了这些裂痕，并将重心更多地放在视觉艺术创作活动上（图147）。这个过程成为一道分水岭，让该运动进展至此终于审视了其目的。但这一分裂局面并未导致组织的全面解体，这也显示出布勒东的个人决心之强大。甚至可以说，是这场危机的成功磋商结果，保证了超现实主义安然迈进20世纪40年代，并继续向前发展。

在更广阔的政治舞台上，20世纪20年代后期的国际局势较为缓和，而隐藏在其表象下的则是各国普遍的内部镇压。尽管签订于巴黎的《凯洛格-白里安公约》（Kellogg-Briand Pact，1928年8月）是为了"剥夺战争作为国际争端解决方式的法律地位"，但集权主义此时已经开始在欧洲各处再度抬头。在苏联，列昂·托洛茨基（Leon Trotsky）提出的"不断革命"的反民族主义原则，未能战胜约瑟夫·斯大林（Joseph Stalin）的"一国社会主义"的实用主义政策。1926年，由于英国总罢工未能掀起一场革命，托洛茨基的地位遭到削弱，并最终于1927年流亡海外。从1928年到1929年，斯大林通过推动实行工业化与农业集体化的5年计划，巩固了手中的权力。在意大利，法西斯主义已经镇压了各方的反对声音，而独裁统治的阴影仍然笼罩着葡萄牙、西班牙、匈牙利和南斯拉夫。

这一时期的经济波动，也造成了政治性后果。在法国，"200家"银行与工业家族的力量挟制了左派政府，从而导致法郎挤兑事件，直到右翼总理雷蒙·庞加莱（Raymond Poincaré）再度上台局面才有所缓和。更为根本性的问题是，由于战后偿还美国贷款，欧洲的黄金储备量已经大幅减少。再加上保护美国农产品的限制性进口管制，欧洲工业已经无法继续偿还贷款。另外，美国中西部"干旱尘暴区"的农业困境也是因

267

图147（对页）
洛洛向大家介绍超现实主义小组的成员
马克斯·恩斯特
1931年
拼贴：照片、铅笔和摩拓
50.1cm × 33.6cm
现代艺术博物馆，美国纽约
上排，从左到右：伊夫·唐吉、路易·阿拉贡、阿尔贝托·贾科梅蒂、勒内·克勒韦尔、乔治·萨杜尔（背面朝外，双手举起）
中间，从左到右：路易斯·布努埃尔（在戴头盔的人前面）、邦雅曼·佩雷、特里斯唐·查拉、萨尔瓦多·达利、马克斯·恩斯特、加拉、艾吕雅、安德烈·蒂里翁（恩斯特下方）、保尔·艾吕雅、勒内·夏尔（手抬起）、玛克辛·亚历山大（Maxine Alexandre）
下排：安德烈·布勒东、曼·雷

268

图148（对页）
外部
伊夫·唐吉
1929年
布面油彩
118cm×91cm
苏格兰国立现代艺术馆，英国爱丁堡

素之一。1929年10月，灾难性的华尔街股灾让纽约的投资者们惊慌失措，史无前例地损失了4000万美元，银行随即开始收回贷款，从而导致世界经济突然跌入经济大萧条。首当其冲的便是中欧国家，而英法两国也受到了严重影响。

经济上的绝望所催生出的政治辞令，也令20世纪20年代的国际和平气氛开始烟消云散。最令人恐慌的是，阿道夫·希特勒（Adolf Hitler）领导的德国国家社会主义党（National Socialist Party）飞速崛起，他们在国会中的席位从1930年到1932年翻了一番，达到了230席。纳粹分子以民族主义的感召吸引来人民洪流般的响应，而伴随而来的暴力、恐怖袭击以及反犹主义让社会主义政党与共产党都无力阻止。1933年1月，在右翼政客与实业家的帮助下，希特勒成为德国总理。可以理解，法国对此反应紧张——早在1929年12月，法国就投票决议拨出资金，在阿尔萨斯-洛林地区修建了马奇诺防线。

在《超现实主义革命》出版的几年中，超现实主义小组在目标上是一致的，路易·阿拉贡将这种一致性比喻为"精神之年"（une année mentale）。该运动成功地保持了一种具有高度破坏性的形象，猛烈地痛击了富裕法国的自满情绪，涉及的主题包括性、宗教和政治。到了1929年，超现实主义在诗歌上已经取得了相当的成就，包括保尔·艾吕雅的《悲伤的都城》（Capitale de la douleur，1926年）和罗贝尔·德斯诺斯的《自由还是爱情》（La Liberté ou l'Amour，1927年）等等。勒内·克勒韦尔的《巴比伦》（Babylon，1927年）讲述了一个关于资产阶级社会行为的奇妙故事，而布勒东的《娜嘉》（1928年）则按时间顺序记录了他与一位名叫娜嘉的女主人公的情事，并配上了雅克-安德烈·布瓦法尔拍摄的城市广场照片。在理论文献中，出类拔萃的有阿拉贡具有文学批判性的《风格论》和布勒东的《超现实主义与绘画》（两者皆发表于1928年）。在视觉艺术上，马松的沙画与恩斯特的刮擦画都更加直接地记录了"内心模式"，而米罗与唐吉的绘画（图148）则描绘出飘浮的梦境。在拍摄梦幻的摄影作品之外，曼·雷还将德斯诺斯的一首诗改编成他的第三部电影《海星》（L'Etoile de mer，1928年），并通过在镜头上盖上一层让视野变形的胶状物，从而避免了因其中的裸体内容而受到审查——这层胶

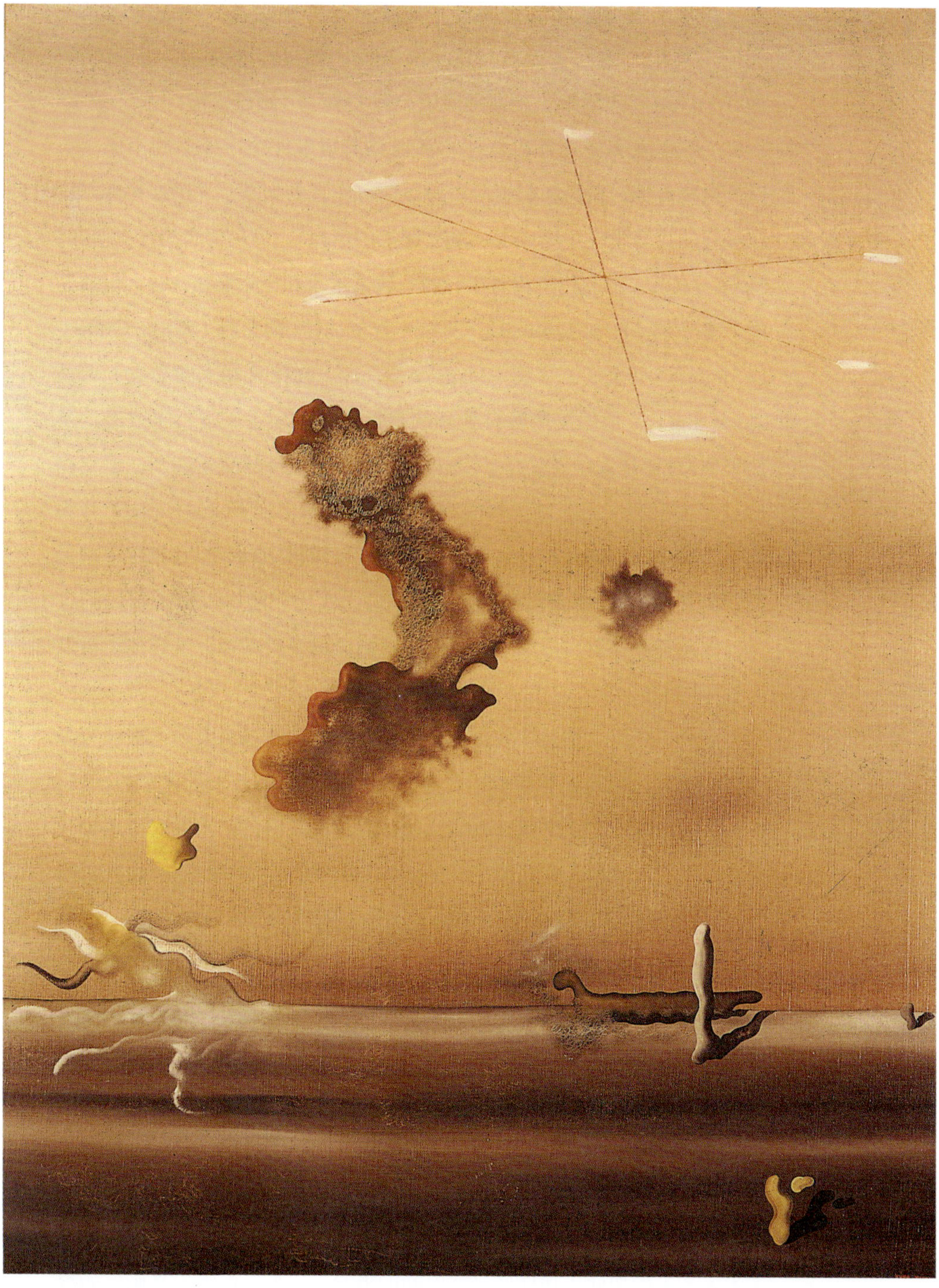

状物也是对陈规旧俗的一种绝佳隐喻。

　　超现实主义运动的知名度,还源自一些不受其直接控制的其他刊物。其中,欧仁·若拉（Eugene Jolas）的《转变行动》（Transition, 1927—1938年）附带了英文翻译版,并发表了《别碰爱情！》（Hands off Love!,即超现实主义者在查理·卓别林离婚事件中声援他的小册子）,以及格特鲁德·斯坦和詹姆斯·乔伊斯等作者的文章,乔伊斯称他们正在进行的语言学实验构成了一场"词汇的革命"。另一份名为《大博弈》（Le Grand Jeu）的刊物将相对年轻的一代艺术家和作家聚在一起,包括勒内·多马尔（René Daumal）、罗歇·吉尔伯特-勒孔特（Roger Gilbert-Lecomte）、莫里斯·亨利（Maurice Henry）和捷克画家约瑟夫·希马（Josef Šíma）,他们按照各自独立的目标对超现实主义进行了改造。虽然里伯蒙-德萨涅的《岔路》（Bifur）是一份更正统的文学期刊,但它在1929年却刊载了德·基里科的小说《赫布多米洛斯》（Hebdomeros）开头的一些选段。尽管阿拉贡曾经攻击过德·基里科20世纪20年代中毫无新意的作品,但他却十分欣赏这本小说,认为它能将人带入奇妙的世界。他甚至还提议,不如将德·基里科画画的手臂截掉,这样他就可以潜心写作了！

　　此外,还有一些位于灰色地带的作品,它们在当时大体上被认为是"超现实的",但却没有获得当时超现实主义运动与后来批评家的承认。有一些人与超现实主义运动稍微沾边,并将其发明的艺术形式应用到时髦娱乐中。在这份人物名单中,让·谷克多又一次名列榜首。在其电影《诗人之血》（Blood of a Poet,1930年）中,有一段李·米勒扮演"大理石"维纳斯的著名动画影像,其中运用了曼·雷的摄影手法。通过营造"穿过一面液体镜子"的惊人效果,这部电影探索了一种沉入潜意识世界的体验,但又用一段刻意的诗文对其进行设限。阿尔托稍早前为《贝壳与牧师》（The Seashell and the Clergyman,1927年）创作的脚本则影响了这部作品的最终形态,而拍摄者是成功的主流导演热尔梅娜·迪拉克。尽管阿尔托指责过迪拉克对这个作品理解不够,但是后者的参与也反映出超现实主义观念被社会接受的程度。然而,其他围绕在谷克多周围的艺术家却未能如此成功地经受住时间的考验,比如新浪漫主义画家帕维尔·切利乔夫、欧仁·贝尔曼（Eugène Berman）和克里斯蒂安·贝拉尔。他们对人物形象一目了然的处理手法，被广泛地认为是"超现实的"。然而，尽管无疑是超现实主义营造的大环境让他们的作品被大众接受，但布勒东却因他们把天主教和同性恋以及写实主义和感伤情绪结合在一起，而拒绝了他们的作品。

与此同时，超现实主义运动发生了第一次重大危机。必须承认的是，这是由布勒东一手炮制的，但却未能预见其后果。他的领导魅力以及他在解读运动方向时所表现出的、不可撼动的信念，都让其"同侪之首"的地位更加稳固，并为他冠以超现实主义"教皇"的头衔，而他则认为有必要对那些偏离其高尚道德立场的成员进行曝光。1929年2月，他与阿拉贡决定测试一下小组成员对集体的投入程度。于是，他们向超现实主义者以及跟运动处于同一阵线的人们发出了一封信，询问他们的创作活动是否应该仅限于个人作品，并给出理由。许多重要的人物并未做出回复，包括毕卡比亚、杜尚、里伯蒙-德萨涅、阿尔托、维特拉克和纳维尔等等，其中还有许多人已经走上了由参加超现实主义运动之前的组织关系所确定的其他艺术道路，比如《硬牛肉》小组与布洛美街小组。布勒东于3月11日召开了一场出人意料的大会。大会根据成员们的书面回复，开除了城堡街小组［杜哈梅尔（Duhamel）、普雷韦和唐吉］以及雅克·巴朗与曼·雷，原因是"他们的职业或个性"（曼·雷与唐吉不久之后就被赦免了）。对集体活动的投入程度再次被拿上台面来讨论，马松、米歇尔·莱里斯和米罗等人对此表示反对，而恩斯特、乔治·马尔金和作家约·布斯奎（Joë Bousquet）则表示他们忠诚于纯粹的超现实主义活动。之后，超现实主义者指责刊物《大博弈》包含宗教典故，并向商业主义妥协（新闻媒体以及阿尔托的阿尔弗雷德·雅里剧团）——这被看作是缺乏革命决心的表现。这次会议在混乱中画上了句号。

3月会议证实了越来越多的重要成员遭到开除的事态，而在1929年，超现实主义小组与其异议者或"流放者"（用布勒东的话来说）之间的对立关系变得更为突出。在12月的《超现实主义革命》最终号（第十二期）中，布勒东对莱里斯、乔治·兰堡和马松发起了一场言辞激烈的进攻，并把布瓦法尔、巴朗和德斯诺斯也列为攻击对象（他对他们的叛节公开地表示失望），这样，超现实主义小组陷入了完全分裂的局面。他也利用这一机会，为之前开除苏波（据说他在媒体上散播关于超现实主义的八卦）提供了正当理由，并且指出关于纳维尔家族财富自相矛盾的问题（这些钱资助了他的共产主义刊物）。另外，他还否定并撤消了超现实主义与阿蒂尔·兰波、夏尔·皮埃尔·波德莱尔（Charles Pierre Baudelaire）和埃德加·爱伦·坡等"始祖"成员之间的关联。

这篇直白的文章，便是布勒东的《超现实主义第二宣言》(*Second Surrealist Manifesto*)。1924 年，《超现实主义宣言》原版再次发行之后，这篇文章被收入在 1930 年出版的合订本中。《超现实主义第二宣言》展示了之前几年所开展的重新评估活动。在 1946 年版的序言中，布勒东解释道，这本书属于一个"几个灵魂在除去脚镣后察觉到又一次世界性大灾难已迫在眉睫且不可避免"的时代。作为对这种情况的回应，他开始重建超现实主义基础原则。这些在开头几段中有所提及：

> 我们必须最终承认，超现实主义试图从思想与道德的观点出发，在最广泛、最严肃的意义上，发起一场来自良心的进攻。在这一点上无其他任何事物能及。这一目标在什么程度上以单独或非单独的形式来实现，将会决定超现实主义历史性的成功或失败。

布勒东曾预见，超现实主义存在着调和对立事物的可能性：

> 一切事物都让我们相信，在某个思维点上，活着的与死亡的、现实的与想象的、过去的与未来的、可交流的与不可交流的、高的与低的，都不再会被看作是对立的。现在，让我们去寻找吧。在超现实主义活动中，你将获得一种推动力，去抓住、发现并固定住这个点的希望，而这也是超现实主义的第一要义。

这些目标要比第一个宣言中的目标更加紧迫，也更加抽象。布勒东对于卡尔·马克思与弗里德里希·黑格尔（Friedrich Hegel）著作的涉猎，已经取代了自动主义与梦的记录，而前者折射出 1929 年末的社会政治状况。他揭露了法国对其口号"自由、平等、博爱"的滥用，并号召大家团结起来彻底破坏陈规旧俗："为了将家庭、国家和宗教的想法丢进垃圾桶，所有方法都必须尝试。"他还宣称：

> 我不相信当下可能会存在一种能够表达工人阶级志向的艺术或文学……因为，在任何革命之前的阶段，作家或艺术家都必定是资产阶级的产物，因而他们在本质上是无法转译这种志向的。

尽管如此，《超现实主义第二宣言》的另一个目的便是，让这场运动投身于共产主义。事实上，对许多异见分子的抨击，也仅针对他们宣布抛弃超现实主义而加入共产党这一点。布勒东将自己的反对意见，与一些攻击纳维尔与巴朗的言论联系在一起，说他们的"道德品质最好应该被仔细审查一遍"，还说他们"趁着革命运动中狂暴的混乱局面，传递出一种'正在采取行动'的暧昧假象"。

这种直白的表达几乎是不可能被共产党接受的。当《超现实主义革命》刊登了这篇宣言之后，最早的反响还是来自超现实主义运动的"异见分子"。他们在联合刊物《一具尸体》中，试图用同样残酷的漫骂将布勒东掩埋。马克斯·莫里斯、雅克·普雷韦和雷蒙·克诺对布勒东与西蒙娜的离婚表示抗议，而莱里斯则声称，布勒东是踩着雅克·瓦谢、娜嘉·里戈与雅克·里戈的尸体走到今天的。雅克·里戈于 1929 年 11 月开枪自杀，他的离世似乎象征着与达达主义残余反叛性的最后诀别。在《超现实主义第二宣言》合订本中，布勒东还在异见分子不久前的个人支持声明旁边，逐条引述了他们后来的攻击言论。

在这场针锋相对的激烈争辩中，布勒东还是抽时间在《超现实主义第二宣言》中邀请特里斯唐·查拉加入超现实主义运动，他将后者看作极少数能创作"真正'让人身临其境'诗歌"的诗人。

查拉在进行个人活动的几年时间里，其挑拨行为中多少带有一份悠闲，这主要是由于他与画家格蕾塔·克努特松（Greta Knutson）的婚姻。她的财富让他们在巴黎盖起一座由建筑师阿道夫·洛斯（Adolf

Loos）设计的房子。查拉还［通过南茜·丘纳德（Nancy Cunard）］与克勒韦尔及阿拉贡保持了联系，一直到他与布勒东的交接过程完毕为止。

《超现实主义第二宣言》的潜在动机之一，便是要将理论层面的辩论与思想层面的权力斗争结合起来。在这一点上，布勒东的新对手是作家乔治·巴塔耶（Georges Bataille），后者不仅曾经拜访过他们在布洛美街的据点，还在1926年3月号的《超现实主义革命》第六期上发表过中世纪胡扯文字选集《患想集》（*Fatrasies*）。然而，巴塔耶的"强迫症"个性让布勒东有些担心，后者甚至在同伴莱里斯读了其作品《公厕》［*W.C.*，1927年，销毁于发表前］后建议巴塔耶去进行精神分析治疗，而巴塔耶本人则称自己的这篇作品"暴力地反抗了所有尊贵的事物"。他积极地拒斥自己心目中超现实主义的唯美主义倾向，还花言巧语地谢绝了1929年3月大会的邀请，称那里："理想主义者太多了！"相反，他通过色情文学写作［特别是1928年的《眼睛的故事》（*L'Histoire de l'oeil*）］以及博学多才的文字，建立起一种"异质物体"的理论。这种理论关注的是令人讨厌之物，并将其与人类仪式性和集体性的经验联系在一起。

1929年初，巴塔耶开始担任一份新的文化刊物《文件》（*Documents*）的主编。莱里斯与兰堡成为其合作伙伴，之后布瓦法尔、巴朗、德斯诺斯、马松和米罗也加入进来——他们都是布勒东在《超现实主义第二宣言》中攻击的叛节者。一方面，随着《文件》的撰稿人开始依据心理学对推动社会的力量进行探查，他们的作品都被打上深刻的悲观主义印记——受洛特雷阿蒙不计后果的阴郁情绪的沾染，这一倾向的表露也不是一天两天了。另一方面，在那个时代，对于物质存在，现象学界有一种基于对主体心理过程进行仔细审查的认识。莱里斯在《极光》（*Aurora*，1927—1928年）中，将这两方面结合起来看待，他写道：

> 我总是觉得，比世界上大多数事情都要难的是，不用人称代词"我"来表达我自己……对我来说，这个"我"字正是整个世界结构的缩影。正是因为万事万物与我自身相关，而我也愿意赏脸关心

一下它们，万事万物才得以存在。

这两个团体之间的敌对关系，很快就表现在《文件》和布勒东的新刊物《超现实主义为革命服务》(Le Surréalisme au Service de la Révolution，缩写为 SASDLR) 所涵盖的主题中。布勒东的新刊物力图与共产国际的志向看齐，其中刊登了布勒东与艾吕雅联合创作的文章《纯净的构想》("Immaculate Conception"，第二期，1930年)，文章通过语言的累积，模拟了各种神经与精神状态。这一系列文章是在几周之内同时写下的，它们正是《超现实主义第二宣言》中呼唤的"超现实主义隐匿性"的证据。其他一些文章也提供了更多证据，比如莫里斯·埃纳 (Maurice Heine) 对萨德侯爵 (Marquis de Sade) 的思考 (第二期，1930年)，以及查拉的《论诗歌境况的随笔》("Essay on the Situation of Poetry"，第四期，1932年)。

有一段时间，《文件》占了上风。在布洛美街的画家当中，米罗与超现实主义小组保持了一种暧昧的关系，这得益于他在婚后长期旅居西班牙。早在1927年，为了赞美与布洛美街的朋友们的友谊，他就在一幅名为《塞纳河的音乐、米歇尔、巴塔耶和我》(Musique Seine, Michel, Bataille et moi，图149) 的作品中，在一层颜料上用花体字画出作品的标题。1929年10月，莱里斯以米罗为主题，在《文件》上发表了一篇文章，而在此之前的5月号中，还有一篇卡尔·爱因斯坦写的、关于马松的鉴赏长文。马松与超现实主义小组的决裂，是由于他看不惯其中的阿谀奉承。他曾经亲口对布勒东说：

> 我无法忍受周围的人对你的种种模仿。我不明白，一个和你不睡同一个女人、不吃同样的东西、不读同样的书的人，怎么能在一天之内，仅仅因为你，就突然改变了对某个人或某件事的态度。

这种状况为他们的合作画上了句号，而《超现实主义第二宣言》斥责马松自认为比毕加索更高明。毕加索与米罗两人的作品都越来越反映出一种图像暴力，而这与《文件》有关。这一倾向，在马松的《马肉屠夫》(The Butcher of Horses，图150) 中已经有所表现，他在画中试图捕

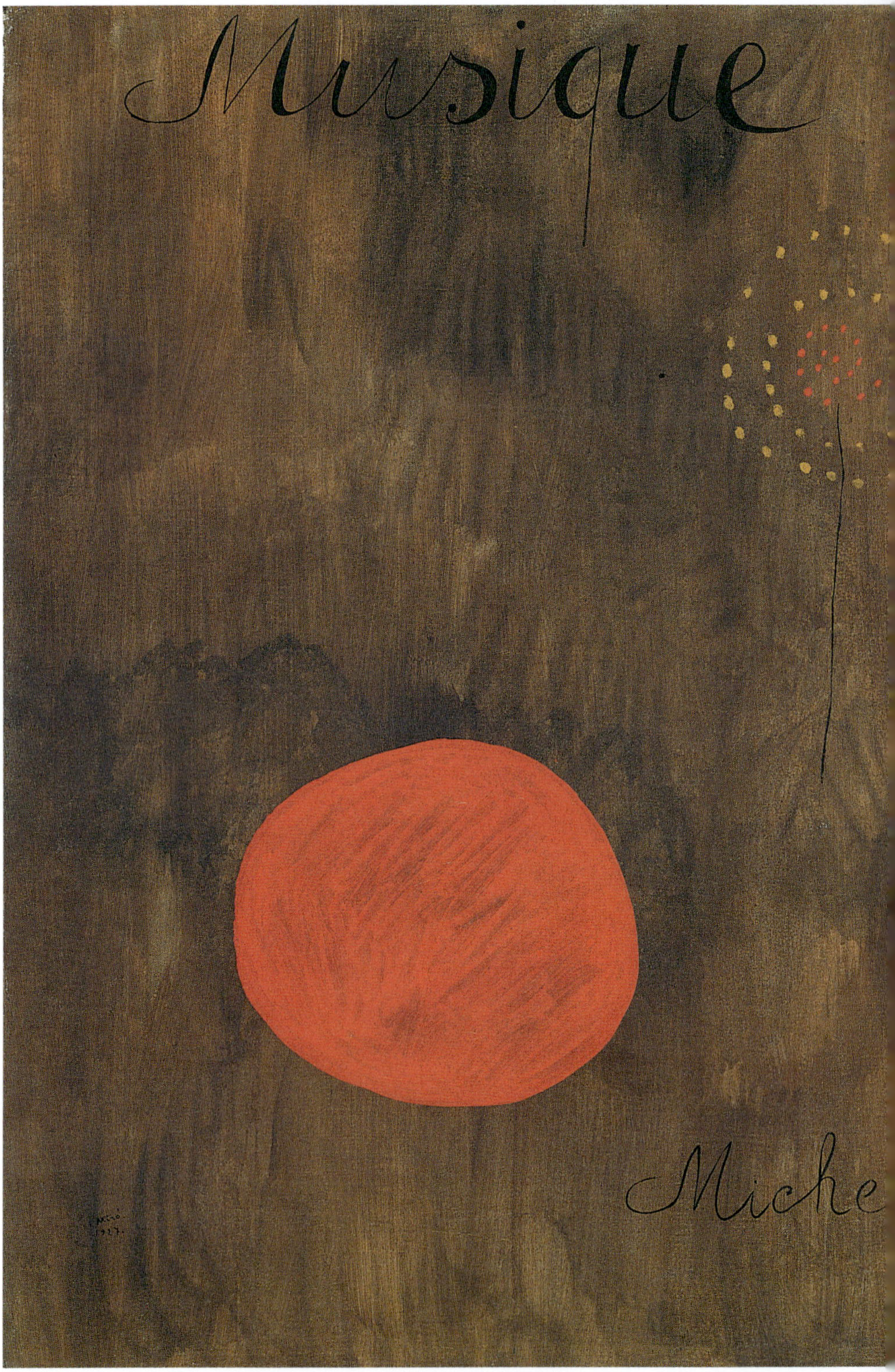
Musique
Miche

图149（含对页）
塞纳河的音乐、米歇尔、巴塔耶和我
胡安·米罗
1927年
布面油彩
79.5cm×100.5cm
温特图尔艺术博物馆，瑞士

捉人类、动物和物体融合时的转化状态。毕加索的《扶手椅上的女人》（*Nude in an Armchair*，图151）中狰狞而扭曲的人像，经常被认为与他崩溃中的婚姻有关，而马松与米罗在作品中对其做出回应的悲观主义情绪，则透露出一个更宽泛的历史背景。《文件》会定期刊登毕加索的新作，最终还出了一期毕加索特刊（1930年4月号），这似乎说明了布勒东已失去这段曾精心呵护的关系。

《文件》在其出版期间（1922—1932年）提供了一种与布勒东的超现实主义截然不同的可能性。带着对人类学的兴趣，莱里斯和兰堡研究了其他文化，以求探究"文明"内部的潜在力量。这与超现实主义对非欧洲手工艺品相对肤浅的兴趣形成鲜明对比。最重要的是，在那些主题看似偶然的文章中，明显存在着一种社会政治层面上的激进主义，而这些主题也构成了《文件》的用语大全。莱里斯写了一些关于语言之不可

图 150
马肉屠夫
安德烈·马松
1928 年
布面油彩
73cm×92cm
美术馆，德国汉堡

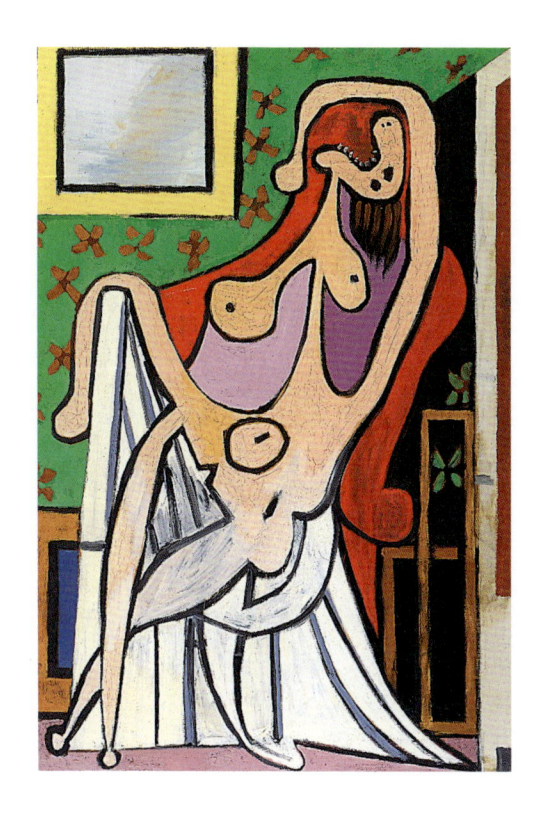

图 151
扶手椅上的女人
巴勃罗·毕加索

1929 年
布面油彩
195cm × 129cm
毕加索博物馆，法国巴黎

靠本质的文章［如《隐喻》（"Metaphor"），1929 年 6 月号］，这与马格利特关注的主题相近。巴塔耶提交的稿件关注的则是人类——在字面意思与隐喻意义上——从动物进化而来的证据。他在《文件》（1929 年 9 月号）上发表了一篇关于眼睛的倾慕与恐惧之物的分析文章，与莱里斯的《文明》（"Civilization"）刊登在一起。在《腐烂的太阳》（"Soleil Pourri"，《文件》1930 年 4 月号）中，他把毕加索对斗牛的着迷、密特拉教仪式以及原始的太阳信仰联系起来。在他到拉维莱特（La Villette）的各个巴黎屠宰场参观之后，写下了一些记录文字（1929 年 11 月），其中直接表现出被压抑的仪式元素——在埃利·洛塔尔（Eli Lothar）坚定果敢的摄影作品中可以一目了然（图 152）。作为对其文章的补充，巴塔耶越来越依赖摄影作品的效力。或许最为古怪的一篇要数他的文章《大脚趾》（*The Big Toe*，1919 年 11 月），其中的插图是一组由布瓦法尔拍摄的、令人不舒服的脚趾特写（图 153）。这篇文章追溯了脚趾在历史上所扮演的角色，从保持平衡的功能——"它是支撑人类引以为荣的'站立'

第七章 欲望的和解　277

图152
屠宰场
埃利·洛塔尔
发表于《文件》（1929年11月号）的照片

姿态的坚实基础"——到中国的缠足习俗，再到17世纪西班牙的恋足癖。其中，性的存在以及对它的否认，让巴塔耶将对脚趾的处理方式视作为人类企图摆脱自身本能的体现。"这篇文章的意义，"他总结道，"在于坚持直接而明白地对'诱惑性'进行质询，而不去考虑各种混杂的诗意。这些诗意只不过会分散注意力而已。"

这种对于人类学与性的结合，在马松急切创作出的线描画与油画中也能找到回应。《屠杀》（*Massacre*，图154）中反复出现的人像与动物形象，都呈现出一种明显与性欲有关的兽性狂躁。这种暴力倾向典型地——也十分令人困扰地——被施加于女性，毫无怜悯，从而表现出古典主题冷酷的真面目。它同时也反映出这一时期中政治的残酷暴行，其突出的焦点就是当时爆发的西班牙内战（Spanish Civil War），而在1934年至1936年间长期居住在安达卢西亚的马松，也正是在那时离开西班牙的。

这种极富争议与冲击力的作品，似乎慢慢盖过超现实主义本身的风

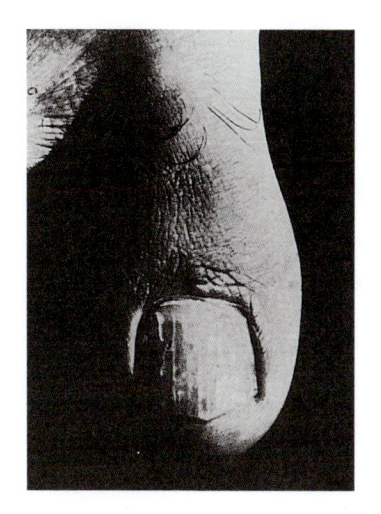

图 153
无题（大脚趾）
雅克-安德烈·布瓦法尔
发表于《文件》（1929年11月号）的照片

图 154
屠杀
安德烈·马松
1931年
布面油彩
120cm × 160cm
路易斯·莱里斯美术馆，法国巴黎

头。布勒东的《娜嘉》除了充满情色意味，其辩证性的沉思似乎显得温和而乏味。他的《超现实主义第二宣言》只不过是一种对《文件》中挑战的默然接受。然而，在极权主义时期，为了让超现实主义长期存在，更加重要的则是他坚信进行集体活动与投身政治的必要性。此外，这两个组织终于意识到，他们并不是互相排斥的。《文件》对于当代社会中考古学、人类学以及性的探讨焦点延伸了超现实主义事业，而从一种在本质上属于超现实主义的立场来说，这项事业的空间一下子又海阔天空了。无论布勒东是否喜欢他们，他们都增强了这场运动在某些领域中的丰富性，而该运动之后也将这些领域划为自己的势力范围。就连巴塔耶也意识到了这种交往的重要性，并将自己称为"来自超现实主义内部的宿敌"。

尽管有很多人叛节与退出，但恩斯特仍然扮演着超现实主义"官方艺术家"这个重要角色。1927 年，他与比他小的玛丽-贝尔特·奥朗什（Marie-Berthe Aurenche）私奔，克勒韦尔也在同期推出的《巴比伦》中对该事件进行了类似的描绘，恩斯特还为它制作了若干幅摩拓插画。对于这些图片的情色主义，在《人像》（*Figure*，图 155）中可见一斑，其中座椅的藤编面呈现出了蕾丝的效果。为了提交发表，曼·雷还用雷氏摄影法将这些摩拓画制成负片，其结果为这些图像增添了一种鬼魅般的感觉。

恩斯特发明的"拼贴画小说"，将这种追求奇妙叙事的偏好提升到一个新高度。它颠倒了插图与文字之间的相互关系——叙事在根本上则是通过视觉来展现的，其中只有最少量的评论文字。在《一百个头的女人》（*La femme 100 têtes*，图 156）的组图中，他重拾了早期的版画拼贴技巧，而利用摄影进行翻拍，也保证最终作品看不出拼贴的痕迹。他将一系列 19 世纪矫情故事的插图转化为一个纠结体——由常常带有超现实性的暴力、性以及最重要的幽默感黏合而成。这种形式能够产出丰富的成果，以至于他又制作出两本合集，《想加入圣衣会的小女孩的梦》（*Le Rêve d'une petite fille qui voulut entrer au Carmel*，1930 年）和《仁慈的一周》（*Une Semaine de bonté*，1933 年），其中包含了一些最为引人入胜的超现实主义图像。恩斯特的手法与马松的自动主义方法不同，而这些作品则涵盖并

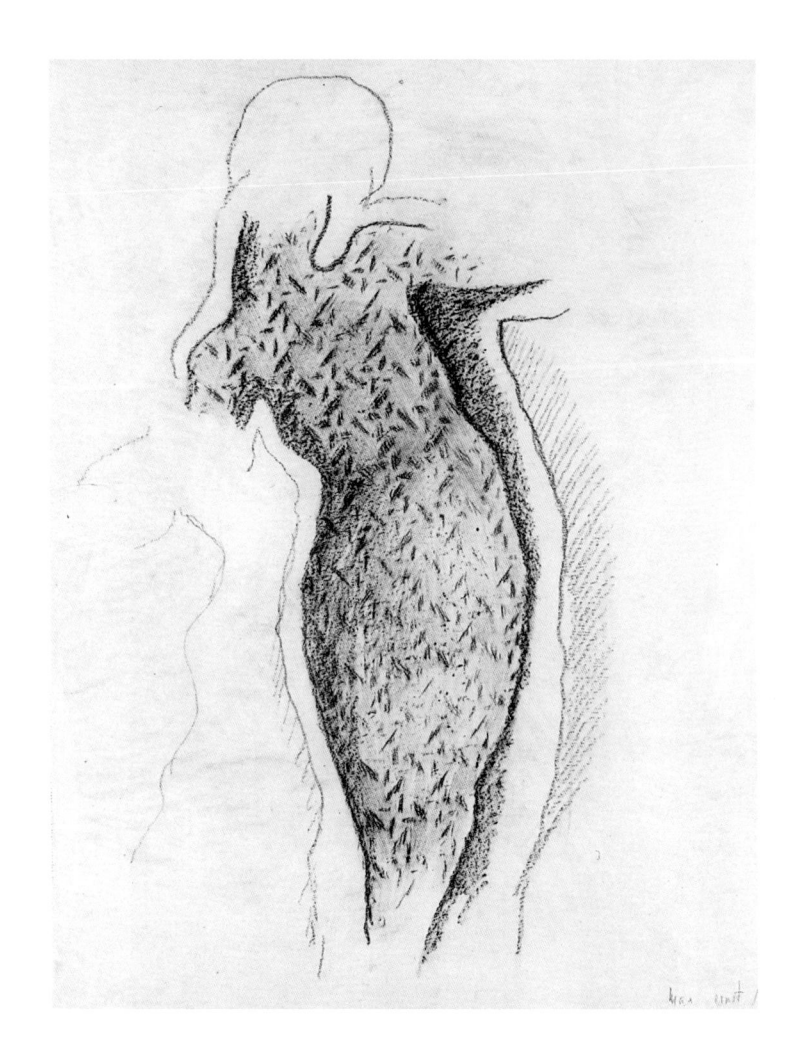

图 155
人像
马克斯·恩斯特
1927 年
摩拓
27cm×21cm
茶壶院，英国剑桥

浓缩了它们所有的不同点。尽管两人的创作主题出奇地相近，但恩斯特作品中来自流行文化的素材，让他成功地揭露出被资产阶级社会压抑的不安情绪。

打破预期，是超现实主义拼贴画最重要的目标。阿拉贡在《绘画的挑战》（"La Peinture au défi"，1930 年）中进行了这方面的探索。这是为戈曼画廊（Galerie Goemans）的一场展览创作的长篇介绍性文字。他将拼贴画的问世追溯到毕加索与布拉克的立体主义，并将它看作一种所有超现实主义艺术家都曾用以进行重要个人探索的创作媒介。他讨论了阿尔普、杜尚和毕卡比亚，以及毕加索用布与大头钉做成的吉他、米

第七章 欲望的和解

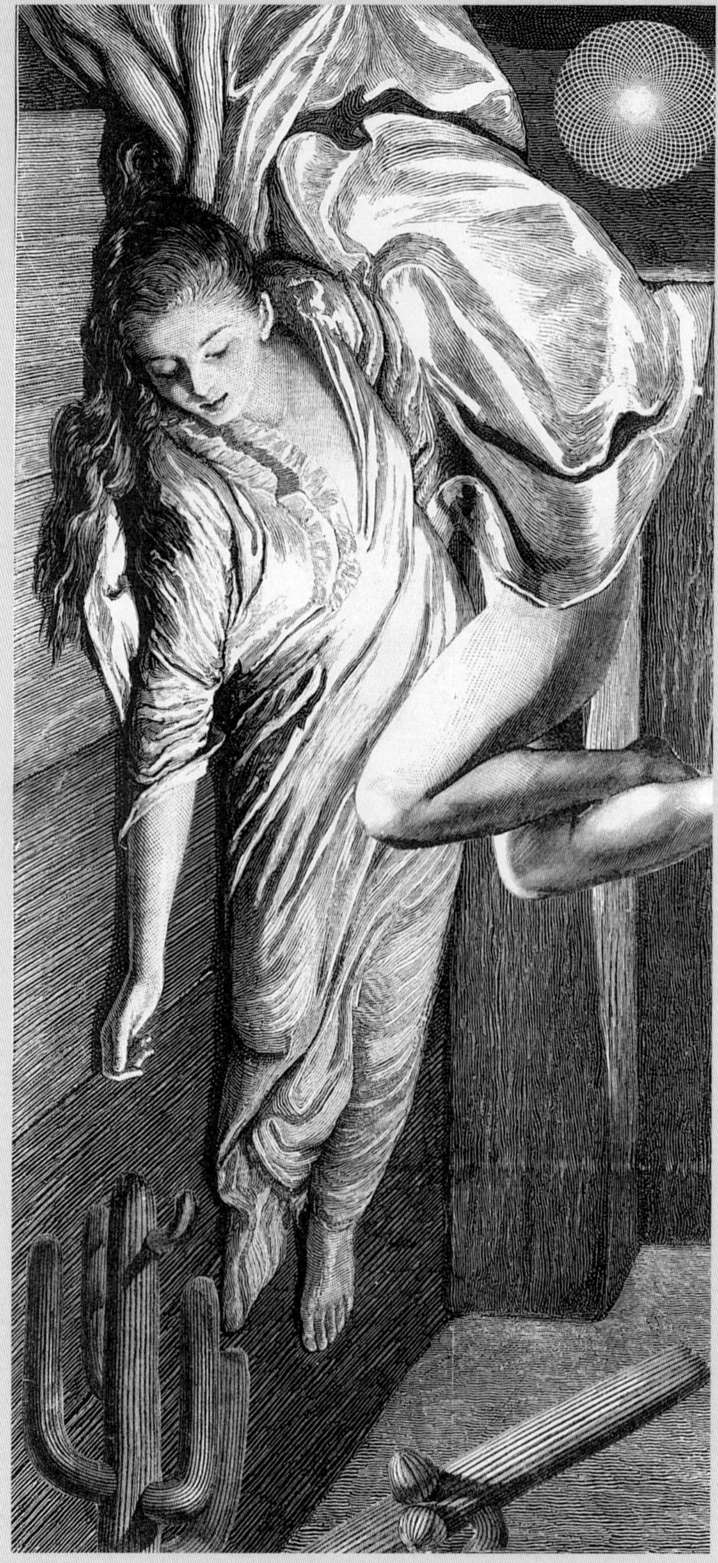

罗的拼贴画和恩斯特的拼贴画小说。阿拉贡认识到其中蕴含的力量，并改编了西多尔·杜卡斯的那句名言，声称："所有人都应创造奇妙的东西。"

20世纪30年代早期超现实主义活动的集大成者，是这场运动中一位初出茅庐的自诩天才——萨尔瓦多·达利。他与路易斯·布努埃尔共同制作的电影《一条安达鲁狗》（*Un chien andalou*，1929年），让他毫无预警地突然登上巴黎先锋圈的舞台。他的到来，为超现实主义运动接下来几年的活动增光添彩，以至于在大众领域中，他的名字已经成为超现实主义的代名词。就这一点来说，他无疑是1929年超现实主义小组内部大清洗以后，新晋成员中最重要的一位，尽管这批新成员中包括了奥古斯托·贾科梅蒂和若干作家及活动家，比如勒内·夏尔（René Char）、乔治·萨杜尔（George Sadoul）、安德烈·蒂里翁（André Thirion）和乔治·于格涅（Georges Hugnet）等等。

《一条安达鲁狗》是刻意而为的先锋派作品。它利用电影中潜在的可能性来操纵现实，以求创造出梦境般的叙事逻辑。曾在加泰罗尼亚刊物《艺术之友》（*L'Amic de les Arts*）工作的经验，让达利和布努埃尔都深谙超现实主义艺术及其理论，而布努埃尔还曾担任过电影导演让·爱泼斯坦（Jean Epstein）的助理，这让他也掌握了一些电影方面的专业技能。布努埃尔尤其强调蒙太奇的力量，称其为电影创作的"金钥匙"，这反映出他对谢尔盖·爱森斯坦的革命电影所抱有的热情。他运用蒙太奇技法，在毫不相关的主题——比如毛发浓密的腋窝和海胆——之间淡入淡出，通过汇聚它们的视觉韵脚，创造出更深刻的暗示性。《一条安达鲁狗》的冲击力，就来自这种制造震惊效果的手法。在电影的序章中，布努埃尔与一位少女站在夜晚的阳台上。随着一片薄云划过月亮，他就用一张刀片将她的眼睛切成了两半（虽然实际上用的是一只牛眼球，但布努埃尔还是恶心了一个礼拜！）。这一行为与弗洛伊德关于俄狄浦斯式创伤的联想有关，可以解读为对现实的一种摒弃，转而在电影中去追求内心的愿景世界。《鸟》（*Bird*，1928年）等绘画中逼真的腐烂场景，将达利对腐朽的迷恋表现得十分明显，而这部电影中也有一个同样臭名昭著的场景：男主角试图将一架钢琴拖过房间，而上面载着腐烂的

286

287

图156（对页）
一百个头的女人，张开了她八月的袖管
马克斯·恩斯特
1929年
拼贴
32.7cm × 16.9cm
曼尼尔藏集，美国休斯敦

驴与死去的神父（图 157）。这似乎象征了陈规旧俗的重量。电影中最重要的或许是顺序错乱的场景所营造出的整体效果，布努埃尔称它是"反矫揉造作和反艺术性的"。虽然整个片子只有 17 分钟，但这部梦境般的作品到今天仍然难以揣摩，值得反复观看。

学生时代的达利和布努埃尔在马德里曾属于同一个反叛圈子，诗人费德里科·加西亚·洛尔卡（Federico García Lorca）与画家玛丽亚·马洛（Maria Mallo）也在其中。布努埃尔在放弃了动物学研究后转行从事电影，而达利则由于蔑视权威而被逐出马德里学院（Madrid Academy）。不过，达利的这一事件掩盖了其严肃的现代主义实验。1925 年，达利在巴塞罗那的达尔茂画廊举办展览，展出了这些实验的成果，还在《艺术之友》中得到了 J. V. 富瓦（J. V. Foix）的称赞。达利在阅读过弗洛伊德的著作之后，会意地运用了精神分析的方法与符号。这在诸如《小灰烬》（*Little Cinders*，图 158）等绘画中可见一斑，而他的手法实际上也就变为超现实主义性质的了。除了他，还有其他一些巴塞罗那的艺术家游移摇摆在恩斯特、德·基里科和唐吉的影响之间。马洛同时也在创作自

图 157
电影《一条安达鲁狗》（1929年）中的剧照
萨尔瓦多·达利与路易斯·布努埃尔

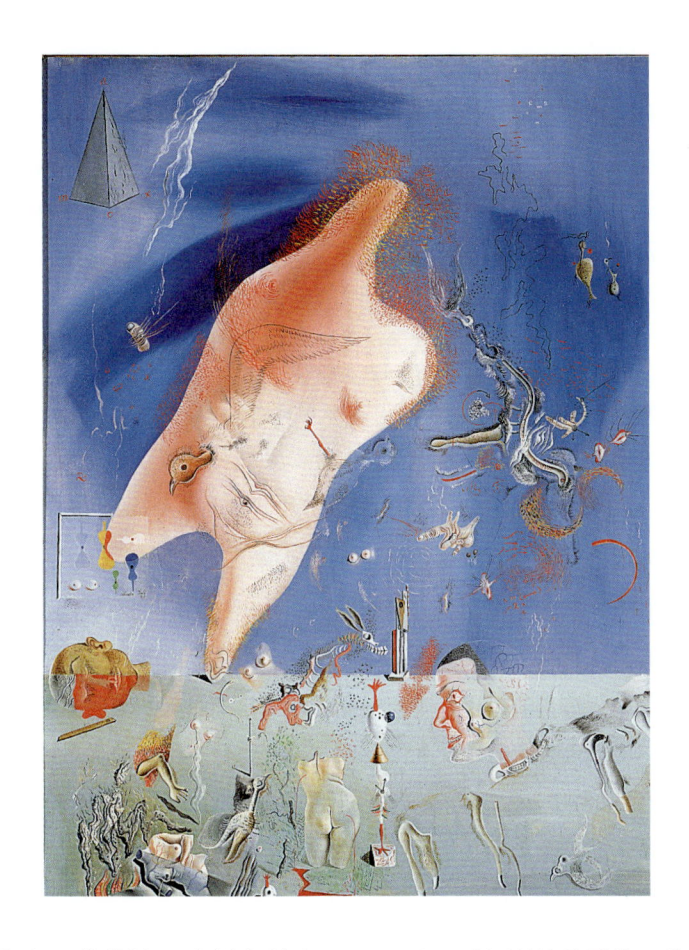

图158
小灰烬
萨尔瓦多·达利
1927 年
布面油彩
64cm×48cm
索菲娅王后国家艺术中心博物馆，西班牙马德里

动图画，而阿图尔·卡沃内利（Artur Carbonell）则继承了德·基里科带有神秘色彩的透视画法。

在为《艺术之友》撰写的文章中，达利通过结合理论与古怪的抒情腔调，回溯了一条愈发靠近超现实主义的道路。在一篇关于米罗的鉴赏文中，他写道（第二十六期，1928 年 6 月）：

> 胡安·米罗的画作引领我们通过自动主义与超现实的路径来欣赏现实，并十分贴近地展现了现实本身，而这同时也巩固了安德烈·布勒东的思想。他认为超现实可以包含在现实之中，反之亦然。

对于达利与其他人来说，米罗的作品代表着加泰罗尼亚本土艺术成就在巴黎先锋圈子中的巅峰。然而，达利专注于在自动主义与借助摄影实现的"瞬间自动主义"之间维持一种平衡。在这个过程中，他发现了一种将现实与转化结合起来的潜在可能性，正如之后在《一条安达鲁狗》中所探索的一样。在《摄影：思维的纯粹结晶》("Photography pure creation of the mind"，《艺术之友》第十八期，1927 年 9 月）等文章中，他提出将摄影作为自动主义的首要模式，并将自己油画创作的目标定为"手绘照片"。

达利、路易·蒙塔尼亚（Lluis Montanyà）和塞巴斯蒂亚·加施（Sebatià Gasch）共同撰写了《加泰罗尼亚反艺术宣言》（*Catalan Anti-artistic Manifesto*，1928 年）。这篇文章又被称为《黄色宣言》（*Yellow Manifesto*），而达利在其中表达出粗暴的反民族主义。如果说这些内容令达利遭到巴塞罗那观众排斥的话，那么他很快又不知不觉地陷入超现实主义"官方"与《文件》小组之间的拉锯战中。艾吕雅夫妇、马格利特夫妇和戈曼夫妇在 1929 年拜访过他在卡达克斯的住所，并立刻被其画作的力量与创造性震撼了。唯有达利歇斯底里的行为及其明显的"食粪症"（即"吃屎"）倾向，让来访者感到不安。他声称这种状态推动了他的油画作品《郁郁寡欢的游戏》（*The Lugubrious Game*，图 159）的进展，而与加拉·艾吕雅突如其来的爱情又增强了其精神上的亢奋。当加拉离开艾吕雅而和他在一起之后，他便将全部能量投入到戈曼画廊将在 11 月举办的首次巴黎个展上。《郁郁寡欢的游戏》是这场惊世骇俗的展览的核心展品，它展现出达利将高超的创作技巧与个人化的意象相糅合的产物。画中面带愧色的人像有着柔软而膨胀的手脚，他们与堆积的幻想一起表现出达利对父亲角色的恐惧和对性无能的焦虑。达利深谙自己创作的弗洛伊德式象征物，并充分地运用了它们。

当巴塔耶在展览中看到《郁郁寡欢的游戏》时，他意识到其中对于腐坏、死亡和恋物倾向的关注与《文件》探索的主题十分接近。他撰写了最早探究达利焦虑意象的文章之一，他在观察中发现"阉割的起源及其所伴随的矛盾反应，都通过异常丰富的细节与表现力转译出来"。然而，达利还是选择加入布勒东的运动，并收回《文件》刊发自己作品的权利，转而在《超现实主义革命》（第十二期）中发表了《被点亮的欢愉》（*The Illuminated Pleasures*，1929 年）与《欲望的和解》（*The*

图 159
郁郁寡欢的游戏
萨尔瓦多·达利

1929 年
卡纸油彩及拼贴
44.5cm×30cm
私人藏集

Accommodations of Desires, 图 160）。这一举动反映出他对超现实主义理论长久以来的投入，而他将对情色与腐坏的关注融入"手绘照片"成品的做法在以上作品中昭然若揭。他向超现实主义运动承诺，他将为其带来新的创意。

达利的存在不仅将会带来深远的影响，而且他与布努埃尔共同完成的《一条安达鲁狗》还起到了立竿见影的效果。它确立了之后两年中其他电影得以继续开拓的潜在可能性。让·谷克多的《诗人之血》(*Blood of a Poet*) 与布努埃尔的《黄金时代》(*L'Age d'or*) 便是其中最著名的尝试，两者都在 1930 年获得了诺瓦耶子爵的资助。《黄金时代》的时长要比《一条安达鲁狗》长许多，它不仅在技术上更为复杂（它是法国最早的有声电影之一），而且在政治上也更加固执己见。其叙事结构围绕着一个在传统上犯禁忌的恋爱故事——一种超现实主义的"疯狂爱恋"(amour fou)。通过它，布努埃尔得以对家庭、政治（故事里的父亲形

第七章 欲望的和解 287

图160
欲望的和解
萨尔瓦多·达利
1929年
木板油彩
22cm×35cm
私人藏集

象引来了真的苍蝇)和宗教进行抨击——当一把犁、一只长颈鹿和一位主教从卧室窗户被扔出去的时候,这三个元素都在破坏性的疯狂中遭到推翻。在女主角吮吸雕像脚趾的臭名昭著的一幕里,性得到了释放。不过,引起群情激愤的却是另一个场景——一只宗教圣物箱被放在地上,以便于让一位优雅的夫人下车。这部电影在巴黎上映的那家影院,遭到右翼的爱国者联盟与反犹太人联盟(Anti-Jewish League)的攻击,以至于同时举办的超现实主义展览的画作都被刀划破了。官方吊销了该电影的放映许可证书,并销毁了所有的拷贝(其实有一两个保存了下来),这也很能说明当时的政治状况。相比之下,《诗人之血》则在上流社会中好评如潮。

如果说是与超现实主义相关的电影让这场运动回到聚光灯下,那么达利做出的贡献则改变了它与大众之间的关系。即便是对于讨厌达利意象的人来说,他们也可以马上看出他值得称道的技术本领。尽管唐吉对其幻想形态(图148)的影响比达利自认的要大,但是达利的成功也为同道们的作品引来了更加持久的赞赏。相似地,20世纪30年代,马格利特在超现实主义内部的扶摇直上,也可以与达利引领的幻想潮流联系在一起，尤其是当达利开始通过写作与绘画来推广特定的理论立场时。这些立场将在一小段时间内支配超现实主义运动的走向。其中最为个人化的便是他提出的"偏执狂批判法"（Paranoiac Critical Method），即将偏执狂患者所经历的幻想客体化。早在1928年一篇关于米罗的文章中，达利就已经探索了以一种显性的方式来看待物体的可能性，而"偏执狂批判法"便阐明了这一路径。在文章《腐坏的驴子》（"L'Ane pourri"，《超现实主义为革命服务》第一期）中，他预测道："我相信这一刻很快就要到来了，通过一种偏执个性以及思想活动发挥作用的过程，是有可能（同时伴随自动主义与其他的被动状态）让思维混乱变得系统化，并导致现实世界失去所有的真实性。"

作为证明，达利创作了《看不见的熟睡女人、马、狮子等等》（*The Invisible Sleeping Woman, Horse, Lion, etc.*，图 161）。在画面中，取决于观者所关注的不同细节，各个物体看上去都像同时存在于视线的最前方。既然其中没有哪个意象占支配地位，因而任何关于其"现实"的概念也都不足为信。或许最具说服力的例子是，在一张找来的明信片上，他能在非洲茅屋上还看出一个立体主义头像。尽管这个意象无须改动或修饰，但是画中的这种转化过程尤其依赖于精湛的技巧，并会令人想起17世纪荷兰的绘画大师们——达利很崇拜他们。虽然这些绘画的创作都极为耗费精力，但却又很容易被不屑一顾，而它们数量很少或许就是因为难以被人们理解。不过，它们却引起了精神分析家雅克·拉康（Jacques Lacan）的注意，他在出版自己的博士论文《论偏执狂精神病及其与人格的关系》（*On Paranoiac Psychosis in Its Relations with the Personality*，1932年）之后，曾向达利进行咨询，并加入了超现实主义运动。

尽管"偏执狂批判法"在实践上有所欠缺，但它却奠定了达利之后很多作品的基础，并且在一段时间内，也成为超现实主义活动的焦点。我们可以从布勒东与艾吕雅在《纯净的构想》（于1930年集结成册）里对心理状态的诗意模拟中隐约看出这种联系。每个章节的标题都已经被提前定好，比如在"对阐释性精神错乱的模拟尝试"这一节中，开头如下：

图 161
看不见的熟睡女人、马、狮子等等

萨尔瓦多·达利

1930 年
布面油彩
50.2cm×65.2cm
国立现代艺术博物馆，乔治·蓬皮杜中心，法国巴黎

当那一段感情结束时，我就像枝头落单的小鸟一样。我再也没有任何用处了。尽管如此，我看见，浮在水面上的油斑，映照出我的样子。我也注意到，位于鸟市旁边的兑换桥（Pont du Change）变得越来越弯曲了。

就像自动主义的文字一样，这些合作者更关心的是其潜在的诗意效果，而非在临床上可能的应用途经。

达利的"方法"与诗人们的"模拟"之间的共通之处，掩盖了一种根本的区别。这已经在《腐坏的驴子》的两个阶段中表现出来。当达利将自动主义称为一种"被动状态"的时候，他便开始要求在"偏执狂批判法"中扮演一种主动的角色，并且还把这种角色扩展到运用图画错觉主义的力量上。他直接忽略了在超现实主义绘画中催生自动主义的论辩，并更加偏爱引发某种图像的诱因，而非将图像记录下来的过程本身。这一立场与他所谓的"使现实世界失去所有真实性"有关,而与《超现实主义第二宣言》所预想的、对于"现实与想象……都不再以对立的形式存在"的"确定"截然不同。布勒东希望整场运动力求与理性在辩证层面上达成一致,而达利却要一边倒地支持非理性。不过,布勒东对于这种区别的反应是通融的,这或许是由于达利的立场在"超现实主义的完全遮蔽"之下,从一开始就是合乎情理的。

无疑,达利在 20 世纪 30 年代早期就倡导将非理性暴露出来。他影响最为广泛的创造包括围绕"具有象征性功能的物品"(symbolically functioning object)所发展出的理论,以及更具普遍性的超现实物体(Surrealist object)的概念。达利、加拉与瓦伦丁·雨果最早创造的一些物品(图 162)被用于达利在《超现实主义为革命服务》第三期(1931年)中发表的文章《超现实主义艺术品》("Surrealist Objects")的插图。这些物品把玩了并置的意象,呼应了洛特雷阿蒙比喻中的"缝纫机与工作台上的雨伞"。然而,这种带私人性的"象征性功能"的集合,造成了一种诘屈难懂的效果。通过达利的表现,这一点还常常带有恋物癖的意味。这种精妙的表现手法由于与原始材料的简单力量并不匹配,很快就被放弃了。

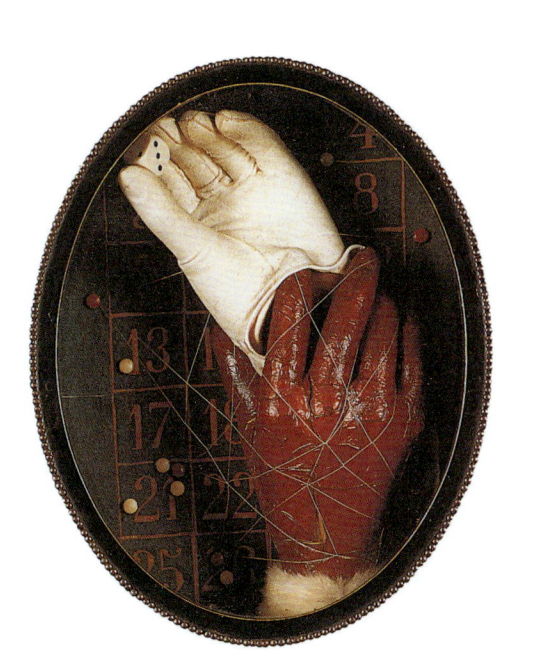

图 162
物品
瓦伦丁·雨果
1931 年
集合艺术
高 32.5cm
私人藏集

这些不同来源的材料既丰富多样，又令人称奇。比如说，德·基里科绘画中的某些难以解释的元素，既危险又难以抗拒（图41）。唐吉发明了一种对非真实物体十分不同的描绘效果：通过臃肿的形态来呈现像果实熟透或者石头一样的感觉。马格利特与达利提出的改动现实的手法也有所不同。位于画布之外的真实物体，被证明也同样具有挑逗性。在《疯狂的爱恋》（*L'Amour fou*，1937年）中，布勒东试图描绘一种"客观的偶然性"，这种偶然性曾经让他在一个跳蚤市场里觅得一把木勺。它的柄被做成鞋子的形状。不光勺柄的拱形与鞋面类似，而且这件物品也满足了这位诗人长久以来的迷恋。与此类似，达利也对偶然性创作进行了探索，他在一篇以布拉赛（Brassaï）的照片作为插图的文章［《弥诺陶洛斯》（*Minotaure*）第三、四期，1933年］中，介绍了用揉皱的公交车票与剩下的肥皂头进行的创作，他称之为"不自觉的雕塑"。虽然布勒东与达利的创作都与"在日常生活中释放非理性"这个重要创意有关——这早已被强迫症患者实践过了，但达利却将它与新艺术运动（Art Nouveau）中的虬结形态关联起来。在超现实主义者对建筑的鉴赏中，这两条脉络意外地整合在一起，而在此之前，超现实主义者几乎从未关注过建筑这一艺术形式。一方面，由强迫症驱动的创造活动的缩影，就表现在法国邮递员沙韦尔（Le Facteur Cheval）的作品中。他在每日递送邮件的行程中收集光滑而奇特的石子，并用它们在自家后院里建造起令人称奇的理想宫（Palais Idéal，1879—1912年）。另一方面，达利也推崇安东尼·高迪（Antoni Gaudí）非凡出众的创新性，这位来自巴塞罗那的建筑师设计了现在仍在施工中的圣家族教堂（Sagrada Família），以及富有趣味的桂尔公园（Parc Güell）。

如果说超现实物体中蕴藏着一种诗意的艺术追求，那么阿尔贝托·贾科梅蒂（Alberto Giacometti）则对此产生了决定性影响。在达利与布努埃尔之后，贾科梅蒂是此时被招入超现实主义麾下的最重要的新成员，他在与《文件》小组逢场作戏后，于1931年加入了超现实主义运动。他与布勒东的友情十分浓烈，同时也见证了布勒东与雅克利娜·兰巴（Jacqueline Lamba）的婚礼。诸如《勺型女人像》（*Spoon-Woman*，1926年）等出自他之手的雕塑作品充满能量而令人难忘。它们在创作时虽然独立于超现实主义，但也同样探索了关于性和梦幻世界的相关理念。

贾科梅蒂来自瑞士一个重要的艺术世家，他的叔叔奥古斯托·贾科梅蒂曾经与苏黎世达达主义的成员们一起展览过抽象画（图44）。阿尔贝托·贾科梅蒂在巴黎与阿尔普相遇后，很快就在自己非常个人化的立体主义中融入了心理层次的特质。叔侄俩都探索了雕塑的有机形态或具有暗示性的潜在可能性。阿尔普与恩斯特及米罗十分亲近，并与前达达主义成员以及超现实主义运动之外的许多人保持了联系。他将自己生物形态的雕塑称为"实在的"作品，它们来自独立的创意，而非其他实体抽象化后的结果。正如《长着讨厌物件的头》（*Head with Annoying Objects*，图163）等作品所展示的一样，这些形式化且理论化的命题并没有磨灭阿尔普诡异的幽默感。

阿尔普与布勒东的正统路线保持了审慎的距离，而贾科梅蒂的投入程度则更深。后者偶尔显得脆弱的有机形态作品，反映出梦带来的灵

图163
长着讨厌物件的头
汉斯·阿尔普
1930—1932年
石膏
37cm×29.5cm×19cm
艺术博物馆，丹麦锡尔克堡

第七章 欲望的和解

图 164
悬挂的球
阿尔贝托·贾科梅蒂
1930—1931 年
石膏与金属
高 61cm
艺术博物馆，瑞士巴塞尔

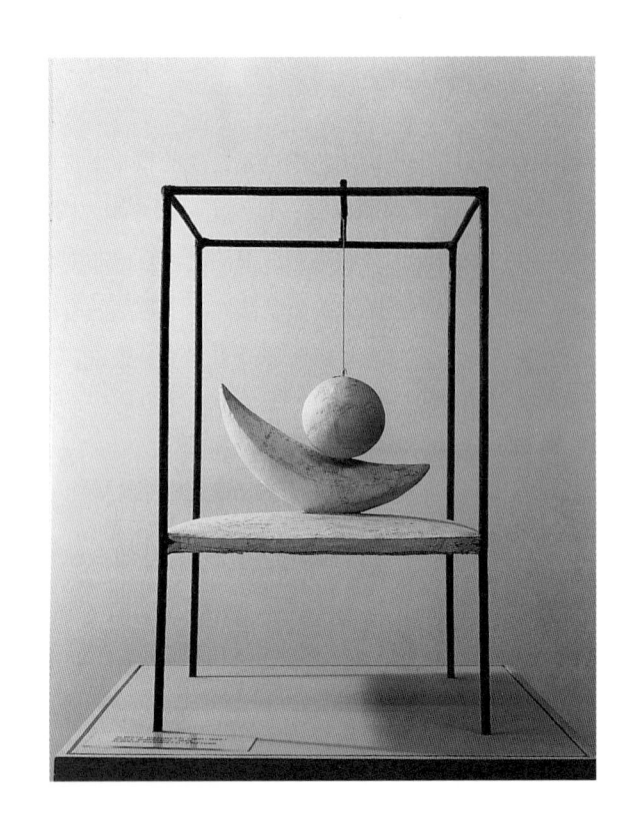

感。在达利与布勒东的热情推动下，其作品《悬挂的球》(*Suspended Ball*, 图 164) 与超现实物体的发明紧密地联系在一起。像他的其他作品一样，这件物品包含了可以活动的部件，让观者不得不参与进来，并激起他们潜藏在梦中的强烈幻想。这颗球体下面开有裂缝，并被悬挂在一个楔形物体的上面，令人想要让其滑动起来，而结果却事与愿违，让人心神不宁。超现实主义者将这种有意为之的设计看作带有暗含性意味。在《痕迹的时刻》(*The Hour of Traces*) 等相关的作品中，这种精致而微妙的特征则能唤起不可言喻的梦的特质。

在某种意义上，贾科梅蒂的雕塑是与超现实物体的概念相对立的。他采用的材料相对正统，这就确立了它在西方雕塑传统中的定位。即便是看上去非传统的作品《讨人厌的物体》(*Disagreeable Object*, 图 165)，也是雕刻而成的（不过是通过工匠雕刻出来的，而非艺术家本人）。它在放置时无论哪头朝上，都是成立的。超现实物体则刻意与这种正统理念决裂：通过对各种不同材料的运用使它能够进入现实的疆界，并对现实

图 165
讨人厌的物体
阿尔贝托·贾科梅蒂

1932 年
木头
高 22cm
苏格兰国立现代艺术馆,英国爱丁堡

提出质疑。许多这类物品所具有的独特性,使它们难以被归为是功能性的,还是艺术性的。因此,它们与20世纪20年代早期恩斯特与曼·雷创作的达达主义物件之间有着许多相同之处(图116)。

正如拼贴画与"优美尸骸"一样,超现实物体也是民主的——任何人都可以创作它。他们还展出了精神病患者收集的物品(图122),而超现实主义诗人也与布勒东一起将字词放置到物体中而创作出"诗的物体"(poème-objet,图172)。这暗示了当时盛行的潮流,即女性可以借这种非传统媒介为自己发声。最典型的超现实物体,必然要数梅列特·奥本海姆(Meret Oppenheim)充满性意味的《覆盖毛皮的茶杯、碟子、汤匙》(*Fur Covered Tea Cup, Saucer and Spoon*,见扉页图)。正如之前经常发生的一样,事情总有例外的情况。布勒东从来都不满施维特斯在形式主义与偶然性创作之间维持的平衡,但除此之外,后者的作品看上去还是体现出超现实物体的要求。

尽管达利为超现实主义所做的贡献之丰富是毋庸置疑的,但是他吸引关注的本事却并非能让所有人都接受。在这位画家身上,上流社会花花公子的习性不止一星半点(超现实主义者也正是因这一点对谷克多嗤之以鼻)。其他证据还包括,达利的作品深受诺瓦耶子爵的喜爱,后者甚至还召集了一群收藏家来支持他,让他们每人每年都要买一幅他的作品。虽然曼·雷的摄影作品也让他结识了类似社会阶层的人物,但达利的立场很快就显露出妥协的迹象。这对超现实主义者来说,无疑是令人深恶痛绝的。

与达利推广超现实主义艺术相对的立场,是阿拉贡所捍卫的政治追求。尽管两者之间不存在直接的冲突,但它们都试图将整场运动引向相反的方向。这一阶段的派系斗争,在阿拉贡于1932年退出超现实主义而加入法国共产党时达到高潮。即使他与布勒东的伙伴关系十分关键,但他还是选择了这种解决方式,这体现出他正经历着多么深重的个人危机。在此之前,阿拉贡在所有人面前都为超现实主义辩护,而他在前程相对稳定下来的时候选择离开,似乎暗示着他可能有一些别的动机,与"阿拉贡事件"的阴暗细节有关。

让阿拉贡离开的导火索,是1930年他与乔治·萨杜尔参加国际革命作家大会（Conference of International Revolutionary Writers）的那次行程，他俩是作为超现实主义的官方代表前往苏联哈尔科夫（Kharkov）参会的。陪同他们的还有俄罗斯女作家埃尔莎·特里奥莱（Elsa Triolet），她后来成为阿拉贡的妻子。这场会议让他们尤其强烈地感知并认识到，超现实主义活动与共产党官方的理念存在着明显的鸿沟。

1930年4月，在得知俄罗斯未来主义诗人弗拉基米尔·马雅可夫斯基（Vladimir Mayakovsky）自杀的消息时，布勒东与阿拉贡都被震惊了。马雅可夫斯基曾经是诗人社会活动家中的突出代表。作为一位革命者，他为"宣传动员剧"（agit-prop）设计的海报号召集结了支持革命的力量，也曾与一些伟大的构成主义者合作过。他将抒情风格与政治宣传结合在一起，为准备采取直接行动的人们树立了榜样。通过他的词句，这场无产阶级民族的崭新斗争也获得了一种真正壮烈的史诗级地位。让这一切变得更加诱人的，则是他的浪漫主义。他对莉莉·布里克（Lili Brik）传奇性的爱慕之情就体现了这一点，但这也导致了他的自杀。在他死后，布勒东写了一篇长文，题为《爱的舰艇已经沉没在生活的激流中》（"The Ship of Love has Foundered in the Stream of Life"，《超现实主义为革命服务》第一期），这个标题改编自马雅可夫斯基遗书中的一句话，而这封遗书也被完整地发表出来。有一位法国共产党员声称，在苏联的理想环境中，一个精神正常的人是不可能自杀的。阿拉贡听说之后，来到这个人家中，一拳打在他的鼻梁上。

阿拉贡对马雅可夫斯基的敬仰，与他靠近法国共产党的步伐是一致的，而他与特里奥莱的婚姻关系也赋予了他特有的权威。由于她是布里克的姐姐，这就让诗人马雅可夫斯基的私密小圈子对阿拉贡开放了。当阿拉贡试图调和他在写作与政治两者之间的投入时，他身上也渐渐体现出超现实主义本身在面对这些冲突时遭遇的困难。然而，在哈尔科夫，阿拉贡与萨杜尔发现法国共产党的官方代表就在他们旁边。他们对彼此都抱有不满，然而超现实主义的独立状态令他们处于更为不利的位置。他们不得不签署谴责弗洛伊德、托洛茨基主义和唯心主义的官方声明，而这三点却都是超现实主义理论的核心部分。在回到巴黎之后，他们向法庭申请，宣告该声明是在被迫的情况下签订的，因而无效。阿拉贡也因之前的默许态度而遭到广泛的批判（不过更恰当的批评则是，他选择去参加了一场斯大林主义会议这一点）。不过，也可以为他这样辩解：一旦到了会议现场，如果不是布勒东这样自命不凡的人物，是不可能站出来反对这种声明的，而且一旦反对了，也将会切断超现实主义运动与共产党之间的所有联系。他们获得的结果与此相反，他们为共产党内部关注超现实主义的人提供了他们一直所寻求的、白纸黑字的声明。

这次行程对阿拉贡造成了长期的影响。一方面，他为苏联迈向平等的进程所震撼；另一方面，他在途经德国时目睹的纳粹主义抬头趋势更让他感到骇然。尽管艺术家们进行了热情而富有想象力的竞选宣传，但在 1930 年 9 月的选举中，纳粹主义的席位还是有所增加。约翰·哈特菲尔德就曾将两只羊栓拴到柏林的勃兰登堡门上，上面挂的海报写着："我们要投票给国家社会主义者们。"尽管还不清楚当年阿拉贡是否见过哈特菲尔德，但他肯定已经看过其刊发在左翼杂志与书籍封面上的集成照相作品（图 166），它们是由威兰·赫茨菲尔德的马利克出版社出版的。到了 1935 年，阿拉贡则发现，对于马雅可夫斯基的写作而言，哈特菲尔德的作品可以被视为一种视觉上的对应物，它们也成为向共产党推销自己的必要手段。

这些直接行动的范例，都构成了阿拉贡转向共产党的历史背景。对于巴黎超现实主义之外的政治风云，他也做出回应。他意识到德国正在发生危机，以及苏联态度鲜明的解决方式。为了让超现实主义运动靠近设想中的激进主义，从 1931 年到 1932 年，阿拉贡在超现实主义运动中长期处于隐退状态。这也反过来证明加入共产党是一个艰难的决择。这件事情的转捩点，是他因发表刻意带有马雅可夫斯基风格的政治宣传诗《红色前线》（*Red Front*，1932 年）而受到指控，主要原因是诗中有一句告诫"杀了警察！"布勒东为阿拉贡进行了辩护，宣称诗人为诗中的情感应负的责任与他梦到的东西并无两样。然而，他又宣布他并不喜欢《红色前线》这个作品本身，这便透露出，他原本并不想做出这样的辩护。而且，布勒东对共产党的批评，也让阿拉贡无法在保全自己立场的情况下，赢得超现实主义者的支持。他不得不做出选择，并最终在 1932

图166
我身后站着几百万！
《工人画报》(Arbeiter Illustrierte Zeitung，1932年10月16日号）的封面
约翰·哈特菲尔德

集成照相
38cm×27cm
艺术学院，德国柏林

图168（对页）
简单
曼·雷
1935年
路西安·特雷雅尔藏集，法国巴黎

上。这不得不说是20世纪20年代超现实主义在理论和人际层面上最大的败笔之一。在政治层面上，与此相关的失败则发生在两次世界大战之间——他们都没有支持为法国女性争取投票权的运动。最近的一些批评家则认为，这其实反映出他们在接受国家反教权主义时的怀疑态度，因为人们预测，在宗教上虔诚的女性，大多数会把票投给超现实主义所厌恶的天主教政党。其他批评家则将这种女性政治声音的缺乏，与超现实主义意象中女性的"物化"联系在一起。

尽管存在这种情况，但从1930年起，以布勒东为中心的超现实主义小组还是吸引了更多积极女性的加入。对她们个人来说，选择加入超现实主义的理由都不尽相同。尽管她们大部分都来自私人关系的引荐，但是她们所在的这个有目标与激进艺术态度的社群也增添了这个运动的吸引力。不过，还是有些人停留在运动的边缘地带，比如创作充满性意味绘画的幻想画家莱昂诺尔·菲尼（Leonor Fini）。画家瓦伦丁·雨果与雅克利娜·兰巴造成的影响以及人们对她们的欣赏，让超现实主义运动也更加开放，后者于1934年成为布勒东的第二任妻子。此外，艺术史学家唐·埃兹（Dawn Ades）也指出，女性在诸如摄影、"优美尸骸"以及超现实物体等新兴媒介中掀起的波澜，都位于男性主导的领域之外。加拉和雨果是最早一批创作超现实物体的人，而在与布勒东离婚之前，康·布勒东也对"优美尸骸"的发明有所贡献。前马戏团演员奴施（Nusch，她于1934年嫁给了艾吕雅）也创作了集成照相作品，并参与了小组中的辩论。

在更年轻的女性成员之中，最有活力的要数李·米勒与梅列特·奥本海姆。两人都曾为曼·雷的摄影作品做过模特，之后却完成了从模特到艺术家的重要转型。从这个角度来评，男人们为她们拍摄的照片与奴施背光下优雅的裸体像（图168）——曾被艾吕雅的情诗集《简单》（Facile）选为插图——形成了对比，而后者公开裸露自己，则暗示着她被视为男性的财产。在曼·雷为米勒拍摄的照片中，也具有同样的占有欲。不过，这与她本人进行的摄影实验具有一些相关性。人们已经注意到她在负感处理法的发明中发挥的作用，并且，某些曾经被认为是曼·雷作品的晒印相片现在也被归到她的名下。不仅如此，她本人的作

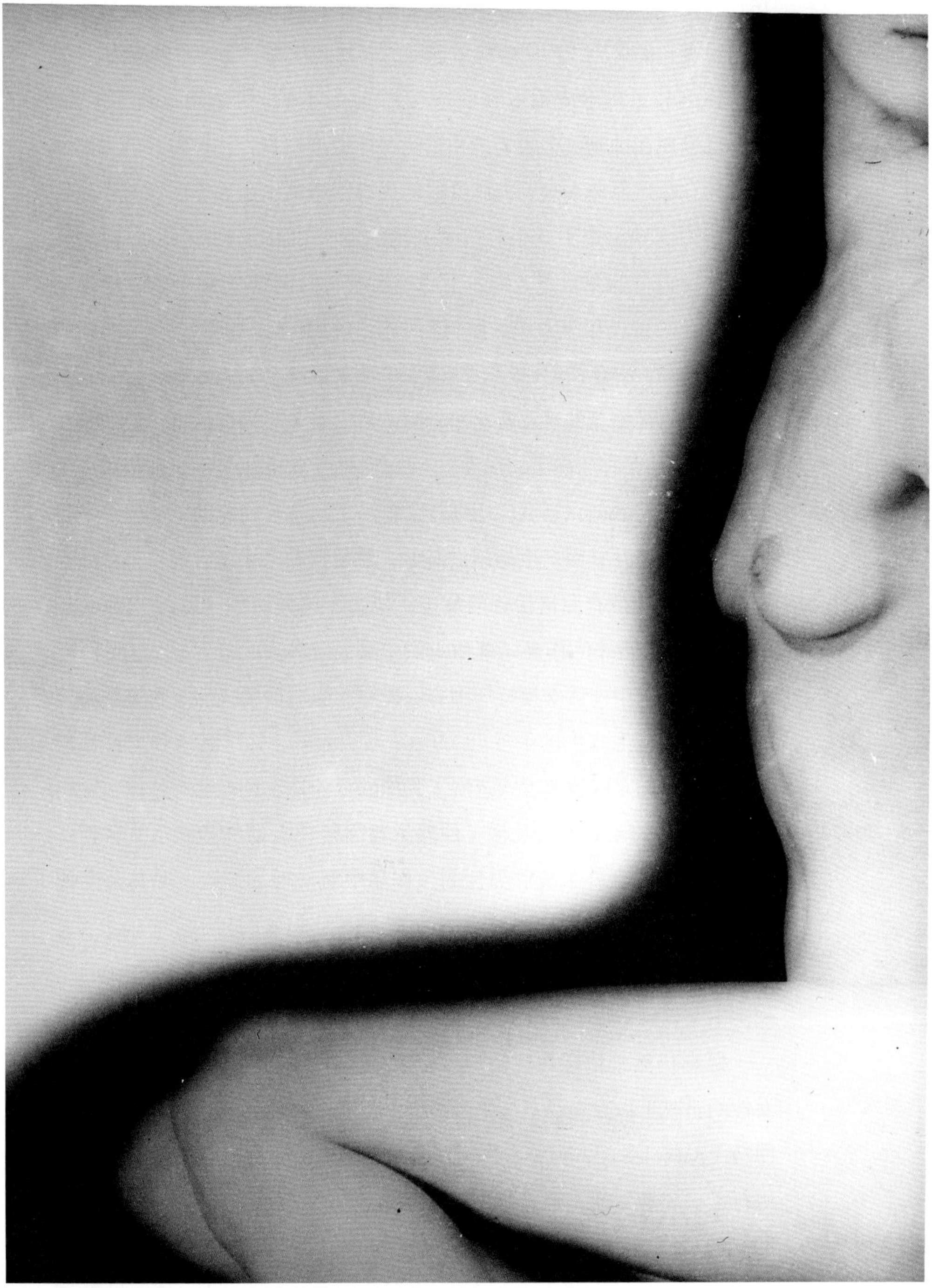

品也体现出曼·雷喜欢将她的躯体用作抽象形态之竞技场的手法（图167）。在身体被"物化"和情色化的过程中，这两位摄影师也展现出摄影作为媒介的潜质，即能够将可识别的事物转化为"奇妙"的事物。

梅列特·奥本海姆也在模特与艺术家两种身份之间找到了平衡。曼·雷早期在蚀刻机旁边为她拍摄的裸体造型写真，让机器看上去都带有情色意味，而奥本海姆充满自信的仪态则透露出她操纵图像与作品效果的能力。她出生于一个有艺术氛围的瑞士知识分子家庭，在阿尔贝托·贾科梅蒂的介绍下，跨入了超现实主义的世界。她以被19世纪道德观抛弃的世界作为颠覆的原材料创作出的物体让她恶名远扬。《我的家庭女教师》（*My Governess*，图169）里被紧紧捆绑的高跟鞋，暗示出相互依赖性与被掩盖的性反常这两者间的对立意象。同样值得铭记的是在《覆盖毛皮的茶杯、碟子、汤匙》（见扉页图）这件作品中，她将用皮毛覆盖服饰珠宝的创意延展应用到日常物品上。这种转化的手法浓缩了将不相关的物品并置而产生的创造潜力。对于布勒东来说，毛皮容器的性含义似乎尤其带有弗洛伊德的痕迹，他还借用爱德华·马奈（Édouard Manet）臭名昭著的作品《草地上的午餐》（*Déjeuner sur l'herbe*，1863年）的标题——画中裸体女模特周围有一群穿着衣服的男人——将奥本海姆的作品称为《毛皮上的午餐》（*Déjeuner en fourure*），赋予其一种男性角度的诠释。布勒东的解读方式忽略了其他的可能性，比如这个物体在实用层面上存在的矛盾，以及将一件熟悉物品转化为动物的暗示。尽管女性超现实主义者并未战胜男性同道作品中对女性的征服，尤其是安德烈·马松的作品中虐待狂式的暴力（图154），但她们利用这场运动带来的自由度表达出了不一样的观点。她们的努力，让20世纪30年代的超现实主义得到了很大改观。

摄影仍然是把握超现实的核心手段之一，它在超现实主义运动中女性的贡献上以及运动更广泛的传播上都具有重要作用。贝雷妮丝·阿博特（Berenice Abbott）与米勒对曼·雷用以转化意象的优雅视觉语言进行了扩展和延伸。她们在为《时尚》（*Vogue*）与《时尚芭莎》（*Harper's Bazaar*）等杂志拍摄时装照片以维持生计时，将一尘不染的"古典"轮廓与超现实化的风格融合后介绍给了更广泛的大众。莫里斯·塔巴尔

图 169
我的家庭女教师
梅列特·奥本海姆
1936 年
物体
14cm×21cm×33cm
当代美术馆,瑞典斯德哥尔摩

（Maurice Tabard）对人像重叠与双重曝光采用了特别的处理手法，他与匈牙利人布拉赛和安德烈·凯尔泰斯（André Kertesz）、英德混血的比尔·勃兰特（Bill Brandt）等独立摄影家们都处在超现实主义的轨道上。勃兰特与布拉赛以运用变形镜头拍摄女性躯体被拉长或膨胀的图像而闻名。这种作品更加容易受到物化的指责，但它们同时也更广泛地探究了个体性与现实之间关系。摄影这种媒介也特别适用于这一目的，比如布拉赛为《弥诺陶洛斯》上查拉的文章拍摄的帽子照片，就暴露出帽子所隐含的性象征意味。

在一些更具有挑战性的作品中，奇妙之物与性虐待主题相互重叠。雅克–安德烈·布瓦法尔在为《文件》拍摄的照片（图153）中，注入了一种仿科学的客观性，但这与照片主题激起的强烈情感形成了鲜明对比——戴着狂欢节面具的男人令人感到不安，而戴着皮革面具的女人则具有深深的邪恶意味。他的作品又一次招来批评，说它代表了男性想象的放纵。巴尔蒂斯［Balthus，原名巴尔塔扎·克洛索夫斯基（Balthasar Klossowski）］具有写实风格的作品同样令人不舒服。尽管他只与超现实主义有着疏离的联系，但其作品还是出现在《弥诺陶洛斯》上。他的《吉他课》（Guitar Lesson，1934年）描绘的是伺机报复、半身裸露的发育期少女。不过，这种暗示性特质很轻易地就被汉斯·贝尔默（Hans Bellmer）抢了风头，后者的作品诡异且让许多人感到压抑。贝尔默于1936年加入超现实主义运动，让他沉浸其中的那个无所不包的世界可以与达利的世界相匹敌，但其中加泰罗尼亚式的自我中心主义则为其作品染上了自传性和感伤主义的色彩。贝尔默独自完成了《玩偶》（The Doll，图170）的多个版本——玩偶也是他迷恋的焦点之一，这些作品中直白地展露出性与操控相结合的产物。他的模特很明显处于发育前期，她们所表现出的与贝尔默共谋的性意味，到今天仍然令人震惊。贝尔默为这些照片添加了青灰的色调，暗示他并未回避这些暗示的含义。这些照片模糊了有悖常理的个人行为与迷恋的变态行为之间的界限，同时也对男性的注视目光与女性身体的"物化"提出质疑。对于女性的既定形象，贝尔默做出的批评既非讽刺性，也非原女权主义（proto-feminist）。同时，他本人也明白，他出位的作品只不过是许多既定形象的延伸而已。

图170
玩偶
汉斯·贝尔默
1936—1949年
照片手工上色
国立现代艺术博物馆,乔治·蓬皮杜中心,法国巴黎

　　这些人强加于女性身体的观念,或许适合拿来与克劳德·卡恩（Claude Cahun）最近重现江湖的自拍肖像照片（图171）做一番对比。像米勒和奥本海姆一样,卡恩也掌控了自己的形象,并让相机前的自己变成一系列百变的神秘形象。在内心层面上,她的戏剧性可以与达利相媲美,这也暗示出对于许多女性艺术家来说,超现实主义极具吸引力。这种戏剧性奇妙地混合了禁欲与奢华、严苛与放任以及集体表达与个人表达,但最主要的是,它代表了一种对既有价值观的拒斥。

　　超现实物体的创作,是该运动进行探索的另一个硕果累累的领域。由于它并不需要什么专业技术,因此它具有的优势就是一视同仁。在最早出现的例子中,大概只有雨果的一件作品能与奥本海姆的物体相提并论,那是一副置于轮盘游戏桌布上被捆绑的手套（图162）,其中明显地暗示着性的"赌局"。对衣物的运用,也可以被视为针对女性传统束缚而发表的评论。在另一个题为《马赛曲是一首革命歌曲》（*The Marsellaise*

第八章　黑夜的召唤　311

图 171
无题（白脸的自我肖像）
克劳德·卡恩
约 1929 年
旧金山现代艺术博物馆，美国

is a Revolutionary Song，1936 年）的作品中，卡恩也运用了具有混乱效果的纤维材料，将其覆盖在一个由一只手支撑的球上，球上面画着一只眼睛。1936 年 5 月，在夏尔·拉东画廊（Galerie Charles Ratton）举办的超现实物体展览上，这件作品与奥本海姆的《覆盖毛皮的茶杯、碟子、汤匙》一同展出。同台展示的还有曼·雷、恩斯特和米罗创作的一系列各式各样的物体，以及唐吉与贾科梅蒂创作的雕塑（图 164）。另一些来自太平洋群岛与北美洲的面具，则延续了超现实主义与"部落"艺术之间的融合。

1936 年的这场展览还展出了其他影响深远的作品，其中尤为重要的是布勒东发明的、带有混合性的"诗的物体"。其中，最成功的一件作品的字词与意象具有丰富的意味，其水平可以比肩马格利特的绘画（图 172）。展览中还有一些精神病人制作的物品，而它们就是达利某些作品的灵感线索。比如，在《催情外套》（Aphrodisiac Jacket，1936 年）上挂满了盛有薄荷酒（Crème de menthe）的杯子，而用陶瓷制作的《回顾的胸像》（Retrospective Bust，1933 年）则将墨水缸固定在一根面包条上，再让女模特顶在头上（图 173）。墨水缸上方的人像，模仿的是让-弗朗索瓦·米勒（Jean-François Millet）于 1858 至 1859 年间创作的《晚钟》（Angelus，这幅画让达利尤其着迷，他认为其中潜藏着性意味）中的人物。长条面包在展览开幕仪式上被毕加索的狗啃了以后，不得不用石膏重新制作。展品中还包括数把毕加索的立体主义金属吉他——这一定让布勒东尤为满意。从 1932 年到 1933 年，毕加索经历了一场前所未有的危机，由于他同时与妻子奥尔加及年轻的情妇玛丽-泰蕾兹·瓦尔特（Marie-Thérèse Walter）保持着关系，导致他不得不停止作画一年半之久。毕加索和艾吕雅的友谊，让他开启了一段高强度的自动主义创作时期，他也由此回归一种稳定的工作模式。布勒东十分欢迎这种团结的表现，而毕加索也保持了与超现实主义大致相近的立场。另外，杜尚的成品艺术也是 1936 年展览中的重要展品。他虽然已经将主要精力放在国际象棋上，但还是与艺术界的朋友们保持了联系，并在接下来的 10 年里，通过策展和布展为超现实主义贡献力量。

拉东画廊的这场展览可以说是超现实物体创作的巅峰。它既展示出集体活动蕴含的潜力，又表明如何能够通过将不起眼的物品置入现实来获得一条通往奇妙效果的途径。在此之后，达利在这场运动中的影响逐渐消退，大多数超现实物体的创作也衰落了，仅有少数例外。在超现实

图 172
诗的物体（我看见，我征服）
安德烈·布勒东
1935 年
集合艺术
15cm×24cm
苏格兰国立现代艺术馆，英国爱丁堡

图 173
回顾的胸像
萨尔瓦多·达利

1933 年
石膏、金属、法式长棍（已被替换）
高 72cm
M. 涅伦斯藏集，比利时科诺克勒祖特

主义立场释放出布勒东进行自我宣传的潜能之后，他却发现自己的个人特质动摇了这一立场，而达利不愿意认真对待政治这一点，也无益于超现实主义的创作。达利的油画《威廉·退尔之谜》（*The Enigma of William Tell*，1933 年）问世之时，是一个关键的时间点。画中扭曲的半裸人体上清晰地画着列宁的脸，这引起了恶性的轰动效应。当法庭传唤达利去进行自我辩护时，他称病推托，最后在嘴里叼着温度计的情况下接受了盘问！在当时欧洲的政治局势下，他的立场是站不住脚的，而这次起诉他的案件——由于他公开与超现实主义站在一边——比从前对他的任何指控都要严重。因此，他被正式流放了。不过，一直到 20 世纪 30 年代末，他都还和超现实主义保持着一些合作关系。

20 世纪 30 年代初，当达达主义首次被定性为一场历史运动时，恰逢超现实物体创作热情高涨与国际主义抬头。乔治·于格涅于 1932 年加入布勒东的小组，并为《艺术手册》（*Cahiers d'Art*）撰写了一系列关于达达主义的文章。或许是因为害怕昔日老对头重振旗鼓，布勒东见人们重新对达达主义提起兴趣，感到有些疑虑。此外，他尤其感到不满的是，于格涅为阿尔弗雷德·巴尔（Alfred Barr）在纽约现代艺术博物馆的展览《幻想艺术·达达主义·超现实主义》（*Fantastic Art, Dada, Surrealism*，1936 年）撰写的文章。在同时期的德国，达达主义被超现实主义同化的程度还没么深，也更加频繁地成为理论文章的主题。哲学家瓦尔特·本亚明（Walter Benjamin）认识到，达达主义者在"持续性地摧毁其作品的光环"。因此，他在其关于艺术、电影和科技的重要文章《机械复制时代的艺术作品》（"The Work of Art in the Age of Mechanical Reproduction"，1936 年）中，从一个更广阔的视野来思考达达主义的意义。

虽然超现实主义一直对其他文化抱有巨大的热情，但是在这场运动所造成的的国际回响中，最令人出乎意料的声音却来自东京。20 世纪 20 年代，访问欧洲的日本知识分子接触到兰波、洛特雷阿蒙及其后继者的诗歌集中表现的非理性，并且将其中蕴含的积极希望收入囊中。当时，日本正处于军国主义与集权主义的帝国背景之下（整个 20 世纪 30 年代，日本一直在残暴地对中国进行侵略），这些作品中的抗议声音暗合了政治上的反对意见。从现在看来，那的确是极为勇敢的做法。

20 世纪 20 年代末，诗人西胁顺三郎（Junzaburō Nishiwaki）通过刊物《衣裳的太阳》(*Ishō no Taiyō*) 和《诗与诗论》(*Shi to Shiron*)，将艾吕雅、阿拉贡和布勒东的著作翻译版引介到东京。作为一位毕业于牛津大学的诗歌教授，西胁倾向于以一种并不被超现实主义运动本身所认同的批判角度和历史角度来看待它。1930 年，诗人泷口修造（Shūzō Takiguchi）翻译了布勒东的《超现实主义与绘画》，而仅仅从插画中了解到欧洲艺术进程的古贺春江（Koga Harue），也运用其幻觉艺术手法创作出一种并置艺术作品。他的《鸟笼》(*Bird Cage*，图 174）等油画，可以与皮埃尔·鲁瓦耶、达利和马格利特同时代的风格相提并论。1932 年，巴黎–东京先锋艺术家联盟（Paris-Tokyo Federation of Avant-Garde Artists）举办了一系列巡游日本一周的展览，这为双方建立起最关键的联系。萨尔蒙与布勒东担任了作品的评选者，他们把超现实主义者重要代表（唐吉、恩斯特、马松、米罗和曼·雷）的作品，与毕加索、毕卡比亚、阿梅德·奥占芳和让·吕尔萨（Jean Lurçat）的作品同时展出。

在这次展览之后，泷口修造和山中散生（Chiruo Yamanaka[21]）开始与布勒东及艾吕雅进行通信，并筹划在东京举办活动。他们翻译的作品也被编成法国超现实主义著作中一部重要的作品选——《超现实主义交流》(*Surrealist Exchange*，1936 年）。古贺春江与其画家同道三岸黄太郎（Kōtarō Migishi）分别于 1933 年与 1934 年去世，这减弱了艺术家们前进的动力，但东乡青儿（Tōgō Seiji）等其他艺术家还是创作了重要的作品。1937 年，泷口与山中在艾吕雅、于格涅等人的帮助下，举办了"海外超现实主义作品展"（*Exhibition of Surrealist Works from Abroad*），并有意回避了本土超现实主义画家的作品。

在欧洲超现实主义团体中，并没有谁与东京有直接的联系，但东京对超现实主义表现出的兴趣则印证了超现实主义运动的国际化。1929 年超现实主义者的世界地图（图 175）就已预见了这种国际化的态度。在该地图中，大洋洲比欧洲获得了更多的关注，而巴黎则被放在德国境内。这虽然证明了超现实主义者开始面向全世界，但几乎在预料之中，最丰硕的成果还是产生在欧洲本土。

20 世纪 30 年代，欧洲极权政府不容异己的政策，让人民越来越紧

---

[21] 原文有误，应为 Chiruu Yamanaka。——译注

迫地感受到移民的必要，但此时的巴黎仍然强烈地吸引着来自整个欧洲大陆的艺术家与作家。希特勒大肆宣传现代主义的"堕落颓废"——有人认为这与他年轻时没能考上艺术学校有关——并让先锋性艺术实验从德国的公共领域中消失。1933 年，包豪斯设计学院被迫关闭，诸如托马斯·曼、弗洛伊德等领军作家的作品被公然焚毁，而博物馆中恩斯特、施维特斯、毕加索和康定斯基等现代主义画家们的作品也被没收。官方从 1937 年到 1938 年在"颓废艺术"展览中展出了这些作品，以进行刻意的嘲弄和贬低。仅仅是慕尼黑的分展，就吸引了 2,009,899 位参观者，这就是这些作品能引起巨大共鸣的佐证。正如在一战中，对于想要遏制所有自由声音的人来说，先锋文化是一个可以轻松攻击的目标，而先锋文化拒绝承认基于种族纯洁性与心理纯洁性的官方立场，似乎也预兆着后来发生在集中营与大屠杀中的恐怖迫害。随着大气候的容忍度变得越来越低，社会环境越来越令人难以忍受，有能力逃走的艺术家都逃离了德国。

对于一些人来说，超现实主义具有十足的吸引力。它既为拒斥法西斯主义提供了一个在文化层面上进行辩论的焦点，同时又没有沾染斯大林主义的辞令。虽然这些特质都不是超现实主义运动所独有的，但是却有助于解释新成员为何从欧洲大陆各地蜂拥而来。当时超现实主义运动的主要成员基本上都来自法国境外，该现象也不可估量地充实了该运动。达利的风格及其并置技巧所具有的力量，为瑞士画家库尔特·塞利希曼（Kurt Seligmann）指明了一条道路。他在放弃之前的构成主义风格（图 176）后，开始采用一种梦幻般的幻觉艺术手法。贝尔默与理查德·厄尔策（Richard Oelze）等德国画家也偏爱这种幻觉效果。另一位也忠实于这条路线的重要画家沃尔夫冈·帕伦（Wolfgang Paalen）则更多是受恩斯特的影响。帕伦发明了一种自动主义技巧——"烟熏法"（fumage），即用烟熏画纸，以产生不规则的形态，让图像就从中显现。他在描绘德国民间传说中黑森林的油画中，也打造出类似的效果。与纳粹将德国美化、英雄化后的愿景非常不同的是，帕伦所展示的德国形象是情感压抑而强烈的民族神话的一部分。

20 世纪 30 年代，还有两位罗马尼亚人也加入了巴黎的超现实主

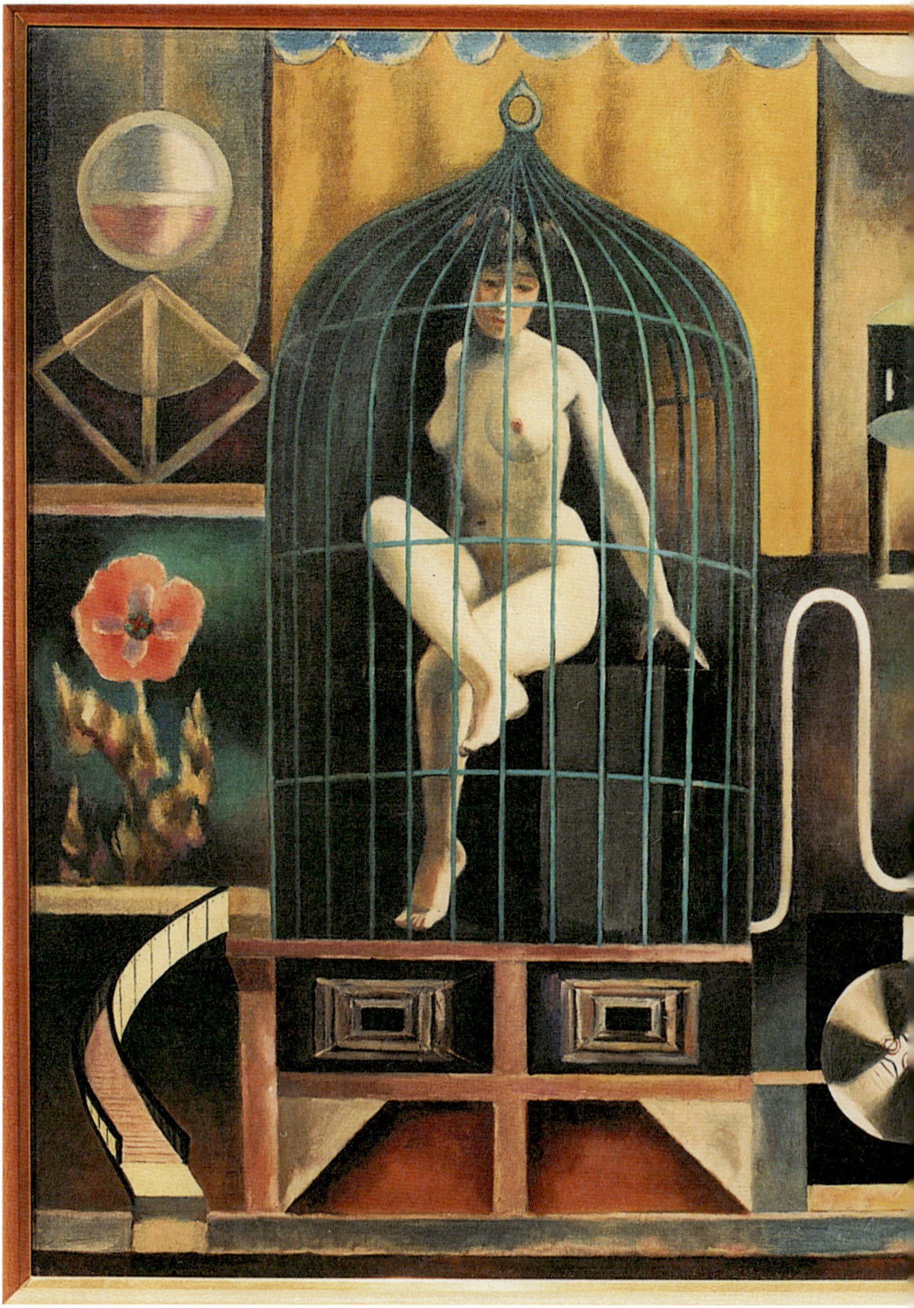

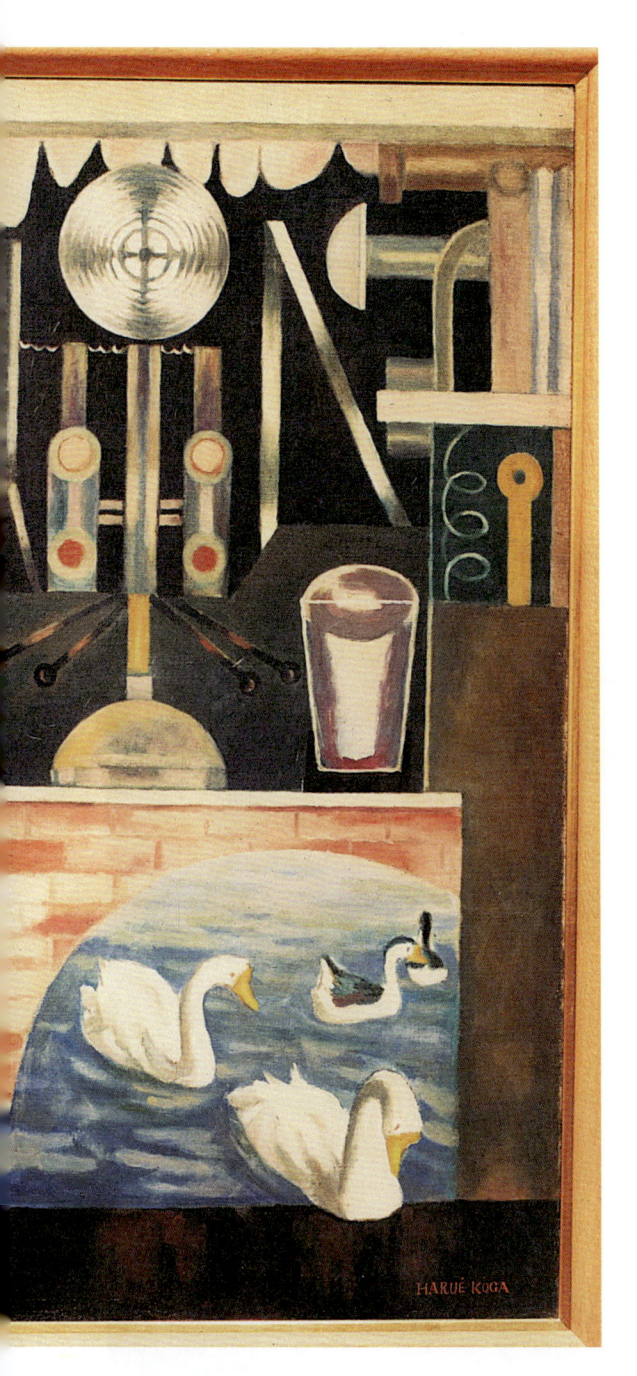

图174（含对页）
鸟笼
古贺春江
1929年
布面油彩
111.2cm×145cm
石桥美术馆，日本久留米市

图175
超现实主义者时代的世界
发表于《多样》(1929年)

图176
向乌尔斯·格拉夫
致敬
库尔特·塞利希曼
1934年
布面油彩
160.2cm×129.4cm
伯尔尼美术馆，瑞士伯尔尼

义运动。雕塑家雅克·黑罗尔德（Jacques Hérold）曾是康斯坦丁·布朗库西的助手，而在唐吉的影响下，其作品形式从布朗库西的抽象还原主义，跨越到对梦幻的拥抱。同样来自罗马尼亚的维克托·布劳纳（Victor Brauner）是新一拨超现实主义画家中最重要的人物之一。在1925年搬到巴黎之前，他曾与马塞尔·扬科在布加勒斯特的圈子有过来往。在巴黎，他采取了一种天真的创作风格，以便与讽刺性与政治性保持一定的距离。他的《K先生的奇怪案件》（*The Strange Case of Monsieur K*，图177）让人想起弗朗茨·卡夫卡书中的主人公约瑟夫·K.（Josef K.），它似乎表现了政客们经历的转变。布劳纳总有一种深信不疑的预感，认为他的右眼总有一天会失明，因此，在《自画像》（*Self-portrait*，1931年）中，他的右眼被割掉了，这让人回忆起《一条安达鲁狗》的开头。1938年，他在介入一场争斗时被玻璃插中右眼，他的预感得到了应验。他在这次劫难之后创作的作品，则形成了他的成熟风格。通过运用平面的色彩与干笔技法（蛋彩与蜡染画），他创造出一个充满了魔幻人物的僧侣世界，而这与他当时沉迷于塔罗牌（Tarot）有关。

当逃离专制政权的艺术家们来到巴黎追随超现实主义时，其他地方的艺术家也建立起自己的超现实主义小组。对于布勒东及其共同创办人来说，超现实主义毫无疑问是属于巴黎的。尽管他们坚持了紧密协调的行动计划，但并未试图扮演为该运动传道的角色——邦雅曼·佩雷即使在里约热内卢待了好几年，也没有在当地成立平行的超现实主义组织。然而，比利时独立的超现实主义小组和马可·利斯提奇（Marco Ristitch）对这种心照不宣的态度提出了质疑。利斯提奇于1929年在贝尔格莱德创建超现实主义小组，并在保皇派专制政权切断所有共产主义联系之前，出版了刊物《不可能之事》（*L'Impossible*）。尽管这一分支失败了，但其他组织的发展却形成了一个可以被称为"超现实主义国际"（Surrealist International）的网络。虽然当时的政治局势与经济状况并不适合互相走动，但是在其他组织都由于政治偏见而陷入封闭之时，超现实主义内部却维系了相互沟通的渠道。

以维捷斯拉夫·奈兹瓦尔（Vítězslav Nezval）与卡雷尔·泰格为中心的布拉格超现实主义小组特别有活力。布拉格离柏林和维也纳都很

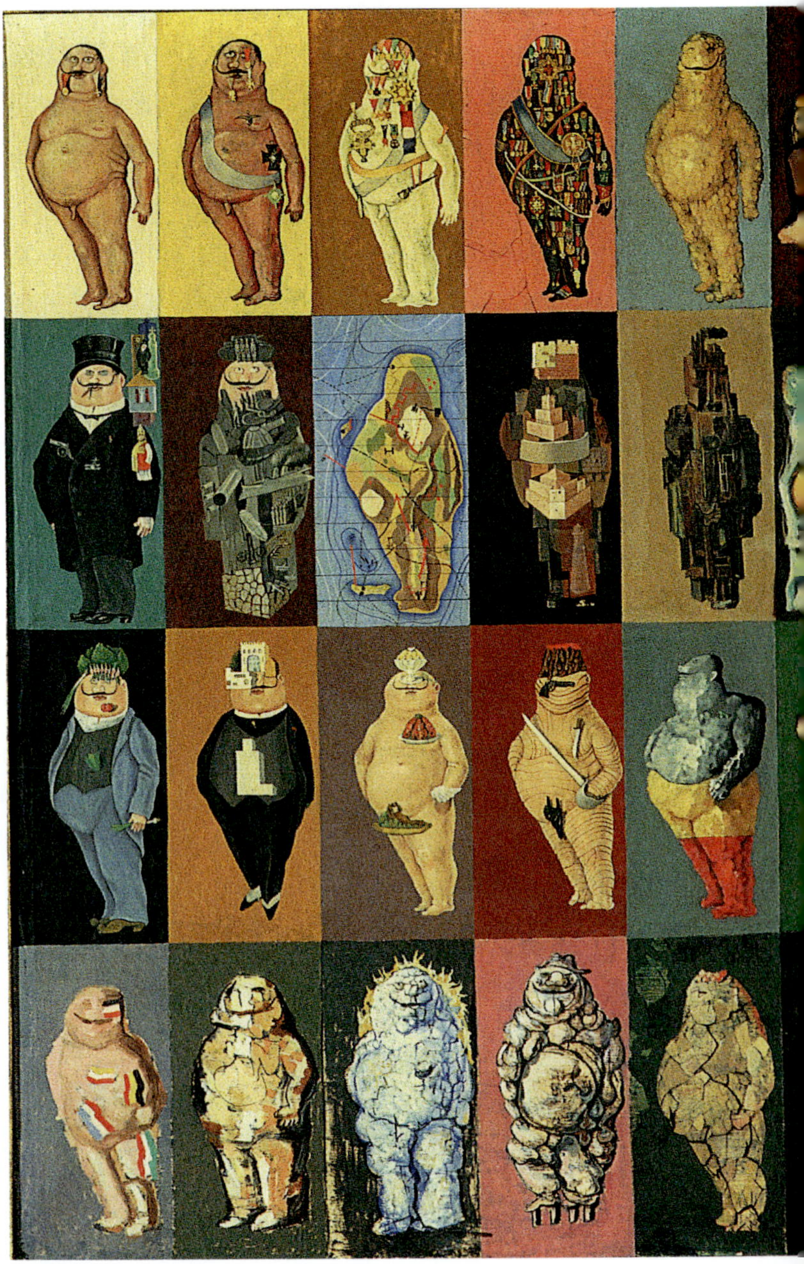

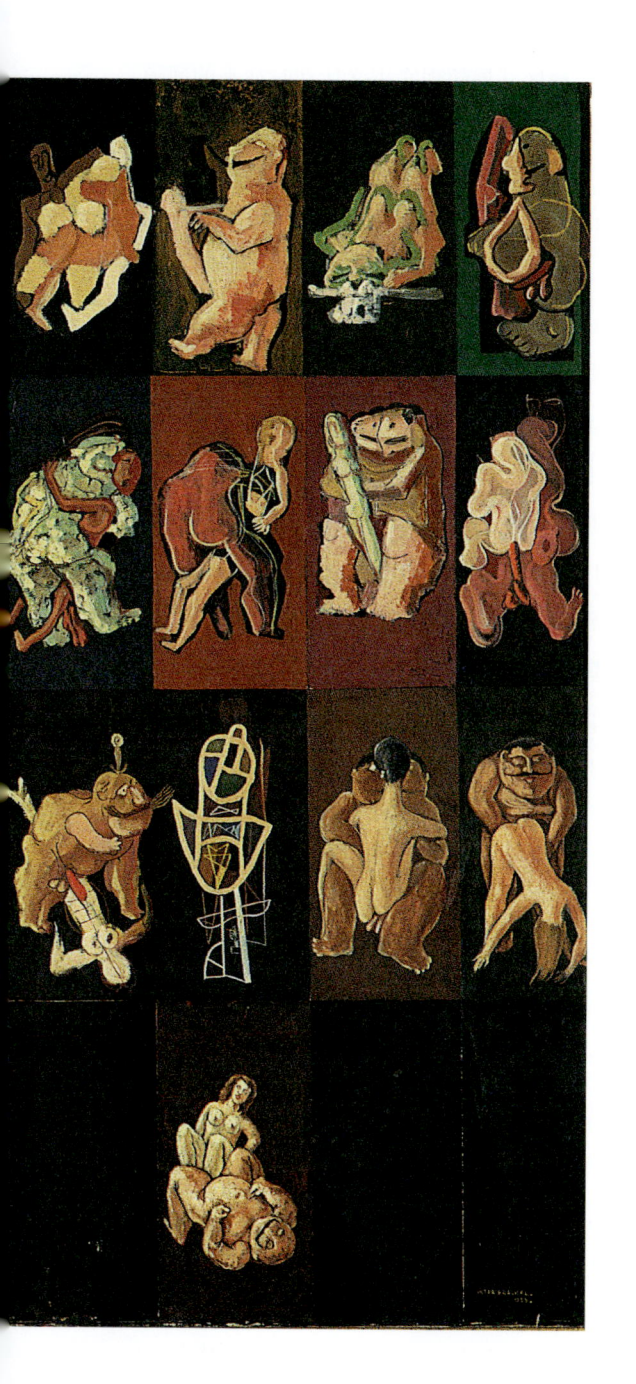

图 177（含对页）
K 先生的奇怪案件
维克托·布劳纳

1934 年
布面油彩
81cm × 100cm
私人藏集

近，因而成为反对纳粹主义的中心，而这里也是哈特菲尔德与赫茨菲尔德的功成名就之地。继巴黎之后，布拉格一直被看作是最重要的超现实主义中心，而且也是中欧其他地区开展超现实主义活动时往来的通道。从根本上来说，最重要的一点是，布拉格超现实主义小组的创立者们在此之前已经共同工作了很长一段时间，这个组织的前身是泰格于1920年成立的蜂斗叶小组（Devě Tsil），后者对达达主义与构成主义之间的种种可能性进行了探索。在一系列宣言与刊物中，泰格在抒情的"诗性主义"（Poetism）与机械的构成主义之间维持了平衡。他的创作手法深受新创立的苏联革命艺术的影响，而来到布拉格的弗拉基米尔·马雅可夫斯基的同道、结构主义理论家罗曼·雅各布森（Roman Jacobson）也让活动更加严格和正规。雅各布森带来了莫斯科结构主义理论，这种理论在探寻文学作品的绝对结构时，拒绝任何外部的指涉与知识。

在20世纪20年代中期，泰格吸引了几名十分重要的盟友加入蜂斗叶，包括奈兹瓦尔和画家约瑟夫·希马，他们也很快搬到了巴黎。艺术家因德日赫·施蒂尔斯基（Jindřich Štyrský）与陶妍（Toyen）也对促成该组织早期的反艺术倾向做出了贡献，从1927年起的3年时间里，这两位身在巴黎的艺术家与超现实主义外围保持联系的同时，还发明了一种被称为"人为主义"（Artificialism）的抒情抽象形式，它与马松的自动主义具有相同的要素。1930年，当施蒂尔斯基当上了蜂斗叶自由剧场（Osvobozené Divadlo）的总设计师之后，两人便返回了布拉格。这家戏剧公司十分中意超现实主义运动先驱者和某些成员的剧作，而在泰格的重要文章的支持下，这股文学上的推动力让两场运动交汇到一起。1932年，由蜂斗叶赞助的《诗歌32》（Poetry 32）展览是一个双方进行公开交流的契机。这场展览将贾科梅蒂、恩斯特、阿尔普、达利、米罗和马松的作品，与施蒂尔斯基、陶妍等人的作品陈列在一起，这实际上便也承认了双方的趋同性。施蒂尔斯基的作品中愈来愈多的写实主义反映出他对梦的兴趣（图178），而陶妍的《被缚的普罗米修斯》（Prometheus Enchained，图179）中模糊的"林中人像"则预见了奥本海姆的《覆盖毛皮的茶杯、碟子、汤匙》中富有暗示性的意象。他们力图分析梦中意象并创作相关作品的意愿，表现出他们与巴黎小组自动记录图像的理想模

图178
无题
因德日赫·施蒂尔斯基
选自《艾米丽在梦中来到我身边》小样
1933 年
拼贴：明胶银版印相与网目铜板印刷裁片
21cm × 17.8cm
乌布画廊，美国纽约

图179
被缚的普罗米修斯
陶妍
1934 年
布面油彩
145cm × 97cm
私人藏集

式之间微妙的不同之处。

　　对于欧洲文化，泰格是一个敏锐的观察者与阐释者。因此，他对巴黎超现实主义持谨慎态度，也是可以理解的，而奈兹瓦尔的文章则反映出一种超现实化的"诗性主义"。最后，奈兹瓦尔〔与剧场主任因德日赫·洪兹尔（Jindřich Honzl）一道〕前往巴黎与布勒东进行洽谈，并于1934年3月21日在布拉格创立了超现实主义小组。施蒂尔斯基与陶妍也在支持者之列，泰格很快也加入进来。1935年3月，在希马的陪同下，艾吕雅、安德烈·布勒东与雅克利娜·布勒东进行了一场巡回演讲之旅，并来到布拉格。借此，双方的同盟正式缔结。为了筹备这一事件，在其间的一年中，奈兹瓦尔翻译了布勒东的《交流的器皿》（*Les Vases Communicants*，1932年）与《娜嘉》。作为回应，在布拉格于3月29日举办的讲座《物体的超现实状况》（"The Surrealist Situation of the Object"）中，布勒东将这座城市称为"旧欧洲的魔幻都城"。尽管他有些后知后觉，但也终究意识到超现实主义运动的国际化扩张进程，并且"每个国家的运动核心要么已经形成，要么正在形成中"。对于巴黎的成员来说，由创立布拉格小组所激发的扩张活动，更多的是力求再次确认前者的中心目标，而非欣然接受新的追随者或理念。

　　这一系列讲座是一个重要的平台，将超现实主义理论介绍给了更多的观众。布勒东在《物体的超现实状况》中引用了《诗学》（*Poetics*）中黑格尔的观点，并赞同"艺术与诗刻意创造出了一个充满阴影、鬼魅和虚构相似性的世界。尽管如此，但却不能因此指责它们没有力量"。在超现实物体的创作浪潮中，对物体理性知觉的破坏，尤其依赖于达利的理论，以及从"前辈"那里得来的一系列先例，比如阿尔弗雷德·雅里和阿波利奈尔以及艾吕雅和佩雷等超现实主义者。布勒东利用在左翼阵线（Leftist Front）发表第二次演讲的机会讨论了《今日艺术的政治立场》（"The Political Position of Today's Art"）。基于一种强有力的对立关系，这篇文章将超现实主义者的探索与当代社会的现实联系起来：

　　　　一方面，基于家庭、宗教和祖国的镇压机制的巩固；对人奴役人之必要性的认识；为了金融与工业寡头政权的利益，对改变社会的急切需要精心而隐秘的利用；让一种伟大而孤立的呼声沉默下去的需求，而这种呼声，能让目前仍在思想上占有优势的人们将国人从长久的冷漠中唤醒；整个停滞、退化和磨损的机制——现在是蒙昧的黑夜。另一方面，对社会屏障的摧毁；对所有奴役状态的仇恨（奴役状态永远不能为自由辩护）；人类对真正能处置自己的权利的希望——将所有利益归于工人；能把握住整个不满、快速进步和青春的过程的勤勉注意力，以便赋予它最有可能掌握人类所有需求的权利，而不管它是以什么角度呈现出来的——现在是光明的白昼。

在建立这种对立关系时，他照搬了前些年辩论中一些熟悉的论点。考虑到阿拉贡最近变节所带来的难题，或许就像在其他任何文章中一样，他清楚地声称：

> 在世界上，还有许多像我们一样的人认为，如果让诗歌与艺术专门为某种理念而服务，那么便意味着让它们很快陷入禁锢之中。这相当于转移了它们的目标，无论这个理念本身令我们多么激情澎湃。

在这句话中，起作用的是"专门"这个词。又一次，布勒东宣称他们应该拥有思想上的自由，而法国共产党则对这种自由持高度怀疑的态度。其中的深意是，听众们也与他们的要求站在一边，以及虽然布拉格的超现实主义小组仍然可以保持独立，但必须"从属于左派"。然而，在捷克斯洛伐克，先锋派与共产党之间的合作性要高得多。泰格主编了一份共产党的官方日报，并在其中定期讨论超现实主义——这种自由一定让布勒东羡慕不已。直到1937年至1938年，这一合作关系才随着捷克超现实主义小组内部派系的分裂而瓦解。

1935年，中欧的政治局势大事不妙，无论布勒东的论证如何充分，其偏左的政治独立性都越发地显得孤立。巴黎超现实主义小组紧张的财政状况，让他们没法把画作带到布拉格来，而且他们也已经错过了施蒂尔

第八章 黑夜的召唤 327

斯基、陶妍和雕塑家文岑茨·马科夫斯基（Vincenc Makovský）的展览。这种令人相当不满的情况，在首期《超现实主义国际公报》（*International Bulletin of Surrealism*）出版时得到了纠正。这份双语刊物收入了布勒东、艾吕雅和奈兹瓦尔的作品，并成为巴黎超现实主义运动的领导者公开承认不断增加的超现实主义卫星小组的平台，并与其展开合作的渠道。

在巡回演讲约 3 个月之后，巴黎与布拉格的艺术家们在特纳里夫首府圣克鲁斯（Santa Cruz de Tenerife）这个意料之外的地方汇聚到一起。在佩雷的陪同下，临时决定到这里度蜜月的布勒东带着 70 件展品，准备在这里举办一个国际超现实主义展览。在加那利群岛，与爱德华多·韦斯特达尔（Eduardo Westerdahl）主编的刊物《艺术日报》（*La Gaceta de Arte*，1932—1936 年）有关的一群人，组建了一个支持超现实主义的小组。费德里科·加西亚·洛尔卡、胡安·拉雷亚（Juan Larrea）和拉斐尔·阿尔韦蒂（Rafael Alberti）的诗歌，让韦斯特达尔深受西班牙超现实主义的影响和启发。他与多明戈·洛佩斯·托雷斯（Domingo López Torres）、奥古斯丁·艾斯宾诺莎（Augustin Espinosa）和多明戈·佩雷兹·米尼克（Domingo Perez Minik）一起，开始在《艺术日报》上创作公开支持超现实主义的作品，并与布勒东、艾吕雅和查拉取得了联系。1934 年，在特纳里夫画家奥斯卡·多明格斯（Oscar Dominguez）加入了巴黎超现实主义运动之后，双方便建立起更加有规律的联系。他起初着迷于达利的怪诞愿景，并在作品中用审慎的错觉艺术手法描绘出典型的梦中意象。然而，达利名望的消减以及他在政治上对希特勒暧昧不清的兴趣，都直接影响了多明格斯，令他转而对超现实主义中复苏的自动主义萌生兴趣。20 世纪 30 年代中期，自动主义这个人人都会的创作技巧实现了个体的释放，在与政治上的挑战性相结合之后，它被重新赋予了新的意义。多明格斯做出的最重要的贡献之一是，他开发出一种被称为"转印法"（decalcomania）的技巧（图 180）——布勒东在 1936 年的《艺术手册》上公布了这项发明。它的程序是，先将厚厚的颜料挤压在两张纸之间，然后再将两张纸揭开，让其生成不可预知的（但一般是对称的）图案。像摩拓法一样，其结果可以"激发出"意象，然后艺术家再将它画出来。

图 180
并无事先想好的对象的转印
画·一
奥斯卡·多明格斯
1936 年
水粉
35.9cm × 29.2cm
现代艺术博物馆,美国纽约

在 1934 年至 1935 年间，多明格斯成为巴黎超现实主义与《艺术日报》之间重要的纽带。布勒东夫妇与佩雷到特纳里夫参加 1935 年的展览以及 10 月第二期双语版《超现实主义国际公报》的出版，都宣告了这个同盟关系的缔结。尽管这些事件对于参与者来说意义重大，但并未产生他们在布拉格曾感受到的那种影响力。或许超现实主义对于当地观众来说过于深奥难解，而加那利群岛又和其他支持者相隔太远。据说，韦斯特达尔与米尼克在接下来的 15 年里，都还一直在偿还举办展览所举的债务。

加泰罗尼亚支持超现实主义活动的领导权，在某种程度上被交到特纳里夫小组的手中。1932 年，巴塞罗那先锋派的两个最重要的推广机构——《艺术之友》杂志与达尔茂画廊——都倒闭了，填补空缺的是一个新成立的组织"新艺术之友"（Amics de l'Art Nou，缩写为 ADLAN）。在达利、米罗和阿图尔·卡沃内利的参与下，该组织的超现实主义风格十分明显，加入的其他成员还有玛丽亚·马洛、安赫尔·普拉内利斯（Angel Planells）以及拉莫内·马里内尔-洛（Ramon Marinello）、豪梅·桑斯（Jaume Sans）与乌达尔德·塞拉（Eudald Serra）等 3 位雕塑家——他们曾在 1935 年共同举办过展览。除了米罗与卡沃内利，他们对幻景空间的专注也折射出达利无处不在的影响。与巴黎以外其他组织的联系，让新艺术之友的艺术家们也兼顾了先锋派的其他派系。这就确保了新艺术家之友能够得到加泰罗尼亚政府的官方认可。

或许正是由于官方身份的这种暧昧性，纵然新艺术之友与布勒东的超现实主义的关注点有所重叠，但两者之间却一直保持着距离。新艺术之友也组织过关于玩具与"品位低劣的物品"（objects of bad taste，1934 年）以及儿童画、精神病人绘画（1935 年）的展览。阿尔普、曼·雷和美国雕塑家亚历山大·考尔德（Alexander Calder）都在该组织的赞助下举办过展览，而 1936 年的两场展览让两个组织有机会走到一起。其中一场主打毕加索在 1909 年至 1925 年间作品的展览引发了巨大争议，以至于米罗、达利、雕塑家胡利奥·冈萨雷斯（Julio González）与组织者路易斯·费尔南德斯（Luis Fernández）共同进行了公开辩护。这场辩论会吸引了 8,000 名观众。毕加索的诗歌朗读会和艾吕雅的讲座都突出了毕加索与超现实主义的关系。之后，巴塞罗那超现实主义小组举办了展览《恐逻辑主义者》(*Logicofobista*，1936 年 5 月）。通过这次活动，卡沃内利、马洛、马里内尔-洛和普拉内利斯等人宣告了自己就是以超现实主义风格进行创作的艺术家。与他们有关的还有两位艺术家，埃斯特万·弗朗西斯（Esteban Francés）与雷梅迪奥斯·巴罗（Remedios Varo），他们为了加入布勒东的运动，甚至搬到了巴黎。

西班牙内战的爆发，让《恐逻辑主义者》成了新艺术之友举办的最后一场展览。左派政党"人民阵线"（Popular Front）在 1936 年的选举中获得胜利，导致了军队高官与新法西斯主义者"长枪党员"（Falangist）的叛变。弗朗西斯科·弗朗哥将军（General Francisco Franco）从西属摩洛哥（Spanish Morocco）发起攻击，一边进行残酷的战斗，一边向北方逼进，双方伤亡都十分惨重。尽管加泰罗尼亚饱受派系纷争之苦（从社会主义者与斯大林主义者到无政府-工团主义者），但这里一直是共和主义者的大本营，而巴塞罗那在 1938 年末的失守也成为西班牙政府于 1939 年春最终投降的前奏。在 1936 年底之前，德国与意大利就已承认长枪党政府的合法性，而这次战争也让这些法西斯主义强权既测试了自己的军事装备，又得以获知为了避免波及范围更广的战争，西方民主国家可以对它忍受到何种地步。

西班牙内战令人震惊的影响，为知识分子在海外的斗争做好了铺垫。在法国，由于大萧条带来的经济动荡与社会混乱，也出现了类似的政治分裂局面。民族主义者汇集在法兰西行动（Action Française）这样的组织中，而 1934 年和 1936 年的罢工与市民暴动则将政治冲突带到了街头。为建立西班牙共和政权而奋斗的知识分子们，对法西斯主义扩张的后果发出警告。然而，当权派中的很多大人物还是更支持许诺恢复社会秩序的右派。人们对于两极化政治局面的容忍和接受，让所有艺术活动前所未有地被政治活动牢牢绑架。

1937 年，巴黎世界博览会（World Fair）的西班牙共和党展馆（Spanish Republican Pavilion）是"先锋派艺术等同于左翼政治"这个理念最有名的一次体现。它呈现出的反抗姿态，可以视为由新艺术之友推动和促成的结果。其中的雕塑作品出自冈萨雷斯与考尔德之手，而壁画

第八章 黑夜的召唤 331

图 181
救救西班牙吧
胡安·米罗
1937 年
石版
31cm×24cm
爱德华多·阿罗约藏集，法国巴黎

则由米罗与毕加索创作。虽然米罗的巨幅壁画《收割者》（ Reaper ）后来和展馆一起被拆除，但是在他同时期创作的海报《救救西班牙吧》（ Help Spain，图 181）中，还是能领略到其中原始的愤怒。毕加索贡献的作品是巨幅油画《格尔尼卡》（ Guernica ），这个名字是当年春天被德国战机地毯式轰炸的巴斯克小镇的名字（图 182）。这幅画是上个世纪最具识别度的作品之一，其中立体主义的破碎化效果被用于人道主义抗议。母亲与孩子的扭曲形状以及爆炸灯泡下垂死的马，折射出整个民族的苦难，而黑白的色彩则突显出强烈的情感。事实证明，作为一种表达抵抗意愿的艺术，这种政治化的风格在欧洲的失守地区具有广泛的影响力。

西班牙内战对超现实主义造成的影响，却来自另外的群体。从 1934 年到 1936 年，马松居住在多萨德马尔（ Tossa del Mar ）。他不光创作描绘了战争与斗牛之类的激烈景象，同时也是最早将这种体验带入超现实主义领域的人之一。然而，其他一些人则遭受了更悲惨的命运。1936年7月，达利的好友洛尔卡被长枪党杀害，原因可能是由于他是同性恋，抑或是因为他的政治理念。作为对战争残酷性的反思而非表达对共和党的支持，达利创作了几幅关于西班牙内战的作品，其中最有名的是《熟豆的软结构，内战的预兆》（*Soft Construction in Boiled Beans, Premonition of Civil War*，1936年）与《秋天的人吃人》（*Autumn Cannibalism*，图183）。这些作品的灵感来自他1936年在巴塞罗那的战争体验。其他一些超现实主义者投入政治的程度则更高——佩雷与古巴画家林飞龙（Wifredo Lam）都为共和党而参加了战斗。

甚至，在西班牙内战爆发之前，超现实主义者就已经试图建立一个广泛的政治联盟，来反抗欧洲的法西斯主义。然而，事实证明，这种结盟关系非常难以维系。1933年，由于支持托洛茨基主义的倾向，布勒东被革命作家与艺术家协会（Association des Ecrivains et Artistes Révolutionaires，缩写为AEAR）开除。超现实主义运动一直被知识界主流的社会活动排除在外，而绝望的勒内·克勒韦尔为了表示抗议，于1935年6月在巴黎"作家保卫文化大会"（Congress of Writers in Defence of Culture）召开前夕自杀了。苏联的官方代表伊利亚·爱伦堡骂超现实主义者是一群鸡奸分子，布勒东则因为冲撞他而被禁止发言（出于对克勒韦尔的尊重，艾吕雅获准朗读布勒东的文章）。7月，超现实主义运动出版的《当超现实主义者对了的时候》（*When the Surrealists*

图182
格尔尼卡
巴勃罗·毕加索

1937年
布面油彩
351cm×782cm
索菲娅王后国家艺术中心博物馆，西班牙马德里

第八章　黑夜的召唤

图183
秋天的人吃人
萨尔瓦多·达利
1936年
布面油彩
65cm×65.2cm
泰特美术馆，英国伦敦

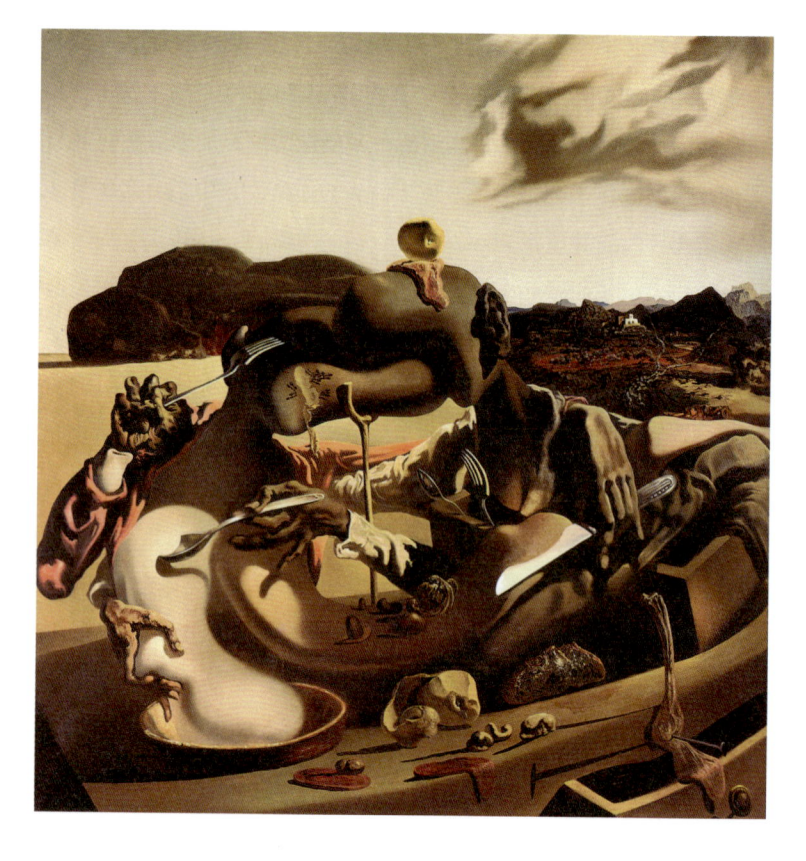

Were Right）对斯大林主义进行了抨击，并坚决地与共产党官方决裂了。

到了1935年末，超现实主义者、"民主共产主义者"与巴塔耶、雷利斯及克诺组建了另一个组织"反击联盟"（Contre-attaque）。它的成立源于他们在《弥诺陶洛斯》时期的合作。然而，鉴于自己之前在该刊物上获得的成功，布勒东这次也想要通过《超现实主义的政治立场》（*The Political Position of Surrealism*，1935年）来抢先定下联盟议程，以占据主导地位。巴塔耶对此一直抱有批判态度，而布勒东也于1936年退出了反击联盟，并指责他的对手属于一种"超法西斯主义"（sur-fascism）。在巴塔耶这边，他的新刊物《无头人》（*Acéphale*，1936—1939年）通过探究仪式心理学与群众心理学，在一定程度上验证了布勒东的指控。马松与兄弟艺术家巴尔蒂斯·克洛索夫斯基和皮埃尔·克洛索夫斯基（Pierre Klossowski）共同编辑了这份刊物。同时，巴塔耶、莱里斯和罗歇·凯卢瓦（Roger Caillois）创建了社会学学院（College of Sociology），用以作为一个思想界交流的国际论坛。人类学家克劳德·莱维–施特劳斯（Claude Lévi-Strauss）、哲学家让–保罗·萨特（Jean-Paul Sartre）和瓦尔特·本亚明等人都曾参与其中。

回过头来看，超现实主义周围的人与共产主义同道们在政治上的失败，似乎是白费口舌的争吵造成的后果。一方面，个性的冲突常常淹没了更深刻的议题；另一方面，牵扯其中之人所感到的困惑与尴尬，这也可以被认为是他们眼中这个世界不可避免的不确定性的反映。他们试图调和自己声称的立场与自己在各种情境下的良知，而布勒东与巴塔耶无法达成长久的共识这一点，或许并非那么重要，更重要的是他们还是愿意仔细地权衡意识形态的问题，并相应地坚持其立场。艾吕雅与布勒东之间出现毁灭性分裂，则是由于超现实主义此时转而支持托洛茨基主义，并在政治上被共产党官方孤立的状况。这一切都让艾吕雅感到不安。从这方面来说，布勒东是为数不多的、在1936年还敢于谴责莫斯科虚假审判——此时斯大林正在借此清洗党内的异见分子——的左翼知识分子，其中暗含的重要意义在于这表达出他对托洛茨基的同情。同时，他敢于将斯大林描绘为"无产阶级革命的主要敌人"，无疑也是十分勇敢的。

然而，其他地区的超现实主义视角则有所不同，布鲁塞尔小组的经历就突出反映了这一点。或许是由于保罗·努捷同时是比利时超现实主义运动与共产主义运动的创始人，他才能够跨越意识形态上的种种困难，让他们与共产党官方和解。努捷接纳共产党是出于实用主义的考虑，将他们作为抵御法西斯主义的保护者。这一点在比利时十分重要，因为一战期间被占领的体验是他们的共同记忆。正像其他地方的小组一样，他们也越来越依赖国际上的联系。从1934年到1936年，比利时的超现实主义者不仅吸引了更多人来关注他们在国际超现实主义中扮演的角色，而且塑造出更加公开的立场与姿态。1934年，努捷与E.L.T.梅森在布鲁塞尔皇家博物馆组织的弥诺陶洛斯展囊括了巴黎小组出借的作品，并举办了布勒东的讲座《超现实主义是什么？》（"What is Surrealism?"）。这次活动成为次年策划布拉格与特纳里夫展览的模板。长久以来，比利时小组的焦点一直是马格利特的作品，而此次展览将其

图 184
狂暴
勒内·马格利特
1934 年
布面油彩
73.4cm × 54.6cm
曼尼尔藏集，美国休斯敦

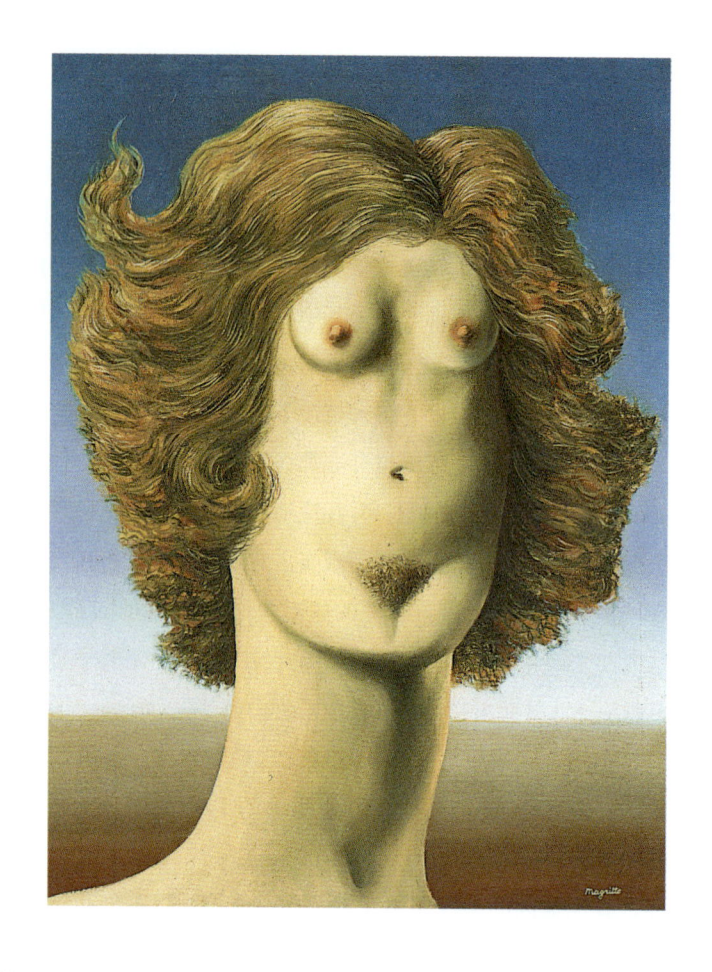

最惊人的作品之一《狂暴》（*The Rape*，图 184）隐藏在窗帘后面。在这幅画中，马格利特将女性身体与她的面部拼接起来，实现了他当时对"选择性亲和关系"（elective affinities）的兴趣与关注。这个概念指的是并置的两个对象之间有一些神秘的相关性，而不是完全不相关。尽管这件作品在风格上不带感情且实事求是，但其标题的暴力性却表现出这件作品令人困扰的特质。

活动增多导致的结果之一，便是其他愿意效忠的艺术家纷纷投奔而来。摄影师拉乌尔·乌贝克（Raoul Ubac）在定居巴黎后，便成为比利时与巴黎小组之间的联络人。基于曼·雷的技术创新范例，乌贝克发明了一种多重曝光流程，并在一系列裸体作品中有所体现。比如，在《亚马逊人之战》（*The Battle of the Amazons*，图 185）的多人浮雕效果中，摄影处理手法便将其中的细节抹去了。在《超现实主义国际公告》（1935年8月）比利时版出版之后，画家保罗·德尔沃（Paul Delvaux）与超现实主义运动取得了联系，并成为超现实主义最重要的新盟友。尽管他与马格利特处于同一时代，但直到1935年才确立其代表风格——将裸体与建筑背景结合起来以创造出一种梦境般的印象。像他所仰慕的德·基里科的作品一样，德尔沃的许多作品要么暗含一种源于19世纪式的已逝优雅，要么反映出某种完全腐朽的文明。在他的作品中，人物进行着神秘的交流，并充斥着性焦虑的强烈味道。他吹毛求疵的技巧让人忍不住将其作品与学院派绘画相提并论，尽管这些技巧颠覆了后者的传统。艾吕雅（等一些人）很快认识到其作品的价值，并买下了《黑夜的召唤》（*The Call of the Night*，图186）。然而，马格利特认为德尔沃的画源于自己的作品，因此一直与他保持了一定的距离，尽管他俩的作品在创作目的上相去甚远。

在1936年之前，伦敦的超现实主义倾向显得零散而不连贯，而马格利特和梅森对于伦敦超现实主义小组的建立与发展产生了重要影响。出人意料的并置手法所蕴含的可能性启发了很多英国画家，包括从爱德华·沃兹沃思（Edward Wadsworth）到创作《斑马和降落伞》（*Zebra and Parachute*，1930年）的克里斯托弗·伍德（Christopher Wood）。在1929

图185
亚马逊人之战
拉乌尔·乌贝克
1939年
负感处理，多重曝光
阿德里安·玛格画廊，法国巴黎

至 1930 年间，南茜·丘纳德在确保《一条安达鲁狗》在私立的伦敦电影协会（London Film Society）上映的同时，禁映了《黄金时代》。1926 年，卷入巴黎超现实主义运动程度更深的斯坦利·威廉·海特（Stanley William Hayter）在巴黎创建印刷工作室"车间 17"（Atelier 17）。很快，所有主要的超现实主义者都成了这里的常客，而这又反过来激发了海特的自动主义倾向。同时，画家兼作家罗兰·彭罗斯（Roland Penrose）成为恩斯特、艾吕雅和曼·雷的密友。得益于拥有一套晚宴礼服，他还在《黄金时代》的一幕中出镜客串。然而，彭罗斯长期待在法国（1922—1936 年），也意味着他与英国发生的许多事件都脱节了。

《转变行动》等刊物为英国超现实主义的成形打下了基础。1930 年，它刊登了剑桥大学实验小组（Experiment Group of Cambridge University）的一份宣言，表达出对该刊物的编辑欧仁·若拉宣称的"词语的革命"（revolution of the word）的共鸣。该小组中有画家朱利安·特里维廉（Julian Trevelyan）、休·赛克斯·戴维斯（Hugh Sykes Davies）和汉弗莱·詹宁斯（Humphery Jennings），他们后来都成为英国超现实主义的活跃成员。1933 年 10 月，诗人戴维·加斯科因（David Gascoyne）发表了第一篇英文的超现实主义诗歌《而第七个梦是伊西斯的梦（新篇）》[*And the Seventh Dream is the Dream of Isis, (New Verse)*]。同一时期，恩斯特、米罗和阿尔普［市长画廊（Mayor Gallery），1933 年］与达利［泽温默画廊（Zwemmer Gallery），1934 年］举办了大量展览，他们在媒体普遍的批判声中将超现实主义绘画引入英国。画家保罗·纳什（Paul Nash）嗅到这种反应中的反叛情绪，于是在 1933 年 6 月成立了"第一单元"（Unit One）。尽管这并不是一个超现实主义小组，但是纳什、约翰·阿姆斯特朗（John Armstrong）、特里斯特拉姆·希利尔（Tristram Hillier）和亨利·穆尔（Henry Moore）的作品都包含了超现实化的元素。

所有事态都朝着 1936 年举行的国际超现实主义展览迅猛发展。加斯科因于 1935 年 5 月写下《英格兰超现实主义宣言》（*Manifesto of English Surrealism*），翻译了布勒东的《超现实主义是什么？》，还发表了一篇《超现实主义概述》（*A Short Survey of Surrealism*，1935 年）——其中首次以英

图186（对页）
黑夜的召唤
保罗·德尔沃
1938年
布面油彩
111cm×131.5cm
苏格兰国立现代艺术馆，英国爱丁堡

文总结了超现实主义所取得的成就。加斯科与彭罗斯在巴黎偶遇之后，便投身到伦敦超现实主义小组的创建工作中。在布勒东、艾吕雅、达利和梅森的支持下，他们一起策划了这个国际性展览。虽然展览收到的海外作品前所未有地多，但他们力图包含本土作品的决心却让展览的目的变得模糊不清。穆尔、詹宁斯和批评家兼理论家赫伯特·里德（Herbert Read）负责挑选展品，他们主观臆断地发出了许多邀请函。

新伯林顿画廊（New Burlington Galleries）的展览获得了巨大成功。其中展出的作品故意混杂了各种风格与尺寸，目的在于让参观者感到迷惑（图187），而同时开展的附加活动也满足了公众对于超现实主义怪诞特征的期待。在一幅摄影作品中，身在伦敦特拉法尔加广场的希拉·莱格（Sheila Legge）将头部隐藏在玫瑰中。这张照片为她带来的人气让布勒东与艾吕雅讲座的影响力都相形见绌。达利的讲座则进一步满足了公众的期望。在两只俄国猎狼犬的陪伴下，达利穿着潜水服来到会场。笨重的球形头盔不仅让人听不清他的话，而且也让他呼吸困难，以至于加拉和收藏家爱德华·詹姆斯（Edward James）花了很长时间才将头盔的前挡板拆下来——这却被误以为是表演的一部分！最终，这场为期一个月的展览吸引了25,000名参观者。

第四期《超现实主义国际公报》（1936年7月7日）折射出这场展览的某种折中意味。事实证明，里德是一位伶牙俐齿的善辩者，但他在追述英国文学中的超现实主义先驱［从威廉·布莱克（William Blake）到刘易斯·卡罗尔］时，却也重新肯定了这场运动所反抗的既有传统。从本质上来说，他坚守的是一种更普遍的左翼先锋派立场，而他对布勒东声称反对的几何抽象手法的积极回应就印证了这一点。为了这场展览，许多艺术家"一夜之间变成了超现实主义者"，之后也留在了这场运动中，比如艾琳·阿加（Eileen Agar）。她在《宝贵的石头》（*Precious Stones*，图189）等作品中对材质与色彩的层层堆叠，暗示出记忆与潜意识的穿透力，这个意象在英国绘画中无人能敌。阿加代表了英国超现实主义中女性画家的实力，而这具有重大的意义。与巴黎小组相比，或许正是伦敦小组的流动性，才催生出他们的独立作品，其中包括了艾思尔·科洪（Ithell Colquhoun）充满性意味的幻觉艺术作品（图188）以及格蕾

图 187
库克船长最后的航行
罗兰·彭罗斯

1936—1937 年
木头、石膏和金属
高 69.2cm
泰特美术馆，英国伦敦

图 188
斯库拉
艾思尔·科洪

1938 年
木板油彩
91.4cm×61cm
泰特美术馆,英国伦敦

图 189
宝贵的石头
艾琳·阿加

1936 年
拼贴
50cm×43.5cm
利兹市美术馆,英国利兹

丝·佩尔索普（Grace Pailthorpe）梦幻般的自动主义作品，后者的灵感直接来自她作为职业精神分析师的经验。就拿嫁给彭罗斯的李·米勒来说，其摄影作品也是超现实主义的重要组成部分，受其影响的不仅有阿加，还包括更多的主流摄影师，比如塞西尔·比顿（Cecil Beaton）与安格斯·麦克贝恩（Angus McBean）。英国最重要的超现实主义画家之一莉奥诺拉·卡林顿（Leonora Carrington）也是因为1936年的这场展览而被招至超现实主义麾下。卡林顿神话般的自传性绘画，非凡地为梦的意象腾出了空间（图190），不过她最重要的作品是后来在墨西哥完成的。

在这场展览与二战爆发之间，伦敦超现实主义小组得到了巩固。1938年，马格利特从欧洲大陆来到英国，为爱德华·詹姆斯创作了《定住的时间》（*Time Transfixed*，1938年），画中描绘了一节冒烟的火车头从壁炉中冲出来的景象。达利也把一只玩具熊制成了一个五斗柜，以献给这位收藏家。更重要的事件是，梅森定居伦敦，并成为超现实主义小组主要的协调者。在彭罗斯的帮助下，他创办了伦敦画廊（London

图190
自画像（破晓之马旅店）
莉奥诺拉·卡林顿
1937年
布面油彩
64.5cm × 81.2cm
艺术家自有藏集

第八章 黑夜的召唤

Gallery）与《伦敦公报》（*London Bulletin*，1938—1940 年），后者刊登了法语文章的英译版，并介绍了许多新人，比如作家罗伯特·梅尔维尔（Robert Melville）与画家康罗伊·马多克斯（Conroy Maddox）。此外，由里德担任顾问的佩姬·古根海姆（Peggy Guggenheim）画廊开张后，为在伦敦展示巴黎超现实主义作品提供了更多机会。在艾吕雅的影响下，彭罗斯不仅让伦敦超现实主义小组的风格偏向了艾吕雅的抒情主义，而且还于 1938 年从他那里买下了一套无与伦比的超现实主义藏集。虽然布勒东身在远方，但是来自巴黎的电影导演、批评家雅克·布吕纽斯（Jacques Brunius）却建立起另一条沟通渠道。布勒东与艾吕雅之间日渐紧张的关系，也在英吉利海峡对岸产生了回响——在伦敦超现实主义小组的参与者中，既有斯大林主义者，又有托洛茨基主义者。

伦敦的超现实主义者在《关于西班牙的声明》（*Declaration on Spain*，1936 年 11 月）中确认了其政治立场，并对英国政府的方针提出挑战。甚至可以说，正是由于他们对西班牙共和国的支持（尽管是把这作为对国家进行革命性重建的前奏）以及与公众意见产生的共鸣，才让超现实主义在公众中赢得被同情和进行申辩的机会。他们公然抨击奥斯瓦尔德·莫斯利（Oswald Mosley）的英国法西斯联盟（British League of Fascists）以及英国政府对希特勒的姑息政策。然而，1938 年，他们与左翼的艺术家国际协会（Artists International Association，缩写为 AIA）在英国联袂展出毕加索的《格尔尼卡》或许才是影响最广的事件。这幅作品先后在伦敦的新伯林顿画廊和工人阶级聚集的东区（East End）的白色教堂画廊（Whitechapel Gallery）展出，这标志着组织者意欲将政治性艺术播撒到人民当中的决心。之后，艺术家国际协会还组织了一场巡回整个英国的超现实主义展览。

库尔特·施维特斯与约翰·哈特菲尔德在 1940 年已经抵达伦敦，而这里此时正在成为欧洲知识分子的避难所——比起布勒东在巴黎所允许的政治尺度，这种状况决定了这里的超现实主义者及其 AIA 的同伴们能够拥有更加宽泛的左翼立场。在这个行为文雅得体的组织里，教条主义并不是什么大问题，但托尼·德尔·伦齐奥（Toni del Renzio）在 1942 年到来时却将这一局面打破。他是一名支持托洛茨基主义的社会活动家，他通过刊物《放火》（*Arson*）表达出其彻底的、布勒东式的政治立场，并因此在组织内部激起了激烈而尖锐的分歧意见。他抨击梅森、布吕纽斯与斯大林主义者妥协勾结，而后者也指责他多管闲事。这场公开辩论于 1944 年达到高潮，而标志就是伦齐奥的《纵火的纯洁》（*Incendiary Innocence*）与梅森的《偶像崇拜与混乱》（*Idolatry and Confusion*）的发表。伦敦的超现实主义小组是欧洲超现实主义在二战白热化阶段中最后一个活跃的分支。因此，它的混乱也预示着战后超现实主义运动的整体衰落。

除了政治上的斗争和倾轧，20 世纪 30 年代末也涌现出大量超现实主义作品。在巴黎，勒内·夏尔与少年吉塞勒·普拉西诺斯（Gisèle Prassinos）两位诗人，皮埃尔·马比勒（Pierre Mabille）、莫里斯·亨利（来自《大博弈》）、帕特里克·瓦尔德伯格（Patrick Waldberg）和朱利安·格拉克（Julien Gracq）等作家，以及克洛维斯·特鲁耶（Clovis Trouille）和马塞尔·让（Marcel Jean）两位画家，一同加入了超现实主义小组。布勒东自己也创作出一系列重要作品。比如，《疯狂的爱恋》（1937 年）记述了他对雅克利娜的非理性之爱，并在其中融入了理论思辨。最重要的是，他在这部作品中提出将奇妙事物重新转化为一种"突然而不能自控的美"。他说："据我所知，或许根本就没有美——突然而不能自控的美——除非付出代价去承认和肯定物体在运动与静止两种状态下呈现出的相互转化。"

在《黑色幽默集》（*Anthology of Black Humour*）中，布勒东从过去与当下主要的法国作家那里找出并不幽默且具有颠覆性的文字。这本书以及整个超现实主义由于被战时法国的维希政权认为太富争议而遭封禁，也因此导致这本书直到 1940 年才在布宜诺斯艾利斯出版。

从 1935 年到 1936 年的一系列国际展览，最终都注定要在巴黎达到顶点后落幕。1938 年，美术馆（Galerie des Beaux Arts）举办的"超现实主义国际博览会"（Exposition Internationale du Surréalisme）便是这一系列展览中最有创意、最重要的一场。战争的阴影赋予了这场展览回顾性的色彩。在布勒东与艾吕雅的最后一次合作中，他们制作了一份《超现实主义简明词典》（*Dictionnaire Abrégé du Surréalisme*），其中以假乱真地记载了相关定义和主要成员的生平。展览本身的布置设计是史无前例的。同伦敦展一样,各种展品被混杂在一起,并且这种逻辑被贯彻得更加彻底。在杜尚的监督下,整个画廊被改造成为一个分不清方向的空间——天花板上挂着装满煤炭的麻袋,不断地扬下精细的煤灰,一只火盆烘烤着咖啡豆,一座留声机播放着歇斯底里的笑声,而地板的某些角落盖满了树叶——这些都是由沃尔夫冈·帕伦策划出来的。整个会场的黑暗环境则更加强化了这些景象对观者所有感官的刺激。为了照明,主办方为每位参观者都配备了电筒,因而当时产生的冲击力肯定非同寻常。可以预料的是,在开展当晚,电筒全部被顺手牵羊了,这让主办方不得不在展览空间中装上微弱的照明灯——这也是顺应画家们的要求。除了这个技术故障,沉入黑暗的设计效果暗示出迷宫一般的精神空间,这在当时不稳定的政治气候中,非常具有启发性与揭露意味。

参与这场展览的艺术家们,最终组成了一份囊括超现实主义15年来所有活动参与者的花名册。这些展品的作者,既包括毕加索、德·基里科、杜尚和毕卡比亚,又涵盖了第一代超现实主义艺术家,比如恩斯特、马松、米罗、曼·雷、唐吉和阿尔普等等。其中,20世纪30年代最有名的艺术家则有布劳纳、多明格斯、帕伦、贝尔默、于格涅、莱奥·马莱(Leo Malet)和马塞尔·让,以及来自比利时、捷克和英国的其他艺术家。为了迎合公众的期待,达利的作品也被收入其中。前来参观的人们最先看到的就是他的《雨中的出租车》(Rainy Taxi)。这是一个精妙的机械装置,可以让车内下雨,淋雨的是两个被浓密绒毛和活蜗牛覆盖的模特假人。为此,布勒东在《论超现实主义绘画的最新趋势》("On the Most Recent Tendencies of Surrealist Painting",《弥诺陶洛斯》,1939年2月)一文中还公开谴责了达利,这也印证了他们为公众做出了多么大的妥协。

尽管疏远达利的过程被拖延了,但这个趋势还是尤为显著地反映在超现实主义运动内部对幻觉艺术的逐渐抛弃上。在同一篇文章中,布勒东设想了自动主义的回归,而这是重新与他联络上的马松、帕伦让他萌生的想法。不过,最重要的激励还是来自唐吉树立的榜样。唐吉算得上是第一代超现实主义画家中被忽略的一位,但是他一直坚持对梦境或精神深度状态进行探索。他并未屈服于达利的影响力(并称应该是达利为他的影响力所折服),而是坚持在创作中采用富有暗示性的有机形

图191(对页)
过了一会儿
凯瑟琳·萨吉(Kay Sage)
1938年
布面油彩
94.4cm×74.2cm
丹佛艺术博物馆,美国

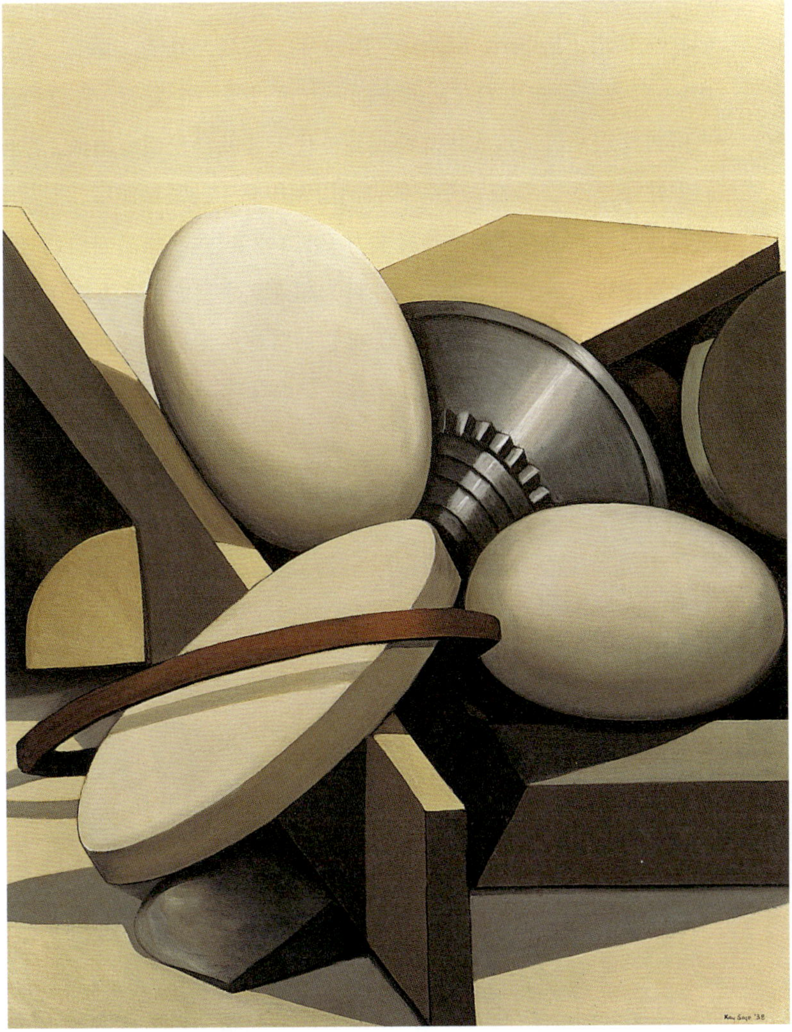

态，这也将他与米罗、阿尔普联系起来。在布勒东看来，20 世纪 30 年代后期，对于从幻觉艺术中走出来的年轻一代超现实主义画家们来说，唐吉代表着一条出路。一个年轻的画家三人组接受了唐吉的引领和指导，他们分别是西班牙人埃斯特万·弗朗西斯、英国人戈登·翁斯洛-福特（Gordon Onslow-Ford）以及来自智利、从建筑师转行当画家的罗伯托·马塔（Roberto Matta）。1939 年，马塔与唐吉、萨吉（Sage，图191）以及布勒东夫妇在法国乡间一起度过了一个夏天。在这段成形期之后，马塔便以超现实主义绘画新一代天才的身份横空出世。他创作的幻想性蜡笔画，带有马松早期自动绘画作品中的某种能量，但其中同时又喷薄出鲜明的色彩和精神凝聚力（图 192）。这些作品很快就对他的年轻朋友唐吉造成了强烈影响，并将为超现实主义之后在大西洋彼岸的重生做好铺垫。事实上，唐吉、萨吉和马塔都属于第一批到达纽约并将自动主义带到美国的超现实主义者。这一点具有十分重要的意义。

图 192
无题
罗伯托·马塔
1938—1939 年
粉笔
49.5cm × 64.8cm
芝加哥艺术博物馆，美国

第九章　传说中的死亡跑道

1939—1946年流亡

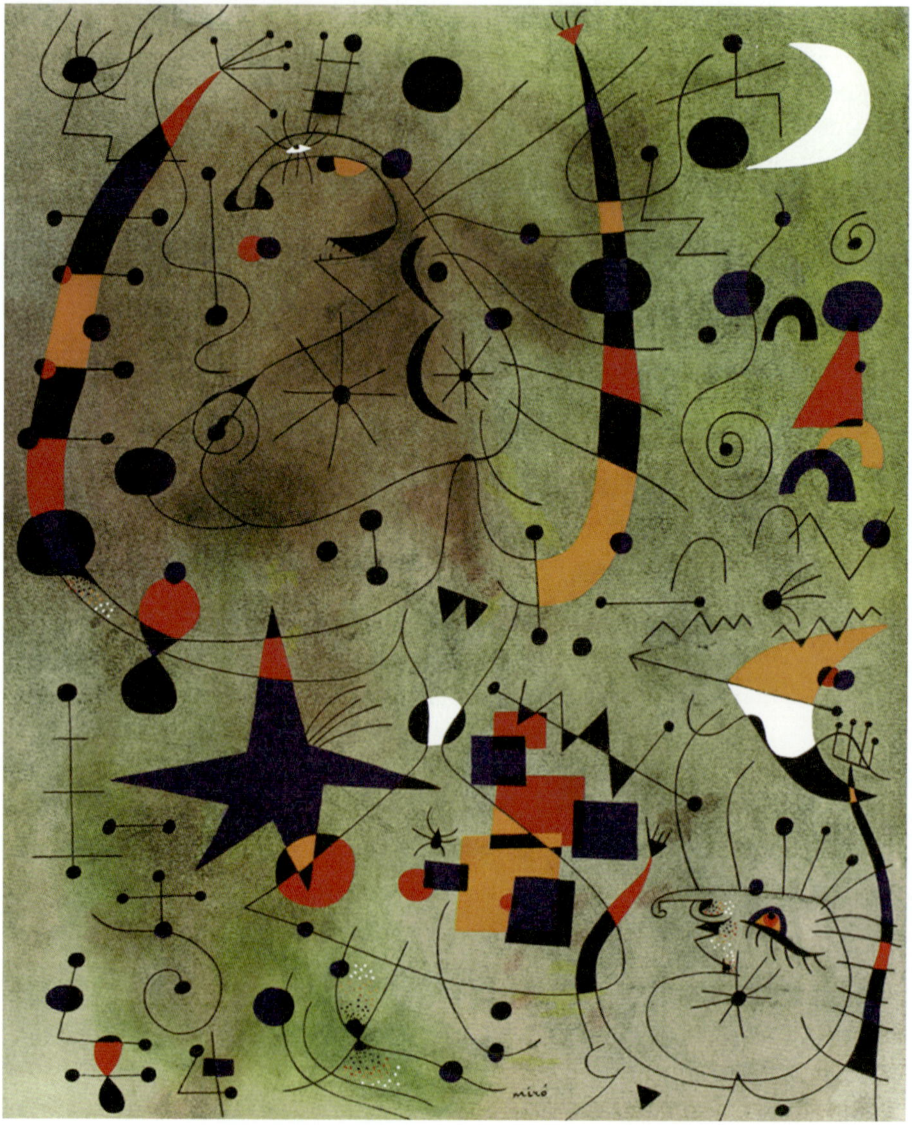

1939年3月，德国以"德奥合并"（Anschluss）的名义吞并了奥地利，昭示出纳粹的领土扩张计划。在被驱逐的人群中，艺术家与作家们——其中包括许多超现实主义者——在跨越欧洲大陆后，前往新大陆寻求避难所。纳粹的"秩序"带来了恐怖的镇压，最为恶劣的便是对犹太人的灭绝政策，他们称其为"最终解决方案"。维也纳是第一个遭受系统性屠杀的大型犹太人社区。只有敢于冒险且富有的人才得以逃离集中营而踏上流亡之路，比如逃到伦敦的弗洛伊德。在德奥合并后不久，纳粹就在苏台德地区——捷克斯洛伐克的一个有德国少数民族定居的地区——发动煽动性宣传。希特勒与英国总理内维尔·张伯伦、法国总理爱德华·达拉第进行谈判后，签订了臭名昭著的慕尼黑协定（1938年9月），允许苏台德地区并入德国。1939年3月15日，希特勒入侵捷克斯洛伐克。4月7日，墨索里尼入侵阿尔巴尼亚。英法两国对这些都置若罔闻。

最终，德国于1939年9月1日入侵波兰，英法两国要求撤军未果，两天之后对德宣战。由于之后并未发生军事冲突，这个时期被称为"假战"。早在8月，德苏两国外交部长约阿希姆·冯·里宾特洛甫与维亚切斯拉夫·莫洛托夫在签订互不侵犯条约时，就已经为瓜分波兰做好了准备。纳粹对欧洲进行重组，是希望逼斯拉夫国民向东迁移，以求扩充德国人口。随着波兰人被迫离开家园，波兰城市中占很大比例的犹太居民也被封锁在贫民窟或者被运往"东边"（奴役死亡集中营的委婉指代语）。苏联红军同时进攻芬兰这一点，也明显地表现出苏联在配合分裂波兰时的投机性。1940年6月，苏联入侵立陶宛、爱沙尼亚与拉脱维亚。与此同时，德国也在西欧展开势如破竹的闪电战。4月，德国扫荡了丹麦之后，又入侵挪威，并在那里遭遇到第一次顽强的抵抗。5月，德军穿越并占领了荷兰、比利时与卢森堡，并在10日入境法国后，将英法联军围困在海岸线上，让其被迫从敦刻尔克跨越英吉利海峡撤退回英国。1940年6月14日，希特勒入主巴黎，并于一周之后强迫法国签订惩罚性质的和平协议，而签订地点则是1918年举办德国受降仪式的同一节火车车厢内。这份停战协定在法国南部建立起由贝当元帅领导的维希共和政权，它在名义上保持独立，但其实质却是卖国的傀儡政权。在

图193（对页）
星系：杂技演员们
胡安·米罗

1940年
纸面水粉及油洗
47cm × 38.1cm
沃兹沃思学会，美国哈特福德

第九章 传说中的死亡跑道 351

这之后，被纳粹掌控的欧洲迎来了压抑而沉寂的一年。

这些骇人听闻的事件前所未有地影响了普通民众。对于在20世纪30年代初逃离德国的人来说，纳粹似乎在一个个地追寻他们的行踪。在恐怖统治之下，异见者名单中有许多艺术家与作家。在整片欧洲大陆上，超现实主义者要么被囚禁，要么在躲藏。此时，布拉格的超现实主义小组已经转入地下，而倾向于斯大林主义的维捷斯拉夫·奈兹瓦尔由于想要解散组织（1938年3月）而遭到开除。之后，该小组只能进行秘密活动，而在1942年因德日赫·施蒂尔斯基去世后，这些活动也结束了。在丹麦，超现实主义画家威廉·弗雷迪（Wilhelm Freddie）因创作"淫秽"作品而被捕入狱。在比利时，马格利特与德尔沃坚持作画，并选择以隐晦的方式来反映政治局势。马格利特通过创作印象主义风格的裸体人像，来宣告他想要描绘"生命光明面"的愿望，这些人像除了性感，还包含讽刺元素。德尔沃的风格似乎是纳粹能够接受的，而他的《黎明笼罩城市》（*Dawn over the City*，图194）却捕捉到无孔不入的偏执妄想与不确定情绪。他习惯性地将画布与窗户成直角摆放，希望空袭时画作不会被四散的玻璃碎片损坏。英国是唯一对德国进行抵抗的国家，而闪电战给伦敦造成的危胁也更加真切，空袭在1940年至1941年间主宰了市民的日常生活。李·米勒的摄影作品为促使美国伸出援手起到了推动作用。在其摄影集《冷酷的荣耀》（*Grim Victory*）中，诸如《非国教徒的礼拜堂》（*Nonconformist Chapel*，图195）这样的多层次作品将纪实报道风格与超现实主义的讽刺性结合在一起。汉弗莱·詹宁斯同时代的电影《伦敦可以承受》（*London Can Take It*，1940年）则更具明显的宣传色彩，尽管它也强调了战争对日常生活的影响。

德国占领巴黎后，艺术家们对此做出了不同的反应，尤其是在有文化教养的纳粹官方雕塑家阿尔诺·布雷克尔（Arno Breker）到来之后，这一点尤为明显。在纳粹各种威逼利诱下，部分艺术家被迫进行了合作，比如安德烈·德兰和让·谷克多。不过，许多人隐退到法国南部去延续他们心中快乐主义的和平图景，比如博纳尔（Bonnard）和马蒂斯。反纳粹的作品不得不绕几个弯子来达到影射的效果，比如布拉赛关于街头涂鸦的摄影作品，既扩展了超现实主义者对流行表现形式的兴趣，又传神地展现出城市的创伤。照片中的墙壁上写满了匿名信息，而弹孔周围排布着粗粝人脸。似乎是为了表现反抗的姿态，毕加索回到了被占领的巴黎，并成为追求自由思想活动的中心人物。他出演的戏剧《欲望被抓住了尾巴》(*La Desir attrapé par le queue*，1944年）就是这些活动的一个缩影。这个剧本的作者们包括了让-保罗·萨特、西蒙娜·德·波伏娃（Simone de Beauvoir）和阿尔贝·加缪（Albert Camus）等年轻作家，而演出地点就在毕加索的工作室里。此外，毕加索还吸引了许多德国观众的造访。一位德国军官在看到《格尔尼卡》的一件复制品后，禁不住问毕加索："这是你作的？"据说毕加索对此的回答是："不，是你作的。"毕加索并未遇到什么麻烦，因为德国人认识到善待他是大有好处的，而在其他大多数情况下，纳粹行径之过分简直骇人听闻。犹太诗人马克斯·雅各布与罗贝尔·德斯诺斯被送到集中营，并死于其中，而德斯诺斯生前的一首诗作，如今成了巴黎市民纪念所有被送往集中营的遇难者的献礼之一。德国背弃了1939年签订的"纳粹-苏联互不侵犯条约"，这让当时大多数共产党员感到懊恼难过。阿拉贡开始四处藏身，并意欲加入抵抗力量，并与艾吕雅、查拉一起通过秘密出版社发表了爱国主义的诗歌与文章。这些事迹在战后为他们3人赢得了英雄般的地位，而巴黎的一座地铁站就是以阿拉贡的名字命名的。

然而，对于布勒东小组的大多数人而言，这些事件都让他们陷入另一种两难境况。长久以来，他们既是爱国主义的反对者，但又站在反对法西斯主义的最前线。面对1938年的慕尼黑协定，他们发表了宣言《既不要你的战争，也不要你的和平》(*Neither Your War nor Your Peace*）。对于西方帝国主义、"按照自己意象"建造的法西斯主义国家以及第三国际与纳粹的串通一气，他们这样谴责道：

> 对于罪责，也对于罪犯的同谋，对于为战争正名的人，也对于篡改和平的人来说，已经没有妥协的余地。面对极权主义政权遍布的疯狂欧洲，我们拒绝反对《凡尔赛条约》中那个已经不复存在的欧洲……不管是在战争中，还是在和平中，我们都要反对那股号召通过一场无产阶级革命来重建整个欧洲的力量。

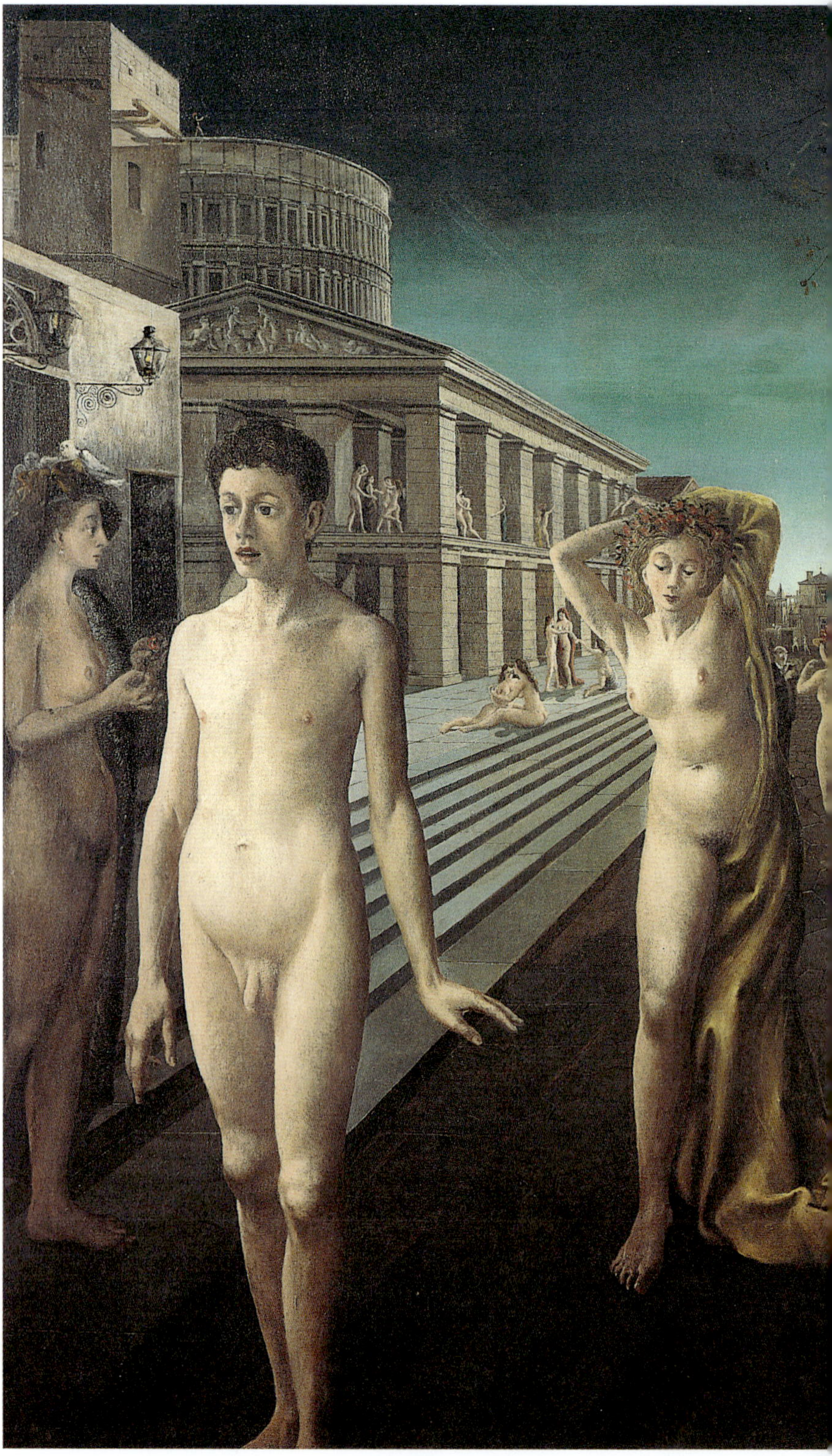

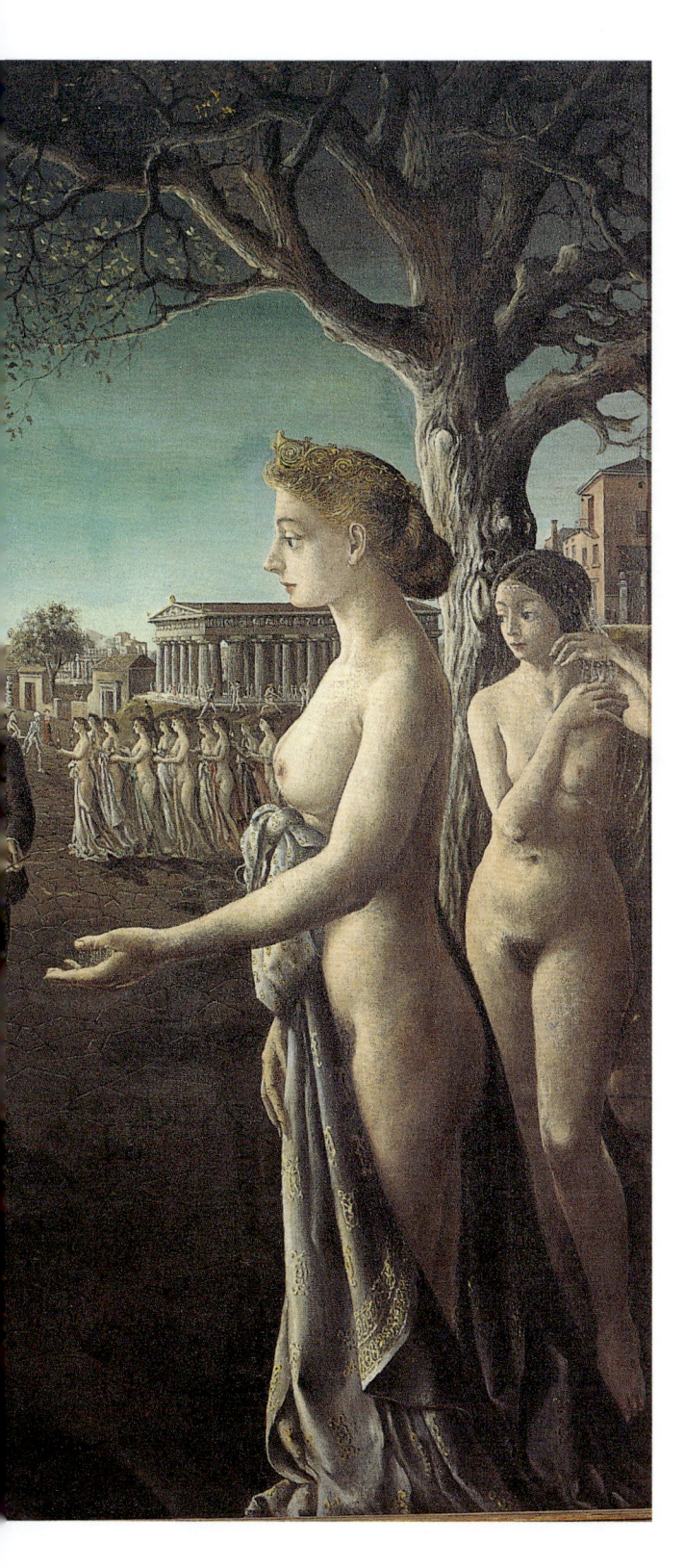

图194（含对页）
黎明笼罩城市
保罗·德尔沃

1940年
布面油彩
175cm×200cm
克莉丝汀·布拉肖与伊西·布拉肖美术馆，比利时布鲁塞尔

图 195
非国教徒的礼拜堂
选自《冷酷的荣耀》
李·米勒

1940 年
李·米勒档案馆，英国东萨塞克斯

1939 年法国军事动员的现实，还是让他们妥协了。布勒东再次服役，成为医疗辅助兵，而佩雷的工作则是核查颠覆分子名单——他按部就班地将共产党员的名字都换成了著名牧师的名字，直到他被调走为止。1940 年，法国陷落之后，中立主义者才感觉日子稍微好过些。曼·雷已经弄到了一个往返于大西洋之间的办法，而定居在马略卡岛（Mallorca）的米罗完成了繁复纠缠的《星座》(*Constellations*，图 193）系列。对于其他法国人来说，情况更加不妙。1940 年 8 月，布勒东写信通知库尔特·塞利希曼他们决定到纽约与他会合。他写道："无可争辩的是，在那里，我们将有可能以最高的效率，追求与所有腐朽动因进行抗争的理想，而我们对他们的谴责也从未停止过。"

离开巴黎后，超现实主义者一路向南。在去往西班牙的途中，一些人聚集在卧床不起的作家若埃·博斯凯（Joë Bosquet）位于卡尔卡松（Carcassone）的家中。路易·斯居特奈尔与马格利特在返回布鲁塞尔之前也曾在此避难。大部分人最后在马赛聚首，指望着从那里乘船去美国。从 1940 年到 1941 年发生的各种情况，让他们有一段可以喘息的时间。维希政府尽管对超现实主义持怀疑态度，但还是因美国人对它的尊崇，而对其艺术声誉抱以几分关注。美国援助知识分子委员会（American Committee for Aid to Intellectuals）的代表瓦里安·弗赖伊（Varian Fry）还让安德烈·布勒东、雅克利娜·布勒东以及作家皮埃尔·马比勒和维克托·赛尔日（Victor Serge）住进了超现实主义的总部——艾尔贝尔别墅（Villa Air Bel），这里日后成为该组织的大本营。在此，同他们会合的人包括马松、杜尚、多明格斯、勒内·夏尔、林飞龙及其德国夫人埃莱娜·霍尔泽（Hélène Holtzer）、佩雷和雷梅迪奥斯·巴罗（Remedios Varo）以及恩斯特和佩姬·古根海姆。他们通过制作集体拼贴画以及设计马赛塔罗牌牌组等集体活动，来排遣百无聊赖的情绪，同时缓和提前到来的狂喜（图 196）。弗赖伊与古根海姆在场，这就保障了他们的相对安全。墨西哥城的帕伦和纽约的塞利格曼、唐吉以及凯瑟琳·萨吉共同努力，让他们终于达到了获得美国签证的复杂要求。

尽管逗留在马赛的超现实主义者情绪相当低落，但比起身在德国与

图 196
共同图画作品
马赛超现实主义小组
1940 年
22.9cm × 29.8cm
国立现代艺术博物馆，乔治·蓬皮杜中心，法国巴黎

第九章　传说中的死亡跑道　357

中欧的同僚们来说，还是比较舒适的。1939 年，恩斯特、贝尔默和画家沃尔斯（Wols）都因身为德国人而被软禁。在法国陷落之前，他们又因为是颠覆分子，而再度被软禁！贝尔默和沃尔斯虽然被释放，但是在战争的大部分时间里，他们一直在避难，长期遭受生活资料被剥夺之苦。恩斯特被拘禁在与莉奥诺拉·卡林顿同居的房子里，而他的转印画被警官误以为是学院派的现实主义作品，这让他竟然最终靠自己的魅力赢得了逃往马赛的机会。卡林顿由于没有他的任何音讯而陷入情绪崩溃，正如她在《在地狱中》（*Down Below*，1944 年）中的描述，她觉得自己坠入了只有她一个人的地狱。在逃亡到西班牙后，她极不情愿地被投进了一家收容所。最后，她终于逃脱追捕，并嫁给了一位驻葡萄牙的墨西哥外交官，从而获得了豁免权和安全通道。然而，在里斯本，她又惊讶地发现恩斯特竟然与古根海姆有染。这两位画家之间令人困扰的感情关系，就反映在两人于 20 世纪 40 年代初创作的作品中。

从马赛到美国的航程，必须在西印度群岛的马提尼克岛（Martinique）中转。1940 年末，塞利格曼已经为布勒东夫妇取得了美国签证。1941 年 3 月 24 日，他们终于与林飞龙夫妇以及人类学家克劳德·莱维-施特劳斯一同踏上旅途。马比勒早一步出发，而马松夫妇也在几天后上路。最后离开的是杜尚，他伪装成送奶酪的工人，一直在暗中打造其作品的微缩版——这些部件组成了他后来的作品《手提箱里的盒子》（*Boîte-en-valise*，1941 年起）。一直到 1942 年 6 月，他才抵达纽约。

超现实主义者来到西半球后的第一次相聚，便是在马提尼克岛。布勒东夫妇与马松夫妇在 1941 年 4 月至 5 月间被短暂地软禁于此。被释放后，布勒东偶然发现了一份当地刊物《热带》（*Tropiques*）。这份杂志保有法属殖民地非洲裔知识分子激进的政治意愿与文化意愿，而这些意愿正是源于艾蒂安·莱罗（Etienne Léro）受超现实主义影响而创办的刊物《正当防卫》（*Légitime Défense*）在巴黎掀起的"黑人自觉运动"（Négritude）。诗人艾梅·塞泽尔（Aimé Césaire）为他们提供了《热带》的联系方式，而它的主编就是勒内·美尼尔（René Ménil）与艾梅的夫人苏珊·塞泽尔（Suzanne Césaire）。后来，布勒东曾热情洋溢地在文章中提及塞泽尔及其代表作《归乡手记》（*Cahier du retour au pays natal*，1939

年）。在这篇文章中，布勒东认可了一种里程碑式的政治寓意，它不光是为了殖民地人民的平等权利，而且还关乎他口中那些在"一个思想退位的时代"中所有受压迫的人们。他写道："他是一位黑人，但不仅仅是一位黑人，他还是整个人类的代表。他表达出人类所有的疑问、所有的痛苦、所有的希望和所有的迷狂。对我来说，他越发强烈地需要让自己具有典型意义的尊严获得承认。"布勒东意识到塞泽尔的立场与超现实主义的行动计划具有相似之处，两者都需要推翻思维中某部分（理性）对另一部分的支配，而这两个部分原本具有同等的正确性。在一定程度上，布勒东的热情是其美洲体验的映照，特别是对黑人文化的体验。他在多米尼加共和国结识西班牙画家、政治社会活动家欧亨尼奥·F.格拉内利（Eugenio F.Granell）后热情进一步高涨，后者曾经创办过超现实主义刊物《惊奇诗歌》(*Poesía Sorprendida*，1943—1947年）。然而，让布勒东的兴趣提升最多的还是林飞龙，其华裔与古巴非洲裔的混血出身折射出各种非欧洲文化的大杂烩。

　　林飞龙曾在马德里求学，也曾加入过西班牙共和党的部队。来到巴黎之后，他被引见给了毕加索。毕加索在早期立体主义中对非洲素材的使用，后来证明对他十分具有启发性，同时莱里斯的人类学知识也启发他采用了同一套艺术语言形式。在马赛的超现实主义者中，他取得了与塞泽尔比肩的地位。对布勒东与马比勒来说，与林飞龙及塞泽尔的联系，体现了被他们视为黑人艺术相关传统所具有的文化延续性。这当然只不过是为了方便而编造的说辞。不过，布勒东认可两拨人共同的政治目标与诗性追求，从而拉近了两者的关系。尽管他们也用同样的方式来理解塞泽尔的文章，但还是倾向于强调，林飞龙与某个神秘世界存在着特殊的联系。画家本人也声称确实有这种联系，以求在这种非主流的传统之上构建出一种现代的典型风格。

　　1941年，林飞龙从马提尼克岛返回哈瓦那后，便开始创作一个系列作品，并利用其在巴黎的经历来修正自己处理原生文化的手法（图197）。这些作品可以算是20世纪40年代初与超现实主义有关的、最重要的作品。一方面，遍布拉丁美洲的"本土主义"（*indigenista*）潮流意欲对根植于本土的文化进行革新；另一方面，在哈瓦那的艺术圈中，林飞

图 197
林中之光
林飞龙
1942 年
帆布上的纸面水粉
192cm×123.5cm
国立现代艺术博物馆，乔治·蓬皮杜中心，法国巴黎

龙却一心沉浸在古巴的黑人传统中。林飞龙的教母曾经是一位萨泰里阿教（Santeria）的牧师，这种宗教结合了天主教与非洲祭祀信仰的仪式和信条，而他的许多灵感就汲取于自己关于教母的回忆。林飞龙作品中的人像与茂盛的灌木丛融为一体，并以非洲神明与天主教圣徒的象征物作为佑护。这种象征手法是故意为之的，正如马松借用弥诺陶洛斯的古典意象一样。

1945 年，林飞龙的代表作《丛林》(*The Jungle*，图 198) 在纽约引发了轰动一时的丑闻。这幅作品描绘出众神及其神圣果园的魔幻融合，其画幅与构图都参考了毕加索的《亚威农少女》(图 105)。这标志着它既包含了现代主义的反叛传统，又预示着新大陆上一种新艺术的诞生。然而，北美观众却将其视为一幅描绘伏都教（Voodoo）食人行为的作品，并因现代艺术博物馆购下这幅画而感到愤怒无比。也许是这些指控刺激了林飞龙，从而敦促他于 1946 年初与布勒东一道前往海地拜访马比勒，后者一直在研究发源于达荷美帝国（Dahomey）的伏都教，并与他们一起参加了当地的祭礼。在当地逗留时，林飞龙展出了他的下一幅作品《深红色竖琴》(*The Cardinal Harp*，1944 年)。此外，他们 3 人

还发掘了未受过专业训练的伏都教艺术家埃克托尔·伊波利特（Hector Hyppolite），他的作品证实了当地民族无拘无束的创造力。布勒东在那里举办了一些讲座，提倡要与非洲裔的政治主张保持一致，并将政治自由与诗歌的解放联系起来。这对于北美新大陆第一个非洲裔共和国来说，特别切题。结果，听众中尤为积极好战的学生们猝不及防地发起罢工，并最终导致独裁者莱斯科（Lescot）的下台。

在超现实主义进入新大陆时，其对于独立于欧洲传统之外的原住

图198
丛林

林飞龙

1943年
帆布上的纸面水粉
239.4cm×229.9cm
现代艺术博物馆，美国纽约

第九章　传说中的死亡跑道　361

民文化的关注，也对其自身的转型产生了实际的作用。一直到墨西哥战争结束，这个现象贯穿了超现实主义小组在当地的活动。超现实主义者将墨西哥视为文化与政治避风港的热情，早在之前的两次访问中就已体现出来。从 1935 年到 1936 年，安托南·阿尔托曾经与塔拉乌马拉（Tarahumara）人在一起生活。他在残酷戏剧（Theatre of Cruelty）——阿尔弗雷德·雅里剧团的后继者——中获得的经验，让他对当地人的祭礼与仪式特别感兴趣。与此形成鲜明对比的是，布勒东在 1938 年深深地为托洛茨基所吸引。他俩曾有过数次颇有成果的会面并促成了国际独立革命艺术家联盟（Fédération Internationale de l'Art Révolutionnaire Indépendant，缩写为 FIARI）的诞生，尽管他们对于精神分析的价值执不同看法。这是一个左翼的新联盟，并发表了宣言《迈向一种独立革命艺术》(Towards an Independent Revolutionary Art)。这篇宣言预见了资本主义的崩溃，并认识到，对于一个艺术家来说：

> 唯一自然的选择是，转向奉行斯大林主义的各种组织，它们才能持续提供让他摆脱孤立状态的可能。然而，如果他想要避免彻底的道德败坏，则必不可留在其中，因为他不仅不可能发出自己的声音，还必须低三下四、奴颜婢膝——这些组织用有利的物质条件来换取他的这种态度。他必须明白，他的归属在别处，并不在背叛了革命、背叛了人类事业的人那里，而在见证了革命、忠诚而毫不动摇的人那里，在能独自让革命开花结果的人那里，以及在同时让所有形式的人类天赋获得终极自由表达的人那里。

这份在《伦敦公报》等刊物上发表的宣言，详细地阐述了托洛茨基的立场，但出于安全原因，托洛茨基本人没有签署这份宣言。不过，这样的警惕却并未奏效——托洛茨基于 1940 年被暗杀。

与布勒东一起同时签署这份宣言的，还有壁画家迭戈·里韦拉（Diego Rivera）。对于斯大林主义，他也走过了一条类似的曲折道路。他在墨西哥与美国有着巨大的影响力。尽管里韦拉说教式的图像语言永远不能被视为与超现实主义步调一致，但他在《弥诺陶洛斯》最后一期

（1939年5月）中却为布勒东发表的墨西哥纪行创作了内封插图。在他和秘鲁诗人塞萨尔·莫罗（César Moro）的引见之下——后者曾经参加过巴黎的超现实主义活动，布勒东得以认识一些跟他有共鸣的画家，并接触到何塞·瓜达卢佩·波萨达的版画中那些关于死亡的讽刺内容。曼努埃尔·阿尔瓦雷斯·布拉沃（Manuel Alvarez Bravo）的摄影作品具有一种迥异的政治内涵，这些作品十分详尽而又充满怀疑地援引了秘鲁的历史，比如《被杀害的罢工者》（Murdered Striker，图199）似乎就是秘鲁常年处于革命状态的缩影，其中熔纪实报道、政治与死亡于一炉。通过诸如"视力的寓言"（Parábola Optica）这个眼镜店招牌的其他意象，阿尔瓦雷斯·布拉沃表现出对日常生活中意外事物的感知。在这一点上，布勒东看到他与超现实主义是志同道合的。

在这些画家中，最重要的一位便是里韦拉的妻子弗里达·卡洛（Frida Kahlo）。为了将她标志性的意象网罗到超现实主义运动中来，布勒东在1939年的《论超现实主义绘画的最新趋势》（《弥诺陶洛斯》，1939年2月）一文中探讨了她，并在巴黎举办的一场墨西哥艺术展中展示了她的作品。卡洛通过一系列绘画构建出一部自传性的日记。她的苦难与欢愉，都反映出墨西哥这个国家本身的甘苦（图200和图201）。

图199
被杀害的罢工者
曼努埃尔·阿尔瓦雷斯·布拉沃

1934年
维多利亚与阿尔伯特博物馆，英国伦敦

图 200
两个弗里达
弗里达·卡洛
1939 年
布面油彩
173cm×173cm
现代艺术博物馆，墨西哥城

尽管她童年时遭遇过一次交通事故，并在手术后留下了严重后遗症，但这不仅为她的作品蒙上一层独特的底色，还让其具备了一种普遍性——这可以合理地解读为女权主义对女性地位与待遇的批判。如此这般，卡洛就成了《迈向一种独立革命艺术》中设想的创造性革命者的化身。

超现实主义与本土"幻想"艺术之间的共鸣，是墨西哥城成为超现实主义国际展览（1940 年 1 月至 2 月）举办地的部分原因，而这也是超现实主义小组在美洲举办的第一次展览。帕伦和妻子艾丽斯·拉翁（Alice Rahon）来到墨西哥，帮里韦拉和莫罗进行组织工作，并带来了巴黎画家们的作品，这些人包括阿尔普、恩斯特、马松、米罗、达利、布劳纳、德尔沃和马塔。他们还从壁画家罗伯托·蒙特内格罗（Roberto Montenegro）、卡洛斯·梅里达（Carlos Merida）和吉列尔莫·梅萨（Guillermo Meza）那里得到了一些展品。另外，展览中还有卡洛的《两个弗里达》（*The Two Fridas*，图 200）与阿尔瓦雷斯·布拉沃的《视力的寓言》。里韦拉则通过将他描绘扭曲树木与手套的画作［《象

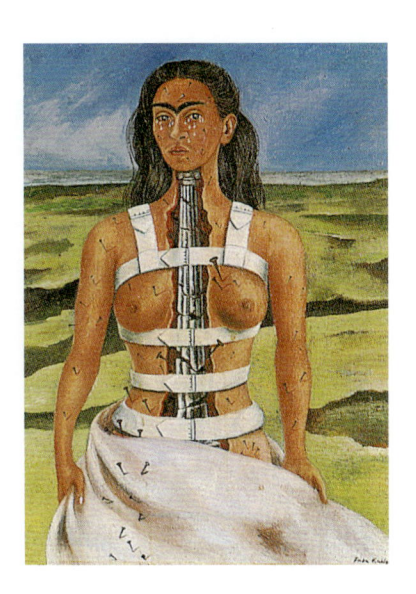

图 201
断裂的柱子
弗里达·卡洛
1944 年
木板油彩
40cm×31cm
多洛雷斯·奥尔梅多·帕蒂尼奥基金会博物馆，墨西哥城

征的风景》(*Symbolic Landscape*)，1940 年]的标题改成了《小植被动物静物画》(*Minervegetanimortvida*)，从而将它"超现实化"。墨西哥绘画很明显地根植于一种鲜明的本土艺术传统，而这场展览的重要意义在于，它诱发了这类绘画与欧洲超现实主义的互动。在这些活动中，莫罗表现得特别积极，他在 1939 年主编了刊物《措辞》(*El Uso del Palabra*)，还出版了两本诗集，《瓦斯城堡》(*Le Château de Grisou*，1943 年)与《情书》(*Lettre d'amour*，1944 年)。通过这些作品，他让超现实主义的理论与实践在其祖国秘鲁声名远播。

因战争而被困在墨西哥的帕伦夫妇，成为超现实主义流亡集体的中心。他们不仅与里韦拉、卡洛和莫罗一直在进行富有成效的沟通，而且还与纽约保持着联系。他们对当地的土著文化十分感兴趣，并和摄影师埃娃·叙尔泽（Eva Sulzer）于 1939 年一同前往英属哥伦比亚地区去参观了太平洋西北海岸的图腾柱。对于与超现实主义有关的人来说，这些意象的力量以及它们作为丰富文化遗产指向标的地位，是他们日益重要的灵感来源。

这些关注点就反映在帕伦（图 202）与拉翁利用其（法英）双语刊物《可能之事》(*Dyn*，1942—1944 年)进行推广的自动主义作品中。从米格尔·科瓦鲁维亚斯（Miguel Covarrubias）到亨利·米勒（Henry

图202
信使
沃尔夫冈·帕伦
1941年
布面油彩
200cm×76.5cm
泰特美术馆，英国伦敦

Miller），《可能之事》征集作品的对象是广大作家和艺术家。或许是由于各种影响交织后产生的复杂结果，帕伦在《向超现实主义告别》（"Farewell au Surréalisme"，《可能之事》，1942年）一文中宣布退出超现实主义运动。他虽然承认超现实主义集体行动的重要性，但他还是有志于投身一种更具科学性和多元文化性的艺术，特别是他对于民族学的兴趣，让他把艺术放在社会的中心位置——这既不是马克思曾考虑过的状况，也不是布勒东所允许的做法。这个行动计划在打动翁斯洛-福特和马塔的同时，却也让帕伦被布勒东驱逐出超现实主义小组。

在墨西哥城，还有另外一个超现实主义流亡小组，其中心人物是佩雷。佩雷从事的共产主义社会活动让他未能获得美国签证。尽管他一直与布勒东保持联系，但是他的活动却几乎都带政治性。画家雷梅迪奥斯·巴罗从摩洛哥的卡萨布兰卡排除万难地来到墨西哥之后，也于1941年加入佩雷的队伍，他的作品曾被收入在1940年墨西哥城的展览中。1942年，莉奥诺拉·卡林顿也从纽约抵达，随即两人开始了一段令人称道的合作关系，产出了一批几乎接近于神秘主义的惊人作品（图 203）。她俩关注的都是，如何从女性的立场来理解这个世界。她们不仅吸收了超现实主义的解放和自由，而且还打破了其中男性所主导的规则，并用幻觉艺术技巧构建起一个空想世界。卡林顿在作品中探索了童年幻想，画中的马和鬣狗都野蛮而聪慧，它们代替了人物并打开了一扇充满未知性的窗户（图 204）。巴罗的作品暗中指涉了炼金术实验，其中的女性象征着知识与转化方法（图 205）。二战后，这两位画家都留在了墨西哥城，并在那里创作出她们最有名的代表作品。

超现实主义开始向南美扩散的辐射核心正是墨西哥。路易斯·布努埃尔来到墨西哥后，制作了一系列充满政治意味的电影，其中最有名的是《被遗忘的人们》（*Los Olvidados*，1950 年）。超现实主义运动在诗歌与政治层面上的推动力，在阿莱霍·卡彭铁尔（Alejo Carpentier）、胡安·布雷亚（Juan Bréa）和玛丽·洛（Mary Low）的写作中也可见一斑。20 世纪 40 年代，在智利的圣地亚哥，诞生了以布劳略·阿雷纳斯（Braulio Arenas）与恩里克·戈麦斯·科雷亚（Enrique Gomez Correa）为核心的曼德拉草小组（Mandragora group），他们在超现实主义与诗人巴勃罗·聂鲁达（Pablo Neruda）的斯大林主义之间划出了一条清晰的界限。在布宜诺斯艾利斯，如果提到带有超现实主义运动风范的作品，那就非

图 203
马儿们
莉奥诺拉·卡林顿
1941 年
布面油彩
66.5cm × 81.5cm
阿尔杜罗·施瓦兹收藏，意大利米兰

图 204
地下精灵的浮华
莉奥诺拉·卡林顿

1947 年
布面油彩
58.5cm×94cm
塞恩斯伯里藏集,东安格利亚大学,英国诺维奇

图 205
鸟类的创造
雷梅迪奥斯·巴罗

1957 年
纤维板油彩
54cm×64cm
私人藏集

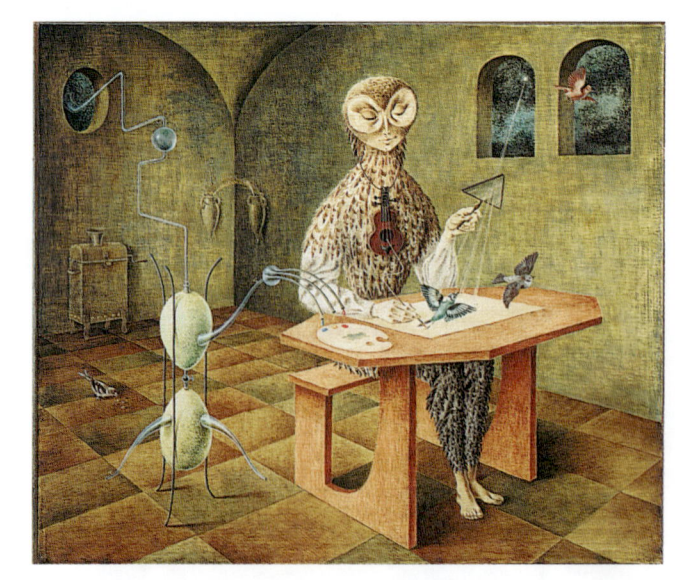

阿尔多·佩列格里尼（Aldo Pellegrini）与豪尔赫·路易斯·博尔赫斯（Jorge Luis Borges）的作品莫属。正如之前的若干先例一样，这些理念在传播过程中，都结合了当地人民关注的问题与社会历史背景。

对于那些逃离了欧洲却又与西班牙或者拉美文化离心离德的人来说，美国就像好莱坞所描绘的那样，似乎是一片充满机会的富饶乐土。尽管许多人确实维持了这样的生活方式，但是大萧条时代的美国也同样动荡不安。一方面，工会为工人们争取更好的工作环境而发起汹涌的罢工浪潮；另一方面，禁酒令年间的地下贩酒行业也催生出凶残的帮派文化。然而，一直到20世纪40年代，这些挣扎与斗争才在电影中有所反映。约翰·福特（John Ford）对约翰·斯坦贝克（John Steinbeck）的《愤怒的葡萄》（*The Grapes of Wrath*，1940年）和奥尔森·韦尔斯（Olson Welles）的《公民凯恩》（*Citizen Kane*，1941年）的改编，就表现出拓荒者梦想与父权制工业主义的双重溃败。

尽管美国社会存在着这样的鸿沟，但是富兰克林·F.罗斯福总统于1933年推出的新政还是让社会渐渐走出大萧条的阴影。这些政策的实行一方面依赖于工商业的通力合作，另一方面也为社会中最穷困的人群谋取福利。为艺术家们带来最实在利益的则是公共事业振兴署（Works Progress Administration，缩写为WPA）的联邦艺术计划（Federal Art Project），该项目旨在聘请艺术家来创作教育性的或节庆性的公共壁画。意料之中的是，先锋派的创作手法并不受青睐。尽管如此，在20世纪30年代中期还是浮现出响应超现实主义的作品，并且它们还渗透到公共事业振兴署的项目中。比如，菲利普·加斯东（Philip Guston）与鲁本·卡迪什（Reuben Kadish）为洛杉矶结核病疗养院（Los Angeles Tubercular Sanatorium）创作的壁画作品（1935—1936年），就体现出他们认知中的马格利特式不连续空间。曾在巴黎学画的艺术家洛瑟尔·斐特尔森（Lorser Feitelson）与海伦·伦德贝格（Helen Lundeberg）进一步激发了人们在这方面的兴趣。1935年，他们在旧金山艺术博物馆（San Francisco Museum of Art）举办了一场展览，取名为《后超现实主义：主观古典主义》（*Post-Surrealism: Subjective Classicism*）。他们绘画中物体的大小，取决于它们所含心理意义的大小，而整个作品的效果接近于达利的

图206
康州秋日
O. 路易斯·古列尔米
1937 年
布面油彩
160.5cm × 76.8cm
现代艺术博物馆，美国纽约

错觉主义或莱昂诺尔·菲尼的幻想作品，不过没有后两者作品中的性意味或政治影射。然而，纽约的状况却与此相反。詹姆斯·盖伊（James Guy）、沃尔特·奎尔特（Walter Quirt）和 O. 路易斯·古列尔米（O. Louis Guglielmi）将超现实主义的幻觉效果，视为体现社会主义式现实主义修辞风格之外的另一个选择（图206）。这些人将超现实主义改造为具有鲜明政治性的艺术，因而他们现在有时也被称为"社会超现实主义者"（Social Surrealist）。

这些早期的回应行为，都与巴黎的超现实主义运动没有直接联系，也并不认同后者的理论。这反映出美洲文化相对隔绝的状况，在那里，艺术上的交流远远多过于理论上的探讨。20 世纪 20 年代，美洲只出现过寥寥几篇关于超现实主义的论述文章［收录于《扫帚与转变》（Broom and Transition）］。尽管超现实主义刊物《本季》（This Quarter，1932 年）刊

发了一些重要文章——包括达利的一篇关于超现实物体的文章，但是出版方却禁止探讨它们的政治性。因此，一举成名的是超现实主义的绘画作品，它们引领了一股激动人心但却伤风败俗的潮流。朱利恩·利维画廊（Julien Levy Gallery）将超现实主义绘画引入纽约，也让超现实主义运动的大部分艺术家从此在美国扬名。从 1931 到 1932 年，利维在沃兹沃思学会（Wadsworth Atheneum）组织了他们的第一次集体展览。达利的《记忆的永恒》（*The Persistence of Memory*，图 207）中软绵绵的表盘在一夜之间造成了轰动。当达利在 1934 年到达纽约时，画商早已精明地将画捐献给现代艺术博物馆。因此，在纽约，这位爱作秀的画家已经完全成为超现实主义的代名词。

　　1936 年，为了在利维画廊举办一场个展，达利回到纽约，并用一根长棍面包迎接了前来报道的记者。这个展览恰巧与阿尔弗雷德·巴尔在现代艺术博物馆的《幻想艺术·达达主义·超现实主义》展览同时举办。达利的个展标志着超现实主义在美国的学院化，即意味着其在美国的展览已不再受超现实主义运动本身的控制了。这重新建立起一种在审美上与商业上承认超现实主义价值的模式，从而将画作从其理论性和实验性的起源中分离出来，就连布勒东也无力扭转这个趋势。尽管布勒东对此持保留意见，但这类展览还是促使美国接纳了超现实主义者。不过，这也导致了他们最终的流亡。在这个过程中，怪异变成了风尚，超现实主义运动也与广告、时尚纠缠在一起。尽管是曼·雷与李·米勒将超现实主义风格引入《时尚》与《时尚芭莎》这两本杂志，但这场创意交汇潮流的核心人物还数达利，他带来了一场充满争议且让人战栗的风波。1935 年，达利与加拉组织了一场"梦幻舞会"（Bal Oneirique）。社会名流在舞会上以同等的尺度展示了他们的财富与肉体。之后，他与时装设计师埃尔莎·斯基亚帕雷利（Elsa Schiaparelli）合作设计的一条"撕破连衣裙"（Tear dress）进一步延续了他的成功，而后者也曾与菲尼合作过。一系列事件将达利推上了毋庸置疑的明星地位。他到马克思兄弟（Marx brothers）拍摄《赌马风波》（*A Day at the Races*，1937 年）的片场探了班，又因打破自己为邦维特泰勒百货商场设计的窗户而被捕（1939 年），还在纽约世博会（New York World's Fair）上开设了自己

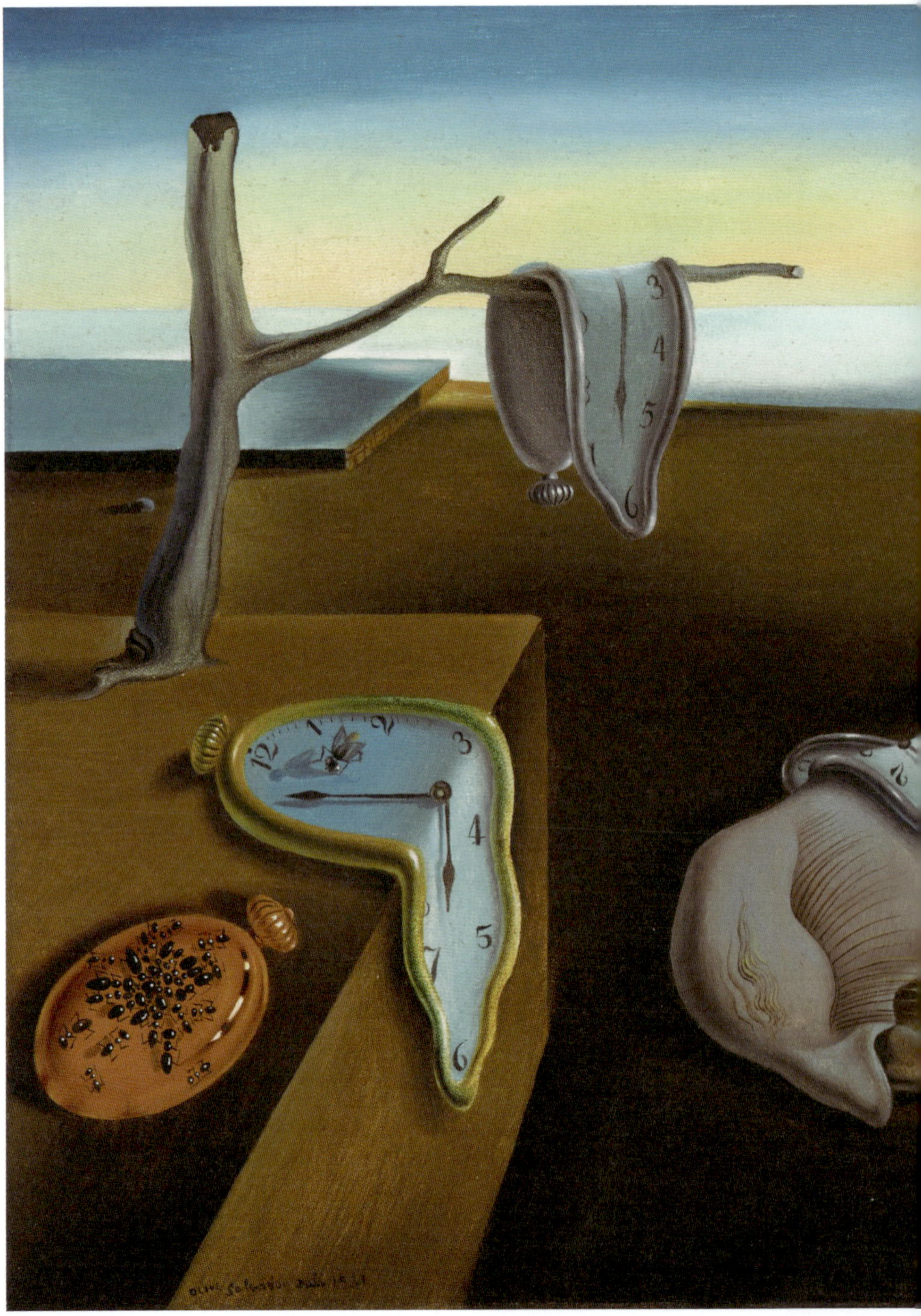

图207（含对页）
记忆的永恒
萨尔瓦多·达利

1931年
布面油彩
24.1cm×33cm
现代艺术博物馆，美国纽约

的展馆"维纳斯之梦"（Dream of Venus，1939年）。对于达利这种恣意妄为的行为，布勒东将其名字中的字母重新组合，给他起了一个极具讽刺性的新名字"美金狂"（Avida Dollars）。然而，达利的种种怪诞行为，无疑为超现实主义吸引了更加广泛的观众。

在超现实主义吸引的新成员中，最早加入也最可圈可点的便是约瑟夫·康奈尔（Joseph Cornell）。他的拼贴画和合成艺术反映出恩斯特对他的影响，其中一幅拼贴画还登上了利维的《超现实主义》（*Surrealism*，1936年）一书的封面。不过，他对基督科学教（Christian Science）的信仰，却在一定程度上让他把超现实主义对无意识的深入探寻，与自己还原过去的手法区分开来。他将调查研究和与到旧货店里去碰运气这两种方法结合起来，因而其作品更加接近于欧仁·阿特热的记录作品或施维特斯的堆积作品。20世纪30年代末，康奈尔利用格子画找到了他的表达手法（图208）。在盒子的布局中，他以深浅不一的程度融入了自己爱好的各种互相关联的事物，其中包括19世纪的芭蕾、象征主义文学以及各种"美式物品"（Americana）。流行文化中昙花一现的事物——邮

图 208
蝴蝶聚居地
约瑟夫·康奈尔

约 1940 年
木箱上色、上釉，底部纸面上有木头、颜料、磨砂玻璃、昆虫纸模、线、木刨花和塑料片的集合艺术
高 30.5cm
芝加哥艺术博物馆，美国

票、广告、带插图的鸟蝶画册以及黄道十二宫与星座等等——激起了一种特殊的氛围感,而《猫头鹰盒子》(*Owl Boxes*)则隐含了不祥的意味。他的其他作品让人想起维多利亚时代的某些游戏(由于规则丢失,它们变得更加神秘),比如《沙盒》(*Sand Boxes*)就将旅行与时间的创意结合起来。康奈尔的作品几乎呈现出迷恋的感觉,其中浮现出关于某个世界的丰富愿景,而那个世界是他用想象力构建的。

与康奈尔同时对超现实主义做出回应的,还有他的朋友俄罗斯画家帕维尔·切利乔夫、作家查尔斯·亨利·福特(Charles Henri Ford)和帕克·泰勒(Parker Tyler)。福特在巴黎出版了一些诗作[包括《纷乱花园》(*Garden of Disorder*),1938 年],并成为切利乔夫的同伴。1939 年,政治促使他与布勒东进行联络,而他也成为奉行托洛茨基主义的国际独立革命艺术家联盟的美国代表。当时的他似乎是让超现实主义立足纽约的绝佳人选,但他蔑视自动主义,而且保持了画面的丰富性。1939 年 9 月,当福特与切利乔夫返回纽约时,他们便成了超现实主义先驱。他们重新与具有各种不同风格的人物建立起联系,比如在性方面激情四射的菲尼与隐士康奈尔这样截然相反的人物。两个月后,罗伯托·马塔、凯瑟琳·萨吉和伊夫·唐吉(图 209)也来到纽约,并承认了他们拥有的统一立场。实际上,切利乔夫视马塔为他的追随者,两人很快就在利维的画廊举办了联合展览,展览还放映了沃尔特·迪士尼(Walter Disney)的《匹诺曹》(*Pinocchio*)等卡通片。这两位画家都关注一种仿解剖风格及其呈现出的透明性和心理想象空间。对于这种风格,俄罗斯人发明了"内在风景"这个词来描述它(图 210)。

1940 年 9 月,福特与泰勒创办了《景观》(*View*)。这份刊物登载了伦敦与马赛关于超现实主义者的新闻,并在当年秋天推出尼古拉斯·卡拉斯(Nicholas Calas)主编的一期超现实主义特刊,以欢迎布勒东抵达美国,其中包括卡拉斯对布勒东的访谈,以及他在艾尔贝尔别墅写下的《海市蜃楼》(*Fata Morgana*)英译版。然而,福特并不愿让这份刊物屈从于超现实主义运动的控制。1942 年 4 月,《景观》出版了一期恩斯特特刊,而 1943 年 1 月献给"幻想的美利坚"(*Americana Fantastica*)的(康奈尔参与组织的)另外一期则批评了超现实主义小组将在政治上失势的人

图209
构图
伊夫·唐吉
1940年
布面油彩
89.5cm×70.5cm
芝加哥艺术博物馆,美国

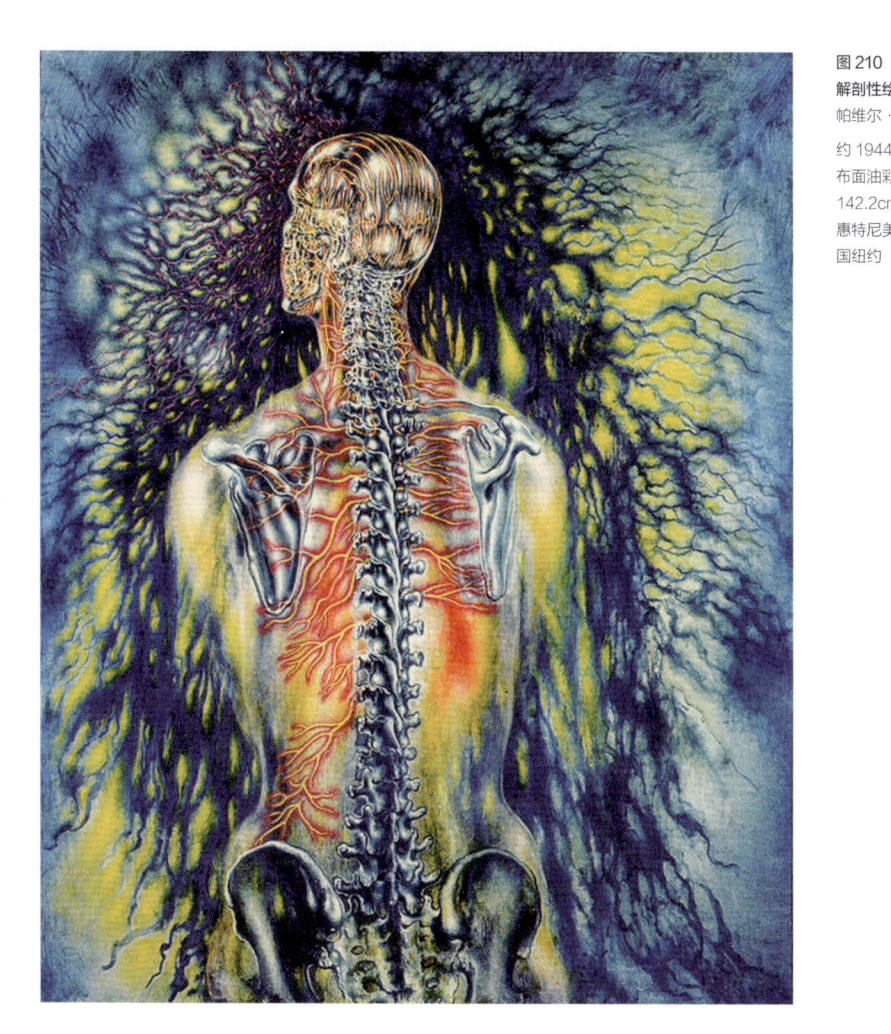

图 210
解剖性绘画
帕维尔·切利乔夫
约 1944—1945 年
布面油彩
142.2cm × 116.8cm
惠特尼美洲艺术博物馆，美国纽约

排除在外的做法。之后不久，编辑们便宣布，他们尽管认同超现实主义运动，但会保持独立。

1941年中期，当布勒东夫妇与马松夫妇来到纽约时，那里的超现实主义者终于有了核心。那几年到来的人还有曼·雷、恩斯特和古根海姆、埃斯特万·弗朗西斯、恩里科·多纳蒂（Enrico Donati）、亚历山大·考尔德以及达利和加拉。现代艺术博物馆举办的一系列展览提升了公众对他们的认知度。1941年的展览还包括了德·基里科、达利和米罗的作品。尽管米罗并不在场，但詹姆斯·约翰逊·斯威尼（James Johnson Sweeney）却依然给予了他高度评价，认为他的作品属于"一个新生时代的伊始，而非一个落幕时代的迟暮"。这种满怀认同感的反响却在1941年末被战争阴云所笼罩。美国延续了之前的孤立主义政策，对于轴心国在欧洲的进攻与日本在东南亚的军事行动，都采取了中立态度。在一定程度上，罗斯福政府有意听从英国呼吁美国介入战争的意见，促使日本于12月先发制人地发动了对夏威夷珍珠港太平洋舰队的袭击。充满震惊与愤怒的美国人就这样被扯入了战争。

然而，一系列时事的新近转折，却并未给流亡者的处境带来太大改变，而他们也都开始从事临时性工作。布勒东在"美国之声"广播电台的法语部工作，为战时国家之间的团结合作提供支持。他们反对法西斯主义的坚决立场广为人知，而他们的展览也为红十字会和其他机构筹措到了资金。在皮埃尔·马蒂斯画廊（Pierre Matisse Gallery）举办的展览《流亡艺术家》（*Artists in Exile*，1942年3月）中，他们表现出他们是与来自巴黎的其他艺术家团结一致的——如果不是因为战争，他们原本是针锋相对的。恩斯特、马松、唐吉、塞利格曼和马塔的作品，被拿来与莱热、夏加尔（Chagall）和切利乔夫等人的作品放在一起展出。布勒东还一起参与了宣传照的拍摄，这张照片也为超现实主义运动提供了必要的介绍（图211）。另外，还有两个因素影响了人们对超现实主义的反应：一是其他超现实主义作家的缺席；二是布勒东并不会说英语。

在这种情况下，会说英语的青年艺术家便成为与超现实主义有共鸣的美国艺术家之间的桥梁。恩斯特的儿子吉米·恩斯特（Jimmy Ernst）也是一位画家，他让更年轻的艺术家们得到了佩姬·古根海姆和其他潜

图 211
流亡的艺术家
1942 年
后排，从左到右：安德烈·布勒东、皮特·蒙德里安、安德烈·马松、阿梅德·奥占芳、雅克·利普希茨（Jacques Lipchitz）、帕维尔·切利乔夫、库尔特·塞利希曼、欧仁·贝尔曼
前排：罗伯托·马塔、奥西普·扎德金（Ossip Zadkine）、伊夫·唐吉、马克斯·恩斯特、马克·夏卡尔、费尔南·莱热

在赞助者的注意，而斯坦利·威廉·海特从巴黎搬到纽约的印刷社"车间 17"也为两者提供了一个会合聚点。1940 年末，戈登·翁斯洛-福特在纽约社会研究学院（New York School for Social Research）做了一系列关于超现实主义理论与实践的讲座，听众中有画家阿希尔·高尔基（Arshile Gorky）、威廉·巴齐奥蒂（William Baziotes）和杰罗姆·卡姆罗斯基（Gerome Kamrowski）。翁斯洛-福特则特别阐述了他与马塔共同发现的新近可能性。

这些最新进展通过援引格式塔心理学与宇宙现象来延展视觉层面，而这源自马塔和翁斯洛-福特对邬斯宾斯基的《第三种推论法》（1911 年）中神秘科学理论的解读。马塔的《心理形态学》（*Psychological Morphologies*）一书包含了切实的成果，而这个书名就来自研究生物生长的方法论。他在《生命的脉搏》（"Pulse of Life"，1939 年）等文章中，解释了自己的目标：

> 我描绘现象，并试图开发出关于事物本质的形态学。因为行为、行动和意图，都不是我们所想象的那样，它们不是在真空中发生的非相关偶然事件。它们都发生于一种恒定状态之中，而我正是

第九章 传说中的死亡跑道 379

希望在这种恒定状态的结构中,运用这种形态学来组建世界的图景……如果我能首先描绘出事物本质是如何运作的,那么我们就能据此推演出特定的个别事件。我认为,为了让自己获得这种知识,我们需要具备创造性的想象力、创造性的注意力以及创造性的意志……如果我们能够真实地认识自己,那或许就能开始让创造性意志被发挥出来的可能性变为现实。

心理状态便是马塔关注的"本质"。基于这个概念,他创作了早期系列作品之一《欲望的形态学》(*Morphology of Desire*,图 213)。《传说中的死亡跑道(对眼睛十分危险的器具)》[*Fabulous Race-Track of Death (Instrument Very Dangerous for the Eye)*,图 212]是一幅情态更加汹涌澎湃的作品,它暗示着对全世界分崩离析态势的回应。马塔创造的新空间是由唐吉绘画中的空间改造而来的,并且也是针对帕伦在《可能之事》中的伪科学提案做出的回应。流体一般的处理效果让人联想到有机的黏液形态,仿佛在生物体内一样——这种解剖学的视角也与切利乔夫如出一辙。马塔将人类的"本质"与地球的动荡不安联系在一起,并将那些表现有机形态爆发之势的作品称为"内景"(Inscape)[22]。

即便有这些暗示,但《心理形态学》在纽约还是显得惊人地抽象。这些暗喻影响了卡姆罗斯基、巴齐奥蒂与彼得·布萨(Peter Busa)的作品。他们在寻觅一种新抽象艺术的过程中,对合作绘画与其他超现实主义技巧进行了探索。从 1940 年到 1942 年,马塔的激情将他们这个圈子锻造成为一个非正式的组织。作家兼画家罗伯特·马瑟韦尔(Robert Motherwell)也加入进来,参与讨论并创作了"优美尸骸"和"涂鸦"(马瑟韦尔给自动绘画取的中性称呼)。高尔基、杰克逊·波洛克(Jackson Pollock)和李·克拉斯纳(Lee Krasner)也参与其中。尽管这几个人的拜访没那么频繁,但是他们也承认马塔作为这一代艺术家中现代主义信使的地位。

这些画家开发出的创作手法,顾及了时下的两个兴趣点:卡尔·荣格的精神分析理论和美国原住民艺术。荣格提出的"集体无意识"概念,体现在文学原型、神话中源远流长的象征性化身以及横跨多种文

---

22 "内部"(interior)与"风景"(landscape)的合成词。——译注

化的仪式、宗教和艺术中。艺术家约翰·格雷厄姆（John Graham）在《艺术的系统与辩证法》（*System and Dialectics of Art*，1937年）中详细阐述了这些理论。这本书还在高尔基、波洛克等画家朋友之间相互传阅。格雷厄姆强调，对社会精神层面的改造可以通过集体无意识来实现。他的观点还让人联想到人们对美国原住民艺术品的狂热兴趣，它们仿佛就是集体无意识这种永恒表现的佐证，比如美洲西北海岸的图腾柱，以及现代艺术博物馆1941年举办的美洲印第安人艺术展中纳瓦霍族（Navaho）行医人所展示的沙画等等。此外，这些作品富含象征性，并且通常十分抽象，为美国后来的新抽象艺术提供了先例。

　　马塔的自动主义，为这些创意提供了一条实现之路，而这位艺术家在荣格思想理论中占有的特殊地位，也让他回避了布勒东反对纯粹从美学角度来解读超现实主义作品的意见。在马塔的重要作用之下，这些不同之处似乎预示着另一场运动正在酝酿之中。然而，对于情色内容的关注，却让马塔将注意力转向象征性的"大而不可见之物"（grands transparents）。布勒东在《超现实主义第三宣言绪论，也许不是》（"Prolegomena to a Third Surrealist Manifesto or Not"，《VVV》第一期，1942年6月）中解释了这个概念，称这是一种还未被发现的"生物，就像人类行为对蜉蝣来说莫名其妙一样，它们的行为对人类来说也是如此"。就这样，马塔得到了大众的容忍。从1942年到1943年，马瑟韦尔、巴齐奥蒂、卡姆罗斯基和高尔基都以超现实主义者的身份举办了展览。尽管波洛克对此相对犹豫谨慎一些，但是他也是通过超现实主义运动才获得佩姬·古根海姆的赏识。在她的帮助下，他才坐上"美国最伟大的在世画家"的交椅（图214）。

　　1942年下半年，对于纽约的超现实主义来说是一个关键时期。在这期间，一份新刊物、两篇文章以及两场同时举办的展览，确认了超现实主义运动被打上的布勒东烙印。刊物《VVV》创办于1942年6月，同时登载英语和法语的文章。刊名中三个代表胜利的V，宣告了超现实主义与法西斯主义势不两立。《VVV》突出表现了美国人投身超现实主义运动的事迹，其主编是雕塑家戴维·黑尔（David Hare），他是萨吉的表弟。该刊物重点呈现了考尔德、画家多罗西娅·坦宁（Dorothea

图 212（含对页）
传说中的死亡跑道
罗伯托·马塔

1939 年
布面油彩
68.7cm×88.7cm
耶鲁大学美术馆，美国纽黑文

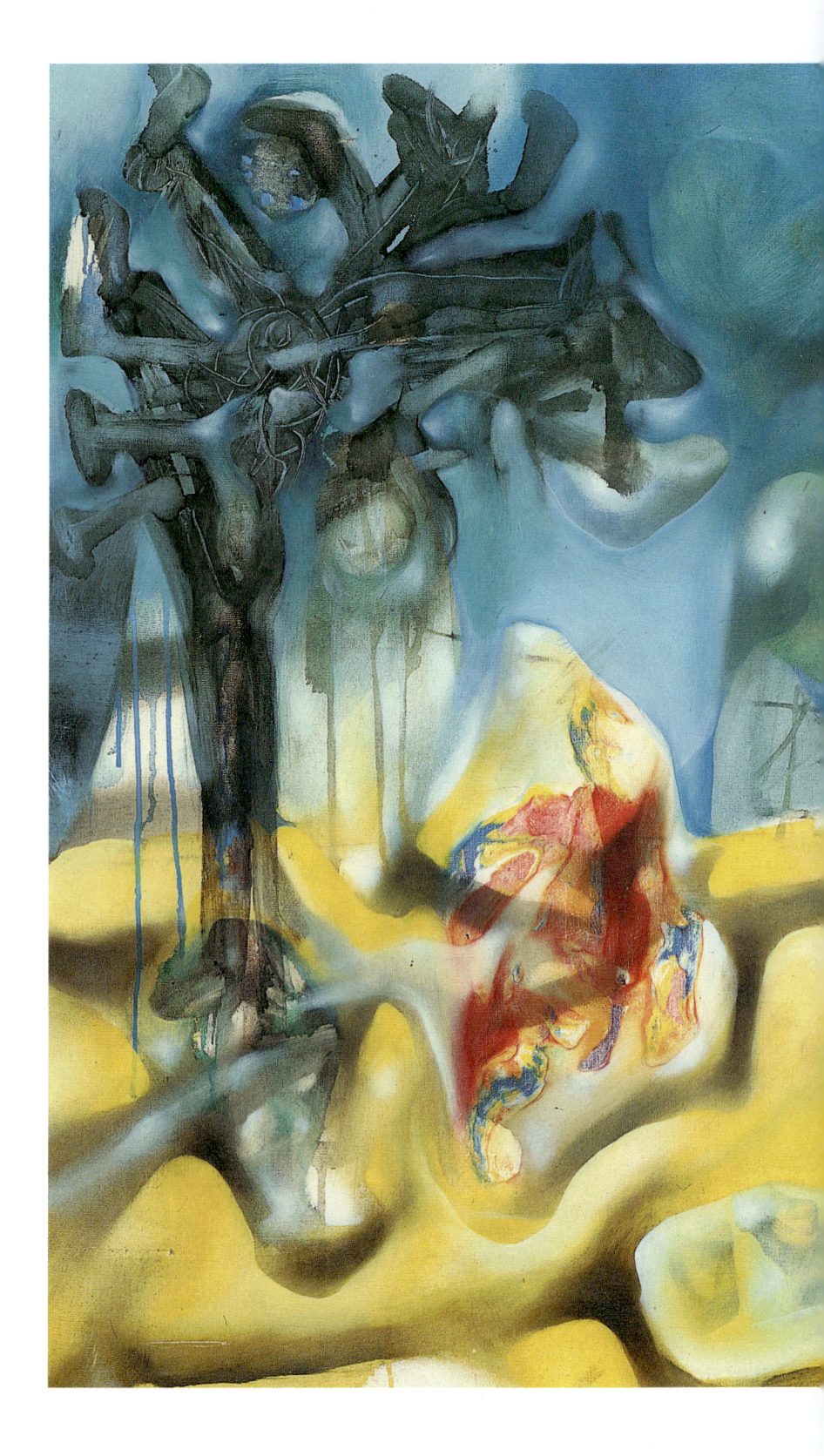

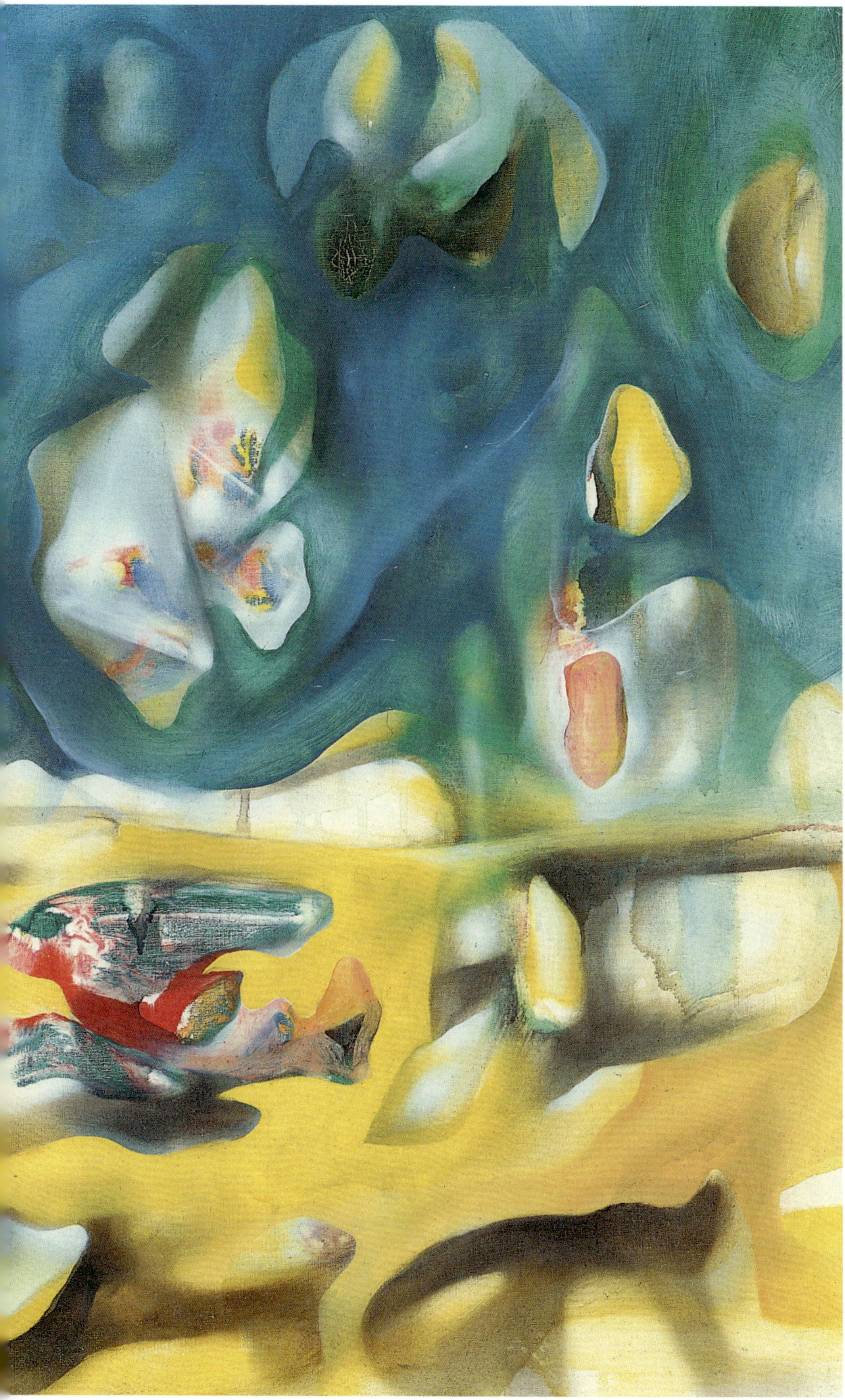

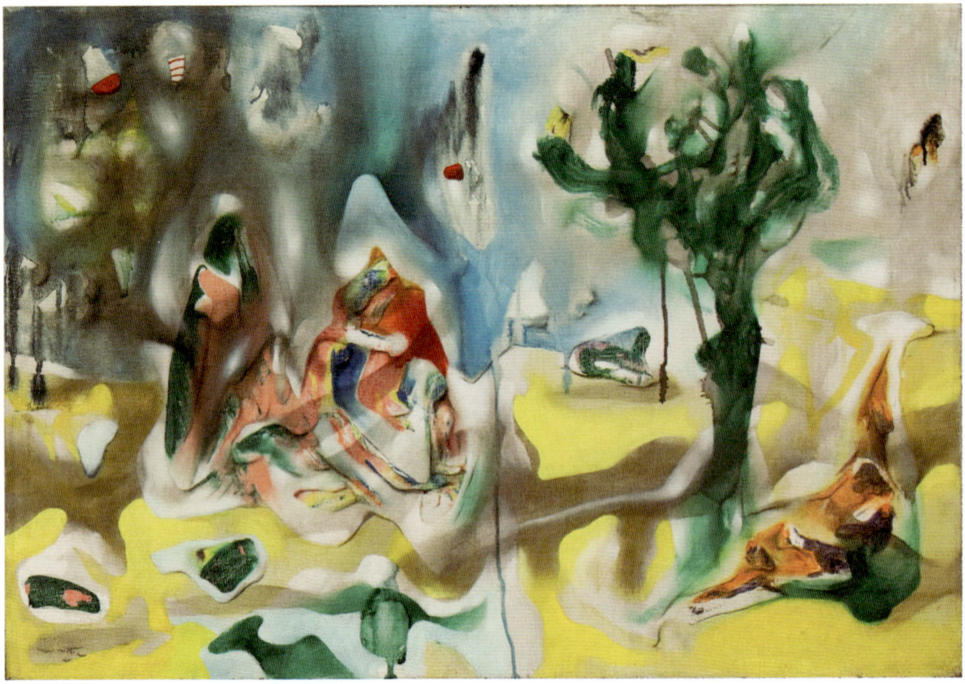

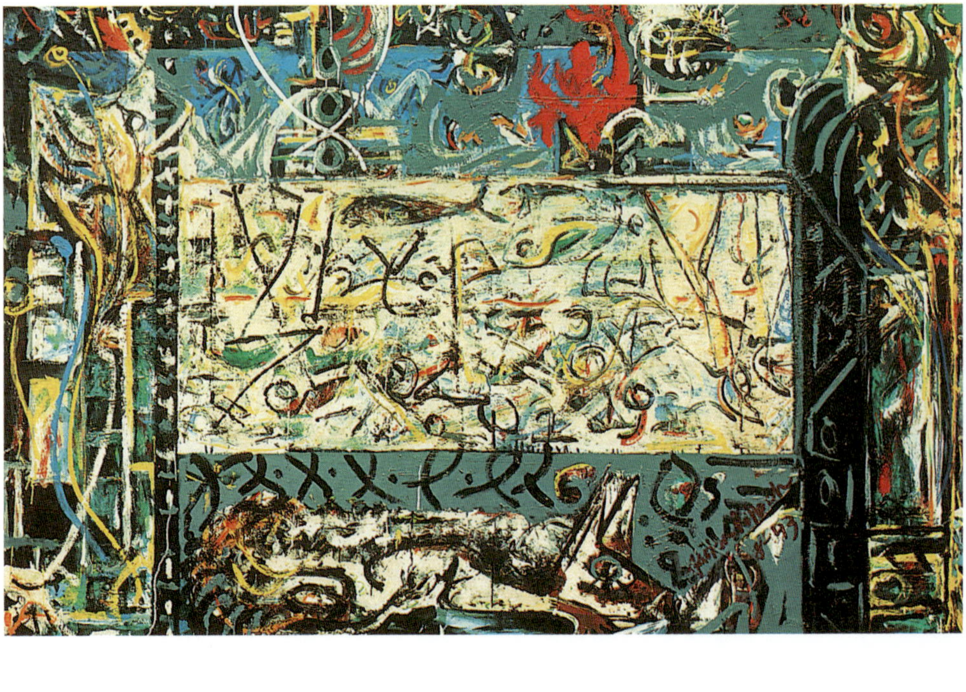

Tanning)以及摄影师詹姆斯·劳克林（James Laughlin）的作品，而马瑟韦尔和15岁的诗人菲利普·拉曼蒂亚（Philip Lamantia）也为其撰写了文章。然而，其中占主要地位的仍然是流亡中的超现实主义者以及同他们一路走来的旅伴，比如人类学家克劳德·莱维-施特劳斯等。这部刊物远离超现实主义中心的距离感就表现在其双语特征上，而布勒东、恩斯特和杜尚先后主持的编委会也延续了这种感觉。在创刊号之后，该刊物仅出了两期，1943年3月和1944年2月各一期。

图213（对页上）
欲望的形态学
罗伯托·马塔
1938年
布面油彩
45.7cm×66cm
旧金山现代艺术博物馆，美国

布勒东的居留许可禁止他从事政治活动，因而这也限制了所有的超现实主义出版物。他在《VVV》中的《序言》（"Prolegomena"）一文就明显地反映出这一禁令的影响。即便如此，他还是展现了他的立场，整篇文章贯穿了他对于存在状态的一种抒情式谴责：

> 只要人类还没有清楚地认识自己的状况——我不光是指社会状况，还指生而为人的状况及其极端的不稳定性……只要人类还固执地坚持对自己撒谎，只要他们还不把蜉蝣之物与永恒之物、占领他们的非理性与理性、自己体内靠嫉妒维持的独特性以及这个在人群中激烈扩散的特征放在心上的话……那么，便无须劳烦说出口，更无需劳烦反对彼此，更无须劳烦在爱的同时又与非爱的一切产生对立，更无需劳烦死去，更……无须劳烦活着。

借用这种冗长的赘述，布勒东反对的是对抗权力系统时衍生出的乐天主义，这种情绪就体现在阿波利奈尔和艾梅·塞泽尔的诗歌中以及来自新几内亚的面具上。他警告当权者："要是这场战争以及它赋予你们履行承诺的机会，最后都徒劳无功的话，那么我将被迫承认……你们在一些根本问题上存在谬误，我不吐不快。"布勒东的表达虽然含糊不明，但并未受到压制，不过在他提出的《超现实主义第三宣言》中，他必须让想说的内容隐藏在被允许的表达方式之中。

390

图214（对页下）
秘密的守门人
杰克逊·波洛克
1943年
布面油彩
123cm×192cm
旧金山现代艺术博物馆，美国

1942年12月，布勒东在耶鲁大学进行了一场名为《两次世界大战之间，超现实主义的情况》（"Situation of Surrealism Between the Two Wars"，《VVV》第二、三期，1943年）的讲座，其中他用战争来定义

第九章 传说中的死亡跑道　385

超现实主义运动。讲座的一个重要主题是青春，因为这些听众正处于他在一战时所处的相同年纪。他在结尾时对一系列信念进行了概括：

> 要始终坚信，自动主义是一种响亮的工具；要始终对辩证法抱有希望……希望它能够解决让人类不知所措的二律背反；要认识到，客观偶然性意味着自然与人类的两种目的之间有达成和解的可能……要敢于将"黑色幽默"永远放入精神机器……黑色幽默本身就可以起到安全阀的作用；要为介入虚构的生活，做实际的准备……要从这些语境中，找到今天超现实主义的基本口号。

另外，布勒东还积极地组织展览，从而让超现实主义进入了公众视野。1942年10月14日，《超现实主义的最早档案》（*First Papers of Surrealism*）展览在怀特洛·里德宅邸（Whitelaw Reid Mansion）开幕。它富有成效地延续了之前一系列国际性超现实主义展览。诸如恩斯特、马松、唐吉、塞利格曼、卡林顿和马塔等超现实主义成员的作品，被拿来与志同道合的本土艺术家的作品一道展览，这样马塔就融入了《VVV》的小组，让萨吉、考尔德、吉米·恩斯特、黑尔、巴齐奥蒂和马瑟韦尔等人也加入进来。展览的场景被策划设计成一个令人不安的空间。杜尚用一英里长的细绳编成一张网，横跨了所有作品，既阻止观者欣赏作品，又同时影射探索潜意识就像置身于迷宫一样（图215）。展览的标题是以移民文件来命名的，它与细绳一样，都象征着流亡的艰辛。这些机智的暗示和展览图录中的"补偿肖像"（酷似这些艺术家的人的画像）给人造成了"超现实主义是一个封闭圈子"的印象。

第二场展览并非专门献给超现实主义运动的。古根海姆将展出其藏品的画廊命名为"本世纪的艺术"（Art of This Century），而这套藏集在格勒诺布尔（Grenoble）躲过了纳粹的搜查，这也反映出她给予艺术家和作家的巨大帮助。她嫁给了恩斯特，从而让她也被视为超现实主义者。超现实主义作品在她的藏集中占有主导地位，其中包括恩斯特近期创作的转印画《雨后的欧洲》（*Europe after the Rain*，图216），画中描绘出一个衰败的文明梦魇。布勒东为展览写的序言《超现实主义的创生与

图 215
《**超现实主义的最早档案**》
展览布置
马塞尔·杜尚

纽约
1942 年

视角》("Genesis and Perspective of Surrealism"),甚至还机智地从超现实主义的角度解读了立体主义绘画。无论多么具有误导性,但在纽约先锋派艺术家正在转变风格的时间点上,这是一步好棋。比如,雕塑家戴维·史密斯(David Smith)就得以有机会见到贾科梅蒂的作品,这激发他后来创作出超现实化的作品(图 217)。展览的有机形态空间是由奥地利建筑师弗雷德里希·基斯勒(Friedrich Kiesler)所设计的。除了弯曲的墙面和胶合板座位,他还突出展示了没有画框的画作,它们挂在悬臂上,看起来就像在黑暗中发光、飘浮一般。

皮埃尔·马蒂斯画廊于 1942 年 11 月举办的林飞龙作品展是这一系列展览的有力注脚,它们共同组成了超现实主义在纽约最闪耀的时刻。卡姆罗斯基和许多人都十分敬佩该展览所表现出的乐观与自由,以及"人道主义的某个侧面"。1943 年,马塔、林飞龙、恩斯特、马松和多纳蒂的个展,以及作家夏尔·迪茨(Charles Duits)与帕特里克·瓦尔德伯格的加入,都为该运动提供了持续的前进动力。然而,在纽约的超现实主义,却无法像在巴黎那样保持其凝聚力。这可能是因为这里缺少可供见面或开会的咖啡馆一类的场所,但更可能是因为这里对于政治活动的限制,以及老一代艺术家独来独往的风格——他们中的许多人

第九章 传说中的死亡跑道 387

图 216（含对页）
雨后的欧洲
马克斯·恩斯特
1940—1942 年
布面油彩（转印画）
55cm×148cm
沃兹沃思学会，美国哈特福德

都去追寻宁静的乡村生活了，比如马松、考尔德、唐吉和萨吉都搬往了新英格兰地区。唐吉通过突出作品中的情感强度与色彩鲜艳度来表现清澈的光线，而萨吉则将自己对唐吉作品及德·基里科的回应化作她自己对于不安孤独状态的看法。马松在《我的宇宙解剖学》（*The Anatomy of My Universe*，1943 年）一书中发表的素描画令自动主义重现光辉，后来事实证明，这些作品对高尔基、波洛克等画家也具有极大的影响。尽管他与布勒东的关系变得冷淡，但他的许多画作都例证了其充满激情的动势主义（gesturalism），比如现代艺术博物馆购买的《列奥纳多·达·芬奇与伊莎贝拉·德斯特》（*Leonardo da Vinci and Isabella d'Este*，1942 年）。

在这种潮起潮落中，杜尚也声名鹊起，他后来被布勒东称为"美国艺术运动中伟大的秘密启迪者"。其作品集的微缩版《手提箱里的盒子》在 1941 年至 1942 年间发行了 300 套，并被收入《本世纪的艺术》展览。《景观》的一期特刊（1945 年 3 月）也以他为主题，称赞了凯瑟

琳·德赖尔将其作品《大片玻璃》——在1926年遭到损坏之后——首次出借给现代艺术博物馆的慷慨。杜尚作品中反映出的基于思想性艺术的前提，让年轻艺术家们深感震撼。此时，杜尚已经开始创作《已知条件：1. 瀑布；2. 瓦斯照明》(*Etant Donnés: 1. La chute d'eau, 2. Le gaz d'éclairage*，1946—1966年)。关于这幅画的存在，他守口如瓶了20多年，直到去世才为人所知。

杜尚的关注点还是很广泛的。1943年，他参与拍摄了马娅·德朗(Maya Deren)的电影《女巫的摇篮》(*The Witch's Cradle*)。虽然这部电影一直未发行，但是它却反映出超现实主义与重要先锋派电影人之间的联系，而这具有十分重要的意义。并且，德朗和他们都共同关注了民族志领域中的许多话题，她对海地伏都教的研究就是例证。她还认为，"在每个人心中，都有一个用诗的语言来聆听和说话的地方"。杜尚还与汉斯·里希特合作，参与拍摄了电影《钱能买到的梦》(*Dreams that Money*

图 217
哈德孙河景色
戴维·史密斯

1951 年
焊接、涂绘的钢材和不锈钢
高 126.8cm
惠特尼美洲艺术博物馆,美国纽约

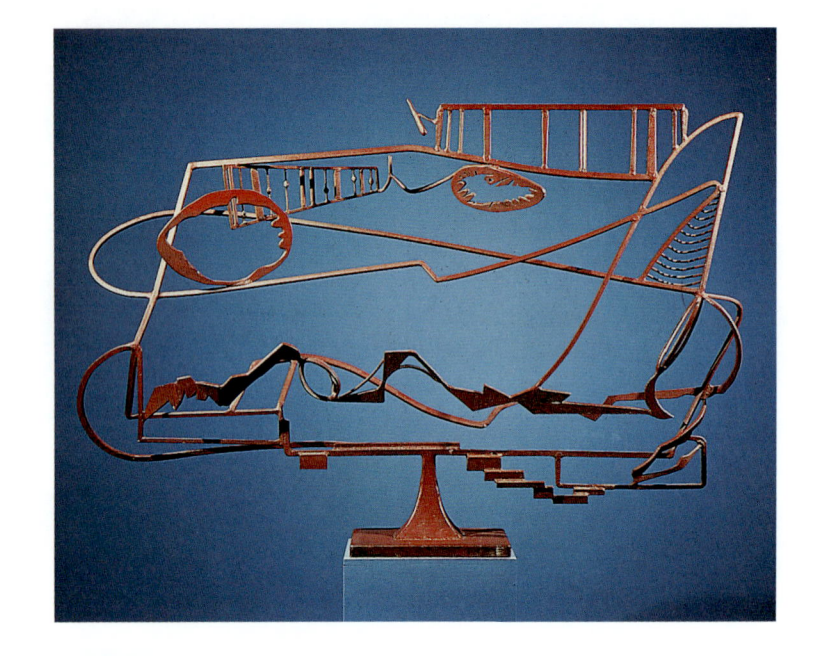

图 218
光谱时间
杰罗姆·卡姆罗斯基

1941 年
混合媒介
50.8cm×76.2cm
沃什伯恩画廊,美国纽约

Can Buy，1944 年）。从电影的名字和参与人员（考尔德、恩斯特、莱热和曼·雷）就可以看出，这是一部有意为之的超现实主义作品。作为一部技术复杂的作品（最早的彩色超现实主义电影之一），它满足了观众的期待，而非力图延续 20 世纪 20 年代的艺术实验。参与这部电影，让身在洛杉矶的曼·雷从相对孤单的状态中走出来，而他在那里与阿伦斯伯格、画商科普利（Copley）等朋友的交流，激励了他重拾绘画创作。

在二战末期的年月里，一些新生的情愫让流亡艺术家们有些分心。曼·雷与朱丽叶·布劳纳（Juliet Browner）结婚了，恩斯特也开始与画家多罗西娅·坦宁同居，雅克利娜·兰巴搬到了黑尔那里，而布勒东也邂逅了来自智利的埃莉萨·克拉罗（Elisa Claro）。1944 年，布勒东和克拉罗在魁北克度过了 3 个月。布勒东被法语环境重新激发出活力，为她写下了《玄妙 17》(Arcane 17)。该标题得名于塔罗牌组的星星牌。这部作品让布勒东用个人化的方式将爱与诗歌、神秘主义与哲学的探索结合起来。无论超现实主义在理论上多么地国际主义化，但是对于他来说，超现实主义从属于法国文化的观念依然是坚实有力的，这也解释了他为何在纽约出版了大部头的法语版《超现实主义与绘画》（1946 年）。

1945 年，布勒东与克拉罗前往内华达体验印第安原住民文化的源头，并在旅途中结了婚。不久前，恩斯特也在亚利桑那的沙漠中，发现了霍皮族（Hopi）制造的、充满力量的人像（"人偶"）。这为他的雕塑《摩羯座》(Capricorn，1946 年）提供了灵感。像塞利格曼和帕伦一样，布勒东也收集了西北海岸民族的面具。然而，他却对当时的人类学考究没什么兴趣，而倾向于将这种手工艺品视作超理性体验的一种表现。他宣称："超现实主义只不过是在试图重新联结人类最经久不衰的传统。"在这一点上，他与塞利格曼不同，后者熟知这些面具的功能以及各种巫术仪式，这也导致了两人关系的疏远。

从 1943 年到 1946 年，曾被超现实主义所吸引的美国艺术家们锻造出属于自己的身份，这种身份之后将融入抽象表现主义（Abstract Expressionism）。从布勒东的教条主义到马塔沉浸其中的个人兴趣，这一系列的因素意味着超现实主义者没能将他们的共识变为实在的收益。

尤其具有反差的是，纽约的画家们将马松和马塔视为榜样并获益良多，他们还为自己规划了一条不同的道路。尽管黑尔和马瑟韦尔还与超现实主义运动保持着联系，但巴齐奥蒂、布萨、克拉斯纳和波洛克都强调要创造出一种美国艺术。马克·罗思科（Mark Rothko）、巴尼特·纽曼（Barnett Newman）和威廉·德·库宁（Willem de Kooning）等人也持相同观点。面对这一分歧，卡姆罗斯基与高尔基都为布勒东所吸纳，变成了超现实主义者。卡姆罗斯基的作品很明显是受到了马松和马塔的影响，它们仍然沉浸于一种有机形态的自动主义中（图218）。他于1946年搬去芝加哥，并与纽约的同辈们失去了联系。1950年，布勒东针对卡姆罗斯基的兴趣点曾这样写道，他关注的是"吸收的功能与能量的释放，这在很大程度上决定了身体的结构"。

虽然高尔基很怀疑艺术与无意识之间到底有什么联系，但他还是参加了翁斯洛-福特的讲座，并于1942年与马塔取得了联系。其带有抒情风格的抽象形式虽然是受米罗的影响，但仍然根植于他记忆中童年时在亚美尼亚听说的传说故事。1944年，他通过雕塑家野口勇（Isamu Noguchi）见到了布勒东，后来在布勒东的引荐下，他次年在朱利恩·利维画廊举办了首次个展。并且，布勒东还有可能为他的部分作品取了超现实化的标题，如《菜蓟的叶片是一只猫头鹰》（*The Leaf of the Artichoke is an Owl*，图219）。1946年，高尔基为布勒东的《年轻的樱桃树免遭兔子劫难》（*Young Cherry Trees Secured against Hares*）一书创作了插图。让他们联系在一起的是出于惺惺相惜，而非基于理论上的共识。布勒东也承认，高尔基是唯一直接从自然中获取灵感的超现实主义者。如果不是因为林飞龙也具有相似的兴趣点的话，这种姿态便会让人听起来觉得难以置信。像林飞龙一样，高尔基的创作也依赖于个人记忆与集体记忆，这就使他区别于超现实主义约定俗成的关注点，并在其作品中注入了一种辛酸的忧郁感。1947年，尼古拉斯·卡拉斯主办的展览《血焰》（*Bloodflames*，雨果画廊）收入了他和卡姆罗斯基的作品，一起参展的还包括马塔、黑尔和野口勇等人。这是高尔基最后数次展览之一，他在1946年至1947年间遭受了一系列灾难。他的重要作品被工作室的一场大火烧毁，随后他又被诊断出癌症，他画画的手臂也在一次车祸之后

变得麻痹。在这些事件的重压下，高尔基于 1948 年 7 月自杀了。

布勒东在魁北克度过夏天时，一直关注着盟军在诺曼底登陆的新闻。1945 年，他一反常态，和杜尚、曼·雷在纽约一家德国餐馆里庆祝欧洲战争的结束。在这段间隔期中，他们与欧洲的交流回摆到了正常状态。米罗的《星座》系列水彩画是首批跨过大西洋进行展览的作品，并收获了相当的赞誉（1945 年 1 月）。流亡者们开始计划回家后，马松于 1945 年 10 月最早动身。布勒东一路经过海地和多米尼加共和国，直到 1946 年 5 月才抵达巴黎。然而，唐吉、萨吉以及恩斯特和坦宁此时已经打下了扎实的根基，于是选择留在美国。

如果要说流亡者们过得多么辛苦，如此急切的回国愿望就显示并确认了这一点。对于布勒东塑造的超现实主义，即使说它与美国水土不服，它也在那里留下了重要的印记。除了招募到康奈尔和高尔基等风格

图 219
菜蓟的叶片是一只猫头鹰
阿希尔·高尔基

1944 年
布面油彩
71.1cm × 91.2cm
现代艺术博物馆，美国纽约

第九章 传说中的死亡跑道 393

迥异的盟友并直接影响了抽象表现主义，超现实主义还产生了广泛的影响。其作品为其他艺术家提供了灵感，其中最有名的例子就是雕塑家野口勇和史密斯。然而，对于绝大多数听说过超现实主义的人来说，最具代表性的还是达利。他为艾尔弗雷德·希区柯克（Alfred Hitchcock）的精神分析惊悚片《爱德华大夫》（*Spellbound*，1945年）设计了一段梦中的场景。

第十章 破裂

1946—1966年 战后岁月中的超现实主义

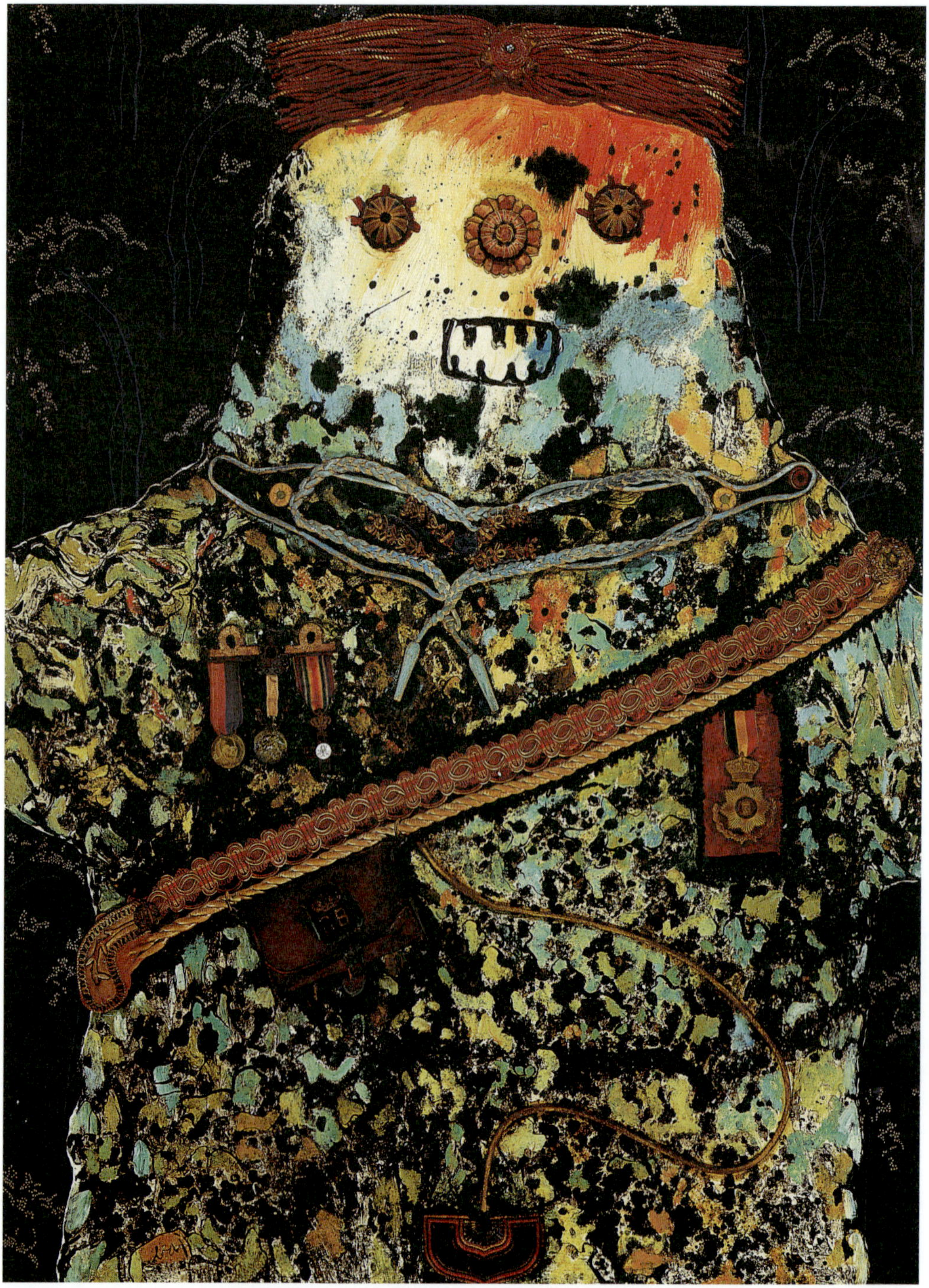

尽管和平时代终于到来，但这时的欧洲也需要直面长达 6 年的战争所造成的破坏。从斯大林格勒到鹿特丹，许多城市的人口都大幅减少，而幸存者也被迫要在身体、精神和政治层面上接受这段过往。1945 年，盟军开始对纳粹集中营所涉及的程度和范围进行量化调查，而奥斯维辛（Auschwitz）与布痕瓦尔德（Buchenwald）成为惨绝人寰的犹太人大屠杀的代名词。太平洋战争虽然相对遥远，但是它的恐怖程度却丝毫不亚于欧洲。1945 年 8 月，美国以追求和平的名义向广岛与长崎的平民投下两颗原子弹，它们史无前例的破坏力让这场战争随之终结。同样，战后的重建工作也充满了意想不到的困难。战后东欧的社会主义局面，是与这些国家"结盟"的苏联一手塑造的。温斯顿·丘吉尔已经与斯大林就各自控制的疆域进行了直接商议，并在谈判间提出"铁幕"这个概念，即在武装力量暗自较劲的"冷战"和平时期将欧洲一分为二。夹在美国与苏联这两个敌对超级大国之间的西欧之后经历了一段危机时期，其间它见证了柏林与德国的分裂，以及英法两国在失去殖民霸主地位后的衰落。

在巴黎，天主教会与共产主义者都在试图争夺反抗运动留下的历史遗产。一方面，独断而有魄力的夏尔·戴高乐将军作为战时领导"自由法国"（Free French）的英雄，重塑了民族精神与官方价值观；另一方面，毕加索在战时选择留在巴黎，这便让他于 1945 年秋加入共产党的举动极具象征意义。在美国，参议员约瑟夫·麦卡锡正加紧在政治上迫害亲共产主义人士的步伐，而联邦调查局也把毕加索当作调查对象，为他建立了一份档案。毕加索与艾吕雅、阿拉贡以及埃尔莎·特里奥莱走得很近，这几人都是共产党掌控的国家作家委员会（Comité National des Ecrivains）的领导者，而毕加索自己也成为与该组织相关的国家艺术前线（Front National des Arts）的负责人。这两个组织都对与纳粹通敌的人物发起清洗运动，从而导致了栽赃陷害和多起自杀。阿拉贡、艾吕雅等人为抵抗运动写下的诗歌都被光荣地收入《诗人的荣誉》（*Honneur des poètes*，1945 年）一书，而佩雷却在 1945 年完成于墨西哥的《诗人的耻辱》（*Le Déshonneur des poètes*）中揭露了他们精心操纵的民族主义。在绘画上，社会主义式现实主义也反映出类似的价值取向。苏联官方重申，

图 220（对页）
愤怒的司令
恩里科·巴伊
1960 年
油彩及多种材质
130cm×97cm
私人藏集

第十章　破裂　397

只有这种风格才是唯一未被资产阶级染指的风格。由此，关于现实主义与政治宣传的辩论又重新启动。

毕加索加入共产党，也是由于在与存在主义哲学家、作家的交往过程中受到鼓励的缘故。作为一种思想通货，致力于政治革命与社会革命的存在主义（Existentialism）越来越被广泛接受，而它也让个体经验与外部客体世界之间荒诞的断裂状态只有借助纯粹意志的行为才能被重新联接起来。刊物《现代》（Les Temps Modernes）刊发了诸如让-保罗·萨特的《存在与虚无》（Being and Nothingness，1943年）和西蒙娜·德·波伏娃的女性宣言《第二性》（The Second Sex，1950年）等哲学短文，以及阿尔贝·加缪的《局外人》（L'Etranger，1947年）等小说，存在主义也由此得以传播开来。社会中个体的疏离感，成为存在主义写作中最主要的意象。这不仅激发了让·热内（Jean Genet）在小说中狂野的性描写，还表现出塞缪尔·贝克特（Samuel Beckett）的剧本和欧仁·约内斯科（Eugène Ionesco）的荒谬戏剧（Theatre of the Absurd）中令人焦虑的停滞感。这种"局外人"的感受与艺术家战时的疏离状态不谋而合。在瑞士，贾科梅蒂创作了几乎没有物质形态的人像，它们透彻而具解析性的表面，似乎体现出现象学中经存在主义辨认的、关于个体之间互动行为的两难困境。在沃尔斯（图221）、让·迪比费（图222）和让·福特里耶（Jean Fautrier）的画作中，对作品表面物理性质的破坏，也将这些令人困扰的焦虑感记录下来。特别是安托南·阿尔托，他创作出了存在主义写作在艺术上的对应物。他因精神病接受电击治疗后，患上了暂时性失忆症。他创作的素描画与写下的文字，记录了他丧失个人身份意识的过程，而这与战争中人类尊严遭受的摧残具有相似之处（图223）。

在这个政治文化环境剧变的境况之下，战前超现实主义的几条发展线索却延续下来。在萨特创作的小说《恶心》（Nausea，1938年）中，叙事者被过剩的存在压倒，而这个点子是超现实主义带来的种种变革与影响所激发出的。萨特于1945年访问纽约时，把自己的各种不同创意放在更广泛的背景下进行探讨。贾科梅蒂与阿尔托显赫的名声也创造了另外一些机缘。事实上，布勒东于1946年5月返回巴黎后不久，就参加

图 221
无题
沃尔斯
1946—1947 年
布面油彩
81cm×81cm
曼尼尔藏集,美国休斯敦

图 222
布吕姆先生的裤子上有褶皱
(亨利·米修肖像)
让·迪比费
1947 年
布面油彩
130.2cm×96.5cm
泰特美术馆,英国伦敦

图 223
自画像（1946 年 12 月 17 日）
安托南·阿尔托
纸面铅笔
65cm×50cm
弗洛朗斯·洛布藏集，法国巴黎

了一场向阿尔托致敬的晚会。然而，事实证明，要将超现实主义重新确立为一股思想势力是困难重重的。在布勒东回归之前，维克托·布劳纳曾是超现实主义活动的核心，而诸如毕加索、巴塔耶、莱里斯、兰堡、马松的其他流亡者，都倒向了存在主义一边。

1947 年，尤其是在一波拒斥超现实主义的浪潮中，有人明确地批评超现实主义者并未根据状况的变化而改变其回应方式，并含沙影射地指责他们在战时选择了逃亡。在《战后超现实主义》（"Post-war Surrealism"）一文中，查拉提出他们唯一的办法就是服从于共产党。克里斯蒂安·多托蒙（Christian Dotrement）也认同这一点，并与诺埃尔·阿尔诺（Noël Arnaud）在布鲁塞尔共同创建了奉行斯大林主义的"革命超现实主义者"（Revolutionary Surrealists）组织，并分别在布鲁塞尔和巴黎发表公报。萨特在《1947 年的作家状况》（"The Situation of the Writer in 1947"）一文中，也无视了超现实主义者投靠的托洛茨基主义，并对流亡 5 年的代价只字不提。因此，布勒东又一次回归了他如鱼得水的论辩领域。在《开幕式上的决裂》（*Inaugural Rupture*，1947 年 6 月）中，他拒绝对法国共产党表示效忠，理由是超现实主义者对资产阶级活动进行了妥协，并称他们要将"人类的终极解放"这个目标放在"工人

400　达达与超现实主义

的经济解放"之上。更重要的是，他承认：

> 即便在畅通无阻地扩张了 25 年之后，超现实主义也并没有自卖自夸地称其发展已跨过了初级阶段，除了让人意识到"需要某种新的集体感受力"，它也没有做出什么更多的贡献。无论在昨天还是在今天，它对于人类命运可改善性的信心都具有矫正意义，从而让这个世界令人心碎的景象变得不那么凄凉。

对于超现实主义运动之外的人来说，这一立场确认了超现实主义已经败给存在主义的现实。对于运动内部的人来说，这次"决裂"则是在重新宣告他们的独立。

衰落的迹象已不可否认。（1947 年末归来的）佩雷、马比勒、布劳纳和马塔仍然追随着布勒东，但是唐吉、萨吉、恩斯特和坦宁都留在了美国。像米罗、马松和马格利特一样，这些画家的个人名气扶摇直上，但却越来越独立于超现实主义运动。虽然超现实主义仍然具有影响力，但却在新一代艺术家面前失去了吸引力。它于 1939 年之前在思想界确立的地位，也已经随风而逝。超现实主义虽然并非奄奄一息，但在战后的 20 年间却进入了一段漫长的衰落期。

这时的超现实主义明显地表现出一种目中无人的自我肯定姿态，这尤其反映在《1947 年的超现实主义》（*Surrealism in 1947*）与 1959 年《大写的情色》（*EROS*）两场展览中。基斯勒与杜尚为玛格画廊（Galerie Maeght）举办的展览《1947 年的超现实主义》设计了复杂的装置艺术作品。超现实主义运动老一辈艺术家把呈现重点放在流亡时期的活动上，以及在美洲西北海岸发现的原住民面具和霍皮族玩偶上。因德日赫·海斯勒（Jindřich Heisler）与陶妍（图 224）逃出斯大林统治下的捷克斯洛伐克，来到了巴黎。许多新成员也受到关注，包括从加拿大自动主义者让-保罗·里奥佩尔（Jean-Paul Riopelle）和巴西雕塑家玛丽亚·马丁斯（Maria Martins），到海地艺术家艾克托·伊波利特和偏执的制图师斯科蒂·威尔逊（Scottie Wilson）等等。杜尚设计的展览图录中有一个假的硅胶乳房，旁边的文字还发出邀请："请触摸！"（Prière de toucher!）这

图 224
光线的神话
陶妍
1946 年
布面油彩
160cm×75cm
当代美术馆，瑞典斯德哥尔摩

预示他的作品以及整个超现实主义运动将回归情色主题，这在《已知条件》（Etant donnés）中可见一斑。20 世纪 50 年代中期，画家皮埃尔·莫利尼耶（Pierre Molinier）与让-雅克·勒贝尔（Jean-Jacques Lebel）十分直白的奇想作品让这一倾向进一步加深。1959 年，这股潮流在丹尼尔·科尔迪耶画廊（Galerie Daniel Cordier）举办的《大写的情色》展览上达到了巅峰。展览上，乔伊斯·曼苏尔（Joyce Mansour）诗歌中的情色意味，以及让·伯努瓦（Jean Benoit）基于性虐待创意的戏服上的戏剧性，都得到了自由发挥。梅列特·奥本海姆则当场做了一顿饭，在客人们用餐的过程中，食物的下面慢慢露出一个裸体的女人。

除了这些重要的展览，1948 年 10 月开张的超现实主义解决方案画廊（Galerie Solution Surréaliste）是联接超现实主义运动与公众的纽带。作家让-皮埃尔·迪柏雷（Jean-Pierre Duprey）也是通过这个渠道加入超现实主义小组的。这里举办过里奥佩尔（1949 年）、卡姆罗斯基与恩斯特（1950 年）等人的展览，之后被尘封之星画廊（Galerie L'Etoile Scellée）所超越（1952—1956 年），到了 20 世纪 50 年代后期，又被西蒙娜·科利内（Simone Collinet，即之前的西蒙娜·卡恩·布勒东）经营的弗斯滕伯格画廊（Galerie Furstenberg）所代替。同时，官方对老一辈画家的奖励却引发了组织内部的抵制活动。1954 年，马松赢得了国家绘画大奖（Prix National de Peinture），而马格利特、米罗、阿尔普和恩斯特则参加了威尼斯双年展（Venice Biennale），并且恩斯特还荣获了双年展评委会大奖（Gran Premio）。能否获得认可的问题也让作家们感到焦虑。1950 年，朱利安·格拉克发表了一篇批判各大文学奖项的评论文章，标题为《胃里的文学》("La Littérature à l'estomac")。次年，布勒东先拒绝接受巴黎市大奖（Prix de la Ville de Paris），然后又拒绝领取其小说《沙岸风云》(*Le Rivage des Syrtes*) 为他赢得的龚古尔奖（Prix Goncourt）。

同时，艺术家们对自动主义的兴趣也复苏了。一方面，布勒东与帕伦于 1950 年的和解推动了这个进展；另一方面，西蒙·汉泰（Simon Hantaï）、尤迪特·赖格尔（Judith Reigl）、让·德戈特克斯（Jean Degottex）和玛塞勒·卢布恰斯基（Marcelle Loubchansky）等年轻艺术家也发挥了作用。这股复苏的潮流是对巴黎的斑点主义（Tachisme）与美国的抽象表现主义的响应。最主要的自动主义者要数汉泰和赖格尔（图 225 和图 226），不过，他俩却在 1955 年的展览《爱丽丝》(*Alice*，参展者包括陶妍、帕伦、德戈特克斯和卢布恰斯基) 期间退出了超现实主义活动，原因是因为布勒东拒绝接纳他们的抽象新作成为超现实主义作品，而坚持要展出他们的早期作品。1957 年，汉泰在加入斑点主义者的队伍后，与乔治·马蒂厄（Georges Mathieu）和斯特凡·卢柏斯高（Stephane Lupasco）走到了一起。

超现实主义还与另外一组画家和作家建立起联系。1948 年，阿斯格·约恩（Asger Jorn）、多托蒙、皮埃尔·阿列辛斯基（Pierre Alechinsky）、卡雷尔·阿佩尔（Karel Appel）和康斯坦特（Constant）从他们各自的城市——哥本哈根、布鲁塞尔和阿姆斯特丹——名称中取出若干字母，为他们这个巴黎以外的超现实主义者与表现主义者的联合集体取名"眼镜蛇社"（Cobra），并出版了同名刊物。基于联袂创作与自动主义的技巧，他们用鲜艳的色彩描绘出一种带有狂野兽性的自然图像。林飞龙与约恩十分亲近，而阿列辛斯基也在眼镜蛇社解散后加入了

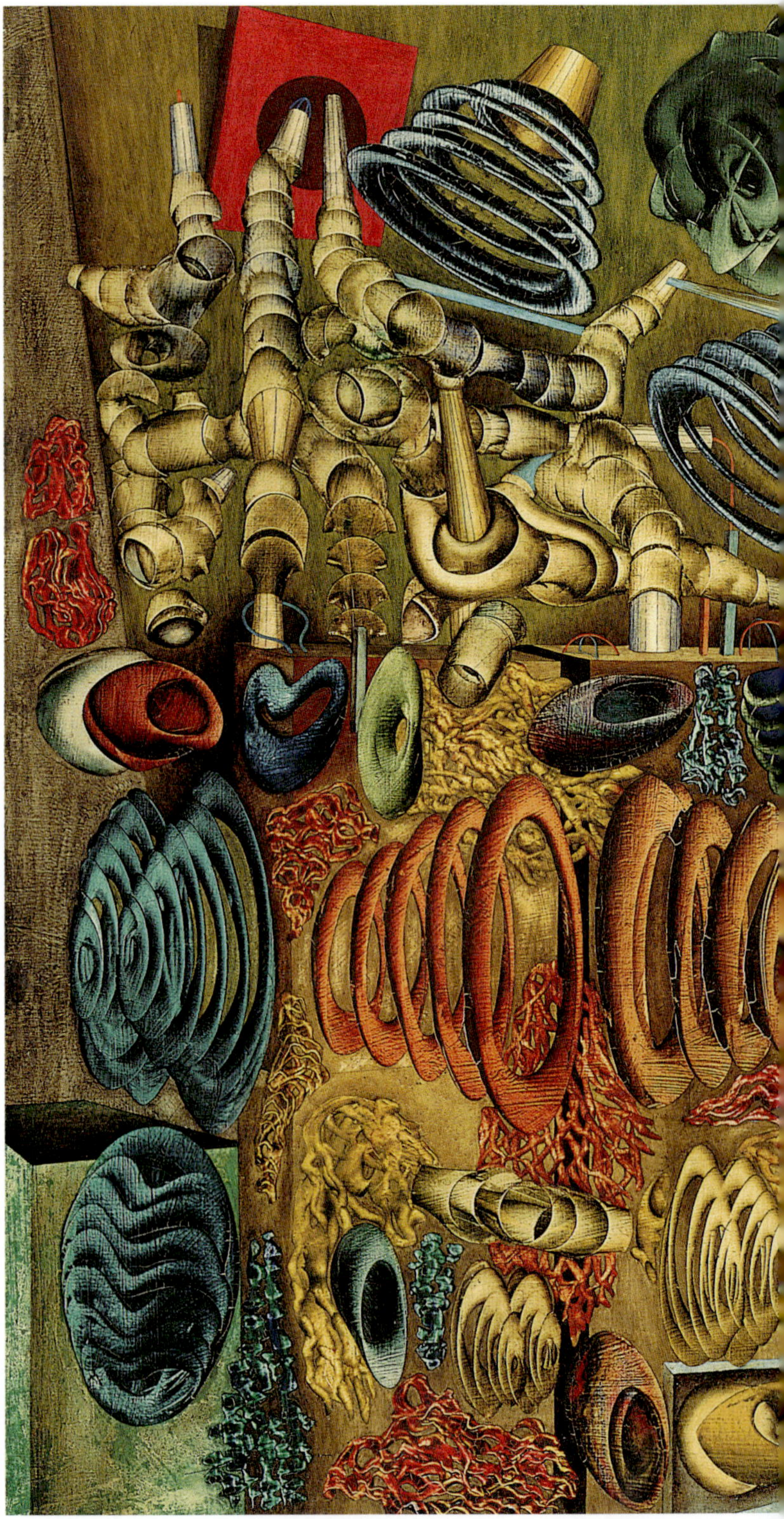

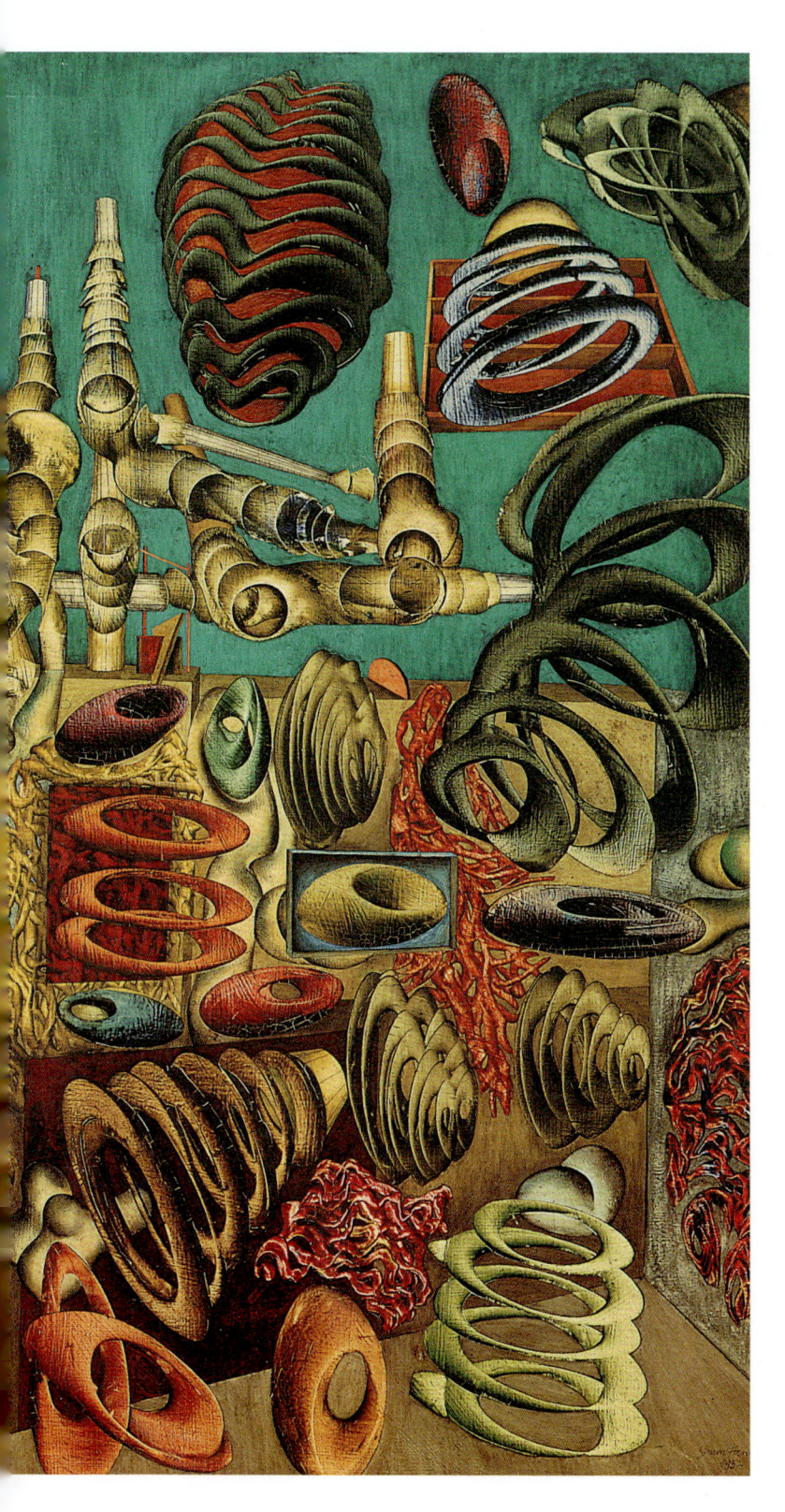

图225（含对页）
无题
西蒙·汉泰
1952 年
布面油彩
106cm × 122cm
国立现代艺术博物馆，乔治·蓬皮杜中心，法国巴黎

图 226
虚空的碾压
尤迪特·赖格尔
1954 年
布面油彩
78cm×100cm
私人藏集

超现实主义运动。

他们在未受过艺术训练的艺术家的创作中，找到了一块肥沃的土壤，迪比费将他们的作品称为"原态艺术"（Art Brut）。其实，这也一直是超现实主义者感兴趣的领域。影响迪比费绘画创作的先例之一就是朋友加斯东·谢萨克（Gaston Chaissac，图 227）。1947 年，迪比费创办了原态艺术社（Société de L'Art Brut），并将布勒东和让·波扬等人的名字列入指导委员会。在汉斯·普林茨霍恩（Hans Prinzhorn）的《精神疾病患者的艺术创作》（*Artistry of the Mentally Ill*，1922 年）的启发下，迪比费开始收集和展示"局外人"的作品。在《原态艺术胜过开化艺术》（"L'Art Brut préféré aux arts culturels"，1949 年）一文中，他试图为这种作品争取一个至少与正统艺术平等的位置。之后，装饰艺术博物馆（Musée des Arts Décoratifs）也展出了原态艺术藏品。

布勒东为这项事业提供了重要支持。他写下了文章《狂人艺术》（"L'Art des fous"，1948 年），并收藏了谢萨克、阿洛伊斯（Aloïse）、阿道夫·渥夫利（Adolf Wölfli）和动物画家阿洛伊斯·泽托（Aloys Zötl）的作品。在伦敦，梅森和乔治·梅利（George Melly）对斯科蒂·威尔逊表示拥护并为其发声。在这两个案例中，他们都是基于艺术家生平的独特性来反思自己的作品。这是一种基于强烈冲动的艺术,而对于这种艺术的兴趣,适合从主流之外更广阔的视野来审视,包括祭祀与魔法。布勒东与热拉尔·勒格朗(Gérard Legrand)在《魔法艺术》(L'Art magique,1957 年)中,发表了他们在这个领域中的研究成果。

战后最早的超现实主义刊物,是由萨兰·亚历山德里昂(Sarane Alexandrian)与薇拉·埃罗尔德(Vera Hérold)等人创办的《霓虹》(Néon,1948—1949 年)。当布勒东在 1948 年 10 月(由于路线不同)开除马塔时,它立刻成为辩论的阵地。布劳纳以及编委会的大部分成员也由于为马塔说话而被一起开除。在布勒东和佩雷取得刊物的控制权之后,超现实主义似乎又回到了战前的套路。在《霓虹》的感召下,阿德里安·达克斯(Adrien Dax)与让·舒斯特(Jean Schuster)加入了超现实主义运动。不久之后,舒斯特的刊物《媒介》(Médium)就变为超现实主义官方的喉舌(1951—1955 年)。在这两份刊物之间,还有一本《世

图 227
最后的晚餐
加斯东·谢萨克
约 1956—1957 年
木头上的李波兰漆
140cm × 101cm
南特美术馆,法国

纪中叶超现实主义年鉴》(*Surrealist Mid-century Almanac*，1950年)，它刊登了布勒东与佩雷合作的《全世界让人能容忍的发明之日历》("Calendar of Tolerable Inventions from Around the World")。从狂欢节面具到平底雪橇，这是一份怪异而诙谐的发明清单。这些刊物原本就是作为短期项目而策划的，每一份都重新定义了超现实主义运动所要传达的信息。1956年，舒斯特与布勒东共同主编了《超现实主义，老样子》(*Le Surréalisme, même*，1956—1959年)，前者越来越重要的地位也获得承认。该刊物成为一份内容充实的年刊，其出版的5期中的每一期都超过了150页。

超现实主义的关注点仍然与政治密不可分，多份反对法国镇压性殖民战争的超现实主义宣言态度十分鲜明地表达出这一点。重要的是，他们多次唤起人们心中"自由"的民族特质。在《自由是一个越南语单词》("Liberty is a Vietnamese Word"，1947年4月)一文中，他们谴责法国对印度支那的再次殖民。然而，最为紧迫的殖民地问题却是20世纪50年代的阿尔及利亚战争。超现实主义运动也加入了反对法国企图重新占领旧殖民地的示威活动。在《关于阿尔及利亚战争中不服从权利的声明》(*Declaration on the Right of Insubordination in the Algerian War*，1960年)中，布勒东、舒斯特等人为阿尔及利亚人民呼唤自由，并称被征入伍的士兵有权利违反命令，来表示他们对这场战争的不认同。基于这份宣言所召集到的支持人数，它也被称为《121人宣言》(*Manifesto of the 121*)。不过，在被政府没收后，它不得不以地下的方式进行传阅。

1956年，同时期发生的匈牙利起义打破了左派对于阿尔及利亚问题的一致性。苏联入侵匈牙利，证明它与自己所反对的帝国主义者并没有什么不同。在赞美性的《匈牙利，新的黎明》("Hungary, New Dawn"，1956年11月)与佩雷激进的《控告日历》("Accusatory Calender"，《超现实主义，老样子》，1957年春)两篇文章中，超现实主义运动既表达出他们与被压迫人民同心同德，又谴责了斯大林主义。佩雷在文章中附上了一幅阿拉贡、毕加索和谷克多等人面露笑容的照片，并配上《很明显，蔚蓝海岸所发生的一切都是出于好意的》("Evidently everything is for the best on the Côte d'Azur")的标题，用以表现之前共产党盟友们所做出的妥协，以及他们的表里不一。

尽管超现实主义者从未放过任何攻击对手的机会，但其东欧强大的小分队让这些任务显得更加紧迫。罗马尼亚小组的创始人盖拉西姆·卢卡（Gherasim Luca）与特罗斯特（Trost）于1948年逃亡巴黎。形成鲜明对比的是，南斯拉夫的超现实主义者马可·利斯提奇却以自己国家大使的身份早一年来到这里。汉泰和赖格尔在起义发生前离开了匈牙利，而留在东欧的人就没有如此好运了。1950年，捷克超现实主义者扎维斯·卡兰德拉（Zavis Kalandra）被判"背叛人民"罪。布勒东请求艾吕雅用他的影响力为他减刑，但艾吕雅却回应道，他不能与"已经宣称自己有罪的罪犯"有牵连。于是，卡兰德拉便被处决了。次年，泰格在得知他马上也会被逮捕时自杀了。这些事件都表现出欧洲东方阵营内此起彼伏的镇压浪潮，而西方阵营里的人只能眼睁睁地远观。

超现实主义者对匈牙利事件的反应，与布勒东对匈牙利超现实主义画家实施的专制主义形成了鲜明对比，这也重新阐释了30年来政治抱负与艺术创作之间的内在冲突。在20世纪50年代，这成为一种衰落的症状，正如它在1929年险些衰落的症状一样。布勒东希望为托洛茨基主义革命效忠的理想主义，遭到了左右两派的排斥，而毫不心软的开除行为则逐渐使超现实主义运动走向衰竭。留在布勒东、佩雷和陶妍身边的人难以和前几代相提并论，而大多数老一辈人物此时都与运动保持了适当的距离。

超现实主义的这种命运在其他地方也有所映照。英国的超现实主义者自从战时分裂之后便一蹶不振。E. L. T. 梅森重建了伦敦画廊（1945年8月），而利敏顿（Rimmington）、罗兰·彭罗斯、康罗伊·马多克斯和约翰·班廷（John Banting）等还在1947年巴黎的超现实主义展览上代表了伦敦小组。然而，伦敦画廊却于1951年关闭，得以继续维持的也仅限于艺术家们的个人活动。彭罗斯和里德通过当代艺术学院（Institute of Contemporary Arts）推广了一种更广阔的现代主义愿景。他俩都获得了爵士头衔。

比利时超现实主义小组得益于在战时招募了青年作家马塞尔·马里安（Marcel Mariën）。他为小组的展览与出版物注入了新的活力，而这些活动都集中体现在小型刊物《裸唇》（*Les Lèvres Nues*，1954—1960年）

中。马格利特的作品仍然是该圈子活动的中心，不过他经历的一段"印象主义"时期却考验了朋友们对他的忠诚度。当布勒东于 1947 年将马格利特开除时，努捷继承了后者的志向，但努捷却也在 1951 年和马格利特决裂了。多产的保罗·德尔沃留了下来，并且更多画家进入了比利时小组的运行轨道。其中最有名的是让·加伏洛尔（Jean Gaverol）和费利克斯·拉比斯（Félix Labisse），他俩都曾创作过具有幻觉效果与带有情色意味的作品。一些年轻诗人也在 20 世纪 50 年代组成了一个卫星组织——瓦隆超现实主义小组（Walloon Surrealists）。

欧洲各地都先后出现了许多不甚牢固的组织，不过没几个能坚持下来。1946 年，卡尔·胡尔滕（Karl Hulten）和马克斯-瓦尔特·斯万贝里（Max-Walter Svanberg）将超现实主义与神秘主义的幻想结合起来，创办了意象主义小组（Imagist group），而斯万贝里的作品也在 1953 年的巴黎受到热烈的追捧。1947 年，画家安东尼奥·佩德罗（Antonio Pedro）在葡萄牙创办了一个昙花一现的超现实主义小组。20 世纪 50 年代，以诗人安德烈亚斯·昂比里科（Andréas Embiricos）和奥德修斯·埃利蒂斯（Odysseus Elytis）为中心的希腊小组，在雅典复兴了始于 1930 年代的活动，并得到流亡海外的尼古拉斯·卡拉斯与吉塞勒·普拉西诺斯等人的鼓励。其中最重要的画家是尼科斯·恩戈诺普洛斯（Nicos Engonopoulos），他的作品长久以来深受德·基里科的影响。这些小组和其他组织的活动相当分散，没有形成 20 世纪 30 年代的那种相互关联的网络。

在国际超现实主义系列展览的第八届《大写的情色》（1959 年）之后，拥有强大本地组织的城市就再没有举行过展览。杜尚在纽约组织举办了第九届展览，题为《超现实主义入侵幻术师的领域》[*Surrealist Intrusion in the Enchanter's Domain*，达西画廊（d'Arcy Galleries），1960 年]。布勒东、何塞·皮埃尔（José Pierre）和爱德华·雅格尔（Edouard Jaguer）都在筛选作品的过程中发挥了作用，而杜尚也在青年画家的见证下扮演了重要角色，这些人中有厄于温·法尔斯多姆（Oyvind Fählström）、眼镜蛇社画家科尔内耶（Corneille）以及意大利的物体画创作者恩里科·巴伊（Enrico Baj，图 220）。让布勒东大为光火的是，达利也被包括在内——对于大多数美国人来说，他仍然是超现实主义的代言人。这种涵盖面更为广泛的路线似乎吸引来了新的拥护者。最有名的就要数古巴人豪尔赫·卡马乔（Jorge Camacho）和墨西哥人阿尔贝托·希罗内利亚（Alberto Gironella）。前者在作品中运用了卡通画，而后者通过将物体与绘画相结合，对17世纪画家委拉斯开兹（Velásquez）的作品进行了戏仿。

1961年，在第十届展览［施瓦兹画廊（Galleria Schwarz），米兰］之后，布勒东创办了他的最后一份刊物，编委会的成员包括罗贝尔·贝纳永（Robert Benayoun）、热拉尔·勒格朗、何塞·皮埃尔和舒斯特，而刊物的名字也十分恰当地被取为《破裂》（La Brèche，1961—1965年）。这一期特别报道了希罗内利亚和卡马乔，以及画家拉多万·伊斯韦克（Radovan Isvic）和文森特·布努尔（Vincente Bounoure）。其中，同时刊登了关于情色画面的专题文章和关于电影、波普艺术（Pop Art）的讨论文章，并涉及了冷战政治局势下的迫切困难。德国画家康拉德·克拉普赫克（Konrad Klapheck）对家用机械的情色描绘虽然给人一种不安的感觉，但却为他赢得了观众。他的作品以缝纫机最为典型，非常容易让人想起洛特雷阿蒙的经典比喻（图229）。经过这几位主编的共同谋划，超现实主义运动的未来似乎尘埃落定。值得注意的是，布勒东的最后一篇文章《骑士的观点》（"Cavalier Perspective"，《破裂》第五期，1963年10月）讨论了超现实主义运动的延续性问题，并将其与浪漫主义漫长的成熟期相提并论。他将超现实主义定义为一种相似的连续体，它"顺从于一种无法抗拒的冲动，向一个没有止境的目标投射而去"。他强调了当下的重要性，并总结道："超现实主义是一种动态的存在。今天，它的航向应该到《破裂》中去寻找，而不是《超现实主义革命》。"

415

通过这种劝勉词句，布勒东试图抵抗一种将超现实主义视作明日黄花的倾向。然而，这种努力是不切实际的。20世纪50年代，超现实主义运动的许多核心人物已经过世，包括马比勒、毕卡比亚、海斯勒和唐吉。在1957年至1962年间，多明格斯、帕伦、凯瑟琳·萨吉和塞利格曼都自杀了，而1959年佩雷的去世，让布勒东失去了最长久的盟友。不过，他还是带着其典型的挑衅态度在1965年组织了第十一届国际展

416

览，取名为《绝对的距离》[*L'Ecart absolu*，眼睛画廊（Galerie l'Oeil）]。除了超现实主义主要的拥护者，克拉普赫克、埃尔韦·忒勒玛科斯（Hervé Télémaque）和皮埃尔·阿列辛斯基也参与进来。另外，布勒东还推出了《超现实主义与绘画》的修订版。1966年，阿尔普、布劳纳、贾科梅蒂和布勒东本人也离开人世。一份名为《主肢》（*Archibras*[23]，1967—1969年）的刊物试图让布勒东的精神遗产永远延续下去，但却没能坚持多久。人们在怀念布勒东磁铁般的吸引力的同时，也承认其个人活动可能要比集体努力取得了更多的成就。就这样，超现实主义成为历史。

个人与组织继续沿着超现实主义指明的方向前进。至此为止，在国际上最有影响的人物是路易斯·布努埃尔。从《维莉蒂安娜》（*Viridiana*，1961年）到《资产阶级的审慎魅力》（*The Discreet Charm of the Bourgeoisie*，1972年），他的电影表现出对阶级意识、宗教和政治的尖刻攻击。他通过在叙事中结合荒诞与诡异，将超现实主义介绍给更为广泛的观众。在法国之外，超现实主义者的个人活动仍在继续，康罗伊·马多克斯是其中最为活跃的一员。20世纪70年代，约翰·莱尔（John Lyle）的《转变行动》（*Transformaction*）成了为英国超现实主义代言的声音。1966年，富兰克林·罗斯蒙特（Franklin Rosemont）在布勒东的庇佑与卡姆罗斯基的支持下，创办了芝加哥超现实主义（Chicago Surrealist）小组。他编辑的专题著作《安德烈·布勒东与超现实主义》（1978年）与重要的超现实主义短文集《超现实主义是什么？》（*What is Surrealism?*，1978年）的英译版同时出版。然而，这些努力虽然仍在继续，但却似乎只是超现实主义之前成就的侧影。这或许不仅是因为新人们登场的时机还未到来，同时也是因为超现实主义的策略已经广泛地为其他人所借鉴吸取。

随着还在世的超现实主义小组成员的老去以及其思想力量的式微，该运动终于被官方接受了，而这是他们之前一直回避的。个人艺术家成为专题文献的研究对象，而且这些著作常常同样是由超现实主义者所编撰的，比如帕特里克·瓦尔德伯格的恩斯特作品选，或者彭罗斯的曼·雷作品选。包括布勒东在内的诗人们发行了早期作品的修订版，而

---

[23] 空想社会主义家傅立叶（Fourier）提出的概念，他预言人类将会长出一条末端有手的尾巴，作为发挥重要作用、进行创造的第五肢。——译注

图 228
动画电影《棺材和天竺鼠》的剧照
扬·史云梅耶
1966 年

前成员（如皮埃尔·纳维尔）也出版了关于他们炽热青春的回忆录。布勒东（1952 年）、马松（1958 年）和杜尚（1967 年）在广播访谈节目中重新讲述了往事，澄清和偿还了宿怨与旧恨。虽然大众对超现实主义的兴趣让它成为公共财产，但是战后的观众却是消极的——恐怕比起思想上的攻击来说，他们更加害怕的是核打击。这批观众十分依赖超现实主义控制范围之外的人士来做判断和评价，这个过程从莫里斯·纳多（Maurice Nadeau）的《超现实主义史》（*History of Surrealism*，1944 年）开始，一直持续到到威廉·吕班（William Rubin）的《达达主义与超现实主义艺术》（*Dada and Surrealist Art*，1968 年）为止。这种变化发生在一个更广阔的历史背景中，即由法国主导的文化阵地此时已逐渐被美国占领。后来，抽象表现主义主宰了整个 20 世纪 50 年代，成为西方个人自由表达的典范，而这也是冷战中的一件文化武器。另一个伴随而来的重要变化则是英语在语言上的主导地位，它加快了巴黎失去世界文化之都地位的步伐。

尽管超现实主义者的观念已经渗透进社会交往的所有层面，但他们

第十章　破裂　413

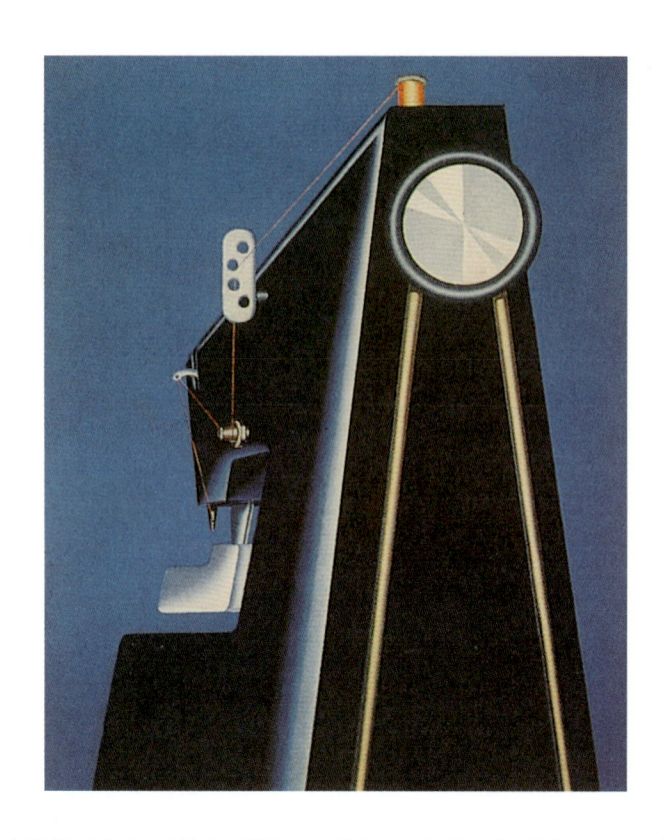

图229
女人的逻辑
康拉德·克拉普赫克
1965年
布面油彩
110cm×90cm
路易斯安那现代美术馆，美国胡姆卜勒拜克

对政治的影响却相对较为短暂。20世纪60年代，超现实主义运动之前提出的激进理想主义出现在流行文化中，并且更重要的是，其目标是为了追寻更大的自由。在1968年的"布拉格之春"（Prague Spring）之后，超现实主义动画制作人扬·史云梅耶（Jan Svankmajer）采用了意外之物的颠覆性力量，来削弱官方对于自由的妨碍（图228）。在法国，对战后秩序的不满集中表现为1968年同时发生的各种"事件"，包括工人罢工和学生占领大学校园。巴黎的街垒，以及工人、学生肩并肩与防暴警察进行战斗的情景，预示着一场革命呼之欲出。值得注意的是，据前超现实主义者安德烈·蒂里翁的记录，涂写在巴黎街头的标语中来自布勒东文章的语句比来自马克思和列宁的还要多——是思想的解放，才催生了抗议的行动。

结 语

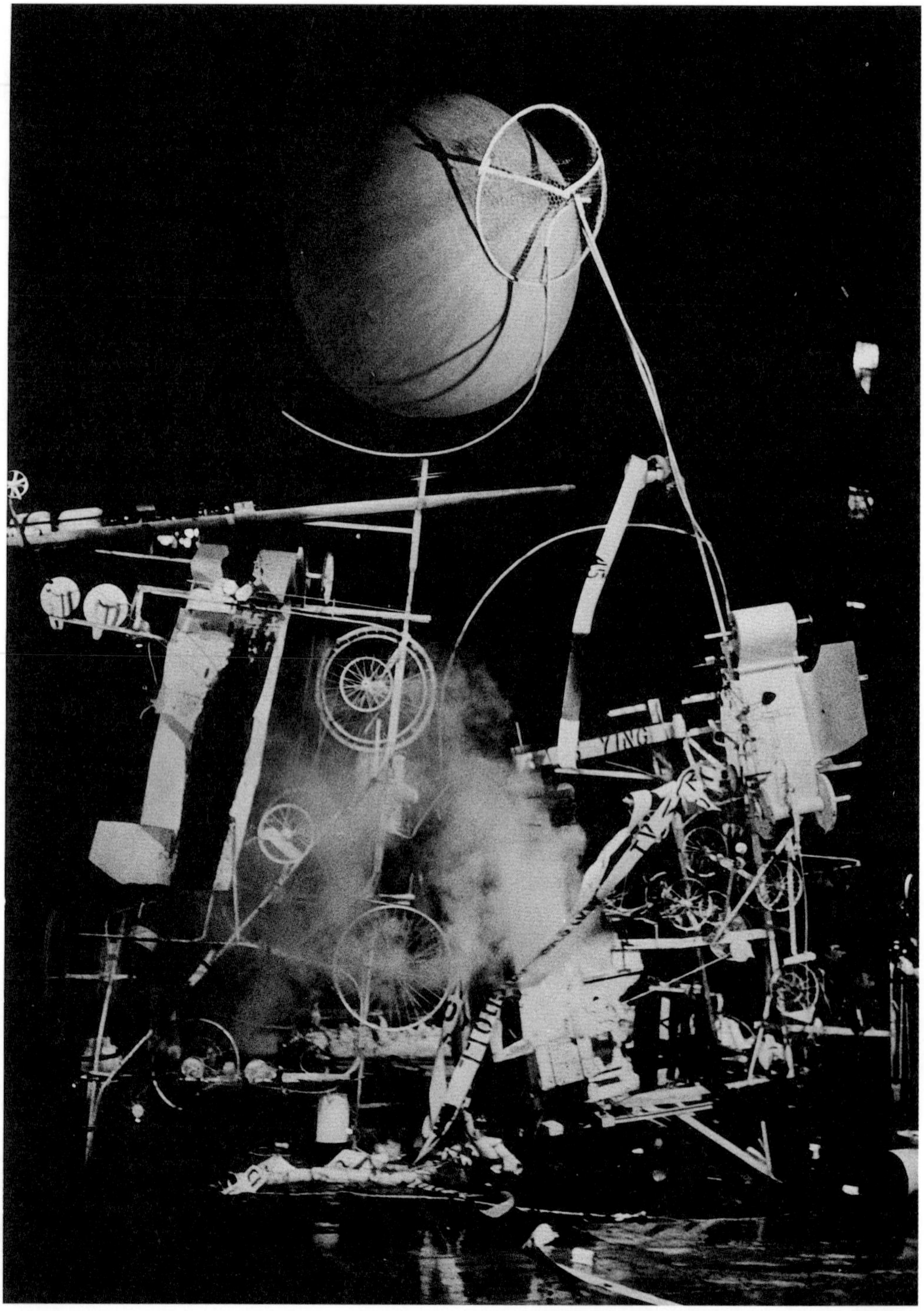

结　语

要想理清达达主义以及从其阴影中诞生的超现实主义这两场运动是如何渗透进主流文化的所有线索，是一件不可能的事。它们的影响到今天虽然已被冲淡，但仍然存在。在后世关于艺术、文学和文化的辩论中，也可以找到它们的印记。

除了安托南·阿尔托的残酷戏剧和欧仁·约内斯科的荒谬戏剧，这两场运动对逻辑与现实本质的质疑一直都是被持续探讨的主题。这些思想回响在许多作品中，比如亨利·米勒与威廉·巴勒斯（William Burroughs）等作家的作品，尤其是体现在乔治·佩雷克（George Perec）独一无二的文学成就上——他在通篇没有使用字母"E"的情况下而写出了《消失》[*La Disparation*，1969 年，英文版《无》(*The Void*)]。豪尔赫·路易斯·博尔赫斯的短篇故事和米兰·昆德拉（Milan Kundera）的小说等其他许多作品，都折射出超现实主义所造成的影响。超现实主义实验贯穿了整整一代激进的哲学家、精神分析学家和文学批评家的成长历程，而他们也为这些实验做出了自己的贡献。在他们当中，雅克·拉康复兴了弗洛伊德的精神分析方法，罗兰·巴特（Roland Barthes）将符号学的研究方法应用到大众文化中，而米歇尔·福柯（Michel Foucault）则在《古典时代疯狂史》[*Histoire de la Folie*，1961 年，英文版《疯癫与文明》(*Madness and Civilization*)]与《词与物》[*Les Mots et les Chose*，1966 年，英文版《事物的秩序》(*The Order of Things*)]中，讨论了疯狂与历史的渊源。这种通过援引精神分析理论来颠覆哲学与文学中话语的方法，与超现实主义实验是同根同源的。

在视觉文化中，超现实主义的影响同样深远。从那些推崇集合艺术与拼装艺术（bricollage）——即将物体拼装起来的作品——的人身上，可以看出他们对库尔特·施维特斯与萨尔瓦多·达利这两个榜样的仿效。对运气与并置手法的运用成为标准的创作手法，而释放情色意味亦然。马塞尔·杜尚是这一扩散过程中的轴心人物，而这并不仅仅是因为他面对新发展时所持有的开放态度。在 20 世纪 50 年代的纽约，

图230（对页）
向纽约致敬（自我毁灭的集合艺术）
让·丁格利
1960 年
现代艺术博物馆，美国纽约

他的理念与抽象表现主义"显示肌肉"的虚张声势形成了有趣的对比。他邂逅的罗伯特·劳申伯格（Robert Rauschenberg）与贾斯柏·约翰斯（Jasper Johns）的作品，以及克拉斯·奥尔登堡（Claes Oldenburg）等人的偶发艺术（Happening），甚至被称作为"新达达主义"（Neo-Dada）。在伦敦，理查德·汉密尔顿（Richard Hamilton）等波普艺术家走的也是杜尚的讽刺路线。在巴黎的新现实小组（Réalités Nouvelles）中，妮基·德·圣-法勒（Niki de Saint-Phalle）的射击绘画（shooting painting）与让·丁格利（Jean Tinguely）的乱画机（random drawing machine），都获得了杜尚的欣赏。在现代艺术博物馆门外，丁格利基于工业机械建造的、具有自我毁灭意味的巨型作品《向纽约致敬》（*Homage to New York*，图 230），是对拜物主义的猛烈抨击。这一杜尚式的姿态也启发伊夫·克莱因（Yves Klein）创作出"人体仪表"（anthropometry，1960—1961 年），即全身涂满颜料的模特用身体在画布上留下印记。这建立起一种仪式化的情色主义，它将人体固定在创作地点的手法预示了 20 世纪 80 年代的艺术发展。皮耶罗·曼佐尼（Piero Manzoni）也采取了这种姿态，他在人身上签名并称他们是艺术作品。他的罐装作品《艺术家的屎》（*Artist's Shit*，1961 年）则反映出艺术家被商业化的现状。在克莱因和曼佐尼两人的启发下，乔治·马丘纳斯（George Maciunas）掀起了国际激浪艺术运动（International Fluxus movement）。这场运动催生的表演作品、短暂存在的作品或者多重作品都表现出对商业主义的反抗。艺术家既成了表演者，又充当了通灵师[24]。

在 20 世纪中叶，达达主义与超现实主义反抗的许多陈规旧俗，仿佛已经到被击垮的边缘，包括被政客与记者的言语扭曲后再传递出的关于进步、政治民族主义、正统和权威的实用理念。然而，它们并未被铲除，以至于一代又一代的艺术家不得不重新解决这些问题。20 世纪 70 年代，达达主义与超现实主义留下的遗产以互相对立的形态展现出来。追随克莱因和劳申伯格的一些人认识到将幽默与思想以难以言喻的方式结合起来的重要性；另一些人追求的则是观念主义艺术（Conceptualism）的纯粹性，而这可能会招致为了艺术而创作艺术的风险。

24　作者这句话用到了 showman 和 shaman 的谐音。——译注

安迪·沃霍尔（Andy Warhol）和约瑟夫·博伊斯（Joseph Beuys），这两位对比鲜明的艺术家就是这两种不同回应的集中体现。沃霍尔单纯地通过改造产品包装设计而闻名，他将杜尚故意制造无趣效果的手法发挥到了极致。他创作的十分简单的当代美国式意象，是对大众流行图像的反思，并让它们成为一种标志。沃霍尔的讽刺手法几近愤世嫉俗，他用现代主义的工具描绘了闪闪发亮的一代人，并在这个过程中让自己出名的时间"超过了15分钟"——他预计所有人都抱有成名15分钟的愿望。同时，他通过操弄流行意象，开始［通过地下丝绒乐队（Velvet Underground）］将创作活动扩展到电影与摇滚乐中。到了20世纪70年代，他个人的重要性已毋庸置疑，他的艺术态度也感染了年轻一代的艺术家。他若隐若现地将商业主义与性挑逗嫁接起来的手法，在杰夫·昆斯（Jeff Koons）的作品中开花结果。在一尊表现自己与妻子做爱的、真人大小的玻璃雕塑中，昆斯大胆地拥抱了自恋与低级趣味。自我反省、自我放纵和自我指涉，这些特质都源于达达主义与超现实主义艺术作品中的审慎批判、尖酸刻薄和机智幽默。

当时，有一种更具反思性与禁欲性的艺术对抗着艺术市场对潮流的操控，而这种艺术也源于达达主义与超现实主义。从贫困艺术（Arte Povera）到激浪艺术（Fluxus），它具有多种表现形式，其主导人物便是博伊斯。他将社会政治问题重新引入艺术领域，而这些问题曾一度被挤出冷战时期分崩离析的艺术圈。他对战后西德富裕稳定的局面提出质疑，仿佛艺术家的角色已经被修正成了为更广泛大众打通非主流发声渠道的推动者。

尽管博伊斯承认激浪艺术曾受到达达主义的影响，但是他宣称艺术需要超越扰乱与震惊这两个功能——它们一般被看作是达达主义的标志。对于博伊斯来说，这些策略需要开辟一条新道路，这样就无可避免地会导致政治、社会和环境问题。尽管他的艺术作品是自传性的，但这并非自我放纵的结果，而是为了展现更加广阔的愿景与真相。

20世纪80年代，英国新一代的雕塑艺术就诞生于这些各不相同的艺术理念之中。作为达达主义与超现实主义作品核心要素的现成物品，又一次成为最突出的创作媒介，仿佛是在滔滔不绝地为玛格丽特·撒切尔年代的消费主义社会代言。比如，托尼·克拉格（Tony Cragg）与比尔·伍德罗（Bill Woodrow）的作品，就将拼装艺术做成前所未有的尺寸。他们对物品的组合也不太像超现实主义的并置手法，而更像是消费主义的物品分类大全。达明·赫斯特（Damien Hirst）的腌制动物作品则以风趣的标题和刻意的震惊效果在这一倾向上走得更远。他逐渐开始带有昆斯、沃霍尔和达利作秀技巧的风范，而他的坏名声也很快赶上了这几位前辈。这些都是金钱和时尚联手的作品，也是布勒东在另一个时代中曾因意识形态的理由而惧怕的，但在后现代文化的意识形态转型中，它却被后人心照不宣地接受了。

当达达主义和超现实主义已成为广告圈和时尚界的共同语言时，艺术实验和政治解放之间的联系，已被商业上的权宜考虑切断。这样，意象的效力也消失殆尽。同时，就像用于电视广告的歌剧咏叹调一样，对语言上"奇妙"之物的反复运用，也丰富了流行文化的视觉内容，并提高了非理性事物在日常生活中被接纳的程度。

图 231
"骑自行车的鱼"
1996 年
奥美集团（Ogilvy & Mather）为健力士啤酒公司拍摄的电视广告中的一幕，由托尼·凯恩（Tony Kane）导演

附 录

术语表
人物小传
大事年表
延伸阅读
索引
致谢

术语表

抽象表现主义（Abstract Expressionism）：20世纪40年代后期至50年代的一群纽约画家（特别是杰克逊·波洛克、罗伯特·马瑟韦尔和威廉·德·库宁）。他们对于色彩与动势的运用手法属于**表现主义**，并受到了超现实主义中**自动主义**的影响。

疯狂的爱恋（L'Amour fou，法语）：既指路易斯·布努埃尔的电影《黄金时代》（1930年）中描述的爱的沉醉，又指**安德烈·布勒东**的作品《疯狂的爱恋》（1937年）。

原态艺术（Art Brut，法语）：让·迪比费于1945年发明的术语，用以指代传统文化之外的人所创作的艺术作品，一般是指精神病患者。

装饰艺术（Art Deco）：装饰艺术博览会（Exposition des Arts Décoratifs，巴黎，1925年）的缩写，指代20世纪20年代的一种大体上从立体主义发展而来的设计风格。

形而上艺术（Arte Metafisica，意大利语）：乔治·德·基里科、卡洛·卡拉与乔治·莫兰迪（Giorgio Morandi）在意大利费拉拉城（Ferrara，1915—1918年）开发出的一种神秘艺术图像。

黑人艺术（Art Nègre，法语）：在20世纪上半叶，广泛指代非欧洲的部落民族艺术，并越来越多地被限定为非洲艺术。

集合艺术（Assemblage）：三维立体作品，一般是由"现成的"物品所制成的，不会使用传统雕塑中雕刻与塑形的手法。又见**拼贴画**。

自动写作（Automatic writing）：从弗洛伊德式的联想技法衍生出的"对无意识思维的直接记录"。它被用作一种使意象重新获得活力的手段，特别是**安德烈·布勒东**与菲利普·苏波在《磁场》（1919年）中就使用了它——直接呈现其结果，不进行编辑与修改。

自动主义（Automatism）：**自动写作**在图像上的对应物，旨在将画面从知觉的控制中解放出来，其中包含涂鸦与更有个人特色的技巧（可以与**转印法**相比较）。**安德烈·布勒东**将超现实主义定义为"纯粹精神上的自动主义"。

先锋派（Avant-garde，法语，直译为前卫）：用于描述一类作家与艺术家的术语，他们通过在作品中追求形式与艺术上的改变来挑战传统。与之常常相关的是，在哲学、政治层面上追求社会革命性改变的志向。

图片建筑（Bildarchitektur，德语）：拉约什·考沙克用来描述《今天》小组成员的混合构成主义拼贴画的术语。

蓝骑士（Der Blaue Reiter，德语）：身在慕尼黑的一群围绕在瓦西里·康定斯基与弗朗茨·马尔克周围的**表现主义**艺术家与作家。他们颇具影响力的《蓝骑士年鉴》（1912年）十分明显地表现了他们的精神世界观。

桥社（Die Brücke）：位于德累斯顿与柏林的一个以恩斯特·路德维希·基希纳与卡尔·施密特-劳特鲁夫（Karl Schmidt-Rottluff）为中心的**表现主义**画家组织（1906—1914年）。

422　达达与超现实主义

噪声主义（Bruitisme）：对噪声进行协调配合而创作出音乐的手法，由路易吉·鲁索洛在其宣言《噪声的艺术》（*Arte dei Rumori*，1913 年）中开创。

优美尸骸（Cadavre exquis，法语）：超现实主义者的公共视觉游戏。其中，画中人体的每一个部分都由不同的参与者画成。

图画诗（Calligramme）：由纪尧姆·阿波利奈尔于 1914 年创造的单词，用以描述具有视觉形态的诗歌——通常按照字面意思来描绘诗歌主题。可以与**自由语言**进行比较。

眼镜蛇社（Cobra）：二战后，一个来自哥本哈根、布鲁塞尔和阿姆斯特丹三地的后超现实主义艺术家联盟。

拼贴画（Collage，法语）：用粘贴的纸片制成的作品，常常含有现成材料。可以与**集合艺术**与**集成照相**进行比较。

构成主义（Constructivism）：主要由几何图形构成的抽象艺术形式，暗藏着一种社会理想主义，与俄国革命和欧洲更加广泛的社会变革有关。

立体主义（Cubism）：指代乔治·布拉克和巴勃罗·毕加索等艺术家的作品（起初带有轻蔑意味），以形容他们描绘物体的碎片化手法。这一手法是在保罗·塞尚的影响下发展出来的。阿尔伯特·格列兹与让·梅青格尔在《关于立体主义》（1920 年）一书中，为它的存在合理性提供了理论支持。

转印法（Decalcomania）：奥斯卡·多明格斯于 1935 年发明的超现实主义之自动主义技巧。它是用两张纸把湿颜料压在中间，然后再分离开来。**马克斯·恩斯特**对这种方法进行了改造，并运用了油彩。

混沌时代（Époque floue）：又称为"梦的时代"（époque de sommeils），是指超现实主义之前的一个时期（1922—1924 年）。其间，《文学》小组对神志恍惚状态进行了实验，并收集了语言与视觉两个方面的实验成果。

新精神（L'Esprit nouveau）：由纪尧姆·阿波利奈尔创造的术语（1917 年），用以形容一战后的**先锋派**。保罗·德尔梅也将它用作其主编的纯粹主义刊物的刊名。

表现主义（Expressionism）：一种与德国、中欧相关的绘画、写作风格，表现的是强烈的个人情感反应。在绘画上，特别是**蓝骑士**与**桥社**的艺术家们，经常使用未经调色的颜料，并在作画动势上进行处理。

野兽主义（Fauvism，来自法语 fauve，野兽）：在 1905 年秋季沙龙中，用于描绘亨利·马蒂斯、安德烈·德兰等画家作品的术语。它逐渐与**表现主义**联系起来，并对后者产生了影响。

现成物品（Found object）：将日常生活中的元素融入到作品中，或者用它们构建出全新作品。可以与**集合艺术**与**成品艺术**进行比较。

摩拓法（Frottage，法语）：由马克斯·恩斯特改造的超现实主义之自动主义技巧，是指在纸上将有纹理的表面拓印出来。

烟熏法（Fumage，法语）：由沃尔夫冈·帕伦发明的超现实主义之自动主义技巧，是指用烟来熏画纸，直到出现褐色痕迹。

未来主义（Futurism）：1909 年，由诗人菲利波·托马索·马里内蒂在米兰**发起**的运动。画家们（特别是翁贝托·薄邱尼和卡洛·卡拉）受到了**立体主义**的影响，并强调共时性、技术与都市主义。

全面艺术作品（Gesamtkunstwerk，德语）：将各种艺术形式融合到一个体验中的理想艺术形式。

刮擦法（Grattage，法语）：由马克斯·恩斯特改造的超现实主义之自动主义技巧，与**摩拓法**相对应。先将刚画好的画布放在粗糙的表面上，再将颜料刮除，一般会反复进行该程序，或者与**转印法**结合起来使用。

黑色幽默（Humour noir，法语）：**安德烈·布勒东**在《黑色幽默集》（1939 年）一书中发明的词汇，用以形容以疏离或阴暗的幽默感为特点的文学作品。

声音诗（Lautgedichte，德语，或 sound poem）：以声音为基本元素的诗歌作品。

机械人形的（Mechanomorphic）：用于描述表现具有人体机能的机械部件的作品。

蒙太奇（Montage，法语，直译为叠加）：从一幅画面切换到另一幅画面的电影技巧。

新浪漫主义（Neo-Romantics）：由让·谷克多于 1926 年定义的一个上流画家小组（特别是帕维尔·切利乔夫与克里斯蒂安·贝拉尔），他们创作的扭曲人像源自达利的错觉主义，却是一种

接受程度更高的变体。

新客观主义（Neue Sachlichkeit，德语）：20 世纪 20 年代的一种严格的、通常具有批判性的现实主义，尤其表现在乔治·格罗兹、克里斯蒂安·谢德和奥托·迪克斯的绘画中。

奥费主义（Orphism）又称奥费立体主义（Orphic Cubism），由纪尧姆·阿波利奈尔创造的术语（源于希腊诗人俄耳甫斯），用以形容**罗伯特·德劳内、费尔南·莱热、马塞尔·杜尚**和**弗朗西斯·毕卡比亚**在 1911 至 1913 年间创作的色彩丰富且具有心理学意味的**立体主义**作品。

偏执狂批判法（Paranoiac critical method）：萨尔瓦多·达利提出的一种理论，用以描述同时对两种或多种现实的解读。

自由语言（Parole in libertà，意大利语）：拟声的未来主义诗歌，脱离了句法的束缚，并加以动态的排版风格。

语音诗（Phonetic poem）：单个字母分开发音的诗歌。又见**声音诗**。

物影照相（Photogram）：见**谢德摄影**。

集成照相（Photomontage）：摄影图像的拼贴画。

纯粹主义（Purism）：巴黎的后**立体主义**绘画作品，与阿梅德·奥占芳和夏尔-爱德华·让纳雷（勒·柯布西耶）有关，既保留了基于现实观察的参照，又让人想起古典或机械化的形态。

回归秩序（Rappel à l'ordre，法语）：用于指代第一次世界大战之后，艺术圈

对人像与古典主义重新萌生的兴趣。

雷氏摄影（Rayograph）：见**谢德摄影**。

成品艺术（Readymade）：由马塞尔·杜尚创造的术语，用以称呼被挑选后直接进行展示的、毫无美感的批量产品，整个过程将艺术家的干预程度降到最低。

谢德摄影（Schadograph）：又称**雷氏摄影**或**物影照相**。通过将感光纸上的物体暴露在光线下，制成未使用相机的摄影作品。1919年，最先由日内瓦的克里斯蒂安·谢德发明，而后又在1921年，被巴黎的**曼·雷**和柏林的拉兹洛·莫霍伊–纳吉分别独立发明。

共时性（Simultaneity）：都市体验的多重性，与亨利·伯格森的"生命能量"（L'Elan vital）理论有关。用以描述同时展现几个不同现实侧面的绘画。

共时诗歌（Simultaneous poem）：几个组成部分被同时朗读的诗歌作品。

社会主义式现实主义（Socialist Realism）：遵照斯大林的文化政令而创作的乐观现实主义绘画。

负感（Solarization）：由**李·米勒**发现的摄影技巧，它在时机未成熟时就进行曝光，以求在照片中的轮廓上创造出一圈光晕。

超现实物体（Surrealist object）：1929年，由**萨尔瓦多·达利**等艺术家创造的物体，可以在现实世界中发挥象征性或启发性的功能。

人物小传

路易·阿拉贡（Louis Aragon, 1897—1982 年）：诗人，辩论家。在第一次世界大战中服役担任医疗辅助兵之后，他与**安德烈·布勒东**和菲利普·苏波一同创办了《文学》（1919—1924 年）。这个刊物后来成为达达主义的喉舌，他也参与了对超现实主义的定义。他在《风格论》（*Traité du style*，1928 年）中攻击了传统文学，并在《挑衅的绘画》（*La Peinture au défi*）中为拼贴画辩护。他于 1932 年加入斯大林主义的共产党。从 1934 年开始，他一共创作了 10 部系列小说《真实的世界》（*Le Monde réel*）。他为抵抗运动创作的诗歌为自己赢得了名誉，而他主编的《法兰西通讯》（*Les Lettres Françaises*）也确保了他在战后的重要地位。

汉斯/让·阿尔普（Hans/Jean Arp, 1887—1966 年）：画家，雕塑家，诗人。到 1912 年为止，他已经完全接受了新的抽象艺术。1915 年，他在苏黎世邂逅了**索菲·托伊伯**（两人于 1921 年结婚）。次年，他加入伏尔泰酒馆，并在苏黎世达达主义小组中发挥了核心作用。在一战后的德国，他与**马克斯·恩斯特**、库尔特·施维特斯和埃尔·利西茨基进行了合作。从 1925 年起，他在巴黎与超现实主义小组、构成主义小组展开了合作，而他的有机形态雕塑作品在世界范围内享有盛名。

雨果·巴尔（Hugo Ball, 1886—1927 年）：诗人。他在慕尼黑积极参与**表现主义**戏剧（1912—1914 年）活动，并对瓦西里·康定斯基的抽象艺术十分熟悉。在与**理查德·胡森贝克**参加了反战示威之后，他与埃米·亨宁斯逃到苏黎世，并在当地创办了伏尔泰酒馆（1916 年 2 月）。巴尔构想出声音诗这一体裁，并将之视为一次对于语言基础的回归。他同时与**特里斯唐·查拉**共同担任了达达画廊（1917 年）的总监，但之后他选择远离达达主义。在亨宁斯的支持下，他克服了极端艰苦的物质条件，撰写了关于达达主义的回顾性日记《从时代逃离》（*Die Flucht aus der Zeit*）。

安德烈·布勒东（André Breton, 1896—1966 年）：诗人，辩论家。在第一次世界大战中担任医疗辅助兵之后，他与**路易·阿拉贡**和菲利普·苏波一同创办了达达主义的喉舌刊物《文学》（1919—1924 年）。在 1921 年至 1929 年间，他经历了一段与西蒙娜·卡恩的婚姻。布勒东通过《超现实主义宣言》（1924 年）与《超现实主义第二宣言》（1930 年）创立了超现实主义理论，其中力图通过结合洛特雷阿蒙伯爵、西格蒙德·弗洛伊德和卡尔·马克思的思想来进行一场心灵革命。他主编了刊物《超现实主义革命》（1925—1929 年），并出版了《超现实主义与绘画》（1928 年）一书和若干爱情故事（《娜嘉》，1928 年；《疯狂的爱恋》，1938 年）。1938 年，他在墨西哥拜访了托洛茨基后开始向他靠拢，而这却让他与亲近的盟友产生了裂痕。在战争期间，他流亡到纽约（1941—1946 年）。他与雅克利娜·兰巴于 1934 年结婚，又于 1942

年离婚。1945 年，他与埃莉萨·克拉罗结婚。回到巴黎之后，布勒东通过《超现实主义，老样子》（1956—1959 年）等刊物，继续进行论战。

莉奥诺拉·卡林顿（Leonora Carrington，1917—2011 年）：画家，作家。她曾与**马克斯·恩斯特**在圣马丁达尔代什（Saint Martin d'Ardèche）同居（1938 年）。恩斯特在战时被拘禁期间，卡林顿来到西班牙后被投进一家收容所——这在《在地狱中》（1944 年）中有所描述。她（途经纽约）于 1942 年抵达墨西哥，加入了邦雅曼·佩雷和雷梅迪奥斯·巴罗的队伍，并嫁给了摄影师伊姆雷·魏斯（Imre Weisz）。1985 年，她移居纽约。

萨尔瓦多·达利（Salvador Dalí，1904—1989 年）：画家。他在巴塞罗那的达尔茂画廊（1925 年）举行首次展览时，其作品采用了**立体主义**与超现实主义的风格。在与**路易斯·布努埃尔**制作了电影《一条安达鲁狗》（1929 年）之后，他加入超现实主义小组。他的"**偏执狂批判法**"、超现实物体和图画错觉主义，让超现实主义运动在 20 世纪 30 年代重新焕发生机。1936 年，他因其暧昧的政治立场而被逐出小组。二战期间，他在妻子加拉的支持下，在美国大肆利用自己的名气敛财。20 世纪 60 年代，达利在菲格拉斯设计了自己的博物馆，他的轰动效应也达到了新的高度。他去世前不久，该博物馆才建成。

马塞尔·杜尚（Marcel Duchamp，1887—1968 年）：艺术家，国际象棋大师。1912 年，他在抛弃了**立体主义**后，与**纪尧姆·阿波利奈尔**和弗朗西斯·毕卡比亚一起，为概念艺术形式打开了最新的可能性，比如"成品艺术"。他在纽约创作了《大片玻璃》（1915—1923 年），并协调组织了达达主义活动。20 世纪 20 年代，他成为代表法国的国际象棋选手。此外，他还设计了若干场超现实主义展览（从 1938 年起），并发行了自己作品集的微缩版《手提箱里的盒子》（从 1941 年起）。杜尚具有讽刺性和思想性的艺术作品，为他在战后的影响力奠定了基础。

保尔·艾吕雅［Paul Éluard，欧仁·格林德尔（Eugène Grindel）的笔名，1895—1952 年］：诗人。他曾在第一次世界大战中服役，并在疗养期间遇见了后来的妻子加拉。他加入了巴黎的达达主义小组与超现实主义小组，并被认为是整场运动中最伟大的抒情诗人。他出版了《悲伤的都城》（1926 年）、《爱与诗》（L'amour la poésie，1929 年）和《简单》（1935 年）等作品。1930 年，加拉离开了他，与**萨尔瓦多·达利**结为伴侣。1934 年，艾吕雅与奴施结婚。他与**安德烈·布勒东**决裂后，加入了共产党（1938 年）。他在抵抗运动中表现得十分积极，他的诗歌深受欢迎，这也让他成为党内的重要人物。

马克斯·恩斯特（Max Ernst，1891—1976 年）：艺术家。在战争中服役之后，他与约翰·巴格尔德成立了科隆达达主义小组（1919 年），并在恶名远扬的《早春达达》展览中展出了自己的拼贴画作品（1920 年 4 月）。恩斯特通过朋友**保尔·艾吕雅**，参加了巴黎达达主义小组的活动，并加入了超现实主义运动。他发明了**摩拓法**与刮擦法等"自动主义"技术，并实验了拼贴画小说（从 1929 年起）与转印法油画（从 1938 年起）等体裁。在二战期间，被拘禁的他被迫与莉奥诺拉·卡林顿分开。1941 年，他与佩姬·古根海姆一同到达纽约，两人经历了一段短暂的婚姻。1946 年，他与多罗西娅·坦宁在亚利桑那州定居。两人于 1953 年回到法国。

乔治·格罗兹（George Grosz，1893—1959 年）：画家，讽刺作家。他与约翰·哈特菲尔德一同参与了反战示威游行，并加入达达俱乐部（1918 年）和德国共产党（1919 年）。他讽刺官方机构的画作，拥有广泛的观众群。1924 年，在对苏联幻灭后，他以新客观主义描绘了颓废堕落的柏林。1933 年，为了躲避纳粹，他移民美国，并对于新兴艺术的看法愈发地趋于保守。

拉乌尔·豪斯曼（Raoul Hausmann，1886—1971 年）：集成照相艺术家，诗人。1918 年，他与自我宣传家约翰·巴德一同加入达达俱乐部，并成为领导人物，还出版了刊物《达达主义》。他与汉娜·霍克都是集成照相的发明者。与库尔特·施维特斯一起，他发明了语音诗。在纳粹上台后，他搬到伊比萨岛（Ibiza）居住（1933—1936 年），之后又来到法国隐居，并打造出自己的名声。

约翰·哈特菲尔德［John Heartfield，赫尔穆特·赫茨菲尔德（Helmut Herzfeld）的笔名，1891—1968 年］：集成照相艺术家。他与弟弟威兰·赫茨菲尔德及**乔治·格罗兹**开展了反战示威活动，其带有英国文化渊源的笔名也体现出他的反战情绪。他加入了达达俱乐部（1918 年）和德国共产党（1919 年），并为弟弟旗下的马利克出版社创作了**集成照相**作品。由于他的反纳粹作品，兄弟俩于 1933 年逃往布拉格，又于 1938 年流亡至伦敦。1950 年，他移居莱比锡，1957 年又迁往东柏林。

汉娜·霍克（Hannah Höch，1889—1978 年）：集成照相艺术家，画家。她与**拉乌尔·豪斯曼**一同加入达达俱乐部，并发明了**集成照相**。在 1922 年离开豪斯曼之后，她与**汉斯·阿尔普、库尔特·施维特斯**和特奥·凡·杜斯堡进行了合作。她与蒂尔·布鲁格曼（Til Brugmann）一起住在海牙（1926—1929 年）时，与风格派取得了联系。她于 1929 年回到柏林。作为纳粹时期的幸存者，她经历了柏林战后的分裂时期。

理查德·胡森贝克（Richard Huelsenbeck，1892—1974 年）：诗人。他与**雨果·巴尔**在柏林进行反战示威后，加入了苏黎世的伏尔泰酒馆（1916 年 2 月），并表演了声音诗（《幻想祷文》，1916 年）。他在柏林创办达达俱乐部（1918 年），并吸引了**拉乌尔·豪斯曼、约翰·哈特菲尔德**等人的加入，他们致力于追求政治性更加明确的目标。1920 年，他出版了《达达主义年鉴》和《达达向前》。他一度当过轮船医生（1922—1933 年），之后又在纽约以查斯·胡尔贝克的化名，当起了荣格学派的精神分析师（1936—1969 年）。在《随着智慧、光芒与勇气》（*Mit Witz, Licht und Grütze*，1957 年）一书中，为了响应冷战的社会氛围，他将自己关于达达主义的回忆去政治化了。

马塞尔·扬科（Marcel Janco，1895—1984年）：画家，建筑师。他在苏黎世学习建筑时，其绘画创作受到了**特里斯唐·查拉**的鼓励，并在伏尔泰酒馆进行了表演（1916年2月）。他的设计集中体现了达达主义运用短暂存在的事物的手法。他与**汉斯·阿尔普**和汉斯·里希特共同成立了两个倾向于抽象艺术的小组（新生活，1917年；激进艺术家小组，1919年）。他在布加勒斯特创办了刊物《当代》（1920—1930年），并同时从事建筑师的工作。在二战前夕，他移民以色列，并在艾因霍德（Ein Hod）建起艺术家社区。

弗里达·卡洛（Frida Kahlo，1907—1954年）：她在童年时期曾患小儿麻痹症，并遭遇了一场与公交车相撞的车祸（1925年）。在这种情况下，她开始绘画创作。1928年，她加入共产党。1929年，她与壁画家迭戈·里韦拉结婚。列昂·托洛茨基流亡墨西哥期间（1936—1940年）曾获得她的支持。1938年，她与**安德烈·布勒东**会面，并向在墨西哥城举办的超现实主义展览（1940年）提交了作品，不过她并未加入该运动。病痛与残疾限制了她的创作，而她的故居后来成为弗里达·卡洛博物馆。

林飞龙（Wifredo Lam，1902—1982年）：画家。在哈瓦那学习之后，他移居西班牙（1923—1938年），并参加了西班牙内战。他在巴黎见到了巴勃罗·毕加索（1938年），之后又在马赛与超现实主义者会面（1940—1941年）。他与埃莱娜·霍尔泽一同返回古巴，当地的神秘宗教启发他创作了《丛林》这幅作品（1942年）。在与古巴和巴黎保持联络的同时，他最终定居在意大利的阿尔比索拉（Albisola，1960年）。

勒内·马格利特（René Magritte，1898—1967年）：画家。在与保罗·努捷的《通信》小组取得联络之后，他成立了比利时超现实主义小组（1926年），并成为其中最有名的艺术家。他与E. L. T. 梅森进行合作，出版了《玛丽》（1926年）。马格利特在1927年至1930年间虽然居住在巴黎，但并未完全融入**安德烈·布勒东**的超现实主义运动。20世纪30年代，越来越多的人开始欣赏其作品对于图像与意义之间分离状态的揭示。1937年，他介绍马塞尔·马里安加入比利时超现实主义小组。二战期间，他曾临时采用一种更为自由的风格。战后，他回归了更超现实化的意象，其受欢迎程度与**萨尔瓦多·达利**不相上下。

曼·雷［Man Ray，伊曼纽尔·拉德尼斯基（Emmanuel Radnitsky）的笔名，1890—1976年］：画家，摄影师。1915年，他在纽约与弗朗西斯·毕卡比亚、马塞尔·杜尚会面，并开始了与他们的合作。从1921年起，他在巴黎先后加入了达达主义与超现实主义运动，并成为一位著名的摄影师。他在发明**雷氏摄影**后，又与助手**李·米勒**一起，开发出**负感技巧**。此外，他还制作了几部电影短片。曼·雷在好莱坞待了10年后，于1951年返回巴黎。

安德烈·马松（André Masson，1896—1987年）：画家。他与**立体主义**有一定关系。在布洛美街，他是**胡安·米**

罗的邻居。一个以他为核心的知识分子团体后来也都加入了超现实主义。他开创了自动绘画与沙画（1926—1927年）。在与**安德烈·布勒东**产生隔阂后，他开始向乔治·巴塔耶的刊物《文件》提供作品，之后移居西班牙（1934—1937年）。在1937年至1941年间，他与布勒东的友谊有所回暖。在搬往纽约后，他的**自动主义**还影响了**抽象表现主义**。在1945年回到法国之际，他选择去追求一条独立于超现实主义的道路。

马塔［Matta，全名为罗伯托·马塔·埃乔伦（Roberto Matta Echaurren），生于1911年］：画家。在接受了建筑师的训练后，他于1937年加入超现实主义，并发明了"心理形态学"。在1941年至1942年间，他在纽约与美国青年画家们一起对**自动主义**进行了探索，后来这些画家建立了**抽象表现主义**流派。1947年，**安德烈·布勒东**将他逐出超现实主义小组，不过10年之后他又将马塔重新拉入其中。自20世纪60年代以来，马塔在巴黎、伦敦和罗马成为一位不屈不挠的社会活动家。

李·米勒（Lee Miller，1907—1977年）：摄影师。她在纽约从事模特行业，在来到巴黎后成为**曼·雷**的助手（1929—1932年）。在那里，她发明了**负感技巧**。在1932年至1934年间，她在纽约成立了个人摄影工作室。在暂居开罗和巴黎之后，她与罗兰·彭罗斯二战时定居伦敦。米勒记录下了闪电战，以及盟军进军德国的过程（1944—1946年）。她一直到去世后才为人所知。

胡安·米罗（Joan Miró，1893—1983年）：画家，雕塑家。他在开发出颜色鲜艳的**立体主义**风格后，于1919年末来到巴黎。他是**安德烈·马松**的邻居，并参加了布洛美街小组，这个组织后来于1924年并入了超现实主义小组。他与**汉斯·阿尔普**关系密切，其书法化的风格对**伊夫·唐吉**与**萨尔瓦多·达利**产生了影响，不过，他却于1929年转向《文件》小组。在西班牙内战中，他支持共和党人，并最后定居于马略卡岛。他在战后岁月中取得的成功，让他得以在巴塞罗那与帕尔马（Palma）建立起自己的基金会。

梅列特·奥本海姆（Meret Oppenheim，1913—1985年）：画家，物体作品制作者。在阿尔贝托·贾科梅蒂与**汉斯·阿尔普**的介绍下，她加入巴黎超现实主义小组（1932年），并创作了超现实物体的典型作品《覆盖毛皮的茶杯、碟子、汤匙》（1936年）。从1937年起，身在巴塞尔的她进入了一段艺术上的迷茫期，于是她选择回归学院派绘画与荣格派精神分析法。1954年，奥本海姆在伯尔尼重新开始绘画，并参加了超现实主义者在巴黎举办的展览《大写的情欲》（1959年）。

沃尔夫冈·帕伦（Wolfgang Paalen，1905—1959年）：画家。在慕尼黑学习期间，他接触到了基克拉泽斯艺术。1936年，他在巴黎加入了超现实主义小组。1937年，他发明了**烟熏法**。1939年，他与艾丽斯·拉翁一道游览了阿拉斯加与墨西哥，并于1940年与塞萨尔·莫罗一起在墨西哥组织了一场超现实主义展览。二战期间，他在墨西哥与**安德烈·布勒东**决裂，并创办了刊物《可能之事》(1942—1944 年)。帕伦在战后的巴黎与超现实主义重归于好 (1950—1954 年)。最后,他在墨西哥自杀身亡。

弗朗西斯·毕卡比亚(Francis Picabia, 1879—1953 年):画家,诗人,辩论家。拒绝接受后印象主义的他,在与纪尧姆·阿波利奈尔与**马塞尔·杜尚**的接触过程中却接纳了抽象艺术。他与加布丽埃勒·比费一起,参观了纽约的军械库展览(1913 年),并在一战时回到法国(1915 年与 1917 年)。在纽约和几次暂留巴塞罗那期间,他创作了一些风格下流粗鄙的重要作品,并出版了流动刊物《391》(1917—1924 年)。在与**特里斯唐·查拉**相遇之后,他成为巴黎最主要的达达主义艺术家,一直到 1921 年巴黎达达小组解体。在 20 世纪 20 年代与 30 年代,他在法国南部创作了"幻灯片"与裸体人像重叠的绘画,但又在 20 世纪 40 年代重新回归抽象绘画。

库尔特·施维特斯(Kurt Schwitters, 1887—1949 年):拼贴画家,诗人。他用废纸片拼接**现成物品**和**拼贴画**。由于缺乏政治意愿,他一直未能获准加入柏林达达主义小组。1920 年,他掀起了梅尔兹运动,并与**拉乌尔·豪斯曼**、**汉娜·霍克**、**汉斯·阿尔普**和**特奥·凡·杜斯堡**进行合作。他创办了刊物《梅尔兹》(1923—1932 年),其中展示了他的商业设计作品。同时,他也开始在家中建造"梅尔兹屋"。为了躲避纳粹,施维特斯分别于 1937 年与 1940 年迁往挪威和英国。虽然他在每一个居住地点都建造了一间梅尔兹屋,但只有最后那间的早期风貌被保存下来。

索菲·托伊伯(Sophie Taeuber, 1889—1943 年):画家,设计师。她是苏黎世工艺制造联盟(craft Zurich Werkbunde)的成员(1915—1932 年),并在工艺美术学院(Kunstgewerbeschule)教授纺织品设计课程(1916—1929 年)。1915 年,她与**汉斯·阿尔普**相遇,并开始建立与达达主义及拉邦的舞蹈演员们的联系。她和阿尔普在巴黎的默东区(Meudon)盖了一座房子,并积极参与"抽象-创造"(Abstraction-Création)团体的活动。为了躲避德国的侵略,他俩搬到了格拉斯(Glasse),但托伊伯不幸在苏黎世的一场事故中去世。

伊夫·唐吉(Yves Tanguy, 1900—1955 年):画家。1925 年,他与马塞尔·杜尚和雅克·普雷韦一起加入了超现实主义运动。在**安德烈·布勒东**的鼓励以及**胡安·米罗**的榜样作用下,他在绘画中描绘出一种无固定形状的空间,而在 1930 年的北非之旅后,这种空间变得更加像沙漠景观。这些作品影响了**马塔**在 1938 年至 1940 年间的自动主义作品。1939 年,唐吉与凯瑟琳·萨吉移民美国,为超现实主义者的流亡做准备。二战后,他留在了美国。

特里斯唐·查拉[Tristan Tzara,萨米·罗森施托克(Sami Rosenstock)的笔名,1896—1963 年]:诗人,辩论家。在对象征主义产生兴趣后不久,他来到苏黎世学习。他与**马塞尔·扬科**一起在伏尔泰酒馆进行表演(1916 年 2 月),并接替**雨果·巴尔**担任了达达主义的主要推广人——他俩曾共同担任达达画廊的总监(1917 年)。另外,他还主编了刊物《达达》(1917—

附 录 人物小传 431

1922年）。1918年，他与**弗朗西斯·毕卡比亚、安德烈·布勒东**之间的沟通导致巴黎达达主义小组进入混乱时期（1919—1924年）。在经历了一段独立时期之后，查拉在20世纪30年代与超现实主义走到了一起，但之后他又选择加入共产党和法国被占领区的抵抗运动。二战后，他在与文化相关的政治领域中仍然发挥着重要作用。

大事年表

达达与超现实主义

1912 年

慕尼黑：汉斯·阿尔普向《蓝骑士年鉴》提供作品；雨果·巴尔担任室内剧场的指导；马塞尔·杜尚来访

巴　黎：纪尧姆·阿波利奈尔写下《立体主义绘画》(Les Peintres cubistes)与《美学沉思录》(Méditations esthétiques)

1913 年

米　兰：路易吉·鲁索洛写下宣言《噪声的艺术》；马里内蒂出版关于巴尔干战争的《锵·咚·咚》一书

纽　约：军械库展览（2 月至 3 月）

巴　黎：阿波利奈尔出版《酒精集》(Alcools)；杜尚选中第一件成品艺术作品《自行车轮》

1914 年

巴　黎：阿波利奈尔在《巴黎的晚会》中发表"图画诗"；阿尔普与巴勃罗·毕加索会面

苏黎世：瓦尔特·塞纳与康拉德·米洛创办巨人酒馆和刊物《天狼星》

1915 年

纽　约：阿尔弗雷德·施蒂格利茨与马里乌斯·德·萨亚斯创办刊物《291》；杜尚、弗朗西斯·毕

事件背景

1912 年

大西洋：泰坦尼克号沉没（4 月）

巴尔干战争：希腊、保加利亚、黑山和塞尔维亚联合起来，向奥斯曼帝国进攻

1913 年

巴尔干半岛：第二次巴尔干战争，希腊、保加利亚、黑山和塞尔维亚联合起来，阻止保加利亚的扩张

墨西哥：革命者潘乔·维拉（Pancho Villa）控制了北部地区

1914 年

萨拉热窝：奥地利弗朗茨·斐迪南大公遭遇刺杀（6 月），点燃了第一次世界大战（8 月）；奥匈帝国和德国对抗俄国、法国和英国；德军通过比利时入侵法国，并在坦能堡击溃俄军

1915 年

加里波利：英国让澳大利亚与新西兰兵团（ANZAC）在达达尼尔海峡登陆（4 月）；兵团撤退（11 月）

附　录　大事年表　433

卡比亚、加布丽埃勒·比费、让·克罗蒂、阿尔弗雷德·格列兹和朱丽叶·罗什等流亡人士到来；曼·雷发表《里奇菲尔德的怪家伙》；杜尚开始创作《大片玻璃》（1915—1923年）

苏黎世：阿尔普、奥托与阿迪亚·凡·雷斯举办联展（11月）

加利西亚的伦堡：奥地利军队击败俄国军队（6月）；俄国在布列斯特-立陶夫斯克进一步败退（8月）

伊普尔：69,000名英国士兵被杀或被俘

罗　马：意大利向奥匈帝国宣战（5月）

齐美尔瓦尔德（Zimmerwald）：社会主义和平大会

苏黎世：列宁流亡于此，计划发动俄国革命

1916年
布达佩斯：拉约什·考沙克创办刊物《今天》

巴　黎：皮埃尔·阿尔贝-比罗创办《声·想·色》（1月），皮埃尔·勒韦迪创办《南北》（3月）

苏黎世：巴尔和埃米·亨宁斯，与阿尔普、理查德·胡森贝克、马塞尔·扬科、特里斯唐·查拉共同创办伏尔泰酒馆（2月）；"达达"一词问世（4月）；《伏尔泰酒馆》出版（6月）；他们与索菲·托伊伯和拉邦的舞蹈者们取得联系；汉斯·里克特到来（9月）

1916年
布加勒斯特：罗马尼亚向奥匈帝国宣战（8月），但在12月反而被其占领

瑞士昆塔尔：社会主义和平大会

索　姆：英法联军的进攻（7月至11月）

凡尔登：德军持续6个月的袭击（2月至7月）

维也纳：皇帝弗朗茨·约瑟夫一世去世

1917年
巴塞罗那：毕卡比亚创办《391》，并访问纽约（3月）

纽　约：杜尚的《泉》在独立艺术家协会引发争议（4月），并在《盲人》与《391》上刊登后名声大噪

巴　黎：让·谷克多、埃里克·萨蒂与毕加索合作完成芭蕾舞剧《露天预演》（5月）；阿波利奈尔发布新作《特伊西亚斯的乳房》（6月）

1917年
卡波雷托：意大利军大败（10月），并开始撤退

彼得格勒：2月革命，沙皇退位（3月），之后，列宁发动了布尔什维克革命（10月）

华盛顿：德国潜水艇不受约束，与美国发生冲突，让后者决定参战（4月）

伊普尔：第三次伊普尔战役（帕斯尚尔战役）

罗　马：恩里克·普兰波利尼创办《我们》（6月）

苏黎世：举办达达主义展览（1月），之后又创办达达画廊（3月至5月）；举办了6次晚会，查拉出版《达达》（7月与12月）

1918年

柏　林：胡森贝克的《达达主义宣言》（*Dadaistiche Manifesto*）宣布达达俱乐部成立（4月），拉乌尔·豪斯曼、汉娜·霍克、约翰·哈特菲尔德、乔治·格罗兹和巴尔德等人加入进来

巴　黎：阿波利奈尔在出版《图画诗集》后死于流感（11月）

第比利斯：阿列克谢·克鲁乔内赫与伊利亚·兹达涅维奇创建41°小组

苏黎世：阿尔普、托伊伯和扬科创建新生活小组（4月）；查拉推出《二十五首诗》与《达达·第三期》（12月）

1919年

柏　林：哈特菲尔德创作《每个人都是自己的足球》中的集成照相作品（2月）

科　隆：马克斯·恩斯特与巴格尔德出版《鼓风机》与《公告板D》；"愚人"小组成立

巴　黎：安德烈·布勒东、路易·阿拉贡和菲利普·苏波创办《文学》（1919—1924年）；毕卡比亚在秋季沙龙中上演一出闹剧；布勒东与苏波创作《磁场》

苏黎世：《达达·第四、五期》（5月）标志着苏黎世、纽约和巴塞罗那三地活动的融合；阿尔普、扬

1918年

柏　林：德意志皇帝签订停战协定（11月）并退位，宣布建立共和政体；斯巴达克同盟发动共产党革命；波兰、拉脱维亚、爱沙尼亚和立陶宛在签订和平协定后纷纷独立

伦　敦：女性获得投票权（12月）

莫斯科：《布列斯特-立陶夫斯克和平条约》让俄国退出战争（3月）；列昂·托洛茨基在苏俄内战中建立红军

维也纳：签订和平协定后，捷克斯洛伐克与南斯拉夫建国，并将特伦托让与意大利，形成了奥地利共和国与匈牙利

1919年

柏　林：德国共产党领袖卡尔·李卜克内西与罗莎·卢森堡遭到杀害（1月）；魏玛共和国颁布宪法后正式成立（7月）

布达佩斯：匈牙利苏维埃共和国建国（3月）；保守势力在罗马尼亚侵略者的支持下进行顽强抵抗

科　隆：法国、英国和比利时军队建立莱茵兰去军事化地区

巴　黎：右翼的蓝色海平线在内阁选举中大获全胜

附　录　大事年表　435

科和里克特创建激进艺术家小组（5月）

1920年

柏　　林：豪斯曼出版《达达》（4月）；举办首届达达主义展会（Erste International Dada-Messe，6月），胡森贝克的《达达主义年鉴》与《达达向前》同时发行

科　　隆：《萨满的哑谜》问世（2月）；恩斯特与巴格尔德举办展览《早春达达》（4月）

汉诺威：库尔特·施维特斯创办《梅尔兹》

巴　　黎：《文学》的首次周五公演（1月23日）标志着查拉登场；毕卡比亚在波沃洛茨基画廊举办展览（12月）

布拉格：巴德尔、胡森贝克和豪斯曼举办达达巡展；卡雷尔·泰格创办蜂斗叶小组

1920年

都柏林：血腥星期天（Bloody Sunday）事件，英国军官遭杀害（11月）

伦　　敦：国际联盟在美国没有参加的情况下成立（1月）

华盛顿：禁酒令生效

莫斯科：俄国内战结束（11月）

图尔（Tours）：法国共产党成立

1921年

墨西哥城：曼努埃尔·玛布雷斯·阿尔塞发表宣言《实在》（12月），掀起尖声主义运动

巴　　黎：恩斯特在无双画廊举办展览（5月）；对巴雷斯进行虚假审判（5月13日）；毕卡比亚与达达主义决裂；蒙泰画廊举办达达主义沙龙（6月）；杜尚与曼·雷从纽约前来；克罗蒂与杜尚夫妻俩的"达布"亮相；曼·雷举办展览（11月）

布拉格：施维特斯、豪斯曼和霍克举办反对达达主义的梅尔兹巡展

萨格勒布：柳博米尔·米齐奇创办《顶峰》

1921年

都柏林：爱尔兰独立战争结束（7月）；爱尔兰自由邦建立（12月）

436　达达与超现实主义

1922 年

杜塞尔多夫：特奥·凡·杜斯堡、里克特、普兰波利尼和豪斯曼参加国际进步艺术大会（Kongress für fortschrittliche Kunst）（5 月）

巴　黎：巴黎大会（Congrès de Paris）导致布勒东与查拉决裂（2 月）；乔治·德·基里科举办个展（4 月）

魏　玛：施维特斯、阿尔普、查拉和凡·杜斯堡出席构成主义与达达主义大会（Konstructivisten-Dadaisten Kongress）（9 月）

1923 年

海　牙：凡·杜斯堡与施维特斯巡游荷兰

巴　黎：查拉举办"长胡子的心晚会"（7 月）

1924 年

布鲁塞尔：卡米耶·戈曼与保罗·努捷共同主编《通信》

巴　黎：阿拉贡的《梦的波浪》与布勒东的《超现实主义宣言》掀起一场新运动；《超现实主义革命》创刊（1924—1925 年）；毕卡比亚和萨蒂为瑞典芭蕾舞团创作《演出中止》（11 月），勒内·夏尔拍摄《幕间休息》

1925 年

柏　林：11 月小组放映维金·埃格林与里克特创作的实验电影（5 月）

巴　黎：布勒东担任《超现实主义革命》的主编（1925—1929 年）；举办超现实主义绘画展（6 月）；超现实主义者与《光明报》共同发表宣言《革命至上，永远

1922 年

柏　林：发生急剧通货膨胀

拉帕罗：德国与苏联签订条约

罗　马：法西斯主义者于 3 月在罗马夺取政权，墨索里尼政府组阁（10 月）

1923 年

鲁　尔：由于未获付战争赔款，法国入侵德国（1 月）；通货膨胀与失业人口（260 万）持续上升

1924 年

莫斯科：列宁去世（1 月），造成托洛茨基与约瑟夫·斯大林之间的权力斗争

巴　黎："左派同盟"代表左翼政治势力在选举中获胜（5 月）

罗　马：法西斯主义者暗杀社会党议员贾科莫·马蒂奥蒂（Giacomo Matteoti, 6 月）

1925 年

柏　林：保罗·冯·兴登堡（Paul von Hindenburg）当选魏玛共和国总统

摩洛哥：发生殖民地暴动，史称"里夫战争"

巴　黎：法国从鲁尔撤军；举办装饰艺术博览会

附　录　大事年表　437

革命》（10月）

1926 年

布鲁塞尔：戈曼、努捷、E.L.T. 梅森和勒内·马格利特创建比利时超现实主义小组

巴　黎：阿拉贡发表《巴黎农民》；艾吕雅发表《悲伤的都城》；恩斯特出版《自由史》，并举办个展（3月）；克里斯蒂安·泽尔沃斯（Christian Zervos）出版《电影笔记》；曼·雷举办展览，标志着超现实主义画廊（1926—1928 年）的开张；《正当防卫》表现出超现实主义与共产党的相互独立

1926 年

伦敦：英国爆发总罢工

1927 年

巴　黎：安托南·阿尔托的《贝壳与牧师》被拍成电影；罗贝尔·德斯诺斯发表《自由还是爱情》；勒内·克勒韦尔发表《巴比伦》；布勒东、阿拉贡、艾吕雅、邦雅曼·佩雷和皮埃尔·乌尼克发表宣言《光天化日》，并加入共产党

布拉格：泰格创办刊物《蜂斗叶评论》（ReD[25]，1927—1929 年）

1928 年

巴塞罗那：萨尔瓦多·达利、路易·蒙塔尼亚和塞巴斯蒂亚·加施发表《加泰罗尼亚反艺术宣言》

巴　黎：布勒东发表《娜嘉》和《超现实主义与绘画》；阿拉贡出版《风格论》

1928 年

莫斯科：斯大林颁布工业化的 5 年计划；托洛茨基被开除党籍

巴　黎：签订《凯洛格-白里安公约》（8月）

1929 年

巴　黎：《超现实主义第二宣言》将阿尔

1929 年

莫斯科：托洛茨基遭到流放

25　刊物名全称为 Revue Devětsil，一般使用缩写 ReD。——译注

托、苏波、安德烈·马松、德斯诺斯以及其他与《文件》有关的成员逐出超现实主义小组；路易斯·布努埃尔与达利的电影《一条安达鲁狗》上映；恩斯特发表首部拼贴画小说《一百个头的女人》

纽　约：华尔街股灾（10月）导致大萧条
巴　黎：官方下令在法国东部开始建设马奇诺防线

1930 年

布鲁塞尔：马格利特从巴黎归来，并与巴黎超现实主义小组合作出版特刊《多样》
哈尔科夫：阿拉贡代表超现实主义出席国际革命作家大会
巴　黎：阿拉贡发表《挑衅的绘画》；布勒东出版《超现实主义第二宣言》（1930 年）；查拉加入超现实主义；新刊物《超现实主义为革命服务》（1930—1933 年）创刊；布努埃尔的电影《黄金时代》遭到封禁

1930 年

柏　林：盟军撤出莱茵兰（6月）；希特勒的国家社会主义党在议会的席位有所增加（9月）；失业人口增加至440万人
贾拉浦尔（Jalapur）：圣雄甘地发起盐路长征（salt march）
莫斯科：弗拉基米尔·马雅可夫斯基自杀（4月）

1931 年

巴　黎：达利发明"具有象征性功能的物体"；阿尔伯贝·贾科梅蒂加入超现实主义小组

1931 年

柏　林：金融危机发生；570万人失业
伦　敦：全国联合政府成立
马德里：西班牙共和国成立

1932 年

巴　黎：阿拉贡转向共产党，乔治·萨杜尔、乌尼克和布努埃尔紧随其后
布拉格：蜂斗叶小组的展览《诗歌32》展出超现实主义作品
东　京：巴黎-东京先锋艺术家联盟（Conféderation des artistes d'avant-garde Paris-Tokyo）举办展览

1932 年

柏　林：兴登堡赢得总统选举；国家社会主义党赢得地方选举
巴　黎：保罗·杜美总统遭到刺杀（5月）
旅　顺：日本占领中国东北（2月）
华盛顿：富兰克林·D.罗斯福当选总统

1933 年

巴　黎：维克托·布劳纳加入超现实主义小组；恩斯特出版拼贴画小说《仁慈的一周》；达利被逐出超现实主义小组

1934 年

布鲁塞尔：梅森组织《文件 34》（*Document 34*）的出版工作，并策划展览《弥诺陶洛斯》

巴　黎：超现实主义者向展览《弥诺陶洛斯》（1934—1939 年）提交作品

布拉格：维捷斯拉夫·奈兹瓦尔组建布拉格超现实主义小组（3 月）

1935 年

布鲁塞尔：《超现实主义国际公报》第三期出版（8 月）；保罗·德尔沃与超现实主义者举行联展

巴　黎：布勒东与艾吕雅被开除共产党籍；克勒韦尔自杀（6 月）

布拉格：艾吕雅与布勒东夫妇进行巡回讲座；《超现实主义国际公报》第一期出版（5 月）

特纳里夫首府圣克鲁斯：佩雷、布勒东夫妇与《艺术日报》合作举办国际超现实主义展览；《超现实主义国际公报》第二期出版

1936 年

伦　敦：戴维·加斯科因发表《超现实主义概述》，并与罗兰·彭罗斯策划超现实主义国际展览（6 月）；《超现实主义国际公报》第四期出版

纽　约：现代艺术博物馆举办展览《幻想艺术：达达主义与超现实主义》

1933 年

柏　林：阿道夫·希特勒成为德国总理（1 月）；国会纵火案（2 月）

华盛顿：罗斯福总统推行新政，以对抗大萧条

1934 年

巴黎：法国爆发总罢工

1935 年

阿比西尼亚：意大利入侵

1936 年

伦　敦：爱德华八世（Edward VIII）退位，皇室面临危机（12 月）

马德里：人民阵线选举获胜引发右翼政党叛变，导致西班牙内战爆发；费德里科·加西亚·洛尔卡被长枪党杀害（7 月）

莫斯科：进行虚假审判，以清洗斯大林的反对势力

巴　黎：夏尔·拉东画廊举办超现实物体展览；乔治·巴塔耶创办刊物《无头人》（1936—1939年）

1937年
巴　黎：布勒东出版《疯狂的爱恋》；超现实主义的孕妇画廊（Galerie Gravida）昙花一现

1938年
伦　敦：梅森协调和管理伦敦画廊及《伦敦公报》；彭罗斯购下艾吕雅的作品集
墨西哥城：布勒东拜访托洛茨基，与迭戈·里韦拉、弗里达·卡洛会面，并创办倾向于托洛茨基的国际独立革命艺术家联盟
巴　黎：举办超现实主义国际博览会；艾吕雅加入共产党

1939年
墨西哥城：沃尔夫冈·帕伦和艾丽斯·拉翁到来；塞萨尔·莫罗主编《措辞》
巴　黎：深陷战火之中；德国超现实主义者被拘禁

1940年
马　赛：在美国援助知识分子委员会的保护下，超现实主义者聚集在此，准备逃往美国；恩斯特、汉斯·贝尔默和沃尔斯被德军

巴　黎：人民阵线在选举中获胜
莱茵兰：重新军事化；柏林举办奥运会

1937年
慕尼黑：纳粹举办展览《腐朽艺术》
巴　黎：举办世界博览会；西班牙共和国展馆展出毕加索的《格尔尼卡》

1938年
巴塞罗那：全城沦为弗朗哥将军旗下长枪党的地盘
慕尼黑：达拉第与内维尔·张伯伦默许希特勒吞并捷克斯洛伐克的苏台德地区（9月）
维也纳：德国吞并奥地利，史称"德奥合并"（3月）；西格蒙德·弗洛伊德逃至伦敦

1939年
布拉格：希特勒入侵捷克斯洛伐克（3月）
西班牙：共和国政府投降
地拉那：本尼托·墨索里尼入侵阿尔巴尼亚（4月）
华　沙：希特勒入侵波兰（9月），通过互不侵犯条约与斯大林瓜分占领地盘（8月）；英法两国向德国宣战，但却处于"假战"状态，并未发生军事冲突

1940年
哥本哈根：德军攻下丹麦，并入侵挪威（4月）
伦　敦：温斯顿·丘吉尔出任首相（5月）；发生闪电战（9月至

附　录　大事年表　441

拘禁

墨西哥城：帕伦、里韦拉和莫罗组织《超现实主义展》（1月）

纽　约：查理·亨利·福特与帕克·泰勒创办《景观》；戈登·翁斯洛-福特举办超现实主义讲座

巴　黎：阿拉贡、艾吕雅、德斯诺斯和查拉加入抵抗运动

1941年

哈瓦那：林飞龙回到古巴

纽　约：马松和布勒东到来；围绕马塔形成了一个包括杰罗姆·卡姆罗斯基、威廉·巴齐奥蒂和罗伯特·马瑟韦尔的小组

1942年

伦　敦：超现实主义者分裂成梅森与托尼·德尔·伦齐奥两派

墨西哥城：帕伦创办《可能之事》（1942—1944年），并与超现实主义决裂；布勒东创办《VVV》（6月），并出版《超现实主义第三宣言绪论，也许不是》；举办展览《超现实主义的最早档案》与《本世纪的艺术》（10月）

布拉格：因德日赫·施蒂尔斯基去世

1943年

纽　约：马松出版《我的宇宙解剖学》；杜尚的《大片玻璃》在现代艺术博物馆展出

1944年

纽　约：里希特的电影《钱能买到的梦》

11月）

巴　黎：德国攻下卢森堡、荷兰和比利时，并入侵法国（5月）；敦刻尔克撤退；希特勒入主巴黎（6月），将法国划分为占领区和贝当元帅领导的维希共和国

维尔纽斯：苏联入侵立陶宛、拉脱维亚和爱沙尼亚这3个波罗的海国家（6月）

1941年

莫斯科：德国在占领南斯拉夫与希腊之后突然入侵

华盛顿：在日本袭击珍珠港之后，美国加入二战（12月）

1942年

阿莱曼（El Alamein）：协约国盟军在北非取得胜利（10月）

太平洋中途岛：美国击败日本舰队（6月）

新加坡：日军入侵（2月）

斯大林格勒：关键的包围战扭转了德军攻势（至1943年止）

1943年

西西里：协约国盟军登陆（7月）；墨索里尼被罢免；意大利签订停战协议（9月）

斯大林格勒：德军败北

1944年

巴　黎：盟军在诺曼底登陆；巴黎解放

上映；布勒东发表《玄妙 17》

（8 月）

罗　马：盟军在安齐奥登陆；罗马解放（6 月）

1945 年
巴　黎：毕加索加入共产党
纽　约：现代艺术博物馆买下林飞龙的《丛林》

1945 年
柏　林：签订停战协议，欧洲结束战争（5 月）；"死亡集中营"被曝光；4 国盟军分占德国
广岛与长崎：原子弹轰炸平民（8 月），太平洋战争结束
旧金山：联合国成立（2 月）

1946 年
巴　黎：布勒东归来（5 月）；阿尔托从收容所被释放（6 月）

1946 年
纽伦堡：军事法庭审判纳粹战犯

1947 年
纽　约：尼古拉斯·卡拉斯组织展览《血焰》，其中包括马塔和阿希尔·高尔基的作品
巴　黎：布勒东更换《开幕式上的决裂》（6 月）与《1947 年的超现实主义》两场展览的地点（7 月）；让·迪比费创办原态艺术社

1947 年
布达佩斯：共产党发动政变（6 月）
德　里：印巴分治，印度独立（6 月）

1948 年
巴　黎：超现实主义解决方案画廊开张；布勒东开除马塔及其支持者，包括布劳纳和《霓虹》的编辑们（1948—1949 年）；阿尔托去世

1948 年
德　里：圣雄甘地遭到暗杀（1 月）
布拉格：共产党发动政变（2 月）

1949 年
巴　黎：迪比费出版《原态艺术胜过开化艺术》

1949 年
波　恩：英德法 3 国的占领区合并成立德意志联邦共和国

1950 年
巴　黎：布勒东与佩雷出版《世纪中叶超现实主义年鉴》

1950 年
平　壤：朝鲜战争（6 月）

1951 年

巴　　黎：让·舒斯特创办刊物《媒介》

1952 年

巴　　黎：尘封之星画廊开张

布拉格：泰格得知即将被捕，自杀身亡

1954 年

布鲁塞尔：马塞尔·马里安创办《裸唇》
　　　　　（1954—1960 年）

1956 年

巴　　黎：布勒东编辑《超现实主义，老样子》（1956—1959 年）；掀起针对阿尔及利亚战争和镇压匈牙利起义的抗议示威活动

1956 年

布达佩斯：苏联镇压了匈牙利起义（11 月）

苏伊士：英法两国夺取运河主权的企图以失败告终（11 月）

1959 年

巴　　黎：举办《大写的情色》展览

1960 年

纽　　约：举办展览《超现实主义入侵幻术师的领域》

1961 年

米　　兰：施瓦兹画廊举办第十届超现实主义国际展览

巴　　黎：布勒东创办《破裂》(1961—1965 年)

1961 年

柏　　林：建造分隔东西柏林的柏林墙

华盛顿：约翰·F. 肯尼迪宣誓就任总统（1 月）

1966 年

芝加哥：富兰克林·罗斯蒙特创建芝加哥超现实主义小组

巴　　黎：布勒东、布劳纳和阿尔普去世

延伸阅读

刊物

达达主义刊物的影印本可见于此处：

Marc Giroud (ed.), *Dada, Zurich Paris, 1916–1922* (Paris, 1981)

Arturo Schwarz (ed.), *Documenti e periodici Dada* (Milan, 1970)

原文

Louis Aragon, *Écrits sur l'art moderne*, ed. Jacques Leenhardt (Paris, 1981)

-, *Le Paysan de Paris* (Paris, 1926), trans. as *Paris Peasant* (London, 1971 and 1980)

Jean Arp, *Jours Effeuilles*, ed. Marcel Jean (Paris, 1966), trans. as *Arp on Arp* (New York, 1969 and 1972), and *Collected French Writings, Poems, Essays, Memories* (London, 1974)

Hugo Ball, *Die Flucht aus der Zeit* (Munich, 1927; Lucerne, 1946), trans. as *Flight Out of Time* (New York, 1974, 2nd edn, Berkeley, Los Angeles and London, 1996)

Georges Bataille, *Visions of Excess: Selected Writings, 1927–1939*, ed. Allan Stoekl (Minnesota and Manchester, 1985)

André Breton, *Entretiens* (Paris, 1956 and 1969), trans. as *Conversations: The Autobiography of Surrealism* (New York, 1993)

-, *Le Surréalisme et la peinture* (Paris, 1928; revised New York, 1945; revised Paris, 1965) trans. as *Surrealism and Painting* (London and New York, 1972)

-, *Manifestes du Surréalisme* (Paris, 1962), trans. as *Manifestoes of Surrealism* (Ann Arbor, 1969)

-, *Nadja* (Paris, 1928 and 1964; trans. New York, 1960)

-, *What is Surrealism?*, ed. Franklin Rosemont (London and New York, 1978)

- and Philippe Soupault, *Les Champs Magnétiques* (Paris, 1919), trans. by David Gascoyne as *Magnetic Fields* (London, 1985)

David Gascoyne, *A Short Survey of Surrealism* (London, 1935 and 1970)

Richard Huelsenbeck (ed.), *Dada Almanach* (Berlin, 1920; facsimile New York, 1966; Paris, 1980) trans. as *Dada Almanac* (London, 1993)

-, *Memoirs of a Dada Drummer* (Berkeley, Los Angeles and Oxford, 1974, 2nd edn, 1991)

José Pierre (ed.), *Tracts Surréalistes et déclarations collectives, 1922–1982*, 2 vols (Paris, 1980 and 1982)

Hans Richter, *Dada Art and Anti-Art* (Cologne and London, 1965)

Tristan Tzara, *Sept Manifestes Dada, lampisteries* (Paris, 1963), trans. as *Seven Dada Manifestos and Lampisteries* (London, 1977)

一般性读物

Dawn Ades, *Dada and Surrealism* (London, 1974)

-, *Photomontage* (London, 1986)

Ruth Brandon, *Surreal Lives: The Surrealists 1917–1945* (London, 1999)

Marc Dachy, *The Dada Movement 1915–1923* (Geneva and New York, 1990)

Lucy Lippard (ed.), *Dadas on Art* (Englewood Cliffs, 1971)

Robert Motherwell (ed.), *The Dada Painters and Poets: An Anthology* (Cambridge and London, 1951 and 1981)

Maurice Nadeau, *Histoire du Surréalisme* (Paris, 1945 and 1964), trans. as *The History of Surrealism* (New York, 1965; London, 1968 and 1973)

Gaëtan Picon, *Surréalisme 1919–1939* (Geneva, 1977; trans. London 1977), trans. as *Surrealists and Surrealism, 1919–1939* (London 1983)

William Rubin, *Dada and Surrealist Art* (New York and London, 1969)

专题研究

Hans Bolliger, Guido Magnaguagno and Raimund Meyer, *Dada in Zurich* (Zurich, 1985)

Marguerite Bonnet, *André Breton: Naissance de l'Aventure Surréaliste* (Paris, 1975 and 1988)

Maria L Borràs, *Francis Picabia* (Barcelona and London, 1985)

William Camfield, *Francis Picabia* (Princeton, 1979)

–, *Max Ernst, Dada and the Dawn of Surrealism* (Munich and Houston, 1993)

Mary A Caws, *The Poetry of Dada and Surrealism* (Princeton, 1970)

–, Rudolf Kuenzli and Gwen Raaberg (eds), *Surrealism and Women* (Cambridge, MA and London, 1991)

Whitney Chadwick, *Women Artists and the Surrealist Movement* (London, 1985)

Anne d'Harnoncourt and Kynaston McShine (eds), *Marcel Duchamp* (New York and London, 1973)

Jacques Dupin, *Joan Miró: Life and Work* (London, 1962)

Briony Fer, David Batchelor and Paul Wood, *Realism, Rationalism, Surrealism: Art Between the Wars* (New Haven and London, 1993)

Haim Finkelstein (ed.), *The Collected Writings of Salvador Dalí* (Cambridge, 1998)

Hal Foster, *Compulsive Beauty* (Cambridge, MA and London, 1993)

Stephen C Foster (ed.), *Dada/Dimensions* (Ann Arbor, 1985)

– and Rudolf Kuenzli (eds), *Dada Spectrum: The Dialectics of Revolt* (Iowa City, 1979)

Jean-Charles Gateau, *Paul Éluard et la peinture Surréaliste 1910–1939* (Geneva, 1982)

Christopher Green, *Cubism and its Enemies: Modern Movements and Reaction in French Art, 1916–1928* (New Haven and London, 1987)

Marcel Jean (ed.), *Autobiographie du Surréalisme* (Paris, 1978), trans. as *The Autobiography of Surrealism* (New York, 1980)

Rudolf Kuenzli (ed.), *New York Dada* (New York, 1986)

Ileana B Leavens, *From 291 to Zurich: The Birth of Dada* (Ann Arbor, 1983)

Julian Levy (ed.), *Surrealism* (New York, 1936 and 1996)

Annabelle Melzer, *Latest Rage: The Big Drum: Dada and Surrealist Performance* (Ann Arbor, 1980)

Francis Naumann, *New York Dada, 1915–1923* (New York, 1994)

Kristina Passuth, *Les Avant-gardes de l'Europe Centrale, 1907–1927* (Paris, 1988)

José Pierre (ed.), *Recherches sur la sexualité* (Paris, 1990), trans. as *Investigating Sex: Surrealist Discussions, 1929–1932* (London, 1992)

Ida Rodriguez-Prampolini, *El Arte Fantastico y el Surrealismo en Mexico* (Mexico City, 1969)

Franklin Rosemont, *André Breton and the First Principles of Surrealism* (London and New York, 1978)

Michel Sanouillet, *Dada à Paris* (Paris, 1965)

Martica Sawin, *Surrealism in Exile and the Beginning of the New York School* (Cambridge, MA and London, 1995)

Richard Sheppard (ed.), *Dada: Studies of a Movement* (Chalfont St Giles, 1979)

Kenneth Silver, *Esprit de Corps: The Art of the Parisian Avant-garde and the First World War, 1914–1925* (London, 1989)

Virginia Spate, *Orphism: The Evolution of Non-Figurative Painting in Paris 1910–1914* (Oxford, 1979)

Werner Spies, Sigrid Metken and Günter Metken (eds), *Max Ernst, Oeuvre Katalog*, 5 vols (Cologne, 1975-87)

David Sylvester (ed.), *René Magritte, Catalogue raisonné*, 4 vols (London, 1992–4)

Dichran Tashjian, *A Boatload of Madmen: Surrealism and the American Avant-garde, 1920–1950* (London and New York, 1995)

–, *Skyscraper Primitives: Dada and the American Avant-garde, 1910–1925* (Middletown, 1975)

José Vovelle, *Le Surréalisme en Belgique* (Brussels, 1972)

Harriet A Watts, *Chance: A Perspective on Dada* (Ann Arbor, 1980)

John Willet, *The New Sobriety: Art and Politics in the Weimar Period, 1917–1933* (London, 1978)

展览图录

L'Amour fou: Photography and Surrealism, eds Rosalind Krauss, Jane Livingstone and Dawn Ades (Corcoran Museum, Washington; Hayward Gallery, London; Musée National d'Art Moderne, Centre Pompidou, Paris, 1985)

Angels of Anarchy and Machines for Making Clouds: Surrealism in Britain in the 1930s, eds Andrew Robertson, Michel Remy, Mel Gooding and Terry Friedman (City Art Galleries, Leeds, 1986)

Anxious Visions, Surrealist Art, ed. Sidra Stich (University Art Museum, Berkeley, 1990)

André Breton, La Beauté Convulsive, eds Agnes Angliviel de la Beaumelle and Isabelle Monod-Fontaine (Musée National d'Art Moderne, Centre Georges Pompidou, Paris, 1991)

Dada, Surrealism and their Heritage, ed. William Rubin (Museum of Modern Art, New York; County Museum of Art, Los Angeles; Art Institute, Chicago, 1968)

Fantastic Art, Dada and Surrealism, ed. Alfred Barr (Museum of Modern Art, New York, 1936)

Dada and Surrealism Reviewed, ed. Dawn Ades (Hayward Gallery, Arts Council of Great Britain, London, 1978)

In the Mind's Eye: Dada and Surrealism, ed. T A Neff (Museum of Contemporary Art, Chicago, 1985)

La Planete Affolée – Surréalisme – Dispersion et influences 1938–1947, ed. Germaine Viatte (Centre de la Vielle Charité, Marseille, 1986)

Paris Post War: Art and Existentialism, ed. Frances Morris (Tate Gallery, London, 1993)

Salvador Dalí 1904–1989, ed. Karin v Maur (Staatsgalerie, Stuttgart; Kuntshaus, Zurich, 1989)

Surrealism: Desire Unbound, ed. Jennifer Mundy (Tate Modern, London; Metropolitan Museum of Art, New York, 2001-2)

Surrealism: Revolution by Night, eds Michael Lloyd, Ted Gott and Christopher Chapman (National Gallery of Art, Canberra; Queensland Art Gallery, Brisbane; Art Gallery of New South Wales, Sydney, 1993)

索 引

（本索引标注页码为原书页码，即本书页边码；粗体数字指插图序号）

《291》90，104
《391》75，76，104，105，112—114，173，180，185，192；**66**
41° group 41°小组 166

A

Abbott, Berenice 贝雷妮丝·阿博特 312
Abstract Expressionism 抽象表现主义 395，398，409，417，422
ADLAN 新艺术之友 334，336
African art 非洲艺术 29，50—52，254；**16**
Agar, Eileen 艾琳·阿加 344；**189**
Agrupació Courbet 库尔贝小组 114
AIA (Artists International Association) 艺术家国际协会 348
Albert-Birot, Pierre 皮埃尔·阿尔贝-比罗 66，168，173，217
Alberti, Rafael 拉斐尔·阿尔韦蒂 333
Alechinsky, Pierre 皮埃尔·阿列辛斯基 410，146
Aleksińc, Dragan 德拉甘·阿列克西奇 169
Alexandrian, Sarane 萨兰·亚历山德里昂，410
Aloïse 阿洛伊斯 410
Alvarez Bravo, Manuel 曼努埃尔·阿尔瓦雷斯·布拉沃 367，368；**201**
Anderson, Margaret 玛格丽特·安德森 93
Antheil, George 乔治·安泰尔 209
Apollinaire, Guillaume 纪尧姆·阿波利奈尔 1—3，15—16，23，31，46，49，56，75，83—85，90，106，111，113，173—174，179，190，208，217，222，231，330，390；**7**
Appel, Karel 卡雷尔·阿佩尔 410

Aragon, Louis 路易·阿拉贡 7，146，173，177，179，183，190，194，205，212，215—216，222—225，229，231—232，236，252，255，258，268，270—271，277，285，297—302，305—306，309，319，330，360，401—402，412；**119**，**126**，**127**，**147**
Archipenko, Alexander 亚历山大·阿契本科 15，71，184
Arenas, Braulio 阿雷纳斯·布劳略 371
Arensberg, Louise 路易丝·阿伦斯伯格 90，395
Arensberg, Walter 沃尔特·阿伦斯伯格 90，103，104，106，395
Armstrong, John 约翰·阿姆斯特朗 343
Arnaud, Noël 诺埃尔·阿尔诺 403—404
Arnauld, Céline 塞利娜·阿尔诺 181
Arp, Hans/Jean 汉斯/让·阿尔普 6，35—43，45，48，49—50，53，55，56—65，71—73，76，78，128，144—145，147—148，152，158，161—163，184，194，201，204，250，261，285，295，296，334，343，351，409，416；**22**，**24**，**33**，**35—36**，**98**，**119**，**163**
Art Brut 原态艺术 410
Art Deco 装饰艺术 162
Art Nègre 黑人艺术 29，364
Artaud, Antonin 安托南·阿尔托 226—227，257，271，272，365，403—404，421；**127**，**223**
Arte Metafisica 形而上艺术 215
Arte Povera 贫困艺术 423
Artificialism 人为主义 328
Ash Can School 灰罐画派 89

Atelier 17 车间 17 341，383
Atget, Eugène 欧仁·阿特热 235，378
Auric, Georges 乔治·奥里克 183，187，189，198，228
Austria-Hungary 奥匈帝国 30—31，117，167
Automatism 自动主义 7，180，219，240—242，245—248，254，288—289，292，333，351—352，388，410

B

Baader, Johannes 约翰内斯·巴德尔 121，123，136，138；**80，82**
Baargeld, Johannes 约翰内斯·巴格尔德 141，143—148，194，204；**85，119**
Bailly, Alice 艾丽斯·贝利 78
Baj, Enrico 恩里科·巴伊 414；220
Bakunin, Mikhail 哈伊尔·巴枯宁 18，44
Ball, Hugo 雨果·巴尔 6，35，43—45，46—47，48，52—56，58—61，65，75，164，192，212；**26，32**
Ballets Russes 俄罗斯芭蕾舞团 13，114，173，208
Ballets Suedois 瑞典芭蕾舞团 208，209
Balthus (Balthasar Klossowski) 巴尔蒂斯（巴尔塔扎·克洛索夫斯基）313，338
Banting, John 约翰·班廷 413
Barbuse, Henri 亨利·巴比塞 255，257
Barcelona 巴塞罗那 75—76，83，108—114，333—335
Baron, Jacques 雅克·巴朗 201，272，273，277；**127**
Barr, Alfred 阿尔弗雷德·巴尔 318，374
Barradas, Rafael Pérez 拉斐尔·佩雷·巴拉达斯 110，111
Barrès, Maurice 莫里斯·巴雷斯 190，192
Barthes, Roland 罗兰·巴特 421
Barzun, Henri-Martin 亨利-马丁·巴赞 49

Bataille, Georges 乔治·巴塔耶 277，280—281，289，307，338，404
Baudelaire, Charles 夏尔·波德莱尔 272
Bauhaus 包豪斯 158，160，233，322
Baumann, Fritz 弗里茨·鲍曼 58，59，65，72，78
Baziotes, William 威廉·巴齐奥蒂 383，387，388，391，396
Beaton, Cecil 塞西尔·比顿 344
Beaumont, Comte Etienne de 艾蒂安·德伯爵·伯芒 208，228
Beauvoir, Simone de 西蒙娜·德·波伏娃 360，403
Beckett, Samuel 塞缪尔·贝克特 403
Belgium 比利时 261—264，327，340，359，413—414
Bellmer, Hans 汉斯·贝尔默 314，326，351，361—362；**170**
Bellows, George 乔治·贝洛斯 89
Benayoun, Robert 罗伯特·贝纳永 415
Benjamin, Walter 瓦尔特·本亚明 318，338
Benoit, Jean 让·伯努瓦 409
Bérard, Christian 克里斯蒂安·贝拉尔 258，271
Bergson, Henri 亨利·伯格森 19，84
Berlin 柏林 5，43，72，76，80，117—140，148，149，152
Berlin Secession 柏林分离派 16
Berman, Eugène 欧仁·贝尔曼 271；**211**
Bernhardt, Sarah 莎拉·伯恩哈特 13
Bernier, Jean 让·贝尼耶 255
Berton, Germaine 热尔梅娜·贝尔东 229，264；**127**
Besant, Annie 安妮·贝赞特 27
Bessière, Georges 乔治·贝西埃 226
Beuys, Joseph 约瑟夫·博伊斯 422，423
Binazzi, Bino 比诺·比纳齐 68
Der Blaue Reiter 蓝骑士 16，19，38，164
Boccioni, Umberto 翁贝托·薄邱尼 22；**11**

附录索引 449

Boiffard, Jacques-André 雅克-安德烈·布瓦法尔 227—229, 233, 236, 270, 272, 277, 281, 313; **126—127**, **153**
Bonset, I.K. (Theo van Doesburg) 易·可·本赛特 160, 162
Borges, Jorge Luis 豪尔赫·路易斯·博尔赫斯 371, 421
Börlin, Jean 让·博林 210
Bortnyik, Sándor 尚多尔·博尔特尼克 167
Bosquet, Joë 若埃·博斯凯 272, 361
Bounoure, Vincente 文森特·布努尔 415
Brancusi, Constantin 康斯坦丁·布朗库西 46, 87, 326
Brandt, Bill 比尔·勃兰特 312
Braque, Georges 乔治·布拉克 14, 15, 23, 87, 181, 229, 285; **5**
Brassaï 布拉赛 294, 312, 313, 359
Brauner, Victor 维克托·布劳纳 326, 351, 368, 405, 411, 416; **177**
Bréa, Juan 胡安·布雷亚 371
Breker, Arno 阿尔诺·布雷克尔 359
Breton, André 安德烈·布勒东 6, 7, 146, 148—149, 173, 179—181, 183, 185—187, 189—192, 194, 197—205, 212, 216—222, 225, 228—232, 235, 242, 245, 248—252, 257—258, 261—264, 267, 270—278, 284, 292—296, 298, 299, 301—302, 305—309, 312, 316—319, 326, 329—331, 333, 338—340, 343, 348—351, 360—367, 370, 374—375, 379, 382, 388—391, 395—398, 405, 409—410, 412, 415—418; **119**, **122**, **125—127**, **147**, **172**, **211**
Breton, Jacqueline 雅克利娜·布勒东 295, 309, 329, 331, 349, 361—363, 395
Britain 英国 188, 341—348, 355, 359, 413—414, 417, 423—424

Die Brücke 桥社 16, 24
Brunius, Jacques 雅克·布吕纽斯 348
Brussels 布鲁塞尔 6, 340, 404
Buenos Aires 布宜诺斯艾利斯 371—372
Buffet, Gabrielle 加布丽埃勒·比费 75, 76, 83, 84, 85, 89, 90, 101, 112, 113
Buñuel, Luis 路易斯·布努埃尔 267, 286—287, 290, 301, 371, 416—417; **147**, **157**
Bureau of Surrealist Research 超现实主义研究局 226
Burroughs, William 威廉·巴勒斯 421
Busa, Peter 彼得·布萨 387, 396

C
Cabaret Voltaire 伏尔泰酒馆 35, 44—55, 58; **27**
Cahun, Claude 克劳德·卡恩 314—315; **171**
Caillois, Roger 罗歇·凯卢瓦 338
Calas, Nicholas 尼古拉斯·卡拉斯 379, 398, 414
Calder, Alexander 亚历山大·考尔德 334, 336, 382, 389, 391, 393, 395
Camacho, Jorge 豪尔赫·卡马乔 414, 415
Campendonk, Heinrich 海因里希·坎彭东克 140
Camus, Albert 阿尔贝·加缪 360, 403
Canal, Ramon Alva de la 拉蒙·阿尔瓦·德·拉·加纳尔 108
Canary Islands 加那利群岛 331—333
Cantarelli, Gino 吉诺坎塔雷利 80, 194
Carbonell, Artur 阿图尔·卡沃内利 288, 334
Carpentier, Alejo 阿莱霍·卡彭铁尔 371
Carrà, Carlo 卡洛·卡拉 66, 124; **70**
Carrington, Leonora 莉奥诺拉·卡林顿 346, 362, 370—371; **190**, **203—204**
Carrive, Jean 让·卡里夫 **127**
Caruso, Enrico 恩里科·卡鲁索 13
Cendrars, Blaise 布莱兹·桑德拉尔 16,

450　达达与超现实主义

150，179，181，208，209
Césaire, Aimé 艾梅·塞泽尔 363，364，390
Césaire, Suzanne 苏珊·塞泽尔 363
Cézanne, Paul 保罗·塞尚 177，185
Chagall, Marc 马克·夏加尔 **211**
Chaissac, Gaston 加斯东谢萨克 410；**227**
Chaplin, Charlie 查理·卓别林 177，183，209，270
Char, René 勒内·夏尔 286，349，361；**147**
Charchoune, Serge 赛尔日·沙尔舒恩 111，151，164，178，194；**110**
Charlot, Jean 让·夏洛特 108；**64**
Cheval, 'le Facteur' Ferdinand 邮递员费尔南·沙韦尔 294
Chicago 芝加哥 417
Chikovani, Simon 西蒙·奇科瓦尼 167
Chirico, Giorgio de 乔治·德·基里科 15，59，66—68，141，146，181，204，226，229—232，242，245，248，250—251，258，261，264，270，288，294，341，351，393；**41，119，121，126—127**
Clair, René 勒内·克莱尔 210；**120**
Claro, Elisa 埃莉萨·克拉罗 395
Clarté group 《光明报》小组 255—257
Club Dada 达达俱乐部 121—123，124，126，149，153；**72**
Coady, Robert 罗伯特·寇迪 93
Cobra 眼镜蛇社 410
Cocteau, Jean 让·谷克多 114，173，181，187，189，194，208，252，270—271，290，297，319，359，412
College of Sociology 社会学学院 338
Collinet, Paul 保罗·科利内 261
Cologne 科隆 139—149
Colquhoun, Ithell 艾思尔·科洪 344；**188**
Communism 共产主义 6，123，139，141，215，249，255—258，267—268，273—276，298—301，305—

306，327，331，338—340，360，401—404，412
Conceptualism 观念主义 422
Congrès de Paris 巴黎大会 197—201
Constant 康斯坦特 410
Constructivism 构成主义 138—139，157—161，164—166，167，169，188，212，258，328
Contre-attaque 反击联盟 338
Copley, Bill 比尔·科普利 395
Le Corbusier 勒·柯布西耶 188
Corneille 科尔内耶 414
Cornell, Joseph 约瑟夫·康奈尔 378—379，398；**208**
Corray, Han 汉·科雷 43，58
Covarrubias, Miguel 米格尔·科瓦鲁维亚斯 369
Cragg, Tony 托尼·克拉格 424
Cravan, Arthur 阿蒂尔·克拉万 103，104，105，111—112
Crevel, René 勒内·克勒韦尔 201，204，205，270，277，284，307，338；**119，127，147**
Crotti, Jean 让·克罗蒂 93，101，105，178，184，194，195，204；**54，114**
Cuba 古巴 364—365
Cubism 立体主义 11，14，15，19，23，32，45，83—84，85，89，93，97，108，110，111，128，173—174，184，203，231，244，251，252，258，285，295，316，336
Cueto, Germán 赫尔·曼奎托 108
Cunard, Nancy 南茜·丘纳德 277，309，341
Czechoslovakia 捷克斯洛伐克 327—331，355，359

D
Dada 达达主义 65—66，68，72，73，76，78，178，183，185，188
Dada West Stupidia 5 (W/5) 愚人西路5号达达 145，146
Dalí, Gala (Éluard) 加拉（艾吕雅）·达

利 148，195，201，289，293，309，311，344，375，382；**119**，**147**

Dalí, Salvador 萨尔瓦多·达利 267，286—294，297，302，305，307—309，314—318，323，330，333—334，337，343—344，347，351，374—375，382，398，414，421，424；**147**，**157—161**，**173**，**183**，**207**

Dalmau, Josep 何塞普·达尔茂 110—112，203

Daumal, René 勒内·多马尔 270

Dax, Adrien 阿德里·安达克斯 411

De Zayas, Marius 马里乌斯·德·萨亚斯 93，108

Debussy, Claude 克劳德·德彪西 13

Degottex, Jean 让·德戈特克斯 409

de Kooning, Willem 威廉·德·库宁 396

del Renzio, Toni 托尼·德尔·伦齐奥 348

Delaunay, Robert 罗伯特·德劳内 15，19，72，111，198，217；**10**

Delaunay, Sonia 索尼娅·德劳内 111，205

Delteil, Joseph 约瑟夫·德尔泰伊 204，216；**127**

Delvaux, Paul 保罗·德尔沃 340—341，359，368，413；**186**，**194**

Derain, André 安德烈·德兰 14，52，181—183，229，242，307，359

Deren, Maya 玛娅·德朗 394—395

Dermée, Paul 保罗·德尔梅 181，188，217

Desnos, Robert 罗贝尔·德斯诺斯 201，205，217，219，227，250，254，270，272，277，360；**119**，**126—127**

Devňetsil 蜂斗叶小组 328—329

Diaghilev, Serge 谢尔盖·狄亚格烈夫 13，114，252

Divoire, Ferdinand 斐迪南·迪瓦尔 49

Dix, Otto 奥托·迪克斯 124，136，149

Documents《文件》277—281，284，289，295，313

Doesburg, Theo van 特奥·凡·杜斯堡 139，160—163，258；**97—98**

Domènech, Lluis 路易·多蒙内克 110

Dominguez, Oscar 奥斯卡·多明格斯 333，351，361，416；**180**

Donati, Enrico 恩里科·多纳蒂 382，392

Dostoyevsky, Fyodor 费奥多尔·陀思妥耶夫斯基 18，204，227，242；**119**

Dotrement, Christian 克里斯蒂安·多托蒙 404，410

Dove, Arthur 阿瑟·达夫 90

Dreier, Katherine 凯瑟琳·德赖尔 105—106，394

Dreyfus Affair 德雷福斯事件 13

Drieu de la Rochelle, Pierre 皮埃尔·德鲁厄·德·拉·罗谢尔 204

Dubuffet, Jean 让·迪比费 227，403，410；**222**

Ducasse, Isidore 依西多尔·杜卡斯 8，179，221，285

Duchamp, Marcel 马塞尔·杜尚 15，28，75，83—94，97—103，105—107，110，166，178，184，194，197，204，210，229—231，252，271，285，316，349—351，361—362，391，394—395，398，408，415，417，421—423；**48—49**，**58**，**60—61**，**63**，**215**

Duchamp, Suzanne 苏珊·杜尚 178，184，195

Duchamp-Villon, Raymond 雷蒙·杜尚-维永 85

Dufy, Raoul 拉乌尔·杜飞 14；**18**

Duhamel, Marcel 马塞尔·杜哈梅尔 228，272

Duits, Charles 夏尔·迪茨 393

Dulac, Germaine 热尔梅娜·迪拉克 208，271

Duncan, Isadora 伊莎多拉·邓肯 90

Duncan, Raymond 雷蒙德·邓肯 187

Duprey, Jean-Pierre 让-皮埃尔·迪柏雷 409

Dürer, Albrecht 阿尔布雷希特·丢勒

452　达达与超现实主义

147

Dyn《可能之事》369—370，387

E

Eggeling, Viking 维金·埃格林 65，78，149—151；**40**

Ehrenberg, Ilya 伊利亚·爱伦堡 161，338

Ehrenstein, Albert 阿尔伯特·埃伦施泰因 56

Eiffel Tower 埃菲尔铁塔 19；**10**

Einstein, Albert 阿尔伯特·爱因斯坦 28

Einstein, Carl 卡尔·爱因斯坦 123，126，279

Eisenstein, Serge 谢尔盖·爱森斯坦 151，287

Éluard, Gala 加拉·艾吕雅（见加拉·达利）

Éluard, Nusch 奴施·艾吕雅 311

Éluard, Paul 保尔·艾吕雅 7，148，180，190，194，201，205，216，222，233，248，252，258，261，268，278，289，292，306—307，311，316，319，329—330，334，338—339，341—343，347—349，360，401—402，413；**110，113，119，125—127，147**

Elytis, Odysseus 奥德修斯·埃利蒂斯 414

Embiricos, Andréas 安德雷亚斯·安布里柯斯 414

Engels, Friedrich 弗里德里希·恩格斯 18

Engonopoulos, Nicos 尼科斯·恩戈诺普洛斯 414

Ephraim, Jan 扬·埃弗拉伊姆 44

Ernst, Jimmy 吉米·恩斯特 382，391

Ernst, Max 马克斯·恩斯特 7，58，140—149，152，184，192—195，197，201—204，221—222，228—231，240—242，248—250，252—254，262，270，272，284—285，288，296，309，322，343，351，361—362，378，382，391，395，398，405，409，417；**84，86—87，89—90，113，119，123—124，127，132—133，147，155—156，211，216**

Espinosa, Augustin 奥古斯丁·艾斯宾诺莎 333

Estridentismo movement 尖声主义运动 108

Evola, Julius 尤利乌斯·埃沃拉 80，194；**46**

Existentialism 存在主义 402—404，405

Experiment Group 实验小组 343

Expressionism 表现主义 16，24，27，29，38，43，44，45，55，61，121，127，140，184，410

F

Fählström, Oyvind 厄于温·法尔斯多姆 414

Fascism 法西斯主义 6，215，267，306，323，335，338，340，348，360，382，389

Fautrier, Jean 让·福特里耶 403

Fauves 野兽主义 11，14，15，114

Feitelson, Lorser 洛瑟尔·斐特尔森 373

Férat, Serge 赛尔日·费拉 174

Fernández, Luis 路易斯·费尔南德斯 334

FIARI 国际独立革命艺术家联盟 366—367，379

Fini, Leonor 莱昂诺尔·菲尼 309，373，375，379

Fiozzi, Aldo 阿尔多·菲奥齐 80，194

Flake, Otto 奥托·弗拉克 78

Fluxus 激浪艺术 422，423

Foix, J.V. J.V.富瓦 287

Ford, Charles Henri 查尔斯·亨利·福特 379

Foucault, Michel 米歇尔·福柯 421

Fournier, Marcel 马塞尔·富尼耶 255

'Fourth Dimension' "第四维" 27—28

Fraenkel, Théodore 泰奥多尔·弗伦克尔 179，194；**119**

附　录　索　引　453

France 法国 31—32, 173—212, 215, 309, 335—339, 349—352, 355, 358—362, 401—413, 417

France, Anatole 阿纳托尔·法朗士 177, 216

Francès, Esteban 埃斯特万·弗朗西斯 334, 352, 382

Freddie, Wilhelm 威廉·弗雷迪 359

Freud, Sigmund 西格蒙德·弗洛伊德 5, 7, 26, 148, 149, 195, 218, 219, 221, 229, 232, 287, 289, 299, 322, 355, 421; **127**

Freundlich, Otto 奥托·弗罗因德利希 143

Freytag-Loringhoven, Elsa von 艾尔莎·冯·埃弗赖塔格-洛林霍温 93, 101, 105, 107, 188; **59**

Fry, Varian 瓦里安·弗赖伊 361

Futurism 未来主义 14, 16, 22, 44, 66, 71, 80, 85, 110, 164, 191—192, 215

G

Gance, Abel 阿贝尔·冈斯 208—209

Gasch, Sebatià 塞巴斯蒂亚·加施 289

Gascoyne, David 戴维·加斯科因 343

Gaudí, Antoni 安东尼·高迪 110, 294

Gauguin, Paul 保罗·高更 29

Gaverol, Jean 让·加伏洛尔 414

Genet, Jean 让·热内 403

Gérard, Francis 弗朗西斯·热拉尔 227; **127**

Germany 德国 30—31, 117—164, 212, 215, 301, 305, 306, 322, 355, 358—359

Gesamtkunstwerk 全面艺术作品 18—19, 43, 58, 149

Giacometti, Alberto 阿尔贝托·贾科梅蒂 286, 294—296, 311, 329, 391—392, 403, 404, 416; **147, 164—165**

Giacometti, Augusto 奥古斯托·贾科梅蒂 65, 72, 78, 295; **44**

Gide, André 安德烈·纪德 177, 179

Gilbert Lecomte, Roger 罗歇·吉尔伯特-勒孔特 270

Giotto 乔托 29

Gironella, Alberto 阿尔贝托·希罗内利亚 414, 415

Gleizes, Albert 阿尔伯特·格列兹 85, 93, 105, 111, 184; **53**

Goemans, Camille 卡米耶·戈曼 256, 261, 263, 289

Goll, Ivan 伊万·戈尔 168, 217

Gomez Correa, Enrique 恩里克·戈麦斯·科雷亚 371

González, Julio 胡利奥·冈萨雷斯 334, 336

Gorky, Arshile 阿希尔·高尔基 383, 387, 388, 393, 396—398; **219**

Goth, Max 马克斯·哥斯 113

Gracq, Julien 朱利安·格拉克 349, 408

Graham, John 约翰·格雷厄姆 387—388

Granell, Eugenio F. 欧亨尼奥·F.格拉内利 363

Greece 希腊 414

Gris, Juan 胡安·格里斯 15, 181, 227, 242, 258

Grosz, George 乔治·格罗兹 5, 121—124, 126, 128, 131, 136—139, 141, 149, 153, 158; **67—69, 82**

Grunhof, Hélène 埃莱娜·格伦霍夫 111

Gruppe Progressiver Künstler 进步艺术家小组 146

Guggenheim, Peggy 佩姬·古根海姆 347, 361, 362, 382, 389, 391

Guglielmi, O.Louis O.路易斯·古列尔米 373; **206**

Guillaume, Paul 保罗·纪尧姆 56, 232

Guston, Philip 菲利普·加斯东 373

Guy, James 詹姆斯·盖伊 373

H

H_2SO_4 group 硫酸小组 166

Hamilton, Richard 理查德·汉密尔顿 422

Hantaï, Simon 西蒙·汉泰 409, 412; 225

Hardekopf, Ferdinand 斐迪南·哈德科普夫 58

Hare, David 戴维·黑尔 389, 391, 395—397

Harue, Koga 古贺春江 319; **174**

Hašek, Jaroslav 雅罗斯拉夫·哈谢克 117

Hausmann, Raoul 拉乌尔·豪斯曼 6, 121—126, 128—135, 136—138, 139, 149, 152—153, 160—161, 212; **71—73**, **78**, **79**, **81—83**

Havana 哈瓦那 364

Hayter, Stanley William 斯坦利·威廉·海特 341, 343, 382

Heartfield, John 约翰·哈特菲尔德 121—124, 126, 128—131, 138—139, 149, 301, 327, 348; **75**, **82**, **166**

Hegel, Friedrich 弗里德里希·黑格尔 273, 330

Hegemann, Marta 马尔塔·黑格曼 141

Heine, Maurice 莫里斯·埃纳 278—279

Heisler, Jindřich 因德日赫·海斯勒 408, 416

Helbig, Walter 瓦尔特·黑尔比希 38, 59

Hemingway, Ernest 欧内斯特·海明威 227

Hennings, Emmy 埃米·亨宁斯 35, 43—45, 48, 55, 49, 65; **26**

Henri, Robert 罗伯特·亨利 89

Henry, Maurice 莫里斯·亨利 270, 349

Hérold, Jacques 雅克·黑罗尔德 326

Hérold, Vera 薇拉·埃罗尔德 410

Herzefelde, Wieland 威兰·赫茨菲尔德 121—124, 139, 141, 301, 327; **82**

Hesse, Hermann 赫尔曼·黑塞 35, 117

Heuser, Hans 汉斯·霍伊泽尔 58

Hillier, Tristram 特里斯特拉姆·希利尔 343

Hilsum, René 勒内·伊尔桑 179, 188, 205

Hire, Marie de la 玛丽·德·拉·希尔 188

Hirschfeld-Mack, Ludwig 路德维希·希施费尔德-马克 150

Hirst, Damien 达明·赫斯特 424

Hitler, Adolf 阿道夫·希特勒 149, 268, 306, 322, 333, 348, 358

Höch, Hannah 汉娜·霍克 121, 128—131, 139, 149, 152—153, 160; **76—77**, **82**

Hoerle, Angelika 安格莉卡·赫勒 141, 145—146

Hoerle, Heinrich 海因里希·赫勒 141, 143, 146

Holtzer, Hélène 埃莱娜·霍尔泽 361

Homer, Winslow 温斯洛·霍默 89

Horizon Blue Chamber 蓝色海平线内阁 177, 183, 215

Huelsenbeck, Richard 理查德·胡森贝克 6, 35, 44, 46—47, 50, 53, 55, 72, 118, 120—121, 125—126, 136—139, 146, 149—150, 152—153, 170, 187, 192, 212

Hugnet, Georges 乔治·于格涅 286, 318, 319, 351

Hugo, Valentine 瓦伦丁·雨果 293, 309, 311, 315; **125**, **162**

Huidobro, Vincente 维桑特·维多夫罗 181

Hulten, Karl 卡尔·胡尔滕 414

Hungary 匈牙利 167, 412—413

Huszár, Vilmos 维尔莫什·胡萨尔 161

Hyppolite, Hector 埃克托尔·伊波利特 365, 408

I

I Ching《易经》63

Ibsen, Henrik 亨里克·易卜生 18, 111

Iktine, Sylvain 西尔万·依格丁 208

Imagist group 意象主义小组 319, 414

Impressionism 印象主义 11, 12, 89, 114

Ingres, J.A.D. J.A.D. 安格尔 177，181
Ionesco, Eugène 欧仁·约内斯科 403，421
Isvic, Radovan 拉多万·伊斯韦克 415
Italy 意大利 215，305，306

J

Jacob, Max 马克斯·雅各布 15，179，181，227，360
Jacobson, Roman 罗曼·雅各布森 328
Jaguer, Edouard 爱德华·雅格尔 414
James, Edward 爱德华·詹姆斯 344，347
Janco, Georges 乔治·扬科 45
Janco, Marcel 马塞尔·扬科 35，45—46，48—52，55—59，64—65，72，76—80，178，184，326；19，26，**39—31，37**
Japan 日本 318—319
Jarry, Alfred 阿尔弗雷德·雅里 13，185，222，330
Jean, Marcel 马塞尔·让 349，351
Jennings, Humphrey 汉弗莱·詹宁斯 343，359
Johns, Jasper 贾斯柏·约翰斯 422
Jolas, Eugene 欧仁·若拉 270，343
Jolisbois, M 卓利斯波瓦先生 194
Jorn, Asger 阿斯格·约恩 410
Josephson, Matthew 马修·约瑟夫森 148，152
Jouffret, Elie 埃利·茹弗雷 27
Jourdain, Frantz 弗朗茨·茹尔丹 178
Joyce, James 詹姆斯·乔伊斯 35，180，188，270
Jung, Carl 卡尔·荣格 7，35，387
Jung, Franz 弗朗茨·容 121，123，126

K

Kadish, Reuben 鲁本·卡迪什 373
Kafka, Franz 弗朗茨·卡夫卡 27，326
Kahlo, Frida 弗里达·卡洛 367—369；**200—201**
Kahn, Simone Breton 西蒙娜·布勒东·康 148—149，192，195，225，276，309，311，409；**126**
Kahnweiler, Daniel-Henry 丹尼尔-亨利·康维勒 242
Kalandra, Zavis 扎维斯·卡兰德拉 412
Kamrowski, Gerome 杰罗姆·卡姆罗斯基 383，387—388，392，396—397，409，416；**218**
Kandinsky, Wassily 瓦西里·康定斯基 18，19，27，38，43，46，58，59，72，233，322；**8**
Kassák, Lajos 拉约什·考沙克 167；**101**
Kersten, Hugo 胡戈·克斯滕 44
Kertesz, André 安德烈·凯尔泰斯 312
Khlebnikov, Velimir 韦利米尔·赫列布尼克夫 164
Kiesler, Friedrich 弗雷德里希·基斯勒 392，408
Kirchner, Ernst Ludwig 恩斯特·路德维希·基尔什内 16，24，127；**13**
Klaphek, Konrad 康拉德·克拉普赫克 415，416；**229**
Klee, Paul 保罗·克利 27，59，141，229—233，244，250；**129**
Klein, Yves 伊夫·克莱因 422
Klimt, Gustav 古斯塔夫·克里姆特 16
Klossowski, Pierre 皮埃尔·克洛索夫斯基 338
Knutson, Greta 格雷塔·克努特松 277
Kokoschka, Oska 奥斯卡·考考斯卡 26，59；**14**
Koons, Jeff 杰夫·昆斯 423，424
Krasner, Lee 李·克拉斯纳 387，396
Kreymborg, Alfred 阿尔弗雷德·克瑞姆伯格 93
Kropotkin, Petr 彼得·克罗波特金 18，44
Kruchenykh, Aleksei 阿列克谢·克鲁乔内赫 164，166
Kubin, Alfred 阿尔弗雷德·库宾 27，58，141，817；**15**
Kundera, Milan 米兰·昆德拉 421
Kupka, František 弗朗齐歇克·库普卡

27

L

Laban, Rudolf von 鲁道夫·冯·拉邦 56

Labisse, Félix 费利克斯·拉比斯 414

Lacan, Jacques 雅克·拉康 292, 421

Lacroix, Adon 阿顿·拉克洛瓦 106

Lam, Wifredo 林飞龙 337, 361, 363—365, 392, 397, 410; **197—198**

Lamantia, Philip 菲利普·拉曼蒂亚 389

Lang, Fritz 弗里茨·朗 150

Larrea, Juan 胡安·拉雷亚 333

Latin America 拉丁美洲 107—108, 364

Laughlin, James 詹姆斯·劳克林 389

Laurencin, Marie 玛丽·罗兰珊 111, 112, 113

Lautréamont, Comte de 洛特雷阿蒙伯爵 179, 187, 221, 225, 227, 232, 242, 277, 294, 318, 415

Leadbetter, C.W. C.W.利德贝特 27

Lebel, Jean-Jacques 让-雅克·勒贝尔 408

Lecomte, Marcel 马塞尔·勒孔特 261

Léger, Fernand 费尔南·莱热 15, 146, 181, 198, 208, 209, 258, 395; **211**

Legge, Sheila 希拉·莱格 344

Legrand, Gérard 热拉尔·勒格朗 410, 415

Lehmbruck, Wilhelm 威廉·莱姆布鲁克 117; **68**

Leiris, Michel 米歇尔·莱里斯 227, 242, 272, 276—281, 307, 338, 363, 404; **127**

Lenin 列宁 35, 119, 256, 318, 418

Leonardo da Vinc 列奥纳多·达·芬奇 16, 106

Léro, Etienne 艾蒂安·莱罗 363

Level, André 安德烈·勒维尔 111

Lévi-Strauss, Claude 克劳德·莱维-施特劳斯 338, 362, 389

Levy, Julien 朱利恩·利维 374, 378

Liebknecht, Karl 卡尔·李卜克内西 120

Limbour, Georges 乔治·兰堡 227, 242, 272, 277, 280, 404

Lipchitz, Jacques 雅克·利普希茨 181; **211**

El Lissitzky 埃尔·利西茨基 152, 158—162, 164—166; **91, 98**

List Arzubide, Germán 赫尔曼·利斯特·阿苏维德 108

Littérature《文学》179—184, 187—194, 197—198, 201—204, 226—227, 232

London 伦敦 188, 341—348, 359, 413—414

Loos, Adolf 阿道夫·洛斯 277

López Torres, Domingo 多明戈·洛佩斯·托雷斯 333

Lorca, Federico García 费德里科·加西亚·洛尔卡 287, 333, 337

Lothar, Eli 埃利·洛塔尔 281; **152**

Loubchansky, Marcelle 玛塞勒·卢布恰斯基 409

Low, Mary 玛丽·洛 371

Luca, Gherasim 盖拉西姆·卢卡 412

Lunacharsky, Anatoly 阿纳托利·卢那察尔斯基 215

Lundeberg, Helen 海伦·伦德贝格 373

Lupasco, Stephane 斯特凡·卢柏斯高 409

Lüthy, Oscar 奥斯卡·吕蒂 38, 58, 59, 72

Luxembourg, Rosa 罗莎·卢森堡 120, 145

Lyle, John 约翰·莱尔 416

M

Ma《今天》167—168

Mabille, Pierre 皮埃尔·马比勒 349, 361—362, 364—365, 405, 416

McBean, Angus 安格斯·麦克贝恩 346

Maciunas, George 乔治·马丘纳斯 422

Macke, Auguste 奥古斯特·马克 59, 140

Maddox, Conroy 康罗伊·马多克斯

附录索引 457

Magritte, René 勒内·马格利特 6, 261—264, 280, 289—291, 294, 316, 340—341, 347, 359, 361, 373, 409, 413; **2**, **144—146**, **184**

Makovský, Vincenc 文森茨·马科夫斯基 331

Malet, Leo 莱奥·马莱 351

Malevich, Kasimir 卡济米尔·马列维奇 27, 164, 166

Malkine, Georges 乔治·马尔金 228—229, 250, 272; **127**

Mallarmé, Stéphane 斯特芳·马拉美 18

Mallo, Maria 玛丽亚·马洛 287, 288, 334

Man Ray 曼·雷 7, 89, 93—97, 101, 106—107, 152, 194, 197, 204—209, 221, 226, 228, 229, 232, 235—236, 242, 248, 250, 252, 270—272, 284, 296—297, 311—312, 334, 340, 351, 361, 375, 382, 395, 398, 417; **57**, **62**, **110**, **115—116**, **126—127**, **130—131**, **147**, **168**

Mandragora group 曼德拉草小组 371

Manet, Édouard 爱德华·马奈 312

Mann, Thomas 托马斯·曼 35, 322

Mansour, Joyce 乔伊斯·曼苏尔 409

Manzoni, Piero 皮耶罗·曼佐尼 422

Maples Arce, Manuel 曼努埃尔·玛布雷斯·阿尔塞 108

Mar, Suzanna 苏珊娜·马尔 166

Marc, Franz 弗朗茨·马尔克 18, 19, 24, 38; **9**

Marconi, Guglielmo 古列尔莫·马可尼 27

Marcoussis, Louis 路易·马尔库西 7

Maré, Rolf de 罗尔夫·德·玛雷 208

Mariën, Marcel 马塞尔·马里安 413

Marinel-lo, Ramon 拉莫内·马里内尔-洛 334

Marinetti, Filippo Tommaso 菲利波·托马索·马里内蒂 14, 16, 22—23, 30—31, 46, 49, 54, 110, 191; **3**

Marseille 马赛 361—362, 363

Martinique 马提尼克岛 362—363

Martins, Maria 玛丽亚·马丁斯 408

Marx, Karl 卡尔·马克思 18, 273, 370, 418

Massine, Léonide 莱奥尼德·马赛因 173, 228

Masson, André 安德烈·马松 227, 229, 233, 240, 242—248, 250—251, 254, 270, 272, 277, 279—280, 282—285, 307, 312, 328, 337, 338, 351—352, 361—363, 365, 392—394, 396, 398, 404, 409, 417; **127**, **134—135**, **143**, **150**, **154**, **209**

Massot, Pierre de 皮埃尔·德·马索 205, 256

Mathieu, Georges 乔治·马蒂厄 409

Matisse, Henri 亨利·马蒂斯 14, 32, 52, 87, 229, 307, 359; **6**

Matta, Roberto 罗伯托·马塔 352, 368, 370, 379, 383—388, 391—392, 396—397, 405, 411; **192**, **211**, **212—213**

Matyushin, Mikhail 米哈伊尔·马秋申 164

Mayakovsky, Vladimir 弗拉基米尔·马雅可夫斯基 298, 301, 328

Mehring, Walter 瓦尔特·梅林 121, 194

Meidner, Ludwig 路德维希·迈德纳 127; **74**

Melly, George 乔治·梅利 410

Melville, Robert 罗伯特·梅尔维尔 347

Ménil, René 勒内·美尼尔 363

Meriano, Francesco 弗朗切斯科·梅里亚诺 68

Mérida, Carlos 卡洛斯·梅里达 368

Merz 梅尔兹 153

Mesens, E.L.T. E.L.T.梅森 261, 340—343, 347—348, 410, 413

Metaphysical Art group (Arte Metafisica)

形而上艺术小组 66

Metzinger, Jean 让·梅青格尔 85

Mexico 墨西哥 108，365–371

Meza, Guillermo 吉列尔莫·梅萨 368

Micić, Ljubomir 柳博米尔·米齐奇 169

Mies van der Rohe, Ludwig 路德维希·密斯·凡·德·罗厄 163

Migishi, Kōtarō 三岸黄太郎 319

Milan 米兰 11，22

Milhaud, Darius 达吕斯·米约 183，187，208

Miller, Henry 亨利·米勒 369，421

Miller, Lee 李·米勒 236—240，271，311，312，344，359，375；**167**，**195**

Millet, Jean-François 让-弗朗索瓦·米勒 316

Milo, Conrad 康拉德·米洛 44

Minik, Domingo Perez 多明戈·佩雷兹·米尼克 333

Minotaure 《弥诺陶洛斯》307，313，338，340，367

Miró, Joan 胡安·米罗 114，227，233，244—250，252—254，261，270，272，277，279—280，285，288，291，333—334，336，343，351，361，382，396，398，409；**136—137**，**142**，**149**，**181**，**193**

Moderne Bund 现代联盟 38

Modigliani, Amedeo 阿梅代奥·莫迪利亚尼 32，59

Moholy-Nagy, László 拉兹洛·莫霍伊-纳吉 158，161，164—166，167；**98**，**102**

Molinier, Pierre 皮埃尔·莫利尼耶 408

Moll, Carl 卡尔·莫尔 16

Mondrian, Piet 皮特·蒙德里安 27，258；211

Monnier, Adrienne 阿德里安娜·莫尼耶 173

Montanyà, Lluis 路易·蒙塔尼亚 289

Montenegro, Roberto 罗伯托·蒙特内格罗 368

Moore, Henry 亨利·穆尔 343

Morgenstern, Christian 克里斯蒂安·莫根施特恩 27

Morise, Max 马克斯·莫里斯 201，204，225，248，252，254—255，276；**119**，**126—127**

Moro, César 塞萨尔·莫罗 367—369

Motherwell, Robert 罗伯特·马瑟韦尔 387—389，391，396

Munch, Edvard 爱德华·蒙克 16

Munich 慕尼黑 11，16，24，27，43

Murphy, Dudley 达德利·墨菲 209

Mussolini, Benito 本尼托·墨索里尼 188，306，355

N

Nadeau, Maurice 莫里斯·纳多 417

Nadelmann, Eli 埃利·纳德尔曼 48

Nash, Paul 保罗·纳什 343

Native American art 美国原住民艺术 252，316，369，387，388，395，408

Naville, Pierre 皮埃尔·纳维尔 227，233—235，348—250，254，257—258，271—273，302，306，417；**126—127**

Nazis 纳粹 18，123，129，146，151，268，301，306，326，327，355，358—360，391，401，402

Négritude movement 黑人自觉运动 363

Neo-Romanticism 新浪漫主义 258，271

Neruda, Pablo 巴勃罗·聂鲁达 371

Neue Künstler Vereinigung 新艺术联盟 16

Das Neue Leben 新生活 72，76

New Objectivity (Neue Sachlichkeit) 新客观主义 149

New York 纽约 5，16，75—76，83，87—107，178，361，373—398

Newman, Barnett 巴尼特·纽曼 396

Nezval, Vítězslav 维捷斯拉夫·奈兹瓦尔 327—329，331，359

Nichevoki 空无主义者，166

Nietzsche, Friedrich 弗里德里希·尼采 18，227，242

Nijinsky 尼金斯基 13
Nikolaeva, Elena 叶连娜·尼古拉耶娃 166
Nishiwaki, Junzaburo 西胁顺三郎 319
Noailles, Vicomte de 诺瓦耶子爵 208, 290, 297
Noguchi, Isamu 野口勇 397, 398
Noucentisme 新世纪主义 110
Nougé, Paul 保罗·努捷 256, 261, 261—264, 340, 413
Nouvelle Revue Française 《法兰西新评论》177, 180, 187, 198
November Group 11月小组 150

O

Oceanic art 大洋洲艺术 29, 252, 316
Oelze, Richard 理查德·厄尔策 326
O'Keeffe, Georgia 乔治亚·欧姬芙 90
Oldenburg, Claes 克拉斯·奥尔登堡 422
Onslow-Ford, Gordon 戈登·翁斯洛-福特 352, 370, 383, 396
Oppenheim, Meret 梅列特·奥本海姆 296, 311—312, 315, 329, 409; 扉页图, 169
Oppenheimer, Max 马克斯·奥本海姆 45, 48, 58
Orphism 奥费主义 84
'Others' group "他人"小组 90
Ouspensky, Petr 彼得·邬斯宾斯基 383
Ozenfant, Amédée 阿梅德·奥占芳 173, 188, 198; **211**

P

Paalen, Wolfgang 沃尔夫冈·帕伦 326, 349—351, 361, 368—370, 387, 395, 409, 416; **202**
Pailthorpe, Grace 格蕾丝·佩尔索普 344
Pansaers, Clement 克莱芒·潘塞尔斯 181
Paris 巴黎 5, 6, 11—12, 16, 19, 27, 56, 75, 76, 80, 83, 148, 161, 173—212, 349—351, 359—361, 401—402, 417
Paris-Tokyo Federation of Avant-garde Artists 巴黎-东京先锋艺术家联盟 319
Paulhan, Jean 让·波扬 177, 198, 204, 410; **119**
Pawloski, Gaston de 加斯东·德·波洛夫斯基 27
Pedro, Antonio 安东尼奥·佩德罗 414
Pellegrini, Aldo 阿尔多·佩列格里尼 371
Penrose, Roland 罗兰·彭罗斯 343, 344, 347, 348, 413, 417; **187**
Perec, Georges 乔治·佩雷克 421
Péret, Benjamin 邦雅曼·佩雷 186, 191, 194, 205, 233, 258, 327, 330, 331, 333, 337, 360—361, 370, 402, 405, 411—413, 416; **119, 127, 147**
Péri, László 拉斯洛·佩里 167
Perrottet, Suzanne 苏珊·佩尔蒂提 58
Picabia, Francis 弗朗西斯·毕卡比亚 6, 15, 75—78, 80, 83—85, 87—94, 103—105, 112—114, 136, 144, 177—189, 192—197, 201—204, 209—210, 229—232, 244, 252, 261, 271, 285, 351, 416; **1, 46, 47, 50—51, 55, 66, 104, 107, 108, 117—118, 120**
Picasso, Pablo 巴勃罗·毕加索 15, 23, 31, 38, 48, 52, 87, 90, 114, 173, 177, 190, 228—231, 244, 250—252, 280—281, 285, 316, 322, 334, 336, 348, 351, 359—360, 363, 365, 401—402, 404, 412; **12, 105, 127—128, 140, 151, 182**
Pierre, José 何塞·皮埃尔 414
Pirandello, Luigi 路伊吉·皮兰德娄 208
Planells, Angel 安赫尔·普拉内利斯 334
Poe, Edgar Allan 埃德加·爱伦·坡 222, 272
Poincaré, Henri 亨利·庞加莱 27

Poljanski, Virgil 维尔吉尔·波连斯基 169

Pollock, Jackson 杰克逊·波洛克 387, 389, 393, 396; **214**

Pop Art 波普艺术 422

Portugal 葡萄牙 414

Posada, José Guadalupe 何塞·瓜达卢佩·波萨达 108, 367

post-Impressionism 后印象主义 85

Poulenc, Francis 弗朗西斯·普朗 189

Pound, Ezra 艾兹拉·庞德 188

Prague 布拉格 6, 16, 168—169, 327—331, 333, 359

Prampolini, Enrico 恩里科·普兰波利尼 59, 68—71, 72

Prassinos, Gisèle 吉塞勒·普拉西诺斯 349, 414

Preiss, Gerhard 格拉德·普赖斯 121

Prendergast, Maurice 莫里斯·普伦德加斯特 89

Prévert, Jacques 雅克·普雷韦 225, 228, 272, 276

Prévert, Pierre 皮埃尔·普雷韦 228

Prinzhorn, Hans 汉斯·普林茨霍恩 410

Proust, Marcel 马塞尔·普鲁斯特 177

Puccini, Giacomo 贾科莫·普契尼 13

Puni, Ivan 伊万·普尼 158, 161; **96**

Purists 纯粹主义者 203, 209

Q

Queneau, Raymond 雷蒙·克诺 227, 256, 276, 338; **126**

Quintanilla, Luis 路易斯·金塔尼利亚 108

Quirt, Walter 沃尔特·奎尔特 373

R

Rachilde, Mme 拉希尔德夫人 186

Räderscheidt, Anton 安东·雷德沙伊特 141, 145—146

Radiguet, Raymond 雷蒙·拉迪盖 180

Radikalen Künstler/Groupe des Artists radicaux 激进艺术家小组 78

Rahon, Alice 艾丽斯·拉翁 368, 369

Rauschenberg, Robert 罗伯特·劳申伯格 422

Read, Herbert 赫伯特·里德 343, 347, 413

Réalites Nouvelles 新现实小组 422

Rees, Adya van 阿迪亚·凡·雷斯 38, 59

Rees, Otto van 奥托·凡·雷斯 38, 43, 48, 59, 72; **21**

Reigl, Judith 尤迪特·赖格尔 409, 412; **226**

Reverdy, Pierre 皮埃尔·勒韦迪 66, 179, 181, 217, 221

La Révolution surréaliste《超现实主义革命》215—216, 219—221, 226, 228—229, 232—235, 244, 248—249, 252—254, 263, 264, 268, 272, 276—277, 415

Revolutionary Surrealists 革命超现实主义者 404

Revueltas, Fermín 费尔明·雷韦尔塔斯 108

Revueltas, Silvestre 西尔韦斯特雷·雷韦尔塔斯 108

Ribemont-Dessaignes, Georges 乔治·里伯蒙-德萨涅 178, 183—186, 190, 194, 201, 204, 256, 270, 271; **106, 110**

Ricart, Enric Cristòfor 恩里克·克里斯托弗·里卡特 110, 114

Richter, Hans 汉斯·里希特 56—63, 65, 76, 78, 149—151, 158, 160—161, 163, 205, 395; **34, 39, 98**

Rigaut, Jacques 雅克·里戈 194, 209, 276; **110**

Rimbaud, Arthur 阿蒂尔·兰波 18, 179, 187, 204, 221, 222, 272, 318

Rimmington, Edith 埃迪斯·利敏顿 413

Riopelle, Jean-Paul 让-保罗·里奥佩尔 409

Ristitch, Marco 马可·利斯提奇 327, 412

Rivera, Diego 迭戈·里韦拉 367—369

Rivière, Jacques 雅克·里维埃 187
Roché, Henri Pierre 亨利·皮埃尔·罗谢 103, 104
Roche, Juliette 朱丽叶·罗什 93, 105, 111
Rodchenko, Alexander 亚历山大·罗钦可 158
Rodin, Auguste 奥古斯特·罗丹 12; 4
Rosemont, Franklin 富兰克林·罗斯蒙特 416
Rothko, Mark 马克·罗思科 396
Rousseau, 'Douanier' Henri "海关税务官"亨利·卢梭 29; 17
Roussel, Raymond 雷蒙·鲁塞尔 84, 87, 222
Roy, Pierre 皮埃尔·鲁瓦耶 249, 250, 319; 139
Rubin, William 威廉·吕班 417
Russolo, Luigi 路易吉·鲁索洛 22, 52
Ruttmann, Walter 瓦尔特·鲁特曼 150, 151

S
Sade, Marquis de 萨德侯爵 227, 278
Sadikov, Sergei 谢尔盖·萨季科夫 166
Sadoul, Georges 乔治·萨杜尔 286, 298—301; 147
Sage, Kay 凯瑟琳·萨吉 352, 361, 379, 389, 391, 393, 398, 405, 416; 191
Saint-Phalle, Niki de 妮基·德·圣-法勒 422
Sala, Rafael 拉斐尔·萨拉 110, 114
Salmon, André 安德烈·萨尔蒙 15, 179, 181, 183, 319
Salon Dada 达达主义沙龙 194; 111
Salon d'Automne 秋季沙龙 16, 178, 195, 203
Salon de la Section d'Or 黄金分割沙龙 184
Salon des Indépendants 独立者沙龙 16, 86, 110, 184, 204
Salvat Papasseit, Joan 霍安·萨尔瓦特·帕帕赛特 110, 111
Sans, Jaume 豪梅·桑斯 334
Santiago de Chile 智利圣地亚哥 371
Sarfatti, Margheritta 玛格丽塔·萨尔法蒂 71
Sartre, Jean-Paul 让-保罗·萨特 338, 360, 403—404
Satie, Erik 埃里克·萨蒂 114, 173—174, 183, 197, 201, 208, 209, 228
Savinio, Alberto 阿尔贝托·萨维尼奥 66, 68, 90
Schad, Christian 克里斯蒂安·谢德 71—72, 78, 149, 192, 198; 42—43
Schamberg, Morton 莫顿·尚贝格 93, 94, 101, 105; 56, 59
Schiaparelli, Elsa 埃尔莎·斯基亚帕雷利 375
Schmalhausen, Otto 奥托·施马尔豪森 123; 82
Schnitzler, Arthur 阿图尔·施尼茨勒 24, 26
Schopenhauer, Arthur 阿图尔·叔本华 18
Schuster, Jean 让·舒斯特 411, 415
Schwitters, Kurt 库尔特·施维特斯 139, 152—157, 160—164, 168, 212, 297, 322, 348, 378, 421; 92—95, 97, 99
Scriabin, Alexander 亚历山大·斯克里亚宾 19
Scutenaire, Louis 路易·斯居特奈尔 261, 361
Segal, Arthur 阿图尔·塞加尔 45, 48, 59; 28
Seifert, Kurt 库尔特·塞弗特 168—169
Seiwert, Franz 弗朗茨·赛韦特 141, 143, 145—146; 88
Seligmann, Kurt 库尔特·塞利希曼 323, 361, 362, 395, 416; 176, 211
Serge, Victor 维克托·赛尔日 361
Serra, Eudald 瓦尔特·塞纳 44, 71, 78, 178, 192
Serra, Eudald 乌达尔德·塞拉 334

462　达达与超现实主义

Servranckx, Victor 维克托·塞尔夫朗克 262

Seurat, Georges 乔治·修拉 177, 229

Sheeler, Charles 查尔斯·席勒 89

Šíma, Josef 约瑟夫·希马 270, 328, 329

Skira, Albert 阿尔伯特·斯基拉 307

Slodki, Marcel 马塞尔·斯洛德基 45, 48, 58, 59; **27**

Smith, David 戴维·史密斯 391—392, 398; **217**

'Social Surrealists' 社会超现实主义者 373

Socialist Realism 社会主义式现实主义 402

Société Anonyme 匿名社 107

Society of Independent 独立艺术家协会 101—103

Soupault, Philippe 菲利普·苏波 106, 173, 177, 180, 186, 190, 194, 197, 201—204, 212, 216, 222, 225, 231, 257, 272; **110, 112, 119, 126—127**

Souris, André 安德烈·苏里 261

South America 南美洲 371—372

Soviet Union 苏联 117, 119, 138—139, 152, 157—158, 164—167, 215, 267, 301, 305, 328, 355—358, 401, 412

Spain 西班牙 108—114, 333—336, 348

Spanish Civil War 西班牙内战 284, 306, 334—337

Spartacist Revolution 斯巴达克同盟革命 120, 141

Stalin, Joseph 约瑟夫·斯大林 267, 339, 355—358, 401

Stalinism 斯大林主义 6, 323, 338, 348, 359, 367, 371, 413

Steichen, Edward 爱德华·史泰钦 89

Stein, Gertrude 格特鲁德·斯坦 180, 270

Steiner, Rudolf 鲁道夫·施泰纳 28

Stella, Joseph 约瑟夫·斯特拉 93, 194; **52**

Stepanova, Varvara 瓦尔瓦拉·斯捷潘诺娃 158

Stettheimer sisters 史提海默姐妹 105

Stieglitz, Alfred 阿尔弗雷德·施蒂格利茨 16, 89—93, 103, 105

De Stijl 风格派 160

Stravinsky, Igor 伊戈尔·斯特拉文斯基 13

Strindberg, August 奥古斯特·斯特林堡 24

Structuralism 结构主义 328

'Stupid' group "愚人"小组 146, 149

Štyrský, Jindřich 因德日赫·施蒂尔斯基 328, 329, 331, 359; **178**

Sulzer, Eva 埃娃·叙尔泽 369

Sunbeam, Dédé 得得·日光 226, 250

Sunyer, Joaquim 华金·苏涅尔 110

Suprematism 至上主义 164—166

The Surrealist Group 超现实主义小组 329

Svanberg, Max-Walter 马克斯-瓦尔特·斯万贝里 414

Svankmajer, Jan 扬·史云梅耶 417; **228**

Sweden 瑞典 414

Sweeney, James Johnson 詹姆斯·约翰逊·斯威尼 382

Switzerland 瑞士 35—80

Sykes Davies, Hugh 休·赛克斯·戴维斯 343

Symbolists 象征主义者 11, 18, 46

Synthetism 综合主义 85

Szittya, Emil 埃米尔·斯兹提亚 44

T

Tabard, Maurice 莫里斯·塔巴尔 312

Tablada, José Juan 何塞·胡安·塔夫拉达 108

Tachisme 斑点主义 409

Taeuber, Sophie 索菲·托伊伯 38—43, 56, 58, 72, 162, 201; **23, 25**

Takigushi, Shūzō 泷口修造 319

Tanguy, Yves 伊夫·唐吉 228, 232, 245—248, 252, 270, 272, 288, 290, 294, 326, 351—352, 361, 379, 387, 393, 398, 405, 416; **138, 147—148, 209, 211**

Tanning, Dorothea 多罗西娅·坦宁 389, 395, 398, 405

Taoism 道教 63

Tatlin, Vladimir 弗拉基米尔·塔特林 138—139

Tchelitchev, Pavel 帕维尔·切利乔夫 258, 271, 379, 387; **210—211**

Teige, Karel 卡雷尔·泰格 168—169, 327—329, 331, 413

Télémaque, Hervé 埃尔韦·忒勒玛科斯 416

Tenerife 特纳里夫 331—333

Theosophical Society 神智学协会 27, 28

Thirion, André 安德烈·蒂里翁 286, 417; **147**

Tinguely, Jean 尚·丁格利 422; **230**

Tischold, Jan 扬·奇肖尔德 156

Tōgō, Seiji 东乡青儿 319

Tolstoy, Leo 列夫·托尔斯泰 18

Tonny, Kristians 克里斯蒂安·托尼 250

Torres García, Joaquín 华金·托雷斯·加西亚 110, 111; **65**

Torrey, Frederick 弗雷德里克·托里 89

Toyen 陶妍 328, 329, 331, 408, 409, 413; **179, 224**

Trevelyan, Julian 朱利安·特里维廉 343

Triolet, Elsa 埃尔莎·特里奥莱 298, 401

Trost 特罗斯特 412

Trotsky, Leon 列昂·托洛茨基 267, 299, 306, 339, 365—367

Trotskyism 托洛茨基主义 405, 413

Trouille, Clovis 克洛维斯·特鲁耶 349

Tscharner, Johann W.von 约翰·W.冯·恰尔纳 58, 59

Tual, Roland 罗兰·蒂阿尔 227

Tyler, Parker 泰勒·帕克 379

特里斯唐·查拉 6, 7, 35, 38, 45—50, 53—64, 65—80, 83, 107, 136—138, 148, 153, 161, 167, 173, 180—183, 186—191, 192—194, 198, 201—208, 212, 276—277, 278, 306, 307, 313, 360, 404; **98, 109—110, 125, 147**

U

Ubac, Raoul 拉乌尔·乌贝克 340; **185**

Uitz, Béla 贝洛·乌伊茨 167

Unik, Pierre 皮埃尔·乌尼克 258, 301

Unit One 第一单元 343

United States of America 美国 152, 361, 362, 370, 372—398, 401, 417

Uspensky, Petr 彼得·邬斯宾斯基 28

V

Vaché, Jacques 雅克·瓦谢 179, 187, 191, 194, 276

Valéry, Paul 保罗·瓦莱里 179

Varèse, Edgar 埃德加·瓦雷兹 90

Varo, Remedios 雷梅迪奥斯·巴罗 334, 361, 370—371; **205**

Vauxcelles, Louis 路易·沃克塞尔 14, 178

Vienna Secession 维也纳分离派 16

Villon, Jacques 雅克·维永 85

Vinea, Ion 扬·维内亚 46, 80

Vitrac, Roger 罗歇·维特拉克 198, 201, 232, 233, 257, 271; **126, 127**

Voltaire 伏尔泰 46, 48

W

Wadsworth, Edward 爱德华·沃兹沃思 341

Wagner, Richard 理查德·瓦格纳 18—19

Waldberg, Patrick 帕特里克·瓦尔德伯格 349, 392, 417

Walden, Herwarth 赫尔瓦特·瓦尔登 16

Walloon Surrealists 瓦隆超现实主义小组

Warhol, Andy 安迪·沃霍尔 422—424
Watjen, Otto van 奥托·凡·魏杰恩 111
Weber, Max 马克斯·韦伯 89
Wedekind, Frank 弗兰克·韦德金德 48
Weimar Republic 魏玛共和国 120, 135
Westerdahl, Eduardo 爱德华多·韦斯特达尔 331, 333
Wiene, Robert 罗伯特·维内 150
Wilde, Oscar 奥斯卡·王尔德 18, 103
Williams, William Carlos 威廉·卡洛斯·威廉斯 90, 188
Wilson, Scottie 斯科蒂·威尔逊 408, 410
Wilson, Woodrow 伍德罗·威尔逊 104
Wolff, Adolf 阿道夫·沃尔夫 89, 106
Wölfli, Adolf 阿道夫·渥夫利 410
Wols 沃尔斯 361—362, 403; **221**
Wood, Beatrice 比阿特丽斯·伍德 103
Wood, Christopher 克里斯托弗·伍德 341
Woodrow, Bill 比尔·伍德罗 424
Works Progress Administration (WPA) 公共事业振兴署 372—373
World War I 第一次世界大战 5, 11, 31—32, 43—44, 56, 57, 75, 104, 117—120, 173, 177, 191, 340; **20**
World War II 第二次世界大战 355—363, 382, 398, 401
Worringer, Wilhelm 威廉·沃林格 27

Y

Yamanaka, Chiruo 山中散人 319
Young Rhineland association 年轻的莱茵兰协会 140

Z

Zadkine, Ossip 奥西普·扎德金 211
Zdanevich, Ilia (Iliazd) 伊利亚·兹达涅维奇 166, 205; **100**
Zenit《顶峰》169; **103**
Zola, Émile 埃米尔·左拉 13
Zötl, Aloys 阿洛伊斯·泽托 410
Zurich 苏黎世 5, 30, 35—80, 117, 192

致　谢

　　像大多数写作者一样，我不敢说自己完成了所有的调查工作，因为这项调查注定既要依赖原创的部分，又须包括他人当下的研究。但是，将它们综合起来并发现其中的任何不足，都是我的责任。我的研究方法既依赖于阅读书目中列出的作者们，又归功于多年来的导师、同事和学生。其中，我要特别感谢唐·埃兹教授（他审阅了之前的初稿）与克里斯托弗·格林教授。他们不仅指导了我的毕业论文，而且他们的看法也影响了我的观点。我还想要感谢麦克尔·怀特博士，他早前为达达主义的那几章提出了宝贵意见。本书的许多部分都是在剑桥的漫长冬夜中写下的。我要感谢来自从前茶壶院同事们的支持，以及同样地感谢目前在泰特美术馆的同事们，特别是学识极为渊博的图书馆员们。费顿出版社的丛书编辑帕特·巴利尔斯洛在整个合作过程中对我十分耐心，并加以鼓励。我还要感谢马克·乔丹，是他提出了这本书的计划，以及在关键的最后阶段中帮了大忙的高级主编克里斯蒂亚诺·拉蒂与图片调研主管朱利亚·赫瑟林顿。最后，我要感谢我的父母与妻子罗文娜·富勒，他们也与我一起重新经历了达达主义与超现实主义的喜悦与酸辛。

图片版权

AKG, London: 58, 82, 88, 119, 125, 174, 182, 200, 214; Annely Juda Fine Art, London: 106; Art Institute of Chicago: 130, The Lindy and Edwin Bergman Collection 192, 208, 209; Arturo Schwarz Collection, Milan: 203; Biblioteca General d'Historia de l'Art, Barcelona: 66; Bibliothèque Littéraire Jacques Doucet, Paris: 110; Bridgeman Art Library, London: 1, 89, 206; British Film Institute, London: 228; Centraal Museum, Utrecht: 21, 97; Denver Art Museum: 191; Hamburger Kunsthalle: photo Elke Walford 150; Kettle's Yard, Fitzwilliam Museum, Cambridge: 155; Foundation Arp, Musée de Sculpture, Clamart: 24; Fundación Colección Thyssen-Bornemisza, Madrid: 53; David Gahr, New York: 230; Galerie Christine et Isy Brachot, Brussels: 194; Galerie Louise Leiris, Paris: 154; Galleria Nazionale d'Arte Moderna, Rome: 46; Giraudon, Paris: 2, 181, 223; Guinness plc/Ogilvy & Mather, London: 231; Guggenheim Museum, New York: photo David Heald 107; Hans Arp and Sophie Taeuber Arp Foundation, Rolandseck: 22; Heartfield Archiv, Berlin: 166; Imperial War Museum, London: 20; Index, Florence: photo L Carrà 220; Israel Museum, Jerusalem: 29; Karl Ernst Osthaus-Museum der stadt Hagan: photo Rosenstiel 9; Kunsthandel Wolfgang Werner KG, Berlin: 102; Kunsthaus, Zürich: 19, 25, 30, 32, 33, 37, 38, 39, 40, 42, 43, 85; Kunstmuseum, Bern: 129, 176; Kunstmuseum, Winterthur: 149; Jean-Jacques Lebel, Paris: photo Marcel Lannoy 141; Lee Miller Archives, East Sussex: 167, 195, photo Anthony Penrose 116; Leeds Museum and Galleries: 189; Los Angeles County Museum of Art: purchased with funds provided by Mr and Mrs Norton Simon, The Junior Arts Council, Mr and Mrs Frederick R Weisman, Mr and Mrs Taft Schreiber, Hans de Schulthess, Mr and Mrs Edwin Janss, and Mr and Mrs Gifford Phillips 95; Louisiana Museum of Modern Art, Humlebaek: donation Celia Ascher 229; Magyar Nemzeti Galéria, Budapest: 101; McNay Art Museum, San Antonio: bequest of Marian Koogler McNay 12; Menil Collection: Houston: photo P Hester 221, Hickey-Robertson 184, photo photo A Mewbourn 156, photo J Woodard 144; Metropolitan Museum of Art, New York: Alfred Stieglitz Collection 55; Moderna Museet, SKM, Stockholm: 83, 121, 169, 224; Mountain High Maps, © 1995 Digital Wisdom Inc.: pp.436–7; Musée Comunale d'Arte Moderna, Ascona: 28; Musée d'Histoire Contemporaine, Paris: 18; Musée des Beaux Arts de Nantes: 139, 227;

Musée National d'Art Moderne, Centre Georges Pompidou, Paris: 8, 16, 23, 31, 34, 50, 73, 78, 81, 104, 134, 170, 177, 196, 197, 225; Museo Civico di Torino: 87; Museum Folkwang, Essen: 10; Museum Ludwig, Cologne: 118; Museum of Modern Art, New York: frontispiece, 14, 45, 70, 92, 124, 138, 142, 147, 180, 207, 41, 67, 135, Katherine S Dreier Bequest 61, gift of A Conger Goodyear 62, Hillman Periodicals Fund 51, Inter American Fund 198, Sidney and Harriet Janis Collection Fund 219, Eugene and Agnes E Meyer Collection, given by their family 47, Abby Aldrich Rockefeller Fund 96, gift of Nelson A Rockefeller 11, gift of William Rubin 143, Sage Tanguy Fund 145, gift of G David Thompson 57; Offentliche Kunstsammlung Basel, Martin Bühler: 35, 36, 44, 164; Peggy Guggenheim Collection, Venice: photo David Heald 86; Philadelphia Museum of Art: Louise and Walter Arensberg Collection 7, 48, 59, bequest of Katherine S Drier 49, Duchamp Archives 215; Photothèque des Musées de la ville de Paris: 54, 114, 117; RMN, Paris: 17, 128, 151; Roger-Viollet, Paris: 111, 112; Eva-Maria und Heinrich Rössner, Tübingen: 76; Sainsbury Centre for The Visual Arts, University of East Anglia, Norwich: photo James Austin 204; Scottish National Gallery of Modern Art, Edinburgh: 90, 136, 165, 172, 186; Silkeborg Kunstmuseum: photo Lars Bay 163; Sprengel Museum, Hanover: 13, 93, 99; Staatsgalerie Moderner Kunst, Munich: 68; Staatsgalerie, Stuttgart: 69; Städtische Galerie im Lenbachhaus, Munich: 15; Stedelijk Museum, Amsterdam: 133; Tate Gallery, London: 5, 137, 140, 183, 187, 188, 202, 222; Telimage, Paris: 115, 131, 168; Ubu Gallery, New York: 178; University of Hawaii, Honolulu: 64; by courtesy of the Board of Trustees of the Victoria and Albert Museum, London: 4, 199; Visual Arts Library, London: 94, 213; Wadsworth Atheneum, Hartford: Ella Gallup Sumner and Mary Catlin Sumner Collection Fund 216, Philip L Goodwin Collection: 193; Washburn Gallery, New York: 218; Whitney Museum of American Art, New York: photo Geoffrey Clements 217, gift of Lincoln Kirstein, photo Jerry L Thompson 210; Yale University Art Gallery, New Haven: Gift of Collection of Sociéte Anonyme 52, 56, 212

版权所有，侵权必究

图书在版编目（CIP）数据

达达与超现实主义 /（英）马修·盖尔著；张微伟译. —— 长沙：湖南美术出版社，2021.6
ISBN 978-7-5356-9447-8

Ⅰ.①达… Ⅱ.①马… ②张… Ⅲ.①达达主义②超现实主义 Ⅳ.①I109.9

中国版本图书馆 CIP 数据核字 (2021) 第 059679 号

Original title: Dada & Surrealism © 1997 Phaidon Press Limited

This Edition published by Ginkgo (Beijing) Book Co., Ltd under licence from Phaidon Press Limited, Regent's Wharf, All Saints Street, London, N1 9PA, UK, © 2021 Ginkgo (Beijing) Book Co., Ltd.

All rights reserved. No part of this publication may be reproduced, stored in a retrieval system or transmitted, in any form or by any means, electronic, mechanical, photocopying, recording or otherwise, without the prior permission of Phaidon Press.

本书中文简体版权归属于银杏树下（北京）图书有限责任公司。
著作权合同登记号：图字18-2018-311

达达与超现实主义
DADA YU CHAOXIANSHI ZHUYI

出 版 人：黄　啸		出版策划：后浪出版公司	
著　　者：[英] 马修·盖尔		译　　者：张微伟	
出版统筹：吴兴元		编辑统筹：杨建国	
特约编辑：朱明逸		责任编辑：贺澧沙	
营销推广：ONEBOOK		装帧制造：墨白空间·肖雅	
出版发行：湖南美术出版社（长沙市东二环一段 622 号）		印　　刷：北京雅昌艺术印刷有限公司	
后浪出版公司		（北京市顺义区高丽营镇金马园达盛路3号）	
开　　本：720×1000　　1/16		字　　数：376 千字	
版　　次：2021 年 6 月第 1 版		印　　张：29.5	
印　　次：2021 年 6 月第 1 次印刷		书　　号：ISBN 978-7-5356-9447-8	
定　　价：128.00 元			

读者服务：reader@hinabook.com 188-1142-1266　　　　投稿服务：onebook@hinabook.com 133-6631-2326
直销服务：buy@hinabook.com 133-6657-3072　　　　　网上订购：www.hinabook.com（后浪官网）

后浪出版咨询（北京）有限责任公司常年法律顾问：北京大成律师事务所　周天晖 copyright@hinabook.com
未经许可，不得以任何方式复制或抄袭本书部分或全部内容
本书若有印装质量问题，请与本公司图书销售中心联系调换。电话：010-64010019